宋玉研究资料类编

刘刚 单良 金鑫 胡小林 李鹜 编

2015年·北京

图书在版编目(CIP)数据

宋玉研究资料类编 / 刘刚等编 .—北京：商务印书馆，2014
ISBN 978 - 7 - 100 - 10809 - 6

I. ①宋… II. ①刘… III. ①宋玉（前298～前222）—文学研究—研究资料—汇编②宋玉（前298～前222）—人物研究—研究资料—汇编 IV. ① I206.2 ② K825.6

中国版本图书馆CIP数据核字（2014）第247862号

湖北省社会科学基金项目
湖北省重点学科建设立项学科成果

所有权利保留。
未经许可，不得以任何方式使用。

宋玉研究资料类编
刘刚 等 编

商 务 印 书 馆 出 版
（北京王府井大街36号 邮政编码100710）
商 务 印 书 馆 发 行
三河市尚艺印装有限公司印刷
ISBN 978 - 7 - 100 - 10809 - 6

2015年1月第1版　　开本710×1000　1/16
2015年1月北京第1次印刷　印张34

定价：160.00元

凡　　例

一、宋玉，战国末楚国人，著名辞赋家，与屈原并称"屈宋"。宋玉在历史上一向被认为是中国文人文学创作的先行者和赋体文学的开创者之一，故而倍受古代文学家、史学家乃至经学家的共同关注，因此于传世的古代文献中存留着相当可观的研究资料。本编所收起于汉，迄于清，凡于宋玉研究可资参考者，如作家作品批评、接受、传播，人物事迹、遗迹、传说等，均在辑录之列，力求完整全面地反映宋玉研究的历史面貌。

二、前贤有云"一代有一代之文学"，同理，一代亦有一代之文学思想和文学批评，甚或在同一时代，亦有带有时代印记的不尽相同的文学思想在文学批评中的彼此争鸣或激烈碰撞。由于文学家、史学家乃至经学家所处的时代、所持的观念、所审度的视角存在着这样或那样的差异，因而关于宋玉及其文学创作，在古代文献的载记中，特别于批评与接受中，也不可避免地存在着这样或那样的不同。本编所收不论倾向是褒是贬，不计观点是正是误，凡与宋玉研究有所关涉者均在辑录之列，力求客观真实地反映宋玉研究的历史嬗变。

三、关于宋玉研究资料，由于历史的原因，有着不同于一般古代作家的特殊性。其表现为，由于宋玉其人、其创作、其作品、其风格，在批评与接受、辑佚与辨伪，以及各种方式的传播中，被关注的视点比之一般古代作家要多得多，因而颇显庞杂且散乱。为方便阅读，本编试将所收资料类分为九个部分：1.生平事迹；2.遗迹传说；3.作家批评；4.作品批评；5.作品集与作品辑录；6.作品考辨；7.词语释读；8.托拟宋玉的文学作品；9.涉及宋玉的文学作品。且每一部分中又分为若干小类，设以条目，统摄具体资料。具体资料表现内容于分类中若有交叉，则择其侧重归纳类属，或择其要点分作两则分别归类。于各类之中，具体资料的次序，则按文献之作者或编纂者所处的时代与生卒年先后编排，作者、编纂者生卒年不可考者，或佚名者，权且列于其同时代者之最后。如此分类与编排的设想是，力求充分发挥本编资料可以寻纲得目、溯源求本与沿流知变的查阅功效。

四、古代文献，特别是类书、笔记等，往往存在着转抄摘引的现象。这种现象在宋玉研究资料中也屡见不鲜。对此，本编的收录原则是：1.对于记事类资料，大多援引宋玉作品为说，虽颇显雷同，但考虑其对于钩沉宋玉生平事迹颇有参证互补意义，只要记述略有不同，即作为独立资料收录。2.对于评述、考辨、文学创作等类资料，凡文字相同、或文字稍异而文意未变者，只录原典，若原典已佚则录其早出者，而转抄摘引者，则在该则资料下，以按语形式注出其文献名称，稍异之文字亦酌情说明；凡转抄摘引后又附出己见、或文字稍异而文意有变、旨趣不同者，则别作一条资料收录。3.对于辑佚类资料，转抄摘引均源自宋玉作品，文字虽时有所同，但其作为研究资料却各有所值，诸如其引文现象可用于作品传播与影响的研究，其具体引文可用于作品词语的校勘，其转引宋玉作品语句语段的文献可用于作品真伪的考辨，故分别作为独立资料予以收录。

五、本编的收录原则需要说明的还有：

宋玉作品《集》之收录，佚本仅出其书名、卷数；辑本仅出其书名、卷数与目录。已佚的收录宋玉作品的文献，按古代目录学文献的记载作以介绍；传世的全文著录宋玉作品的文献，亦仅出其书名、卷数与所收录的篇名。至于不录作品正文，一是为节减本编篇幅，二是其正文可以本编作索引，检索查阅并不困难，且有多种当代辑注本可供参阅。

宋玉作品语句、语段的辑录，为古之辑本《宋玉集》与全文著录宋玉作品之文献以外的散见于其他文献中的摘引，其被辑录者不论真伪，只要古时注明出于宋玉之作品便在辑录之列，而其真伪问题可参见本编的作品考辨。

宋玉作品词语释读的辑录，亦为古之辑本《宋玉集》与全文著录宋玉作品之文献以外的散见于其他文献中的训释，其被辑录者多存有与传统注释不同的见解，其参考价值亦不可低估。而传统的注释，可从本编介绍的传世的各种《楚辞》注本、《文选》注本、《古文苑》注本等文献中获知。

涉及宋玉与其作品的文学创作，指歌咏宋玉其人、其事、其遗迹传说和以宋玉或其作品内容为典故的文学作品。这类古代作品历朝历代都有所创作，而且数量颇多，由于明、清诗文全集尚在整理之中，本编只能尽最大能力从古之别集、选集与类书、志书等文献中检索搜集，虽力求全尽，然实难如愿，只好待以后补之。

六、关于著录各种资料的点校与勘误，凡白文资料断以现代标点，凡资料所引文字中的衍、脱、讹、倒均予以校正，然对于古今字、通假字与中国文字改革委员会公布的《异体字简表》中未收的异体字则不作改动，亦不作注释。本编为资料专书，引书广泛，不便特意作校勘记，只择其对于所引资料理解可能会产生误解者，于该则资料下按语中，略作说明。

七、本编所引资料于该则资料下均注明其文献出处与版本情况。对于版本尽量选择近当代出版的点校本，并兼顾三个方面，即校勘质量、流通程度与出版单位。对于校勘质量，尽可能选用知名专家的点校本或注释本；对于流通程度，尽可能选用易购易得且被学界认可的通行本；对于出版单位，尽可能选用资深出版社新近出版或再版的版本。旨在提供阅读之方便、推荐可信之善本。不过还有相当一部分资料出自目前尚未刊行的古本，或古本的现代影印本，虽查检相对困难，但所藏有自，亦不难借阅。

目 录

一 生平事迹 1
　（一）史书类 1
　（二）方志类 5
　（三）杂记类 12
　（四）诂训类 21
　（五）类书类 22

二 遗迹传说 28
　（一）与宋玉有关的遗迹传说 28
　　　1. 宋玉宅 28
　　　2. 宋玉墓 35
　　　3. 宋玉城、宋玉庙 39
　　　4. 宋玉亭、宋玉台 41
　　　5. 宋玉井、宋玉石 42
　　　6. 其他 44
　（二）与宋玉作品有关的遗迹传说 45
　　　1. 阳云台、阳台山 45
　　　2. 神女庙 51
　　　3. 高唐 56
　　　4. 章华台 58
　　　5. 兰台 59
　　　6. 郢 60
　　　7. 白雪楼、阳春亭 62
　　　8. 其他 65

三 作家批评 70
　（一）风格与主旨 70

（二）传承与语境 ··· 84
　　（三）成就与地位 ··· 94
　　（四）影响与接受 ·· 117
四　作品批评 ·· 156
　　（一）综评 ·· 156
　　（二）《九辩》 ·· 162
　　（三）《招魂》 ·· 172
　　（四）《风赋》 ·· 186
　　（五）《高唐赋》 ·· 190
　　（六）《神女赋》 ·· 200
　　（七）《登徒子好色赋》 ·· 204
　　（八）《对楚王问》 ·· 208
　　（九）《笛赋》 ·· 212
　　（十）《大、小言赋》 ·· 212
　　（十一）《讽赋》 ·· 215
　　（十二）《钓赋》 ·· 217
五　作品集与作品辑录 ·· 218
　　（一）佚本《宋玉集》与辑本《宋玉集》 ····························· 218
　　（二）今存全文著录宋玉作品的文献及目录 ··························· 221
　　（三）著录宋玉作品的佚书 ··· 226
　　（四）作品语句、语段摘引 ··· 228
　　　　1.《九辩》 ·· 228
　　　　2.《招魂》 ·· 231
　　　　3.《风赋》 ·· 237
　　　　4.《高唐赋》 ·· 242
　　　　5.《神女赋》 ·· 252
　　　　6.《登徒子好色赋》 ·· 256
　　　　7.《对楚王问》 ·· 261
　　　　8.《笛赋》 ·· 265
　　　　9.《大言赋》 ·· 269

        10.《小言赋》 ·· 272
        11.《讽赋》 ·· 274
        12.《钓赋》 ·· 278
        13.《舞赋》 ·· 280
        14.《微咏赋》 ·· 282
        15.《报友人书》 ·· 282
        16.《高唐对》 ·· 283
        17.《郢中对》 ·· 284
        18.《唐勒赋》 ·· 285
        19.《宋玉集序》 ·· 286
  六 作品考辨 ·· 288
    （一）综考 ··· 288
    （二）作者考 ··· 291
        1.《九辩》 ·· 291
        2.《招魂》 ·· 293
        3.《高唐赋》《神女赋》 ······································ 295
        4.《笛赋》 ·· 295
        5.《舞赋》 ·· 296
        6.《微咏赋》 ·· 297
        7.《卜居》 ·· 299
    （三）内容考 ··· 300
        1.《九辩》 ·· 300
        2.《招魂》 ·· 301
        3.《高唐赋》《神女赋》 ······································ 305
        4.《对楚王问》 ·· 320
        5.《笛赋》 ·· 321
        6.《大言赋》《小言赋》 ······································ 323
    （四）《宋玉集》考 ··· 323
  七 词语释读 ·· 325
    （一）词语考释 ··· 325
        1.《九辩》 ·· 325

  2.《招魂》 ………………………………………………… 326
  3.《风赋》 ………………………………………………… 336
  4.《高唐赋》 ……………………………………………… 339
  5.《神女赋》 ……………………………………………… 341
  6.《登徒子好色赋》 ……………………………………… 343
  7.《对楚王问》 …………………………………………… 343
  8.《笛赋》 ………………………………………………… 345
  9.《大言赋》《小言赋》 ………………………………… 346
  10.《讽赋》 ……………………………………………… 346
  11.《钓赋》 ……………………………………………… 348
 （二）语汇传播 …………………………………………… 349
  1.《九辩》 ………………………………………………… 349
  2.《招魂》 ………………………………………………… 350
  3.《风赋》 ………………………………………………… 351
  4.《高唐赋》《神女赋》 ………………………………… 352
  5.《登徒子好色赋》 ……………………………………… 354
  6.《对楚王问》 …………………………………………… 355
  7.《笛赋》 ………………………………………………… 356
  8.《大言赋》《小言赋》 ………………………………… 357
  9.《讽赋》 ………………………………………………… 358
  10.《舞赋》 ……………………………………………… 359
  11.其他 …………………………………………………… 359

八 托拟宋玉及其作品的文学创作 ……………………………… 362
 （一）托宋玉口吻 ………………………………………… 362
 （二）拟宋玉作品 ………………………………………… 375

九 涉及宋玉与其作品的文学创作 ……………………………… 386
 （一）诗 …………………………………………………… 386
 （二）词 …………………………………………………… 443
 （三）曲 …………………………………………………… 450
 （四）赋 …………………………………………………… 455

（五）小说 ………………………………………………… 461
　（六）戏剧 ………………………………………………… 487
附录一 ……………………………………………………… 495
　（一）《史记·楚世家》 …………………………………… 495
　（二）楚怀、襄二王在位事迹考 …………………………… 509
附录二 ……………………………………………………… 513
　（一）人名索引 ……………………………………………… 513
　（二）书名索引 ……………………………………………… 522
后记 ………………………………………………………… 531

一　生平事迹

（一）史书类

屈原既死之后，楚有宋玉、唐勒、景差之徒者，皆好辞而以赋见称，然皆祖屈原之从容辞令，终莫敢直谏。其后楚日以削，数十年竟为秦所灭。

——（汉）司马迁《史记》卷八十四《屈原贾生列传》
三家注本《史记》中华书局 1959 年版

粤既并吴，后六世为楚所灭。后秦又击楚，徙寿春，至于为秦所灭。寿春、合肥受南北湖皮革、鲍、木之输，亦一都会。始楚贤臣屈原被谗放流，作《离骚》诸赋以自伤悼。后有宋玉、唐勒之属慕而述之，皆以显名。汉兴，高祖王兄子濞于吴，招致天下之娱游子弟，枚乘、邹阳、严夫子之徒兴于文、景之际；而淮南王安亦都寿春，招宾客著书；而吴有严助、朱买臣，贵显汉朝，文辞并发，故世传《楚辞》。

——（汉）班固《汉书》卷二十八下《地理志》
（唐）颜师古注《汉书》中华书局 1962 年版

宋玉赋十六篇。楚人，与唐勒并时，在屈原后也。

——（汉）班固《汉书》卷三十《艺文志》
（唐）颜师古注《汉书》中华书局 1962 年版

（宜城）城南有宋玉宅。玉，邑人，隽才辩给，善属文而识音也。

——（北魏）郦道元《水经注》卷二十八
陈桥驿《水经注校证》中华书局 2007 年版

宋玉（景差、唐勒附）

宋玉，屈平之弟子也。平既罹谗投沙，玉与其友唐勒、景差哀而赋之，作《九辩》以述其志，《招魂》以号其复。

初，楚威王问曰："先生其有遗行耶？何多訾也？"玉曰："唯，然，有之。客有歌于郢中者，其始曰《下里》《巴人》，国中属而和者千百人；其为《阳陵》《采薇》，国中和者数百人；其为《阳春》《白雪》，国中和者，不过数十人；引商刻角，杂以流徵，国中和者，不过数人。其曲弥高，其和弥寡。故凤鸟绝浮云，负苍天，翱翔乎窈冥之上，夫粪壤之鹦，岂能与之较天地之高哉！鲲鱼发昆仑之墟，暴鬐于碣石，莫宿于孟诸，夫尺泽之鲵，岂能与之量江海之大哉！非独鸟为然，圣人瑰意奇行，超然独处，世俗之民，安能知臣之所为哉！"

及事顷襄王，王无以异也。玉让其友，其友曰："夫姜桂因地而生，不因地而辛，势使然也。"玉曰："君不见夫韩卢之与东郭魏乎！遥见而止授，虽卢不及魏；蹑迹而纵继，虽魏亦不及卢也。"他日，其友又曰："先生何计画之疑也？"玉曰："君不见夫玄蝯乎！当其居桂林峻叶之上，从容游戏，超腾往来，悲啸长吟，龙兴鸟集；及其在枳棘之中，恐惧而悼慄，危视而迹行，处势不便也。夫处势不便，岂可以量功较能哉！"一日，同唐勒、景差从襄王于云梦之台，王曰："能为寡人大言者，上座。"唐勒曰："壮士愤兮绝天维，北斗戾兮泰山夷。"景差曰："校士猛毅皋陶嘻，大笑至兮摧罘罳。"玉曰："方地为车，圆天为盖，长剑耿耿倚天外。"王曰："未也，有能小言者，赐以云梦之田。"景差曰："载氛埃兮乘剽尘。"唐勒曰："馆蝇鬚兮宴毫端。"玉曰："超于太虚之域，出于未兆之庭。视之眇眇，望之冥冥。"王曰："善！"赐之以田。

后玉休归，唐勒谗之，乃著诸赋以自见云。

——（明）廖道南《楚纪》卷二十一《昭文内纪前篇》
《北京图书馆古籍珍本丛刊》第7册书目文献出版社1988年版

屈原仕楚，为三闾大夫。楚襄王无德，佞臣靳尚有宠，楚国不治。屈原忧之，谏襄王，请斥靳尚，王不听。原极谏其非，宋玉止之曰："夫君子之心也，修乎己，不病乎人；晦其用，不曜于众；时来则应，物来则济，应时而不谋己，济物而不立功。是以直无所归，怨无所集。今王方眩于佞口，酣于乱政，楚国之人皆贪靳尚之贵而响随之。大夫乃孑孑然挈其忠信而叫噪其中，言不从，国不治，徒彰乎彼非我是，此贾仇而钓祸也。"原曰："吾闻君子处必孝弟，仕必忠信。得其志，虽死犹生；不得其志，虽生犹死。"谏不止。靳尚怨之，谗于王而逐之。原彷徨湘滨，歌吟悲伤。宋玉复喻之曰："始大夫孑孑然挈忠信而叫噪于群佞之中，玉为大夫危之，而言之旧矣，大夫不能从，今胡悲耶？岂爵禄是思，国坏是念耶？"原曰："非也，悲夫忠信不用，楚国不治也。"玉曰："始大夫以为死孝弟忠信也，又何悲乎？且大夫貌容形骸非大夫之有也，美不能丑之，丑不能美；长不能短，短不能长；强不能尪弱之，尪弱不能强壮之；病不能排，死不能留。形骸似乎我者也，而我非可专一一身，尚若此，乃欲使楚人之国由我理，大夫之惑亦甚矣！夫君子寄形以处世，虚心以应物，无邪无正，无是无非，无善无恶，无功无罪。虚乎心，虽桀纣跖蹻非罪也；存乎心，虽尧舜夔契非功也。则大夫之忠信，靳尚之邪佞，孰分其是非耶！无所分别，则忠信邪佞一也；有所分，则分者自妄也。而大夫离真以袭妄，恃己以黜人，不待王之弃逐，而大夫自弃矣。今求乎忠信而得乎忠信，而又悲之，而不能自止，所谓兼矢其妄心者也。玉闻上达节，中守节，下失节。夫虚其心而远于有为者，达节也；存其心而分是非者，守节也；不得其所分又悲之者，失节也。"原不答，竟沈汨罗而死。（《无能子·中》）

——（清）陈厚耀《春秋战国异辞》卷三十一《楚》
影印《文渊阁四库全书》第403册（台湾）商务印书馆1986年版

楚襄王问于宋玉曰："先生其有遗行欤？何士民众庶不誉之甚也？"宋玉对曰："唯，然，有之，愿大王宽其罪，使得毕其辞。客有歌于郢中者，其始曰《下里》《巴人》，国中属而和者数百人；其为《阳春》《白雪》，国中属而和者，不过数十人；引商刻角，杂以流徵，国中属而和者，不过数人而已。是其曲弥高者，其和弥寡。故鸟有凤而鱼有鲲，凤鸟上击于九千里，绝云霓，负苍天，翱翔乎杳冥之上，夫藩篱之鷃，岂能与之料天地之高哉！鲲鱼朝发昆仑之墟，暴鬐于碣石，暮宿于孟诸，夫尺泽之鲵，岂能与之量江海之大哉！故非独鸟有凤而鱼有鲲也，士亦有之。夫圣人之瑰意琦行，超然独处。世俗之民，又安知臣之所为哉！"(《鹿溪子》，又《新序》卷一，"襄王"，作"威王"。)

——（清）陈厚耀《春秋战国异辞》卷三十一《楚》
影印《文渊阁四库全书》第403册（台湾）商务印书馆1986年版

宋玉识音而善文，襄王好乐爱赋，既美其才，而憎其似屈原也。乃谓之曰："子盍从楚之俗，使楚人贵子之德乎？"对曰："昔楚有善歌者，王闻之与？始而曰《下里》《巴人》，国中倡而和之者数万人；中而曰《阳阿》《采菱》，国人倡而和之者数百人；既而《阳春》《白雪》《朝日》《鱼丽》，含商吐角，绝节越曲，国中倡而和之者不过数人。盖其曲弥高，其和弥寡。"(《襄阳耆旧传》，与今宋玉《对楚王问》少异。)

——（清）陈厚耀《春秋战国异辞》卷三十一《楚》
影印《文渊阁四库全书》第403册（台湾）商务印书馆1986年版

平既死之后，楚有宋玉、唐勒、景差之徒，皆好辞而以赋见称，然皆祖平之从容辞令，终莫敢直谏。(《史记》)

宋玉因其友见楚襄王，襄王待之无以异，乃让其友。友曰："夫姜桂因地而生，不因地而辛；女因媒而嫁，不因媒而亲。子之事王未耳，何怨于我？"玉曰："不然。昔者齐有狡兔，曰东郭䝙，一日而走五百里。齐有良狗曰韩卢，亦一日而走五百里。使之遥见指属，虽韩卢不及走兔之尘。若摄迹而纵緤，则东郭䝙亦不能离。今子之属臣也，摄迹纵緤与？遥见指属与？"(《韩诗外传》)(本注：《新序》同。《宋玉集》："宋玉事怀王，言友人于王，王以为小臣。友人让玉，玉报友人书曰：'姜桂因地而生，不因地而辛；女因媒而嫁，不因媒而亲。'"与前说异。《新序》："宋玉事襄王而不见察。或谓曰：'先生何谈说之不扬，计画之疑也！'宋玉曰：'不然。不见夫元蝯乎？当其居桂林之中，超腾往来，虽羿、逢蒙，不得正目视之。及其在枳棘之中也，危视而迹行，众人皆得意焉。此皮筋非加急而体益短也，处势不便故也。夫处势不便，岂何以量功校能哉？'")

襄王问于宋玉曰："先生其有遗行邪？何士民众庶不誉之甚也？"玉对曰："唯，然，有之，愿大王宽其罪，使得毕其辞。客有歌于郢中者，其始曰《下里》《巴人》，国中属而和者数千人；其为《阳阿》《薤露》，国中属而和者数百人；其为《阳春》《白雪》，国中属而和者，不过数十人；引商刻羽，杂以流徵，国中属而和者，不过数人而已。是其曲弥高，其和弥寡。故鸟有凤而鱼有鲲，凤凰上击于九千里，绝云霓，负苍天，翱翔乎杳冥之上，夫蕃篱之鷃，岂能与之料天地之高哉！鲲鱼朝发昆仑之墟，暴鬐于碣石，暮宿于孟潴，夫尺泽之鲵，岂能与之量江海之大哉！故非独鸟有凤而鱼有鲲也，士亦有之。夫圣人之瑰意琦行，超然独处。世俗之民，又安知臣之所为哉！"（《对楚王问》）

屈原赋二十五篇，宋玉赋十六篇，唐勒赋四篇。（《汉书》）

——（清）李锴《尚史》卷五十六《楚诸臣传·屈原》附宋玉
江苏广陵古籍刻印社1992年版

（二）方志类

宋玉，鄀人。

——（宋）乐史《太平寰宇记》卷一百四十四《山南东道三·鄀州·人物》
《宋本太平寰宇记》中华书局2000年版

宋玉，宜城人。

——（宋）乐史《太平寰宇记》卷一百四十五《山南东道四·襄州·人物》
《宋本太平寰宇记》中华书局2000年版

宋玉，宜城人，有宅在城南。陆龟蒙诗：自从宋玉贤，特立冠耆旧。《离骚》既日月，《九辩》即列宿。卓然悲秋词，合在《风》《雅》右。

——（宋）祝穆《方舆胜览》卷三十二《襄阳府》
祝洙增订、施和金点校《中国古代地理总志丛刊》本中华书局2003年版

宋玉，鄀人。

——（宋）祝穆《方舆胜览》卷三十三《鄀州》
祝洙增订、施和金点校《中国古代地理总志丛刊》本中华书局2003年版

宋玉，屈原弟子，为楚大夫，闵其师以忠被放，乃作《九辩》，以述其志。州东五里有故宅。杜甫诗：摇落深知宋玉悲，风流儒雅亦吾师。江山故

宅空文藻，云雨荒台岂梦思。

——（宋）祝穆《方舆胜览》卷五十八《归州》

祝洙增订、施和金点校《中国古代地理总志丛刊》本中华书局2003年版

宋玉，楚人，屈原弟子，为楚大夫。悯其师放逐，乃作《九辩》，述其志以悲之；又作《神女》《高唐》二赋，皆寓言托兴，有所讽也。

——（明）李贤等《明一统志》卷六十二《荆州府·人物》

影印《文渊阁四库全书》第472—473册（台湾）商务印书馆1986年版

宋玉，为楚大夫，常居巫山，作《高唐》《神女》二赋，托词以讽王。为屈原弟子，原沉汨罗，玉作《招魂》，以悲其志。太史公曰："楚有宋玉、唐勒、景差之徒，皆好辞而以赋见称，然皆祖屈原之从容辞令，终莫敢直谏焉。"

——（清）佚名《雍正巫山县志·巫山县·流寓》

中国书店1963年影抄本

楚宋玉，屈原弟子，为楚大夫。原沉汨罗，玉作《招魂》以悲其志。后常居巫山，又作《高唐》《神女》赋，托词以讽襄王。

——（清）黄廷桂、张晋生等《四川通志》卷三十八《流寓·夔州府》

影印《文渊阁四库全书》第559—561册（台湾）商务印书馆1986年版

周宋玉:《襄阳耆旧传》：宋玉者，楚之鄢人也。故宜城有宋玉冢。始事屈原，原既放逐，求事楚友景差，景差言于王，王以为小臣。玉让其友，友谢之，复言于王。王好乐爱赋，既美其才，而憎之似屈原也。曰："子盍从俗，使楚人贵子之德乎！"对曰："昔楚有善歌者，始而曰《下里》《巴人》，国中属而和之者数百人；既而曰《阳春》《白雪》《朝日》《鱼离》，国中属而和之者不至十人；含商吐角，绝伦赴曲，国中属而和之者不至三人矣。其曲弥高，其和弥寡。

——（清）迈柱、夏力恕等《湖广通志》卷四十九《乡贤志·襄阳府》

影印《文渊阁四库全书》第531—534册（台湾）商务印书馆1986年版

宋玉，宜城城南有宋玉宅。玉，邑人。隽才辩给，善属文而识音。（《水经注》）

宋玉因其友以见楚襄王，襄王待之无以异。宋玉让其友。曰："夫姜桂因其地而生，不因地而辛；妇人因媒而嫁，不因媒而亲。子之事王未耳，何怨于我！"宋玉曰："不然，昔者齐有良兔曰东郭逡，盖一旦而走五百里。于是齐有良狗曰韩卢，亦一旦而走五百里。使之遥见而指属，则虽韩卢不及众兔之尘，若蹑迹而纵绁，则虽东郭逡亦不能离。今子之属臣也，蹑迹而纵绁与？遥见而指属与？诗曰：'将安将乐，弃我如遗。'此之谓也。"其友曰："仆人有过，仆人有过。"（《新序·杂事五》《韩诗外传》）

李君翁《诗话》：《卜居》云："宁诛锄草茅以力耕乎？"诗人皆以为宋玉事。岂《卜居》亦宋玉拟屈原作耶？庾信《哀江南赋》云："诛茅宋玉之宅"，不知何据而言？此君翁之陋也。唐余知古《渚宫故事》曰："庾信因侯景之乱，自建康遁归江陵，居宋玉故宅。宅在城北三里，故其赋曰：'诛茅宋玉之宅，穿径临江之府。'"老杜《送李功曹归荆南》云："曾闻宋玉宅，每欲到荆州。"是也。又在夔府《咏怀古迹》："摇落深知宋玉悲，江山故宅空文藻。"然子美移居夔州《入宅诗》云："宋玉归州宅，云通白帝城。"盖归州亦有宋玉宅，非止荆一州也。李义山亦云："却将宋玉临江宅，异代仍教庾信居。"（《西溪丛语》）

戎昱《题宋玉亭》作：宋玉亭前悲暮秋，阳台路上雨初收。应缘此处人多到，松竹萧萧也带愁。

李商隐《宋玉》作：何事荆台百万家，惟教宋玉擅才华。楚词已不饶唐勒，《风赋》何曾让景差。落日渚宫供观阁，开年云梦送烟花。可怜庾信寻荒径，犹得三朝托后车。

吴融《宋玉宅》作：草白烟寒半野陂，临江旧宅指遗基。已怀湘浦招魂事，更忆高唐说梦时。穿径早曾闻客住，登墙岂复见人窥。今朝送别还经此，吟断当年几许悲。

刘筠《宋玉》作：楚国骄荒日已深，山川朝暮剧登临。曾伤积毁亡师道，祗托微词荡主心。江草东西多恨色，峡云高下结层阴。潘郎千载闻遗韵，又说经秋思不任。（《西昆酬唱集》）

王世贞《宋玉墓》作：此地真埋玉，何人为续招。秋风吊师罢，暮雨逐王骄。万事才情损，千秋意气消。仍闻封禅草，遗恨右文朝。

——（清）陈诗《湖北旧闻录》卷三十四《文献一·宋玉》
《湖北地方古籍文献丛书》本湖北人民出版社 1999 年版

宋玉，楚鄢邑人，屈原弟子，隽才辨给，善属文，为楚大夫。闵其师屈原忠而放逐，乃作《九辩》以述志。唐勒谗之于襄王，复著赋以自见。后世修辞者称之。

——（清）穆彰阿、潘锡恩等《大清一统志》卷三百四十八《襄阳府·人物》影印《文渊阁四库全书》第474—483册（台湾）商务印书馆1986年版

宋玉，楚鄢人也，屈原弟子，隽才辨给，善属文，为楚大夫。闵其师屈原忠而放逐，乃作《九辩》以述志。唐勒谗之于襄王，复著赋以自见。后世修辞者称之。（《湖北通志》）

——（清）程启安等《宜城县志》卷七《耆旧志》2011年宜城市政府重印同治五年重修、光绪九年续修合订本

周宋玉，归州人，屈原弟子。悯其师忠而放逐，作《九辩》五首，以述其志；又怜师命将落，作《招魂》，以复其精神，延其寿命。辞藻艳丽，有《离骚》遗音。与景差、唐勒并为词客，仕楚，为大夫。尝居于邑，有城与庙，及看花山、放舟湖诸迹，后殁，葬邑之浴溪河南岸。

——（清）褚维恒、尹龙澍等《安福县志》卷三十四《外纪·流寓》同治己巳（同治八年）重修、安福县本衙藏板

按，此"作《九辩》五首"据《文选》所载为言，《九辩》初载于汉王逸《楚辞章句》，本不分段，《文选》选录其中五段，非《九辩》全文。《县志》说不确。

宋玉，屈原弟子，楚襄王大夫，献《高唐》二赋于王，王甚重之。闵惜其师忠而放逐，作《九辩》以述其志，赋《招魂》以致其爱。及事顷襄王，王无以异也，玉让其友，友曰："先生何计画之疑也？"玉曰："君不见夫元鼋乎，当其居桂林峻叶之上，从容游戏，超腾往来，悲啸长吟，龙兴鸟集；及其在枳棘之中，恐惧而悼慄，危视而迹行，处事不便也。夫处事不便，岂可以量功较能哉！"一日同景差、唐勒从王于云梦之台，王曰："能为寡人大言者，上座。"唐勒曰："壮士愤兮绝天维，北斗戾兮泰山颓。"景差曰："校士猛毅皋陶嘻，大笑至兮摧罘罳。"玉曰："方地为车，圆天为盖，长剑耿耿倚天外。"王曰："未也，有能小言者，赐以云梦之田。"景差曰："载氛埃兮乘飘尘。"唐勒曰："馆蝇须兮宴毫端。"玉曰："超于太虚之域，

出于未兆之庭。视之渺渺，望之冥冥。"王曰："善，赐之以田。"后玉休归，唐勒谗之，乃著诸赋以自见云。

——（清）许光曙、孙福海等《同治钟祥县志》卷三《古迹》
《中国地方志集成》湖北府县志辑第三十九册 江苏古籍出版 1991 年版

宋玉，楚人，屈原弟子。隽才辩给，善属文，事楚襄王为大夫。尝侨居蒲骚。闵其师屈原忠而被放，作《九辩》以述志。见《楚纪》。

——（清）罗缃、陈豪等《光绪应城县志》卷十《人物·流寓》
《中国地方志集成》湖北府县志辑第十一册 江苏古籍出版社 1991 年版

景差，楚人。与宋玉、唐勒辞赋并祖屈原，事楚襄王为大夫。尝以事被放至蒲骚，见宋玉曰："不意重见故人，慰此去国恋恋之心。昨到云梦，喜见楚山之碧，眼力顿明，今又会故人，间心目足矣。"（《列士传》）

——（清）罗缃、陈豪等《光绪应城县志》卷十《人物·流寓》
《中国地方志集成》湖北府县志辑第十一册 江苏古籍出版社 1991 年版

宋玉，宜城人，楚大夫屈原之弟子也。隽才辩给，好辞而以赋见称。闵惜其师忠而放逐，作《九辩》以述其志。又恐其愁懑山潭，厥命将落，作《招魂》欲以复其精神，延其年寿。外陈四方之恶，内崇楚国之美，以讽谏怀王，冀其觉悟而还之也。

后因其友以见于楚襄王，襄王待之无以异。宋玉让其友，其友曰："夫姜桂因地而生，不因地而辛；妇人因媒而嫁，不因媒而亲。子之事王未耳，何怨于我？"宋玉曰："不然，昔者齐有良兔曰东郭逡，盖一旦而走五百里。于时，齐有良狗曰韩卢，亦一旦而走五百里。使之遥见而指属，则虽韩卢不及众兔之尘；若蹑迹而纵绁，则虽东郭逡亦不能离也。今子之属臣也，蹑迹而纵绁欤？遥见而指属欤？"友人曰："吾过矣。"

玉事襄王，既不见察，意气不自得，形于颜色。或谓曰："先生何谈说之不扬也？"宋玉曰："子独不见夫玄猿乎！当其居桂林之中，峻叶之上，从容游戏，超腾往来，悲啸长吟。当此之时，虽羿、逢蒙不得正目而视也。及其在枳棘之中也，恐惧而悼栗，危视而迹行，众人皆得意焉。非皮筋加急而体益短也，处势不便故也。夫处势不便，岂可以量功校能哉？"

楚襄王问于宋玉曰："先生其有遗行欤？何士民众庶不誉之甚也。"玉对曰："唯，然，有之。愿大王宽其罪，使得毕其辞。客有歌于郢中者，其始曰《下里》《巴人》，国中属而和者，数千人；其为《阳阿》《薤露》，国中属而和者，数百人；其为《阳春》《白雪》，国中属而和者，数十人；引商刻羽，杂以流徵，国中属而和者，不过数人而已。是其曲弥高，其和弥寡。故鸟有凤而鱼有鲲，凤凰上击九千里，绝云霓，负苍天，足乱浮云，翱翔乎杳冥之上，夫藩篱之鷃，岂能与之量天地之高哉？鲲鱼朝发昆仑之墟，暴鬐于碣石，暮宿于孟诸，夫尺泽之鲵，岂能与之量江海之大哉？故非独鸟有凤而鱼有鲲也，士亦有之。夫圣人瑰意琦行，超然独处，世俗之民，又安知臣之所为哉？"

宋玉与登徒子并见楚襄王。登徒子曰："玄洲，天下之善钓者也，愿王观焉。以三寻之竿，八丝之线，出三赤之鱼于数仞之水中，岂可谓无术乎？"宋玉进曰："今玄洲之钓，乌足为大王言乎！"王曰："子之所谓善钓者何？"玉曰："臣所谓善钓者，其竿非竹，其纶非丝，其钩非针，其饵非蚓也。"王曰："愿遂闻之。"宋玉对曰："昔尧、舜、禹、汤之钓也，以贤圣为竿，道德为纶，仁义为钩，禄利为饵，四海为池，万民为鱼，钓道微矣。非圣人，其孰能察之？"王曰："迅哉说乎！其钓不可见也。"宋玉对曰："其钓易见，王未之察尔。昔殷汤以七十里，文王以百里，兴利除害，天下归之，其饵可谓芳矣；南面而掌天下，历载数百，到今不废，其纶可谓纫矣；群生寖其泽，民氓畏其罚，其钩可谓拗矣；功成而不坠，名立而不改，其竿可谓强矣。若夫竿折纶绝，饵坠钩决，波涌鱼失，是则夏桀、商纣不通钓术也。今察玄洲之钓也，立乎潢污之涯，倚乎杨柳之间，精不离乎鱼喙，思不出乎鲋鳊，斯乃水滨之役夫也已，君王又何称焉！若建尧舜之洪竿，掳禹汤之修纶，投之于渎，视之于海，漫漫群生，孰非吾有？其为大王之钓，不亦乐乎！"

一日，同唐勒、景差从襄王于阳云之台。王曰："能为寡人大言者，上坐。"唐勒曰："壮士愤兮绝天维，北斗戾兮太山夷。"景差曰："校士猛毅皋陶嘻，大笑至兮摧罘罳。"玉曰："方地为车，圆天为盖，长剑耿耿倚天外。"王曰："未也，有能小言者，赐以云梦之田。"景差曰："载氛埃乘飘尘，经由针孔，出入罗巾。"唐勒曰："烹虱胫，切虮肝。馆蝇须，宴毫端。"玉曰："无内之中，微物潜生,视之眇眇,望之冥冥,离朱叹闷,神明不能察其情。"王曰:"善!赐以云梦之田。"后玉休归,唐勒谗之,乃著诸赋以自见云。(本注:依《史记》《新序》《韩诗外传》《王逸楚辞注》《文选》《古文苑》《楚宝》《绎史》。)

述曰:宋玉身丁战国,有特立之操,不肯与俗浮沈,故其言曰:"独耿介而不随,慕先圣之遗教。处浊世之显荣,非予心之所乐。"殆孔子所谓狷者耶?邦无道,富且贵焉,耻也。玉殆学孔子之道者耶?又曰:"与其生无义而有名兮,宁穷处而守高;食不偷而为饱兮,衣不苟而为温。窃慕诗人之遗风兮,愿托志乎素餐。"可以见其所守矣。杜少陵称之曰"风流儒雅亦吾师",真可师矣。彼读孔子之书,而志在温饱者,其亦宋玉之罪人也哉!

——(清)甘鹏云《楚师儒传》卷一《楚大夫宋玉》
《湖北地方古籍文献丛书》本湖北人民出版社 1999 年版

附:

景差,楚人。

《大招》,不知何人所作,或曰屈原,或曰景差,自王逸时已不能明矣。其谓屈原作者,则曰:"词义高古,非原莫及。"其谓不然者,则曰:"《汉志》定著原赋二十五篇,今自《骚经》以至《渔父》,已充其目矣。"其谓景差,则绝无左验。是以读书者往往疑之,然今以宋玉大、小言赋考之,则凡差语皆平淡醇古,意亦深靖闲退,不为词人墨客浮夸艳逸之态,然后乃知此篇决为差作无疑也。虽其所言有未免于神怪之惑、逸欲之娱者,然视《小招》则已远矣。其于天道之诎伸动静,盖若粗识其端倪于国体时政,又颇知其所先后要为,近于儒者穷理经世之学。予于是窃有感焉,因表而出之,以俟后之君子云。(朱子《楚词集注》)

景差至蒲骚见宋玉曰:"不意重见故人,慰此去国恋恋之心。昨到梦泽,喜见楚山之碧,眼力顿明;今又会故人,间心目足矣。"(《列士传》)

——(清)陈诗《湖北旧闻录》卷三十四《文献一·景差》
《湖北地方古籍文献丛书》本湖北人民出版社 1999 年版

唐勒,楚人。(《汉书·艺文志》)

楚立唐氏以为史官。(《春秋文耀钩》)

楚有苍云如霓,围轸七蟠,中有荷斧之人,向轸而蹲。太史唐勒以葭灰遗于地，乃更灭。拂之，其苍云为之半减，又遗灰乃尽去之。故曰：唐史之策上灭苍云。

——（清）陈诗《湖北旧闻录》卷三十四《文献一·唐勒》
《湖北地方古籍文献丛书》本湖北人民出版社 1999 年版

（三）杂记类

楚威王问于宋玉曰："先生其有遗行耶，何士民众庶不誉之甚也？"宋玉对曰："唯，然，有之。愿大王宽其罪，使得毕其辞。客有歌于郢中者，其始曰《下里》《巴人》，国中属而和者数千人；其为《阳陵》《采薇》，国中属而和者数百人；其为《阳春》《白雪》，国中属而和者，数十人而已也；引商刻角，杂以流徵，国中属而和者，不过数人。是其曲弥高者，其和弥寡。故鸟有凤而鱼有鲲，凤鸟上击于九千里，绝浮云，负苍天，翱翔乎窈冥之上，夫藩篱之鷃，岂能与之断天地之高哉！鲲鱼朝发昆仑之墟，暴鬐于碣石，暮宿于孟诸，夫尺泽之鲵，岂能与之量江海之大哉！故非独鸟有凤而鱼有鲲也，士亦有之。夫圣人之瑰意奇行，超然独处。世俗之民，又安知臣之所为哉！"

——（汉）刘向《新序》卷一
石光瑛注、陈新整理《新序校释》中华书局 2009 年版

宋玉因其友以见于楚襄王，襄王待之无以异。宋玉让其友。其友曰："夫姜桂因地而生，不因地而辛；妇人因媒而嫁，不因媒而亲。子之事王未耳，何怨于我？"宋玉曰："不然，昔者齐有良兔曰东郭逡，盖一旦而走五百里；于是齐有良狗曰韩卢，亦一旦而走五百里。使之遥见而指属，则虽韩卢不及众兔之尘；若蹑迹而纵绁，则虽东郭逡亦不能离。今子之属臣也，蹑迹而纵绁与？遥见而指属与？《诗》曰：'将安将乐，弃我如遗。'此之谓也。"其友人曰："仆人有过，仆人有过。"

——（汉）刘向《新序》卷五
石光瑛注、陈新整理《新序校释》中华书局 2009 年版
按，清陈厚耀《春秋战国异辞》卷三十一《楚》引此，文字同。

宋玉事楚襄王而不见察，意气不得，形于颜色。或谓曰："先生何谈说之

不扬，计画之疑也？"宋玉曰："不然。子独不见夫玄蝯乎？当其居桂林之中，峻叶之上，从容游戏，超腾往来，龙兴而鸟集，悲啸长吟，当此之时，虽羿、逢蒙不得正目而视也。及其在枳棘之中也，恐惧而悼慄，危视而迹行，众人皆得意焉。此彼筋非加急而体益短也，处势不便故也。夫处势不便，岂何以量功校能哉？"《诗》不云乎："驾彼四牡，四牡项领。"夫久驾而长不得行，项领不亦宜乎。《易》曰："臀无肤，其行越且。"此之谓也。

——（汉）刘向《新序》卷五

石光瑛注、陈新整理《新序校释》中华书局 2009 年版

按，清陈厚耀《春秋战国异辞》卷三十一《楚》引此，文字同。

宋玉者，楚之鄢人也，故宜城有宋玉冢。始事屈原，原既放逐，求事楚友景差。景差惧其胜己，言之于王，王以为小臣。玉让其友，友曰："夫姜桂因地而生，不因地而辛；美女因媒而嫁，不因媒而亲。言子而得官者，我也；官而不得意者，子也。"玉曰："若东郭㕙者，天下之狡兔也，日行九百里而卒不免韩卢之口，然在猎者耳。夫遥见而指踪，虽韩卢必不及狡兔也；若蹑迹而放，虽东郭㕙必不免也。今子之言我于王，为遥指踪而不属耶？蹑迹而纵泄耶？"友谢之，复言于王。

玉识音而善文。襄王好乐爱赋，既美其才，而憎之似屈原也。曰："子盍从俗，使楚人贵子之德乎！"对曰："昔楚有善歌者，始而曰《下里》《巴人》，国中属而和之者数百人；既而曰《阳春》《白雪》《朝日》《鱼离》，国中属而和之者不至十人；含商吐角，绝伦赴曲，国中属而和之者不至三人矣。其曲弥高，其和弥寡也。

——（晋）习凿齿《襄阳耆旧记》卷一《人物·周》

黄惠贤《校补襄阳耆旧记》中州古籍出版社 1987 年版

文王至顷襄王四百年间，楚产之尤著者，……文章则屈平、宋玉、唐勒、景差等。

——（唐）余知古《渚宫旧事》卷一

《丛书集成初编》第 3175 册中华书局 1983 年版

宋玉初事襄王，而不见察。或谓之曰："先生何说之不扬，计画之疑

乎?"玉曰:"不然。子独不见玄猿乎?当其桂林之中,芳华之上,从容游戏,倏忽来往,虽羿、逢蒙不得正目而视;及其居枳棘之中,恐惧悼慄,众人皆得意焉。夫处势不便,岂可量功校能哉!"(《新序·杂事篇五》)

——(唐)余知古《渚宫旧事》卷三
《丛书集成初编》第 3175 册中华书局 1983 年版

玉之见王因其友。及不见察,乃让其友。友曰:"姜桂因地而生,不因地而辛;妇人因媒而成,不因媒而亲。子事主未耳,何怨于我?"玉曰:"不然。昔齐有良兔东郭狻,一旦而走五百里。有良狗韩子卢,亦一旦而走五百里。使人遥见而指属之,则虽韩卢不及良兔;蹑迹而纵之,则虽东郭不能离也。今子属我,蹑迹而纵耶?遥见而指属耶?"友曰:"鄙人有过。"(《新序·杂事篇五》)

——(唐)余知古《渚宫旧事》卷三
《丛书集成初编》第 3175 册中华书局 1983 年版

襄王与宋玉游于云梦之台,望朝云之馆,其上有云气,变化无穷。王曰:"何气也?"玉曰:"昔者,先王游于高唐,怠而昼寝。梦见一妇人,曖乎若云,皎乎若星,将行未止,如浮如停。详而观之,西施之形。王悦而问之。曰:'我夏帝之季女,名曰瑶姬,未行而亡,封乎巫山之台,精魂为草,摘而为芝,媚而服焉,则与梦期,所谓巫山之女,高唐之姬。闻君游于高唐,愿荐枕席。'王因幸之。既而言之曰:'妾处于瀚,尚莫可言之。今遇君之灵,幸妾之搴,将抚君苗裔,藩乎江汉之间。'王谢之。辞去曰:'妾在巫山之阳,高丘之岨。旦为朝云,暮为行雨。朝朝暮暮,阳台之下。'王朝视之如言。乃为立馆,号曰朝云。"王曰:"愿子赋之,以为楚志。"

宋玉初事襄王而不见察。或谓之曰:"先生何说之不扬,计画之疑乎?"玉曰:"不然。子独不见玄猿乎?当其桂林之中,芳华之上,从容游戏,倏忽往来,虽羿、逢蒙不得正目而视。及其居枳棘之中,恐惧悼栗,众人皆得意焉。夫处势不便,岂能量功校能哉?"

玉之见王,因其友,及不见察,乃让其友。友曰:"姜桂因地而生,不因地而辛;妇人因媒而成,不因媒而亲。子事主未耳,何怨于我?"宋玉曰:"不然,昔齐有良兔曰东郭狻,一旦而走五百里;有良狗韩子卢,亦一旦而走五百里。使人遥见而指属之，则虽韩卢不及良兔；蹑迹而纵之，则虽东郭不能离也。今子属我，蹑迹而纵耶？遥见而指属耶？"友曰："鄙人有过。"

襄王与唐勒、景差、宋玉游于云阳之台。王曰："能为大言者上坐。"王因曰："操是太阿剥一世，流血冲天，军不可以属。"至唐勒曰："壮士愤兮绝天维，北斗戾兮太山夷。"至景差曰："校士猛毅皋陶嬉，大笑至兮摧罘罳。锯牙裾云晞甚大，吐舌万里唾一世。"至宋玉曰："方地为车，圆天为盖，长剑耿介，倚乎天外。"王曰："未可也。"玉曰："并吞四夷，饮枯河海。跨越九州，无所容止。身大四塞，愁不可长。据地跛天，迫不得仰。若此之大也，何如？"王曰："善。"

襄王登云阳之台，令诸大夫景差、唐勒、宋玉等造《大言赋》，赋毕而宋玉受赏。王曰："此赋之迂诞则极巨伟矣，抑未备也。且一阴一阳，道之所贵，小往大来，《剥》《复》之类。是故卑高相配而天地定位，三光并照则小大备。能高而不能下，非兼通也；能粗而不能细，非妙工也。然则上坐者，未足明赏。贤人有能小言者，赐云梦之田。"景差曰："载氛埃兮乘飘尘，体轻蚊翼，形微蚤鳞。津遑浮涌，凌虚纵身，经由针孔，出入罗巾，飘眇翩绵，乍见乍泯。"唐勒曰："析飞尘以为舆，剖糠粃以为舟，泛然投乎杯水中，淡若巨海之洪流。凭蚋眦以顾盼，附蠛蠓而遨游。宁隐微以无准，浑存亡而不忧。"又曰："馆乎蝇须，宴于毫端。烹虱脑，切虮肝，会九族而同飧，犹委余而不殚。"宋玉曰："无内之中，微物潜生，比之无象，言之无名。蒙蒙灭景，昧昧遗形。超于太虚之域，出于未兆之庭。纤于毳末之微蔑，陋于茸毛之方生。视之则眇眇，望之则冥冥，离朱为之叹闷，神明不能察其情。二子之言磊磊皆不小，何如此之为精。"王曰："善！"遂赐云梦之田。

宋玉与登徒子皆受钓于玄洲子，而并见于襄王。登徒子曰："夫玄洲，天下之善钓者也，愿王观焉。"王曰："其善奈何？"登徒曰："夫玄洲之钓，以三寻之竿，八丝之纶，饵若蛆螾，钩若细针，以出三尺之鱼于数仞之水，岂可谓无术乎？"王曰："善。"宋玉进曰："今察玄洲之钓，未可谓能持竿也。又乌足为大王言乎！臣所谓善钓者，其竿非竹，其纶非丝，其钩非针，其饵非螾也。"王曰："愿遂闻之。"玉曰："昔尧、舜、禹、汤之钓也，以贤圣为竿，道德为纶，仁义为钩，禄利为饵，四海为池，万民为鱼。钓道微矣。非圣王而孰能察之？"王曰："迂哉言乎！其钓未可见也。"玉曰："其钓易见，王不察耳。昔殷汤以七十里，文王以百里，兴利除害，天下归之，其饵可谓芳矣；南面而掌天下，历载数百，到今不废，其纶可谓多矣；群生寝其泽，民氓畏其罚，其钩可谓均矣；功成而不坠，名立而不改，其竿可谓强矣。若夫竿折纶绝，饵坠钩决，波涌鱼失，是则夏桀、商纣不通夫钓术也。今察玄洲之钓，左挟鱼罶，右执槁竿，立乎潢汙之涯，倚乎杨柳之间，精不离乎鱼喙，思不出于鲋鳊，斯乃水滨之役夫而已，王又何称焉！王若建尧、舜之洪竿，摅禹、汤之修纶，投之于渎，沉之于海，漫漫群生，孰非吾有？其为大王之钓，不亦乐乎！"

——（唐）余知古《渚宫旧事》卷三《周代下》
《湖北地方古籍文献丛书》本湖北人民出版社1999年版

广平宋氏出自殷，微子启封于宋，子孙以为氏。楚有宋玉，汉宋昌，后汉宋弘、宋均，晋有宋纤，唐宋璟、宋申锡、宋之问。

——（宋）邵思《姓解》卷一《宀部三十七》
《丛书集成初编》第3296册中华书局1983年版

宋：《（元和）姓纂》：子姓，殷王帝乙长子微子启，周武王封之于宋，传国三十六代，至君偃为楚所灭，子孙以国为氏。楚有宋玉、宋义、宋昌。

《新序》：楚襄王问于宋玉曰："先生何士民众庶不誉之甚也？"宋玉对曰："鸟有凤而鱼有鲲，夫圣人瑰意琦行，超然独处，世俗之民又安知臣之所为哉！"作《高唐赋》。

——（宋）章定《名贤氏族言行类稿》卷四十二《宋》
影印《文渊阁四库全书》第933册（台湾）商务印书馆1986年版

按，唐林宝《元和姓纂》卷八曰："宋，子姓，殷王帝乙长子微子启，周武王封之于宋，享国三十六世，至君偃为楚所灭，子孙以国为氏。楚有宋义、宋昌。"举例未言及宋玉，"宋玉"二字，当为章定据《姓解》所增。

大夫登徒子侍楚襄王，因短宋玉曰："宋玉为人，体貌闲丽，口多微辞，又性好色，愿王勿与出入后宫。"王问玉，玉曰："体貌闲丽，所受于天也；口多微辞，所学于师也；至于好色，臣无有也。"王曰："子不好色，亦有说乎？"玉曰："天下之佳人之丽者，莫若臣东家之子，增一分则太长，减一分则太短，著粉则太白，施朱则太赤，眉如翠羽，肌如白雪，腰如束素，齿如含贝。然此女登墙窥臣三年，至今未许也。登徒子则不然，其妻蓬头挛耳，龂唇历齿，旁行踽偻，又疥且痔。登徒子悦之，使有五子。王熟察之，谁为好色者矣。"于是楚王称善。

——（宋）皇都风月主人《绿窗新话》下卷《宋玉辩己不好色》
周楞伽笺注《绿窗新话》上海古籍出版社 1991 年版

宋玉者，楚之鄢人也，故宜城有宋玉冢。始事屈原，原既放逐，求事楚友景差。景差惧其胜己，言之于王，王以为小臣。玉让其友，友谢之，复言于王。玉识音而善文，襄王好乐爱赋，既美其才，而憎之似屈原也。曰："子盍从俗，使楚人贵子之德乎？"对曰："昔楚有善歌者，始而曰《下里》《巴人》，国中属而和之者数百人；既而曰《阳春》《白雪》《朝日》《鱼离》，国中属而和之者不至十人；含商吐角，绝伦赴曲，国中属而和之者不至三人矣。其曲弥高，其和弥寡。"

——（元）陶宗仪《说郛》卷五十八上晋习凿齿《襄阳耆旧传·宋玉》
中国书店 1986 年版

鹿溪子，姓宋名玉，字子渊，楚大夫，屈原弟子也。闵其师忠而放逐，故作《九辩》以述其志。世传云"伤秋宋玉"，盖因《九辩》云。

——（明）归有光《诸子汇函》卷九《鹿溪子》
《四库全书存目丛书》本齐鲁书社 1995 年版

按，《诸子汇函》旧题归有光编，《四库全书提要》以为"诡怪不经"，乃伪托之作。此权按旧题排次，下仿此。

大夫登徒子，侍楚襄王，因短宋玉为人体貌闲丽，口多微辞，又性好色，愿王勿与出入后宫。王问玉，玉曰："体貌闲丽，受于天也；口多微辞，受于师也；至于好色，臣无有也。"王曰："子不好色，亦有说乎？"玉曰："天下佳人之丽也，莫若臣东家之子，增一分则太长，减一分则太短，着粉则太白，施朱则太赤，眉如翠羽，肌如白雪，腰如束素，齿如含贝，然此女登墙窥臣三年，至今未许也。登徒子则不然，其妻蓬头挛耳，缺唇历齿，膀行踽偻，又疥且痔，登徒子悦之，使有五子。王熟察之，谁为好色者矣。"于是楚王称善。

——（明）李贽《山中一夕话》下集卷二《宋玉辩己不好色》
《明清善本小说丛刊初编》本（台北）天一出版社 1985 年版

楚襄王会于章台，宋玉、唐勒侍，皆操白鹤羽以为扇。陆士衡有赋。

——（明）彭大翼《山堂肆考》卷一百八十二《鹤羽》
《四库类书丛刊》本上海古籍出版社1992年版

楚襄王横（本注：怀王子。宋玉者，屈原弟子，仕王为大夫。）

赤帝女姚姬，未行而卒，葬于巫山之阳，号曰巫山之女。楚襄王一日与宋玉游于云梦，望高唐有云气，曰："此何气也？"玉曰："此所谓朝云也。昔先王游高唐昼寝，梦一妇人，自称是巫山之女，王因幸之，去而辞曰：'妾在巫山之阳，高丘之岨，且为朝云，暮为行雨，朝朝暮暮，阳台之下。'旦朝视之，果如其言，故为立庙，号曰朝云。"

楚襄王与唐勒、景差、宋玉游阳云之台，王曰："能为寡人大言者上座。"王因唏曰："操是太阿剥一世，流血冲天，车不可以厉。"唐勒曰："壮士愤兮绝天维，北斗戾兮太山夷。"景差曰："校士猛毅皋陶嘻，大笑至兮摧罘罳，锯牙云豨甚大，吐舌万里唾一世。"宋玉曰："方地为车，圆天为盖，长剑耿耿倚天外。"王曰："未也。""并吞四夷，饮枯河海，跋越九州，无所容止，身大四塞，愁不可长，据地跕天，迫不得仰。"

楚襄王既令诸大夫造《大言赋》，赋毕，宋玉受赏。王曰："抑未备也。有能为《小言赋》者，赐之云梦之田。"景差曰："载氛埃兮乘剽尘，体轻蚊翼，形微虿鳞，聿遑浮踊，凌云纵身，经由针孔，出入罗巾，飘妙翩绵，乍见乍泯。"唐勒曰："析飞糠以为舆，剖粃糟以为舟，泛然投乎杯水中，淡若巨海之洪流，蝇蚋皆以顾盼，附蠛蠓而遨游，宁隐微以无准，原存亡而不忧。"又曰："馆于蝇须，宴于毫端，烹虱胫，切虮肝，会九族而同唶，犹委余而不殚。"宋玉曰："无内之中，微物渐生，比之无象，言之无名，蒙蒙灭景，昧昧遗形，超于太虚之域，出于未兆之庭，纤于毳末之微，蔑陋于茸毛之方生，视之则眇眇，望之则冥冥，离朱为之叹闷，神明不能察其情。二子之言，磊磊皆不小，何如此之为精。"王曰："善。"赐以云梦之田。

楚襄王好女色，宋玉为赋以讽，曰："或谓玉为人，身体容冶，口多微词，出爱主人之女，入事大王。臣身体容冶，受之二亲；口多微词，闻之圣人。臣尝出行，仆饿马疲，正值主人门开，主人翁出，妪又到市，独有主人之女在，女欲置臣堂上太高，堂下太卑，乃更于兰房之室，止臣其中，中有鸣琴焉，臣援而鼓之，为《幽兰》《白雪》之曲。主人之女，翳承日之华，披翠云之裘，更披白縠之单衫，垂珠步摇来排臣户；为臣炊雕胡之饭，烹露葵之羹，来劝臣食；以其翡翠之钗，挂臣冠缨，臣不忍仰视，为臣歌曰：'岁将暮兮日已寒，中心乱兮忽多言。'臣复援琴鼓之，为《秋竹》《积雪》之曲。主人之女又为臣歌曰：'内怵惕兮徂玉床，横自陈兮君之旁，君不御兮妾谁怨，日将至兮下黄泉。'玉曰：'吾宁杀人之父，孤人之子，诚不忍爱主人之女。'"王曰："止！止！寡人于此时，亦何能已。"

——（明）蒋一葵《尧山堂外纪》卷二
齐鲁书社1997年版

郭公棐尝梓《夔门三传》：名宦则诸葛亮、李靖、源乾曜、韦处厚、唐介、虞允文、王十朋、李浩、查籥、刘光祖、余应求、孟琪；乡贤则屈原、李远、廖彦正、杨辰、袁沔青、文胜、汪瀚、柳英；流寓则宋玉、杜甫、李白、寇准、张俞、邵雍、黄鲁直、宋濂。惟武侯、工部、王梅溪有特祠祀之。

——（明）何宇度《益部谈资》卷下
《丛书集成初编》第3190册 中华书局1983年版

宋玉，南郡宜城人，屈原弟子也。隽才辩给，善属文，而识音。闵惜其师忠而放逐，作《九辩》以述其志。又恐其愁懑山泽，魂魄放佚，厥命将落，作《招魂》，欲以复其精神，延其年寿，外陈四方之恶，内崇楚国之美，以讽谏怀王，冀其觉悟而还之也。后因其友，以见于楚襄王，襄王待之无以异。宋玉让其友，其友曰："夫姜桂因地而生，不因地而辛；妇人因媒而嫁，不因媒而亲。子之事王未耳，何怨于我。"宋玉曰："不然。昔者齐有良兔曰东郭逡，盖一旦而走五百里，于是齐有良狗曰韩卢，亦一旦而走五百里，使之遥见而指属，则虽韩卢不及众兔之尘，若蹑迹而纵绁与？遥见而指属与？"楚襄王问于宋玉曰："先生其有遗行与？何士民众庶不誉之甚也？"宋玉对曰："唯，然，有之。愿大王宽其罪，使得毕其辞。客有歌于郢中者，其始曰《下里》《巴人》，国中属而和者数千人；其为《阳阿》《薤露》，国中属而和者数百人；其为《阳春》《白雪》，国中属而和者数十人；引商刻羽，杂以流徵，国中属而和者不过数人而已。是其曲弥高，其和弥寡。故鸟有凤而鱼有鲲，凤皇上击九千里，绝云霓，负苍天，翱翔乎杳冥之上，夫藩篱之鷃，岂能与之料天地之高哉！鲲鱼朝发昆仑之虚，曝鬐于碣石，暮宿于孟诸，夫尺泽之鲵，岂能与之量江海之大哉！故非独鸟有凤而鱼有鲲也，士亦有之。夫圣人瑰意琦行，超然独处，世俗之民，又安知臣之所为哉！"一日同唐勒、景差从襄王于阳云之台，王曰："能为寡人大言者上坐。"唐勒曰："壮士愤兮绝天维，北斗戾兮泰山夷。"景差曰："校士猛毅皋陶嘻，大笑至兮摧罘罳。"玉曰："方地为车，圆天为盖，长剑耿耿倚天外。"王曰："未也，有能小言者，赐以云梦之田。"景差曰："载氛埃兮乘飘尘。"唐勒曰："馆蝇鬚兮宴毫端。"玉曰："超于太虚之域，出于未兆之庭，视之眇眇，望之冥冥。"王曰："善。"赐之以田。后玉休归，唐勒诼之，乃著诸赋，以自见云。

　　陈氏《书录》曰：楚大夫《宋玉集》一卷。《史记·屈原传》言：楚人宋玉、唐勒、景差之徒，皆原之弟子也。而玉之词赋独传，至以屈宋并称于后世，余人皆莫能及。按，《隋志》，《集》三卷；《唐志》，二卷。今书乃《文选》及《古文苑》中录出者，未必当时本也。

　　圣楷曰：古昔师、弟子文章并称者，莫若屈宋矣。尝诵玉《悲秋》一章，托旨兴怀，深悽婉至，自《远游》《天问》而下，罕见其俦。而子云所谓丽以淫者，其《高唐》《神女》诸赋乎！刘舍人云："屈平联藻于日月，宋玉交彩于风云。"又云："屈宋逸步，莫之能追。盖其叙情怨，则郁伊而易感；述离居，则怆怏而难怀；论山水，则循声而得貌；言节候，则披文而见时。是以枚、贾追风以入丽，马、扬沿波而得奇。其衣被词人，非一代也。"亶其然乎！若夫景差《大招》，兴言于流泽，施尚三王，补《招魂》所未逮，抑亦鸾凤之片羽，兰芷之芬芳也。按原为三闾大夫。三闾之职，掌王族三姓，曰屈、景、昭，所叙其谱属，率其贤良，以厉国士，则景差当亦原所奖掖，《大招》一作，似不容已，又何疑哉。唐勒初亦尊事屈平，其后怀谗妒玉，甘为鹈鸠之鸣，古今交道如此辈人，可胜叹息。

——（明）周圣楷《楚宝》卷十五《文苑·宋玉》
《湖湘文库》本岳麓书社 2008 年版

　　景差，楚同姓也，与宋玉同师事屈原。尝至蒲骚，见宋玉曰："不意重见故人，慰此去国恋恋之心。昨到梦泽，喜见楚山之碧，眼力顿明；今又会故人，闲心日足矣。"屈原死，赋《大招》一篇。

——（明）周圣楷《楚宝》卷十五《文苑·景差》
《湖湘文库》本岳麓书社 2008 年版

宋玉：有客至澧州，见宋氏家牒，言宋玉字子渊，号鹿溪子。可补纪载之缺。

——（清）梁绍壬《两般秋雨盦随笔》卷三《宋玉》
影印《续修四库全书》第1263册上海古籍出版社2002年版

（四）诂训类

宋玉因其友见楚襄王，襄王待之无以异，乃让其友。友曰："夫姜桂因地而生，不因地而辛；女因媒而嫁，不因媒而亲。子之事王未耳，何怨于我？"宋玉曰："不然。昔者齐有狡兔，曰东郭魏，盖一日而走五百里。于是齐有良狗曰韩卢，亦一日而走五百里。使之瞻见指注，虽良狗犹不及众兔之尘。若摄缨而纵绁之，则狡兔亦不能离也。今子之属臣也，摄缨纵绁与？瞻见指注与？"其友曰："仆人有过，仆人有过。"《诗》曰："将安将乐，弃予作遗。"

——（汉）韩婴《韩诗外传》卷七《第十七章》
许维遹《韩诗外传集释》中华书局1980年版

宋玉者，屈原弟子也。

——（汉）王逸《楚辞章句》卷八《九辩》
（宋）洪兴祖《楚辞补注》中华书局1983年版

《史记》曰："楚有宋玉、唐勒、景差之徒者，皆好辞而以赋见称。"王逸《楚辞序》曰："宋玉，屈原弟子。"

——（唐）李善注《文选》卷十三《风赋》
上海古籍出版社1986年版

按《史》，楚襄王名横，怀王之子也。周赧王十七年，怀王拘留于秦，襄王立。宋玉者，屈原弟子，仕襄王为大夫，闵其师忠而放逐，作词九章以述其志，今楚词《九辩》是也。此诸赋虽体格不同，俱非《九辩》比矣。

——（宋）章樵《古文苑》卷二《宋玉赋》题解
《丛书集成初编》第1692—1695册中华书局1983年出版

景瑎，师古曰：子何反，即景莋，宋玉弟子也，今作差。洪洲载一作景庆。

——（明）方以智《通雅》卷二十《姓名》
上海古籍出版社1988年版

宋玉《讽赋》，楚襄王时，宋玉休归，唐勒谗之于王。又《风赋》，楚襄王游于兰台之宫，宋玉、景差侍。道源注：《荆楚故事》，襄王与唐勒、景差、宋玉游云梦之台，王令各赋"大言"，唐勒、景差赋，不如王意。宋玉赋曰："方地为舆，圆天为盖，弯弓挂扶桑，长剑倚天外。"王于是喜，赐以云梦之田。

——（清）朱鹤龄《李义山诗集注》卷二下《宋玉》注
《四库唐人文集丛刊》本上海古籍出版社1994年版

（五）类书类

《新序》曰：宋玉因其友以见于楚襄王，襄王待之无以异。宋玉让其友。其友曰："夫姜桂因地而生，不因地而辛；妇人因媒而成，不因媒而亲。子之事王未耳，何怨于我？"

——（唐）虞世南《北堂书钞》卷三十三"姜桂因地"条
（清）孔广陶校注《北堂书钞》中国书店1989年版

《宋玉集序》云：宋玉事楚怀王，友人言之宋玉，王以为小臣。玉让友人，友曰："姜桂因地而生，不因地而辛；女因媒而嫁，不因媒而亲也。"

——（唐）虞世南《北堂书钞》卷三十三"姜桂因地"条
（清）孔广陶校注《北堂书钞》中国书店1989年版

《襄阳耆旧传》曰：宋玉识音而善文，襄王好乐而爱赋，既美其才，而憎其似屈原也。乃谓之曰："子盍从楚之俗，使楚人贵子之德乎？"对曰："昔楚有善歌者，王其闻与？始而曰《下里》《巴人》，国中唱而和之者数万人；中而曰《阳阿》《采菱》，国中唱而和之者数百人；既而曰《阳菱》《白露》《朝日》《鱼丽》，含商吐角，绝节赴曲，国中唱而和之者不过数人。盖其曲弥高，其和弥寡。"

——（唐）欧阳询《艺文类聚》卷四十三《乐部三》
汪绍楹校《艺文类聚》上海古籍出版社1999年版

《襄阳耆旧记》曰：楚襄王与宋玉游于云梦之野，将使宋玉赋高唐之事，望朝云之馆，上有云气，崒乎直上，忽而改容，须臾之间，变化无穷。王问宋玉曰："此何气也？"对曰："昔者，先王游于高唐，怠而昼寐，梦一妇人，暧乎若云，焕乎若星，将行未至，如浮如停，详而视之，西施之形。王悦而问焉。曰：'我帝之季女也，名曰瑶姬，未行而亡，封巫山之台。精魄依草，实为茎芝，媚而服焉，则与梦期。所为巫山之女，高唐之姬。闻君游于高唐，愿荐枕席。'王因而幸之。"

——（宋）李昉《太平御览》卷三百九十九《人事部》
中华书局1960年版

《韩诗外传》曰：宋玉因其友事襄王，王待玉亦无异。

——（宋）李昉《太平御览》卷四百零九《人事部》
中华书局1960年版

《襄阳耆旧传》曰：宋玉识音而善文，襄王好乐而爱赋，既美其才，而憎其似屈原也，乃谓之曰："子盍从楚之俗，使楚人贵子之德乎？"对曰："昔楚有善歌者，王其闻与？始而曰《下里》《巴人》，国中属而和之者数万人；中而曰《阳何》《采菱》，国中唱而和之者数百人；既而曰《阳春》《白雪》《朝日》《鱼离》，含商吐角，绝节赴曲，国中唱而和之者不过数人。盖其曲弥高，其和弥寡。

——（宋）李昉《太平御览》卷五百七十二《乐部十·歌三》
中华书局1960年版

宋玉《大言赋序》曰：楚襄王既登阳云之台，命诸大夫景差、唐勒、宋玉等并造《大言赋》。赋毕而玉受赏，又有能为《小言赋》者，赐之云梦之田。赋毕，乃赐玉田。

——（宋）李昉《太平御览》卷五百八十七《文部·赋》
中华书局1960年版

宋玉等并造集《小言赋》云：楚王既登云阳之台，乃命诸大夫景差、唐勒、宋玉等并造《大言赋》，卒而宋玉受赏。王曰："复能为《小言赋》者，与之云梦之田。"玉又为赋。王曰:"善。"遂赐云梦之田。

——(宋)李昉《太平御览》卷六百三十三《治道部·赏赐》
中华书局 1960 年版

《楚国先贤传》：宋玉对楚王曰:"神龙朝发昆仑之墟,暮宿于孟诸,超腾云汉之表,婉转四渎之里,夫尺泽之鲵,岂能料江海之大哉!"

——(宋)李昉《太平御览》卷九百三十《鳞介部·龙下》
中华书局 1960 年版

宋玉,楚大夫。初因其友而见于楚襄王,襄王待之无以异。宋玉让其友,其友曰:"夫姜桂因地而生,不因地而辛;妇人因媒而嫁,不因媒而亲。子之事主未尔,何怨于我？"宋玉曰:"不然,昔者齐有良兔曰东郭俊,盖一旦而走五百里,于是齐亦有良狗曰韩卢,亦一旦而走五百里,使之遥见而指属,则虽韩卢不及众兔之尘,若蹑迹而纵绁,则虽东郭俊亦不能离。今子之属臣也,夫蹑迹而纵绁与？遥见而指属与？"

——(宋)王钦若《册府元龟》卷八百八十一《总录部·交友》
中华书局 1960 年版

宋玉见襄王

宋玉因其友见楚襄王,襄王待之无以异。玉让其友。友曰:"姜桂因地而生,不因地而辛;妇人因媒而嫁,不因媒而亲。子之事王未耳,何怨于我？"玉曰:"若齐有良兔曰东郭㕙,一旦走五百里,有良狗曰韩卢,亦走五百里,使之遥见而指属,则虽韩卢不及众兔之尘;若蹑迹而纵绁,则虽东郭亦不能离。今子之属臣也,蹑迹而纵绁与？遥见而指属与？"其友曰:"仆人有过。"

——(宋)曾慥《类说》卷三十《新序》
文学古籍刊行社 1955 年版

重见故人

景差至蒲骚,见宋玉曰:"不意重见故人,慰此去国恋恋之心。昨到梦泽,喜见楚山之碧,眼力顿明,今又会故人,闭心目足矣。"

——(宋)祝穆《古今事文类聚》前集卷二十四《人道部·故交》
书目文献出版社 1991 年版

宋玉识音而善文，襄王好乐而爱赋，既美其才，而憎其似屈原也，乃谓之曰："子盍从楚之俗，使楚人贵子之德乎？"对曰："昔楚有善歌者，王其闻与！始而曰《下俚》《巴人》，国中唱而和之者数千人；中而曰《阳阿》《采菱》，国中唱而和之者数百人，既而曰《阳春》《白雪》《朝日》《鱼离》，含商吐角，绝节赴曲，国人唱而和之者不过数人。盖其曲弥高，其和弥寡。"（《襄阳台梦传》）

——（宋）祝穆《古今事文类聚》续集卷二十四《歌舞部·阳春寡和》
书目文献出版社1991年版

作《高唐赋》：楚威王问于宋玉曰："先生何士民众庶不誉之甚也？"宋玉对曰："鸟有凤而鱼有鲸，夫圣人瑰意奇行，超然独处，世俗之民又安知臣之所为哉！"作《高唐赋》。（《新序》）

——（宋）佚名《锦绣万花谷》续集卷三十四《类姓·宋》
广陵出版社2008年版

按，宋章定《名贤氏族言行类稿》卷四十二《宋》所引，与上引同，仅改"威王"为"襄王"。

宋玉识音而善文，襄王好乐而爱赋，既美其才，而憎其似屈原也，乃谓之曰："子盍从楚之俗，使楚人贵子之德乎？"对曰："昔楚有善歌者，王其闻欤？始而曰《下俚》《巴人》，国中唱而和之者数万人；中而曰《阳阿》《采菱》，国中唱而和之者数百人；既而曰《阳春》《白雪》《朝日》《鱼离》，含商吐角，绝节赴曲，国人唱而和之者不过数人。盖其曲弥高，其和弥寡。"（《襄阳台梦传》）

——（元）佚名《群书通要》丁集卷八《歌舞类·阳春白雪》
江苏古籍出版社1987年版

宋玉师事屈原，为楚大夫。作《九辩》悲屈原也，作《神女》《高唐》二赋，皆寓言托兴，有所讽也。

——（元）佚名《氏族大全》卷十七《宋·九辩》
影印《文渊阁四库全书》第952册（台湾）商务印书馆1986年版

《襄阳耆旧传》曰：楚襄王问于宋玉曰："先生其有遗行与？何士民众庶不誉之甚也？"宋玉对曰："唯，然，有之，愿大王宽其罪，使得毕其辞。客有歌于郢中者，其始曰《下里》《巴人》，国中属而和者数千人；其为《阳阿》《薤露》，国中属而和者数百人；其为《阳春》《白雪》，国中属而和者数十人而已也；引商刻角，杂以流徵，国中属而和者不过数人。是以其曲弥高，其和弥寡。故鸟有凤而鱼有鲲，凤凰上击于九千里，绝浮云，负苍天，足乱浮云，翱翔乎杳冥之上，夫藩篱之鷃，岂能与之料天地之高哉！鲲鱼朝发昆仑之墟，暴鬐于碣石，暮宿于孟潴，夫尺泽之鲵，岂能与之量江海之大哉！故非独鸟有凤而鱼有鲲也，士亦有之。夫圣人之瑰意琦行，超然独处。世俗之民，又安知臣之所为哉！"

《琴史》曰：宋玉者，楚人也。为屈原弟子，善赋，类屈原，而伤哀感愤，曲伸讽谕。玉又自云：尝援琴为《秋竹》《积雪》之曲，然则玉固为能琴矣。当战国时，虽俗听已喜哇淫，而古曲犹有存者，如《阳春》《白雪》是已。去古寖远，雅声益讹，惜哉！

——（明）蒋克谦《琴书大全》卷十一《阳春引》
中国书店出版社1990年版

宋玉者，楚人也，为屈原弟子。善赋，类屈原，而哀伤感愤，曲伸讽喻。楚威王尝问曰："先生其有遗行耶，何士民不誉之甚也？"宋玉对曰："客有歌于郢中者，其始曰《下里》《巴人》，国中属而和之者数千人；其为《阳陵》《采薇》，国中属而和之者数百人；其为《阳春》《白雪》，国人属者而和之者数十人而已也；引商刻角，杂以流徵，国中属而和者不过数人。是以曲弥高者，其和弥寡。此是言歌通于琴也。玉又自云，尝援琴为《秋竹》《积雪》之曲，然则玉固为琴矣。当战国时，虽俗听已喜哇淫，而古曲犹有存者，如《阳春》《白雪》是已。去古寖远，雅声益讹，惜哉！

——（明）蒋克谦《琴书大全》卷十四《宋玉》
中国书店出版社1990年版

宋：周王封殷后于宋，以国为氏。

阳春白雪：玉，楚人，屈原弟子，为楚大夫。闵其师放逐乃作《九辩》，述其志以悲之。又作《神女》《高唐》二赋，皆寓言托事，有所讽也。《对》：客有歌于郢中，为《阳春》《白雪》之调，其曲弥高，其和弥寡。

——（清）周鲁《类书纂要》卷十五《姓谱类》
江苏广陵古籍刻印社1990年版

宋玉：楚襄王与玉游云梦，望高唐之观，而作《高唐赋》，明日又赋《神女》。登徒子尝间之，玉作《登徒子好色赋》，借以为谏，王称善，玉遂不退。

——（清）周鲁《类书纂要》卷二十二《文词家》
江苏广陵古籍刻印社1990年版

二　遗迹传说

（一）与宋玉有关的遗迹传说

1. 宋玉宅

（宜城）城南有宋玉宅。玉，邑人。

——（北魏）郦道元《水经注》卷二十八
陈桥驿《水经注校证》中华书局2007年版

李君翁《诗话·卜居》云："宁诛锄草茅以力耕乎？诗人皆以为宋玉事，岂《卜居》亦宋玉拟屈原作耶？"庾信《哀江南赋》云："诛茅宋玉之宅。"不知何据而言。此君翁之陋也。唐余知古《渚宫故事》曰："庾信因侯景之乱，自建康遁归江陵，居宋玉故宅。"故其赋曰："诛茅宋玉之宅，穿径临江之府。"老杜《送李功曹归荆南》云："曾闻宋玉宅，每欲到荆州。"是也。又在夔府《咏怀古迹》云："摇落深知宋玉悲，江山故宅空文藻。"然子美移居夔州《入宅诗》云："宋玉归州宅，云通白帝城。"盖归州亦有宋玉宅，非止荆州也。李义山亦云："却将宋玉临江宅，异代仍教庾信居。"

——（宋）姚宽《西溪丛语》卷上
《历代史料笔记丛刊》本中华书局1990年版

宋玉宅：相传秭归县治即其旧址。县左旗亭，好事者题作"宋玉东家"。

——（宋）范成大《石湖诗集》卷十
《丛书集成初编》第2256册中华书局1985年版

秭归县亦传为宋玉宅，杜子美诗云"宋玉悲秋宅"，谓此。县旁有酒垆，或为题作"宋玉东家"。

——（宋）范成大《吴船录》卷下
《丛书集成初编》第 3153 册中华书局 1983 年版

十九日，群集于归乡堂，欲以是晚行，不果。访宋玉宅，在秭归县之东，今为酒家，旧有石刻"宋玉宅"三字，近以郡人避太守家讳去之，或遂由此失传，可惜也。

——（宋）陆游《渭南文集》卷四十八《入蜀记》
《四部丛刊初编》本上海书店 1989 年版

宋玉，有故宅。杜甫诗："曾闻宋玉宅，每欲到荆州。"

——（宋）祝穆《方舆胜览》卷二十七《江陵府》
祝洙增订、施和金点校《中国古代地理总志丛刊》本中华书局 2003 年版

秭归县治，世传宋玉宅，旗亭题"宋玉东家"。

——（宋）黄震《黄氏日抄》卷六十七《读文集九·范石湖文》
王水照《历代文话》本复旦大学出版社 2007 年版

宋玉宅，在归州旧治东五里。唐杜甫诗："摇落深知宋玉悲，风流儒雅亦吾师。江山故宅空文藻，云雨荒台岂梦思。"

——（明）李贤等《明一统志》卷六十二《荆州府·古迹》
影印《文渊阁四库全书》第 472—473 册（台湾）商务印书馆 1986 年版

梁庾信，字子山，肩吾之子，居宋玉故宅，信《哀江南赋》所谓"诛茅宋玉宅"是也。

——（明）彭大翼《山堂肆考》卷一百七十一《居宋玉宅》
《四库类书丛刊》本上海古籍出版社 1992 年版

庾信，字子山，梁散骑常侍。侯景乱，自建康遁归江陵，居宋玉故宅。故其赋曰："诛茅宋玉之宅，穿径临江之府。"老杜《送李功曹归荆南》云："曾闻宋玉宅，每欲到荆州。"李义山亦云："却将宋玉临江宅，异代仍教庾信居。"信后为周轻骑将军开府。

——（明）蒋一葵《尧山堂外纪》卷二十《六朝·庾信》
齐鲁书社 1997 年版

楚宋大夫宅，州东五里相公岭下，旧址犹在。《入蜀记》：宋玉宅在秭归县东，今为酒家垆矣。旧有石刻"宋玉宅"三字。

——（明）张尚儒《归州志》卷一《古迹》
中国国家图书馆藏明万历元年刻本

宋玉宅：庾信《哀江南赋》："诛茅宋玉之宅。"（本注：）宋玉旧宅在江陵城北。《渚宫故事》："庾信因侯景之乱，自建康遁归江陵，居宋玉故宅。"《入蜀记》："宋玉宅今为酒家。"

——（明）张尚儒《归州志》卷六《荆州》
中国国家图书馆藏明万历元年刻本

宋玉宅考

《水经注》：襄阳宜城县南有宋玉宅。按宜城地原属郢都，今承天、荆州具有宋玉宅，当以荆州为是。《渚宫故事》云：庾信因侯景之乱，自建康遁避江陵，居宋玉故宅，故其赋曰："诛茅宋玉之宅，穿径临江之府。"杜子美送人赴荆州诗亦云："曾闻宋玉宅，每欲到荆州"，是也。又子美移居夔州《入宅诗》云："宋玉归州宅，云通白帝城。"然则归州亦有宋玉宅，非止荆州。大抵昔贤徙落，安知有宅，以贻后人。文士栖迁，乃托江山而留永慨。李商隐诗云："何事荆台百万家，惟教宋玉擅才华。楚辞已不饶唐勒，《风赋》何曾让景差。落日渚宫供观阁，开年云梦送烟花。可怜庾信寻荒径，犹得三朝托后车。"其怀抱故可想矣。

——（明）周圣楷《楚宝》卷十五《文苑·宋玉附》
《湖湘文库》本岳麓书社 2008 年版

李君翁《诗话》曰："宁诛锄草茅以力耕乎？诗人皆以为宋玉事，岂《卜居》亦宋玉拟屈原作耶？"庾信《哀江南赋》云："诛茅宋玉之宅。"

吴旦生曰：晁无咎谓《大招》古奥，疑是原作。焦弱侯谓《九辩》皆自为悲愤之言，绝无哀悼其师之意，即原自作。余服此二言。因考班固《汉志》曰，屈原赋二十五篇。韩愈诗曰：《离骚》二十五。王逸序《天问》曰：屈原凡二十五篇。洪兴祖之论《远游》曰：《离骚》二十五篇。今《楚辞》所载，止二十三篇。是并《大招》《九辩》而为二十五也。君翁反以《卜居》为玉作，何耶？

按，范石湖《吴船录》云："秭归县传为宋玉宅。杜子美诗'宋玉悲秋宅'谓此。县旁有酒垆，或为题作'宋玉东家'。"又唐余知古《渚宫故事》云："庾信因侯景之乱，自建康遁归江陵，居宋玉故宅。宅在城北三里。故其赋曰：'诛茅宋玉之宅，穿径临江之府。'老杜《送李功曹归荆南》云：'曾闻宋玉宅，每欲到荆州。'是也。"李义山亦云："却将宋玉临江宅，异代仍教庾信居。"

——（清）吴景旭《历代诗话》卷十《宋玉宅》
中华书局1958年版

宋玉宅，在渚宫内。杜甫送人之荆州诗："曾闻宋玉宅，每欲到荆州。"《渚宫故事》云："庾信亦居之。故其赋曰：'诛茅宋玉之宅，穿径临江之府。'"李义山亦云："却将宋玉临江宅，异代仍教庾信居。"今秭归、安陆、宜城皆有宋玉宅，尽附会耳。

——（清）孔自来《顺治江陵志馀·志古迹·庾信宅》
《中国地方志集成》湖北府县志辑第三十册江苏古籍出版社1991年版

庾信宅，在城北三里。庾楼，其别墅也。信因侯景之乱，自建康遁归江陵。子美诗："庾信罗含俱有宅，春来秋去作谁家。"又云："荒林庾信宅，为仗主人留。"信有《小园赋》云："余有数亩敝庐，寂寞人外，聊以拟伏腊，聊以避风雨。虽复晏婴近市，不求朝夕之利；潘岳面城，且见闲居之乐。"所云宋玉宅者，即其地矣。

——（清）孔自来《顺治江陵志馀·志古迹·宋玉宅》
《中国地方志集成》湖北府县志辑第三十册江苏古籍出版社1991年版

归州山水粗劣，与巴东略似，三闾大夫实产是乡，屈原宅、女媭庙、女媭砧皆在。七里有宋玉宅，放翁入蜀时尚见石刻。

——（清）王士禛《带经堂诗话》卷十三《遗迹类·二五》
人民文学出版社1963年版

《西溪丛语》曰：梁庾信，字子山，肩吾之子，居宋玉故宅。信《哀江南赋》所云"诛茅宋玉宅"是也。

——（清）张英、王士禛等《渊鉴类函》卷三百四十五《居处部》
上海古籍出版社2008年版

宋玉宅：庾信《哀江南赋》："诛茅宋玉之宅。"注：宋玉旧宅在江陵城北。《渚宫故事》：庾信因侯景之乱，自建康遁归江陵，居宋玉故宅。《入蜀记》：宋玉宅今为酒家。

——（清）姚培谦、张云卿、张隆孙《类腋》卷六《荆州府·古迹》
影印《续修四库全书》第1248—1249册上海古籍出版社2002年版

安陆府儒学，旧在府城东南隅，楠木山西。……洪武十五年，知县梁栋徙建兰台，即宋玉宅旧址。

——（清）迈柱、夏力恕等《湖广通志》卷二十二《学校志·安陆府》
影印《文渊阁四库全书》第531—534册（台湾）商务印书馆1986年版

罗含宅：在城内，今承天寺，即其故址。庾信亦居之，唐杜甫诗："庾信罗含俱有宅，春来秋去落谁家。"按，李义山诗："却将宋玉临江宅，异代仍教庾信居。"宋玉宅亦在此。

——（清）迈柱、夏力恕等《湖广通志》卷七十七《古迹志·江陵县》
影印《文渊阁四库全书》第531—534册（台湾）商务印书馆1986年版

宋玉宅：在县南三十里，宋玉墓之南。

——（清）迈柱、夏力恕等《湖广通志》卷七十七《古迹志·宜城县》
影印《文渊阁四库全书》第531—534册（台湾）商务印书馆1986年版

宋玉宅：按《水经注》，城南有宋玉宅。玉，邑人。《通志》：在归州旧治东五里。

——（清）迈柱、夏力恕等《湖广通志》卷七十七《古迹志·归州》
影印《文渊阁四库全书》第531—534册（台湾）商务印书馆1986年版

若夫宋玉之宅，两石竞秀；梅福之庐，炼丹有井，龟鹤有池；兰台避暑之宫，雄风自若，《阳春》《白雪》之歌，余韵莫传。

——（清）迈柱、夏力恕等《湖广通志》卷一百零六《艺文志·石才孺〈郢州土风考古记〉》
影印《文渊阁四库全书》第531—534册（台湾）商务印书馆1986年版

宋玉宅：李君翁《诗话·卜居》云："宁诛锄草茅以力耕乎？诗人皆以为

宋玉事，岂《卜居》亦宋玉拟屈原作耶？"庾信《哀江南赋》云："诛茅宋玉之宅。"不知何据而言。此君翁之陋也。唐余知古《渚宫故事》曰："庾信因侯景之乱，自建康遁归江陵，居宋玉故宅。故其赋曰：'诛茅宋玉之宅，穿径临江之府。'杜子美《送李功曹归荆南》云：'曾闻宋玉宅，每欲到荆州。'是也。又在夔府《咏怀古迹》云：'摇落深知宋玉悲，江山故宅空文藻。'"然子美移居夔州《入宅诗》云："宋玉归州宅，云通白帝城。"盖归州亦有宋玉宅，非止荆州也。李义山亦云："却将宋玉临江宅，异代仍教庾信居。"

——（清）迈柱、夏力恕等《湖广通志》卷一百一十八《杂纪志》
影印《文渊阁四库全书》第531—534册（台湾）商务印书馆1986年版

又访宋玉故宅于城北。昔庾信遇侯景之乱，遁归江陵，居宋玉故宅，继改为酒家。今则不可复识矣。

——（清）沈复《浮生六记》卷四《浪游记快》
人民文学出版社1999年版

宋玉宅：在江陵县城西三里，北周庾信居之。庾信《哀江南赋》"诛茅宋玉之宅"。

——（清）穆彰阿、潘锡恩等《大清一统志》卷二百六十八《荆州府·古迹》
影印《文渊阁四库全书》第474—483册（台湾）商务印书馆1986年版

宋玉宅：在宜城县南三十里。《水经注》：宜城县南有宋玉宅。按宋玉宅有三，此其里居也；一在归州，从屈原游学时所居；一在江陵，则服官郢都时居之。

——（清）穆彰阿、潘锡恩等《大清一统志》卷二百七十《襄阳府·古迹》
影印《文渊阁四库全书》第474—483册（台湾）商务印书馆1986年版

宋玉宅：在归州东二里，相公岭上。陆游《入蜀记》："宋玉宅在秭归县之东，今为酒家垆矣，旧有石刻'宋玉宅'三字。"

——（清）穆彰阿、潘锡恩等《大清一统志》卷二百七十三《宜昌府·古迹》
影印《文渊阁四库全书》第474—483册（台湾）商务印书馆1986年版

明妃庙：县傍有酒垆，或为题作"宋玉东家"，属邑兴山县，王嫱生焉。（《吴船录》）

——（清）胡凤丹《青冢志》卷一《古迹》
《香艳丛书·第十八集》人民文学出版社 1992 年版

幼承书来云：先曾祖申浦公著有《岸舫斋诗钞》，官翰林时，卜居汪文端公故宅时晴斋，有和赵云松前辈旧题《时晴斋诗》，一时和者甚众。诗云："傥得城南屋数楹，规模爽垲旧闻名。子山园小留全面，宋玉居宽未合并（本注：分两家赁居）。客至有花兼有竹，窗开宜雨更宜晴。绿荫满园红曦少，秀色清光著意迎。曲曲疏篱短短栏，藤花开作紫云观。山形宛委窥非易，石势嶙峋绘亦难。竹坞蕉亭容憩息，高梧文杏历暄寒。洞天引得微泉出，有洌池波古井澜。"

——（清）金武祥《粟香随笔·三笔》卷五
影印《续修四库全书》第 1183—1184 册上海古籍出版社 2002 年版

宋玉宅在县南三里，宋玉墓南。《道志》《省志》俱误"三"三十里，县南有宋玉宅。（《水经注》）

按，宋玉宅有三：此其里居也；一在归州，从屈原游学时所居；一在江陵，则服官郢都时居之。（《一统志》）

按，《渚宫旧事》：庾信因侯景之乱，自建康遁归江陵，居宋玉故宅。《哀江南赋》所谓"诛茅宋玉之宅"是也。又归州东二里相公岭上有宋玉宅。《鄂州》又纪，洪武中建安陆州学于兰台，即宋玉宅旧址。又不但如《一统志》所言三者已也，盖名贤所至，人争艳之，昔日居停之所，后世莫不以故宅目之。然玉乃宜产，宅又在墓侧，自当以在宜城者为确。（《采访记》）

——（清）程启安等《宜城县志》卷一下《方舆志·宅墓》
2011 年宜城市政府重印同治五年重修、光绪九年续修合订本

楚大夫宋玉宅：州东五里相公岭下，旧址犹存。《入蜀记》，宋玉宅在秭归县东，今为酒家垆矣，旧有石刻"宋玉宅"三字。

——（清）李炘等《光绪八年刊归州志》卷八《古迹》
《中国方志丛书》第三三五号（台北）成文出版社 1976 年版

楚宋大夫宅：州东五里相公岭下，旧址犹存。《入蜀记》，宋玉宅在秭归县东，今为酒家垆矣，旧有石刻"宋玉宅"三字。

——（清）聂光銮、觉罗桂茂等《同治宜昌府志》卷二《疆域下·古迹》
《中国地方志集成》湖北府县志辑第四十九册江苏古籍出版1991年版

宋玉宅在城北三里。杜少陵诗云："曾闻宋玉宅，每欲到荆州。"（余详下。）按，宋玉宅有三：一在宜城城南，见《水经注》；一在归州，杜诗所谓"宋玉归州宅，云通白帝城"是也；一则在江陵。

——（清）倪文蔚、蒋铭勋等《光绪荆州府志》卷七《古迹·宅附》
《中国地方志集成》湖北府县志辑第三十六册江苏古籍出版1991年版

宋玉宅在城南三十里。县南有宋玉宅。（《水经注》）按，宋玉宅有三：此其里居也；一在归州，从屈原游学时所居；一在江陵，则服官郢都时居之。（《通志》引《一统志》）

——（清）恩联、王万芳等《光绪襄阳府志》卷五《古迹·宜城县》
《中国地方志集成》湖北府县志辑第四十九册江苏古籍出版1991年版

2. 宋玉墓

宋玉者，楚之鄢人也。故宜城有宋玉冢。

——（晋）习凿齿《襄阳耆旧记》卷一《人物·周》
黄惠贤《校补襄阳耆旧记》中州古籍出版社1987年版

比阳县……，唐贞观元年改为唐州，今县理即州故城。……宋玉冢，楚大夫。

——（宋）乐史《太平寰宇记》卷一百四十二《山南东道一·唐州》
《宋本太平寰宇记》中华书局2000年版

宋玉墓：宋玉墓在宜城县

——（宋）叶廷珪《海录碎事》卷二十一《政事礼仪·冢墓门》
李之亮校点《海录碎事》中华书局2002年版

宋玉墓：在萧县西南三十里。玉，楚大夫。

——（明）李贤等《明一统志》卷十八《徐州·陵墓》
影印《文渊阁四库全书》第472—473册（台湾）商务印书馆1986年版

宋玉墓：在唐县东，葬楚大夫宋玉。

——（明）李贤等《明一统志》卷三十《南阳府·陵墓》
影印《文渊阁四库全书》第472—473册（台湾）商务印书馆1986年版

宋玉墓：在宜城县东南二十二里。

——（明）李贤等《明一统志》卷六十《襄阳府·陵墓》
影印《文渊阁四库全书》第472—473册（台湾）商务印书馆1986年版

宋玉墓：在唐县城东，华严寺后。

——（清）田文镜、孙灏等《河南通志》卷四十九《陵墓·南阳府》
影印《文渊阁四库全书》第535册（台湾）商务印书馆1986年版

宋玉墓，在宜城县南六里

——（清）迈柱、夏力恕等《湖广通志》卷八十一《陵墓志·襄阳府》
影印《文渊阁四库全书》第531—534册（台湾）商务印书馆1986年版

宋玉墓、宋玉城：《澧州志》云：《旧志》《岳志》及各记皆云，在澧之长乐乡，有宋玉庙。……陈明卿谓，承天府学泮池侧有宋玉井。楚《旧志》：楠木山下井，宋玉凿。玉本归州人，仕宦游历所在，或以人传，而墓不应有数处。据指浴溪河南岸有墓碑，人或称"宋玉墓"。李群玉辨之，因有"雨蚀玉文旁没点，至今错认宋王坟"之句。然宋玉不应有坟在此。且玉词客，所居不应名城。或者古有此城，玉尝居之，故后人以名。犹新城有车武子宅，后人遂名车城。

——（清）陈宏谋等《湖南通志·辨误三》
中国国家图书馆藏乾隆二十二年刻本

楚大夫宋玉墓，在萧县西南三十里。

——（清）赵弘恩、黄之隽等《江南通志》卷四十《舆地志·徐州府》
影印《文渊阁四库全书》第507册（台湾）商务印书馆1986年版

楚大夫宋玉墓祠记：王镕书，正书，嘉靖十七年，宜城。

——（清）纪昀等《钦定续通志》卷一百六十九《金石略·明》
浙江古籍出版社2000年版

宋玉墓：在唐县东，华严寺后。

——（清）穆彰阿、潘锡恩等《大清一统志》卷一百六十六《南阳府·陵墓》
影印《文渊阁四库全书》第474—483册（台湾）商务印书馆1986年版

宋玉墓：在宜城县南三十里，宋玉宅后，有三冢并列。明嘉靖中，建祠其旁。

——（清）穆彰阿、潘锡恩等《大清一统志》卷二百七十一《襄阳府·陵墓》
影印《文渊阁四库全书》第474—483册（台湾）商务印书馆1986年版

宋玉墓：县东华严寺后。

——（清）吴泰来等《乾隆五十二年刊唐县志》卷二《坊表附茔墓》
《中国方志丛书》第四八八号（台北）成文出版社1976年版

宋玉墓：《明一统志》：在萧县西南三十里。《县志》：按，《广舆志》襄阳有宋玉墓，似较此处为是。

——（清）李宗羲等《同治徐州府志》卷十八中《古迹考·萧县》
《中国地方志集成》江苏府县志辑第六十一册江苏古籍出版社1991年版

楚大夫宋玉墓在县南三里，宋玉宅后，有三冢并列。明嘉靖中建祠其旁。（《省志》）今宅已废，墓大及亩，或合三冢而并于一耶。明正德中知县朱崇学立碑识之，嘉靖间都御史路迎建祠堂于墓前，自为记勒于碑。祠堂已圮。今尚书赵宏恩观察襄郧时题诗勒石，与路碑俱存。（《府志》）嘉庆间邑令方策周缭以垣，植所宜木其中，兼置守冢者畀以田，立碑记之。（《采访记》）

——（清）程启安等《宜城县志》卷一下《方舆志·宅墓》
2011年宜城市政府重印同治五年重修、光绪九年续修合订本

明路迎《宋玉墓祠记》：鄢郢之墟，衢道之交，有封若堂，巍然独存，曰此楚大夫宋玉之藏也。呜呼邈矣，巧尽于器，习数则贯，道系于神，人亡则灭，而况于所藏耶。是故通川过日，甄陶改岁，在城郭则夷之，在穷谷则遗之，其有存焉幸也。防山之麓，仲尼诧其未明，涡水之尾，西北改其故处，存而信者亦幸也。若明天地之数，用智于支反甲穷之间，则樗里景纯亦能为之，故墅阴寄居，先沧海而后桑田，渭南化台，左长乐而右武库，殆不

可常论者，乃有名公高士，瘗玉埋香，青鸟成其丘陇，白马启其石函，怀古思贤，有识有记，乱离兵火，弗薙弗发，是能随阴阳以蜗冶，集不朽之良图者，其大夫之谓欤？夫《高唐》《神女》，讽襄王之佚荡，不忘君也；《九辩》《招魂》，哀屈原之放逐，不背本也；无失为故，待景差于蒲骚，能笃友也；近则唐勒，祖其从容；远则少陵，述其儒雅；因云洒润，芬泽易流；乘风载响，音徽自远；盖绝节高唱，而肆义放芳讯者。观阳春之台，因文而建；稽巫山之祀，以赋而成。览影偶质，犹或丽之；指迹慕远，亦或张之。然则名与藏而俱存，虽千百世无惑矣。而混淆丘界，五侣上留，樵采弗禁，耕牧同施，吾感焉，是故屋而垣之，礼也。又惧流于简者弗将，而垂于是者难继，微以昆著，瓒以助洪，其大夫之灵，山川之所拱卫，典守者之攸司也。仆又何知焉。

——（清）程启安等《宜城县志》卷九《艺文志上》
2011年宜城市政府重印同治五年重修、光绪九年续修合订本

清方策《修楚大夫宋玉墓垣碑》：古者太史陈诗亦观民风，而楚无诗，韩昌黎曰："楚大国也，以屈原鸣。"太史公曰："屈原死，楚有宋玉、唐勒、景差之徒，皆祖屈原之从容词令，而以赋见称。"骚坛屈宋谁昔然矣。予籍闽南，徃党有三才子、十才子之目，居恒仰止乡先生，而骚赋则规抚屈宋，屈宋固骚赋之祖也。乙亥二月，摄官宜城。今考邑志，城南三里有宋玉宅，宅后不数武，冢与毗连。以冢证之，《渚宫故事》谓宅在江陵者，是甍言也。予春行县，问其宅，星移物换，冢独孑然，道周蓬颗蔽之。《志》载前明正德间，邑令朱崇学櫩其墓，历曰楚大夫宋玉之墓，大书特书，冢即不为堙冢抗言。自昔嘉靖间，抚治路迎置守冢一家，今已人事代谢矣。建祠宇三楹，荒草中隐隐剩石礫二，败瓦颓垣无有矣。过此以往，又乌知冢外周遭壖地不犁为田也，牧人蹢躅而咿嚶。予亦低回留之不忍去。去岁嘉平月既望，予捐赀鸠工，胡不辇山石，石有时以泐，终为他人柱下石也；胡不以属搏埴之工，中唐有甓，范土火烁而成质，火气尽而质坏，土偶所谓仍然故我也。惟荒度土功，规墓而抚之，周于四隅堵墙，方而围之，墙高与冢埒，墙围广袤七十五丈有奇，护墓羡也。墙内树其土之所宜木若干柯，不必白杨萧萧也。料工再徙月而工竣，又置其旁良田若干亩给守冢，捍牧圉、禁樵采也。国稞粮注曰宋田可久，则贤人之业也。废扫而更，怠张而相。予适墓而踌躇四顾，旷如也，奥如也。予因之有感矣，宋大夫生而宅

于宜，及窆而抱磨于宜，始终固宜人也；三闾大夫生于秭归，归之北土，人犹有指其里居者而泊怀南徂土沙，投于长沙之汨罗以死，两人之所遭固有幸不幸也。予令宜邑岁一周，宋大夫之里居丘墓旦暮迁之，三闾大夫琐尾流离，之生之死，两湖南北，地角天涯，以予宦途所未经，亦如宋玉之赋《招魂》，想象于无何有之乡，则予之景仰于二人者所迂又有幸不幸也。古人数千百年后之遗踪，予今日数千百里外之凭吊，我不见古人，古人不见我，魂归来些，感慨系之矣。

——（清）程启安等《宜城县志》卷九《艺文志上》
2011年宜城市政府重印同治五年重修、光绪九年续修合订本

楚大夫宋玉墓，在县东二十里浴溪河南岸，即澧长乐乡。向有墓碑，人误称"宋王坟"，唐李群玉辨之，有"雨蚀玉文旁没点，至今错认宋王坟"之句。

——（清）禇维恒、尹龙澍等《安福县志》卷二十八《古迹·古墓》
同治己巳（八年）重修、安福县本衙藏板

3. 宋玉城、宋玉庙

宋玉城：在澧州南六十里长乐乡。有宋玉庙，又有铜昏堰，以铜冶为之，亩收三十钟。

——（明）李贤等《明一统志》卷六十二《岳州府·古迹》
影印《文渊阁四库全书》第472—473册（台湾）商务印书馆1986年版

宋玉城：州西南长乐乡。

——（清）姚培谦、张云卿、张隆孙《类腋》卷六《澧州·古迹》
影印《续修四库全书》第1248—1249册上海古籍出版社2002年版

宋玉城，在州西南六十里长乐乡，有宋玉庙。

——（清）迈柱、夏力恕等《湖广通志》卷七十九《古迹志·直隶澧州》
影印《文渊阁四库全书》第531—534册（台湾）商务印书馆1986年版

宋玉城：在州南六十里长乐乡。《舆地纪胜》：宋玉城内有宋玉庙及铜昏堰，皆以铜冶为之，今亩收三十种。

——（清）穆彰阿、潘锡恩等《大清一统志》卷二百八十七《澧州·古迹》
影印《文渊阁四库全书》第474—483册（台湾）商务印书馆1986年版

宋玉城，在县东十二里长乐乡，原澧州境，今拨入安福。或称宋王城者，误，详《古迹志》。《舆地纪胜》：宋玉城内有宋玉庙及铜溷堰，皆以铜冶为之，亩收三十种。（本注：种一作钟。）《通志》：在州南六十里。按，旧志以玉乃词客，所居不应名城，或者古有此城，宋玉尝居之，故后人即以玉名，亦未可定，犹新城有车武子宅，后人遂名车城也。此语近是。

——（清）褚维恒、尹龙澍等《安福县志》卷七《城池·古城》
同治己巳重修、安福县本衙藏板

楚城夕照：即县东宋玉城，（本注：县北申鸣城同。）详见《古城》。考雉堞圮毁，仅余土堆。蔓草荒烟，夕阳惨淡，徘徊凭吊，风景萧然。读《贾谊宅》诗云："秋草独寻人去后，寒林空见日斜时。"同此一番惆怅。

——（清）褚维恒、尹龙澍等《安福县志》卷二十八《古迹·古景》
同治己巳重修、安福县本衙藏板

宋玉庙，在县东十二里，历塑宋玉像祀之。咸丰四年，知县薛湘额题"九辩书院"。是年，邑绅理问衔蒋明试、武进士张鼎元、生员欧阳青，倡捐增建祠于庙西，创修义学，越同治四年落成。互详《学校》。

——（清）褚维恒、尹龙澍等《安福县志》卷二十六《祠庙》
同治己巳重修、安福县本衙藏板

九辩书院义学，在县东十二里宋大夫庙西。咸丰四年甲寅，邑令薛湘以庙祀周代楚大夫宋玉像，题"九辩书院"四字，揭之于门。会邑中封职蒋明试，因其庙宇久为风雨剥蚀，遂与邑进士张鼎元及生员欧阳青、国学孙述湘等定议重修嗣建书院，越同治四年冬藏事。邑绅道衔蒋征焘复以其父遗命，偕弟征杰捐田十石，里人亦共终亩，岁取其田租以供师生膏火。邑绅辛登岸为之记。见《艺文》。

——（清）褚维恒、尹龙澍等《安福县志》卷十四《学校》
同治己巳重修、安福县本衙藏板

清辛登岸《九辩书院记》：书院何为以"九辩"名也？邑东有宋大夫墓，相传为楚宋玉窆葬处，里人重其风雅，立庙祀之，而书院附焉；薛晓帆邑侯，以大夫生平著作中有《九辩》一篇，名之以志古也。创修者谁？则蒋丹山先生善其始，而孙君述湘、欧君云程，共赞厥事也。踵成者谁？则丹山之嗣君道溪昆仲捐赀，以成其美也。噫！荒城古刹，蓬颗徒存，断碣模糊，沉埋榛莽。之数君子者，乃能追慕高踪，共成盛举。数千年荆棘之乡，一旦槐柳阴森，桃李秾郁，子夜诵读声与松风、水韵，杂遝于墨山、道水间，猗欤盛矣。今夫名胜满天下，好事者每构寺观，结亭榭，以供人之游览凭吊，三五少年，遂复联翩举袂，逐队翱翔，甚则载酒寻花，征歌选舞，昔贤托迹之区，竟为今日游冶之地。即有骚人逸士，抚怀遗徽，寄情吟咏，亦不过托诸空言，以致望古遥集之情，而求其有裨实效者，卒鲜。我圣朝兴贤育士，如紫阳、白鹿、岳麓，皆置书院以教养群才。斯即不敢比拟名区，肄业诸生，苟能慕昔贤之遗风，相与效法古人，远绍骚雅，固亦命名者所厚望，创建者所深幸也。大夫有灵，当不以踵事增华见哂矣。跂予望之，是为记。

——（清）褚维恒、尹龙澍等《安福县志》卷三十二《艺文》
同治己巳重修、安福县本衙藏板

4. 宋玉亭、宋玉台

《题宋玉亭》（唐）卢纶

宋玉亭前悲暮秋，阳台路上雨痕收。应缘此处人多别，松竹萧萧也带愁。

——（宋）洪迈《万首唐人绝句》卷十七《七言》
文学古籍出版社1955年版

按，清彭定求等编《全唐诗》卷二百七十作戎昱诗，唯"雨痕收"作"雨初收"。

《送友封》（唐）元稹

轻风略略柳欣欣，晴色空濛远似尘。斗柄未回犹带闰，江痕潜上已生春。兰成宅里寻枯树，宋玉亭前别故人。心断洛阳三两处，窈娘堤抱古天津。

——（清）彭定求等《全唐诗》卷四百一十三
中华书局2003年版

《送刘秀才归江陵》（唐）杜牧

采服鲜华觐渚宫，鲈鱼新熟别江东。刘郎浦夜侵船月，宋玉亭春满袖风。落落精神将有立，飘飘才思杳无穷。谁人世上为金口，借取明时一荐雄。

——（清）迈柱、夏力恕等《湖广通志》卷八十八《艺文志》
影印《文渊阁四库全书》第531—534册（台湾）商务印书馆1986年版

又进，即归州治。江南有巫峡，有楚王楼，有巫山十二峰，有宋玉亭，皆南岸也。

——（元）刘壎《隐居通议》卷二十九《地理·川江图》
《丛书集成初编》第0212—0215册中华书局1983年版

至南京入阳熙门，……张巡、许远庙在西门外，谓之双忠庙。其傍则宋玉台，此地高辛氏子阏伯祈居商邱也。

——（元）陶宗仪《说郛》卷五十六周辉《北辕录》
中国书店1986年版

按，《古今说海》卷十五引此，文字同。

甲子至南京，金改为归德府。过雷万春墓，环以小墙，额曰忠孝雷公之墓。西门外南望，有宋玉台，及张巡、许远庙，世称双庙，睢阳人又谓之双王庙。

——（元）陶宗仪《说郛》卷六十五上范成大《揽辔录》
中国书店1986年版

5. 宋玉井、宋玉石

宋玉石：凡二石，李昉守郡日得之于榛莽间，今移在白雪楼前。

——（宋）祝穆《方舆胜览》卷三十三《郢州·古迹》
祝洙增订、施和金点校《中国古代地理总志丛刊》本中华书局2003年版

宋玉井，在承天府学泮池侧。

——（清）张英、王士禛等《渊鉴类函》卷三十四《地部·井二》
上海古籍出版社2008年版

宋玉石二：李昉守郡时得之榛莽间，后移于白雪楼侧，今失。

——（清）张尊德等《康熙安陆府志》卷三《古迹》
《中国地方志集成》湖北府县志辑第四十二册江苏古籍出版1991年版

宋玉井：在府学泮池侧，泉清冷湛冽，异于池水。

——（清）张尊德等《康熙安陆府志》卷三《古迹》
《中国地方志集成》湖北府县志辑第四十二册江苏古籍出版1991年版

楚贤井：县东一里，亦名宋玉井，在府学泮池侧。

——（清）迈柱、夏力恕等《湖广通志》卷八《山川志·钟祥县》
影印《文渊阁四库全书》第531—534册（台湾）商务印书馆1986年版

宋玉石二，宋李昉守郡得之榛莽间，后移白雪楼侧，今失。

——（清）迈柱、夏力恕等《湖广通志》卷八《山川志·钟祥县》
影印《文渊阁四库全书》第531—534册（台湾）商务印书馆1986年版

宋玉井：在钟祥县东，一名楚贤井，俗名琉璃井。《舆地纪胜》：在旧州学前，楠木山之下。明《统志》：楚贤井，亦名宋玉井，郡守张孝曾建亭名曰楚贤。

——（清）穆彰阿、潘锡恩等《大清一统志》卷二百六十五《安陆府·山川》
影印《文渊阁四库全书》第474—483册（台湾）商务印书馆1986年版

宋（玉）井在府学泮池侧，相传泽宫即玉故宅也。泉味异于他水，上有亭，顺治十年荆西道李棠馥重建，康熙五年大风坏亭，郡守张崇德复修。今亦废。

——（清）许光曙、孙福海等《同治钟祥县志》卷三《古迹》
《中国地方志集成》湖北府县志辑第三十九册江苏古籍出版1991年版

清李堂馥记云：郢学宫为楚大夫宋玉故第，去泮水数武，有泉泠然，相传为宋玉井云。玉盖古词赋祖，地以人传，匪诬评也。顾井以养为义，假令源浅以涸，用弗及于养民。昔杜牧方且作废井文以塞其窦，安在兴复递举。明有刘、孙二公修于前，近有鬵云石公修于后哉尔，复崩有年，会署守娄君过而心恻，毅然思复之。捐俸鸠工，先架水车辘轳以泄其积，凿可四丈许，得泉有四，其一窍出西北，适当井肋，一自东来稍下之，最下二窍，自底上涌，胥清流涓涓，弗克遏也。乃命匠师钉木镇石，纵横围砌，实以炼土，层累而上，如建浮级于九渊中，至口则穿石为盘栏，有亭覆其上。予与诸君子登临其侧，汲而饮之，形神俱爽，不啻偕宋大夫共歌《阳春》《白雪》于兰台焉。闻之《瑞应图》曰"王者清明则醴泉出"。昔李玉兰作荆南节度使，值楚俗佻薄，不穿井饮，下令合钱开井，民咸便之。房豹迁乐陵太守，风教修理，甘泉感之而通。李容嗣令寿安，划翳除径，凿井与民共，今尚留喷玉泉之名。勿谓修井微事也，养也，而教在其中。《易》曰可用汲王明井受其福，是井有焉，或亦可以仰质昔贤矣。是役自经始至告成，仅期月，费百五十缗有奇，皆不取之民间，娄君代庖。数月百废俱举，兹特其一端云耳。

——熊道琛、李权等《钟祥县志》卷四《古迹上》

民国二十六年刻本

6. 其他

蒲骚城：《一统志》云，在邑北三十里；《旧志》云，城北三里；《左传》，郧人军此。《楚纪》云，宋玉在蒲骚，景差被放至蒲骚，见玉曰："不意重见故人，慰此去国恋恋之心。"即此地。

——（清）李可寀等《雍正应城县志》卷七《古迹》

《中国地方志集成》湖北府县志辑第十一册江苏古籍出版社1991年版

三闾大夫庙，在归州东二里相公岑。祀楚屈平，以宋玉配。（《大清一统志》）

——（清）陈诗《湖北旧闻录》卷二十二《坛庙·三闾大夫庙》

《湖北地方古籍文献丛书》本湖北人民出版社1999年版

景差尝寓云梦，后至蒲骚见宋玉曰："昨至云梦，喜见楚山之碧，眼力倍明。"

——（清）张岳崧等《道光云梦县志略》卷十《人物·流寓》

《中国地方志集成》湖北府县志辑第三册江苏古籍出版社1991年版

看花山：即宋玉看花处，邑八景之一，详《古景》。

——（清）褚维恒、尹龙澍等《安福县志》卷四《山川》

同治己巳重修、安福县本衙藏板

看花芳岭：岭在县东，相传楚大夫宋玉尝看花于此。迄今人往风微，而山上野卉争艳，清芬扑鼻，行人游客来往寻芳，摘翠披红，不胜香草美人之慕。

——（清）褚维恒、尹龙澍等《安福县志》卷二十八《古迹·古景》

同治己巳重修、安福县本衙藏板

黄洲湖：在县东十五里，原名泛舟湖，与宋玉城相近。传为宋玉采莲处。

——（清）褚维恒、尹龙澍等《安福县志》卷五《水利》

同治己巳重修、安福县本衙藏板

浴溪渡：在县东十八里，相传为宋玉风浴之处。
——（清）褚维恒、尹龙澍等《安福县志》卷六《津梁》
同治己巳重修、安福县本衙藏板

蒲骚故城：《应城志》：一名蒲骚垒，一名蒲骚台。在应城县西北三十里。《左传》：子会随、蓼、六伐楚而筑蒲骚。《列士传》：宋玉在蒲骚，景差被放至蒲骚见玉。皆此地也。后魏于此置浮城县，隋废。
——（清）赓音布等《光绪德安府志》卷三《地理志·古迹》
《中国地方志集成》湖北府县志辑第十二册江苏古籍出版社 1991 年版

（二）与宋玉作品有关的遗迹传说

1. 阳云台、阳台山

阳台庙在县南二十五里，有阳台山，山在汉水之阳，山形如台。按宋玉《高唐赋》云，楚襄王游云梦之泽，梦神女曰：妾在巫山之阳，高邱之阻，朝朝暮暮，阳台之下。遂有庙焉。今误传在巫峡中，县令裴敬为碑，以正其由。
——（宋）乐史《太平寰宇记》卷一百三十二《淮南道十·安州·汉川县》
《宋本太平寰宇记》中华书局 2000 年版

阳云台，高一百二十丈，南枕长江，楚宋玉赋云"游云阳之台，望高堂之观"，即此。
——（宋）乐史《太平寰宇记》卷一百四十八《夔州》
《宋本太平寰宇记》中华书局 2000 年版

自鄂渚至襄阳七百里，经乱离之后，长途莽莽杳无居民，唯屯驻诸军，每二十里置流星马铺，传达文书，七八十里间则治驿舍，以为兵帅往来宿顿处。士大夫过之者，亦寓托焉。乾道六年，江同祖为湖广总领所干官，自鄂如襄，由汉川抵阳台驿，夜为蚊所挠不得寝，戒从卒鸡初鸣即起。驿吏白曰："此方最荒寂，多猛虎，而虎精者素为人害，比有武官乘马未晓行，并马皆遭啖。今须辨色上道为佳耳。"江如其言。归途过郢州，复当投宿于彼。与皂隶共三骑及两卒前行起差早，觉人马避易，遥望一黄物驰草间，中心绝怖，渐近盖巨鹿，其大如牡牛，固已悚然。……铺卒云："昨于道左得二虎乌，尚未能动步。吾官欲之否？愿以献。"江笑曰："吾岂应养虎自遗患。"却弗取之。

——（宋）洪迈《夷坚志》支景卷一《阳台虎精》
中华书局1981年版

阳云台：在巫山县西北五十步。《寰宇记》：南枕大江。宋玉赋"楚王游于阳云之台，望高唐之观"，即此。

——（宋）祝穆《方舆胜览》卷五十七《夔州》
祝洙增订、施和金点校《中国古代地理总志丛刊》本中华书局2003年版

阳云：襄王与唐勒、景差、宋玉游于阳云之台，玉作《大言赋》。（《古文苑》）《子虚赋》："楚王乃登阳云之台。"孟康云：云梦中高唐之台，宋玉所赋者。言其高出云之阳也。（《汉书》）《文选》作"昭阳"。时所谓阳台者。（互见巫山下）

——（明）陈耀文《天中记》卷十五《台》
广陵书社2007年版

（巫山县城）西北五十步有阳云台，高一百二十丈，南枕长江。楚宋玉赋云："游阳云之台，望高唐之观。"晋孟康注曰：言其高出云之阳也。本志云：阳台山下有土主庙，其神即唐张巡将雷万春。

——（明）曹学佺《蜀中广记》卷二十二《夔州府·巫山县》
《山川风情丛书》本上海古籍出版社1993年版

阳台山：在县治南一里，上有神女祠。宋玉《高唐赋》即此。唐人裴敬作记，碑毁无考。刘禹锡、范致虚皆有诗。巫、汉川皆古楚地，或谓神女会于巫山者，以赋有"妾在巫之阳"之语。李白《南迁过巫山》诗有云："我到巫山者，寻古登阳台。""荒淫竟沦没，樵牧徒悲哀。"白虽以荒淫责王，而意实以巫山为是。然则赋所游于云梦之台者，似为不通矣。窃据范致虚诗有"极目草深云梦泽，连天水阔汉阳城"一联，则阳台之在汉川何疑焉？一说巫山亦有云梦台。地名之讹，在在有之，然李、范相去不甚远，

范诗岂无据耶？虽神女变幻莫测，实有定处。窃据范诗，则阳台为汉川者近是。赋、诗详见《艺文志》。

——（明）秦聚奎等《万历汉阳府志》卷二《疆域志·汉川县·山》
武汉地方志办公室《明万历汉阳府志校注》武汉出版社 2007 年版

阳台寺：一名广福寺，在县东北。

——（明）秦聚奎等《万历汉阳府志》卷二《方外志·汉川县》
武汉地方志办公室《明万历汉阳府志校注》武汉出版社 2007 年版

阳云台：《古文苑》：襄王与唐勒、景差、宋玉游于阳云之台，玉作《大言赋》。《文选》作云阳，时所谓阳台者。

——（明）董说《七国考》卷四《楚宫室》
中华书局 1956 年版

巫山县在江北，缘山为墉，正面巫山，吴之建平郡也，山形绝肖"巫"字。泊舟即骑登高唐观，观在城西土山，三里许，荒凉特甚，朝云之庙，略无仿佛，其东即阳云台，在县治西北五十步，高一百二十丈，二山皆土阜，殊乏秀色，而古今艳称之，讵不以楚大夫词赋重耶！溪东一山，枕江岸之北，与巫山隔水相望，曰箜篌山。山前复有小山，其巅即神女庙，旧毁于兵，近始构茅屋三楹，西向，冠帔俨然，颇得姽婳幽静之态。有嘉靖中范守已碑，极辨神女是王母第二十三女，为云华上宫夫人，尝命其侍奉大翳、庚辰、童律、虞余等佐禹治水，有大功德于人，不应缘宋玉微词，以儿女子亵之。按，六朝唐人诗，多言入梦之事。白乐天刺忠州，泝峡未至，繁知一先题诗庙中云："忠州刺史今才子，行到巫山必有诗。为报高唐神女道，早排云雨候清词。"时人传为佳话。至二苏乃作诗正之，子瞻云："上帝降瑶姬，来处荆巫间。神容岂在猛，玉座幽且闲。"子由云："尧使大禹导九川，石陨山坠几折股。丹书玉笈世莫窥，指示文字相尔汝。"骚赋之词，不必深辩也。

——（清）王士禛《带经堂诗话》卷十三《遗迹类》
人民文学出版社 1963 年版

阳云台:《荆州记》曰：江陵有章华台、阳云台，皆楚王所建。今惟传章华而兹台无考矣。

——（清）孔自来《顺治江陵志馀·志古迹·阳云台》
《中国地方志集成》湖北府县志辑第三十册江苏古籍出版社 1991 年版

阳台山：汉川南。范致虚诗：伤心独立阳台望，暮雨凄凉宋玉情。《广舆记》：上有神女庙，宋玉赋《高唐》于此。

——（清）姚培谦、张云卿、张隆孙《类腋》卷六《汉川府·山川》
影印《续修四库全书》第 1248—1249 册上海古籍出版社 2002 年版

三台八景

楚阳台：治北城内。……阳台暮雨：阳台见《山川》。……按，旧载"三台八景"率多附会，姑存其名于《山川》之后。

——（清）佚名《雍正巫山县志·巫山县·山川》
中国书店 1963 年影抄本

阳台山：按古阳台山在治西里许最高处，常有云气。而北城内亦名阳台山，俱有阳台旧址存焉。

——（清）佚名《雍正巫山县志·巫山县·山川》
中国书店 1963 年影抄本

唐张九龄《阳台山》：庭树日衰飒，风霜未云已。驾言遗忧思，乘兴求相似。楚国兹故都，兰台有余址。传闻襄王世，仍立巫山祀。方此全盛时，岂无婵娟子。色荒神女至，魂荡宫观启。蔓草今如积，朝云为谁起。

——（清）迈柱、夏力恕等《湖广通志》卷八十四《艺文志》
影印《文渊阁四库全书》第 531—534 册（台湾）商务印书馆 1986 年版

阳云台：在巫山县西北。《寰宇记》：台高一百二十丈，南枕长江。宋玉赋云"游阳云之台，望高唐之观"，即此也。《方舆胜览》：在县西北五十步。又高唐观在县西北二百五十步。《吴船录》：所谓阳台、高唐观，今在巫山来鹤峰上。旧志按：司马相如《子虚赋》，前言楚王猎于云梦，后言登阳云之台。孟康注云：云梦中高唐之台。据此当在今荆州及汉阳境。然宋赋言：神女在巫山之阳，高丘之阻，朝朝暮暮，阳台之下。则阳台之巫山，理亦有之；若高唐则实在云梦，不在巫山也。

——（清）穆彰阿、潘锡恩等《大清一统志》卷三百零三《夔州府·古迹》影印《文渊阁四库全书》第 474—483 册（台湾）商务印书馆 1986 年版

阳台山，旧名羊蹄山，在县南一里，俗呼为仙女山。上有女郎石、神女祠，旧有唐裴敬碑，今毁。《北周书·裴宽传》：宽为沔州刺史，州城埤狭，宽恐秋水暴长，陈人得乘其便。即白襄州总管，请戍兵，并请移城于羊蹄山，以避水。胡三省《通鉴》注：汉川有阳台山，土人谓之羊蹄山。《陈志》谓宋玉赋《高唐》即此，未免附会。按，羊蹄山形如羊蹄，阳台之名盖由羊蹄而为，宋玉之赋固当属诸夔州之巫山。

——（清）陶士偰等《乾隆汉阳府志》卷九《地舆·汉川县·山》《中国地方志集成》湖北府县志辑第一册江苏古籍出版社 1991 年版

阳台渡，在县东一里，阳台山下。附宋曾恺《阳台渡诗》："渺渺阳台去，茫茫鹦鹉洲。干戈迷大别，烟雨瞑南楼。"存诗见宋时犹有此渡。

——（清）陶士偰等《乾隆汉阳府志》卷九《地舆·汉川县·山》《中国地方志集成》湖北府县志辑第一册江苏古籍出版社 1991 年版

其西南阳台一山，相传为楚襄王梦神女处。

——（清）陶士偰等《乾隆汉阳府志》卷九《地舆·汉川县·山》《中国地方志集成》湖北府县志辑第一册江苏古籍出版社 1991 年版

阳台山：旧名羊蹄山，俗呼仙女山。山在县治西南一里。周与陈既交恶，周沔州刺史裴宽白襄州总管请益戍兵，并迁城于羊蹄山以避水，即此。（《南史》）康熙己未，五色芝满崖谷，徐方伯惺易名采芝。（《白茅堂集》）

邑人周镛曰：羊蹄山见于《南史》，名为最古，山形圆，故以羊蹄取象。神女阳台之说，本属不经，《前志》谓羊蹄为俗名者，误。楚之季年，逼于强秦，怀留襄嗣，正卧薪尝胆之秋，而远离国都，君臣荒宴，即使事可征信，亦当削而不书，以符《地志》体例，况十九皆寓言乎！乃误于《寰宇记》裴敬作碑一语，辗转附会，致令飞来肆诬，山灵蒙垢。俗语不实，流为丹青，

考古者当有定论矣。

——（清）德廉、尹洪熙等《同治汉川县志》卷七《山川志·山》
《中国地方志集成》湖北府县志辑第九册江苏古籍出版社 1991 年版

广福寺在县治东北，俗名阳台寺丛林也。唐代建，元末修，明洪武年重建，康熙初年重修，咸丰四年贼毁二栋。寺东为武圣庙。

天门邹枚《广福寺新建准提阁记》曰：……吾向谓汉上多女神，如汉阳之桃花夫人，汉川之阳台神女，皆旅祭之，而人获福。彼二神者，皆有功德，而生于周末，于佛法非所闻，今使尽准提，乐其宽以趋于严而入于虚，则汉上之神人尽作佛事，诸君子盖先具准提之宿慧者哉。

——（清）德廉、尹洪熙等《同治汉川县志》卷八《寺观》
《中国地方志集成》湖北府县志辑第九册江苏古籍出版社 1991 年版

阳台庙在县南二十五里，有阳台山，山在汉水之阳，山形如台。按，宋玉《高唐赋》，楚襄王游云梦之泽，梦神女曰："妾在巫山之阳，高丘之阻，朝朝暮暮，阳台之下。"遂有庙焉。(《太平寰宇记》)

胡三省《通鉴》注，汉川有阳台山。按《湖广通志》不载此山，而高唐神女之事，《一统志》收入夔州。唐宋以来文人题咏者，或以为巫山，或以为阳台，迄无定论。考楚都鄢郢，在江陵、宜都之间，西距夔，层峦叠嶂，水陆错杂，于楚为邻国，去国都仅半千里。或言《高唐赋》云，襄王与宋玉游云梦之台；《神女赋》则云，游云梦之浦。又赋言："登巉岩而下望，临大阺之稸水。遇天雨之新霁，观百谷之俱集。"与今巫峡相去甚远。必谓阳台在巫山，虽百喙群起，不能并其山形水势而移之。况《水经》《舆图》未有不言云梦在大江南北者。今汉川西南，北距云梦止数十里，陂泽相连，止有仙女三峰起如蓬岛之在海中，似与宋赋"洪波淫淫，倾岸洋洋"之语相合。不知当日梦泽九百里，所包者广，不仅指今云梦县。且独不闻"妾在巫山"一言乎！既曰："妾巫山之女，高唐之客。"其非汉川此山，可知。不得以词赋之荒唐，而虽听其讹传，失实也。阳台山，旧《志》主羊蹄一解，力辨阳台为附会。兹检万历时所修《老志》，援据《高唐》《神女》二赋，层层驳诘，几令必以夔州巫山为信者无从置喙。总之，不能移云梦为巫

山一语，足以定此山之所在也。顺治中，邑令冀应熊题曰"飞来峰"，石刻山顶。(《林志稿》)

——(清)德廉、尹洪熙等《同治汉川县志》卷二十二《杂记》
《中国地方志集成》湖北府县志辑第九册江苏古籍出版社1991年版

2. 神女庙

神女庙，在峡之岸。

高都山，《江源记》云，《楚辞》所谓"巫山之阳，高丘之阻"，"高丘"盖高都也。

……

楚宫，在县西北二百步，在阳台古城内，即襄王所游之地。

阳云台，高一百二十丈，南枕长江，楚宋玉赋云："游阳云之台，望高堂之观。"即此。

——(宋)乐史《太平寰宇记》卷一百四十八《山南东道七·夔州》
《宋本太平寰宇记》中华书局2000年版

谒巫山庙，两庑碑版甚众，皆言神佐禹开峡之功，而诋宋玉《高唐赋》之妄，予亦赋诗一首："真人翳凤驾蛟龙，一念何曾与世同。不为行云求弭谤，那因治水欲论功。翱翔想见虚无里，毁誉谁知溷浊中。读尽旧碑成绝倒，书生惟惯诒王公。"

——(宋)陆游《剑南诗稿》卷二
钱仲联《剑南诗稿校注》上海古籍出版社2005年版

神女庙乃在诸峰对岸小岗之上，所谓阳云台、高唐观，人云在来鹤峰上，亦未必是。神女之事，据宋玉赋云，以讽襄王，其词亦止乎礼义，如"玉色频以赪颜、羌不可兮犯干"之语，可以概见。后世不察，一切以儿女子亵之，余尝作前后《巫山高》以辩。今庙中石刻引《墉城记》："瑶姬，西王母之女，称云华夫人，助禹驱鬼神斩石疏波，有功见记，今封妙用真人。"庙额曰"凝真观"。从祀有白马将军，俗传所驱之神也。

——(宋)范成大《吴船录》卷下
《丛书集成初编》第3153册中华书局1983年版

高唐神女庙，在巫山县西北二百五十步。有阳台。《漫叟诗话》："高唐事乃怀王，非襄王也。"《苕溪渔隐》曰："《高唐赋》云：昔楚襄王与宋玉游于云梦之台。玉曰：'昔先王尝游高唐，怠而昼寝，梦一妇人，曰妾巫山之女也。'李善注：'楚怀王。'则漫叟之言是也。然《神女赋》复云襄王与宋玉游云梦之浦，使玉赋高唐之事，其夜与神女遇。异同当考。"《襄阳耆旧传》曰："楚襄王游于高唐，怠而昼寝，梦见一妇人，云：'我帝之女，名瑶姬，未行而亡，封于巫山之台。'乃辞去，曰：'妾在巫山之阳，高邱之岨。朝为行云，暮为行雨。'比旦视之，如其言。乃立庙，号为'朝云'。"年代已久，今无遗迹。

——（宋）祝穆《方舆胜览》卷五十七《夔州》
祝洙增订、施和金点校《中国古代地理总志丛刊》本中华书局2003年版

巫山神女庙两庑碑文，皆言神助禹开峡有功，是以庙而祀之，极诋宋玉云雨之妄。余谓与扬州后土韦郎事相似。旧塑绿衣年少于旁。明道以其亵渎，遂撤去之。

——（元）盛如梓《庶斋老学丛谈》卷一
《丛书集成初编》第328册中华书局1983年版

神女庙：在巫山县治西北。旧《传》：楚襄王游于高唐，梦一妇人云："我帝之女，名瑶姬，未行而亡，封于巫山之台。"及辞去曰："妾在巫山之阳，高丘之岨，朝为行云，暮为行雨。"比旦视之，如其言，遂立庙，匾曰"朝云"。《漫叟诗话》：高唐事乃怀王，非襄王也。然《神女赋》云："襄王游云梦之浦，使玉赋高唐之事，其夜与神女遇"云。唐李义山诗："一自高唐赋成后，楚天云雨尽堪疑。"宋吴简言诗："惆怅巫娥事不平，当时一梦是虚成。只因宋玉闲唇吻，流尽巴江洗不清。"

——（明）李贤等《明一统志》卷七十《龙安府·祠庙》
影印《文渊阁四库全书》第472—473册（台湾）商务印书馆1986年版

楚入蜀县，首为巫山。倚山俯江，官民高下而居。江口有神女庙，荒芜不治，乃有司新移置者。旧庙在江干，离县十里，闻亦颓废。予令人揭古碑，无有也。宋玉《高唐赋》，想随襄王之梦逝矣。

——（明）何宇度《益部谈资》卷下
《丛书集成初编》第3190册中华书局1983年版

（巫）峡中有十二峰，曰望霞、翠屏、朝云、松峦、集仙、聚鹤、净日、上升、起云、栖凤、登龙、圣泉。其下即神女庙。范成大《吴船录》云：下巫山峡三十五里至神女庙，庙前滩尤洶怒，十二峰俱在北岸，前后映带，不能足其数。十二峰皆有名，不甚切事，不足录。所谓阳台、高唐观，人云在来鹤峰上，亦未必是。神女之事，据宋玉赋，本以讽襄王，后世不察，一切以儿女亵之。今庙中石刻引《墉城记》：瑶姬，西王母之女，称云华夫人，助禹驱鬼神斩石疏波，有功见纪，今封妙用真人。庙额曰"凝真观"。《入蜀记》云：二十三日过巫山凝真观，谒妙用真人祠。真人即世所谓巫山神女也。……庙后山半有石坛平旷，传云，夏禹见神女授符书于此坛上。

——（明）曹学佺《蜀中广记》卷二十二《名胜记·巫山县》
《山川风情丛书》本上海古籍出版社 1993 年版

《集古录》云：神女庙：唐李吉甫诗一首，以贞元十四年刻；邱元素一首，无刻石年月；李贻孙二首，会昌五年刻；敬骞一首，元和五年刻，沈幼真书，其他皆无书人名氏。可摸揭。

——（明）曹学佺《蜀中广记》卷二十二《名胜记·巫山县》
《山川风情丛书》本上海古籍出版社 1993 年版

真定神女楼：昔赵武灵王梦神女于此，令群下赋咏之，此乃真梦，非如宋玉微辞，而古今罕知者。余庚子、丙子屡过之，赋诗云："神女楼空雁塞孤，照眉池涸半寒芜。邯郸宾客皆能赋，谁似朝云楚大夫。"

——（清）王士禛《渔洋诗话》卷中
迪志文化出版公司 2003 年版

《渔洋诗话》：巫峡中神女庙在箜篌山麓，茅茨三间，而神像幽闲婥画可观，其西即高唐观也。余壬子过之，赋诗云："箜篌山下路，遗庙问朝云。冠古才难并，流波日易曛。玉颜空寂寞，山翠日氤氲。西望章华晚，含情尚为君。"

——（清）王士禛《带经堂诗话》卷十三《遗迹类·二三》
人民文学出版社 1963 年版

明张应登《巫山神女庙碑》曰：巫山神女，宋玉为襄王赋之，谓其能入怀王之梦。盖玉以王溺于细腰，神其说以中之，无是事也。然则山果无神女乎？于传有之。禹继父治水，东造绝迹，西延积石，南逾赤崖，北过寒谷。有所滞，必召神问之。凿泯江，立瞿峡，千岩万壑，联络千里，乃仰天啸叹。俄见神人，状肖美女，自空而下，授玉篆灵符，且命其臣任章、童律等六人，为禹翼助。及奠分山川，告厥成功，还至巫峡，思神女助力，询于童律。律对曰："神乃帝女瑶姬，云华夫人也。"瑶姬，西王母之女，云华夫人，助禹治水者。见范成大《吴船录》。封于巫山之麓，或为轻云，或为霡雨，或为游龙，或为翔鹤，既化为石，复化为人。千变万化，不可殚述。庙在县东三十里许，十二峰南，飞凤峰之麓。阶下断碑，有"地平天成，权舆于此，功被我民"之句，旧字如南岳禹碑，汉晋人以今文书之者。是禹以成功而始祀神女，其来已远。宋治平中，诏葺庙宇。元丰中，敕号"游真"。土人疾病则祷，天旱则祷，祷则应。嘉靖十九年，中丞李公毁之，毁玉言之神女也。后制宪王公乔龄复之，复禹祀之神女也。一神女耳，知玉不知禹则毁，信禹不信玉则复。嗟乎！宋玉则说怀王之梦，襄王则想宋玉所说之梦，吾侪可复说宋玉所说之梦乎？

附十二峰：一望霞、二翠屏、三朝云、四松峦、五集仙、六聚鹤、七净日、八上升、九疑云、十栖凤、十一登龙、十二聚泉。

——（清）董含《三冈识略》卷七《神女辩》
辽宁教育出版社 2000 年版

神女庙：治东小河边岭上，即云华夫人祠也。

——（清）佚名《雍正巫山县志·巫山县·祠祀》
中国书店 1963 年影抄本

神女瑶姬：《真诰》：华林字容君，为南极元君紫微夫人，王母第三女。王媚兰，为云林右英夫人，王母第十三女。青娥字愈意，为紫微左夫人，王母第二十女。云华上宫夫人，名瑶姬，王母第二十三女。玉卮，王母小女。常游东海过江，上有巫山焉，流连久之，时大禹理水，天风卒至，禹因拜夫人求助，夫人即援禹策檄、召鬼神之书。按，《天中记》载，瑶姬，炎帝少女，未行而死，葬于巫山之阳，精神化为瑶草。注：瑶草，仙芝之属也。又按，《集仙录》云：云华夫人，王母二十三女，名瑶姬，受炼神飞化之道，常东海游还，过巫峡。时大禹理水驻山下，因与夫人相值，拜而求助，即敕侍女，授禹策召鬼神之书，因命狂章、虞馀、黄魔、庚神、童律等助禹断石疏波，以循其流，禹拜而谢焉。因佐禹治水，肖像庙中，祀之。是神女实大功之正神也，宋玉之言实不足信。

——（清）佚名《雍正巫山县志·巫山县·仙释》
中国书店1963年影抄本

云华夫人祠：昔在飞凤峰，万历年间始移建于治东里许，象山之上。一名神女庙。

——（清）佚名《雍正巫山县志·巫山县·仙释附寺观》
中国书店1963年影抄本

神女庙诗：《集古录》：唐李吉甫诗一首，以贞元十四年刻；邱元素一首，无刻石年月；李贻孙二首，会昌五年刻；敬骞一首，元和五年刻，沈幼真书。其他皆无书人名字。今废。

——（清）佚名《雍正巫山县志·巫山县·古迹》
中国书店1963年影抄本

吴简言经巫山神女庙，题绝句云："惆怅巫娥事不平，当时一梦是虚成。只因宋玉闲唇吻，流尽巴江洗不清。"是夜梦神女来见，曰："君诗雅正，当以顺风为谢。"明日，解缆，一瞬数千里。（黄仲昭《旧志》）

——（清）郝玉麟、谢道承等《福建通志》卷六十七《杂记·汀州府》
影印《文渊阁四库全书》第527册（台湾）商务印书馆1986年版

神女庙：在巫山县东。宋玉《高唐赋》：楚襄王游于云梦之台，望高唐之观，梦一妇人曰："妾巫山之女也，在巫山之阳，高丘之岨，朝为行云，暮为行雨。"故为立庙，号曰"朝云"。

——（清）黄廷桂、张晋生等《四川通志》卷二十八上《夔州·奉节县》
影印《文渊阁四库全书》第559—561册（台湾）商务印书馆1986年版

神女庙：在巫山县东。习凿齿《襄阳耆旧传》：赤帝女曰瑶姬，未行而卒，葬于巫山之阳，故曰巫山之女。楚怀王游于高唐，梦与神遇，遂为置观于巫山之南，号为"朝云"。《吴船录》：自巫峡三十五里至神女庙，庙中石刻引《墉城记》：瑶姬，西王母之女，称云华夫人，助禹驱鬼神斩石疏波，有功见祀。元《统志》：神女庙，唐仪凤元年置。宋宣和四年改曰"凝真观"。绍兴二十年封"妙用真人"。《县志》：在此县东三十里，十二峰前，飞凤峰之麓。

——（清）穆彰阿、潘锡恩等《大清一统志》卷三百零三《夔州府·庙宇》
影印《文渊阁四库全书》第474—483册（台湾）商务印书馆1986年版

仙女庙在采芝山，明初建。俗传供奉仙女杜氏，祈子者每于春间祷之。明邑人林若企《记略》曰：邑之阳台山，传自巫峡。说者疑之，遡其故，山旧有仙女祠，附之杜媪。兹神女之说攸肇，而盘礴云梦之野，宋玉作赋，又若有所指也。余读其赋，辞隐而意寓，事已茫如，而竟索之真，何哉！第是山也，突焉耸翠，冈阜纡回，势若飞翔，襄郢而下，舟行率数十里，环视如削，实吾邑之阴也。……邑人傅均《采芝山仙女庙诗》：山头神女古行宫，铃铎戛击鸣天风。岚气扑阶花影重，环佩委座玉玲珑。巫峡灵迹今最著，兹之祀礼非所崇。山如羊蹄象逼真，遗像旧传息夫人。我闻此语胡卢笑，惟神庙食厥有因。在昔伯禹敷下土，峡水泛溢迷岸渚。老蛟喷沫阳侯舞，昏流倒垂喘吼怒。神女召禹授方略，玉篆灵符光闪烁。兼命六臣供驱使，四载才得勤疏凿。泯江既清复导汉，沧浪三澨俱安澜。此峰飞来何荒唐，裒梦幻事神岂当。元圭告成荷神力，神力在汉人不忘。村人伏腊时报赛，男妇如织道相望。庙祝捧茭女巫进，神厨络绎罗酒浆。绣旗招张鼍鼓震，笙簧夹奏叶宫商。灵芝采兮乐徜徉。

——（清）刘笃庆、白德廉等《同治汉川县志》卷八《寺观》
《中国地方志集成》湖北府县志辑第九册江苏古籍出版社1991年版

3. 高唐

夔州有巫山、高都山。昔楚襄王游高唐，昼寝。梦一妇人曰："妾居巫山之阳，高唐之阻，旦为朝云暮行雨，朝朝暮暮阳台下。"觉而命宋玉赋之。此其地也，有大江。

——（宋）欧阳忞《舆地广记》卷三十二《夔州路·巫山县》
四川大学出版社2003年版

高唐观：傅武仲《舞赋》：楚襄王既游云梦，使宋玉赋高唐之事。李善注：云梦薮在南郡华容县。高唐，楚观名。宋玉《高唐赋序》曰："楚襄王与宋玉游于云梦之台,望高唐之观。"《漫叟诗话》曰:濠州西有高唐馆,俗以为楚之高唐也。宋阎钦爱诗:"借问襄王安在哉,山川此地胜阳台。"盖言其非耳。

——(明)董说《七国考》卷四《楚官室》
中华书局 1956 年版

高唐:禹城南。《孟子》:绵驹处于高唐,而齐右善歌。

——(清)姚培谦、张云卿、张隆孙《类腋》卷八《济南府·古迹》
影印《续修四库全书》第 1248—1249 册上海古籍出版社 2002 年版

高唐州:齐高唐邑,汉置县,隋改曰"章邱",唐改曰"崇武",五代梁改曰"鱼邱",晋改曰"齐城",元置高唐州,仍领县,明省县入州。

——(清)姚培谦、张云卿、张隆孙《类腋》卷八《东昌府》
影印《续修四库全书》第 1248—1249 册上海古籍出版社 2002 年版

高唐山:高唐东北。

——(清)姚培谦、张云卿、张隆孙《类腋》卷八《东昌府·山川》
影印《续修四库全书》第 1248—1249 册上海古籍出版社 2002 年版

高唐山:孝义西,下有温泉,其地名温泉镇,为吉隰诸州往来之道。

——(清)姚培谦、张云卿、张隆孙《类腋》卷九《汾州府·山川》
影印《续修四库全书》第 1248—1249 册上海古籍出版社 2002 年版

高唐观:巫山治西二里,高峰之上。即古高唐,宋玉所赋。

——(清)佚名《雍正巫山县志·巫山县·仙释附寺观》
中国书店 1963 年影抄本

高唐:予元丰元年调博州高唐县令,时黄夷仲廉为监察御史,予往别焉,夷仲口占一绝见赠,云:"高唐不是那高唐,风物由来各异乡。若向此中求梦雨,只应愁煞楚襄王。"盖讥河朔风土人物之质朴也。

——(清)独逸窝退士《笑笑录》卷二《高唐》
申报馆仿聚珍板印本岳麓书社 1985 年版

4. 章华台

《后汉·志》：汝南城父有章华台。注：杜预曰，章华宫在华容县城内。

——（宋）王应麟《玉海》卷一百五十五《官室》
江苏古籍出版社 1987 年版

楚匏居台、章华台

《楚语》：灵王为章华之台。伍举曰："先君庄王为匏居之台，高不过望国氛，大不过容宴豆，木不妨守备，用不烦官府，民不废时务，官不易朝常。"问谁宴焉，则宋公、郑伯；问谁相礼，则华元驷騑；问谁赞事，则陈侯、蔡侯、许男、顿子，其大夫侍之。《左传·昭七年》：楚子成章华之台。（本注:《括地志》：在荆州安兴县东八十里。《郡国志》：华容县东六十里。）《文选注》：陆贾《新语》：楚王作乾谿之台窥天文。《边让传》：作《章华台赋》曰：楚灵王既游云梦之泽，息于荆台之上。前方淮之水，左洞庭之波，右顾彭蠡之隩，南眺巫山之阿。延目广望，骋观终日。顾谓左史倚相曰："盛哉斯乐，可以遗老而忘死也。"遂作章华之台，筑乾谿之室，穷木土之技，单珍府之实，举国营之，数年乃成。（本注：贾子翟使之楚，楚王飨客于章华之台，三休乃至于上。）《东京赋》：楚筑章华于前，赵建丛台于后。《风赋》：楚襄王游兰台之宫。《子虚赋》：楚王乃登阳云之台。（本注:《史记》作"云阳"，《正义》：言其高出云之阳。）《注》孟康曰：云梦中高唐之台，宋玉所赋者。《大言赋》：楚襄王与唐勒、景差、宋玉游于阳云之台。《七发》：登景夷之台。《列女传》：楚有渐台。（本注：齐宣王渐台五重。）《战国策》：楚王盟强台而弗登。梁王觞诸侯于范台，前夹林而后兰台。梁有晖台。《左传》：齐晏子侍于遄台。（本注：又有檀台。）

——（宋）王应麟《玉海》卷一百六十二《官室》
江苏古籍出版社 1987 年版

章华台:《左传》：楚子即位，为章华之宫，纳亡人以实之。杜预曰：章华，南近华容县。余按，楚华容城内又有章华台，盖宫以台名也。

——（明）董说《七国考》卷四《楚官室》
中华书局 1956 年版

章华台:《河南志》：河南开封府商水县西北三里有章华台。初楚灵王筑章华台于华容城，及襄王为秦将白起所迫，北保于陈，更筑此台。

——（明）董说《七国考》卷四《楚宫室》
中华书局1956年版

章华台：郦道元云：在离湖侧，高十丈，广十五丈。左丘明曰：楚筑台于章华之上。韦昭以为章华亦地名也。《新书》云：楚夸翟使以章华之台，台甚高，三休乃至。今监利有台曰"三休"，亦云灵王所筑。袁小修云：章华台在今三湖之间。所云蒿台寺诸处或其遗址，近沙市者，为豫章台。

——（清）孔自来《顺治江陵志馀·志陵陆·章华台》
《中国地方志集成》湖北府县志辑第三十册江苏古籍出版社1991年版

章华宫:《左传》云：楚灵王为章华之宫，纳亡人以实之。当在章华台上。任昉曰：灵王宫人数千，多愁旷，有囚死于宫中者，墓上生草，氛氲红翠，曰"宫人草"。细腰之魂，虽死犹迷人。

——（清）孔自来《顺治江陵志馀·志宫室·章华宫》
《中国地方志集成》湖北府县志辑第三十册江苏古籍出版社1991年版

章华台：胡曾诗："茫茫衰草没章华，因笑灵王昔好奢。台土未干箫管绝，可怜身入野人家。"《通志》：有二，一在府城外沙市；一在监利东北。《国语》：楚灵王为章华之台，与伍举登焉，即此。又名三休台。贾谊《新书》：翟王使使至楚，楚王夸之，飨于章华之台，三休乃至。台名"三休"，疑取诸此。

——（清）姚培谦、张云卿、张隆孙《类腋》卷六《荆州府·古迹》
影印《续修四库全书》第1248—1249册上海古籍出版社2002年版

5. 兰台

兰台，在州城龙兴寺，宋玉所游。

——（宋）祝穆《方舆胜览》卷三十三《郢州》
祝洙增订、施和金点校《中国古代地理总志丛刊》本中华书局2003年版

兰台：楚襄王游于兰台之宫。(《风赋》)楚有人谓顷襄王曰：王缴兰

台,饮马西河。(《世家》)一名南台,时所谓楚台者也。(《地志》)

——(明)陈耀文《天中记》卷十五《台》
广陵书社2007年版

兰台之宫:《风赋》:楚襄王游于兰台之宫。《楚世家》:楚有人谓顷襄王曰:"王缜缴兰台,饮马西河。"兰台一名南台,时所谓楚台者也。《湖广志》:楚台山在归州城中。旧传:楚襄王建台于此,因名。又杜诗注作云台之宫。

——(明)董说《七国考》卷四《楚官室》
中华书局1956年版

兰亭(台):即旧邸前高冈。昔楚王游于台上披襟当风,即此。眺汉江如带,望三峰诸山如碧云万顷。今毁。

——(清)张尊德等《康熙安陆府志》卷三《古迹》
《中国地方志集成》湖北府县志辑第四十二册江苏古籍出版社1991年版

安陆府儒学,旧在府城东南隅,楠木山西。……洪武十五年知县梁栋徙建兰台,即宋玉宅旧址。

——(清)迈柱、夏力恕等《湖广通志》卷二十二《学校志·安陆府》
影印《文渊阁四库全书》第531—534册(台湾)商务印书馆1986年版

兰台,在县治东。昔楚王与宋玉游于台上,披襟当风,即此。

——(清)迈柱、夏力恕等《湖广通志》卷七十七《古迹志·钟祥县》
影印《文渊阁四库全书》第531—534册(台湾)商务印书馆1986年版

兰台:府东。宋玉《风赋》:楚襄王游于兰台之宫,有风飒然而至,王乃披襟而当之。

——(清)姚培谦、张云卿、张隆孙《类腋》卷六《安陆府·古迹》
影印《续修四库全书》第1248—1249册上海古籍出版社2002年版

6. 鄢

今郢州,本谓之北郢,亦非古之楚都。或曰:"楚都在今宜城界中,有故墟尚在。"亦不然也，此鄢也，非郢也。据《左传》："楚成王使斗宜申为商公，沿汉泝江，将入郢，王在渚宫下见之。"沿汉至于夏口，然后泝江，则郢当在江上，不在汉上也。又在渚宫下见之，则渚宫盖在郢也。楚始都丹阳，在今枝江；文王迁郢，昭王迁鄀，皆在今江陵境中。杜预注《左传》云："楚国，今南郡江陵县北纪南城也。"谢灵运《邺中集诗》云："南登宛郢城。"今江陵北十二里有纪南城，即古之郢都也，又谓之南郢。

——（宋）沈括《梦溪笔谈》卷五《乐律一》
胡道静点校《新校正梦溪笔谈》中华书局1957年版

郢：楚文王始都郢。《括地志》云：平王城郢，在江陵县东北六里，故郢城是也。楚始都丹阳，在今枝江。文王迁郢，昭王迁鄀，皆在今江陵境中。杜预《左传注》云：楚国，今南郡江陵县北纪南城也。谢灵运《邺中集诗》云：南登宛郢城。今江陵北十二里而有纪南城，即古之郢都也，又谓之南郢。桓谭《新论》曰：楚之郢都，车挂毂，民摩肩，市路相交，号为"朝衣新而暮衣蔽"。

——（明）董说《七国考》卷三《楚都邑》
中华书局1956年版

郢中考

《宛委余绪》曰：楚昭王避吴师，由郢涉睢，济江，入于云中，遂奔鄖，鄖即鄖子国，在宋爲安州，今为德安府，非今之郧县也。云中，即云梦地，江南为梦，江北为云。郢本楚都，在江陵北十二里纪南城，所谓南郢也。《阳春》《白雪》之倡在是矣。今之承天，初为安陆，萧梁、唐、宋为郢州，所谓北郢也，其在楚非都会地。然则，郢曲仍当归之江陵，乃为当也。圣楷按：楚都凡四徙，文王自丹阳徙都郢，今江陵县北纪南城是也，即春秋之渚宫矣。至平王所城郢，则在今江陵东北，所谓郢城也。《荆州记》：昭王十年，吴通漳水，灌纪南，入赤湖，进灌郢城，遂破楚，则郢与纪南盖二城云。昭王因避吴难，又徙都鄀，在今宜城县东北三十三里。顷襄王时，秦兵拔郢，又徙都陈，在今河南陈州。考烈王时，又去陈徙都寿春，亦命曰郢，在今南直寿州。若今承天，古之安陆州也，在春秋战国为楚之郊郢地，未尝建都。自刘宋始沿魏置郢州，隶竟陵郡，后人遂以为郢中在是，而不复考正耳。得王弇州此论，为之一快。

——（明）周圣楷《楚宝》卷十五《文苑·宋玉附》
《湖湘文库》本岳麓书社 2008 年版

附：考《元志》云：郢城在安陆州，乃古之郊郢。按郊郢，即《左传》所谓"君次于郊郢，以御四邑"者是也。亦谓之郢中，宋玉所谓"客有歌于郢中"者是也。

——（清）迈柱、夏力恕等《湖广通志》卷三《沿革志·安陆府》
影印《文渊阁四库全书》第 531—534 册（台湾）商务印书馆 1986 年版

7. 白雪楼、阳春亭

白雪楼：《选·宋玉问》："客有歌于郢中者，其始曰《下里》《巴人》，国中属而和之者数千人。其为《阳春》《白雪》，属而和者不过数十人。故其曲弥高，其和弥寡。"今在郡治。谢谔《重建楼记》曰："楚地诸州皆有楼观，收览奇秀，而郢之白雪楼尤雄胜。王介甫《寄题白雪楼》诗：《折杨》《黄花》笑者多，《阳春》《白雪》和者少。知音四海无几人，况乃区区郢中小。千载相传始欲慕，一时独唱谁能晓？古心以此分冥冥，俚耳至今徒扰扰。朱楼碧瓦何年有，榱桷连空欲惊矫。郢人烂熳醉浮云，郢女参差蹑飞鸟。丘墟余响再难得，栏槛兹名复谁表？秋来欲歌声更苦，石城寒江暮空绕。"

——（宋）祝穆《方舆胜览》卷三十三《郢州》
祝洙增订、施和金点校《中国古代地理总志丛刊》本中华书局 2003 年版

白雪楼，在安陆州石城西，下临汉水，取宋玉对楚襄王《阳春》《白雪》之义。

——（明）彭大翼《山堂肆考》卷一百七十一《宫室·楼·白雪》
《四库类书丛刊》本上海古籍出版社 1992 年版

郢州有白雪楼。唐时崔郢州馆孟浩然于楼上，遂有"浩然亭"。后人尊浩然改为"孟亭"。徐渊子与戴石屏同登，约各赋一诗，必以"宋玉石"对"莫愁村"。徐诗云："水落方成放牧坡，水生还作浴鸥波。春风自共桃花笑，

秀色偏于麦垅多。村号莫愁劳想像，石名宋玉漫摩挲。试将有裤无襦曲，翻作阳春白雪歌。"戴诗云："楼名白雪因词胜，千古江山春雨余。宋玉遗踪两苍石，莫愁居处一荒村。风横烟艇客呼渡，水落沙洲人网鱼。借问风流贤太守，孟亭添得野夫无？"

——（明）蒋一葵《尧山堂外纪》卷六十一《宋·徐渊子》
齐鲁书社1997年版

白雪楼：府北石城西边，下临汉江，取宋玉《阳春》《白雪》之句为名。

——（清）姚培谦、张云卿、张隆孙《类腋》卷六《安陆府·古迹》
影印《续修四库全书》第1248—1249册上海古籍出版社2002年版

白云（雪）楼：在石城，下临汉江。楼有五客堂，唐李昉守郡时绘五禽于壁间。鹤曰仙客，孔雀曰南客，鹦鹉曰西客，鹭鹚曰雪客，白鹇曰闲客。

——（清）张尊德等《康熙安陆府志》卷三《古迹》
《中国地方志集成》湖北府县志辑第四十二册江苏古籍出版1991年版

阳春台：高耸平衍，烟云竹树，阴晴异状，城中伟观。

——（清）张尊德等《康熙安陆府志》卷三《古迹》
《中国地方志集成》湖北府县志辑第四十二册江苏古籍出版社1991年版

白雪楼，在石城，下临汉江。取《阳春》《白雪》为名。
阳春亭，在府通判厅，与白雪楼相望。

——（清）迈柱、夏力恕等《湖广通志》卷七十七《古迹志·钟祥县》
影印《文渊阁四库全书》第531—534册（台湾）商务印书馆1986年版

白雪楼在石城西，下临汉江。楼今废，遗址莫寻，然登郡司马黄公光寿所筑之巢云亭，犹可仿佛其大概云。

——（清）许光曙、孙福海等《同治钟祥县志》卷三《古迹》
《中国地方志集成》湖北府县志辑第三十九册江苏古籍出版社1991年版

巢云亭，在石城西，白衣庵上，康熙元年建，旧传白雪楼遗址。下有流云阁，俯临空旷，溪水绕前，为郢人岁时游谯之地。亭孤耸易圮，前后主持僧历有修葺。嘉庆中，郡守衍恩改为省耕亭。

——（清）许光曙、孙福海等《同治钟祥县志》卷三《古迹》
《中国地方志集成》湖北府县志辑第三十九册江苏古籍出版社 1991 年版

宋朱勃《记》云：仆闻郢之白雪楼久矣，日愿登其上，今自洛按襄汉诸郡，望郢而求登楼者，何啻渴之待饮。既至即问，郡守李仲经云："废已久，惟基存焉，仅有一亭。屋漏庳殊甚，非昔人所赋，乌睹所谓白雪楼者哉！"遂与李侯谋成之，度材计工，至鲜而易成，约以踰月可就，庶以慰郢州共乐之情，且不负前贤难和之曲。是可记也。

——熊道琛、李权等《钟祥县志》卷四《古迹上》
民国二十六年刻本

宋李纬《跋朱勃记后》云：白雪楼在石城西，偏当江山胜处。噫！昔人以景物超绝，因取古寡和之曲名，贤士大夫莫不登其楼，咏其景。如唐白居易、本朝王安石、中间名公巨贤之作，所存者无虑百篇，与夫岳阳、黄鹤、浮云皆声称籍甚于世者也。非仁智者性嗜山水，宦游往往违志。昨罢倅金陵，假麾富水，自喜得从容其上也。至则一亭而已，因念名天下者乌可废，鸠工羡材欲一新之，力未能也。会运判朝奉朱公勃行台至止，按部之外，同登故台，周览徘徊，有吊古意，心画经度，材简力易，踰月可就，且为之记，属共成之。十月五日僝工，次月十三日楼成。下础二十，上楹十四，榱桷称是。度旧址之峻、与楼之高，凭栏下瞰，百有十尺，群峰列其前，巨浸奔其下，波光野色，极目千里，云烟飞扬，朝昏万状，足为骚客诗人摅发性情之资。乃采坚珉，刻公之记，以永其传，因笔废兴之序于记之末。

——熊道琛、李权等《钟祥县志》卷四《古迹上》
民国二十六年刻本

清娄镇远《重修白雪亭记》谓：去亭数武，有摩诘绘浩然像于石壁。皮日休题曰"孟亭"，周龙甲记谓孟亭列其西，足证白雪亭自有亭，非孟亭之即为白雪亭也。自康熙初府治火，各亭俱废，官斯土者就浩然遗像所在筑亭其上。考刘余霖《咏雪堂记》，丞署东偏，有岿然于翠岚中者，白雪亭也，壁有浩然踏雪像，相传出摩诘手云云。自是或称白雪亭，或称孟亭，遂混而为一也。

——熊道琛、李权等《钟祥县志》卷四《古迹上》
民国二十六年刻本

8. 其他

羊肠山：在县（交城县）东南五十三里，石磴萦委若羊肠。后魏于此立仓。今岭上有故石墟，俗云太武帝避暑之所。《地理志》：上党壶关亦有羊肠陂。在今潞州界，不谓此也。

——（唐）李吉甫《元和郡县志》卷十六《河南道·太原府》
中华书局1983年版

羊肠山：在县（宜都县）南七十里，高一千三百丈，其山盘屈如羊肠之状。盛弘之《荆州记》云：登羊肠望见南平沮漳，自巴陵左右数百里皆见此山。

——（宋）乐史《太平寰宇记》卷一百四十七《山南东道六·峡州》
《宋本太平寰宇记》中华书局2000年版

冥阨塞：在军东南五十五里，属信阳。又有大小石门，皆凿山为道，以通往来，荆楚守隘之地也。《淮南子》云："太汾、冥阨、荆阮、方城、殽阪、井陉、令疵、勾注、居庸，是谓九塞。"

——（宋）祝穆《方舆胜览》卷三十一《信阳军》
祝洙增订、施和金点校《中国古代地理总志丛刊》本中华书局2003年版

《通典》：魏分南阳置义阳郡。晋宋因之。《舆地广记》：唐为申州，开宝九年为义阳军，太平兴国元年改为信阳军。罗山县有石城山，《史记》魏攻冥阨，谓此山也。《寰宇记》：义阳山在军治东五十步；冥阨塞在军东南五十五里。（本注：有大小石门，皆凿山为道，以通往来，荆楚守隘之地也。《吕氏春秋》："九塞"，"冥阨"，其一焉。）

——（宋）王应麟《通鉴地理通释》卷十三《义阳、三关》
张保见《通鉴地理通释校注》四川大学出版社2009年版

修门：宋玉《招魂》：魂兮归来，入修门些。王逸注：修门，郢城门也。

——（明）董说《七国考》卷四《楚宫室》
中华书局 1956 年版

云梦台：《高唐赋序》：游于云梦之台。《通鉴注》祝穆云：据《左传》邢夫人弃子文于梦中，言梦而不言云；楚子避吴入于云中，言云而不言梦。则知云、梦，二泽也。《汉阳志》：云在江之北，梦在江之南。子产相楚，楚子享之赋，吉日，王以田江南之梦。盖楚之云梦跨江南江北，故有南梦，有北梦。

——（明）董说《七国考》卷四《楚宫室》
中华书局 1956 年版

予之乡名曰沙亭，有烟管冈焉。其高大甲于茭塘诸峰，势与华山狮岭，东趋海门，盖番禺之一镇也。冈之麓，予欲建三闾大夫祠，以宋玉、景差二大夫为配，而题享堂曰"忠"，过仪门曰"日月争光"，寝室曰"词赋之祖"，又刻司马迁所作《列传》以为庙碑，岁时禴祀，率子姓灌献椒浆，弦歌《离骚》二十五篇，以乐神听，斯亦吾宗之盛事也。吾宗本荆楚人，文雅之士，固宜以《离骚》为家学，学其忠，复学其文，以无愧大夫之宗族，无负《离骚》之一书。吾尝谓《诗》亡而后《离骚》作，学《离骚》，所以学三百篇。善学三百篇者，当自《离骚》始。祠既成，将使吾宗操觚之士，皆以祠为归，凡有所作，合之为《三闾家言》，附于《楚辞》之后，岂非大夫之所乐得于其苗裔者哉。

——（清）屈大均《广东新语》卷十七《三闾大夫祠》
《历代史料笔记丛刊》本中华书局 1985 年版

祖香园在沙亭乡，吾以园中草木，皆有先祖三闾大夫之遗香，故以名园。园之中有骚圣堂，其木主书曰："楚左徒三闾大夫先公屈子灵均之位"。旁二主书曰："楚大夫宋玉先生之位"、"楚大夫景差先生之位"。二先生皆高弟子，故以配享。而三闾大夫画像，则以渔父、詹尹参之。以尝相与问答，见诸《楚辞》者也。或谓《渔父》者，三闾大夫寓言；《沧浪》一歌，亦《离骚》之短篇。《离骚》之长，《沧浪》之短，是皆楚风之正，亦一说也。

——（清）屈大均《广东新语》卷十七《祖香园》
《历代史料笔记丛刊》本中华书局 1985 年版

渚宫：《郡志》云，在江陵故城东南，楚顷襄王之离宫也。考《春秋·文公十年传》，楚成王使斗宜申为商公，沿汉泝江，将入郢，王在渚宫下见之。则此宫不自顷襄始。

——（清）孔自来《顺治江陵志馀·志宫室·渚宫》
《中国地方志集成》湖北府县志辑第三十册江苏古籍出版社 1991 年版

阳城：《登徒子好色赋》：东家之子，嫣然一笑，惑阳城，迷下蔡。注：阳城，下蔡，二县名，盖楚之贵介公子所封。《一统志》：阳城故县在府界东，汉省入汝阳。

——（清）姚培谦、张云卿、张隆孙《类腋》卷七《汝宁府》
影印《续修四库全书》第 1248—1249 册上海古籍出版社 2002 年版

楚台山：归州旧城内，楚襄王遇神女处，建台其上。

——（清）姚培谦、张云卿、张隆孙《类腋》卷六《宜昌府·山川》
影印《续修四库全书》第 1248—1249 册上海古籍出版社 2002 年版

楚王池：治东北里许，其水甘美。相传楚襄王于此处纳凉。

——（清）佚名《雍正巫山县志·巫山县·山川》
中国书店 1963 年影抄本

楚王宫：治东。楚襄王所游之地，遗址尚存。黄庭坚刻石所谓细腰宫是也。阳台在北城内。按，《旧志》复载有古阳台，在城西里许高山之上，南枕大江，每阴雨云霭先起。即宋玉所谓"楚王游于云阳之台"也。

——（清）佚名《雍正巫山县志·巫山县·古迹（宫室坟墓附）》
中国书店 1963 年影抄本

三贤堂，在县城威武门外，祀申包胥、宋玉、屈原。

——（清）迈柱、夏力恕等《湖广通志》卷二十五《祀典志·钟祥县》
影印《文渊阁四库全书》第 531—534 册（台湾）商务印书馆 1986 年版

莫愁村，在县治汉江西。相传卢家有女子名莫愁，善歌唱，后入楚王宫，因以名村。宋项安世诗："冉冉水上云，曾听屈宋鸣。娟娟水中月，曾照莫愁行。"王璜诗:"村近莫秋连竹坞,人歌楚些下蕲州。"

——(清)迈柱、夏力恕等《湖广通志》卷七十七《古迹志·钟祥县》
影印《文渊阁四库全书》第531—534册(台湾)商务印书馆1986年版

巫山十二峰名

元刘埙《隐居通议》云:巫山十二峰,终未悉其何名,今因《蜀江图》所载,始得其详,曰独秀,曰笔峰,曰集仙,曰起云,曰登览,曰望霞,曰聚鹤,曰栖凤,曰翠屏,曰盘龙,曰松峦,曰仙人。其裔孙凝附注云:按别书有朝云、净坛、上升、圣泉,而无独秀、笔峰,盘龙,仙人,俟更考是。

国朝翟灏《湖山便览》云:吴山火德庙前,俊石十二,玲珑瘦削,如山峰离立,各以形象名之,曰笔架,曰香炉,曰棋盘,曰象鼻,曰玉筍,曰龟息,曰盘龙,曰剑泉,曰牛眠,曰舞鹤,曰鸣凤,曰伏虎,统称曰巫山十二峰。雍正六年,总督李公卫建亭,题曰:"巫峡峰青"。按,杭州有此巫山十二峰之名,知之者罕。附识于此。

——(清)俞樾《茶香室丛钞》卷十二《巫山十二峰名》
《学术笔记丛刊》本中华书局1995年版

云梦泽:江夏安陆亦有云梦泽。云梦,一泽名,而每处有名者。司马相如《子虚赋》云:云梦者方八九百里。则此泽跨江南北,每处名存焉。(《尚书》孔疏)今荆州府之监利、石首、枝江三县,安陆府之荆门州、沔阳州,黄州府之蕲州及黄冈、麻城二县,德安府之安陆县,俱有云梦之称,盖跨川亘隰兼包势广矣。(《春秋大事表》)

——(清)王履谦等《道光安陆县志》卷三十五《古迹》
《中国地方志集成》湖北府县志辑第十三册江苏古籍出版社1991年版

楚襄王二十年,秦将白起拔西陵。西陵即云梦地,襄王复取之。

宋玉赋:王尝游云梦之台,望高唐之观,其上独有云气。

宋玉、唐勒、景差尝从襄王于云梦之台。王曰:"能为寡人大言者,上座。"唐勒曰:"壮士愤兮绝天维,北斗戾兮泰山夷。"景差曰:"校士猛毅皋陶嘻,大笑至兮摧罘罳。"玉曰:"方地为车,圆天为盖,长剑耿耿倚天外。"王曰:"未也。有能为小言者,赐以云梦之田。"景差曰:"载氛埃兮乘飘尘。"唐勒曰："馆蝇须兮宴毫端。"玉曰："超于太虚之域,出于未兆之庭。视之眇眇,望之冥冥。"王曰："善!"赐之以田。

楚宣王游于云梦,结驷千骑,旌旗蔽天。

二王所游之台与夫宋玉之田、高唐之观,皆不可考。《一统志》载:邑有楚襄王庙,今亦废。然《志》载:云梦于邑,而荆州、竟陵(谨按:竟陵,即今天门县),皆有云梦泽。《志》载:平王沈棺云梦,而荆州有平王冢。云梦阔衍,必欲以一邑当之,非。阙疑之义也。(《云梦十书》)

按,《史记索隐》曰张揖云:"云梦,楚薮也,在南郡华容。"郭璞曰:"江夏安陆有云梦城,南郡枝江有云梦泽,华容又有巴邱湖,俗云即古之云梦泽也。"则张揖谓在华容者,指此湖也。今据安陆南现有云梦城、云梦县,而枝江亦有者,盖县名远取,此泽故有城也。华谓不然,鄀夫人弃子文于梦中,於菟乳之,是梦在鄀境,即今县地。县本为梦,又有於菟乡,非远取枝江之泽而袭称之也。若云在江南、梦在江北,本二泽而兼称之者,以其壤地相接,彼此互称之乎!按,《史记·楚世家》:吴入郢,昭王出亡至云梦,云梦人不知其王也,射伤王,王走郧。《括地志》注:郧即安州安陆县城。《左传》记:"王入云中。"《史记》:"王至云梦走郧。"较《左》益为燎然。(张奎华《旧志》)

——(清)张岳崧等《道光云梦县志略》卷一《舆地》
《中国地方志集成》湖北府县志辑第三册江苏古籍出版社1991年版

三 作家批评

（一）风格与主旨

［孟］柯、敦（淳）于髡、陽（杨）朱、墨翟、子赣、孔穿、屈原、唐革（勒）、宋玉、景瑣（差）之偷（伦）、观五帝之遗［3883］道，明三王之法籍，以下巧（考）诸衰世之成败，论天下之精微，理万物是非，别……［5056］

——佚名《北京大学藏〈汉简·反淫〉》
傅刚、邵永海《北大藏〈汉简·反淫〉简说》，《文物》2011年6期

或问："景差、唐勒、宋玉、枚乘之赋也，益乎？"曰："必也淫。""淫则奈何？"曰："诗人之赋丽以则，辞人之赋丽以淫。如孔氏之门用赋也，则贾谊升堂，相如入室矣。如其不用何？"

——（汉）扬雄《法言》卷二《吾子篇》
汪荣宝《法言义疏》中华书局1987年版

春秋之后，周道寖坏，聘问歌咏不行于列国，学《诗》之士逸在布衣，而贤人失志之赋作矣。大儒孙卿及楚臣屈原离谗忧国，皆作赋以风，咸有恻隐古诗之义。其后宋玉、唐勒，汉兴枚乘、司马相如，下及扬子云，竞为侈俪闳衍之词，没其风谕之义。是以扬子悔之，曰："诗人之赋丽以则，辞人之赋丽以淫。如孔氏之门人用赋也，则贾谊登堂，相如入室矣，如其不用何！"

——（汉）班固《汉书》卷三十《艺文志》
颜师古注《汉书》中华书局1962年版

赋者，敷陈之称，古诗之流也。古之作诗者，发乎情，止乎礼义。情之发，因辞以形之，礼义之指，须事以明之，故有赋焉。所以假象尽辞，敷陈其

志。前世为赋者，有孙卿、屈原，尚颇有古诗之义，至宋玉则多淫浮之病矣。楚辞之赋，赋之善者也，故扬子称：赋莫深于《离骚》，贾谊之作则屈原俦也。

——（明）梅鼎祚《西晋文纪》卷十三挚虞《文章流别论》
影印《文渊阁四库全书》第1398册（台湾）商务印书馆1986年版

自宋玉、景差，夸饰始盛。

——（南朝梁）刘勰《文心雕龙》卷三十七《夸饰》
范文澜《文心雕龙注》人民文学出版社1958年版

史臣曰：……原夫文章之作，本乎情性。覃思则变化无方，形言则条流遂广。虽诗赋与奏议异轸，铭诔与书论殊途，而撮其指要，举其大抵，莫若以气为主，以文传意。考其殿最，定其区域，摭六经百氏之英华，探屈、宋、卿、云之秘奥，其调也尚远，其旨也在深，其理也贵当，其辞也欲巧。然后莹金璧，播芝兰，文质因其宜，繁约适其变，权衡轻重，斟酌古今，和而能壮，丽而能典，焕乎若五色之成章，纷乎犹八音之繁会。夫然，则魏文所谓通才，足以备体矣；士衡所谓难能，足以逮意矣。

——（唐）令狐德棻《周书》卷四十一《王褒庾信传》
中华书局1971年版

昔文王既没，道不在于兹乎，尼父克生，礼尽归于是矣。其后荀卿、孟子服儒者之褒衣，屈平、宋玉弄词人之柔翰，礼乐之道已颠坠于斯文，雅颂之风，犹绵联于季叶，痛乎！

——（唐）卢照邻《卢升之集》卷六《驸马都尉乔君集序》
李云逸《卢照邻集校注》中华书局1988年版

自微言既绝，斯文不振，屈、宋导浇源于前，枚、马张淫风于后，谈人者以宫室苑囿为雄，叙名流者沉酗骄奢为达。故魏文用之而中国衰；宋武贵之而江东乱；虽沈、谢争骛，适先兆齐、梁之危；徐、庾并驰，不能已周、陈之祸。于是识其道者，卷舌而不言；明其弊者，拂衣而径逝。

——（唐）王勃《王子安集》卷八《上吏部侍郎启》
（清）蒋清翊《王子安集注》上海古籍出版社1995年版

欲以文经邦者，宜董、贾；欲以文动俗者，宜扬、马。言偃之文，郁而不见；卜商有《诗序》，其体近六经；屈原、宋玉怨刺比兴之词，深而失中，近于子夏所谓哀以思。

——（宋）姚铉《唐文粹》卷七十七崔祐甫《穆氏四子讲艺记》
浙江人民出版社 1986 年版

君谓六经之后，有屈原、宋玉，文甚雄壮，而不能经；厥后有贾谊，文词最正，近于理体；枚乘、司马相如亦瑰丽才士，然而不近风雅；杨雄用意颇深，班彪识理，张衡宏旷，曹植丰赡，王粲超逸，嵇康标举，此外皆金相玉质，所尚或（殊），不能备举。左思诗赋有《雅》《颂》遗风，干宝著论近王化根源，此后复绝无闻焉。

——（唐）李华《李遐叔文集》卷一《扬州功曹萧颖士文集序》
《四库唐人文集丛刊》本上海古籍出版社 1993 年版

按，宋李昉《文苑英华》卷七百零一录李华《扬州功曹萧颖士文集序》，上引首句作"君以六州之俊"，又"所尚或"后有"殊"字。又宋计敏夫《唐诗纪事》卷二十一《萧颖士》、明杨慎《谭苑醍醐》卷三《萧颖士论文》、明何良俊《四友斋丛说》卷二十三等引此，文字大致相同。

文章本乎作者，而哀乐系乎时。本乎作者，六经之志也；系乎时者，乐文、武而哀幽、厉也。有德之文信，无德之文诈。皋陶之歌、史克之颂，信也；子朝之告、宰嚭之词，诈也。夫子之文章，偃商传焉，偃商殁而孔伋、孟轲作，盖六经之遗也。屈平、宋玉哀而伤，靡而不远，六经之道遁矣。论及后世，力足者不能知之，知之者力或不足，则文义浸以微矣。

——（唐）李华《李遐叔文集》卷一《赠礼部尚书孝公崔沔集序》
《四库唐人文集丛刊》本上海古籍出版社 1993 年版

按，明杨慎《谭苑醍醐》卷三《李华论文》引此，文字同。

白嵚崎历落，可笑人也。虽然颇尝览千载，观百家，至于圣贤相似厥众，则有若似于仲尼，纪信似于高祖，牢之似于无忌，宋玉似于屈原，而遥观君侯，窃疑魏洽，便欲趋就，临然举鞭迟疑之间，未及回避。且理有疑误而成过，事有形似而类真，惟大雅含弘，方能恕之也。

——（唐）李白《李太白文集》卷二十五《上安州李长史书》
巴蜀书社 1986 年版

尝谓：扬、马言大而迂，屈、宋词侈而怨，沿其流者，或文质交丧，雅郑相夺，盍为之中道乎！故夫子之文章，深其致婉，其旨直而不野，丽而不艳。

——（唐）独孤及《毗陵集》卷十三《萧府君文章集录序》
上海古籍出版社 1993 年版

古之作者，因治乱而感哀乐，因哀乐而为咏歌，因咏歌而成比兴。故《大雅》作则王道盛矣，《小雅》作则王道缺矣，《雅》变《风》则王道衰矣，《诗》不作则王泽竭矣，至于屈宋，哀而以思，流而不反，皆亡国之音也。至于西汉扬、马已降，置其盛明之代，而习亡国之音，所失岂不大哉！

——（宋）姚铉《唐文粹》卷七十九柳冕《谢杜相公论房杜二相书》
浙江人民出版社 1986 年版

夫文生于情，情生于哀乐，哀乐生于治乱，故君子感哀乐而为文章，以知治乱之本。屈宋以降，则感哀乐而亡雅正；魏晋以还，则感声色而亡风教；宋齐以下，则感物色而亡兴致。教化兴亡，则君子之风尽，故淫丽形似之文，皆亡国哀思之音也。

——（宋）姚铉《唐文粹》卷八十四柳冕《与滑州卢大夫论文书》
浙江人民出版社 1986 年版

《易》云：观乎人文以化成天下，此君子之文也。自屈宋已降，为文者本于哀艳，务于恢诞，亡于比兴，失古义矣。

——（宋）姚铉《唐文粹》卷八十四柳冕《与徐给事论文书》
浙江人民出版社 1986 年版

秦汉以来至今，文学之盛，莫如屈原、宋玉、李斯、司马迁、相如、扬雄之徒，其文皆奇，其传皆远。生书文亦善矣，比之数子似犹未胜，何必心之高乎？……

生轻宋玉，而称仲尼、班、马、相如为文章。按，司马迁传屈原曰"虽与日月争光可矣"，生当见之乎？

——（南汉）王定保《唐摭言》卷五皇甫湜《与李生第二书》
上海古籍出版社 1978 年版

每申之以话，言必先道德而后文学，且曰后世虽有作者，六籍其不可及已。荀、孟朴而少文，屈、宋华而无根，有以取正，其贾生、史迁、班孟坚云尔。

——（唐）梁肃《毘陵集·后序》
上海古籍出版社 1993 年版

探古作者之论，以屈原、宋玉、贾谊、司马迁、相如、扬雄、刘向、班固为世魁杰，然骚人之辞，怨刺愤怼，虽援及君臣教化，而不能霶洽时论。

——（宋）姚铉《唐文粹》卷九十三裴延翰《樊川文集后序》
浙江人民出版社 1986 年版

子夏序《诗》曰：一曰风，二曰赋。故知赋者，古诗之流也。至于战国，王道陵迟，《风》《雅》寖顿，于是贤人失志，辞赋作焉。是以孙卿、屈原之属，遗文炳然，辞义可观。存其所感，咸有古诗之意，皆因文以寄其心，托理以全其制，赋之首也。及宋玉之徒，淫文放发，言过于实，夸竞之兴，体失之渐，《风》《雅》之则，于是乎乖。逮汉贾谊，颇节之以礼。自时厥后，缀文之士，不率典言，并务恢张，其文博诞空类。大者罩天地之表，细者入毫纤之内，虽充车联驷，不足以载；广厦接榱，不容以居也。其中高者，至如相如《上林》、扬雄《甘泉》、班固《两都》、张衡《二京》、马融《广成》、王生《灵光》，初极宏侈之辞，终以约简之制，焕乎有文，蔚尔鳞集，皆近代辞赋之伟也。

——（唐）李善注《文选》卷四十五皇甫谧《三都赋序》
上海古籍出版社 1986 年版

挚虞《文章流别论》曰：赋者，敷陈之称，古诗之流也。前世为赋者，有孙卿、屈原，尚颇有古之诗义，至宋玉，则多淫浮之病矣。楚词之赋，赋之善者也。故扬子称：赋莫深于《离骚》，贾谊之作则屈原俦也。

——（宋）李昉《太平御览》卷五百八十七《文部·赋》
中华书局 1960 年版

按，明陈耀文《天中记》卷三十七《赋》引《文章流别论》，文字同。

儒者之言，大势凡三变：在战国之时，秦汉之间，若孙、吴、苏、张、范、蔡、荀、列之徒，韩、李、陆、贾、刘、班，下至严安、徐乐之辈，不求知道养德以充其内，惟务骋辞衒术以竞乎外，君子羞之。然犹皆必先有其实，而后托之于言也。再变而至宋玉、相如、王褒、扬雄之流，则一以浮华为尚，沿及隋唐，愈衰愈下，徒托空言而无实矣。三变而唐韩愈氏、宋欧阳氏先后相望，号于一世，儒者宗之，其言不为无见，但未免以文章明道，裂为两物，卒不能复乎古也。

——（宋）王开祖《儒志编》卷首汪循《儒志编原序》
影印《文渊阁四库全书》第696册（台湾）商务印书馆1986年版

按，《性理大全书》有类似记叙。

探道德之理，述性命之精，发天人之奥，明死生之变，此论理之文，如列御寇、庄周之作是也；别黑白阴阳，要其归宿，决其嫌疑，此论事之文，如苏秦、张仪之所作是也；考同异，次旧闻，不虚美，不隐恶，人以为实录，此叙事之文，如司马迁、班固之所作是也；原本山川，极命草本，比物属事，骇耳目，变心意，此托词之文，如屈原、宋玉之所作是也；钩庄列之微，挟苏张之辩，摭班马之实，猎屈宋之英，本之《诗》《书》，折之以孔氏，此成体之文，如韩愈之所作是也。

——（宋）秦观《淮海集》卷二十二《韩愈论》
徐培均《淮海集笺注》上海古籍出版社1994年版

按，宋佚名辑《历代名贤确论》卷八十八《宪宗三·韩愈》引此，文字同。

操觚之士，雕虫是师，景差、宋玉唱于前，枚乘、邹阳应于后，务豪则推嵩岱，喜怪则穷蛇牛，竞巧则较锱铢，纷华则绣鞶帨，虽贾谊节之以礼，扬雄戒夫不为，而气力不足以回狂澜，故支撑不足以起大厦，由汉及魏浸淫，迄于六朝，更隋与唐，败坏极于五代。

——（宋）慕容彦逢《摛文堂集》卷十三《谢试中宏词启》
影印《文渊阁四库全书》第1123册（台湾）商务印书馆1986年版

下逮战国，文乡浸衰，深醇雅正之风，变而为从横捭阖之俗，独屈原、宋玉之徒，崛起其间，颇有古意，博辩瑰丽，未免有感愤谲怪之作，识者谓体慢于三代，《风》杂于战国，乃《雅》《颂》之博徒，而词赋之英杰，不其然欤？

——（宋）李纲《梁谿集》卷一百三十二《文乡记》
影印《文渊阁四库全书》第1125册（台湾）商务印书馆1986年版

贾谊、宋玉赋皆天成自然，张华《鹪鹩赋》亦佳好。

——（宋）苏籀《栾城先生遗言》
影印《文渊阁四库全书》第864册（台湾）商务印书馆1986年版

按，宋王正德撰《余师录》卷三《苏籀》引此，文字同。

《风》《雅》之变，始有《离骚》，与《诗》六义相表里，比兴虽多，然卒皆正而不淫，哀而不怨，宜乎古今推屈宋为盟主。后之数子，如《九怀》《九叹》《七发》《七启》之类，著意摹仿，未免重复。

——（宋）张元干《芦川归来集》卷九《跋苏昭君楚语后》
上海古籍出版社1978年版

呜呼！天下之至理，唯圣人能言之。而心悟至道，有大辩才者亦能言之，然相去远矣。列御寇、庄周之视瞿昙也，夸雄曼衍则可观矣，孰若句句皆入妙理，而极于圣处者乎？若宋玉之赋，则为文章讽喻而已。

——（宋）沈作喆《寓简》卷二
影印《文渊阁四库全书》第864册（台湾）商务印书馆1986年版

窃以《大雅》之音不作，盛德之事无闻，屈、宋勃兴，盖仍止乎正义，班、扬继出，已躏入于虚辞，然骨气犹高而渊源具在。

——（宋）魏齐贤、叶棻《五百家播芳大全文粹》卷二十八程子山《除阁职谢宰相启》
影印《文渊阁四库全书》第1352册（台湾）商务印书馆1986年版

若《高唐》《神女》《李姬》《洛神》之属，其词若不可废，而皆弃不录，则以义裁之，而断其为礼法之罪人也。《高唐》卒章，虽有"思万方，忧国害，开圣贤，辅不逮"之云，亦屠人之礼佛，倡家之读《礼》耳，几何其不为献笑之资，而何讽益之有哉？

——（宋）朱熹《楚辞后语》目录《序》
见《楚辞集注·附楚辞后语》中华书局1963年版

在战国之时，若申、商、孙、吴之术，苏、张、范、蔡之辩，列御寇、庄周、荀况之言，屈平之赋，以至秦汉之间，韩非、李斯、陆生、贾傅、董相、史迁、刘向、班固，下至严安、徐乐之流，犹皆先有其实而后托之于言。唯其无本而不能一出于道，是以君子犹或羞之。及至宋玉、相如、王褒、扬雄之徒，则一以浮华为尚，而无实可言矣。

——（宋）朱熹《晦庵集》卷七十《读唐志》

朱杰人、严佐之、刘永翔《朱子全书》本上海古籍出版社 2002 年版

按，宋章如愚《群书考索》续集卷十七《文章门·古今之文》引此，文字同。

示谕苏氏于吾道，不能为杨墨，乃唐景之流耳。向见汪丈亦有此说，熹窃以为，此最不察夫理者。夫文与道果同耶？异耶？若道外有物，则为文者可以肆意妄言而无害于道。惟夫道外无物，则言而一有不合于道者，则于道为有害，但其害有缓急浅深耳。屈、宋、唐、景之文，熹旧亦尝好之矣，既而思之，其言虽侈，然其实不过悲愁、放旷二端而已，日诵此言，与之俱化，岂不大为心害。于是屏绝，不敢复观。今因左右之言，又窃意其一时作于荆楚之间，亦未必闻于孟子之耳也。若使流传四方，学者家传而人诵之，如今苏氏之说，则为孟子者亦岂得而已哉！况今苏氏之学，上谈性命，下述政理，其所言者非特屈、宋、唐、景而已。学者始则以其文而悦之，以苟一朝之利，及其既久，则渐涵入骨髓，不复能自解免，其坏人才，败风俗，盖不少矣。

——（宋）朱熹《晦庵集》卷三十三《答吕伯恭》）

朱杰人、严佐之、刘永翔《朱子全书》本上海古籍出版社 2002 年版

按，又见《御纂朱子全书》卷五十九《诸子二·苏子》。

自原之后，作者继起，而宋玉、贾生、相如、扬雄为之冠。然较其实，则宋、马辞有余而理不足，长于颂美而短于规过；雄乃专为偷生苟免之计，既与原异趣矣，其文又以摹拟掇拾之故，斧凿呈露，脉理断续，其视宋、马犹不逮也；独贾太傅以卓然命世英桀之材，俯就骚律，所出三篇，皆非一时诸人所及，而《惜誓》所谓"黄鹄之一举兮，见山川之纡曲；再举兮，睹天地之员方"者，又于其间超然拔出，言意之表，未易以笔墨蹊径论其高下浅深也。

——（宋）朱熹《楚辞辩证》卷下《晁录》

朱杰人、严佐之、刘永翔《朱子全书》本上海古籍出版社 2002 年版

按，宋佚名《群书会元》卷三十三《晦庵》、宋章如愚《群书考索续集》卷十七《楚辞》引此，文字同。

屈宋已降，为文者本于哀艳，务于恢诞，亡于比兴。骚人起而淫丽兴，文与教分而为二。（柳冕论文）

——（宋）潘自牧《记纂渊海》卷七十五《著述部》
中华书局1988年版

呜呼，倘诚若是，则所谓文者，特饰奸之具尔，岂曰贯道之器哉！彼宋玉寓言以讽，未必真有是。若相如之事，则君子盖羞道之。服儒衣冠，诵先王言，不惟颜、冉是学，而曰吾以学相如也，抑何其陋耶！

——（宋）真德秀《西山文集》卷三十四《题跋·欧阳四门集》
迪志文化出版公司2003年版

不幸圣人没而王法绝，火于秦，黄、老于汉，佛于晋、宋、齐、梁之间，间有文人才士以主持斯文，攘臂鼓吻以自立其说，然目《离骚》为奴婢，指屈、宋为衙官，骂宋玉为罪人，呼阮籍为俗吏，其标立气势则有之矣，而王法则吾不知也。

——（宋）魏了翁《鹤山集》卷一百零一《唐文为一王法论》
影印《文渊阁四库全书》第1172册（台湾）商务印书馆1986年版

班固曰：不歌而诵，谓之赋；登高能赋，可以为大夫。古者诸侯卿大夫交接邻国，以微言相感，揖逊之时，必称《诗》以喻其志，盖以别贤不肖而观盛衰焉。春秋之时，周衰道微，聘问咏歌不行于列国，学《诗》之士逸在布衣，而贤人失志之赋作矣。大儒孙卿及楚臣屈原，离谗忧国，皆作赋以风，咸有恻隐古诗之义。其后宋玉、唐勒，汉兴，枚乘、司马相如，下及扬子云，竞为侈丽闳衍之辞，没其风谕之义。是以扬子悔之曰："诗人之赋丽以则，辞人之赋丽以淫。如孔氏之门用赋，则贾谊登堂，相如入室矣。如其不用何？"

——（宋）章如愚《群书考索》卷二十《文章门·赋类》
广陵书社2008年版

韩杜集，诗文之大成。所谓文者，有论理之文，有叙事之文，有托词之文，有成体之文。论理之文，如庄周、列御寇是也；论事之文，如苏秦、张仪是也；叙事之文，如司马迁、班固是也；托词之文，如屈平、宋玉是也；钩列庄之微，挟苏张之辩，摭班马之实，猎屈宋之英，本之以《诗》《书》，折之以孔氏,此成体之文,韩愈之所作是也。

——(宋)章如愚《群书考索》续集卷十七《文章门·古今之文》
广陵书社 2008 年版

物感于我,我应之以理而辞之耳,岂校其辞之工拙哉。是以六经之文,经天地,贯万世,与博厚高明并而不朽也。仲尼氏没,本散而末分,源远而流别,文晦于理而文于辞,作之者工于辞而悖于理,故庄、列以之文虚无,仪、秦以之文狙诈,申、韩以之文惨黩,屈、宋以之文怨怼,卒致吕政焚书之厄。

——(元)郝经《陵川集》卷二十二《文说送孟驾之》
山西古籍出版社 2006 年版

《汉·艺文志》传曰:……大儒荀卿及楚臣屈原,离谗忧国,皆作诗以风,咸有恻隐古诗之义。其后,宋玉、唐勒,汉兴,司马相如、枚乘及扬子云,竞为侈丽闳衍之词,没其风谕之义。是以扬子云悔之,曰:"诗人之赋丽以则,辞人之赋丽以淫。如孔氏之门人用赋也,则贾谊登堂,相如入室矣,如其不用何?"

——(元)马端临《文献通考》卷二百三十《经籍考五十七》
中华书局 2011 年版

观乎屈原之《离骚》《九歌》,宋玉、景差之《九辨》诸作,苏、李之赠答,无名氏之《十九首》,哀而不伤,怨而不怒,其《风》之遗音乎。

——(元)李继本《一山文集》卷四《傅子敬纪行诗序》
上海书店 1994 年版

《易》以阐象,其文奥;《书》道政事,其文雅;《诗》发性情,其文婉;《礼》辨等威,其文理;《春秋》断以义,其文严。然皆言近而指远,辞约而义周,固千万世之常经,不可尚已。孔思得其宗,言醇以至;孟轲识其大,言正以辨。若左氏多夸,庄周多诞,荀卿多杂,屈宋多怨,其文犹近古,世称作者。

——(明)朱右《白云稿》卷三《文统》
《四库明人文集丛刊》本上海古籍出版社 1991 年版

诗以言志也,志之所向,言亦随之,古今不易也。《三百篇》自删定以后,体裁屡变,而道微规讽,犹有三代遗意,俚嗻诞谩之辞不与焉。是故屈宋之贞，其言也恳；李苏之别，其言也恨；扬马多才，其言也雄；曹刘多思，其言也丽；六朝志靡则言荡，而去古远矣。

——（明）朱右《白云稿》卷五《谔轩诗集序》
《四库明人文集丛刊》本上海古籍出版社 1991 年版

自微言绝响，圣道委地，屈平宋玉之辞，不陷于怨怼，则溺于謟惑。

——（明）叶盛《水东日记》卷十二《吴兴姚铉集〈唐文粹〉白卷成》
《历代史料笔记丛刊》本中华书局 1980 年版

故扬之（指屈原）者，或过其实；抑之者，多损其真。然自宋玉、贾谊而下，如东方朔、严忌、淮南小山、王褒、刘向之徒，皆悲原意，各有纂者，大抵绅绎绪言，相与嗟咏而已，若原之微言匿旨，不能有所建明。

——（明）叶盛《水东日记》卷二十四《高元之先生变离骚序》
《历代史料笔记丛刊》本中华书局 1980 年版

予曰：是未然文道之器也，不深于道而能文者希矣。夫山不自辉，惟玉之所为；水不自媚，惟珠之所为；文不自工，惟道之所为；文而不深于道，未见其能至也。屈平之怨刺，宋玉之柔婉，庄周之纵放，扬雄之艰深，文乎哉？韩昌黎、欧阳六一因文入道，至而未至者也。

——（明）林俊《见素集》卷二《送丁玉夫序》
《四库明人文集丛刊》本上海古籍出版社 1991 年版

余历览载籍所志，古人之辞，由屈原、宋玉以来不可胜计，而浮靡侈放之辞，盖托讽寓兴者之所共趋，《上林》之后，益芜益漫，亡能尔雅，志士之所贱也。

——（明）康海《对山集》卷九《梦游太白山赋序》
《四库明人文集丛刊》本上海古籍出版社 1993 年版

《九歌》"满堂兮美人，忽独与予兮目成"，宋玉《招魂》"嫭光眇视，目曾波"，相如赋"色授魂与，心愉于侧"，枚乘《菟园赋》"神连未结，已诺不分"，陶渊明《闲情赋》"瞬美目以流盼，含言笑而不分"，曲尽丽情，深入冶态。裴硎《传奇》，元氏《会真》，又瞠乎其后矣，所谓"词人之赋丽以淫"也。

——（明）杨慎《丹铅余录》总录卷十八《古赋形容丽情》
《四库笔记小说》本上海古籍出版社 1992 年版

降是骚人作焉，灵均已伤繁丽，要之有以；至宋玉则夸失实，淫越礼，诗人之义亡矣。代相沿习，其靡日甚。说者皆曰，义苟有合，虽靡何害？於乎，其如文过于质何？扬雄讥文简而用寡，劝百而风一，非过言也。夫文已远于实矣，放而不止，其远益甚，终则徒文而亡实，此古今作者之通蔽也。

——（明）薛蕙《考功集》卷九《答王浚川先生论文书》
《四库明人文集丛刊》本上海古籍出版社 1993 年版

梦泽子曰："古之怨也厚，今之豫也佻。吾非进怨而疾豫也，进厚而疾佻也。夫帝妃之求，怨矣，冀夫之亲焉，所以为贞也；屈子之骚，怨矣，冀君之谅焉，所以为忠也；宋玉之辩，怨矣，冀师之明焉，所以为义也；申胥之哭，怨矣，冀国之复焉，所以为仁也。贞忠义仁，所以为厚也。……怨者其思深，豫者其思浅；怨者其欲俭，豫者其欲侈；怨者其守固，豫者其守渝；怨者其辞信，豫者其辞游。是故帝妃之怨亡，或豫以弃贞矣；屈子之怨亡，或豫以弃忠矣；宋玉之怨亡，或豫以弃义矣；包胥之怨亡，或豫以弃仁矣。是故吾欲子之祛其豫焉，而怨之复也。"微山子曰："子诚楚人也，其言也楚。吾则为皇，锡极俾民，无或作怨，无或作豫，咸归于极。"

——（明）王廷陈《梦泽集》卷十五《问俗》
迪志文化出版公司 2003 年版

春秋之后，聘问歌咏不行于列国，而贤人失志之赋作矣。大儒荀卿及楚臣屈原，离谗忧国，皆作赋以风。其后宋玉、唐勒、枚乘，司马相如，下及杨子云，竞为侈俪闳衍之辞，而风谕之义没矣。迨近世祝氏著《古赋辨体》，因本其言而断之，曰：屈子《离骚》即古赋也；古诗之义，若荀卿《成相》《佹诗》是也。然其所载，则以《离骚》为首，而《成相》等弗录。尚论世次，屈在荀后，而《成相》《佹诗》亦非赋体。故今特附古歌谣后，而仍载《楚辞》于古赋之首，盖欲学赋者必以是为先也。宋景文公有云：《离骚》为辞赋祖，后人为之如至方不能加矩，至圆不能过规。信哉！

——（明）唐顺之《荆州稗编》卷七十三《文艺二·吴讷〈文章辩体二十四论〉》
影印《文渊阁四库全书》第 953—955 册（台湾）商务印书馆 1986 年版

甚矣，楚人之善哀也！盖屈左徒为怀王治辞令，被间而退，伤宗国之就削，而忠之不见明也。忧愁牢搔而作《离骚》，凡天地之傅声而成色，其交于耳目者，一切举而归之于哀，竟以有湛湘之役。其门人宋玉、唐勒辈，又相与推明其旨而伤痛之，托始于《九辩》，而放乎《大招》《招魂》，极矣。二千年来，天下固以善哀归楚。

——（明）王世贞《弇州四部稿》卷六十九《文部·吴氏纪哀序》
上海古籍出版社 1993 年版

庾信曰："屈平、宋玉，始于哀怨之深；苏武、李陵，生于别离之代。自魏建安之末，晋太康以来，雕虫篆刻，其体三变。人人自谓握灵蛇之珠，抱荆山之玉矣。"

——（明）王世贞《艺苑卮言》卷一
罗仲鼎《艺苑卮言校注》齐鲁书社 1992 年版

昔人云：诗文之有骚、赋，犹草木有竹，禽兽有鱼，难以分属。然骚实歌行之祖，赋则比兴一端，要皆属诗。近之若荀卿《成相》《云》《礼》诸篇，名曰诗赋，虽谓之文可也。屈、宋诸篇，虽遒深闳肆，然语皆平典。至淮南《招隐》，叠用奇字，气象雄奥，风骨棱嶒，拟骚之作，古今莫迨。昭明独取此篇，当矣。

——（明）胡应麟《诗薮》内编卷一《古体上·杂言》
上海古籍出版社 1979 年版

昔子云谓，相如之赋曲终雅奏，有近于戏。若楚骚则词虽逸宕，长寄心于君王，本托曲以寄雅，非废雅而为曲也，此固屈、宋、扬、马之流别与！

——（清）黄宗羲《明文海》卷三十四孙七政《邂逅赋序》
中华书局 1987 年版

段落无迹，离合无端，单复无缝，此屈、宋之神也，唯《古诗十九首》仿佛有之。

——（清）贺贻孙《诗筏》
上海古籍出版社 1983 年版

怀忠堂记：至和中蒋概作《怀忠堂记》，谓战国距今作者，如宋玉则止于辨，王褒止于怀，刘向止于叹，贾谊止于吊，皮日休止于讽，梁宋则悼骚而已。

——（清）倪涛《六艺之一录》卷一百零五《石刻文字八十一》
上海古籍出版社 1995 年版

宋大儒朱晦庵先生疏《毛诗·葛覃》曰："赋者，陈其事而直言之也。"夫事寓乎情，情溢于言，事之直而情之婉，虽不求其赋之工而自工矣。屈宋《离骚》历千百年无有讥之者，直以事与情之兼至耳。

——（清）陈元龙《历代赋汇》卷一百零八（明）兴献帝《阳春台赋序》
江苏古籍出版社 1987 年版

庄周旷达，多濠濮之寓言；宋玉风流，游江湖而托讽。

——（清）纳兰性德《通志堂集·渌水亭谦集诗序》
上海古籍出版社 1979 年版

宋、景、枚、马以后，不知约"六经"之旨成文，而文始不贯道。

——（清）魏源《魏源集·国朝古文类钞叙》
中华书局 2009 年版

自孔门七十子之徒，德行、言语、政事、文学，已不能兼谊。其后分散诸国，言语家流为宋玉、唐勒、景差，益与道分裂。荀况氏、扬雄氏亦皆从词赋入经术，因文见道，或毗于阳，则驳于质；或毗于阴，则愦于事。徒以去圣未远，为圣舌人，故至今其言犹立。

——（清）魏源《魏源集·定庵文录·叙》
中华书局 2009 年版

朱子答吕东莱谓："屈、宋、唐、景之文，其言虽侈，其实不过悲愁、放旷二端而已，于是屏绝不复观。"按朱子此言，特有为而发。观其为《楚辞集注》，何尝不取诸家好处？

——（清）刘熙载《艺概》卷三《赋概》
王气中《艺概笺注》贵州人民出版社 1986 年版

（二）传承与语境

事类者，盖文章之外，据事以类义，援古以证今者也。……观夫屈、宋属篇，号依诗人，虽引古事，而莫取旧辞。惟贾谊《鹏赋》始用鹖冠之说，相如《上林》撮引李斯之书，此万分之一会也。

——（南朝梁）刘勰《文心雕龙》卷八《事类》
范文澜《文心雕龙注》人民文学出版社 1958 年版

方是时也，韩魏力政，燕赵任权；五蠹六虱，严于秦令；唯齐楚两国，颇有文学。齐开庄衢之第，楚广兰台之宫，孟轲宾馆，荀卿宰邑，故稷下扇其清风，兰陵郁其茂俗，邹子以谈天飞誉，驺奭以雕龙驰响，屈平联藻于日月，宋玉交彩于风云。观其艳说，则笼罩《雅》《颂》，故知暐煜之奇意，出乎纵横之诡俗也。

——（南朝梁）刘勰《文心雕龙》卷九《时序》
范文澜《文心雕龙注》人民文学出版社 1958 年版

夫志在山水，琴表其情，况形之笔端，理将焉匿？故心之照理，譬目之照形，目了则形无不分，心敏则理无不达。然而俗监之迷者，深废浅售，此庄周所以笑《折杨》，宋玉所以伤《白雪》也。

——（南朝梁）刘勰《文心雕龙》卷十《知音》
范文澜《文心雕龙注》人民文学出版社 1958 年版

建安末，余时在邺宫，朝游夕谦，究欢愉之极。天下良辰美景，赏心乐事，四者难并。今昆弟友朋，二三诸彦，共尽之矣。古来此娱，书籍未见，何者？楚襄王时有宋玉、唐、景，梁孝王时有邹、枚、严、马，游者美矣，而其主不文；汉武帝徐、乐诸才，备应对之能，而雄猜多忌，岂获晤言之适？不诬方将，庶必贤于今日尔。岁月如流，零落将尽，撰文怀人，感往增怆。

——（唐）李善注《文选》卷三十谢灵运《拟魏太子邺中集诗八首序》
上海古籍出版社 1986 年版

按，又见南朝宋谢灵运《谢康乐集》卷三《拟魏太子邺中集诗序》。

屈平、宋玉其文宏而靡，则知楚都物象有以佐之。

——（宋）李昉《文苑英华》卷七百一十六李华《登头陁寺东楼诗序》
中华书局 1966 年版

于是风雅之文变为形似，比兴之体变为飞动，礼义之情变为物色，诗之六义尽矣，何则屈、宋唱之，两汉扇之，魏晋江左随波而不反矣？故萧、曹虽贤，不能变淫丽之体；二荀虽盛，不能变声色之词；房、杜虽明，不能变齐梁之弊。是则风俗好尚系在时王，不在人臣明矣。故文章之道，不根教化，别是一枝耳。

——（宋）姚铉《唐文粹》卷七十九柳冕《谢杜相公论房杜二相书》
浙江人民出版社 1986 年版

文章本于教化，形于治乱，系于国风，故在君子之心为志，形君子之言为文，论君子之道为教。……自屈宋已降，为文者本于哀艳，务于恢诞，亡于比兴，失古义矣。

——（宋）姚铉《唐文粹》卷八十四柳冕《与徐给事论文书》
浙江人民出版社 1986 年版

楚人发语之辞，曰羌，曰謇，平语之间曰些，一经屈、宋采用，后世遂为佳句，但世俗常情，不能无贵远鄙近耳。

——（宋）蔡启《蔡宽夫诗话·诗用方言》
上海古籍出版社 1978 年版

古之圣贤，或相祖述，或相师友，生乎同时，则见而师之，生乎异世，则闻而师之。仲尼祖述尧舜，宪章文武，颜回学孔子，孟轲师子思之类是也。羲《易》成于四圣，《诗》《书》历乎帝王，晋之《乘》，楚之《梼杌》，鲁之《春秋》，其义一也。孔子曰：其事则齐桓、晋文，其文则史，其义则丘窃取之矣。扬雄作《太玄》以准《易》，《法言》以准《论语》。作赋、箴皆有所准：班孟坚作《两都赋》拟《上林》《子虚》，左太冲作《三都赋》拟《二京》，屈原作《九章》而宋玉述《九辩》，枚乘作《七发》而曹子建述《七启》，张衡作《四愁》而仲宣述《七哀》，陆机作《拟古》而江文通述《杂体》。虽华藻随时，而体律相仿。李唐群英，惟韩文公之文、李太白之诗，务去陈言，多出新意。

——（宋）张表臣《珊瑚钩诗话》卷一
清何文焕《历代诗话》中华书局1981年版

按，元陶宗仪《说郛》卷八十三上张表臣《珊瑚钩诗话》引此，文字同。

蔡宽夫《诗话》云：……五方之音各不同，自古文字，曷尝不随用之。楚人发语之辞，曰羌，曰謇，平语之词曰些，一经屈、宋采用，后世遂为佳句。……《苕溪渔隐》曰："老杜诗有'主人送客无所作，行酒赋诗殊未央'之句，则老杜固已先用此方言矣。"

——（宋）胡仔《渔隐丛话》前集卷二十一《香山居士》
人民文学出版社1962年版

诗之作，得于志之所寓，而形于言者也。周《诗》既亡，屈平始为《离骚》，荀卿、宋玉又为之赋，其实《诗》之余也。至其托物引喻、愤惋激烈，有《风》《雅》所未备，比兴所未及，而皆出于楚人之词。后之学者，执笔跂慕，而终身不能道其一二。或曰楚之地，富于东南，其山川之清淑，草木之英秀，文人才士遇而有感，足以发其情致，而动其精思，故言语辄妙，可以歌咏而流行，岂特楚人之风哉，亦山川之气或使然也。

——（宋）韩元吉《南涧甲乙稿》卷十四《张安国诗集序》
中华书局1985年版

今观屈、宋骚辞，所以激切顿挫，有人所不可为者，盖皆发于天。如羌、谇、謇、纷、佗傺、些、只者，楚语也；沅、湘、江、澧、修门、夏首者，楚地也；兰、芷、荃、药、蕙、若、蘋、蘅者，楚物也。以其土风形于言辞，故风雅比兴，一出于《国风》《二雅》之中，不可及已。

——（宋）高似孙《纬略》卷一《楚辞》
影印《文渊阁四库全书》第852册（台湾）商务印书馆1986年版

夹漈郑氏曰，周为河洛，召为岐雍。河洛之南濒江，岐雍之南濒汉。江汉之间，二南之地，诗之所起在于此。屈、宋以来，骚人辞客多生江汉，故孔子以二南之地为作诗之始。

林氏曰：江汉在楚地，《诗》之萌芽自楚人发之，故云江汉之域，《诗》一变而为《楚辞》，即屈原、宋玉为之唱，是文章鼓吹多出于楚也。

——（宋）王应麟《诗地理考》卷一《总说》
中华书局 2011 年版

诗有出于《风》者，出于《雅》者，出于《颂》者。屈、宋之文，《风》出也；韩、柳之诗，《雅》出也；杜子美独能兼之。

——（宋）魏庆之《诗人玉屑》卷一姜夔《白石诗说》
王仲闻校点《诗人玉屑》中华书局 2007 年版

《岁时杂咏》《续岁时杂咏》，宣献公宋庠及其孙叔刚撰。济北晁无咎补之作《序》曰：……屈原、宋玉为《离骚》，最近于诗，而所以托物引类，其感在四时，可以慷慨而太息，想见其忠洁。

——（元）马端临《文献通考》卷二百零六《经籍考·岁时杂咏》
中华书局 2011 年版

陈氏曰：昭武黄伯思长睿撰其序，言屈、宋诸骚，皆书楚语，作楚声，纪楚地，名楚物，故可谓之"楚辞"。若些、只、羌、谇、蹇、纷、佗傺者，楚语也；悲壮顿挫，或韵或否者，楚声也；湘、沅、江、澧、修门、夏首者，楚地也；兰、茝、荃、药、蕙、若、蘋、衡者，楚物也。

——（元）马端临《文献通考》卷二百三十《经籍考·新校楚辞》
中华书局 2011 年版

东南多奇葩异卉，求其铁心石肠，凌厉于风霜雪月间，莫梅若也。是以君子比德焉。书称：若作和羹，用汝作卤梅，其取譬精矣。后世名臣贞士，若何逊、宋玉、林逋之流，模写而形容之，非夸大其词，以炫耀流俗也，盖其心意所适，有至理存焉。

——（明）郑真《荥阳外史集》卷七《梅堂记》
《四库明人文集丛刊》本上海古籍出版社 1991 年版

律诗非古也，而盛于后世。古诗《三百篇》皆出乎情，而和平微婉，可歌可咏，以感发人心，何有所谓法律哉？自屈、宋下至汉魏，及郭景纯、陶渊明，尚有古诗人之意；颜、谢以后，稍尚新奇，古意虽衰而诗未变也；至沈、宋而律诗出，号近体，于是诗法变矣。

——（明）杨士奇《东里集》续集卷十四《杜律虞注序》
中华书局 1998 年版

骚，何为而作也？古者诗言志，歌永言。而骚，诗之变也，其趣远，其声希，徘徊曲折，而求以达其志焉者也。屈、宋至矣，西汉而下，其侈辞乎！

——（明）周瑛《翠渠摘稿》卷三《续骚亭记》
影印《文渊阁四库全书》第 1254 册（台湾）商务印书馆 1986 年版

昔者，楚在春秋时为大国，号多人材，若申叔时、声子、子革、蘧启疆、王孙圉之徒，其辞令雍容，著于传记者，烂然成章矣，盖有先王之遗风焉。是后则有屈、宋、唐、景诸子，以词赋著称，沨沨乎亦风雅之流亚也。

——（明）陆粲《陆子余集》卷一《静芳亭稿后序》
《四库明人文集丛刊》本上海古籍出版社 1993 年版

孔子南游楚，虽不遂获东周，而率其徒相与讲明皇王之术、六籍大指。七十子之伦，其五楚焉。而楚自是称有文矣，乃仅能以其变风变雅之旨，创矩矱而为骚若赋，如屈平、宋玉、唐勒、景差者，至襄阳之杜而变始极。其于称亦甚著，第令天下为文士足张楚而已。

——（明）王世贞《弇州四部稿》卷七十《湖广乡试录序》
上海古籍出版社 1993 年版

然声音之道，既与政通，而文章之兴，又关气运。政有汙隆，气有醇驳，而诗系之矣。当时君上咸典学能文，楚襄诩宋玉之辞，汉武慕相如之作，曹家父子、萧氏诸昺，由此其选也。运革六代，唐数三宗，上好而下从，亦风起之也。

——（明）皇甫汸《皇甫司勋集》卷三十五《盛明百家诗集》
《四库明人文集丛刊》本上海古籍出版社 1993 年版

夫楚多材之邦，而辞赋之薮也，屈原见诋于上官，宋玉蒙诟于登徒，祢衡被害于曹瞒，然其志则争光于日月，而其言则等敞于霄壤矣。

——（明）皇甫汸《皇甫司勋集》卷三十六《梦泽集序》
《四库明人文集丛刊》本上海古籍出版社 1993 年版

按，清黄宗羲编《明文海》卷二百四十二皇甫汸《梦泽集序》引此，文字同。

郢人美《下里》之淫蛙，而薄《六茎》之和音；庸夫好悦耳之华誉，而恶利行之良规。故宋玉舍其延灵之精声，智士招其独见之远谋。（《抱朴子·外篇·博喻》）

——（明）徐元太《喻林》卷五十九《人事门·见弃》
上海辞书出版社 1991 年版

或曰文章一道，与世运为升降者也。余应之曰：非也！各随其耳目之习尚移之。屈宋辱于芊衰，丘明后于麟获；唐之季也，韩柳代兴；宋之终也，文谢崛起。安在其世之为升降也？

——（明）范景文《文忠集》卷五《来禽馆文集叙》
影印《文渊阁四库全书》第 1295 册（台湾）商务印书馆 1986 年版

昔公旦之才艺能事鬼神，夫子之文章性与天道，雅志传于游、夏，余波鼓于屈、宋，雕龙之迹具在《风》《骚》，而前贤后圣，代相师祖赏逐。

——（明）梅鼎祚《隋文纪》卷七《谢齐王暕启》
影印《文渊阁四库全书》第 1400 册（台湾）商务印书馆 1986 年版

屈、宋之文出于《风》，韩、柳之文出于《雅》，风者动也，雅者常也。如曾点之言志似《风》，三子之言志似《雅》；伯奇之《履霜操》似《风》，闵子之《失纼语》似《雅》；柳诗多似《风》，韩诗多似《雅》；太白《风》多于《雅》，子美《雅》多于《风》；至于义山、飞卿，虽本《国风》，然篇篇入《郑》《卫》之响矣。

——（明）徐勃《徐氏笔精》卷三《诗谈·风雅》
福建人民出版社 1997 年版

故景者，天下之所共取也。以其力则取之，谢灵运知之也；以其缘会则取之，桃溪之二士知之也；以其机智法数则取之，费长房知之也。谢灵运伐山辟道，不景不已；二士不知其身之忽然桃溪；费长房坐持地脉，宛然见千里之状。是故三者天下之所归，景也。古之文人为之者，子云蒙盗而挟灵运之斤，渊明、子瞻几仙而饮二士之药，宋玉、长卿、枚乘纵莘神鬼，而佩长房之符。然以为是数子者，才绝体大，不可几见，又以其经天之业，责于今之制举，有不可也。

——（明）倪元璐《倪文贞集》卷七《王芝山中翰书艺序》
《四库明人文集丛刊》本上海古籍出版社1993年版

《汉书·朱买臣传》云：严助荐买臣，召见，说《春秋》，言"楚辞"，帝甚说之。《王褒传》云：宣帝修武帝故事，征能为"楚辞"者九江被公等。"楚辞"虽肇于楚，而其目盖始于汉世。然屈宋之文与后世依放者通有此目，而陈说之，以为唯屈原所著则谓之《离骚》，后人效而继之则曰"楚辞"，非也。自汉以还，文师词宗慕其轨躅，摘华竞秀，而识其体要者亦寡。盖屈、宋诸骚，皆书楚语，作楚声，纪楚地，名楚物，故可谓之"楚辞"。若些、只、羌、谇、蹇、纷、佗傺者，楚语也；顿挫悲壮，或韵或否者，楚声也；湘、沅、江、澧、修门、夏首者，楚地也；兰、茝、荃、药、蕙、若、蘋、衡者，楚物也。率若此，故以"楚"名之。自汉以还，去古未远，犹有先贤风概，而近世文士但赋其体，韵其语，言杂燕、粤，事兼夷、夏，而亦谓之"楚辞"，失其指矣。

——（明）贺复征《文章辨体汇选》卷二百九十四黄伯思《新校楚辞序》
影印《文渊阁四库全书》第1402册（台湾）商务印书馆1986年版

火可画，风不可描；冰可镂，空不可斲。盖神君气母别有追似之手，庸工不与耳。古今高才，莫高于《易》。易者，象也；象也者，像也。其次则《五经》递广之，此外能言其所像人亦不多，左丘明、宋玉、蒙庄、司马子长、陶渊明、老杜、大苏、罗贯中、王实甫、我明王元美、徐文长、汤若士而已。

——（明）贺复征《文章辨体汇选》卷三百二十七王思任《玉茗堂牡丹亭词序》
影印《文渊阁四库全书》第1402册（台湾）商务印书馆1986年版

古昔师、弟子文章并称者，莫若屈、宋矣。尝诵玉《悲秋》一章，托旨兴怀，深悽婉至，自《远游》《天问》而下，罕见其俦。而子云所谓丽以淫者，其《高唐》《神女》诸赋乎！刘舍人云："屈平联藻于日月，宋玉交彩于风云。"又云："屈宋逸步，莫之能追。盖其叙情怨，则郁伊而易感；述离居，则怆怏而难怀；论山水，则循声而得貌；言节候，则披文而见时。是以枚、贾追风以入丽，马、扬沿波而得奇。其衣被词人，非一代也。"亶其然乎！若夫景差《大招》，兴言于流泽，施尚三王，补《招魂》所未逮，抑亦鸾凤之片羽、兰芷之芬芳也。

——（明）周圣楷《楚宝》卷十五《文苑·宋玉》
《湖湘文库》本岳麓书社 2008 年版

夫《三百》不得不变为屈宋，屈宋不得不变为苏李，苏李不得不变为曹刘，曹刘不得不变为齐梁诸子，齐梁不得不变为神龙、景云，以至开元、天宝，其间格调虽殊，所以补裨风化，陶写性情者，源流则一。今必专祖汉魏，以时代限之，而谓初盛之诗去古皆远，非通论也。

——（清）朱鹤龄《愚庵小集》卷八《汪周士诗稿序》
华东师范大学出版社 2010 年版

文之至也，自孟轲七篇非门人所述，汉唐以来，崛起雄鸣于世者，比比然也。宋玉遭毁，乃赋《阳春》；扬雄慕古，悔其少作；英雄玩世，类非诚语。由今观之，悲秋之调，不离楚声；《太玄》之撰，特变音节；雕虫篆刻，故步犹存，恶在其悔之也。昌黎云，己所大惭，人以大好，岂谓光范三书等乎！太白陋其《大鹏赋》，至欲烧焚，何不更作而直并存于世，贻其惭陋也？故仆以为尽英雄玩世之语，虽吾文也有涯，吾意也无涯。诸贤之不自慊，岂不亦有诚然者乎！

——（清）黄宗羲《明文海》卷一百五十二侯一元《东曹紫峰》
中华书局 1987 年版

盖万物之情，各有所至，而人以聪明智慧操且习于其间，亦各有所近，必专一以致其至，而后得以偏有所擅，而成其名。故世皆随孔氏以非达巷，而仆独谓孔氏之言者，圣学也，今人未能学圣人之道，而轻议达巷者，皆惑也。屈、宋之于赋，李陵、苏武之于五言，马迁、刘向之于文章传记，皆各擅其长，以绝艺后代，然竟不能相兼者，非不欲也，力不足也。

——（清）黄宗羲《明文海》卷一百五十五茅坤《与蔡白石太守论文书》
中华书局 1987 年版

夫人之哀至而哭，乐至而嘻，智愚所同情也。今使庸夫牧竖抵掌顿足言悲喜之状，终日无足听者；贤士骚人笔为史，作为诗，虽累千百世，人读之无不起舞长啸，或乌乌然泣下霑衣，其言至而情出也。《三百篇》以下，屈、宋、苏、李、曹、刘诸家之作，苟可传者，皆是类也。人各有情，而非贤士骚人不能道，何也？沐浴芳泽者，言馥郁于沚兰，怀抱古今者，声流被于金石，自然之势也。

——（清）施闰章《学余堂文集》卷三《诗原序》
影印《文渊阁四库全书》第1313册（台湾）商务印书馆1986年版

吾尝谓，六经之文体制迥别，而义蕴无穷，千万世文章不能外焉。下此如老、庄、荀、列、申、韩之书，屈原、宋玉之骚赋，汉两司马、董仲舒、刘向、扬雄，唐宋韩、柳、欧阳、苏、曾之文章，方其书之未成也，天下固不知有如此之文也，及其既成而出之，虽纯驳不一，皆为天地间不可磨灭之文，何则？其学有本，而发之性情者真也。人必有真性情，而后有真学术；有真学术，而后有真文章。若徒剽窃模拟，虽穷极工巧，终为陈腐，归于澌尽泯灭而已。

——（清）汤斌《汤子遗书》卷三《唐成斋制义序》
影印《文渊阁四库全书》第1312册（台湾）商务印书馆1986年版

楚《骚》之音，殊于《风》《雅》，汉魏之音，异于屈宋。此易于时代者也。

——（清）朱彝尊《曝书亭集》卷三十四《合刻集韵类篇序》
《曝书亭全集》吉林文史出版社2009版

昔之采风者，不遗邶、鄘、曹、桧；而吴、楚大邦，不见录于辀轩之使。后百六十年，屈、宋、唐、景，楚风代兴。若夫吴以延州来、季子之知乐，子言子之文学，宜其有诗而无诗。岂非山川清淑之气以时而发，后先固不可强邪？

——（清）朱彝尊《曝书亭集》卷三十八《张君诗序》
《曝书亭全集》吉林文史出版社2009版

古诗三千余篇，孔子去其重复，取三百有五，其信矣。夫自后变而为骚，为乐府，为五言，为七言，为六言，为律，为长律，为绝句，降而为词，为北曲，为南曲。作之者恒虑其同则变，变而其体已穷，则不得不复趋于古。……故正考父、奚斯之颂，不同乎周；景差、宋玉之辞，不同乎屈平。

——（清）朱彝尊《曝书亭集》卷三十七《序·叶指挥诗序》
《曝书亭全集》吉林文史出版社 2009 版

奉周之典籍以奔楚：周之典籍尽在楚矣，三坟、五典、八索、九丘，左史倚相，观射父读之。而楚《梼杌》之书颇可观，《国语》采之，流及屈、宋，而楚《骚》比于周《雅》。书之益人，如是乎！

——（清）惠栋《春秋左传补注》卷六
清阮元辑《皇清经解》本上海书店 1988 年版

《离骚》之作，其人与其时为之也。后之拟骚者，王褒、刘向无论矣，以宋玉之亲受业于屈原也，其《九辩》能肖之乎？何则？非其人之时，固不可得而强也。

——（清）程廷祚《青溪文集·骚赋论上》
黄山书社 2004 年版

李生再问，有薄屈、宋之意，而谓"一诗一赋非文章"；又厌薄于浮艳声病之文，而有志于古。则当告以场屋之业，所以为出疆之贽，不可遽废；屈、宋词赋，乃六义之遗，不可因声韵而鄙之，同于场屋文字也。若其有之于中，而废之于外，则场屋文词亦未尝不可见其端倪。则后进之士可以晓然，于志古趋时，虽各有道，其实两不相妨，但问中之有得否耳。今乃摘其"一诗一赋"之言，以谓诗赋非文章耶，《三百篇》可烧矣。"一"之少，非文章，《盘铭》是何物耶！

——（清）章学诚《文史通义》外编二《皇甫持正文集书后》
叶瑛《文史通义校注》中华书局 1985 年版

《楚辞》者，屈原之所作也。自周时衰乱，诗人寝息，谄佞之道兴，讽刺之辞废。楚有贤臣屈原被谗放逐，乃著《离骚》八篇，言己离别愁思，申抒其心，自明无罪，因以讽谏，冀君觉悟，卒不省察，遂赴汨罗死焉。弟子宋玉痛惜其师，伤而和之。其后贾谊、东方朔、刘向、扬雄，嘉其文彩，拟之而作。盖以原楚人也，谓之"楚辞"。然其气质高丽、雅致、清远，后之文人咸不能逮。始汉武帝命淮南王为之章句，且受诏，食时而奏之，其书今亡。后汉校书郎王逸，集屈原以下，迄于刘向，逸又自为一篇，并叙而注之，今行于世。隋时有释道骞善读之，能为楚声，音韵清切，至今传《楚辞》者皆祖骞公之音（《隋书·经籍志》）。

——（清）程启安等《宜城县志》卷十《杂类志·摭闻》
2011年宜城市政府重印同治五年重修、光绪九年续修合订本

屈子感自己之感，言自己之言者也。宋玉、景差感屈子之所感，而言其所言，然亲见屈子之境遇与屈子之人格，故其所言，亦殆与自己之言无异。贾谊、刘向，其遇略与屈子同，而才则逊矣。王叔师以下，但袭其貌而无真情以济之，此后人之所以不复为楚人之词者也。

——王国维《静庵文集》续编《文学小言》（十）
辽宁教育出版社1997年版

（三）成就与地位

唐勒、宋玉，亦楚文人也，竹帛不纪者，屈原在其上也。

——（汉）王充《论衡》卷十三《超奇篇》
中华书局2006年版

始楚贤臣屈原被谗放流，作《离骚》诸赋，以自伤悼。后有宋玉、唐勒之属，慕而述之，皆以显名。汉兴，高祖王兄子濞于吴招致天下之娱游子弟，枚乘、邹阳、严夫子之徒，兴于文、景之际。而淮南王安亦都寿春，招宾客著书。而吴有严助、朱买臣，贵显汉朝，文辞并发，故世传《楚辞》。

——（汉）班固《汉书》卷二十八下《地理志》
颜师古注《汉书》中华书局1962年版

然其文弘博丽雅，为辞赋宗，后世莫不斟酌其英华，则象其从容。自宋玉、唐勒、景差之徒，汉兴，枚乘、司马相如、刘向、扬雄，骋极文辞，好而悲之，自谓不能及也。虽非明智之器，可谓妙才者也。

——（汉）王逸《楚辞章句》卷三《班孟坚序》
见宋洪兴祖《楚辞补注》中华书局1983年版

史臣曰：……周室既衰，风流弥著，屈平、宋玉，导清源于前，贾谊、相如，振芳尘于后，英辞润金石，高义薄云天。自兹以降，情志愈广。王褒、刘向、扬、班、崔、蔡之徒，异轨同奔，递相师祖。虽清辞丽曲，时发乎篇，而芜音累气，固亦多矣。若夫平子艳发，文以情变，绝唱高纵，久无嗣响。

——（南朝梁）沈约《宋书》卷六十七《谢灵运传论》
中华书局 1974 年版

《离骚》：楚屈原所作。

（补注）按，《楚辞》，《诗》之变也。《诗》无楚风，然江汉间皆为楚地。自文王化行南国，《汉广》《江有汜》诸诗，则于"二南"，乃居"十五国风"之先。是《诗》虽无楚风，实为"风"首也。《风》《雅》既亡，乃有楚狂《凤兮》孺子《沧浪》之歌，发乎情，止乎礼义，与诗人"六义"不甚相远。但其辞稍变《诗》之本体，而以"兮"字为读，则楚声固以萌蘖于此矣。屈平后出，本《诗》义为骚，盖兼"六义"而赋之意居多。厥后宋玉继作，并号《楚辞》，自是辞赋家悉祖此体。故宋祁云：《离骚》为辞赋祖，后人为之，如至方不能加矩，如至圆不能过规。信哉，斯言也！

——（南朝梁）任昉《文章缘起》
《丛书集成初编》第 2625 册中华书局 1983 年版

赋：楚大夫宋玉作。

（注）司马相如曰："合綦组以成文，列锦绣而为质，一经一纬，一宫一商，此赋之迹也。赋家之心，包括宇宙，总览人物，斯乃得之于内，不可得而传。"勰曰："原夫登高之旨，盖睹物兴情，情以物兴，故义以明雅，物以情观，故词必巧丽，丽词雅义，符采相胜，如组织之品，朱紫画绘之著玄黄，文虽新而有质，色虽糅而有本，此立赋之大体也。"吴讷云："祝氏曰：扬子云云，诗人之赋丽以则，词人之赋丽以淫。夫骚人之赋与诗人之赋虽异，然犹有古诗之义，词虽丽而义可则，词人之赋则辞极丽而过于淫荡矣。盖诗人之赋，以其吟咏性情也；骚人之赋有古诗之义者，亦其发于情也，其情不自知而形于辞，其辞不自知而合于理。情形于辞，故丽而可观，辞合于理，故则而可法。如或失于情，尚辞而不尚意，则无兴起之妙，而于则也何有？后代赋家之俳体是也。又或失于辞，尚理而不尚辞，则无歌咏之遗，而

于丽也何有？后代赋家之文是也。是以三百五篇之诗、二十五篇之骚，无非发于情者，故其辞也丽，其理也则，而有赋、比、兴、风、雅、颂诸义。汉兴赋家专取诗中"赋"之一义以为赋，又取骚中赡丽之辞以为辞，若情若理有不暇及，故其为丽也，异乎风骚之丽，而则之与淫遂判矣。古今言赋，自骚之外，或以两汉为古，盖非。魏晋已还，所及心乎古赋者，诚当祖骚而宗汉，去其所以淫，而取其所以则，庶不失古赋之本义。"徐祯卿曰："桓谭学赋，扬子云令读赋千首则善为之。盖所以广其资，亦得以参其变也。"

——（南朝梁）任昉《文章缘起》
《丛书集成初编》第2625册中华书局1983年版

对问：宋玉《对楚王问》。

（注）《诗》云：对扬王休。《书》云：好问则裕。盖对问者，载主客之辞，以著其意者也。

（补注）按：问对者，文人假托之辞。其名既殊，其实复异，故名实皆问者，屈平《天问》、江淹《邃古篇》之类是也。其它曰难，曰谕，曰答，曰应，又有不同，皆问对之类也。古者君臣朋友口相问对，其词可考，后人仿之，设词以见志，于是有应对之文，而反复纵横，可以舒愤郁而通意虑。

——（南朝梁）任昉《文章缘起》
《丛书集成初编》第2625册中华书局1983年版

及灵均唱《骚》，始广声貌。然则赋也者，受命于诗人，而拓宇于楚辞也。于是荀况《礼》《智》，宋玉《风》《钓》，爰锡名号，与诗画境，六义附庸，蔚成大国。遂述客主以首引，极声貌以穷文。斯盖别诗之原始，命赋之厥初也。

——（南朝梁）刘勰《文心雕龙》卷二《诠赋》
范文澜《文心雕龙注》人民文学出版社1958年版

观夫荀结隐语，事数自环；宋发巧谈，实始淫丽；枚乘《菟园》，举要以会新；相如《上林》，繁类以成艳；贾谊《鵩鸟》，致辨于情理；子渊《洞箫》，穷变于声貌；孟坚《两都》，明绚以雅赡；张衡《二京》，迅拔以宏富；子云《甘泉》，构深玮之风；延寿《灵光》，含飞动之势。凡此十家，并辞赋之英杰也。

——（南朝梁）刘勰《文心雕龙》卷二《诠赋》
范文澜《文心雕龙注》人民文学出版社1958年版

战代任武，而文士不绝。诸子以道术取资，屈宋以楚辞发采，乐毅报书辨而义，范雎上疏密而至，苏秦历说壮而中，李斯自奏丽而动。若在文世，则扬、班俦矣。荀况学宗，而象物名赋，文质相称，固巨儒之情也。

——（南朝梁）刘勰《文心雕龙》卷十《才略》
范文澜《文心雕龙注》人民文学出版社 1958 年版

故《骚经》《九章》，朗丽以哀志；《九歌》《九辩》，绮靡以伤情；《远游》《天问》，瑰诡而慧巧；《招魂》《招隐》，耀艳而深华；《卜居》标放言之致，《渔父》寄独往之才。故能气往轹古，辞来切今，惊采绝艳，难与并能矣。自《九怀》以下，遽蹑其迹，而屈宋逸步，莫之能追。故其叙情怨，则郁伊而易感；述离居，则怆怏而难怀；论山水，则循声而得貌；言节候，则披文而见时。是以枚、贾追风以入丽，马、扬沿波而得奇，衣被词人，非一代也。

——（南朝梁）刘勰《文心雕龙》卷五《辨骚》
范文澜《文心雕龙注》人民文学出版社 1958 年版

至于今之作者，异乎古昔，古诗之体，今则全取赋名。荀、宋表之于前，贾、马继之于末。自兹以降，源流寔繁。述邑居则有"凭虚"、"亡是"之作，戒畋游则有《长杨》《羽猎》之制。若其纪一事，咏一物，风云草木之兴，鱼虫禽兽之流，推而广之，不可胜载矣！

——（南朝梁）萧统《文选》卷首昭明太子《文选序》
唐李善注《文选》上海古籍出版社 1986 年版

古人之学者有二，今人之学者有四：夫子门徒，转相师受，通圣人之经者，谓之儒。屈原、宋玉、枚乘、长卿之徒，止于辞赋，则谓之文。今之儒博穷子史，但能识其事，不能通其理者，谓之学。至如不便为诗如阎纂，善为章奏如伯松，若此之流，泛谓之笔。吟咏风谣，流连哀思者，谓之文。

——（南朝梁）萧绎《金楼子》卷四《立言》
影印《文渊阁四库全书》第 848 册（台湾）商务印书馆 1986 年版

然而自古文人，多陷轻薄：屈原露才扬己，显暴君过；宋玉体貌容冶，见遇俳优；……

——（北齐）颜之推《颜氏家训》卷上《文章篇》
王利器《颜氏家训集训》中华书局 1993 年版

史臣曰：……其后逐臣屈平，作《离骚》以叙志，宏才艳发，有恻隐之美。宋玉，南国词人，追逸辔而亚其迹。大儒荀况，赋《礼》《智》以陈其情，含章郁起，有讽论之义。贾生，洛阳才子，继清景而奋其晖，并陶铸性灵，组织风雅，词赋之作，实为其冠。自是著述滋繁，体制匪一。

——（唐）令狐德棻《周书》卷四十一《王褒庾信传论》
中华书局 1971 年版

至夫游、夏以文词擅美，颜回则庶几将圣，屈、宋所以后尘，卿、云未能辍简。于是辞人才子，波骇云属，振鹓鹭之羽仪，纵雕龙之符采，人谓得玄珠于赤水，策奔电于昆丘，开四照于春华，成万宝于秋实。

——（唐）李百药《北齐书》卷四十五《文苑传序》
中华书局 1972 年版

峡云行清晓，烟雾相徘徊。风吹苍江树，雨洒石壁来。凄凄生余寒，殷殷兼出雷。白谷变气候，朱炎安在哉！高鸟湿不下，居人门未开。楚宫久已灭，幽佩为谁哀？侍臣书王梦，赋有冠古才。冥冥翠龙驾，多自巫山台。

——（宋）郭知达《九家集注杜诗》卷十二《古诗·雨三首》（其一）
影印《文渊阁四库全书》第 1068 册（台湾）商务印书馆 1986 年版

《六经》之后，百家之言兴，老聃、列御寇、庄周、鹖冠、田穰苴、孙武、屈原、宋玉、孟轲、吴起、商鞅、墨翟、鬼谷子、荀况、韩非、李斯、贾谊、枚乘、司马迁、相如、刘向、扬雄，皆足以自成一家之文，学者之所师归也。

——（唐）李翱《李文公集》卷六《答朱载言书》
《四库唐人文集丛刊》本上海古籍出版社 1993 年版

赋者，古诗之流也。始草创于荀、宋，渐恢张于贾、马。冰生乎水，初变本于《典》《坟》；青出于蓝，复增华于《风》《雅》。而后谐四声，祛八病，信斯文之美者。

——（唐）白居易《白氏长庆集》卷三十八《赋赋》
上海书店 1989 年版

何事荆台百万家，惟教宋玉擅才华！《楚辞》已不饶唐勒，《风赋》何曾让景差。落日渚宫供观阁,开年云梦送烟花。可怜庾信寻荒径,犹得三朝托后车。

——(唐)李商隐《李义山诗集》卷中《宋玉》
《四库唐人文集丛刊》本上海古籍出版社 1994 年版

儒学:则观射父、右尹然丹、左史倚相、子期、铎椒、沈尹华。文章:则屈平、宋玉、唐勒、景差。

——(唐)余知古《渚宫旧事》卷一《周代上》
《丛书集成初编》第 3175 册中华书局 1983 年版

予谓:老子《道德篇》为玄言之祖,屈、宋《离骚》为辞赋之祖,司马迁《史记》为纪传之祖,后人为之,如至方不能加矩,至圆不能过规矣。

——(宋)宋祁《宋景文笔记》卷中《考古》
《学海类编》本广陵书社 2007 年版

其(指晁端中)在平棘,守李陶作楼于洨之阳,府君赋焉,陶刻石楼上。后补之见之,曰:赋虽小道,然屈、宋远矣,文词之芳润,至相如、子云而极,左、张廑廑乎薪富而更窭,曹植欲返其波澜而不能也。

——(宋)晁补之《鸡肋集》卷六十八《雄州防御推官晁君墓志铭》
王中柱校注《鸡肋集》中山大学出版社 1995 年版

格律尤为难工,非屈原、宋玉,未易与《风》《雅》争衡,汉儒颇尽心于此,要之止是一时所尚,晋魏已后则无足论也。

——(宋)李之仪《姑溪居士集》卷三十一《与友人往还》
影印《文渊阁四库全书》第 1120 册(台湾)商务印书馆 1986 年版

《诗序》六义,次二曰赋,当谓直陈其事尔。《左传》言郑庄公入而赋"大隧之中",于后荀卿、宋玉之徒演为别体,因谓之赋,故昔人谓赋者,古诗之流,以荀、宋为始。《汉书》曰:"不歌而颂曰赋。"《释名》曰:"敷布其义曰赋。"

——(宋)高承《事物纪原》卷四《经籍艺文部十七·笛》
中华书局 1989 年版

孔子设四科，文与学一而已，及左丘明、屈原、宋玉、司马迁、相如之徒始以文章名世，自为一家，而与六经训诂之学分。譬均之饮食，经术者，黍稷稻粱也；文章者，五味百羞也。

——（宋）汪藻《浮溪集》卷二十一《答吴知录书》
《丛书集成初编》第1958—1961册中华书局1983年版

至于融结二气，发为英荣，混然天成，小大具体，意新语工，不蹈陈迹，自成一家之言，淳深温雅之质内凝，而俊采云兴，逸响玉振者，千载之间数人而已。在六国，则有若景差、唐勒、宋玉；在西汉，则有若贾傅、董相、司马迁、相如、扬子云；在东京，则有若班叔皮、孟坚、马融、张衡、蔡中郎；在邺下，则有若曹氏父子、应、刘、陈、阮；在晋，则有若机、云、张华、左太冲；在唐，则有若燕、许、李、杜、韩退之、柳子厚；其余如邢、卢、颜、谢、江、鲍、徐、庾之流，未足班也。可谓盛矣。然数君子者，或以赋颂鸣，或以歌诗显，或腾芳于诰命，或绝尘于书檄，或敷扬条畅，达于政理，或清婉详实，妙于纪传，兼善众制者盖未见矣。而又屈原溺于怨思，宋玉荡于荒淫，子张杂而简疎，孟坚靡而辞费，长卿丽而用寡，子云约而未骋，此皆辞林之雄者也，然犹未能无蔽，脱于讥诋，况其次哉。

——（宋）华镇《云溪居士集》卷二十二《上侍从书》
影印《文渊阁四库全书》第1119册（台湾）商务印书馆1986年版

《乐府记》《大言》《小言》诗，录昭明辞而不书始于宋玉，何也？岂误耶？有说邪？

——（宋）许顗《彦周诗话》
中华书局1985年版

赋为六义之一，盖诗之附庸也，屈、宋导其源，而司马相如溯而大之。

——（宋）朱弁《曲洧旧闻》卷八
《历代史料笔记丛刊》本中华书局2002年版

《风》《雅》《颂》为文章之正，至屈原《离骚》兼文章正变而言之，《湘君》《湘夫人》《山鬼》多及帝舜、英、皇以系恨千古；宋玉、贾谊师其余意，作《招魂》，赋《鵩》，极生死、忧伤、怨怼之变，亦兼正与变而为言耳。

——（宋）王铚《雪溪集》卷一《题洛神赋图诗并序》
影印《文渊阁四库全书》第1136册（台湾）商务印书馆1986年版

按，又见《两宋名贤小集》卷一百八十六，文字同。

文忠公自称六一居士，王荆公自称楚老。今诗话举六一、楚老，指二宗师也。六一云："屈原《离骚》，读之使人头闷，然摘一二句反复味之，与《风》《雅》无异。宋玉比屈原，时有出蓝之色。"

——（宋）曾慥《类说》卷五十七《陈辅之诗话·宋玉屈原》
文学古籍刊行社1955年版

楚屈原述《离骚》，为《九歌》《九章》，赴河而死，其徒宋玉和之为《九辩》，自是文人才士依仿焉。

——（宋）史尧弼《莲峰集》卷四《私试策问序》
影印《文渊阁四库全书》第1165册（台湾）商务印书馆1986年版

至于骚辞，涵茫崭崒，钺刿刻屈，抉天之幽，泄神之秘，枯臞而不瘁，恫愀而不怼，自宋玉而下，不论也，灵均以来一人而已。

——（宋）杨万里《诚斋集》卷八十三《澹庵先生文集序》
上海书店1989年版

圣经《三百篇》，凛凛诗鼻祖。日月悬太空，不作雕虫语。可学不可议，仲尼亲去取。变为屈宋骚，刻画已愧古。曹刘骥骤骋，沈鲍鸿鹄举。并称五字雄，绳墨盖陵武。……

——（宋）陈造《江湖长翁集》卷二《次王尚书韵呈石湖》
影印《文渊阁四库全书》第1166册（台湾）商务印书馆1986年版

盖自有天地以来，文章学问并行而不相悖，周公、仲尼其兼之者乎！自是而后分为两途，谈道者以子思、孟轲为宗，论文者以屈原、宋玉为本。此周公、仲尼之道所以晦而不明，阙而不全者也。

——（宋）林亦之《纲山集》卷三《伊川子程子》
影印《文渊阁四库全书》第1149册（台湾）商务印书馆1986年版

变《离骚》者，沿流于千载之后，而探端于千载之前，非变而求异于《骚》，所以极其志之所归，引而达于理义之衷，以障隄于隤波之不反者也；又者班固、扬雄、王逸、刘勰、颜之推，扬之者或过其实，抑之者多损其真；宋玉、贾谊、东方朔、严忌、淮南小山、王褒、刘向之徒，皆悲原意，各有纂著，大抵绅续绪言，相与詹咏而已，原之微旨不能有所建明。噫！君以为骚人之本意将亡，君之意又将谁明之耶？

——（宋）楼钥《攻媿集》卷一百零三《高端叔墓志铭》
迪志文化出版公司 2003 年版

自原而下，若宋玉、景差、唐勒、枚乘、相如、子云之流，亦足以阚原之阃域欤！其究言之。

——（宋）袁燮《絜斋集》卷六《离骚》
影印《文渊阁四库全书》第 1157 册（台湾）商务印书馆 1986 年版

晋梁间多戏为大、小言诗赋。郭茂倩《杂体诗集》谓此体祖宋玉，而许彦周谓《乐府记》大、小言作，不书始于宋玉，岂误也？仆谓此体，其源流出于庄、列鲲鹏、蟭螟之说，非始宋玉也。

——（宋）王楙《野客丛书》卷二十四《大小言作》
中华书局 1987 年版

梁太常卿任昉彦升集六经，素有歌、诗、箴、诔、铭之类，此等自秦汉以来，圣君、贤士沿著，为文章名之始，故因暇录之，凡八十五题，抑以新好事者之目云耳。

……

赋，楚大夫宋玉作。

……

对问，宋玉《对楚王问》。

……

右《文章缘起》一卷，梁新安太守乐安任公书也。

——（宋）章如愚《群书考索》卷二十一《文章门·文章缘起类》
广陵书社 2008 年版

《隋志》论文体:《隋志》文集类论文赋之体,深美乎屈、宋、邹、严、枚、马、潘、陆、沈、谢之作。……《隋志》所言得之矣,要之《隋志》乃唐长孙无忌等所作也,唐初之文,犹尚骈丽,故厌平淡而喜雕斫也。

——(宋)章如愚《群书考索》续集卷十七《文章门·诗赋》
广陵书社 2008 年版

别集:始于荀况、宋玉。自汉武帝二卷、淮南王二卷至《扬雄集》五卷,凡二十一家,先汉之文也。

——(宋)王应麟《玉海》卷五十四《艺文·唐七十五家总集》
江苏古籍出版社 1987 年版

议曰:赋本诗之一义,屈、宋作而骚赋兴,与诗别而体制异矣。汉兴,贾谊、司马相如,壮浪纵肆,宏富高古,无以尚矣。至扬雄、班固,模拟填塞,虽工巧而不能穷神入圣,于是自以为俳。若张衡、左思则又下扬、班远甚,特圭撮事类辞章之肆阓尔。

——(元)郝经《郝氏续后汉书》卷六十六下《左思》
《丛书集成初编》第 3738—3755 册 中华书局 1983 年版

骚人称屈宋,宋岂敌子平。诗家推陶谢,谢岂肩渊明。鲁直爱水仙,以梅为其兄。梅似可祖父,吾今改兹评。

——(元)方回《桐江续集》卷二十六《拟古五首》(其四)
影印《文渊阁四库全书》第 1193 册 (台湾)商务印书馆 1986 年版

议词章之弊,肇于扬、刘,发《骚》《雅》之幽,拟于屈、宋。

——(元)袁桷《清容居士集》卷四十《答朱生》
中华书局 1985 年版

至周而诗极盛,其《三百篇》则经仲尼之所删而存者,先儒谓删后更无诗者,非无诗也,谓雅不作耳。自时厥后,一变而为楚骚,屈原《九歌》则涉于怨怼,宋玉《高唐》则流于荒淫。至再变而为汉之五言,三变而为七言,继而歌行、杂体。后人多以是相慕效而作,各极其所至为名家。

——(元)贡奎《云林集》卷首陈岿《序》
影印《文渊阁四库全书》第 1205 册 (台湾)商务印书馆 1986 年版

荆楚之邦，地大而物蕃。其镇衡岳，群山宗焉；其浸洞庭，众水潨焉；其人屈原、宋玉、贾谊之流，百世慕其风焉。

——（元）傅若金《傅与砺诗文集》文集卷五《送张闻友游湘中序》
影印《文渊阁四库全书》第1213册（台湾）商务印书馆1986年版

每见古人诗不俗，恨不移家与连屋。人生有诗可传世，万事无成心亦足。嗟哉风雅绝遗响，断弦未有麟胶续。三经三纬机轴在，文士畴非赖私淑。屈原吐词兰蕙香，能袭余馨惟宋玉。两京豪华六朝靡，声律由唐转覆束。草堂先生独冠佩，进退委蛇气吞肃。孔明庙柏一品题，俨然箓竹生淇澳。要之炼诗如炼丹，九转成功龙虎伏。秋高当约许玄度，妙法参诸老尊宿。

——（元）谢应芳《龟巢稿》卷四《与诸友论诗次朋南韵》
影印《文渊阁四库全书》第1218册（台湾）商务印书馆1986年版

玉，屈原弟子也，为楚大夫。闵其师忠而放逐，故作《九辨》，以述其志。玉赋颇多，然其精者，莫精于《九辨》。昔人以屈、宋并称，岂非于此乎得之？太史公曰："屈原之后，楚有宋玉、唐勒、景差之徒，皆以赋见称。"或问扬子云曰："景差、唐勒、宋玉、枚乘之赋也，善乎？"曰："必也淫，诗人之赋丽以则，词人之赋丽以淫。"审此，则宋赋已不如屈，而为词人之赋矣。宋黄山谷云："作赋须以宋玉、贾谊、相如、子云为之师，略依仿其步骤，乃有古风。"老杜《咏吴生画》云："画手看时辈，吴生远擅场。"盖古人于能事，不独求夸时辈，要须前辈中擅场尔。此言尤后学所当佩服，但其言自宋玉以下而不及屈子，岂以《骚》为不可及邪？

——（元）祝尧《古赋辨体》卷二《宋玉》
《四库文学总集选刊》本上海古籍出版社1993年版

屈、宋之辞，家藏人诵，两汉而下，祖袭者多。晦翁编类《楚辞后语》，一以时世为之先后。至其体制，则若诗，若赋，若辞，若文，若操，与夫诸杂著之近乎楚者，悉皆间见迭书，而不复为之分类也。迨元祝氏辑纂《古赋辨体》，其曰《后骚》者，虽文辞增损不同，然大意则亦本乎晦翁之旧也。是编之赋，既以屈、宋为首；其两汉以后，则遵祝氏，而以世代为之卷次。若当时诸人杂作，有得古赋之体者，亦附各卷之后，庶几读者有以得夫旁通曲畅之助云。

——（明）吴讷《文章辨体序说·两汉·附录》
人民文学出版社1962年版

托物兴喻，辞多引用，而复断以己意，若扬子《法言》，庄周《寓言》，宋玉《大言》，皆言也。诗家亦有此题，今因题得诗，就诗命体，其篇什多有可录者，故立言体，以备观者之采择云。

——（明）宋公传《元诗体要》卷四《言体》
影印《文渊阁四库全书》第1372册（台湾）商务印书馆1986年版

盖三百篇之后，惟屈子之辞最为近古。屈子为人，其志洁，其行廉，其姱辞逸调，若乘鹥驾虬而浮游乎埃壒之表，自宋玉、景差，以至汉唐宋作者继起，皆宗其矩矱而莫能尚之，真风雅之流而词赋之祖也。

——（明）何乔新《椒邱文集》卷九上《楚辞序》
《四库明人文集丛刊》本上海古籍出版社1991年版

大抵事之始者，后必难过，岂气运然耶？故左氏、庄、列之后，而文章莫及；屈原、宋玉之后，而骚、赋莫及；李斯、程邈之后，而篆、隶莫及；李陵、苏武之后，而五言莫及；司马迁、班固之后，而史书莫及；钟繇、王羲之之后，而楷法莫及；沈佺期、宋之问之后，而律诗莫及；宋人之小词，元人已不及；元人之曲调，百有余年来，亦未有能及之者。

——（明）陆深《俨山外集》卷二十二《中和堂随笔上》
《四库笔记小说丛书》本上海古籍出版社1993年版

雅音失其传，作者随风移。于楚有屈宋，汉则河梁词。曹刘气轩轩，逸文振哀悲。两晋一精工，六朝遂陵迟。角然尚色泽，古风不成吹。卢王号词伯，祇用绮丽为。千年取正印，乃有陈拾遗。或不尽反朴，朝代兼天资。所以王李辈，向道识所期。大哉杜少陵，苦心良在斯。远游四十载，而况经险巇。放之黄钟鸣，敛之珠玉辉。幽之鬼神泣，明之雷雨垂。变幻时百出，与古乃同归。律诗自唐起，所尚句字奇。末流亦叫噪，古意漫莫知。历兹六十载，识路良独稀。凤鸟空中鸣，众禽反见嗤。夜寒理危弦，恻恻赏心违。

——（明）郑善夫《少谷集》卷一下《读李质麓稿》
《四库明人文集丛刊》本上海古籍出版社1993年版

且楚辞者，文章之大渊薮也，而屈宋为之冠，故《离骚》独谓之经，此盖《风》《雅》之再变者，宋虽小懦，然亦其流亚，自两汉以下未有能继之者。

——（明）周复俊《全蜀艺文志》卷三十七马永卿《神女庙记》
影印《文渊阁四库全书》第 1381 册（台湾）商务印书馆 1986 年版

予尝有文评曰：屈宋以来，浑浑噩噩，如长川大谷，探之不穷，揽之不竭。

——（明）茅坤《唐宋八大家文钞》卷首《论例》
广东教育出版社 2002 年版

屈平后出，本《诗》义以为骚，盖兼"六义"而赋之居多。厥后宋玉继作，并号"楚辞"。自是辞赋之家，悉祖此体。故宋宋祁有云："《离骚》为辞赋之祖，后人为之，如至方不能加矩，如至圆不能过规。"信哉，斯言也！故今列屈、宋诸辞于篇，而自汉至宋凡赋作者附焉，俾后之诠赋者知所祖述云。

——（明）徐师曾《文体明辨序说·楚辞》
人民文学出版社 1962 年版

《诗序》六义，次二曰赋，盖谓直谏其事尔。《左传》言，郑庄公入而赋"大隧之中"。是后荀卿、宋玉之徒演为别体，因谓之赋。故昔人谓，赋者古诗之流，以荀、宋为始。

——（明）王三聘《事物考》卷二《文事·赋》
上海书店 1987 年版

春秋以后，文章之妙，至庄周、屈原，可谓无以加矣。盖庄之汪洋自恣，屈之缠绵凄婉；庄是《道德》之别传，屈乃《风》《雅》之流亚，然各极其至。若屈原之《骚》，同时如宋玉、景差，汉之贾谊、司马相如，犹能仿佛其一二。庄之《南华经》，后人遂不能道其一字矣。至如庄子所谓"嗜欲深者天机浅"，屈子所谓"一气孔神于中夜存"，又能窥测理性，盖庶几闻道者？盖古人自有卓然之见，开口便是立言，不若后人但做文字。

……

李华曰："文章本乎作者，而哀乐系乎时。本乎作者，六经之志也。系乎时者，乐文武而哀幽厉也。有德之文信，无德之文诈。皋陶之歌，史克之颂，信也；子朝之告，宰嚭之词，诈也。夫子之文章，偃、商得焉。偃、商没而伋、轲作，盖六经之遗也。屈平、宋玉，哀而伤，靡而不远，六经之道遁矣。沦及后世，力足者不能知之，知之者力或不足，则文义浸以微矣。"杨升庵谓："华之论文，简而尽，韩退之与人论文诸书，远不及也。"

萧颖士曰：六经之后有屈原、宋玉，文甚雄壮而不能经。贾谊文辞最正，近于治体。枚乘、相如亦瑰丽才士，然而不近《风》《雅》。扬雄用意颇深，班彪识理，张衡宏旷，曹植丰赡，王粲超逸，嵇康标举，左思诗赋有《雅》《颂》遗风，干宝著论近王化根源。此后寥然无闻焉。近日惟陈子昂文体最正。

——（明）何良俊《四友斋丛说》卷二十三《文》
中华书局1959年版

孔子尝欲放郑声矣，又曰桑间濮上之音，亡国之音也。至删《诗》而不能尽黜郑卫。今学士大夫童习而颁白不敢废，以为孔子独废楚。夫孔子而废楚，欲斥其僭王则可，然何至脂辖方城之内哉！夫亦以筳篿妖淫之俗，蝉缓其文而侏㑥其音，为不足被金石也。藉令屈原及孔子时，所谓《离骚》者，纵不敢方响清庙，亦何渠出齐秦二《风》下哉！孔子不云乎，"诗可以兴，可以怨，迩之事父，远之事君，多识于鸟兽草木之名。"以此而等屈氏何忝也！是故孔子而不遇屈氏则已，孔子而遇屈氏则必采而列之楚风。夫庶几屈氏者，宋玉也。

——（明）王世贞《弇州四部稿》卷六十七《楚辞序》
上海古籍出版社1993年版

楚于春秋为大国，而其辞见绝于孔子之采，至十二国之《风》废，而屈氏始以骚振之，其徒宋玉、唐勒、景差辈，相与推明，其盛盖逾千年而有孟浩然及杜必简、子美之为之祖。

——（明）王世贞《弇州四部稿》卷六十八《王少泉集序》
上海古籍出版社1993年版

三玷缺：颜光禄《家训》云："自古文人，多陷轻薄。屈原显暴君过，宋玉见遇俳优，东方曼倩滑稽不雅，司马长卿窃赀无操，王褒过彰僮约，扬雄德败《美新》，李陵降辱匈奴，刘歆反复王莽，傅毅党附权门，班固盗窃父史，赵元叔抗疎过度，冯敬通浮华摈压，马季长佞媚获诮，蔡伯喈同恶受诛。……"予谓颜公谈尚未悉，如仪、秦、代、厉权谋翻覆，韩非刻薄招忌，……皆纷纷负此声者，何也？内恃则出入弗矜、外忌则攻摘加苦故尔，然宁为有瑕璧，勿作无瑕石。

——（明）王世贞《艺苑卮言》卷八
罗仲鼎《艺苑卮言校注》齐鲁书社1992年版

自六经而下，于文则知有左氏、司马迁，于骚则知有屈、宋，赋则知有司马相如、扬雄、张衡，于古诗则知有枚乘、苏、李、曹公父子，旁及陶、谢，乐府则知有汉魏《鼓吹》《相和》，及六朝《清商》《琴舞》《杂曲》佳者，近体则知有沈、宋、李、杜、王江宁四五家。

——（明）王世贞《弇州四部稿》卷一百二十一《书牍·张助甫》
上海古籍出版社1993年版

夫楚辞莫妙于屈、宋也。屈原之作，变动无常，溯沛不滞，体既独造，文亦赴之，盖千古之绝唱也。宋玉之作，纤丽而新，悲痛而婉，体制颇沿于其师，风谏有补于其国，亦屈原之流亚也。景差、严忌、东方朔、王褒、刘向、王逸辈，虽踵而效之，终弗逮矣。

——（明）陈第《屈宋古音义》卷首《原序》
中华书局2008年版

然七国六朝变乱斯极，而文人学士挺育实繁。屈、宋、唐、景，鹊起于先，故一变为汉，而古诗千秋独擅。曹、刘、陆、谢，蝉连于后，故一变为唐，而近体百世攸宗。

——（明）胡应麟《诗薮》内篇卷一《古体上·杂言》
上海古籍出版社1979年版

世之有战国也，文之有左、庄也，骚之有屈、宋也。其时周之后，汉之先也；其业周之下，汉之上也。

——（明）胡应麟《诗薮》内篇卷一《古体上·杂言》
上海古籍出版社1979年版

又按，《汉志》无《离骚》《楚词》类，而屈原、宋玉皆列《赋》中，则今载《离骚》中者，皆赋也。

——（明）胡应麟《诗薮》杂编卷一《遗逸上·篇章》
上海古籍出版社 1979 年版

史之体远矣，董狐、南史其人也，晋《乘》、楚《梼杌》其撰也，然而弗传焉，春秋之前，左、国三家而已。集之名昉于楚乎？屈、宋、唐、景皆楚也，非骚赋无以有集。

——（明）胡应麟《少室山房笔丛》卷二《经籍会通二》
上海书店 2009 年版

大率战国著书者亡非辩士，九流中具有其人，孟、荀，儒之辩者也；庄、列，道之辩者也；鳌、翟，墨之辩者也；牟、弛，名之辩者也；韩、邓，法之辩者也；仪、秦，纵横之辩者也；衍、奭，阴阳之辩者也；髡、孟，滑稽之辩者也；宋玉，词赋之辩者也。今但知仪、秦、髡、衍为辩士，孟氏有好辩之名，而后世不得以辩而目之，术可亡择哉。

——（明）胡应麟《少室山房笔丛》卷十一《九流绪论上》
上海书店 2009 年版

以文章之士言之，春秋则檀、杨、左史、公、穀、荀卿、韩非、屈原、宋玉，汉则贾谊、董仲舒、司马迁、相如、扬、班、枚、李，六朝则曹、刘、阮、陆、潘、左、陶、谢，唐则王勃、李白、杜甫、韩愈、陈子昂、柳宗元，宋则欧阳修、王安石、曾巩、苏洵、轼、辙、黄庭坚、陈师道，是皆卓乎以文章师百代者也。

——（明）胡应麟《少室山房集》卷一百《策》
《四库明人文集丛刊》本上海古籍出版社 1993 年版

《诗》有赋、比、兴，而《颂》者四诗之一也。后世篇章蔓衍，自开途辙，遂以谓二者于诗文，如鱼之于鸟兽、竹之于草木，不复为诗属，非古矣。屈平、宋玉自铸伟词，贾谊、相如同工异曲。自此以来，递相师祖，即芜音累气，时或不无，而标能擅美、辉映当时者，每每有之，悉著于篇。语曰：登高能赋，可以为大夫；学者吟讽回还，可以慨然而赋矣。

——（明）焦竑《国史经籍志》卷五《赋颂》
《丛书集成初编》第 0025—0028 册中华书局 1983 年版

自从宋生贤，特立冠耆旧。《离骚》既日月，《九辩》即列宿。卓哉悲秋辞，合在《风》《雅》右。（本注：陆甫里《读襄阳耆旧传诗》。）

——（明）张燮《七十二家集》本《宋大夫集》附录《集评》
影印《续修四库全书》第 1583—1588 册上海古籍出版社 2002 年版

赋：楚大夫宋玉所作。（本注：任昉《文章缘起》。）

——（明）董斯张《广博物志》卷二十九《艺苑四》
广陵书社 1991 年版

对问：宋玉《对楚王问》。（本注：任昉《文章缘起》。）

——（明）董斯张《广博物志》卷二十九《艺苑四》
广陵书社 1991 年版

《诗序》六义，二曰赋。赋者，谓直陈其事也。《汉书》曰：不歌而颂曰赋。《释名》曰：敷布其义谓之赋。《左传》曰：郑庄入而赋"大隧之中"。是后荀卿、宋玉之徒演为别体，谓之赋。汉司马相如作《子虚赋》，沈约作《郊居赋》，祢衡作《鹦鹉赋》，晋张华作《鹪鹩赋》，宋璟作《梅花赋》，桑维翰作《日出扶桑赋》。后作赋者不胜纪，姑录一二。

——（明）徐炬《新镌古今事物原始全书》卷十一《赋》
影印《续修四库全书》第 1741 册上海古籍出版社 2002 年版

夫《离骚》固《梼杌》之精华也，亦犹《三百》之于《春秋》也。楚之先有於菟、叔敖以经济鸣，倚相、射父以善读《八索》《九丘》鸣，而最后宋玉、景差以辞赋鸣。差、玉皆原弟子，递相祖述，几乎掩中原而上之。夫楚人亦能自进于天下也哉。

——（明）陆时雍《楚辞疏》卷首周拱辰孟侯父《楚辞叙》
影印《续修四库全书》第 1301 册上海古籍出版社 2002 年版

朱熹曰：……按，《楚辞》屈原《离骚》谓之经，自宋玉《九辩》以下皆谓之传。以此例考之，则《六月》以下《小雅》之传也，《民劳》以下《大雅》之传也。孔氏谓，凡非正经者谓之传，善矣。又谓，未知此传在何书，则非也。然则吕氏寔据晁本而言，但洪、晁二本今亦未见其的据，更当博考之耳。

——（明）陆时雍《楚辞疏》附录《楚辞杂论》
影印《续修四库全书》第 1301 册上海古籍出版社 2002 年版

王世贞曰：《楚辞》十七卷，其前十五卷为濩中垒校尉刘向编。《集》尊屈原《离骚》为经，而以原别撰《九歌》等章，及宋玉、景差、贾谊、淮南、东方、严忌、王褒诸子，凡有推佐原意而循其调者为传。

——（明）陆时雍《楚辞疏》附录《楚辞杂论》
影印《续修四库全书》第 1301 册上海古籍出版社 2002 年版

古之草木鸟兽，今之草木鸟兽也；古之笔舌，今之笔舌也；古之情，今之情也。以诗言诗，则明沿宋膏，唐拾晋馥，魏倚汉规，扬雄步长卿之踪，宋玉衍灵均之制，皆袭也；取青媲白，用料使事，皆借也；无故而呻喜，不得已而应酬，皆赝也。不情之诗也。以情言，则情之所至，悠然而动，涣然而兴，皆性也，则皆诗也。盖亦循其本矣。

——（明）贺复征《文章辨体汇选》卷四百三十二蒋德璟《原诗》
影印《文渊阁四库全书》第 1402 册（台湾）商务印书馆 1986 年版

吴讷曰：问对体者，载昔人一时问答之辞，或设客难以著其意者也。《文选》所录宋玉之于楚王，相如之于蜀父老，是所谓问对之辞。至若《答客难》《解嘲》《宾戏》等作，则皆设辞以自慰者焉。

——（明）贺复征《文章辨体汇选》卷四百四十一《问对》
影印《文渊阁四库全书》第 1402 册（台湾）商务印书馆 1986 年版

按，明唐顺之《稗编》卷七十五《文艺四·文》、明程敏政《明文衡》卷五十六《问对》引此，文字同。

梁昭明太子撰《文选》，辞赋始于屈宋，歌诗起于荆卿《易水之歌》。

——（清）冯班《钝吟杂录》卷三《正俗》
《丛书集成初编》第 0223 册中华书局 1983 年版

今按，诗人之文至屈宋变为词赋。

——（清）冯班《钝吟杂录》卷三《正俗》
《丛书集成初编》第 0223 册中华书局 1983 年版

赋出于诗，故曰古诗之流也。《汉书》云，屈原赋二十五篇。《史记》云，作《怀沙》之赋，骚亦赋也。宋玉、荀卿皆有赋，荀赋便是体物之祖。赋、颂，本诗也，后人始分，屈原有《橘颂》。陆士衡云："诗缘情而绮靡，赋体物而浏亮。"诗、赋不同也。宋人作著题诗，不如唐人咏物多寓意，尚有比兴之体。梁末，始盛为七言诗赋，今诸集不传，类书所载可见，王子安《春思赋》，骆宾王《荡子从军赋》，皆徐、庾文体。王司寇、杨状元不知，概以为歌行。弇州云"以为赋则丑"，此公误耳。

——（清）冯班《钝吟杂录》卷四《读古浅说》
《丛书集成初编》第 0223 册中华书局 1983 年版

夫楚人材之陬区也，如史籍所载，倚相能读《三坟》《五典》《八索》《九丘》书，屈原、宋玉之徒，包罗三材，博极万有，楚增而重焉。

——（清）黄宗羲《明文海》卷三百六十五邹观光《云梦县儒学藏书记》
中华书局 1987 年版

（冯定远）又云："赋出于诗，故曰：'古诗之流也。'《汉书》云：'屈原赋二十五篇。'《史记》云：'作《怀沙》之赋。'则骚亦赋也。宋玉、荀卿皆有赋，荀卿便是体物之祖。赋、颂，本诗也，后人始分，屈原有《橘颂》。陆士衡云：'诗缘情而绮靡，赋体物而浏亮。'诗、赋不同也。"

——（清）吴乔《围炉诗话》卷二
郭绍虞《清诗话续编》本上海古籍出版社 1983 年版

列国各有《风》，楚何以无《风》？曰：外之尔。夫外楚又何以列秦风？夫视远者不能见形，听远者不能闻声，其犹愚人之心也哉！何足以知之。自屈、宋以《歌》《辩》特张楚劲，于是乎有"楚风"。夫《小戎》《板屋》，是诚秦声耳，如"蒹葭苍苍，白露为霜"与楚风"目眇眇兮愁予"，又何异之有？

——（清）宋征璧《抱真堂诗话》
郭绍虞《清诗话续编》本上海古籍出版社 1983 年版

宋玉之于屈子，犹孔门之有颜，殆庶几之彦也。

——（清）宋征璧《抱真堂诗话》
郭绍虞《清诗话续编》本上海古籍出版社 1983 年版

扬雄作《反骚》《广骚》，班彪作《悼骚》，梁竦亦作《悼骚》，挚虞作《愍骚》，应奉作《感骚》，汉魏以来，作者缤纷，无出屈、宋之外。茂秦之言是也。以予观之，宋不如屈，况其他乎。

——（清）田雯《古欢堂集》卷十八《诗话〈评茂秦十则其六〉》
影印《文渊阁四库全书》第1324册（台湾）商务印书馆1986年版

周之诗，采诸国史，独南风不著于录，毋亦辀轩所未至与？迨王迹既熄，群雅不作，顾屈、宋、唐、景，骚人于焉代兴，诗虽亡，而骚实继之。

——（清）朱彝尊《曝书亭集》卷三十八《石园集序》
《曝书亭全集》吉林文史出版社2009版

世之论者，恒言尼父删《诗》，不录吴楚。吴，则无闻。若楚，于《二南》录《南有乔木》，而《江汉》存于《大雅》，不可云楚无诗也。迨王迹熄，列国之诗尽亡，惟楚有材，屈、宋、唐、景交作，是《诗》之后亡者，莫如楚矣。

——（清）朱彝尊《曝书亭集》卷三十九《胡永叔诗序》
《曝书亭全集》吉林文史出版社2009版

自春秋以迄战国，《国风》之不作者百余年，屈宋之徒继以骚赋，荀况和之，《风》《雅》稍兴，此《诗》之一变也。

——（清）姜宸英《湛园集》卷一《王阮亭五七言诗选序》
商务印书馆1986年版

（阮亭答：）……《离骚》之原，若《匪风》《月出》之属，已骎骎乎有骚人之致矣。特《九歌》《九章》《九辩》之作，乃大盛于屈、宋师弟子，为后世作赋家大宗，而《九歌》亦在诗、赋之间，至《九章》乃纯乎赋。

——（清）郎廷槐《师友诗传录》
《丛书集成初编》第2614册中华书局1983年版

刺美风华，缓而不迫，如风之动物，谓之风。幽忧愤悱，寓之比兴，谓之骚。始于灵均，而畅于宋玉、唐、景诸人者也。

——（清）郎廷槐《师友诗传录》
《丛书集成初编》第2614册中华书局1983年版

于是羁臣志士自言其情而赋乃作焉，其始创自荀况宦游于楚，作为五赋。楚臣屈原乃作《离骚》，后人尊之为经，而班固以为屈原作赋以讽谕，则已名其为赋矣。其后宋玉、唐勒皆竞为之；汉兴，贾谊、枚乘、司马相如、扬雄、张衡之流制作尤盛，三国两晋以逮六朝，变而为俳，至于唐、宋变而为律，又变而为文。而唐、宋则用以取士，其时名臣伟人往往多出其中，迨及元而始不列于科目，朕以其不可尽废也。

——（清）康熙《圣祖仁皇帝御制文集》第三集卷二十一《历代赋汇序》
影印《文渊阁四库全书》第 1298 册（台湾）商务印书馆 1986 年版

赋为敷陈其事而直言之，尚是浅解。须知化工妙处，全在随物赋形。故自屈、宋以来，体物作文，名之曰赋，即随物赋形之义也。相如论作赋之法，是何等能事。

——（清）李重华《贞一斋诗话》
丁福保《清诗话》上海古籍出版社 1978 年版

赋何始乎？曰：宋玉。

——（清）程廷祚《青溪文集·骚赋论上》
黄山书社 2004 年版

其论司马相如《子虚》《上林》，谓问答之体，其源出自《卜居》《渔父》，宋玉辈述之，至汉而盛。首尾是文，中间是赋，世传既久，变而又变。其中间之赋以铺张为靡，而专于词者则流为齐梁唐初之俳体；其首尾之文，以议论为便，而专于理者则流为唐末及宋之文体。于正变源流，亦言之最确。

——（清）纪昀等《四库全书总目提要·古赋辨体》
中华书局 1965 年版

赋虽古诗之流，然自屈、宋以来即与诗别体，自汉迄宋，文质递变，格律日新。

——（清）纪昀等《四库全书总目提要·御定历代赋汇》
中华书局 1965 年版

《同车》《遵路》《蔓草》《狡童》，如谓淫者之作，不特立意鄙亵，辞亦一览无余。惟有《序》则美人香草各有指归，体骨既高，风情自远，屈、宋可作衙官矣。圣人录此垂教，岂偶然哉！

——（清）姜炳璋《诗序补义》卷首《纲领》
影印《文渊阁四库全书》第89册（台湾）商务印书馆1986年版

《汉·艺文志》有《辑略》。师古曰：辑与集同。然当是时，犹未有以集名书者，故《志》所载诗赋等皆不曰集。晋荀勖分书为四部，其四曰丁。宋王俭撰《七志》，其三曰文翰，亦尚未有集之名。梁阮孝绪为《七录》，始有《文集录》。故《隋·经籍志》以荀况、宋玉等所著书及诗赋等皆谓之集。然《经籍志序》云：别集之名，汉东京之所创也。灵均以降，属文之士多矣，后之君子欲观其体势，而见其心灵，故别聚焉，名之为集。则集之名又似起于东汉。然据此则古所谓集，乃后人聚前人所作而名之，非作者之自称为集也。

——（清）赵翼《陔馀丛考》卷二十二《诗文以集名》
《学术笔记丛刊》中华书局2012年版

《汉·艺文志》：屈原赋二十五篇，自《离骚》讫《渔父》，屈原所著书是也。汉初，传其书不名《楚辞》。故《志》列之赋首，又称其作赋以风，有恻隐古诗之义，至如宋玉已下，则不免为辞人之赋，非诗人之赋矣。

——（清）戴震《屈原赋戴氏注》卷首《序》
《戴震全集》清华大学出版社1999年版

《离骚》以后，学骚者宋玉、贾谊、东方朔、严忌、王褒、刘向、王逸等若干人，而皆不及骚，以绝调难学也。陶渊明以后，学陶者韦应物、柳宗元，以迄苏轼、陈无已等若干人，而皆不及陶，亦以绝调难学也。庾信《哀江南赋》，无意学骚，亦无一类骚，而转似骚。王维、裴迪《辋川》诸作，元结《舂陵篇》及《浯溪》等诗，而无意学陶，亦无一类陶，而转似陶。则又当于神明中求之耳。

——（清）洪亮吉《北江诗话》卷五
人民文学出版社1998年版

孟子曰："王者之迹熄而《诗》亡，《诗》亡然后《春秋》作。"自春秋迄战国，又数百年，于是屈子兴于南朝，作为《离骚》《九歌》《九章》之属，以上继《风》《雅》《颂》之音，其徒宋玉之徒和之，号为楚词。

——（清）鲁九皋《诗学源流考》
郭绍虞《清诗话续编》本上海古籍出版社1983年版

经传之体，出言入笔，笔为言使，可强可弱，分经以典奥为不利，非以言为优劣，惟梁元帝乃大分文笔之号。故《金楼子·立言篇》云：古人之学者有二，今人之学者有四：夫子门徒，转相师授，通圣人之经者，谓之儒；屈原、宋玉、枚乘、长卿之徒，止于辞赋，则谓之文；今之儒，博穷子史，但能识其事，不能通其理者，谓之学；至如不便，为诗如阎纂善，为章奏如伯松，若此之流，泛谓之笔；吟咏风谣，流连哀思者，谓之文。

——（清）宋翔凤《过庭录》卷十五《文笔》
《学术笔记丛刊》本中华书局1986年版

赋者古诗之流，然自屈宋以来，即与诗别体。扬雄有言，能读千赋则能赋。盖源正变之不讲，则操笔茫如。郑夹漈《经籍志》所载范传正《赋诀》、纥干俞《赋格》、张仲素《赋枢》、浩虚舟《赋门》，今皆不传。元祝尧作《古赋辨体》，言之颇详，而于历代鸿篇，未能备载。唯康熙间《御定历代赋汇》，上起周末，下迄明季，以有关经济学问者为正集，其劳人思妇，哀怨穷愁，畸士幽人，放言任达者为外集。而以佚句补遗附焉。学者沿流溯源，因变求正，悉具是书矣。

——（清）梁章钜《退庵随笔》卷十九《学文》
影印《续修四库全书》第1197册上海古籍出版社2002年版

宋玉《九辩》亦云："独耿介而不随兮，愿慕先圣之遗教。处浊世而显荣兮，非余心之所乐。与其无义而有名兮，宁穷处而守高。食不媮而为饱兮，衣不苟而为温。窃慕诗人之遗风兮，愿托志乎素餐。"其《对楚王问》自谓"瑰意琦行，超然独处"，非夸语也。杜子美称之曰"风流儒雅亦吾师"，真可谓儒雅矣，真可师矣。彼骂宋玉为罪人者，乌足以知之。（本注：皇甫持正《答李生第二书》云：笔语未有骆宾王一字，已骂宋玉为罪人。朱子《楚辞集注》云：景差《大招》近于儒者穷理经世之学。此尤非朱子不足以知之也。）

——（清）陈澧《东塾读书记》卷十二《诸子书》
三联出版社1998年版

《文心雕龙》云:"楚人理赋。"隐然谓《楚辞》以后无赋也。李太白亦云:"屈、宋长逝,无堪与言。"

——(清)刘熙载《艺概》卷三《赋概》
王气中《艺概笺注》贵州人民出版社1986年版

沈休文《谢灵运传论》历举周之屈原、宋玉,汉之贾谊、相如、王褒、刘向、扬雄、二班、崔骃、蔡邕、张衡,魏之三祖、陈王、王粲,晋之潘岳、二陆、孙楚、王赞、殷仲文、许询、谢混,宋之颜延年、谢灵运数十家,各具品藻矣。自余多人,原难备述。顾汉魏以下,人品文章,渊明称冠,而未及之,何耶?其终篇云:"至于高言妙句,音韵天成,皆暗与理合,匪由思至。张、蔡、曹、王,曾无先觉;潘、陆、颜、谢,去之愈远。世之知音者有以得之。"细玩数语。或暗指陶公,不欲直表出之以压诸家,固未可知。信然,则休文之立言含蓄也。

——(清)胡式钰《窦存》卷二《诗窦》
中国书店1985年版

屈、宋、唐、景所作,既是韵文,亦多丽语。而《汉书·王褒传》已有"楚辞"之目,王逸仍其旧题,不曰"楚文"。

——章太炎《国故论衡·文学总略》
《蓬莱阁丛书》本上海古籍出版社2003年版

东周以降,文体日工。屈、宋之作,上如"二南";苏、张之词,下开《七发》;韩非著书,隐肇连珠之体;荀卿《成相》,实为对偶之文。莫不振藻简策,耀采词林。

——刘师培《刘申叔先生遗书·文说·耀采篇第四》
江苏古籍出版社1997年版

(四)影响与接受

黄初三年,余朝京师,还济洛川。古人有言,斯水之神,名曰宓妃。感宋玉对楚王神女之事,遂作斯赋。

——(魏)曹植《曹子建集·洛神赋序》
赵幼文《曹植集校注》人民文学出版社1998年版

问曰："子云佛道至尊、至快，无为淡泊。世人学士多讥毁之，云其辞廓落难用，虚无难信，何乎？"牟子曰："至味不合于众口，大音不比于众耳。作《咸池》、设《大章》、发《箫韶》、咏《九成》，莫之和也；张郑卫之弦，歌时俗之音，必不期而拊手也。故宋玉云：'客歌于郢，为《下里》之曲，和者千人，引商徵角，众莫之应。'此皆悦邪声，不晓于大度者也。"

——（南朝梁）释僧祐《弘明集》卷一汉牟子《理惑论》
刘立夫、胡勇译注《弘明集》中华书局2011版

按，明徐元太《喻林》卷三十《人事门·难合》引之，文字同。

相如好书，师范屈宋，洞入夸艳，致名辞宗。然覆取精意，理不胜辞，故扬子以为文丽用寡者长卿，诚哉是言也。

——（南朝梁）刘勰《文心雕龙》卷十《才略》
范文澜《文心雕龙注》人民文学出版社1958年版

昔者屈平、宋玉，始于哀怨之深；苏武、李陵，生于别离之代。自魏建安之末，晋太康以来，雕虫篆刻，其体三变。人人自谓握灵蛇之珠，抱荆山之玉矣。公斡酌雅颂，协和律吕，若使言乖节目，则曲台不顾，声止操缦，则成均无取，遂得栋梁文囿，冠冕词林，大雅扶轮，小山承盖。

——（北周）庾信《庾子山集》卷十一《赵国公集序》
许逸民《庾子山集注》中华书局1980年版

按，明贺复徵编《文章辨体汇选》卷三百五十二北周庾信《赵国公集序》引此，文字同。

斯文之功大矣！自获麟绝笔，一千三四百年。游、夏之门，时有荀卿、孟子；屈、宋之后，直至贾谊、相如；两班叙事，得丘明之风骨；二陆裁诗，含公斡之奇伟；邺中新体，共许音韵天成。

——（唐）卢照邻《卢升之集》卷六《南阳会集序》
李云逸《卢照邻集校注》中华书局1988年版

夫观乎人文以化成天下，观乎国风以察兴亡，是知文之为用，远矣大矣。若乃宣、僖善政，其美载于周诗；怀、襄不道，其恶存乎楚赋。读者不以吉甫、奚斯为诌，屈平、宋玉为谤者，何也？盖不虚美、不隐恶故也。

——（唐）刘知几《史通》卷五《内篇·载文第十六》
清浦起龙《史通通释》上海古籍出版社2009年版

按，明唐顺之《稗编》卷七十二《文艺一·史》引此，文字同。

夫以记宇文之言，而动遵经典，多依《史》《汉》，此何异庄子述"鲋鱼"之对，而辩类苏、张；贾生叙《鵩鸟》之辞，而文同屈、宋。施于寓言则可，求诸实录则否矣。

——（唐）刘知几《史通》卷十八《外篇·杂说下》
清浦起龙《史通通释》上海古籍出版社 2009 年版

不薄今人爱古人，清词丽句必为邻。窃攀屈宋宜方驾，恐与齐梁作后尘。

——（宋）郭知达《九家集注杜诗》卷二十二《戏为六绝句》（其五）
影印《文渊阁四库全书》第 1068 册（台湾）商务印书馆 1986 年版

摇落深知宋玉悲，风流儒雅亦吾师。怅望千秋一洒泪，萧条异代不同时。江山故宅空文藻，云雨荒台岂梦思？最是楚宫俱泯灭，舟人指点到今疑。

——（宋）郭知达《九家集注杜诗》卷三十《咏怀古迹五首》（其二）
影印《文渊阁四库全书》第 1068 册（台湾）商务印书馆 1986 年版

六经之后，百家之言兴，老聃、列御寇、庄周、田穰苴、孙武、屈原、宋玉、孟轲、吴起、商鞅、墨翟、鬼谷子、荀况、韩非、李斯、贾谊、枚乘、司马迁、相如、刘向、扬雄，皆足以自成一家之文，学者之所归也。故义虽深，理虽当，词不工者不成为文，且不能传也，文、理、义三者兼并，乃能独立乎一时而不泯灭于后代，能必传也。仲尼曰："言之无文，行而不远。"

——（宋）李昉《文苑英华》卷六百八十一李翱《答进士梁载言书》
中华书局 1966 年版

按，明冯琦、冯瑗《经济类编》卷五十四《文学类八·论文》引此，文字同。

秦汉已来自今，文学之盛，莫如屈原、宋玉、李斯、司马迁、相如、扬雄之徒，其文皆奇，其传皆远。生书文亦善矣，比之数子似犹未胜，何必心之高乎。《书》曰"言之不出，耻躬之不逮也"，生自视何如耳？

——（唐）皇甫湜《皇甫持正集》卷四《答李生第二书》
《四库唐人文集丛刊》本上海古籍出版社 1993 年版

近风教偷薄，进士尤甚，乃至有一谦三十年之说，争为虚张，以相高自谩。诗未有刘长卿一句，已呼阮籍老兵矣；笔语未有骆宾王一字，已骂宋玉为罪人矣；书字未识偏傍，高谈稷、契；读书未知句度，下视服、郑。此时之大病，所当疾者，生美才勿似之也。

——（唐）皇甫湜《皇甫持正集》卷四《答李生第二书》
《四库唐人文集丛刊》本上海古籍出版社1993年版

自宋玉《登徒》、相如《子虚》之后，世相放效，多假设之词。贞元以来，不用假设，若今事必颁，著述则任为之，若元稹《郊天日祥云五色赋》是也。

——（唐）佚名《赋谱》
中国国家图书馆藏张伯伟校考本

沈约《宋书》论曰：民禀天地之灵，含五常之德，刚柔迭用，喜愠分情，然则歌咏所兴，宜自生民始也。周室既衰，风流弥著，屈原、宋玉导清源于前，贾谊、相如振方尘于后，英辞润金石，高义薄云天。自兹以降，情致逾广。王褒、刘向、扬、班、崔、蔡之徒，异轨同奔，递相师祖。虽清辞丽曲，时发于篇，而芜音累气，固亦多矣。若夫平子艳发，文以情变，绝唱高踪，久无嗣响。

——（宋）李昉《太平御览》卷五百八十五《文部·叙文》
中华书局1960年版

按，明唐顺之《稗编》卷七十三《文艺二·诗赋》引此，文字同。

太宗为飞白书院额曰"玉堂"，及以诗赐以御书宋玉《大言赋》，易简因拟赋以献曰："皇帝以白龙笺书《大言赋》，赐玉堂词臣易简。御笔煌煌，雄辞洋洋，璀玮博达，不可备详。"诏易简陛殿，躬指其理，且叹宋玉之奇怪也。因伏而奏曰："恨宋玉不得与陛下同时。"帝曰："噫，何代无人焉，卿为朕继之。"

——（宋）曾巩《隆平集》卷六《参知政事·苏易简》
《中国古典文学基本丛书》本《曾巩集》中华书局1984年版

我在黄楼上，欲作黄楼诗。忽得故人书，中有黄楼词。黄楼高十丈，下建五丈旗。楚山以为城，泗水以为池。我诗无杰句，万景骄莫随。夫子独何妙，雨雹散雷椎。雄词杂古今，中有屈宋姿。南山多磬石，清滑如流脂。朱蜡为摹刻，细妙分毫厘。佳处未易识，当有来者知。

——（宋）苏轼《苏轼诗集·太虚以黄楼赋见寄作诗为谢》
《中国古典文学基本丛书》本《苏轼诗集合注》中华书局2001年版

渊明作《闲情赋》，所谓"《国风》好色而不淫"，正使不及《周南》，与屈、宋所陈何异，而统大讥之，此乃小儿强作解事者。

——（宋）苏轼《苏轼文集·题文选》
《中国古典文学基本丛书》本孔凡礼点校《苏轼文集》中华书局1986年版

今子骏独行吟坐思，寤寐于千载之上，追古屈原、宋玉，及其人于冥寞，续微学之将坠，可谓至矣。

——（宋）苏轼《东坡文集·书鲜于子骏楚词后》
《中国古典文学基本丛书》本孔凡礼点校《苏轼文集》中华书局1986年版

勾吴之区，维斗所直，半入于楚，终蚀于越。有泰伯、虞仲、季子之风，故处士有岩穴之雍容；有屈原、宋玉、枚皋之笔，故文章有江山之秀发。吴、越之君多好勇，故其民乐斗而轻死；江汉之俗多机鬼，故其民尊巫而淫祀。虽郡异而县不同，其大略不外是矣。

——（宋）黄庭坚《山谷集》卷一《江西道院赋》
中国书店1993年版

大概拟前人文章，如子云《解嘲》拟宋玉《答客难》，退之《进学解》拟子云《解嘲》，柳子厚《晋问》拟枚乘《七发》，皆文章之美也。至于追逐前人，不能出其范围，如班孟坚之《宾戏》、崔伯庭之《达旨》、蔡伯喈之《释诲》，仅可观焉，况其下者乎？

——（宋）黄庭坚《山谷集》别集卷十一《跋韩退之送穷文》
中国书店1993年版

作赋须以宋玉、贾谊、相如、子云为之师，略依仿其步骤，乃有古风。老杜《咏吴生画》云："画手看时辈，吴生远擅场。"盖古人于能事，不独求夸时辈，要须前辈中擅场尔。

——（宋）黄庭坚《山谷集》别集卷十五《与王立之承奉帖六》
中国书店1993年版

按，宋王正德《馀师录》卷二《黄鲁直》、阮阅《诗话总龟》卷八《评论门》、胡仔《渔隐丛话》卷一《国风汉魏六朝上》、祝穆《古今事文类聚》别集卷十一《当追古作》、元王构《修辞鉴衡》卷一《作赋》，均引黄庭坚此语，唯个别字稍异。

黄子人谈不容口，岂与常人计升斗。文章屈宋中阻艰，子欲一身追使还。离骚憭慄悲草木，幽音细出芒丝间。阳春绝句自云上，折杨何烦嗑然赏。横经高辩一室惊，乍是远人迷广城。隔河相和独许我，枯桴亦有条之荣。廖君不但西南美，谁见今人如是子。多髯府掾正可谑，蛮语参军宁素喜。君不见古来皆醉铺糟难，沐浴何须仍振弹。斫冰无处用兰拽，芙蓉木末安能攀。只无相报青玉案，自有平子秋关山。

——（宋）晁补之《鸡肋集》卷十四《复用前韵答鲁直并呈明略》
王中柱校注《鸡肋集》中山大学1995年版

譬如杜诗韩笔，谁不经目，惟小杜为能愁来读之也。苟不上自《虞歌》《周》《鲁》《商》诗，下逮楚骚、建业七子、陶、谢、颜、鲍、阴、何，以观杜诗，则莫知斯人之所用心也。或不极六艺、九流之华实，而纵之以屈原、宋玉、司马迁、相如、仲舒、贾谊、刘向，而自谓真知韩者，亦未可信也。

——（宋）晁说之《景迂生集》卷十七《送王性之序》
影印《文渊阁四库全书》第1118册（台湾）商务印书馆1986年版

识者谓：使朝廷之弃公，不若公初自郡国弃之也。闻者悲之。公闲居何以发挥其伊郁佗傺之感哉！自念《离骚》之变《国风》，宋玉、景差之徒，殆不知有《国风》者，非忘之也，其后宫商为《乐府》者，又自一《离骚》也。以故公于是辞有律吕矣。

——（宋）晁说之《景迂生集》卷十九《宋故平恩府君晁公墓表》
影印《文渊阁四库全书》第1118册（台湾）商务印书馆1986年版

公于文章，盖天性。读书不过一再，终身不忘。自少为文，即能追考左氏、《战国策》、太史公、班固、扬雄、刘向、屈原、宋玉、韩愈、柳宗元之作，促驾而力鞭之，务与之齐而后已。

——（宋）张耒《张耒集·晁太公补之墓志铭》
《中国古典文学基本丛书》本《张耒集》中华书局1990年版

尝怪两汉间所作骚文，未尝有新语，直是句句规模屈、宋，但换字不同耳。至晋宋以后，诗人之词，其弊亦然。若是，虽工亦何足道，盖当时祖习共以为然，故未有讥之者耳。

———（宋）叶梦得《石林诗话》
逯铭昕《石林诗话校注》人民文学出版社 2011 年版

先生（张子厚）《梦中》诗，如："楚峡云娇宋玉愁，月明溪净印银钩。襄王定是思前梦，又抱霞衾上玉楼。"又"无限寒鸦冒雨飞"、"红树高高出粉墙"之句，殆不类人间语也。

———（宋）吕本中《紫微诗话》
清何文焕《历代诗话》中华书局 1981 年版

（曹植）作《洛神赋》，虽祖屈、宋，而能激其馀波，侵寻相及矣。非托寓于妇人神仙，亦安能至此也。近得顾恺之所画《洛神赋图》模本，笔势高古，精彩飞动，与子建文章相表里，因赋一诗，书其后。盖屈、宋、贾谊、子建，其幽恨莫伸一也，故文章能达其所存，以穷极古鸿荒之理，学者可以辩是矣。

———（宋）王铚《雪溪集》卷一《题洛神赋图诗并序》
影印《文渊阁四库全书》第 1136 册（台湾）商务印书馆 1986 年版

子瞻诸文皆有奇气，至《赤壁赋》，仿佛屈原、宋玉之作，汉唐诸公皆莫及也。

———（宋）苏籀《栾城先生遗言》
影印《文渊阁四库全书》第 864 册（台湾）商务印书馆 1986 年版
按，元陶宗仪《说郛》卷十六下《栾城遗言》、清钱熙祚《余师录》卷三均引录此语。

宋玉《招魂》以东南西北四方之外，其恶俱不可以托，欲屈大夫近入修门耳，时大夫尚无恙也。韩退之《罗池词》云："北方之人兮，谓侯是非。千秋万岁兮，侯无我违。"时柳仪曹已死，若曰国中于侯，或是或非，公言未出，不如远即罗池之人，千万年奉尝不忘也。嗟夫，退之之悲仪曹，甚于宋玉之悲大夫也。

———（宋）邵博《闻见后录》卷十四
《历代史料笔记丛刊》本中华书局 1983 年版

楚词文章，屈原一人耳。宋玉亲见之，尚不得其仿佛，况其下者。唯退之《罗池词》可方驾以出。东坡谓"鲜于子骏之作，追古屈原"，友之过矣。如晁无咎所集《续离骚》，皆非是。

——（宋）邵博《闻见后录》卷十四
《历代史料笔记丛刊》本中华书局 1983 年版

润州苏氏家书画甚多。书之绝异者，有太宗赐易简御书"宋玉大言赋"。

——（宋）张邦基《墨庄漫录》卷一
《历代史料笔记丛刊》本中华书局 2011 年版

苏易简为学士承旨日，太宗亲书宋玉《大言赋》锡之，易简因效玉亦作《大言赋》以献，曰："皇帝书白龙笺，作《大言赋》赐玉堂易简，御笔煌煌，雄辞洋洋，璚瑢博洁，不可备详。诏易简升殿，躬指其理，叹宋玉之奇怪也，因伏而奏言，恨宋玉不与陛下同时。"帝曰："噫！何代无人耶？卿为朕言之。"易简曰：

圣人兴兮告成功，登昆仑兮展升中。地为席兮飨祖宗，天起籁兮调笙镛，日乌月兔耀文明。麾龙旗兮，严武御也；执北斗兮，奠玄酒也；削西华兮，为石也；迅雷三发，山神呼也；流电三激，烽火举也。礼册献兮淳风还，君百拜兮天神欢。四时一周兮万八千年，太山夷兮溟海干。圆盖空兮方舆穿，君王之寿兮无穷焉。

殿上皆呼万岁，上览之大喜，又作小诗四句以褒之。易简刻石于院内之壁。（见杨文公《谈苑》）

——（宋）江少虞《事实类苑》卷四十《诗歌赋咏·大言赋》
《四库笔记小说丛书》上海古籍出版社 1993 年版

《学林新编》云：或云杜甫、李白同时以诗名相轧，不能无毁誉，甫赠白诗云"李侯有佳句，往往似阴铿"，此句乃所以鄙白也。某按，子美《夔州咏怀寄郑监李宾客诗》曰："郑李光时论，文章并我先。阴何尚清省，沈宋欻联翩。"盖谓阴铿、何逊、沈约、宋玉也，四人皆能诗文，为时所称者。而子美又以阴铿居四人之首，则之赠太白之诗非鄙之也。

——（宋）胡仔《渔隐丛话》前集卷六《杜少陵一》
人民文学出版社 1984 年版

（刘长卿）以诗驰名上元、宝应间。皇甫湜云：诗未有刘长卿一句，已呼宋玉为老兵矣，语未有骆宾王一字，已骂宋玉为罪人矣。其名重如此。

——（宋）计敏夫《唐诗纪事》卷二十六《刘长卿》
中华书局 2007 年版

永丰析吉水为邑，壤地褊小，徒以欧阳文忠公故乡，且先茔在焉故，士之力学好修者众，文献不绝。近岁曾幼度、罗永年又以诗文为诸生倡，殆欲家屈、宋而人贾、马也。

——（宋）周必大《文忠集》卷五十五《书示永丰彭肃》
影印《文渊阁四库全书》第 1147 册（台湾）商务印书馆 1986 年版

宋玉《九辩》词云："憭栗兮若在远行，登山临水兮送将归。"潘安仁《秋兴赋》引其语，继之曰："送归怀慕徒之恋，远行有羁旅之愤。临川感流以叹逝，登山怀远而悼近。彼四慼之疚心，遭一涂而难忍。"盖畅演厥旨，而下语之工拙，较然不侔也。

——（宋）洪迈《容斋随笔》续笔卷三《秋兴赋》
中华书局 2007 年版

古赋虽熟看屈、宋、韩、柳所作，乃有进步处。入本朝来，骚学殆绝。秦、黄、晁、张之徒，不足学也。

——（宋）黎靖德《朱子语类》卷一百三十九《论文上》
王星贤校《理学丛书》本中华书局 1986 年版

《宾戏》《解嘲》《剧秦》《贞符》诸文字，皆祖宋玉之文，《进学解》亦此类。"《阳春》《白雪》"云云者，不记其名，皆非佳文。

——（宋）黎靖德《朱子语类》卷一百三十九《论文上》
王星贤校《理学丛书》本中华书局 1986 年版

河东柳子厚论当世之士，谓今之为文，希屈、宋者可得数人，希王褒、刘向之徒者可得十人，至陆机、潘岳之比，累累相望。唐自元和之后，作者可数，屈、马（司马相如）希世之文也，学而似之者，谁欤？

——（宋）林光朝《艾轩集》卷四《策问》
影印《文渊阁四库全书》第 1142 册（台湾）商务印书馆 1986 年版

若人大槐中，不作蝼蚁梦。春风鬓须绿，文字凌屈宋。昨朝我访之，杯酒颇自奉。鱼虾杂淮海，狼藉蔬果众。妍谭到嘲谑，嘉我一笑共。末言神仙事，于世本无用。但可于世人，矫首飞鸿送。故公所言者，大抵静观动。胡能更八十，异日亦高冢。绝怜稽山下，不逐梅笋贡。堂前漫名龟，堂下或歌凤。寿公晚唐衣，聊为吾道重。

——（宋）苏洞《泠然斋诗集》卷一《正月五日谒放翁留饮欢甚》
影印《文渊阁四库全书》第1179册（台湾）商务印书馆1986年版

黄太史《跋送穷文》拟扬子云《逐贫赋》，语稍庄，文采过之。如子云《解嘲》拟宋玉《答客难》，退之《进学解》拟子云《解嘲》，柳子厚《晋问》拟枚乘《七发》，皆文采之美也。至于追琢前人，如班孟坚之《宾戏》、崔伯庭之《达旨》蔡伯喈之《释诲》，仅可观焉，况其下者乎？

——（宋）魏了翁《鹤山笔录》
《丛书集成初编》本中华书局1991年版

按，文中言宋玉作《答客难》，误。应作《对楚王问》。

高、岑之诗悲壮，读之使人感慨；孟郊之诗刻苦，读之使人不欢；《楚辞》惟屈、宋诸篇当读之外，惟贾谊《怀长沙》、淮南王《招隐操》、严夫子《哀时命》宜熟读，此外亦不必也。

《九章》不如《九歌》，《九歌》《哀郢》犹妙。

前辈谓《大招》胜《招魂》，不然。

读《骚》之久，方识真味。须歌之抑扬，涕洟满襟，然后为识《离骚》，否则如戛釜撞钟耳。

——（宋）严羽《沧浪诗话·诗评》
郭绍虞《沧浪诗话校释》中华书局1962年版

按，元陶宗仪《说郛》卷八十三上引《沧浪诗话·诗评》此语。

自唐以来，效渊明为诗者皆大家，数王摩诘得其清妍，韦苏州得其散远，柳子厚得其幽洁，白乐天得其平淡。正如屈原之骚，自宋玉、景差、贾谊、相如、子云、退之而下，各得其一体耳。

——（宋）舒岳祥《阆风集》卷十《刘正仲和陶集序》
文物出版社1982年版

唐文宗诗曰："人皆苦炎热，我爱夏日长。"柳公权续云："薰风自南来，殿阁生微凉。"或者惜其不能因诗以讽，虽坡翁亦以为有美而无箴，故为续之云："一为居所移，苦乐永相忘。愿言均此施，清阴分四方。"余谓柳句正所以讽也。盖薰风之来，惟殿阁穆清高爽之地，始知其凉。而征夫耕叟，方奔驰作劳，低垂喘汗于黄尘赤日之中，虽有此风，安知所谓凉哉？此与宋玉对楚王曰"此谓大王之风耳，庶人安得而共之者"同意。

——（宋）周密《齐东野语》卷十八《薰风联句》
《历代史料笔记丛刊》本中华书局 1983 年版

王荆公父子俱侍经筵，陆农师以诗贺云："润色圣猷双孔子，调燮元化两周公。"议者为太过。然不知取杜子美《送薛明府》诗："侍臣双宋玉，战策两穰苴。"

——（宋）吴曾《能改斋漫录》卷八《陆农师取杜子美诗》
上海古籍出版社 1979 年版

太上皇帝御书：右文之殿一座、秘阁一座。《琴赋》六段、《文赋》九段、《千文》三段、《神女赋》四段、《舞赋》三段、《古意》三段、《史节》二段、《养生论》二段、《登楼赋》二段、《高唐赋》三段，已上在秘阁东厢。

——（宋）陈骙《南宋馆阁录》卷三《储藏·碑刻》
影印《文渊阁四库全书》第 595 册（台湾）商务印书馆 1986 年版

予尝谓贾谊之《过秦》，陆机之《辩亡》，皆赋体也。大抵屈、宋以前，以赋为文。庄周、荀卿子二书，体义、声律、下句、用字，无非赋者。自屈、宋以后为赋，而二汉特盛，遂不可加。唐至于宋朝，复变为诗，皆赋之变体也。

——（宋）项安世《项氏家说》卷八《说事篇一·诗赋》
影印《文渊阁四库全书》第 706 册（台湾）商务印书馆 1986 年版

仆观相如《美人赋》，又出于宋玉《好色赋》。自宋玉《好色赋》，相如拟之为《美人赋》，蔡邕又拟之为《协和赋》，曹植为《静思赋》，陈琳为《止欲赋》，王粲为《闲邪赋》，应玚为《正情赋》，张华为《永怀赋》，江淹为《丽色赋》，沈约为《丽人赋》，转转规仿，以至于今。

——（宋）王楙《野客丛书》卷十六《相如〈大人赋〉》
中华书局 1987 年版

《学林新编》曰：子美《怀郑监李宾客诗》曰："郑李光时论，文章并我先。阴何尚清省，沈宋欻联翩。"盖谓阴铿、何逊、沈约、宋玉也，四人皆能诗文，为时所称者。仆谓沈、宋非沈约、宋玉，仍沈佺期、宋之问也。

——（宋）王楙《野客丛书》卷二十四《杜诗言沈宋》
中华书局1987年版

侁长于楚词，尝作《九诵》。苏轼见之，谓其近古屈原、宋玉。友其人于冥漠，续微学之将坠者。

——（宋）章定《名贤氏族言行类稿》卷五十六《鲜于》
影印《文渊阁四库全书》第933册（台湾）商务印书馆1986年版

虽然文人相轻，从古固然，然学不逮先辈，文不逮先辈，亦效先辈雌黄之口，皆其气习不浑厚而轻躁者之为乎！读诗未有刘长卿一句，已呼阮籍为老兵；笔语未有骆宾王一字，已骂宋玉为罪人。则吾岂敢！

——（宋）林駉《古今源流至论》后集卷一《评文》
上海古籍出版社1992年版

四年八月一日，行书赐苏易简曰："宋玉遇楚王，未足以为美。易简逢真主，堪师法于后人。"今赐卿《大言赋》，名四句曰"少年盛世兮为词臣，古往今来兮有几人"云云。

——（宋）王应麟《玉海》卷三十一《圣文·御制赋·淳化大言赋》
江苏古籍出版社1987年版

《楚词》平易，后人做者反艰深了，都不可晓。

《离骚》初无奇字，只恁说将去，自是好。后来如鲁直恁地着气力做，只是不好。

古赋须熟看屈、宋、韩、柳所作，乃有进步处。入本朝来，骚学殆绝，秦、黄、晁、张之徒，不足学也。

——（宋）魏庆之《诗人玉屑》卷十三《楚辞·晦庵论楚词》
王仲闻注释《诗人玉屑》中华书局2007年版

元丰中，王荆公在金陵，东坡自黄北还，日与公游，尽论古昔文字。公叹息谓人曰:"不知更几百年方有如此人物。"东坡渡江至仪真,《和游蒋山诗》,寄金陵守王胜之益胜,公亟取,读至"峰多巧障日,江远欲浮天",乃抚几曰:"老夫平生作诗,无此二句。"又在蒋山时以近制示东坡。坡云:"'积李兮缟夜,崇桃兮炫昼。'自屈、宋没世,旷千余年,无复《离骚》句法,乃今见之。"荆公曰:"非子瞻见谀,自负亦如此,然未尝为俗子道也。"

——（宋）周应合《景定建康志》卷五十《拾遗》
影印《文渊阁四库全书》第 488 册（台湾）商务印书馆 1986 年版

《谩斋语录》云：刘禹锡长于歌行并绝句,如《武昌老人说笛歌》。山谷云：使宋玉、马融复生,亦当许之。

——（宋）何谿汶《竹庄诗话》卷二十刘禹锡《武昌老人说笛歌》
中华书局 1984 年版

先生有跋,自书《枯木道士赋》后,云：比来子由作《御风词》,以王事过列子祠下作,犹未见本,问子瞻,文作何体？子瞻云,非诗非骚,直是属韵庄周一篇耳。晁无咎作《求志》一章,子瞻以为《幽通》当北面也。此二文,他日当奉寄。闲居当熟读《左传》《国语》《楚词》《庄周》《韩非》,欲下笔,略体古人致意曲折处,久久乃能自铸伟词,虽屈、宋亦不能超此步骤也。

——（宋）黄䈮《山谷年谱》卷二十四《苏李画枯木道士赋》
中国国家图书馆藏（台北）艺文印书馆影印本

余友贺方回博学业文,而乐府之词,妙绝一世。……夫其盛丽如游金、张之堂,而妖冶如揽嫱、施之祛,幽洁如屈、宋,悲壮如苏、李。览者自知之,盖有不可胜言者矣。

——（宋）佚名《苏门六君子文粹》卷二十一《宛邱文粹·贺方回乐府序》
影印《文渊阁四库全书》第 1361 册（台湾）商务印书馆 1986 年版

昔人论人物,则曰：白皙如瓠,其为张苍；眉目若画,其为马援；神姿高彻之如王衍,闲雅甚都之如相如,容仪俊爽之如裴楷,体貌闲丽之如宋玉。至于论美女,则蛾眉皓齿,如东邻之女；瓌姿艳逸,如洛浦之神。至有善为妖态，作愁眉啼妆、坠马髻、折腰步、龋齿笑者，皆是形容见于议论之际而然也。

——（宋）佚名《宣和画谱》卷五《人物叙论》
浙江人民美术出版社 2012 年版

秦少游云：探道德之理，述性命之情，发天人之奥，明死生之变，此论理之文，如列御寇、庄周之作是也。别黑白阴阳，要其归宿，决其嫌疑，此论事之文，如苏秦、张仪之所作是也。考同异，次旧闻，不虚美，不隐恶，人以为实录，此叙事之文，如司马迁、班固之所作是也。原本山川，极命草木，比物属事，骇耳目，变心意，此托词之文，如屈原、宋玉之所作是也。钩庄列之微，挟苏张之辩，摭迁固之实，猎屈宋之英，本之以诗书，折之以孔氏，此成体之文，如韩愈之所作是也。

——（宋）佚名《东雅堂昌黎集注》卷首《昌黎集序说》
影印《文渊阁四库全书》第 1075 册（台湾）商务印书馆 1986 年版
按，四库馆臣据《陈景云韩集点勘书后》考为贾似道馆客莹中撰。

晁无咎云：眉山公之词短于情，盖不更此境耳。陈后山曰：宋玉不识巫山神女而能赋之，岂待更而后知，是直以公为不及于情也。呜呼，风韵如东坡而谓不及于情可乎！彼高人逸才正当如是。其溢为小词而间及于脂粉之间，所谓滑稽玩戏，聊复尔尔者也。若乃纤艳淫媟入人骨髓，如田中行、柳耆卿辈，岂公之雅趣也哉？

——（金）王若虚《滹南集》卷三十九《诗话》
《滹南遗老集》辽海出版社 2006 年版

自孔孟氏没，理寖废，文寖彰，法寖多。于是左氏释经而有传注之法，庄、荀著书而有辩论之法，屈、宋尚辞而有骚赋之法，马迁作史而有序事之法，自贾谊、董仲舒、刘向、扬雄、班固，至韩、柳、欧、苏氏，作为文章而有文章之法，皆以理为辞而文法自具，篇篇有法，句句有法，字字有法，所以为百世之师也。故今之为文者，不必求人之法以为法，明夫理而已矣。

——（元）郝经《陵川集》卷二十三《答友人论文法书》
山西古籍出版社 2006 年版

先秦之文，则称左氏、《国语》《战国策》、庄、荀、屈、宋；二汉之文，则称贾谊、董仲舒、司马迁、刘向、扬雄、班固、蔡邕；唐之文，则称韩、柳；宋之文，则称欧、苏。中间千有余年，不啻数千百人，皆弗称也。骚赋之法则本屈、宋，作史之法则本马迁，著述之法则本班、扬，金石之法则本蔡邕，古文之法则本韩、柳，论议之法则本欧、苏。中间千有馀年，不啻数千百文，皆弗法也，何者？能自得理而立法耳，故能名家而为人之法。

——（元）郝经《陵川集》卷二十三《答友人论文法书》
山西古籍出版社 2006 年版

于是不敢自作，不复见古之文；不复有六经之纯粹至善，孔、孟之明白正大，左氏之丽缛，周、庄之迈往，屈、宋之幽婉；无复贾、马、班、扬、韩、柳、欧、苏之雄奇高古、清新典雅、精洁恣肆、豪宕之作。总为循规蹈矩，决科之程文，卑弱日下，又甚齐梁五季之际矣。呜呼！文固有法，不必志于法，法当立诸己，不当尼诸人，不欲为作者则已，欲为作者名家而如古之人，舍是将安之乎！

——（元）郝经《陵川集》卷二十三《答友人论文法书》
山西古籍出版社 2006 年版

故其诗，徘徊窈窕，情钟意剧，如高渐离、李龟年之过都历国，惊欣而凄怆也；噫呜慷慨，神张气旺，如唐衢、庄舄之怀人思土，若不愿居而中不能释也；登山临水，留连畅洽，如宋玉、司马相如之感遇，而有所适也；扫门却轨，呻吟沉着，如虞卿、冯衍之独行无与，而莫之悔也。呜呼！兹非余心之所同然者耶？兹非人情世故之所托于无迹之迹者耶？

——（元）戴表元《剡源文集》卷九《许长卿诗序》
影印《文渊阁四库全书》第1194册（台湾）商务印书馆1986年版

少陵"落日满屋梁，犹疑照颜色"。即宋玉《神女赋》"其始来也，若白日初出照屋梁；其少进也，皎若明月舒其光"，然此又出《诗·陈国风》之"月出皎兮，佼人僚兮"。时好事者便谓少陵此两句，尝治郑虔妻疟疾有验，良可笑也。

——（元）白珽《湛渊静语》卷二
影印《文渊阁四库全书》第866册（台湾）商务印书馆1986年版

今噩上人作《骠骑山赋》及《叠秀》《冽清》二赋，手而读之，诚骎骎乎古作矣。渡江以来，诸贤蹈袭苏学，以雄快直致为夸，诗与文率相成风，科举学盛，屈宋不入于口耳，积弊几二百年，山林枯槁之士尚何能冀其仿象，是则皆吾徒之罪也。

——（元）袁桷《清容居士集》卷五十《题疆上人叠秀轩赋后》
中华书局1985年版

客有携杂诗赋一编示余，其识《天野飞云》，而不著撰人名氏。余读未终，戄然曰：是咀澹而厌华，幽光而凄韵，其多得于骚家之性者欤！何言之甚似也。……然则诗殄而骚萌肇于屈宋，而成于扬马，岂独求之声而合哉！客为我遡寥廓，而重讯天野之飞云，还有以启我，则骚家之苗裔，庶其在是矣夫！

——（元）柳贯《待制集》卷十八《题天野飞云编》
影印《文渊阁四库全书》第1210册（台湾）商务印书馆1986年版

秦观字少游，一字太虚，……见苏轼于徐，为赋《黄楼》，轼以为屈宋才。又介其诗于王安石，安石亦谓清新似鲍、谢，轼勉以应举。

——（元）脱脱等《宋史》卷四百四十四《文苑传·秦观》
中华书局1985年版

按，明郭棐著《广东通志》卷四十三《谪官志》、清金洪等监修《广西通志》卷八十六《迁客》所记本此。

东坡苏氏曰：鲜于子骏《九诵》，友屈宋于千载上。《尧词》《舜词》二章气格高古，东汉以来鲜及。

少游秦氏曰：公晚年为诗与楚词尤精，苏翰林读公《八咏》，自谓欲作而不可得，读《九诵》，以为有屈宋之风。

——（元）马端临《文献通考》卷二百三十六《鲜于谏议集三卷》
中华书局2011年版

张耒尝言：无咎于文章盖天性，读书不过一再，终身不忘。自少为文，即能追考屈、宋、班、扬，下逮韩愈、柳宗元之作，促驾而力鞭之，务与之齐而后已。其凌厉奇卓，出于天才，非酝酿而成者，自韩柳而还，盖不足道也。

——（元）马端临《文献通考》卷二百三十六《晁无咎〈鸡肋编〉七十卷》
中华书局2011年版

按，宋晁公武撰、赵希弁编《郡斋读书志》卷四下《晁无咎〈鸡肋编〉七十卷》亦有此评。

右屈宋之辞，家传人诵，尚矣。删后遗音，莫此为古者，以兼六义焉。尔赋者，诚能隽永于斯，则知其辞所以有无穷之意味者，诚以舒忧泄思，粲然出于情；故其忠君爱国，隐然出于理。自情而辞，自辞而理，真得诗人"发乎情，止乎礼义"之妙，岂徒以辞而已哉！如但知屈、宋之辞为古，而莫知其所以古，及其极力摹放则又徒为艰深之言，以文其浅近之说，摘奇难文字，以工其鄙陋之辞，汲汲焉以辞为古，而意味殊索然矣，夫何古之有！能赋者，必有以辨之。

——（元）祝尧《古赋辨体》卷二《九辨后评语》
《四库文学总集选刊》本上海古籍出版社 1993 年版

（宋）玉，屈原弟子也，为楚大夫，闵其师忠而放逐，故作《九辩》以述其志。玉赋颇多，然其精者，莫精于《九辩》。昔人以屈宋并称，岂非于此乎得之！太史公曰："屈原之后，楚有宋玉、唐勒、景差之徒，皆以赋见称。"或问扬子云曰："景差、唐勒、宋玉、枚乘之赋也，善乎？"曰："必也淫。诗人之赋丽以则，词人之赋丽以淫。"审此，则宋赋已不如屈，而为词人之赋矣。宋黄山谷云："作赋须以宋玉、贾谊、相如、子云为之师，略依仿其步骤，乃有古风。老杜咏吴生画云：'画手看时辈，吴生远擅场。'盖古人于能事，不独求夸时辈，要须前辈中擅场尔。"此言尤后学所当佩服，但其言自宋玉以下，而不及屈子，岂以骚为不可及邪？

——（元）祝尧《古赋辨体》卷二《宋玉》
《四库文学总集选刊》本上海古籍出版社 1993 年版

（客有问曰：）盍独不观夫世之务进，而不已者乎！峨高弁，曳长珮，从容而游豫，尧行而舜步，搜古文，摘奇字，穿凿以附俪，周情而孔思，屈原、宋玉、王、扬、司马，支离轮囷，绮缋艳冶，言文辞者，则或蜀，而或楚。

——（元）吴莱《渊颖集》卷五《形释》
中华书局 1985 年版

古来绘风手，莫如宋玉雌雄之论。荀卿《云赋》造语奇矣，寄托未为深妙。陆务观《跋吴梦予诗》云：山泽之气为云，降而为雨，勾者，伸秀者，实此云之见于用者也。予尝见旱岁之云，嵯峨突兀，起为奇峰，足以悦人之目，而不见于用，此云之不幸也。从《风赋》脱胎，虽因袭而饶意味。

——（元）郭翼《雪履斋笔记》
商务印书馆 1986 年版

扬子云曰：诗人之赋丽以则，词人之赋丽以淫。子云知古赋矣，至其所自为赋，又蹈词人之淫，而乖《风》《雅》之则，何也？岂非赋之古者，自景差、唐勒、宋玉、枚乘、司马相如以来，违则为已远，矧其下者乎！余叨年学赋，尝私拟数十百题，不过应场屋一日之敌尔，敢望古诗人之则哉！

——（元）杨维桢《丽则遗音》卷首《丽则遗音序》
迪志文化出版公司 2003 年版

古赋有楚赋，当熟读朱子《楚辞》中《九章》《离骚》《远游》《九歌》等篇，宋玉以下未可轻读。有汉赋，当读《文选》诸赋，观此足矣。唐宋诸赋，未可轻读。有唐古赋，当读《文粹》诸赋，《文苑英华》中亦有绝佳者，有唐律赋，备见《文苑英华》。

——（元）陈绎曾《文说·下字法》
王水照《历代文话》复旦大学出版社 2008 年版

夫诗之来远矣，盖见于唐虞之末，著于殷商之时，圣人集《三百篇》，列之于经，取其可以告神明、荐宗庙、讽君上、谕朋友故也。至于春秋列国，诸卿大夫未有不通《诗》者，皆以所赋卜休咎成败，其为用如此。降及后世，有衍而为《离骚》，分而为《九辩》，变而为古调，创而为近体，然去古渐远，气格稍弱，中间自成一家得左右《风》《雅》者为不少，世之人必欲攀屈、宋之驾，登李、杜之坛，出乎喜怒哀乐之至情，合于仁义礼智之中道，可不知所效，学求所矜式乎！

——（元）张之翰《西岩集》卷十七《诗学和璞引》
影印《文渊阁四库全书》第 1204 册（台湾）商务印书馆 1986 年版

故凡祸福之说，特冒佛之名，皆吾中国之人依仿而托之者也。佛书之初入中国也，仅《四十二章》，本不言祸福。其说知足，本于《老子》；其书分章，本于《孝经》，盖中国之人译之然也。言天堂，则宋玉天门、九关之说；言地狱，则宋玉幽都、土伯之说；言轮回则《汉书》载鬼之说；因《列子》寓言西极化人，遂生西方极乐；因《离骚》寓言女岐九子，遂生九子母；因邹衍以禹九州，演为九九，复演为九之又九，遂增展为十万亿国土；因道家谓昆仑山高二千五百里，日月常相隐避以为光明，遂推广而为日月循环须弥山照临四世界；因孟子道性善，人皆可以为尧舜，于是谓一切众生皆有佛性，汝等来世皆当作佛；因墨子言兼爱，视其邻之子犹其兄之子，于是谓一切男子皆我父，一切女子皆我母；因老子言吾大患者，以吾有身，于是谓肉身为血肉皮，耳、目、口、鼻、身、意为六根；因老子言可道非道，可名非名，于是谓一切有相皆为非相；因庄子言死灰其心，槁木其形，于是谓禅寂入定，坐脱立亡。凡尔皆吾中国之人译之然也，佛书之称自西域来者，不出此数端而已。

——（元）李翀《日闻录》
《丛书集成初编》第 0328 册中华书局 1983 年版

古之赋学，专尚音律，必使宫商相宣，徵羽迭变，自宋玉而下，唯司马相如、扬雄、柳宗元能调协之，因集四家所著，名《楚汉正声》。

——（明）宋濂《文宪集》卷十六《渊颖先生碑》
迪志文化出版公司 2003 年版

按，又见元吴莱《渊颖集》附录宋濂《渊颖先生碑》。

梦泽先生《哭武皇帝诗》，不胜鼎湖攀髯之想，无几微逐臣怨望意。楚人多怨，乃先生独不然，宋玉、景差之遗风，犹能不为所染，岂徒区区藻词丽句已哉！从子行父购而藏之，乌衣群季之佳，青箱世业之富，举在此卷中矣。

——（明）王廷陈《梦泽集》卷二十附录二《王百谷禩登》
《四库明人文集丛刊》本上海古籍出版社 1993 年版

士才涉于言，即谓非善学。见效颦学步者，兀居块坐，即哑称之曰是知忘言矣，是可以语心学矣。谓伏羲奇偶可不必画太极，易通正蒙为糟粕影响，屈、宋、班、马而下皆赘疣也。忘言心学乃若是耶！

——（明）孙绪《沙溪集》卷一《序·东田文集序》
影印《文渊阁四库全书》第 1264 册（台湾）商务印书馆 1986 年版

二三君子鸣其论世则周、秦、汉、魏黄初、（唐）开元，其人则左史、屈、宋、曹、刘、阮、陆、李、杜。都人士所脍炙者，宜莫如彭泽、宣城、昌黎。先生宣言，古文之法亡于韩，诗弱于陶，亡于谢，睥睨千古，直与左史、屈、宋、曹、刘、阮、陆、李、杜游，世儒率溺旧闻，弗入也。

——（明）何景明《大复集》卷后附汪道昆《信阳何先生墓碑》
中州古籍出版社 1989 年版

弘治初，北地李梦阳首为古文，以变宋、元之习，文称左、迁，赋尚屈、宋，诗古体宗汉、魏，近律法李、杜，学士大夫翕焉从之。

——（明）何景明《大复集》卷后附《皇明名臣言行录》
中州古籍出版社 1989 年版

初，国朝去古益远，诗文至弘治间极矣。先生首与北地李子一变而之古，三代而下，文取诸左、马，诗许曹、刘，赋赏屈、宋，书称颜、柳，天下翕然从风，盛矣！千载一时也。

——（明）何景明《大复集》卷后附《何大复先生行状》
中州古籍出版社 1989 年版

余历览载籍所志，古人之辞由屈原、宋玉以来，不可胜计，而浮靡侈放之辞，盖托讽寓兴者之所共趋，《上林》之后，益芜益漫，亡能尔雅，志士之所贱也。余感风人之义，因梦游太白山，历见奇瑰骇异之状，孚于人言，退而作赋，凡若干言，虽极假借，要皆自喻，其迹少有虚谬谀驾凌绝之病，示诸同志，皆曰可录。

——（明）康海《对山集》卷九《梦游太白山赋》
《四库明人文集丛刊》本上海古籍出版社 1993 年版
按，清陈元龙编《御定历代赋汇》补遗卷二十一《情感》引此，文字同。

解"摇落深知宋玉悲"云：惟深知其故，故千年之后且为悲欢，惟其亦吾之师，故闵其萧条。

——（明）杨慎《升庵集》卷五《闲书杜律》
《四库明人文集丛刊》本上海古籍出版社 1993 年版
按，明陆深《俨山外集》引此，文字同。

古传记称，帝之季女曰瑶姬，精魂化草，实为灵芝。宋玉本此以托讽，后世词人转加缘饰,重葩累藻,不越此意。

——(明)杨慎《升庵集》卷十《跋赵文敏公书巫山词》
《四库明人文集丛刊》本上海古籍出版社 1993 年版

李华曰:"文章本乎作者,而哀乐系乎时。本乎作者,六经之志也;系乎时者,乐文武而哀幽厉也。有德之文,信;无德之文,诈。皋陶之歌,史克之颂,信也;子朝之告,宰嚭之词,诈也。夫子之文章,偃、商传焉,偃、商没而伋、轲作焉,盖六经之遗也。屈平、宋玉哀而伤,靡而不远,六经之道遁矣。沦及后世,力足者不能知之,知之者力或不足,则文义浸以微矣。"慎谓:华之论文,简而尽,韩退之与人论文诸书,远不及也,特难为褊心狭见者道耳。

——(明)杨慎《升庵集》卷五十二《李华论文》
《四库明人文集丛刊》本上海古籍出版社 1993 年版

萧颖士云:"六经之后,有屈原、宋玉,文甚雄壮而不能经;贾谊文辞最正,近于治体;枚乘、相如亦瓌丽才士,然而不近风雅;扬雄用意颇深,班彪识理,张衡宏旷,曹植丰赡,王粲超逸,嵇康标举,左思诗赋有《雅》《颂》遗风,干宝著论近王化根源,此后复绝无闻焉。近日惟陈子昂文体最正。"萧之所取如此,可以知其所养矣。

——(明)杨慎《升庵集》卷五十二《萧颖士论文》
《四库明人文集丛刊》本上海古籍出版社 1993 年版

史南曰:臣读宋玉《悲秋》《招魂》诸篇,其辞宛,其志哀;及观《钓赋》《笛赋》诸篇,其辞诡,其志放。至于景差《大招》,其辞切,其志幽,而唐勒数语又非二子比也。然而百世之下,取才者绳其武,述意者仿其归,宣幽者则其旷,修词者模其丽。呜呼!非屈氏之支流、词家之指南也哉。赞曰:平均既放,弟子修词,宋玉《九辩》,乃及景差、唐勒附鸣,翔于云衢,兹观文苑,光彩陆离。

——(明)廖道南《楚纪》卷二十一《昭文内纪前篇》
《北京图书馆古籍珍本丛刊》第 7 册书目文献出版社 1988 年版

王荆公在蒋山时,以近制示苏子瞻,中有骚语云:"积李兮缟夜,崇桃兮炫昼。"子瞻曰:"自屈、宋没后,旷千余年,无复《离骚》句法,乃今见之。"荆公曰："非子瞻见谀，某自负亦如此。"

苏子瞻奉祠西太乙宫，见荆公旧题六言诗曰："杨柳鸣蜩绿暗，荷花落日红酣。三十六陂春水，白头想见江南。"注目久之，曰："此老野狐精也。"

苏子瞻渡江至仪真，和荆公《游蒋山诗》。后，寄示荆公，公亟取读至"峰多巧障日，江远欲浮天"，抚几叹曰："老夫一生作诗，无此二句。"

苏栾城云：子瞻诸文皆有奇气，至《赤壁赋》，仿佛屈原、宋玉之作，汉唐诸公莫及也。

——（明）唐顺之《荆州稗编》卷七十四蔡絛《西清诗话》

影印《文渊阁四库全书》第953—955册（台湾）商务印书馆1986年版

按，明何良俊《何氏语林》卷十七《赏誉第九》引上引第四条，文字同。

蜀自西汉，教化流而文雅盛，相如追踪屈、宋，扬雄参驾孟、荀，其辞其道，皆为天下之所宗式，故学者相继为与齐鲁同俗。

——（明）周复俊《全蜀艺文志》卷三十六宋田况《进士题名记》

影印《文渊阁四库全书》第1381册（台湾）商务印书馆1986年版

俞仲蔚凡三扇，宋玉《神女》及《舞赋》，司马相如《美人》，曹子建《洛神》，多作蝇头小楷，而清劲有法。

——（明）王世贞《弇州四部稿》卷一百三十二《扇卷甲之四》

上海古籍出版社1993年版

按，清倪涛撰《六艺之一录》卷二百九十八《扇卷甲之四》引王氏此语，文字全同。

厥后屈左徒氏，遂以骚辞开百世宗，而宋玉、唐勒、景差之徒，相与绍明之。及秦汉而后，小有显者，亦不能与东西两京之彦垺，至唐而仅有襄阳杜氏、孟氏。杜氏之业，差为宏博，与屈氏分途，而偕不朽。

——（明）王世贞《弇州四部稿》续稿卷五十五《王梦泽集序》

上海古籍出版社1993年版

枚生《七发》，其原、玉之变乎？措意垂竭，忽发观潮，遂成滑稽。且辞气跌荡，怪丽不恒。子建而后，模拟牵率，往往可厌，然其法存也。至后人为之而加陋，其法废矣。

——（明）王世贞《艺苑卮言》卷三

罗仲鼎《艺苑卮言校注》齐鲁书社1992年版

吴迈远尝语人："吾诗可谓汝诗父。"每于得意语，掷地呼："曹子建何足道哉！"杜必简死谓沈武："吾在久压公等。"又云："吾文章可使屈、宋作衙官。"……文人矜夸，自古而然，便是气习。

——（明）王世贞《艺苑卮言》卷八
罗仲鼎《艺苑卮言校注》齐鲁书社 1992 年版

　　扬雄作《反骚》《广骚》，班彪作《悼骚》，梁悚亦作《悼骚》，挚虞作《愍骚》，应奉作《感骚》，汉魏以来，作者缤纷，无出屈、宋之外。

——（明）谢榛《四溟诗话·卷一》
人民文学出版社 1961 年版

　　夫周则左丘明，楚则屈、宋，汉则董、贾、苏、李、长卿、枚叔、班固、扬雄，魏则曹、刘、应、徐，六朝则潘、陆、江、鲍，唐则太白、长吉、陈、杜、沈、宋、卢、骆、韩、柳，非不采厥英华而日诵之，顾不若三书者。

——（明）宗臣《宗子相集》卷十三《读太史公杜工部李空同三书序》
《四库明人文集丛刊》本上海古籍出版社 1993 年版

　　宋玉为屈原弟子，原死，玉作"些"，招原魂。余于君非弟子，然晚交耳，君徙居寒垣时，余直寄所怆诗一篇，愧宋玉矣。

——（清）黄宗羲《明文海》卷四百零一徐渭《赠光禄少卿沈公》
中华书局 1987 年版

　　古疁自吾家元美唱之，文采得不寂寞，曾与诗筒往还者，仅见金、张二君，金则季野春秋，张则子国颜子，倘有宋玉、景差复出，元美遂为辞赋之祖矣。

——（清）黄宗羲《明文海》卷四百七十九孙七政《社中新评》
中华书局 1987 年版

　　夫庄、列者，诡诞之宗；而屈、宋者，玄虚之首也。后人不习其文而规其意，卤莽其精而猎其粗，毋惑乎！其日下也。

——（明）胡应麟《少室山房笔丛》卷十三《九流绪论下》
上海书店出版社 2009 年版

学问在赋中最为本色，故屈、宋、司马、班、张皆冠古今，以其繁硕也。而入诗最易误人，古今惟老杜能耳，宋人不以学为赋而为诗，六朝不以学为赋而为文，故皆失之。然赋中又自有本色，学问不可不知。

——（明）胡应麟《少室山房笔丛》卷二十二《华阳博议上》
上海书店出版社 2009 年版

弇州王先生巍然崛起东海之上，以一人奄古今制作而有之：……其境界，何体弗备，何格弗苞，何意弗规，何法弗典，何辞弗铸，何理弗融，何今弗离，何古弗合。九骚则屈、宋之闳深也，十赋则马、扬之钜丽也，逸篇则左、国之瑰玮也，劄记则公、谷之嵯峨也，序说则孟、庄、韩、吕之高雄也，志传则班、刘、陈、范之瞻密也，书牍之凌厉纵横，其比踪上蔡乎！论著之丰溢浑厚，其合辙长沙乎！……

——（明）胡应麟《少室山房集》卷八十一《弇州先生四部稿序》
上海书店出版社 2009 年版

至先秦、盛汉、黄初、开元诸大家遗言，若孟、庄，若屈、宋，若左丘、两司马、陈思、李、杜十数公，辄废书太息曰：伟哉，六经而后，文不在兹乎！俾今之世也，而有十数公其人，终吾身执鞭其侧，何憾哉！

——（明）胡应麟《少室山房集》卷一百一十一《与王长公策书》
上海书店出版社 2009 年版

二典三谟，淳稚浑噩，无工可见，无法可窥。《禹贡》纪律森然，百代叙述之文，皆自此出。《康衢》《击壤》，寥寥数语；《五子之歌》，篇章大衍，酬和浸开；至《商颂·玄鸟》诸篇，宏深古奥，实兆典刑；周末，庄、列、屈、宋，无异后世词人矣。

——（明）胡应麟《诗薮》外篇卷一《周汉》
上海古籍出版社 1979 年版

黄、虞而上，文字邈矣。声诗之道，始于周，盛于汉，极于唐，宋、元继唐之后，启明之先，宇宙之一终乎！盛极而衰，理势必至，虽屈、宋、李、杜挺生，其运未易为力也。

——（明）胡应麟《诗薮》外篇卷五《宋》
上海古籍出版社 1979 年版

段记室成式曰：屈平流放湘沅，椒兰久而不芳，卒葬江鱼之腹，为旷代之悲。宋玉则招屈之魂，明君之失，恐祸及身，假高唐之梦，以惑襄王，非真梦也。我公作神女之诗，思神女之会，惟虑成梦，亦恐非真。李公退，惭其文，不编集于卷也。（出《云溪友议》）

——（明）曹学佺《蜀中广记》卷一百零二《诗话记第二》
《山川风情丛书》本上海古籍出版社 1993 年版

唐宣州当涂令李阳冰序云：……自三代以来，风骚之后，驰驱屈、宋，鞭挞扬、马，千载独步，唯公一人。

——（明）曹学佺《蜀中广记》卷九十七《著作记第七·李翰林集》
《山川风情丛书》本上海古籍出版社 1993 年版

昔在南都文社里，道情长日对幽玄。声名岂藉金张荐，时辈争传屈宋贤。总谓离群堪白首，共嗟为郡各经年。相逢漫道还家乐，生计何须负郭田。

——（明）曹学佺《石仓历代诗选》卷四百五十六明朱应登《次答顾开府》
影印《文渊阁四库全书》第 1387 册（台湾）商务印书馆 1986 年版

此篇为一种无行文人针砭膏肓，大有裨益，但人品难齐，有托之狂简而不屑修饰者，有偏于刚介而动与祸会者，如屈、宋、东方、司马、嵇、阮、孔、谢之徒皆贤者也，今概以为轻薄而讥之，可谓莨莠不分者。

——（明）王志坚《四六法海》卷十颜之推《家训论文章·评点》
辽海出版社 2010 年版

"夫观乎人文以化成天下，观乎国风以察兴亡，是知文之为用，远矣大矣。若乃宣、僖善政，其美载于周诗；怀、襄不道，其恶存于楚赋。读者不以吉甫、奚斯为谄，屈平、宋玉为谤者，何也？盖不虚美，不隐恶故也。"是则文之将史，其流一焉。

——（明）王志坚《四六法海》卷十刘知几《史通·载文篇》
辽海出版社 2010 年版

北杂剧已为全元大手擅胜场，今人不复能措手。曾见汪太函四作，为《宋玉高唐梦》《唐明皇七夕长生殿》《范少伯西子五湖》《陈思王遇洛神》，都非当行。

——（明）沈德符《万历野获编》卷二十五《杂剧》
中华书局 1959 年版

湖中之水常东流，眼前无事不可愁。贵如博陆死夷族，富如卫尉生断头。勋如淮阴竟葅醢，亲如文信俄仇雠。唯有文章称不朽，高名往往垂千秋。试寻名下人安在，左马屈宋空土丘。不朽者文朽者骨，寸心枉作蛛丝抽。自古多才更多累，我独何为生烦忧。

——（清）朱彝尊《明诗综》卷六十七华善述《湖中之水歌》
中华书局 2007 年版

高唐云雨，是先王楚怀事。楚襄虽梦神女，而赋中不言云雨也。乃唐人诗如"倾国倾城汉武帝，为云为雨楚襄王"、"云雨无情难管领，任他别嫁楚襄王"、"料得也应怜宋玉，只应无奈楚襄王"、"今来云雨知何处，重上襄王玳瑁筵"，此类甚多，往往误称，相沿不改，后遂为填词家借资，然使正其讹而作怀王，便不成佳话矣。《高唐赋》中"旦为行云"，至今亦莫有称"旦云"者。看来古人下语炼字，皆须韵致，不专以理胜。又阅元微之《会真诗》"晨会雨濛濛"，则不独称"暮雨"矣。

——（明）钱希言《戏瑕》卷一《高唐云雨》
《丛书集成初编》第 2945 册中华书局 1983 年版

又见东坡行书《九辩帖》，笔意妙绝，而无款识，岂遭元祐党人之祸，当时收藏者削去之耶？

——（明）张丑《清河书画舫》卷八下《苏轼》
上海古籍出版社 2011 年版

虞文靖公集在宜黄时，尝倚楼吟诗，有"五更鼓角吹残雪"之句，忽隔溪一童揖而言曰："角可吹，鼓不可吹。"公亟命召之，已失所在，盖诗鬼也。余谓：老杜"塞上风云接地阴"，云可言阴，风不可言阴；李长吉"豸角鸡香早晚含"，豸角岂可含耶？此自有流例，不必泥也。如宋玉赋"岂能与之料天地之高哉"，《后汉·阳厚传》"耳目不明"，《记》曰"大夫不可造车马",此类甚多。

——（明）镏绩《霏雪录》卷下
见广陵书社《学海类编》2007年版

倡楚者屈原,继其楚者宋玉一人而已,景差且不逮,况其他乎。自《惜誓》以下至于《九思》,取而附之者,非以其能楚也,以其欲学楚耳。古道既远,靡风日流,自宋玉、景差以来数千百年,文人墨士,颉马、扬而执班、张者尚不一二,更何有楚。余故叹其寥寥而取以附之,是则私心之所以爱楚也已。

——（明）陆时雍《楚辞疏》卷首《读楚辞语》
影印《续修四库全书》第1301册上海古籍出版社2002年版

其《梓州吟》云："楚雨含情俱有托。"早已自下笺解矣。吾故曰：义山之诗,乃风人之绪音,屈、宋之遗响,盖得子美之深而变出之者也。

——（清）朱鹤龄《李义山诗集注》卷首《原序》
《四库唐人文集丛刊》本上海古籍出版社1994年版

今吾草庵之中,所考索者,皆经史百家古今之义海也；所吟讽者,非庄、列、屈、宋,即陶、谢、韩、杜、白、苏诸君子之文章也。时而采撷其英华,时而穿穴其璺罅,时而仿佛其声咳衣冠,与之揖让而进退,时而揣摩铅钝,振拂觚棱,与之后先角逐于翰墨之苑囿。

——（清）朱鹤龄《愚庵小集》卷九《江湾草庵记》
华东师范大学出版社2010年版

莠言,秽言也。若郑享赵孟,而伯有赋《鹑奔》之诗。君子在官言官,在府言府,在库言库,在朝言朝,狎侮之态不及于小人,谑浪之辞不加于妃妾。自世尚通,方人安媟慢宋玉登墙之见,淳于灭烛之欢。遂乃告之君王,传之文字,忘其秽论,叙为美谈。以至执女手之言,发自临丧之际；啮妃唇之咏,宣于侍宴之余。于是摇头而舞八风,连臂而歌万岁,去人伦,无君子,而国命随之矣。

——（清）顾炎武《日知录》卷三《莠言自口》
黄汝成、栾保群、吕宗力等《日知录集释》上海古籍出版社2006年版沧浪云：《楚词》惟屈、宋诸篇当读之外，惟贾谊《怀长沙》、淮南王《招隐操》。又云：《九章》不如《九歌》，《九歌》《哀郢》尤妙。按，《九章》有《怀沙》，贾太傅无《怀沙》也。《招隐士》亦非"操"。《哀郢》是《九章》，《九歌》是祀神之词，何得有《哀郢》。沧浪云"须熟《楚词》"，今观此言，《楚词》殊未熟，亦恐是未曾看。

——（清）冯班《钝吟杂录》卷五《严氏纠谬》
《丛书集成初编》第0223册中华书局1983年版

至于前贤，如屈原忠爱，宋玉风藻，千古齿芬。鲁生辱骂之曰：楚所矜式惟有屈、宋，宋玉称神引梦，赋雨横风，媟亵荡佚；屈子踔厉侘傺之感，哀悼悲些之调，变雅为骚，亦何足道。推其语意，喋喋厌薄屈、宋，恨不起上官大夫，与之把臂定交矣。

——（清）孙承泽《春明梦余录》卷二十五《六科》
《四库笔记小说丛书》本上海古籍出版社1993年版

若子美则诗人也，诗以骚为祖，以赋为称，以汉魏诸古诗、苏、李、《十九首》、陶、谢、庾、鲍诸人为嫡裔。子美诗中沉郁顿挫，皆出于屈、宋，而助以汉魏六朝诗赋之波澜。

——（清）贺贻孙《诗筏》
郭绍虞《清诗话续编》上海古籍出版社1983年版

摇落深知宋玉悲，风流儒雅亦吾师。怅望千秋一洒泪，萧条异代不同时。江山故宅空文藻，云雨荒台岂梦思。最是楚宫俱泯灭，舟人指点到今疑。

风流儒雅：即第五句文藻。师者，师其文藻，正与李陵、苏武是吾师同耳。或云"亦"字有不满意；又云非道德师，乃文雅师；或云景行之至，不惟尚友，直欲师之。皆非。

怅望二句：杜言己今日怅望千秋之下一番洒泪，如宋玉悲秋，异代同一萧条，惜不同时耳。同时：如汉武读相如《子虚》而善之曰，朕独不得与此人同时哉。洒泪：如《秋兴八首》之类。

江山二句：言故宅已无，空有文藻，彼云雨荒台，本出梦思，今反现在，岂得为梦思邪？盖皆后人所为耳。不止"荒台"不可信，即楚宫亦俱泯灭，舟人指点皆可疑也。人与宅俱亡，正感慨处。

——（清）陈廷敬《午亭文编》卷五十《杜律诗话下·咏怀古迹五首》
影印《文渊阁四库全书》第1316册（台湾）商务印书馆1986年版

王逢年字舜华，初名治，字明佐，昆山人。少为诸生试经义，入古文奇字，为有司所黜，作《五敌诗》谓：慢世敌嵇康，缀文敌马迁，赋诗敌阮籍，述骚敌屈宋，书法敌二王。（《静志居诗话》）

——（清）倪涛《六艺之一录》卷三百七十一《历朝书谱·明王逢年》
上海古籍出版社1990年版

扬雄作《反骚》《广骚》，班彪作《悼骚》，梁竦亦作《悼骚》，挚虞作《愍骚》，应奉作《感骚》，汉魏以来，作者缤纷，无出屈、宋之外。茂秦之言是也。以予观之，宋不如屈，况其他乎！

——（清）田雯《古欢堂集》卷十八《诗话·评茂秦十则（其六）》
影印《文渊阁四库全书》第1324册（台湾）商务印书馆1986年版

渊明之赋《闲情》，柔姿丽语，大非高士本色。苏子瞻曰："渊明作《闲情赋》，所谓'国风好色而不淫'，正使不及《周南》，与屈、宋所陈何异？"然亦曲为解嘲耳。孰谓挂冠高尚人，便无冶思艳态也？

——（清）田雯《古欢堂集》卷十八《杂著·闲情赋》
影印《文渊阁四库全书》第1324册（台湾）商务印书馆1986年版

长卿以诗驰声。上元、宝应间，权德舆谓为"五言长城"。皇甫湜亦叹："时人诗无刘长卿一句，已呼宋玉为老兵矣；语未有骆宾王一字，已骂宋玉为罪人矣。"其名重如此。

——（清）徐倬《全唐诗录》卷三十四《刘长卿》
上海古籍出版社1993年版

愚山所传者，有学，有术，有名实，有行止，如是即使愚山如宋玉之轻浮，司马长卿之薄劣，陈琳、阮瑀辈离流迁就，漫无足道，犹必传之，如宋，如陈、刘，如司马成都，不可谓非文章之林囿也。况以愚山之学、之术、之名实行止，如是者哉。

——（清）毛奇龄《西河集》卷二十九《序六·施愚山诗集序》
影印本《毛奇龄合集》杭州出版社2003年版

屈平、宋玉不为散文也，假为散文，必能为子长之史，贾谊之策；平原与康乐不为词，假为词，必能为温、韦之小曲，周、秦之曼调。盖才不必其兼通而亦无所于偏致，东不责之西，方不弃以规也。

——（清）毛奇龄《西河集》卷五十八《吹香词弁首》
影印本《毛奇龄合集》杭州出版社2003年版

至夫往昔篇章，古今坟、索，上者作圣世之笙簧，下者代闲居之博奕，若有性喜刺讥，语工怨悱，宋玉既口多微辞，孙盛复直书时事者，鄙人惟却不登杨恽之歌，君子温柔毋为赵壹之赋，有一于此，勿付典籤，苟有他乐，敢求记室。

——（清）陈维崧《陈检讨四六》卷十七《启·征刻今文选今文钞启》
影印《文渊阁四库全书》第1322册（台湾）商务印书馆1986年版

风雅诏屈宋，篆隶开钟王。义精太史笔，百世宗潮阳。子生独后时，志欲袭众芳。不践道德圃，游艺徒遑遑。长嗟竟焉如，严驾临康庄。朝驰秦汉郊，暮税邹鲁乡。西州有佳人，鼓瑟谐咸章。锵鸣琼瑶佩，绚粲芙容裳。揽衣顾从之，远在天一方。习尚或庶几，高节何可望。

——（清）顾嗣立《元诗选》三集卷三卢挚《疎斋集·寄征士韩从善》
中华书局1987年版

"殷周之前，其文简而野。"文莫盛于周，降而诸子、屈、宋，其变尽矣。汉氏得其绪耳，何谓野乎！

——（清）何焯《义门读书记》卷三十六《河东集》
《学术笔记丛刊》本中华书局1987年版

其自序有云：屈原赋《离骚》，宋玉作《九辩》，忧国既深，悲秋特甚。余生不敏，触物多忤，忧与时遇，病复随之，著《秋吟诗》以见志。

——（清）沈季友编、沈廷钰注《槜李诗系》卷二十四《沈秀才廷钰》
影印《文渊阁四库全书》第1475册（台湾）商务印书馆1986年版

魏、晋乐府中多汉诗，论之已详。汉诗中亦时杂周诗，如《今有人》纯歌楚词，《短歌行》直歌《鹿鸣》《薤露》之曲，见于宋玉《饮马长城窟》

中有秦诗一段。此其尤著者也。

——（清）费锡璜《汉诗总说》
丁福保《清诗话》上海古籍出版社 1978 年版

黄白山评："晚唐对仗工而反俗者甚多，如'万卷祖龙坑外物，一泓孙楚耳中泉'、'烟横博望乘槎水，日上文王避雨陵'、'数枝艳拂文君酒，半里红欹宋玉墙'。"

——（清）贺裳《载酒园诗话》卷一《属对》
郭绍虞《清诗话续编》上海古籍出版社 1983 年版

坡老《题张竞辰所居》诗云："清江萦山碧玉环，下有老龙千岁闲。知君好事家有酒，化为老人来叩关。"此与《后赤壁》末段梦鹤意景变化相似。因想子美《寄韩谏议诗》，"美人娟娟隔秋水，濯足洞庭望八荒。鸿飞冥冥日月白，青枫叶赤天雨霜。玉京群帝集北斗，或骑麒麟翳凤凰。芙蓉旌旗烟雾落，影动倒景摇潇湘"等语，文心幻淼，直登屈、宋之堂。苏公又尝教人作诗之法，当然熟玩《离骚》曲折，良有见乎此也。

——（清）叶矫然《龙性堂诗话初集》
郭绍虞《清诗话续编》上海古籍出版社 1983 年版

《御定历代赋汇》一部

圣祖仁皇帝御制序：赋者，六义之一也。风、雅、颂、兴、赋、比六者，而赋居兴、比之中。盖其敷陈事理，抒写物情，兴、比不得并焉。故赋之于诗，功尤为独多。由是以来，兴、比不能单行，而赋遂继诗之后，卓然自见于世。故曰："赋者，古诗之流也。"班固又谓："登高能赋，可以为大夫。"言感物造端，材智深美，可以与国政事，故可以为列大夫也。是则赋之于诗，具其一体，及其横肆漫衍，与诗并行，而其事可通于用人。书曰："敷奏以言。"夫敷奏者，有近乎赋之义。使尧、舜而在今日，亦所不废，则岂非文章之可贵者哉？朕尝于几务之暇，博观典籍，见古者诸侯、卿、大夫交接邻国，时称诗以喻志，不必其所自作，皆谓之赋。如晋公子重耳赋"六月"，鲁文公赋"菁菁者莪"，郑穆公赋"鸿雁"，鲁穆叔赋"祈父"之类，皆取古诗，歌之以喻其志。即咏吟之遗音，得心意之所存，使闻之者足以感发兴起，而因以明其如相告语之情，犹之敷布其义而直陈之，故谓之赋也。春秋之后，聘问咏歌不行于列国，于是羁臣、志士自言其情，而赋乃作焉。其始创自荀况，宦游于楚，作为五赋。楚臣屈原，乃作《离骚》，后人尊之为经。而班固以为屈原作赋以讽喻，则已名其为赋矣。其后宋玉、唐勒皆竞为之。汉兴，贾谊、枚乘、司马相如、扬雄、张衡之流，制作尤盛。三国、两晋以逮六朝，变而为俳。至于唐、宋，变而为律，又变而为文。而唐、宋则用以取士，其时名臣伟人，往往多出其中，迨及元而始不列于科目。朕以其不可尽废也，间尝以是求天下之才，故命词臣考稽古昔，蒐采缺逸，都为一集，亲加鉴定，令校刊焉。为叙其源流兴罢之故，以示天下，使凡为学者知朕意云。

——（清）鄂尔泰、张廷玉等《国朝宫史》卷三十三《书籍十二》
北京古籍出版社1994年版

陈凤梧……所至询民疾苦，暇则召诸生论文，督武士教射，民间颂曰："词章宋玉，号令条侯。"（《明史稿》）

——（清）迈柱、夏力恕等《湖广通志》卷四十一《名宦志》
影印《文渊阁四库全书》第531—534册（台湾）商务印书馆1986年版

诗家奥衍一派，开自昌黎。然昌黎全本经学，次则屈、宋、扬、马亦雅意取裁，故得字字典雅。

——（清）李重华《贞一斋诗话·诗谈杂录》
丁福保《清诗话》上海古籍出版社1978年版

《文选》所录四言，多肤廓板滞之作，此是昭明浅见处，索性不录也。余尝谓，《三百篇》后，不轻拟四言；必欲拟者，陶公庶得近之。屈、宋《楚词》而后，不应轻拟骚体；必欲拟者，曹植庶得近之。

——（清）李重华《贞一斋诗话·诗谈杂录》
丁福保《清诗话》上海古籍出版社1978年版

今永新之为邑也，僻在江南西道。吾闻牛僧孺之言，与荆楚为邻。其地有崇山叠嶂，平田沃野，又有寒泉清流以灌溉之；其君子好义而尚文，其小人力耕而喜斗；而其俗信巫鬼，悲歌激烈，呜、呜、呜，鼓角鸡卜以祈年，有屈宋之遗风焉。

——（清）谢旻等《江西通志》卷一百三十六《艺文·唐李远〈送贺著作凭出宰永新序〉》
影印《文渊阁四库全书》第513册（台湾）商务印书馆1986年版

诗评云：作骚体，便觉屈原、宋玉去人不远，其不规规步趋处，正是其才高气逸为之耳。"望不见兮"一段，写出幽居寂寞之况，兴起下文，脉络相贯。陈绎曾谓："白诗祖风骚，宗汉魏，善于掉弄，造出奇怪，惊动心目，忽然撇出，妙入无声。"其知言者乎！

——（清）乾隆《御选唐宋诗醇》卷五李白《鸣皋歌送岑征君》
春风文艺出版社1995年版

后之君子，详其分合之由，察其升降之故，辨其邪正之归，上祖《风》《雅》，中述《离骚》，下尽乎宋玉、相如、扬雄之美，先以理而后以词，取其则而戒其淫，则可以继诗人之末，而列于作者之林矣。

——（清）程廷祚《青溪文集·骚赋论下》
黄山书社2004年版

《子虚》《上林》，总众类而不厌其繁，会群采而不流于靡，高文绝艳，其宋玉之流亚乎？

——（清）程廷祚《青溪文集·骚赋论中》
黄山书社2004年版

（晁补之）与黄庭坚、张耒、秦观为苏门四学士。耒尝言，补之自少为文，即能追考屈、宋、班、扬，下逮韩、柳之作，促驾力鞭，务与之齐而后已。

——（清）纪昀等《四库全书总目提要·鸡肋集》
中华书局1965年版

杜子美诗所以高出千古者，"不薄今人爱古人"也。王、杨、卢、骆之体，子美能为而不屑为，然犹护惜之，不欲人訾议。且曰："汝曹身与名俱灭，不废江河万古流。"其推挹如此，以视"诗未有刘长卿一句，已呼阮籍为老兵；语未有骆宾王一字，已骂宋玉为罪人"者，犹鹍鹏之与蚍蜉矣。

——（清）钱大昕《十驾斋养新录》卷十八《文人勿相轻》
江苏古籍出版社 2005 年版

子建《洛神》，直可鼎足《高唐》《神女》二赋。古今作赋者，颇相袭句调。然未有如《洛神》"远而望之"、"迫而察之"二语，自晋以下，无不用之者。再稽其始，王褒《甘泉赋》曰："却而望之，郁乎似积云；就而察之，霨乎若泰山。"

——（清）浦洗《复小斋赋话》下卷
何新文、路成文《历代赋话校证》上海古籍出版社 2007 年版

相如《美人赋》，原本宋玉《讽赋》及《登徒子好色赋》。

——（清）浦洗《复小斋赋话》下卷
何新文、路成文《历代赋话校证》上海古籍出版社 2007 年版

司马迁曰：《诗》三百篇大抵贤圣发愤所为作也。则男女慕悦之辞，思君怀友之所托也；征夫离妇之怨，忠国忧时之所寄也。必泥其辞，而为其人之质言，则《鸱鸮》实鸟之哀音，何怪鲋鱼忿消于庄周；《芣苢》乐草之无家，何怪雌风慨叹于宋玉哉？夫诗人之旨，温柔而敦厚，主文而谲谏，言之者无罪，闻之者足戒，舒其所愤懑，而有裨于风教之万一焉，是其所志也。

——（清）章学诚《文史通义》内篇四《公言上》
上海古籍出版社 2008 年版

有三句承二句，四句承首句者。如：……《入宅》云："宋玉归州宅，云通白帝城。吾人淹老病，旅食岂才名。""淹老病"，言久留白帝城；"岂才名"，言不如宋玉。

——（清）桂馥《札朴》卷六《杜律起承》
《学术笔记丛刊》本中华书局 1992 年版

少陵诗有不可解之句，如《咏怀》"宋玉"一首曰："怅望千秋一洒泪，萧条异代不同时。"夫"异代"即"不同时"，乃作此语何耶？盖身虽异代，摇落之悲，却似同时人耳！此为深知宋玉也。

——（清）李调元《雨村诗话》卷下
詹杭伦、沈时蓉《雨村诗话校正》巴蜀书社 2006 年版

东莞岁朝，贸食妪所唱歌头曲尾者曰汤水歌。寻常瞽男女所唱，多用某记。其辞至数千言，有雅有俗，有贞有淫，随主人所命唱之，或以琵琶、篆子为节。儿童所唱以嬉，则曰山歌，亦曰歌仔，多似诗余音调，辞虽细碎，亦绝多妍丽之句。大抵粤音柔而直，颇近吴越，出于唇舌间，不清以浊，当为羽音。歌则清婉溜亮，纡徐有情，听着亦多感动。而风俗好歌，儿女子天机所触，虽未尝目接诗书，亦解白口唱和，自然合韵。说者谓粤歌始自榜人之女，其辞原不可解。以《楚词》译之，如"山有木兮木有枝，心悦君兮君不知"，则绝类《离骚》也。粤固楚之南裔，岂屈宋流风多洽于妇人女子欤？

——（清）李调元《南越笔记》卷一《粤俗好歌》
《丛书集成初编》第 3125—3127 册中华书局 1983 年版

谗言罔极，至有草檄，以声复社十罪者。大略谓："派则娄东、吴下、云间，学则天如、维斗、卧子。上摇国权，下乱群情。行殊八俊三君，迹近八关五鬼。外乎党者，虽房杜不足言事业；异吾盟者，虽屈宋不足言文章。或呼学究智囊，或号行舟大保。传檄则星驰电发，宴会则酒池肉林。"至十五年，御史金毓峒、给事中姜埰各上疏白其事，始奉朝旨，不以言语文字罪人。

——（清）李调元《尾蔗丛谈》卷二《复社事实》
中华书局 1991 年版

自屈原、宋玉工于言辞，庄辛之说楚王，李斯之谏逐客，皆祖其瑰丽。乃相如、子云为之，则玉色而金声；枚乘、邹阳为之，则情深而文明。

——（清）刘开《刘孟涂集》卷四《与阮芸薹宫保论文书》
中国国家图书馆藏清道光六年桐城姚氏檗山草堂刻本

赠巡捕官吴青士（廷榕）云：久许匡刘成国器，肯将屈宋例衙官。

——（清）梁章钜《楹联三话》卷下《林少穆督部赠联》
《楹联丛话全编》北京出版社 1996 年版

刘随州长卿以诗驰声上元、宝应间。权德舆谓为"五言长城"。皇甫湜叹："时人诗无刘长卿一句，已呼宋玉为老兵；语未有骆宾王一字，已骂宋玉为罪人矣。"高仲武云："长卿有吏干而犯上，两度迁谪，皆自取之。诗体虽不新奇，甚能镰饰。十首以上，语意稍同，于落句尤甚，盖思锐才窄也。"愚谓仲武选肃、代两朝诗为《中兴间气集》，而其自作不传，是亦无长卿一句而善于攻人短者也。

——（清）余成教《石园诗话》卷一
郭绍虞《清诗话续编》上海古籍出版社 1983 年版

《金楼子》云："宋玉戏太宰屡游之谈，流连反语，遂有鲍照伐鼓，孝绰布武，韦粲浮柱之作。"《颜氏家训·文章篇》云："世人或有文章引诗伐鼓渊渊者，宋玉已有屡游之诮。如此流比，幸须避之。"《书证篇》云："鲍照谜字，皆取会流俗，不足以形声论也。"盖反切以双声叠韵，或流为口吃诗，故求反切，在方言异文，廋辞雅谐，微茫之际，中国自言反切，佛书自言字母，离之则两美，且有字则有反切。

——（清）俞正燮《癸巳类稿》卷七《反切证义》
商务印书馆 1957 年版

自宋以来，言古韵者两家，门径之开，实始于吴才老《韵补》一书。……明陈第因《韵补》而作《毛诗古音考》《屈宋古音义》，顾亭林又因之而作《音学五书》。

——（清）赵绍祖《读书偶记·卷七·用韵》
《学术笔记丛刊》本中华书局 2006 年版

放翁诗学所以绝胜者，固由忠义盘郁于心，亦缘其于文章高下之故，能有具眼，非后进轻才所能知也。《白鹤馆夜坐》云："袖手哦新诗，清寒愧雄浑。屈宋死千载，谁能起九原。中间李与杜，独招湘水魂。自此竟摹写，比人望其藩。兰茝看翡翠，烟雨啼青猿。岂知云海中，九万击鹏鹍。"……此等议论，乃千古大匠嫡传，拙工淫巧，两无是处。能之者一代不过数人，即知之者亦未可多得。朱子论放翁诗曰："近代唯见此人，有诗人风致。"刘后村曰："放翁学力似杜甫。"盖放翁固知之而几几乎之者。

——（清）潘德舆《养一斋诗话》卷五
郭绍虞《清诗话续编》上海古籍出版社 1983 年版

晚来闻络纬声，觉胸中大有秋色。忽忆宋玉悲秋《九辩》，击枕而读。

——（清）蒋坦《秋灯琐忆》
作家出版社 1995 年版

朱子之诋苏子瞻，亦近人所不满也。今观集中《答程允夫书》《答汪尚书书》，皆痛诋苏氏。吕伯恭谓苏氏乃唐、景之流，朱子《答书》云："屈、宋、唐、景之文，不过悲愁、放旷二端，大为心害。"……吕东莱卒于淳熙八年辛丑，朱子五十二岁，则朱子答书，皆在辛丑之前，盖前此深恶苏氏之学。至辛丑岁《跋东坡与林子中帖》云，三复其言。壬寅岁（朱子五十三岁），以此帖刻石，再跋之云："仁人之言不可以不广。"……其雅重东坡如此，与昔时大不同。又为《楚辞集注》，推重屈、宋。此宜以晚年为定论者。

——（清）陈澧《东塾读书记》卷二十一《朱子书》
《中国近代学术名著丛书》本生活·读书·新知三联书店 1998 年版

"《国风》好色而不淫，《小雅》怨诽而不乱。"淮南以此传《骚》，而太史公引之。少陵《咏宋玉宅》云："风流儒雅亦吾师。""亦"字下得有眼，盖对屈子之风雅而言也。

——（清）刘熙载《艺概》卷三《赋概》
王气中《艺概笺注》贵州人民出版社 1986 年版

《文心雕龙》云："楚人理赋。"隐言谓《楚辞》以后无赋也。李太白亦云："屈、宋长逝，无堪与言。"

——（清）刘熙载《艺概》卷三《赋概》
王气中《艺概笺注》贵州人民出版社 1986 年版

《汉广》之游女，《韩诗》以为汉神，其祖屈、宋湘巫之说乎？《序》曰：说人也。《章句》云：言汉神时见，不可得而求之。（见《文选》李善注）

——（清）陈启源《毛诗稽古编》卷三十《附录·周南》
清阮元《皇清经解》本上海书店 1988 年版

明陈第字季立，号一斋，连江人。……平生粹于韵学，撰有《毛诗古音考》四卷，《屈宋古音义》三卷，考证精密，为言古韵之开山，真百世不刊之作。

——（清）刘声木《苌楚斋续笔》卷八《明陈第撰述》
《历代史料笔记丛刊》本中华书局1998年版

自屈原、宋玉工于言辞，庄辛之说楚王，李斯之谏逐客，皆祖其瑰丽。及相如、子云为之，则玉色而金声；枚乘、邹阳为之，则情深而文明。由汉以来，莫之或废。退之取相如之奇丽，法子云之闳肆，故能推陈出新，征引波澜，铿锵锽石，以穷极声色。

——（清）刘声木《苌楚斋四笔》卷三《论刘开论文书》
《历代史料笔记丛刊》本中华书局1998年版

声木谨案：邝露，字湛若，南海人，诸生。善鼓琴，尤工篆隶、五言诗，所撰《峤雅》，有骚人之遗。明末，广州城破，抱所宝古琴不食死，即绿绮琴也。语见新城王文简公士禛《渔洋诗话》。文简《论诗绝句》有："海雪畸人死抱琴，朱弦疏越有遗音。九疑泪竹娥皇庙，字字《离骚》屈宋心。"为中书咏也。

——（清）刘声木《苌楚斋五笔》卷四《邝露抱琴殉节》
《历代史料笔记丛刊》本中华书局1998年版

少时读经，其功专也；中年读史，其识广也；晚岁读释典，其神静也。至若最无聊时读庄列诸子；不得已时读屈宋骚经；风雨时读李杜歌行；愁苦时读宋元词曲；醉中读齐谐志怪；病中读内景黄庭。各随其宜，互得其趣，人生安有一日可废书哉！

——（清）朱焘《北窗呓语》
东方出版社1998年版

庾子山入宋玉故宅，且自叙以夸于世者，谁能有此心事耶？

——（清）张尚瑗《石里杂识·天官坊》
商务印书馆1915年版

（欧阳文忠集）苏明允墓志云：君三女，毕早卒。按：明允一女适其母兄程濬之子之才，一女适柳子玉，而世俗有云苏小妹者，谓其适秦少游，岂明允之最小女耶？考王应元撰《少游传》云：见苏轼于徐州，为赋黄楼，轼以为有屈宋才。自此以前，二人未相识也，轼于治平十年，始改知徐，而明允卒于治平三年，其三女皆已先殁，则安得有轼妹适少游事，俗所传不见载记。

——（清）翟灏《通俗编》卷三十七《故事·苏小妹》
《丛书集成初编》第 1222—1223 册中华书局 1983 年版

小谢拟宋玉《风赋》曰："大王幽人。"陶隐居作《云上之仙风》："列子有待，太虚无为。"

——（清）浦铣《复小斋赋话》上卷
何新文、路成文《历代赋话校证》附上海古籍出版社 2007 年版

然言赋者，多本屈原。汉世自贾生《惜誓》上接楚辞；《鹏鸟》亦方物《卜居》；而相如《大人赋》自《远游》流变；枚乘又以《大招》《招魂》散为《七发》；其后汉武帝《悼李夫人》、班婕妤《自悼》，外及淮南、东方朔、刘向之伦，未有出屈、宋、唐、景外者也。

——章太炎《国故论衡》卷中《辨诗》
《蓬莱阁丛书》本上海古籍出版社 2003 年版

自屈、宋以至鲍、谢，赋道既极；至于江淹、沈约，稍近凡俗；庾信之作，去古逾远。世多慕《小园》《哀江南》辈，若以上拟《登楼》《闲居》《秋兴》《芜城》之俦，其靡已甚。

——章太炎《国故论衡》卷中《辨诗》
《蓬莱阁丛书》本上海古籍出版社 2003 年版

四　作品批评

（一）综评

故《骚经》《九章》，朗丽以哀志；《九歌》《九辩》，绮靡以伤情；《远游》《天问》，瑰诡而惠巧；《招魂》《招隐》，耀艳而深华；《卜居》标放言之致；《渔父》寄独往之才。故能气往轹古，辞来切今，惊采绝艳，难与并能矣。自《九怀》以下，遽蹑其迹，而屈、宋逸步，莫之能追。

——（南朝梁）刘勰《文心雕龙》卷一《辨骚》
范文澜《文心雕龙注》人民文学出版社1958年版

补之复于公叔曰：《诗》之亡久矣，《豳诗·七月》，其记日月星辰、风雨霜露、草木鸟兽之事盛矣，屈原、宋玉为《离骚》，最近于《诗》，而所以托物引类，其感在四时，可以慷慨而太息，想见其忠洁。刚叔于宋诗，所取若此，其亦有得于昔人之意乎！

——（宋）晁补之《鸡肋集》卷三十四《续岁时杂咏序》
王中柱校注《鸡肋集》中山大学出版社1995年版

至原而复兴，则列国之《风》《雅》始尽合而为《离骚》，是以由汉而下，赋皆祖屈原。然宋玉亲原弟子，《高唐》既靡，不足为风，《大言》《小言》，义无所宿，至《登徒子》靡甚矣，特以其楚人作，故系荀子七篇之后。

——（宋）晁补之《鸡肋集》卷三十《变离骚序·上》
王中柱校注《鸡肋集》中山大学出版社1995年版
按，明贺复徵编《文章辨体汇选》卷二百九十四晁补之《变离骚序》引此，文字同。

《九辨》《招魂》峻洁厉严，宋玉之文，盖不愧其师。至赋《神女》，则妍媖妖蛊之态，俨在人目。士游戏翰墨，情寓于辞，不主故常乃妙尔。

——（宋）陈造《江湖长翁集》卷三十一《题跋·题月谿辞后》
影印《文渊阁四库全书》第1166册（台湾）商务印书馆1986年版

晁补之序《变离骚》：谓宋玉亲原弟子，《高唐》既靡，不足于风；《大言》《小言》，义无所宿，至《登徒子》靡甚矣。谓《上林》《子虚》《甘泉》《羽猎》之作，赋之闳衍于是乎极，然皆不若《大人》《反离骚》之高妙，然犹归之于正，义过《高唐》云。

——（宋）王正德《馀师录》卷一《晁补之》
《丛书集成初编》第2616册中华书局1983年版

屈原既死之后，宋玉有《九辩》五首，《文选序》曰："辩者，变也。九者，阳之数也，道之纪纲也。宋玉，屈原弟子，闵其师忠而放逐，故作《九辩》，以述其志。"玉又有《高唐赋》，盖假设其事，讽谏淫惑也。史迁曰："宋玉、唐勒、景差之徒，皆好辞而以赋见称。然皆祖屈原之意，从容辞令，终莫敢直谏。"

——（宋）章如愚《群书考索》卷二十《文章门·赋类》
广陵书社2008年版

《续离骚》：宋玉《九辩》：《九辩》者，屈原弟子楚大夫宋玉之所作也。闵惜其师忠而放逐，故作《九辩》以述其志云。《招魂》：《招魂》者，宋玉之所作也。古者人死则使人以其上服升屋，履危北面而号曰："皋！某复。"遂以其衣三招之，乃下，以覆尸。此《礼》所谓复。而说者以为招魂，复魂，如是而不生，则不生矣，于是乃行死事。此致礼者之意也。而荆楚之俗，乃或以是施之生人。故宋玉哀闵屈原无罪放逐，恐其魂魄离散而不复还，遂因国俗，托帝命、假巫语以招之。以礼言之，固为鄙野，然其尽爱以致祷，则犹古人之遗意也。是以太史公读之而哀其志焉。若其诘怪之谈，荒淫之志，则昔人盖已误其讥于屈原，今皆不复论也。景差《大招》：《大招》不知何人所作，或曰屈原，或曰景差，自王逸时已不能明矣。其为原作者，则曰词义高古，非原莫及；其不谓然者，则曰汉《志》定著原赋二十五篇，今自《骚经》以至《渔父》已充其目矣。其谓景差则绝无左验，是以读者往往疑之。然今以宋玉"大、小言赋"考之，则凡差语皆平淡淳古，意亦深靖闲退，不为词人墨客浮夸艳逸之态，然后乃知此篇决为差作，无疑也。虽其所言有未免于神怪之惑、逸欲之娱者，然视《小招》则已远矣。其于天道之诎伸动静，盖若粗识其端倪于国体时政，又颇知其所先后，要以近儒者穷理经世之学。予于是切有感焉，因表而出之，以俟后之君子云。

——（宋）章如愚《群书考索》卷二十《文章门·赋类》
广陵书社 2008 年版

晁氏曰：后汉校书郎王逸叔师注：楚屈原名平，为怀王左徒，博闻强志，娴于辞令。后同列心害其能而谗之，王怒，疏平。平自伤忠而被谤，乃作《离骚经》以讽，不见省纳。及襄王立，又放之江南，复作《九歌》《天问》《九章》《远游》《卜居》《渔父》《大招》，自沈汨罗以死。其后楚宋玉作《九辩》《招魂》，汉贾谊作《惜誓》，淮南小山作《招隐士》，东方朔作《七谏》，严忌作《哀时命》，王褒作《九怀》，刘向作《九叹》，皆拟其文，而哀平之死于忠。

——（元）马端临《文献通考》卷二百三十《楚辞十七卷》
中华书局 2011 年版

此等赋实自《卜居》《渔父》篇来，迨宋玉赋《风》与《大言》《小言》等，其体遂盛，然赋之本体犹存。及子云《长杨》，纯用议论说理，遂失赋本真。欧公专以此为宗，其赋全是文体，以扫积代俳律之弊，然于《三百五篇》吟咏情性之流风远矣。

——（元）祝尧《古赋辨体》卷八欧阳永叔《秋声赋题解》
《四库文学总集选刊》本上海古籍出版社 1993 年版

予观宋玉、曹子建《洛神》诸赋，其词若近于嫚亵，而世咸以为诚有是事，殆不然也。自《国风》《雅》《颂》之亡也，一变而为《离骚》，然其比兴之法则未尝亡。盖诗之善善恶恶也，其美是人，则形容其德之盛，如曷不肃雍、王姬之车之类是也；其讥刺是人，则夸张其服饰之美、颜色之丽，如胡然而天、胡然而帝之类是也。夫其所以爱恶之意，固以跃然于言外，如屈原之湘君、夫人，宋玉之美人，子建之洛神，亦皆为是假饰之词，以是发泄其忧怨悲愤之情,盖比兴之遗音也。

——(元)李孝光《五峰集》卷二《书窈窕图后》
《湖湘文库》本岳麓书社 2008 年版

宋玉师事屈原,为楚大夫,作《九辩》,悲屈原也;作《神女》《高唐》二赋,皆寓言托兴,有所讽也。

——(元)佚名《氏族大全》卷十七《一送·九辩》
影印《文渊阁四库全书》第 952 册(台湾)商务印书馆 1986 年版

《史记·货殖传》:"南楚好辞,巧说少信。"诸家不解此句。余谓:有为神农之言者许行,自楚之滕;庄周与惠子,俱濠人;宋玉作大、小言赋,又作《神女》《高唐》;《韩诗外传》载孔子与子贡交辞于漂女,皆南楚巧说少信之明证也。

——(明)杨慎《丹铅余录》续录卷三《考证·巧语少信》
《四库笔记小说》本上海古籍出版社 1992 年版
按,杨慎《谭苑醍醐》卷六,《升庵集》卷四十七亦录此语,而条目标题皆作"巧说少信"。

臣读宋玉《悲秋》《招魂》诸篇,其辞宛,其志哀;及观《钓赋》《笛赋》诸篇,其辞诡,其志放。至于景差《大招》,其辞切,其志幽。而唐勒数语,又非二子比也。

——(明)廖道南《楚纪》卷二十一《昭文内纪前篇》
《北京图书馆古籍珍本丛刊》第 7 册书目文献出版社 1988 年版

"颓薄怒以自持,曾不可乎犯干。""目略微盼,精彩相授,志态横出,不可胜记。"此玉之赋神女也。"意密体疏,俯仰异观。含喜微笑,窃视流盼。"此玉之赋登徒也。"神光离合,乍阴乍阳。""进止难期,若往若还。转盼流精,光润玉颜。含辞未吐,气若幽兰。"此子建之赋神女也。其妙处在意而不在象,然本之屈氏"满堂兮美人,忽与余兮目成"、"既含睇兮又宜笑,子慕予兮善窈窕",变法而为之者也。

——(明)王世贞《艺苑卮言》卷二
罗仲鼎《艺苑卮言校注》齐鲁社 1992 年版

宋玉《讽赋》与《登徒子好色》一章,词旨不甚相远,故昭明遗之。《大言》

《小言》，枚皋滑稽之流耳。《小言》"无内之中"，本骋辞耳，而若薄有所悟。

——（明）王世贞《艺苑卮言》卷二
罗仲鼎《艺苑卮言校注》齐鲁社 1992 年版

宋玉赋《高唐》《神女》《登徒》及《风》，皆妙绝今古。

……

惟大、小言，辞气滑稽。或当一时戏笔。

——（明）胡应麟《诗薮》杂编卷一《遗逸上·篇章》
上海古籍出版社 1979 年版

《隋书·艺文志》载《宋玉集》三卷。今考所属缀，亦复散见人间，顾未有裒合以行者，余乃编次，爰成斯集。三十六甲，龟为之长；百羽所宗，其在若箫若竽乎？独怪公之《招魂》《九辩》，悲悼填膺，如远刺心血，洒作红雨喷人；迨《高唐》《好色》等篇，又若破涕成欢，排愁成媚，忽而蒿目，忽而解颐，似乎彼此两截地界。岂悼其师之芳草化萧，必哺糟啜醨，别为玩世耶！慷慨热肠，风流冷眼，一身饶兼之，上世奇人，岂得傲以先鸣之道术哉。

——（明）张燮《七十二家集》本《宋大夫集》卷首张燮《宋大夫集序》
影印《续修四库全书》第 1583—1588 册上海古籍出版社 2002 年版

《九辩》得《离骚》之清，《九歌》之峭，而无《九章》之婉，其佳处如"梢云修干，独上亭亭，孤秀掺疏，物莫与侣"。

宋玉所不及屈原者三：婉转深至，情弗及也；婵娟妩媚，致弗及也；古则彝鼎，秀则芙蓉，色弗及也。所及者亦三：气清，骨峻，语浑。清则寒潭千尺，峻则华岳削成，浑则和璧在函，双南出范。

——（明）陆时雍《楚辞疏》卷首《读楚辞语》
影印《续修四库全书》第 1301 册上海古籍出版社 2002 年版

义山受知令狐楚，后就王、郑之辟，绚与党人排斥之终其身。义山固功名之士也，能无怨乎！怨则以神仙之境为艳情，巾帨之间作廋语。斯固夫君美人，灵修山鬼，屈宋之家法也，岂徒丽藻云尔乎。

——（清）朱鹤龄《愚庵小集》卷七《西昆发微序》
华东师范大学出版社 2010 年版

宋玉为屈原弟子，怜师以忠直被祸，明拟《九辩》以配师《九歌》，今取而附之。《招魂》《大招》又宋玉拟配《天问》也，自出手眼，殆所谓青出于蓝，其可敬也夫！

——（清）李陈玉《楚辞笺注》卷三《九歌题解》
影印《续修四库全书》第1302册上海古籍出版社2002年版

司马长卿《子虚赋》：祝氏云：此赋虽两篇，实则一篇。赋之问答体，其源自《卜居》《渔父》来，厥后宋玉辈述之，至汉而盛。

——（清）何焯《义门读书记》卷四十五《文选·赋》
《学术笔记丛刊》本中华书局1987年版

宋玉以瑰伟之才，崛起骚人之后，奋其雄夸，乃与《雅》《颂》抗衡，而分裂其土壤，由是词人之赋兴焉。《汉·艺文志》称其所著十六篇，今虽不尽传，观其《高唐》《神女》《风赋》等作，可谓穷造化之精神，尽万类之变态，瑰丽窈冥，无可端倪，其赋家之圣手乎？后之视此，犹后夔之不能合六律而正五音，公输之不能捐规矩而成方圆矣。

——（清）程廷祚《青溪文集·骚赋论中》
黄山书社2004年版

宋玉《风赋》出于《雅》，《登徒子好色赋》出于《风》。二者品居最上。《钓赋》纵横之气，骎骎乎入于说术，殆其降格为之。

——（清）刘熙载《艺概》卷三《赋概》
王气中《艺概笺注》贵州人民出版社1986年版

赋中骈偶处，语取蔚茂；单行处，语取清瘦。此自宋玉、相如已然。

——（清）刘熙载《艺概》卷三《赋概》
王气中《艺概笺注》贵州人民出版社1986年版

阳春白雪：玉楚人，屈原弟子，为楚大夫。闵其师放逐乃作《九辩》，述其志以悲之。又作《神女》《高唐》二赋，皆寓言托兴，有所讽也。《对》，客有歌于郢中，为《阳春》《白雪》之调，其曲弥高，其和弥寡。

——（清）周鲁《类书纂要》卷十五
影印《续修四库全书》第1250—1251册上海古籍出版社2002年版

余最爱明兴献帝之言赋曰："赋者，敷陈其事而直言之也。夫事寓乎情，情溢于言，事直而情之婉，虽不求赋之工而自工矣。屈宋《离骚》，历千百年无有讥之者，直以事与情之兼至耳。下逮相如、子云之伦，赋《上林》《甘泉》等篇，非不宏且丽，然多衍于词，踬于事，而不足于情焉，此即卜子夏'在心为志，发言为诗'之义也。"赋者，古诗之流，古今论赋，未有及此者。旨哉言乎！旨哉言乎！

——（清）浦铣《复小斋赋话》上卷
何新文、路成文《历代赋话校证》附上海古籍出版社2007年版

（二）《九辩》

《九辩》者，楚大夫宋玉之所作也。辩者，变也，谓陈道德以变说君也。九者，阳之数，道之纲纪也。故天有九星，以正机衡；地有九州，以成万邦；人有九窍，以通神明。屈原怀忠贞之性，而被谗邪，伤君闇蔽，国将危亡，乃援天地之数，列人形之要，而作《九歌》《九章》之颂，以讽谏怀王。明己所言，与天地合度，可履而行也。宋玉者，屈原弟子也。闵惜其师，忠而放逐，故作《九辩》以述其志。至于汉兴，刘向、王褒之徒，咸悲其文，依而作词，故号为"楚词"。亦采其九以立义焉。

——（汉）王逸《楚辞章句》卷八《九辩序》
见宋洪兴祖《楚辞补注》中华书局1983年版

《序》曰：《九辩》者，楚大夫宋玉所作也。辩者，变也。九者，阳之数也，道之纲纪也。谓陈说道德，以变说君也。宋玉，屈原弟子。闵惜其师忠而放逐，故作《九辩》以述其志也。

——（唐）李善注《文选》卷三十三《九辩序》
上海古籍出版社1986年版

向曰：玉，屈原弟子，惜其师忠信见放，故作此辞以辩之，皆代原之意。"九"义亦与《九歌》同。

——（唐）六臣注《文选》卷三十三《九辩》
中华书局2012年版

《九辩》《招魂》皆宋玉。或曰:《九辩》原作,其声浮矣。

——(宋)晁补之《鸡肋集》卷三十六《离骚新序中》
王中柱校注《鸡肋集》中山大学出版社 1995 年版

按,宋晁公武《郡斋读书志》卷四上《重编楚辞十六卷》、元马端临《文献通考》卷二百三十《经籍考·重编楚辞》引此语,文字同。

李太白诗"我醉欲眠卿可去",陶潜语也。杜子美"使君自有妇",《选》中《罗敷诗》语也。"泥汗后土何尝干",宋玉《九辩》语也。

——(宋)邵博《闻见后录》卷十八
《历代史料笔记丛刊》本中华书局 1983 年版

《诗·国风》及秦不及楚,已而屈原《离骚》出焉,衍《风》《雅》于《诗》亡之后,发乎情,主乎忠直,殆先王之遗泽也,谓之文章之祖宜矣。厥后宋玉之《九辩》,王褒之《九怀》,刘向之《九叹》,王逸之《九思》,曹植之《九愁》《九咏》,陆云之《九愍》,皆《九章》《九歌》之苗裔。

——(宋)周必大《文忠集》卷五十三《高端叔变离骚序》
影印《文渊阁四库全书》第 1147 册(台湾)商务印书馆 1986 年版

《九辩》者,屈原弟子楚大夫宋玉之所作也。闵惜其师忠而放逐,故作《九辩》以述其志云。

——(宋)朱熹《楚辞集注》卷六《九辩序》
中华书局 1963 年版

《续离骚》:宋玉《九辩》:《九辩》者,屈原弟子楚大夫宋玉之所作也。闵惜其师忠而放逐,故作《九辩》以述其志云。

——(宋)章如愚《群书考索》卷二十《文章门·赋类》
广陵书社 2008 年版

"悲哉!秋之为气。"宋玉之辞极矣。后之作者悲秋为多,中秋、九日诗,不尽人节序,及泛述秋兴、秋怀,精于言秋者属此。

——(元)方回《瀛奎律髓》卷十二《秋日类序》
上海古籍出版社 2005 年版

右屈、宋之辞，家传人诵，尚矣！删后遗音，莫此为古者，以兼六义焉。尔赋者，诚能隽永于斯，则知其辞所以有无穷之意味者，诚以舒忧泄思，粲然出于情，故其忠君爱国，隐然出于理。自情而辞，自辞而理，真得诗人"发乎情，止乎礼义"之妙，岂徒以辞而已哉！

——（元）祝尧《古赋辨体》卷二《九辨后评语》
《四库文学总集选刊》本上海古籍出版社 1993 年版

其一：兴而赋也，然兼比义。盖遭谗放逐，感时物而兴怀者，兴也。而秋乃一岁之运，盛极而衰，阴气用事，有似叔世危邦之象，则比也。

其二：赋兼风也。玩其优柔宛转之辞，则得之矣。

其三：赋兼比兴之义，与首篇同。"余"、"吾"皆为原之谓，他篇仿此。

其四：比而赋也。

其五：比而赋也。全篇取骥与凤为比，寓情曲折有味。

其六：赋而比也。其中赋多而比少。

其七：赋也，中含比义。

其八：比而赋也。首尾专言拥蔽之祸。

其九：赋也，其间亦略兼比。

——（元）祝尧《古赋辨体》卷二《九辩》
《四库文学总集选刊》本上海古籍出版社 1993 年版

得《九辩》与《九歌》以下。郭景纯注引《归藏·开筮》曰："昔彼九，宜是为帝辨同宫之序，是为《九歌》。"考此，则《九歌》《九辩》皆天帝乐名，夏初得之，屈原、宋玉取诸此也。况屈、宋骚辞多摘《山海经》之事迹乎？《诗》亡而后《骚》作，《骚》亦《诗》乐之余派。乐至九而成，故《周礼》《九德》之歌，《箫韶》之舞，奏于宗庙之中，乐必九变而可成礼。所以必取于九者，黄钟在子，《太玄》以为子数九得，非黄钟为五音之宫欤？然则屈原而下，赝辞规谏，寓诸乐章，将以感神之心而感人，意亦切矣。

——（元）陶宗仪《说郛》卷二十四下施青臣《继古丛编·骚篇》
中国书店 1986 年版

《九辩》（一）：陈明卿曰：一幅落日归帆图。

《九辩》（二）：方初庵曰：《尚书·五子之歌》，五子悲宗庙社稷危亡之不救，母子兄弟离散之不可保，忧愁抑郁，情不自已。此章词意不相上下。

《九辩》（三）：杨升庵曰：《九辩》固玉赋之最精者，此章尤《九辩》中之最佳者。然纤浓而纯白不载，涵漫而远于世教，屈氏之风微矣。

《九辩》（四）：杨升庵曰：巧笔如画，纤手如丝，意动成文，吁气成彩，烨烨有神。后之名家，能优孟者几人？

《九辩》（五）：罗念庵曰：此章痛哭流涕长太息，收之数言而不简。

《九辩》（六）：王凤洲曰：孤介鲠持之词，真不忘沟壑之心也。

《九辩》（七）：唐荆川曰：此章见四时日月，无不伤怀。可谓尺幅中有远致。

《九辩》（八）：王凤洲曰：宋玉深致如屈原，宏丽如司马，可谓兼撮二家之胜。

《九辩》（九）：杨升庵曰：此章首言前圣之可法，次言己志之不伸，次愿乞身以远去，而终不忘于籲天以正其君耳。九篇中此尤紧切。

——（明）归有光《诸子汇函》卷九《鹿溪子·〈九辩〉段后评注》
《四库全书存目丛书》本齐鲁书社1995年版

《九辩》（一）：1、陶主敬曰：《九辩》，妙词也，悽惋寂寥。宋玉他词甚多，率荒淫靡嫚矣。2、王凤洲曰：谈节序则被文见候，叙孤塞则循声见冤，首篇尤为简切。

《九辩》（二）：顾东江曰：悲伤之词，读之欲涕，可谓势虽悬而情则亲，君虽昏而臣则忠者。

《九辩》（三）：1、陈明卿曰：此谓天教。2、魏庄渠曰：时序朗朗。3、李石庵曰：幽悽孤恨之情溢于言表。

《九辩》（四）：1、王凤洲曰：前半正言以明己志。2、解大绅曰：掩袂涕淋。3、王凤洲曰：后半引喻以明去决。4、沈君典曰：照应前段去君而高翔，是反复微切处。5、陆贞山曰：讽切。6、陈明卿曰：名言。（指"鸟兽犹知怀德，何云贤士之不处"句。）

《九辩》（五）：沈霓川曰：既知遭遇之有命，又岂图一时之徼幸者，盖不甘与草木同死也。

《九辩》（六）：1、陆贞山曰：古今同弊。2、陈明卿曰：名亦不受。

《九辩》（七）：孙季泉曰：寂寥简短，自言有尽而思无穷。

《九辩》（八）：1、李西崖曰：闵时悼主，冀望回心。2、沈君典曰：此虑后之思，盖为君为国，而谗人高张，贤士无名，如《卜居》所云者，则一身不足惜也。

《九辩》（九）：1、罗念庵曰：此章首尾专言壅蔽之祸。2、杨碧川曰：愤怼中忘忠厚。3、陶兰亭曰：一腔忠爱，涕泣而道之。4、宋潜溪曰：《九辩》清姿历落，惊才壮逸，似此高品，恐不得议其不如屈子也。5、王槐野曰：结案冀望心思，郁结不化如此。

——（明）归有光《诸子汇函》卷九《鹿溪子·〈九辩〉段上眉批》
《四库全书存目丛书》本齐鲁书社 1995 年版

玉惜其师忠而见放，故作此辞以辩之，皆代原之意。

——（明）张凤翼《文选纂注》卷七《九辩》
（香港）华宝斋书社 2002 年版

旧注：玉惜其师忠信见放，故作此辞以辩之，皆代原之意。

——（明）陈第《屈宋古音义》卷三《九辩题下注》
中华书局 2008 年版

愚读《九辩》，其志悲，其托兴远，其言纡徐而婉曲，稍露其本质，即辄为盖藏，以此伤其抑郁愤怨之深，亦以此知楚王之终不悟，而党人接迹于世，故恐有不密，阶祸而波及于罪也，不亦悲乎？夫原，介而不屈，忠而见逐，其设心本以死自誓，故其出词直致，而无复讳忌。如云："伤灵修之数化"、"怨灵修之浩荡"、"哀朕时之不当"、"余焉能忍与此终古"、"何离心之可同"、"又何怀乎故都"。此所以赴汨罗而从彭咸也。玉即殉其师以死，亦何益成败之数乎？虽然北郭骚以头白托晏子，亦感其分粟养母已耳。师弟子之恩，故不止此。太史公曰："楚有宋玉、唐勒、景差之徒，皆好辞而以赋见称，然皆祖屈原之从容辞令，终莫敢直谏。"愚谓宋玉诸赋，大抵婉雅之意多，劲奋之气少，律以北郭骚难矣哉！难矣哉！

——（明）陈第《屈宋古音义》卷三《题九辩》
中华书局 2008 年版

画秋景唯楚客宋玉最工。"寥慄兮若远行，登山临水兮送将归"，无一语及秋，而难状之景都在语外。唐人极力摹写，犹是子瞻所谓"写画论形似，作诗必此诗"者耳。韦苏州"落叶满空山"，王右丞"渡头余落日"，差足嗣响，因画秋林及之。

——（明）董其昌《画禅室随笔》卷二《题自画·题秋林图》
影印《文渊阁四库全书》第867册（台湾）商务印书馆1986年版

按《击瓯楼赋》，寔张曙作也。序略云：宋玉《九辩》，悼余生之不时也。

——（明）曹学佺《蜀中广记》卷二十五《名胜记·巴州》
《山川风情丛书》本上海古籍出版社1993年版

按，明周复俊《全蜀艺文志》卷一、清陈元龙《历代赋汇》卷九十五收有唐张曙《击瓯楼赋》全文。

《九辩》为从来所共赏。玉之旨，因《骚》有"启九辩与九歌"之句，欲以是补之，与《九歌》等。然词在涉不涉之间，意与法在欲并未能并之际，剿袭句多，曲折味少，亦不存焉可矣。

——（明）黄文焕《楚辞听直》卷首《凡例》
影印《续修四库全书》第1301册上海古籍出版社2002年版

《楚辞》之难读在复，以不得其解，则视复生迷，因之生厌也。然其运法之谨严，用意之奇变，乃专在复中，或以复翻前，或以复应前，首《骚》三千余字，篇最长，故复最多，复言路，复言芳，复言玉，复言女，深意叠出焉。……后人拟骚，竟无知其用复之妙。学其用复之法者，法不妙则意不奥，复何以称《骚》。宋玉身为弟子，尚未窥此秘，矧属其他。即以《九辩》稽之，非不履言秋，乃语复，意亦复焉，乌用复为？故必知似复非复，乃可与读《骚》，乃可与学《骚》。

——（明）黄文焕《楚辞听直》附《听直合论·听复》
影印《续修四库全书》第1301册上海古籍出版社2002年版

宋玉则《九辩》堪稽，读《九辩》者以为悲原而作，其辞多言秋，盖原死于夏，故其弟子之感怀从秋也。

——（明）黄文焕《楚辞听直》附《听直合论·听二招》
影印《续修四库全书》第1301册上海古籍出版社2002年版

宋玉《九辩》曰："今世岂无骐骥兮，诚莫之能善御。见执辔者非其人兮，遂踢跳而远去。又见变古易俗兮世衰，今之相者兮举肥。"韩子《杂说》曰："世有伯乐，然后有千里马。千里马常有，而伯乐不常有。"一篇主意，自此变化来。故曰师其意于师其辞。此题是也。黄山谷太史言："作赋须读宋、贾、马、扬之作而效其步骤，便有古风。"愚谓，屈原辞赋之祖，苟能究心《离骚》二十五篇而有得焉，则宋、马诸作，又在我取舍矣。

——（明）张纶言《林泉随笔》
《丛书集成初编》第2092册中华书局1983年版

陆时雍叙曰：万物懔秋，人生苦愁，彼生不辰者，直百岁无阳日耳。屈原之于怀王，始非不遇，卒以忧死，君子哀之。宋玉作《九辩》衍述原意，兼悼来者，故语多商声。其云"贫士失职而志不平"，所寄慨于千载者多矣。

——（明）陆时雍《楚辞疏》卷八《九辩》
影印《续修四库全书》第1301册上海古籍出版社2002年版

陆时雍曰：宋玉、唐勒、景差祖述原旨，递以声歌相放，而玉最为优。然《九辩》简直，视其制，已降原矣，所谓《骚》之乱、歌之首也。

——（明）陆时雍《楚辞疏》卷八《九辩》
影印《续修四库全书》第1301册上海古籍出版社2002年版

屈原《九章·悲回风》："纷容容之无经兮，罔芒芒之无纪。轧洋洋之无从兮，驰逶移之焉止。漂翻翻其上下兮，翼遥遥其左右。氾潏潏其前后兮，伴张弛之信期。"连用六叠字。宋玉《九辩》："乘精气之抟抟兮，骛诸神之湛湛。骖白霓之习习兮，历群灵之丰丰。左朱雀之茇茇兮，右苍龙之躣躣。属雷师之阗阗兮，通飞廉之衙衙。前轻辌之锵锵兮，后辎乘之从从。载云旗之委蛇兮，扈屯骑之容容。"连用十一叠字，后人辞赋亦罕及之者。

——（清）顾炎武《日知录》卷二十一《诗用叠字》
黄汝成、栾保群、吕宗力等《日知录集释》上海古籍出版社2006年版

王逸曰：《九辩》者，楚大夫宋玉之所作也。宋玉者，屈原之弟子也。闵其师忠而放逐，故作《九辩》以述其志。按，九者，乐章之数。凡乐之数，至九而盈，故黄钟九寸，寸有九分，不具十者，乐主乎盈，盈而必反也。舜

作《韶》而九成，夏启则《九辩》《九歌》，以上宾于天，故屈原《九歌》《九章》，皆仿此以为度，而宋玉感时物以闵忠贞，亦仍其制。辩，犹遍也。一阕谓之一遍。盖亦效夏启《九辩》之名，绍古体为新裁，可以被之管弦。其词激宕淋漓，异于《风》《雅》，盖楚声也。后世赋体之兴，皆祖于此。玉虽俯仰昏廷，而深达其师之志，悲悫一于君国，非徒以厄穷为怨尤，故嗣三闾之音者，唯玉一人而已。

——（清）王夫之《楚辞通释》卷八《九辩解题》
上海人民出版社1975年版

洪兴祖云：《九歌》十一首，《九章》九首，皆以九为名者，取《箫韶》九成、启《九辩》《九歌》之义。《骚经》曰：“奏《九歌》而舞《韶》兮，聊假日以媮乐”，即其义也。宋玉《九辩》以下，皆出于此。张铣云：“九者，阳数之极，自谓否极取为歌名也。”《九辩》旧注云：“九者，阳之数，道之纲纪也，故天有九星以正玑衡，地有九州以成万邦，人有九窍以通精明。”诸说纷纷，余独喜杨升庵之言，云：“《九歌》乃十一篇，《九辩》亦十篇，宋人不晓古人虚用九字之义，强合《九辩》二章为一章，以协九数，兹大可笑。”

——（清）吴景旭《历代诗话》卷八《乙集上之下·楚辞·九歌》
中华书局1958年版

宋玉，屈原弟子，痛师流放，非其罪而为谗人所害。补此《九辩》以配《九歌》。后世读者遂谓亦原之作，不知辞气不类，原奥涩沉雄，玉轻逸俊美，同调而不同声也。

——（清）李陈玉《楚辞笺注》卷四《九辩题解》
影印《续修四库全书》第1302册上海古籍出版社2002年版

宋玉《九辩》"皇天平分四时"首"去白日之昭昭"二句：惊心动魄，实是开辟以来美句。

——（清）何焯《义门读书记》卷四十八《文选·骚》
《学术笔记丛刊》本中华书局1987年版

九篇中悲秋二字，或分合长短，比赋兼陈，而藕断丝联，深得讽喻之旨，亦可谓善述其志者矣。

——（清）屈复《楚辞新集注》卷六《九辩》
影印《续修四库全书》第 1302 册上海古籍出版社 2002 年版

太史公曰："楚有宋玉、唐勒、景差之徒，皆好词而以赋见称，皆祖屈子之从容辞令，终莫敢直谏。"今读玉所作《九辩》，闵其师忠而见放，然三闾焕若神明矣，此亦清则寒潭千尺，峻则天外三峰。《九辩》之后，岂复有《九辩》哉！

——（清）屈复《楚辞新集注》卷六《九辩序》
影印《续修四库全书》第 1302 册上海古籍出版社 2002 年版

《骚》之"抑遏蔽掩"，盖有得于"《诗》《书》之隐约"。自宋玉《九辩》，已不能继，以才颖渐露故也。

——（清）刘熙载《艺概》卷三《赋概》
王气中《艺概笺注》贵州人民出版社 1986 年版

顿挫莫善于《离骚》。自一篇以至一章及一两句，皆有之。此《传》所谓"反复致意"者。

——（清）刘熙载《艺概》卷三《赋概》
王气中《艺概笺注》贵州人民出版社 1986 年版

屈子以后之作，志之清峻莫如贾生《惜誓》，情之绵邈莫如宋玉"悲秋"，骨之奇劲莫如淮南《招隐士》。

——（清）刘熙载《艺概》卷三《赋概》
王气中《艺概笺注》贵州人民出版社 1986 年版

于曰：《九辩》已变屈子文法，加以参差磊落，而多峻急之气，不若屈子之缠绵，乃知古人之文未有不脱化而能自工者。

于曰：亦是屈子遗意，悲众芳零落而叹凛秋，怨奇思不通而愁独处。要归于愿忠不察，此《九辩》之本旨也。

孙曰：覆簇景物景事，句句警策，一层通一层，音调最悲切，骨气最遒紧，真是奇绝，后四首皆莫能及。

方曰：通幅无一句涉入秋字，却是悲秋本意，行文仅百余字，而曲折尽致，极岭覆冈峥之妙，此等处，须让古人独步。

何曰："白日"二句，惊心动魄，实是开辟以来美句。

方曰：以上极形容秋气之杀物，于物上细为摹写，汉魏以下诗人刻意赋物，俱不能出其范围。以下是因秋气之杀物，伤及年寿，界限分明。

孙曰：飘洒感物。

方曰：明是君逐己，而曰己去君，立言忠厚处。

方曰：以秋霖作结，乃题外闲情，远致。（指第四首）

孙曰：流动。

于曰：前凤凰、骐骥两层分写，此骐、凤三层并写，章法亦整亦变。

于曰：前后反复，一意作两段说，所谓一篇之中三致意焉。

——（清）于光华《文选集评》卷八《九辩眉评》
《重订文选集评》国家图书馆出版社2012年版

方伯海曰：按此篇即本第二篇，"愿一见兮道予意"，推本其所以不得见之故，皆由天听高，阻之者众，故国家泽虽四布，终不及己也。前篇隐，此篇显，大意总是为感秋而作，故仍属之悲秋。老杜《秋兴八首》，或就秋说，或不就秋说，同一法也。

（"独处廓"旁，于评：）三字即寓悲秋意。

（"切不敢忘初之厚德"旁，于评：）申前被君渥洽意，极得屈子心怀王情事。

——（清）于光华《文选集评》卷八《九辩间评》
《重订文选集评》国家图书馆出版社2012年版

孙月峰曰：骚至宋大夫乃快其语，最醒而俊。

孙执升曰：对景抒怀，悽怆婉雅，一似以不辩为辩者。屈子苦心可谓曲尽，至其音调悲凉，则又落芦花于楚泽，冷枫叶于吴江，弃妇孤臣，不堪多听。

——（清）于光华《文选集评》卷八《九辩总评》
《重订文选集评》国家图书馆出版社2012年版

宋玉《九辩》："当世岂无骐骥兮，诚莫之能善御。见执辔者非其人兮，故䠅跳而远去。"退之《杂说·千里马》一篇，即广此意，而激昂感慨，同一寄托。

——（清）马位《秋窗随笔》
《昭代丛书·辛集·别编》上海古籍出版社1990年版

（三）《招魂》

太史公曰：余读《离骚》《天问》《招魂》《哀郢》，悲其志。适长沙观屈原所自沈渊，未尝不垂涕。

——（汉）司马迁《史记》卷八十四《屈原贾生列传》
三家注本《史记》中华书局1959年版

《招魂》者，宋玉之所作也。招者，召也。以手曰招，以言曰召。魂者，身之精也。宋玉怜哀屈原忠而斥弃，愁懑山泽，魂魄放佚，厥命将落，故作《招魂》。欲以复其精神，延其年寿，外陈四方之恶，内崇楚国之美，以讽谏怀王，冀其觉悟而还之也。

——（汉）王逸《楚辞章句》卷九《招魂序》
见宋洪兴祖《楚辞补注》中华书局1983年版

又曰：《招魂》者，宋玉之所作也。玉怜哀屈原忠而斥弃，忧愁山泽，魂魄放逸，厥命将落，故作《招魂》。欲以复其精神，延其年寿，外陈四方之恶，内崇楚国之美，以讽谏怀王，冀其觉悟而还之也。"朕幼清以廉洁，身服义而不沫。"

——（唐）欧阳询《艺文类聚》卷七十九《灵异部·魂魄》
汪绍楹校《艺文类聚》上海古籍出版社1999年版

翰曰：玉哀屈原忧悲山泽，魂魄飞散，其命将落，故作《招魂》。欲以复其精神，延其年寿，外陈四方之恶，内崇楚国之美，以讽于君，冀其觉悟而还之。

——（唐）李周翰注《文选》卷三十三《招魂题下注》
宋刊影印《五臣注文选》浙江古籍出版社1999年版

《楚辞》曰：《招魂》者，宋玉之所作也。玉怜哀屈原忠而斥弃，忧愁山泽，魂魄放佚，厥命将落，故作《招魂》，欲以复其精神，延其年寿，外陈四方之恶，内崇楚国之美，以讽谏怀王，冀其觉悟而还之也。又《招魂》

曰："帝告巫阳曰：有人在下，我欲辅之，魂魄离散，汝筮与之。"

——（宋）李昉《太平御览》卷八百八十六《妖异部·魂魄》
中华书局 1960 年版

《招魂》者，宋玉之所作也。古者人死，则使人以其上服升屋，履危北面而号曰："皋！某复。"遂以其衣三召之，乃下以覆尸。此《礼》所谓复。而说者以为招魂，复魂；又以为尽爱之道，而有祷祠之心者，盖犹冀其复生也。如是而不生，则不生矣，于是乃行死事。此制礼者之意也。而荆楚之俗，乃或以是施之生人，故宋玉哀悯屈原无罪放逐，恐其魂魄离散而不复还，遂因国俗，托帝命、假巫语以招之。以礼言之，固有鄙野，然其尽爱以致祷，则犹古人之遗意也。是以太史公读之而哀其志焉，若其谲怪之谈，荒淫之志，则昔人盖已误其讥于屈原，今皆不复论也。

——（宋）朱熹《楚辞集注》卷七《招魂第九》
中华书局 1963 年版

楚词云：宋玉哀怜屈原忠而被斥，忧愁山泽，魂魄飞散，厥命将落，作招魂词，以复其精神，延其年寿，外陈四方之恶，内崇楚国之美，以讽于怀王，冀其觉悟而还之也。其略云：帝告巫阳曰：有人在下，我欲辅之，魂魄飞散，汝筮与之。故坡《谪海外得归诗》曰："余生欲老海南村，帝遣巫阳招我魂。杳杳天低鹘没处，青山一发是中原。"

——（宋）吕祖谦《东莱先生分门诗律武库》后集卷十三《宋玉赋招魂》
影印《续修四库全书》第 1216 册上海古籍出版社 2002 年版

宋玉《招魂》，"像设君室，静闲安些。"按，此则人死而设形貌于室以事之，乃楚俗也。

——（宋）魏了翁《经外杂钞》卷一
《四库笔记小说丛书》本上海古籍出版社 1992 年版

前辈谓《大招》胜《招魂》，不然。

——（宋）严羽《沧浪诗话·诗评》
郭绍虞《沧浪诗话校释》中华书局 1962 年版

屈宋《大招》《招魂》等作，虽穷极天地之外，龙蛇鬼魃，千变万态，然又称述宗国宫室、钟鼓歌舞之乐，以返之。

——（宋）刘克庄《后村诗话》卷三
王秀梅点校《后村诗话》中华书局1983年版

昔人有言，韩退之《送李愿归盘谷序》，所述官爵、侍御、宾客之盛，皆不过数语，至于说声色之奉，则累数个十言，或以讥之。余谓岂特退之为然，如宋玉《招魂》，其言高堂、邃宇、翠翘、珠被、畋猎、饮食之类，亦不过数语。至于"兰膏明烛，华容备；二八侍宿，射递代。九侯淑女，多迅众；盛鬋不同制，实满宫。容态好比，顺弥代；弱颜固植，謇其有意。姱容修态，絙洞房；蛾眉曼睩，目腾光；靡颜腻理，遗视矊。"又曰："美人既醉，朱颜酡；娭光眇视，目曾波。被文服纤，丽而不奇；长发曼鬋，艳陆离；二八齐容，起郑舞。"以至"吴歈蔡讴，士女杂坐，乱而不分。"又《大招》亦云："朱唇皓齿，嫭以姱；比德好闲，习以都；丰肉微骨，调以娱；嫮目宜笑，蛾眉曼；容则秀雅，稚朱颜；姱修滂浩，丽以佳；曾颊倚耳，曲眉规；滂心绰态，姣丽施；小腰秀颈，若鲜卑；阳中和心，以动作；粉白黛黑，施芳泽；青色直眉，美目婳；靥辅奇牙，宜笑嫣；丰肉微骨，体便娟。"皆长言摹写，极女色燕昵之盛。是知声色之移人，古今皆然。戏书为退之解嘲。

——（宋）周密《浩然斋雅谈》卷上
《历代史料笔记丛刊》本中华书局2010年版

昔者，屈原放逐之余，眇观宇宙，欲制炼形魂，排风御气，浮游八极，后天而终，以尽反复无穷之世变，故《远游》之歌所为而作。今存诚之有取于《远游》也，岂犹原之志欤！予因反其意为辞以招之，庶几其不骛于虚远，而为吾圣贤之归。然宋玉、景差"大、小招"，务为谲怪之谈，荒淫夸艳之语，今亦无取焉。

——（明）王祎《王忠文集》卷十七《招游子辞并序》
影印《文渊阁四库全书》第1226册（台湾）商务印书馆1986年版

礼于始丧有复，复之流为招魂，其来尚矣。楚人乃以施之生者，而推其缘起，实则行乎死者之事焉，夫惟行乎死者，故其为辞涉于神怪。自宋玉、景差之作,犹不免乎鄙野之讥,况其后者欤!然则后之作者,盖必微其辞而约之礼,可也。

——(明)徐有贞《武功集》卷四《招拙逸词》
《四库明人文集丛刊》本上海古籍出版社1991年版

《楚辞·招魂》一篇,宋玉所作,其辞丰蔚浓秀,先驱枚、马而走僵班、扬,千古之希声也。《大招》一篇,景差所作,体制所同,而寒俭促迫,力追而不及。《昭明文选》独取《招魂》,而遗《大招》,有见哉!朱子谓《大招》"平淡醇古"、"不为词人浮艳之态",而"近于儒者穷理之学",盖取其"尚三王"、"尚贤士"之语也。然论辞赋不当如此,以六经言之,《诗》则正而葩,《春秋》则谨严,今责十五国之诗人曰,"焉用葩也,何不为《春秋》之谨严?"则《诗经》可烧矣。止取穷理,不取艳词,则今日五尺之童写仁、义、礼、智之字,便可以胜相如之赋,能抄道德、性命之说,便可以胜李白之诗乎?

——(明)杨慎《丹铅余录》续录卷五《评文·大招》
《四库笔记小说》本上海古籍出版社1992年版

《九歌》"满堂兮美人,忽独与予兮目成";宋玉《招魂》"娭光眇视目曾波";相如赋色"授魂与心愉于侧";枚乘《菟园赋》"神连未结,已诺不分";陶渊明《闲情赋》"瞬美目以流盼,含言笑而不分"。曲尽丽情,深入冶态。裴硎《传奇》,元氏《会真》,又瞠乎其后矣。所谓"词人之赋丽以淫"也。

——(明)杨慎《丹铅余录》摘录卷八
《四库笔记小说》本上海古籍出版社1992年版

按,《丹铅余录》总录卷十八《古赋形容丽情》亦记上文。

《楚辞·招魂》一篇,宋玉所作,其辞丰蔚酞秀,先驱枚、马而走僵班、扬,千古之希声也。《大招》一篇,景差所作,体制虽同,而寒俭促迫,力追而不及。《昭明文选》独取《招魂》而遗《大招》,有见哉!朱子谓《大招》"平淡醇古"、"不为词人浮艳之态",而"近于儒者穷理之学",盖取其"尚三王"、"尚贤士"之语也。

——(明)陈全之《蓬窗日录》卷八《谈诗二》
《历代笔记丛刊》本上海书店出版社2009年版

郭舍人"啮妃女脣甘如饴"，淫亵无人臣礼，而亦不闻罚治，何也？若"枇杷橘栗李梅桃"，虽极可笑，而法亦有所自，盖宋玉《招魂》篇内句也。

——（明）王世贞《艺苑卮言》卷二
罗仲鼎《艺苑卮言校注》齐鲁书社 1992 年版

杨用修言，《招魂》远胜《大招》，足破宋人眼耳。宋玉深至不如屈，宏丽不如司马，而兼撮二家之胜。

——（明）王世贞《艺苑卮言》卷二
罗仲鼎《艺苑卮言校注》齐鲁书社 1992 年版

古者人死，则以其上服升屋而招之，此必原始死，而玉作以招之也。旧注皆云：施之生时，欲以讽楚王，殊未妥。

——（明）张凤翼《文选纂注》卷七《招魂》
（香港）华宝斋书社 2002 年版

朱子曰："古者人死，则以其上服升屋，履危北面而号曰：'皋！某复。'遂以其衣三招之而下以覆尸。此《礼》所谓复也。说者以为招魂，复魂，有祷祠之道，尽爱之心，盖犹冀其复生耳。如是而不生，则不生矣，于是乃行死事。而荆楚之俗，乃或以施之生人，故宋玉哀闵屈原放逐，恐其魂魄离散，遂因国俗，托帝命，假巫语，以招之。其尽爱致祷，犹古遗意，是以太史公读之而哀其志焉。"李生曰：上帝命巫阳占筮屈平所在，与之魂魄。巫阳谓屈原放逐江南，魂魄不复日久，不待占而后知，筮而后与也。但宜即差掌梦之官往招其魂，速之来归耳。夫返魂还魄，生死肉骨，天帝专之，乃使阳筮之，帝王不足为明矣。故阳谓帝命难从。而自以己情来招引之也。天帝亦遂辞巫阳，而谢不能复用屈原焉。盖玉自比巫阳，而以上官、子兰等比掌梦之官，以怀、襄比天帝，辞意隐矣。其招之辞只述上下四方不可久处，但道故国土地、饮食、宫室、声妓、宴游之乐，宗族之美，绝不言当日事，可谓至妙至妙！善哉招也！痛哉招也！乐哉招也！同时景差亦有《大招》辞，至汉时淮南小山作《招隐士》。朱子曰："淮南王安好招致宾客，客有'八公'之徒。分造词赋，以类相从，或称大山，或称小山，汉《艺文志》有淮南王群臣赋四十四篇是也。"王逸云："小山之徒闵伤屈原身虽沉没，名德显闻，与隐处山泽无异，故作《招隐士》之赋，以彰其志。"

——（明）李贽《焚书》卷五《读史》
内蒙古人民出版社2001年版

张凤翼曰：古者人死，则以其服升屋而招之，此必原始死，而玉作以招之也。旧注皆云：施之生时，欲以讽楚王，殊未妥。

——（明）陈第《屈宋古音义》卷三《招魂题下注》
中华书局2008年版

《招魂》作于屈原即死之后，张凤翼之言是也。今观其词云："去君之恒干。"又曰："像设君室。"夫苟未死，何云去干？又何云设像也？玉慜其师沈于汨罗，其魂必散于天地四方矣。故托巫阳招之，无非欲其魂反也。其危苦悼伤之情，可想矣。然叙怪诞，侈荒淫，俱非实义，直至"乱曰"数语，乃写其本色。意以原之南征，值王之畋猎，欲引之通途，而王方射兕，淹留也，以至道途荒秽，不可以归。江水草木极望，伤心此江南之可哀者也。原生而卷卷楚国，死而不动心于危乡乎？故以哀江南终之。夫魂之归以哀江南，则所谓入修门、反故居者，皆不足为喜乐矣！是此篇之作，悲其师之不用，痛其国之将亡，而托之招魂。意谓外有怪诞，内有荒淫。怪诞，暗指张仪辈之变诈吞噬；荒淫，则楚之所以乱也。旧注皆未之及，愚故揭而章之，以见玉之用心，婉而实深，缓而实切；先自处于无罪之地，而后微谈以冀人之晓也。悲夫！悲夫！

——（明）陈第《屈宋古音义》卷三《题招魂》
中华书局2008年版

王元美《艺苑卮言》云："柏梁体中，'枇杷桔栗李梅桃'，虽极可笑，然亦有所自，盖宋玉《招魂》篇中语也。"余戏谓，此句遂为《急就》一书所自出，诸篇中皆此体也。

——（明）胡应麟《诗薮》内编卷一《古体上·杂言》
上海古籍出版社1979年版

段记室成式曰：屈平流放湘沅，椒兰久而不芳，卒葬江鱼之腹，为旷代

之悲。宋玉则招屈之魂，明君之失，恐祸及身，假高唐之梦，以惑襄王，非真梦也。（出《云溪友议》）

——（明）曹学佺《蜀中广记》卷一百零二《诗话记第二》
《山川风情丛书》本上海古籍出版社1993年版

宋玉《招魂》，为屈原而作。是时屈原尚未沉江，宋玉见其放斥愁懑，恐其魂魄先已散去，其身不能久存，故招其魂使返于身，非如今人已死而招其魂也。

——（明）张萱《疑耀》卷四《宋玉招魂》
《丛书集成初编》第0340—0341册中华书局1983年版

昔屈原被谗见放，其徒宋玉虑其魂魄放佚，乃赋《招魂》招之，其称楚国之美，区区堂奥之盛也，台池之美也，陈设之备也，馐膳之珍也，女谒之妖丽也，被服之文纤也，歌舞之杂沓也，饮宴之湛荒也，用以讽谏怀王，而冀其觉悟以收原，辞固伟哉！窃恐怀王昏愦，原未必收，适开其侈诞之心。皇甫谧讥其"淫文放发，夸竞失体，风雅之则，于是乎乖"。谅哉其言也。余不自量，乃赋《反招》，爰正宋玉之夸。

——（清）黄宗羲《明文海》卷二十二俞安期《反招》
中华书局1987年版

《招魂》属之宋玉，而太史公曰："读《离骚》《天问》《招魂》《哀郢》，悲其志。"又似亦原之自作，则存《招魂》亦并存原耳。即《招魂》从来属玉，《大招》未必非差，而其词专为原拈，其意与法，足与原并，则固足存矣，宜存矣。此岂他篇所可比。

——（明）黄文焕《楚辞听直》卷首《凡例》
影印《续修四库全书》第1301册上海古籍出版社2002年版

世之读"二招"者，各从私好以为优劣，定评未有属焉。朱子谓《大招》胜《招魂》，以其"近于儒者穷理经世之学"，"天道之屈伸动静，粗识端倪，国体时政，颇知先后"。杨用修谓《招魂》丰蔚浓秀，王元美极服此论，以为足破宋人眼耳。则《小招》胜《大招》矣。世之喜理胜者多从朱，喜词工者多从杨。然"二招"佳处实不在此，作者当日别有暗藏之关窍，至庄之论，至艳之语，皆从至惨之中托根发叶，层叠以致其愈惨，意不在矜庄斗艳也。若谓《大招》词逊，《小招》理逊，古人岂不窃笑哉！其间一字落纸，万泪盈胸，与二十五篇来历相对，正反相钩，发思布序，步步相因，必不可易。倘可移以招他人忠魂通用之套，则理虽庄，腐理耳，词虽艳，浮词耳，惨痛何在？

——（明）黄文焕《楚辞听直》附《听直合论·听二招》
影印《续修四库全书》第 1301 册上海古籍出版社 2002 年版

《招魂》绚丽，千古绝色，正如天人珠被，霞烂星明，出银河而下九天者，非人世所曾得有。

《招魂》刻画描画，极丽穷奇，然已雕已琢，复归于朴，鬼斧神工，人莫窥其下手处耳。

——（明）陆时雍《楚辞疏》卷首《读楚辞语》
影印《续修四库全书》第 1301 册上海古籍出版社 2002 年版

杨用修曰：《招魂》丰蔚浓秀，驱枚、马而走班、扬。此是门面语意，余独叹其为奥。所谓奥者，经堂入室，直抉其壸奥者也。其举景而得趣，举貌而得态，举色而得意，举馔而得味，举声而得会，是谓天下之至神。顾虎头为人写照，先察其神情，种种入手，一略举笔具形，不由不意致周旋，精神飞越也。

——（明）陆时雍《楚辞疏》卷首《读楚辞语》
影印《续修四库全书》第 1301 册上海古籍出版社 2002 年版

宋晁无咎谓《大招》"古奥"，"当为原作无疑"。朱晦翁谓《大招》"平淡醇古，意亦深靖闲退，不为词人墨客浮夸艳逸之态"。余观此有感焉，乃知时事异，而议论因之亦殊也。若余论之，直谓《大招》语不成趣，有貌无情，一爽羹败酒之类耳。《大招》举宫室、饮食、声色之类，与《招魂》同，其欲靡丽奇巧亦一，而语之不精，言之无味者，力不足也；好色一，而彼于其丑，此于其娓；饮酒一，而彼于其醨，此于其醪。谓丑与醨之不好，而娓与醪之是好也，则不情矣。所谓"深靖闲退而不为浮夸艳逸之词"者，得无丑与醨之说乎！大抵宋人论文无之非道，若余之所论无之非情。无之非道，舍仁义礼乐不可矣；无之非情，喜怒哀思刚柔平反皆是也。喜不成喜，思不成思，则不文矣。宜刚非刚，宜柔非柔，则不文矣。情者，诗文之的也，太过则滥，不及则伪矣。《易》曰："刚柔交错，天文也；文明以止，人文也。"此中亦着一道字不下，《卫风·硕人》形容殆尽，谁诋其为非者。此余之妄见，不敢自附于前贤者也。

——（明）陆时雍《楚辞疏》卷首《读楚辞语》
影印《续修四库全书》第 1301 册上海古籍出版社 2002 年版

淮南《招隐士》，此自招隐士耳，于屈原无与也。而王逸、朱晦翁俱牵涉原事，则非矣。文甚简奥，所不及于屈、宋者，其锋钝耳。百炼犀利，一出一入，纵横莫当，非至人出鬼入神，安得具此手段。

——（明）陆时雍《楚辞疏》卷首《读楚辞语》
影印《续修四库全书》第 1301 册上海古籍出版社 2002 年版

昔人谓《招魂》《大招》，去其"些"、"只"，即是七言诗。余考七言之兴，自汉以前，固多有之。如《灵枢经·刺节真邪篇》："凡刺小邪曰以大，补其不足乃无害，视其所在迎之界，凡刺寒邪曰以温，徐往徐来致其神，门户已闭气不分，虚实得调其气存。"宋玉《神女赋》："罗纨绮缋盛文章，极服妙彩照万方。"此皆七言之祖。

——（清）顾炎武《日知录》卷二十一《七言之始》
黄汝成、栾保群、吕宗力等《日知录集释》上海古籍出版社 2006 年版

或曰："地狱之说，本于宋玉《招魂》之篇。长人、土伯，则夜叉、罗刹之伦也；烂土雷渊，则刀山剑树之地也。虽文人之寓言，而意已近之矣。于是魏晋以下之人，遂演其说，而附之释氏之书。"昔宋胡寅谓，阎立本写地狱变相，而周兴、来俊臣得之，以济其酷，又孰知宋玉之文实为之祖。孔子谓"为俑者不仁"，有以也夫！

——（清）顾炎武《日知录》卷三十《泰山治鬼》
黄汝成、栾保群、吕宗力等《日知录集释》上海古籍出版社 2006 年版

王逸曰："《招魂》者，宋玉之所作也。宋玉哀怜屈原忠而斥弃，愁懑山泽，魂魄放逸，厥命将落，故作《招魂》，欲以复其精神，延其年寿。外陈

四方之恶,内崇楚国之美,以讽谏怀王,冀其觉悟而还之也。"按:原当怀王之世,虽忧国疾邪,而犹赋《远游》,从巫咸之告,故玉作《九辩》亦于其时,有及君无恙之想。及怀王客死,国雠不报,顷襄迁窜原于江南,原乃无生之气,魂魄离散,正在斯时,则此篇定作于顷襄。而王逸讽谏怀王之说,非其实矣。

——(清)王夫之《楚辞通释》卷九《招魂题解》
上海人民出版社 1975 年版

楚三闾大夫,肩志沈湘,遗文贲楚。《骚经》写百折之孤忠,《天问》诘千秋之疑理,神以思通,作歌而侑仙,如可接托,赋斯游鬼,不能谋詹尹之陈蓍,漫托人无同志,渔父之鼓枻忘言,是其回风之悲,于谁荡愤,而往日之惜,究于怀沙者也。从游若宋、景二子,瑰词仅托《招魂》,隔代有王、刘诸贤,呻吟要为无病。

——(清)王夫之《楚辞通释》卷首张士可《序》
上海人民出版社 1975 年版

"批兮批兮"三章,写美人惊艳,便是宋玉"二招"之祖,而中通两句为一处,七字成韵,法亦相类也。

——(清)毛先舒《诗辩坻》卷一《经·君子偕老》
齐鲁书社 2001 年影印版

按《招魂》一切宫室、铺设、游观、饮食、声色、伎艺之美,与夫田猎、骑射之乐,皆楚国党人受享之事与导君游畋之事,屈子廉洁服义,安有一于此乎!而矗矗举之者,所以愧党人而悟楚君也。若曰如此等受享,如此射猎,从曳泽畔,行吟憔悴之人,曾有一于此乎!此宋子言外之意,故开手便言,"朕幼清未沫",所以为后种种张本也,读者愦愦,特为拈出。

——(清)李陈玉《楚辞笺注》卷四《招魂注》
影印《续修四库全书》第 1302 册上海古籍出版社 2002 年版

《招魂》:《廛史》云:楚词《招魂》《大招》,其末盛称洞房翠帷之饰,美颜秀颈之列,琼浆斝羹之烹,新歌郑舞之娱,日夜沉湎于象牙六博之乐,夫所以訾楚者深矣；其卒云"魂兮归来，正始昆只"，言往者既不可正，尚或以解其后耳；又曰"赏罚当只，尚贤士只，国家为只，尚三王只"，皆思其来而反其政者也。后五语，皆《大招》之文，读此篇者，亦当以此意求之。

"一夫九首"至"其身若牛些"，然则如后世夜叉之说，古已有之。

"魂兮归来，入修门些"，顶上"乐"字。

"天地四方，多贼奸些"，带上一句。

"魂兮归来，何远为些"，带上一句，势乃不直。

"归来归来反故室"，又一顿。

"涉江采菱，发扬荷些"，注：喻屈原背去朝堂，隐伏草泽。按：此非喻也。前言容饰，此言歌舞、戏剧，前是平居，此是宴会。

"菎蔽象棋，搅梓瑟些"，歌舞之中，忽间以戏剧，总不令文势直也。

——（清）何焯《义门读书记》卷四十八《文选·骚》
《学术笔记丛刊》本中华书局1987年版

小杜《赤壁》诗，古今脍炙，《渔隐》独称其好异。至许彦周则痛诋之，谓："孙氏霸业，系此一战，社稷存亡，生灵涂炭，都不问，只恐捉了二乔，可见措大不识好恶。"余意，诗人之言，何可拘泥至此？若必执此相责，则汨罗之沉，其系心宗国何若！宋玉《招魂》，略不之及，但言饮食、宫室、玩好、音乐，至于"长发曼鬋"、"蛾眉曼睩"，几乎喻之以淫也，将使《风》《骚》道绝矣！详味诗旨，牧之实有不满公瑾之意。牧尝自负知兵，好作大言，每借题自写胸怀。尺量寸度，岂所以阅神骏于牝牡骊黄之外！（黄白山评：唐人妙处，正在随拈一事而诸事俱包括其中。若如许意，必要将"社稷存亡"等字面真真写出，然后赞其议论之纯正。具此诗解，无怪宋诗远隔唐人一尘耳。）

——（清）贺裳《载酒园诗话》卷一
郭绍虞《清诗话续编》上海古籍出版社1983年版

《招魂》者，三闾之所作也。魂魄离散，自招于生前也。太史公《传·赞》："读《招魂》，悲其志。"此篇首，帝曰"我欲辅之"，助成其志也；篇中，欲召还而兴楚国，自喻其志也；若乃痛顷襄忘不共戴天之仇，虽写篇末，又隐跃言外，有怀莫展，生何如死？究未明出"志"字，幽愁隐痛，水雾烟霏。呜呼！子长可谓善读矣。

——（清）屈复《楚辞新集注》卷七《招魂序》
影印《续修四库全书》第1302册上海古籍出版社2002年版

周密《齐东野语》记绍熙内禅事曰："赵汝愚永州安置，至衡州而卒，朱熹为之注《离骚》以寄意焉。"然则是书大旨，在以灵均寓放逐宗臣之感，以宋玉《招魂》抒故旧之悲耳，固不必于笺释、音叶之间，规规争其得失矣。

——（清）纪昀等《四库全书总目提要·楚辞集注》
中华书局1965年版

宋玉《招魂》，长人土伯，则夜叉罗刹之伦；烂土雷渊，则剑树刀山之地。文人寓言，实异说之滥觞也。魏晋而后，愈演其文，释氏之书亦窃其说。一言不知，可弗慎欤！

——（清）阮葵生《茶馀客话》卷十四《文人寓言》
《明清笔记丛刊》本中华书局1960年版

药名入诗，《三百篇》中多有之，如"采采芣苢"、"言采其虻"、"中谷有蓷"、"墙有茨"、"堇荼如饴"之类。此后唯文字中用之：……宋玉《招魂》"白芷生……"，皆游戏笔墨，颇亦可喜。

——（清）赵翼《陔馀丛考》卷二十四《药名入诗》
《学术笔记丛刊》本中华书局2012年版

宋玉《招魂》（题下注）：《招魂》《大招》，讽顷襄也。顷襄君臣宴安，湛于淫乐，而放屈子，故招屈子以讽之也。巫阳之言，女媭、渔父之意。乱以怀王讲武，不可再见，国耻未雪，宗社将危，不啻大声疾呼矣。

——（清）张惠言《七十家赋钞》卷一《赋一》
影印《续修四库全书》第1611册上海古籍出版社2002年版

枚乘《七发》，出于宋玉《招魂》。枚之秀韵不及宋，而雄节殆于过之。

——（清）刘熙载《艺概》卷三《赋概》
王气中《艺概笺注》贵州人民出版社1986年版

贾生之赋，志胜才；相如之赋，才胜志。贾、马以前，景差、宋玉已若以此分途，今观《大招》《招魂》可辨。

——（清）刘熙载《艺概》卷三《赋概》
王气中《艺概笺注》贵州人民出版社 1986 年版

宋玉《招魂》，在《楚辞》为尤多异彩。约之亦只两境：一可喜、一可怖而已。

——（清）刘熙载《艺概》卷三《赋概》
王气中《艺概笺注》贵州人民出版社 1986 年版

问：“《招魂》何以备陈声色供具之盛？”曰："美人为君子，珍宝为仁义。"以张平子《四愁诗序》通之，思过半矣。且观其所谓"不可以托，不可以止"之处，非即"水深雪雰为小人"之例乎？

——（清）刘熙载《艺概》卷三《赋概》
王气中《艺概笺注》贵州人民出版社 1986 年版

此当楚去郢之后，原自沉暂归，忽悔悟而南行，君臣相绝，流亡无所，宋玉时从东徙，闻原志行，知必自死，力不能留之，因陈顷襄奢惰之状，托以招原，实劝其死，自洁以遗世，不得已之行。

——（清）王闿运《楚辞释》卷九《招魂序》
影印《续修四库全书》第 1302 册上海古籍出版社 2002 年版

王逸注谓：哀原厥命将落，欲复其精神，延其年寿，故作此。"五臣"注谓：以讽君，冀其觉悟而还之。《纂注》语：原始死时，玉作以招之也。《楚辞灯》：此屈原自作也。太史公《屈原传·赞》云：余读《招魂》，悲其志。是悲屈原之志，非悲宋玉之志也。后世沿为宋玉所作，因世俗招魂，皆出他人之口，不知古人以文滑稽，无所不可，且有生而用祭者，则原被放之后，愁苦无可宣泄，借题寄意，亦不嫌其为自招也。

——（清）于悃介《文选集评》卷八《招魂题下》
《重订文选集评》国家图书馆出版社 2012 年版

于曰：奇峰突出。

于曰："四方"领前半，"乐处"伏后半。

孙曰：故为怪言怪语，然要必有所本，非凿空臆造者，观北方说冰雪可见。

于曰：此上，历诋四方上下不善，而下文盛称楚国之乐也。

何曰：先转入反故居，方结上下四方，笔法变化，馔设甘美，指下文而言也，此处先笼一笔，妙甚。

孙曰：枚叔《七发》亦从此变出。

何曰：前是居室，此是别馆，以极游观宴会之乐，与前自不复。

大概作两层写："像设君室"以下，为一大段；"翡帷翠帱"以下，为一大段；中用"离榭修幕"二句勾连。上下粘成一片，无迹可寻，笔法奇妙。

两大段中，每段有三层，而下段中三层，具用"归来"收，在相接处，具缘上文来，文法变化中又极整细。

何曰：此处说弈舞靡曼之乐，与前侍御者又别。前拟平居，此称宴会也。娱酒不废，总结上文。

何曰：歌舞之中，忽间以戏剧，总不令文势直也。

于曰：乱词说明迁江南，故写出思君不见之情，而以"哀江南"结之。

何曰：篇中极说宫室、服御、饮食、歌舞之乐，留田猎于此处，极见章法变化。归到"君王"，是用意处。

——（清）于悙介《文选集评》卷八《招魂眉评》
《重订文选集评》国家图书馆出版社2012年版

孙月峰曰：构格奇，撰语丽，侈谈怪语，瑰陈缕述，务穷其变态，自是天地间一种瑰玮文字，前无古，后无今。

何义门曰：《麈史》云：楚词《招魂》《大招》，其末盛称洞房翠帷之饰，美颜秀颈之列，琼浆载羹之烹，新歌郑舞之娱，日夜沉湎于象牙六博之乐，夫所以訾楚者深矣。其卒云"魂兮归来，正始昆只"，言往者既不可正，尚或以解其后耳。

（何义门）又曰："赏罚当只，尚贤士只，国家为只，尚三王只"，皆思其来而反其政者也。后五语，皆《大招》之文，读此篇者，亦当以此义求之。

方伯海曰：按此篇前后投落极分明，上半见上下四方不可居，下半招之使入郢，见有许多安乐受用处，而精神生动，全在摹写美人及歌舞上。此文字，铺门面，则趣索；传神理，则趣长。诗、古文、词，工拙无不以是分也。

——（清）于悙介《文选集评》卷八《招魂总评》
《重订文选集评》国家图书馆出版社2012年版

（四）《风赋》

《史记》云：宋玉，鄢人也，为楚大夫。时襄王骄奢，故宋玉作此赋以讽之。

——（唐）吕向注《文选》卷十三《风赋》
影印宋刊《五臣注文选》浙江古籍出版社 1999 年版

楚襄王登台，有风飒然而至，王曰："快哉此风！寡人与庶人共之者耶？"宋玉讥之，"此独大王之风，庶人安得而有之。"不知者以为谄也，知之者以为风也。唐文宗诗曰："人皆苦炎热，我爱夏日长。"柳公权续之曰："薰风自南来，殿阁生微凉。"惜乎！宋玉不在傍也。

——（宋）苏轼《东坡志林》卷八
《历代史料笔记丛刊》本中华书局 1981 年版

按，宋阮阅《诗话总龟》卷七《评论门》引此少异，"庶人"作"众人"，"讥之"作"识之"，"傍"作"旁"。

昔楚襄王从宋玉、景差于兰台之宫，有风飒然至者，王披襟当之，曰："快哉此风！寡人所与庶人共者耶？"宋玉曰："此独大王之雄风耳，庶人安得共之。"玉之言，盖有讽焉。夫风无雌雄之异，而人有遇不遇之变。楚王之所以为乐，与庶人之所以为忧，此则人之变也，而风何与焉？士生于世，使其中不自得，将何往而非病？使其中坦然不以物伤性，将何适而非快？

——（宋）苏辙《栾城集》卷二十四《黄州快哉亭记》
中华书局 2004 年版

按，宋佚名《历代名贤确论》卷三十《宋玉对风》、吕祖谦《宋文鉴》卷八十三、真德秀《续文章正宗》卷十三、明唐顺之《文编》卷五十六、茅坤《唐宋八大家文抄》卷一百六十三、贺复征《文章辨体汇选》卷五百九十九、清允禄等《唐宋文醇》卷五十一引此，文字同。

唐文宗夏日联句。东坡谓："宋玉对楚王雄风，讥其知己，不知人也。公权小子，有美而无规。为续之云：'一为居所移，苦乐永相忘。愿言均所施，清阴及四方。'"或谓"五弦之薰风，解愠阜财"，已有陈善责难之意。愚谓不然，凡规谏之辞，须切直分明，乃可以感悟人主，故盗言孔甘，良药苦口,若以薰风自南为陈善闭邪,但恐后世导谀侧媚、说持两可者,皆得以冒敢谏之名矣!

——(宋)黄彻《巩溪诗话》卷一
人民文学出版社1998年版

按,宋阮阅《诗话总龟》后集卷六《讽喻门》引此,文字同。

常人闻人君之言,便阿意曲从,逢君之恶,故不足道。至有虽欲开悟人君,亦不得其道者,如宋玉答大王之雄风,谓之不忠,则不可,谓之非正理,亦不可,但只是指在楚王身上太急,故终不能有所开悟。

——(宋)吕乔年《丽泽论说集录》卷七《门人集录孟子说》
影印《文渊阁四库全书》第703册(台湾)商务印书馆1986年版

风,阳中之阴,物藉之以发生,亦由之以摧谢,故风之为言,亦多不同。宋玉《风赋》有大王、庶人之分,虽曰托物以见意,而所以名状乎风者抑至矣。人君之化所以谓风化,而诸侯之政,其是非得失形于诗歌者,亦谓之风。风之名虽同,而所以谓之风者则异,是亦取其有发生、摧谢之别尔。

——(宋)吴箕《常谈》
影印《文渊阁四库全书》第864册(台湾)商务印书馆1986年版

东坡云:宋玉雄风之对,讥楚王知己,而不知人也。公权小子,与文宗联句,有美而无箴,故为足成其篇,云:"人皆苦炎热,我爱夏日长。薰风自南来,殿阁生微凉。一为居所移,苦乐永相忘。愿言均所施,清阴及四方。"

——(宋)祝穆《古今事文类聚》前集卷九《诗话·公权联句》
书目文献出版社1991年版

古来绘风手,莫如宋玉雌雄之论。荀卿《云赋》造语奇矣,寄托未为深妙。陆务观《跋吴梦予诗》云:山泽之气为云,降而为雨,勾者,伸秀者,实此云之见于用者也。予尝见旱岁之云,嵯峨突兀,起为奇峰,足以悦人之目,而不见于用,此云之不幸也。从《风赋》脱胎,虽因袭而饶意味。

——(元)郭翼《雪履斋笔记》
影印《文渊阁四库全书》第866册(台湾)商务印书馆1986年版

时襄王骄奢，故玉作此赋以讽之。

风以雌雄分，其居使之然也。知其雌而不忘，斯善矣。此所谓讽也。

——（明）张凤翼《文选纂注》卷三《风赋》
（香港）华宝斋书社 2002 年版

按，明陈第《屈宋古音义》卷三《风赋题下注》引张凤翼此评语，文字同。

夫风，岂有雌雄？人自雌雄耳。以雌雄之人而当天风之飘飒，判乎其欣喜悲戚之不相侔也，则谓风有雌雄亦可。抑不特风，雪月雨露莫不皆然。喜心感者，抚景而兴怀；悲心感者，触处而撒涕。何者？情能变物，而物不能以变情也。昔京都贵人聚而夜饮，袭貂衣，围红炉，相与言曰："冬以深矣，暖而不寒，气候之不正也。"其仆隶冻不能忍，抗声答曰："堂上之气候不正，堂下之气候甚正。"闻者皆为之一噱。人君苟知此意，则加志穷民又乌能已。故宋玉此赋大有裨于世教也。

——（明）陈第《屈宋古音义》卷三《题风赋》
中华书局 2008 年版

予既赋月，因念风月平分。而古人不多见歌风之作。宋玉《风赋》，分别雄雌，未免囿于庄语，恐于封家姨擷花弄月之作，隔去万里。乃爰寻旧谱，更度新声，摹出一段无情之情，境外之境，遂觉吼天作业，竟成柔怨风流。谁谓一寸霜毫，无功于风月哉。（《自跋》）

赋月歌风，两词可称双绝，而歌风尤难，非当行名手，不能办只字也。（沈文燮）

词家咏物，如作八股小题，决非学究头巾所能办。此词妍雅风流，有翩翩裘马少年之致。彼作老婆语者，舌重如石。即令读此篇，恐亦期期艾艾不能成诵耳。

——（明）施绍莘《瑶台片玉》甲种补录《歌风跋》
《丛书集成续编》本（台湾）新丰出版公司 1989 年版

"离"、"移"二字首尾为韵。

——（清）何焯评《文选》卷十三《风赋》
中国国家图书馆藏抚州饶氏双峰书屋清光绪元年刻本

宋玉《风赋》：襄王淫乐不振，故以此讽之。

——（清）张惠言《七十家赋钞》卷二《赋二》
影印《续修四库全书》第1611册上海古籍出版社2002年版

何曰：有此顿挫，方曲折。（按，指"庶人安得而共之"句。）

曰：极其装点，正为要形容下段之不堪也。（按，指关于雄风的描写。）

何曰：写得如许曲折，如许郑重，正以见大王之所独耳。

方曰：此段对处分作五层，脉络自明。从风之自远而近，自外而内，层层打照楚王身上，欲其外威强敌，内抚人民。其所以至此，又本于立政任贤，成一劳永逸之计，用意、用字，俱有着落。是从一篇《离骚》脱化出来，若不细为分析，妙处不传。

李曰：偏说得极不堪，与前对照，极活。

何曰：只须如此，便往不赘，一词既有无穷余味。

——（清）于悝介《文选集评》卷三《风赋眉评》
《重订文选集评》国家图书馆出版社2012年版

（"缘泰山"二句下）《集成》：泰山喻齐，时齐与楚绝亲。"舞"与上"怒"字不同，谓当鼓舞之，使相亲也。

（"盛怒"句下）《集成》：土囊暗指函谷时楚怀王拘于秦。以"盛怒"二字隐示其意。

（"飘忽溯滂"等七句下）《集成》：此皆以风之威，喻王者之威加境内，强国如齐、秦之属。

（"至其将衰"等五句下）《集成》：此种喻馀威加乎境内也。

（"徘徊"二句下）《集成》：桂椒性辣味香，喻政数；激水急流，喻政教行如流水。

（"被荑杨"句下）《集成》：喻贤人与共图治者。

（"萧条"句下）《集成》：喻野无遗贤。

（"北上玉堂"句下）《集成》：二句喻阙廷。

（"经于洞房"句下）《集成》：二句喻深宫。

（"故其风中人"三句下）《集成》：三句喻境外畏其威。

（"清清泠泠"四句下）《集成》：四句喻境内怀其德。

（于兴华）按，《集成》此注未必定是作者命意处，似觉拘泥。然于穴义为此，正可参观也。

——（清）于惺介《文选集评》卷三《风赋间评》
《重订文选集评》国家图书馆出版社 2012 年版

孙月峰曰：命意、造语，皆入神境，然却又是眼前口头掉出，全不艰深费力，允为赋家绝技。

何义门曰：借风为题，以发引君之义，全是忠爱本心。

方伯海曰：按是时灵均既放，顷襄微弱，故宋玉借风激其发愤自强。见王者之风不同庶人，用意若隐若现，悬在前投。正龙门所云：宋玉、景差，皆以词赋见称，莫敢直谏者也。乃不能雄飞，自为此伏，卒至南风不竞，日侵月削，以至于亡。不仁者可与言哉！

周平园曰：此赋体似散文，具其刻画风处，有王者、庶人不同，且押脚俱用韵，自是赋体，已开《赤壁》《秋声》等赋之先。而篇法劈分两扇，前后遥对，局亦本之《周书·秦誓》篇。

——（清）于惺介《文选集评》卷三《风赋总评》
《重订文选集评》国家图书馆出版社 2012 年版

（五）《高唐赋》

夫比之为义，取类不常，或喻于声，或方于貌，或拟于心，或譬于事。宋玉《高唐》云：纤条悲鸣，声似竽籁。此比声之类也。

——（南朝梁）刘勰《文心雕龙》卷八《比兴》
范文澜《文心雕龙注》人民文学出版社 1958 年版

自战国已下，词人属文，皆伪立客主，假相酬答。至于屈原《离骚》辞，称遇渔父于江渚；宋玉《高唐赋》云，梦神女于阳台。夫言并文章，句结音韵。以兹叙事，足验凭虚。而司马迁、习凿齿之徒，皆采为逸事，绪诸史籍，疑误后学，不其甚邪！必如是，则马卿游梁，枚乘潜其好色；曹植至洛，宓妃睹于岩畔。撰汉、魏史者，亦宜编为实录矣。（其六条）

——（唐）刘知几《史通》卷十八《外篇·杂说下·别传九条》
清浦起龙《史通通释》上海古籍出版社 2009 年版

《汉书》注曰：云梦中高唐之台。此赋盖假设其事，风谏淫惑也。

——（唐）李善注《文选》卷十九《高唐赋》

上海古籍出版社 1986 年版

宋玉为《高唐赋》，序巫山神女遇楚两王，盖有所讽也。而文士多效之者，又为传记以实之，而天地百神举无免者。余谓欲界诸天当有配偶，其无偶者，则无欲者也。唐人记后土事，以讥武后尔。

——（宋）陈师道《后山集》卷二十三《诗话》

影印《文渊阁四库全书》第 1114 册（台湾）商务印书馆 1986 年版

按，陈师道《后山诗话》述此，"序"作"载"，"楚两王"作"楚襄王"。后世转引者，"序"皆作"载"；而胡仔《渔隐丛话》后集卷十八、元陶宗仪《说郛》卷八十二下、清郑方坤《五代诗话》卷五作楚襄王；宋祝穆《古今事文类聚》后集卷十二、胡仔《渔隐丛话》前集卷五十作楚两王。莫宗一是。

东坡云：余读《文选》，恨其编次无法，去取失当。齐梁文章衰陋，而萧统尤为卑弱，《文选》引斯可见矣。……宋玉《高唐》《神女》赋，自玉曰"唯唯"以前皆赋也，而统谓之序，大可笑也。相如赋首有子虚、乌有、亡是三人论难，岂亦序邪？

——（宋）胡仔《渔隐丛话》卷一《国风汉魏六朝上》

人民文学出版社 1984 年版

《漫叟诗话》云：高唐事乃楚怀王，非襄王也。若古人云："莫道无心便无事，也应愁杀楚襄王。"少游词云："不应容易下巫阳，只恐翰林前世是襄王。"皆误用也。濠州西有高唐馆，俗以为楚之高唐也。御史阎钦爱题诗云："借问襄王安在哉？山川此地胜阳台。"有李和风者亦题诗云："若向此中求荐枕，参差笑杀楚襄王。"前人既误指其人，后人又误指其地，可笑。《苕溪渔隐》曰：《文选·高唐赋》云，昔者楚襄王与宋玉游云梦之台，其上独有云气，王问玉曰："此何气也？"玉对曰："所谓朝云者也。昔者先王尝游高唐，怠而昼寝，梦见一妇人，曰：'妾巫山之女也。'"李善注云："楚怀王游于高唐，梦与神遇。"则《漫叟诗话》之言是也。然《神女赋》复云，楚襄王与宋玉游于云梦之浦，使玉赋高唐之事。其后王寝，梦与神女遇，其状甚丽。以此考之，则楚襄王亦梦与神女。但楚怀王是游高唐，楚襄王是游云梦。以此不可雷同用事耳。

——（宋）胡仔《渔隐丛话》前集卷五十
人民文学出版社 1984 年版

《艺苑雌黄》云：唐人作《后土夫人传》，予始读之，恶其渎慢而且诬也，比观《陈无己诗话》："宋玉为《高唐赋》，载巫山神女遇楚襄王，盖有所讽也。而文士多效之，又为传记以实之，而天地百神举无免者。予谓欲界诸天当有配偶，有无偶者，则无欲者也。唐人记后土事，以讥武后耳。"予谓武后何足讥也，而托之后土，亦大亵矣。后之妄人又复填入乐章，而无知者遂以为诚是也。

——（宋）胡仔《渔隐丛话》后集卷十八
人民文学出版社 1984 年版

韩无咎检详出示所赋《陈季陵户部巫山图诗》，仰窥高作，叹息弥襟。余尝考宋玉谈朝云事，漫称先王时本无据依，及襄王梦之，命玉为赋，但云"颒颜怒以自持，曾不可乎犯干"，后世弗察，一切溷以媟语。曹子建赋宓妃，亦感此而作。此嘲谁当解者，辄用此意，次韵和呈，以资抚掌。

瑶姬家山高插天，碧丛奇秀古未传。向来题目经楚客，名字径度岷峨前。是邪非邪莽谁识，乔林古庙常秋色。暮去行雨朝行云，翠帷瑶席知何人。峡船一息且千里，五两竿头见旛尾。仰窥仙馆至今疑，行人问讯居人指。千年遗恨何当申，阳台愁绝如荒村。《高唐赋》里人如画，玉色颒颜元不嫁。后来饥客眼长寒，浪传乐府吹复弹。此事牵连到温洛，更怜尘袜有无间。君不见天孙住在银涛许，尘间犹作儿女语。公家春风锦瑟傍，莫为此图虚断肠。

——（宋）范成大《石湖诗集》卷九
《丛书集成初编》第 2256 册中华书局 1985 年版

按，清吴之振、吕留良、吴自牧编选《宋诗钞》卷六十一著录有此诗。

《巫山高并序》

余旧尝用韩无咎韵《题陈季陵巫山图》，考宋玉赋意，辨高唐之事甚详。今过阳台之事，复赋乐府一首。世传瑶姬为西王母女，尝佐禹治水，庙中石刻在焉。

湿云不收烟雨霏，峡船作滩梢庙矶。杜鹃无声猿叫断，惟有饥鸦迎客飞。西真功高佐禹迹，斧凿鳞皴倚天壁。上有瑶簪十二尖，下有黄湍三百尺。蔓花虬木风烟昏，薜珮翠帷香火寒。灵旂飘忽定何许，时有行人开庙门。楚客词章元是讽，纷纷余子空嘲弄。玉色頮颜不可干，人间错说高唐梦。

——（清）吴之振等《宋诗钞》卷六十二范成大《石湖诗钞》
中华书局1986年版

宋玉《高唐》《神女》二赋，其为寓言托兴甚明。予尝即其词，而味其旨，盖所谓"发乎情，止乎礼义"，真得诗人风化为本。前赋云：楚襄王望高唐之上有云气，问玉曰："此何气也？"对曰："所谓朝云者也。昔者先王尝游高唐，梦见一妇人，曰：'妾巫山之女也，愿荐枕席。'王因幸之。"后赋云：襄王既使玉赋高唐之事，其夜王寝，梦与神女遇，复命玉赋之。若如所言，则是王父子皆与此女荒淫，殆近于聚麀之丑矣。然其赋虽篇首极道神女之美丽，至其中则云："澹清静其愔嫕兮，性沉详而不烦。意似近而若远兮，若将来而复旋。褰余帏而请御兮，愿尽心之惓惓。怀贞亮之洁清兮，卒与我乎相难。頩薄怒以自持兮，曾不可乎犯干。欢情未接，将辞而去。迁延引身，不可亲附。愿假须臾，神女称遽。暗然而冥，忽不知处。"然则神女但与怀王交御，虽见梦于襄，而未尝及乱也。玉之意可谓正矣。今人诗词，顾以襄王藉口，考其实则非是。

——（宋）洪迈《容斋随笔·三笔》卷三《高唐神女赋》
中华书局2007年版

宋玉《高唐赋》云：昔楚襄王与玉游于云梦之台，望高唐之观，其上独有云气，王曰："此何气也？"玉对曰："昔先王尝梦见一妇人，曰：'妾巫山之女也，闻君游高唐，愿荐枕席。'王因幸之。"又《神女赋》云：襄王使玉赋高唐之事，其夜王寝，梦与神女遇。详其所赋，则神女初幸于怀，再幸于襄，其诬蔑亦甚矣。流传未泯，凡此山之片云滴雨皆受可疑之谤，神果有知，则亦必抱不平于沉冥恍惚之间也。于濆有诗云："何山无朝云，彼云亦悠扬。何山无暮雨，彼雨亦苍茫。宋玉恃才者，凭虚构高唐。自重文赋名，荒淫归楚襄。峨峨十二峰，永作妖鬼乡。"或可以泄此愤之万一也。

——（宋）范晞文《对床夜语》卷五
影印《文渊阁四库全书》第1481册（台湾）商务印书馆1986年版

昔宋玉赋高唐之事，其意言山水之峻激，林木之振荡，鸟兽之号呼，足以使人移心易志，以讽襄王之荒淫，神志既荡，梦与神遇，以无为有也，其卒章言，"览万方，思国害，开贤圣，辅不逮"，劝百而讽一，亦已晚矣。其后卒赋神女之事，岂荒淫之主竟不可以已耶？然亦玉之罪矣。惜乎无是可也，后世不知者，遂实其事。乃知楚人事鬼，尚矣。其后绘以为图，公南征得之。观其群峰秀拔，云烟葱蔚，意必有神主之。亵渎如此，无乃污灵尊乎？乃为之辩。

——（金）赵秉文《滏水集》卷二十《题巫山图后》
影印《文渊阁四库全书》第 1190 册（台湾）商务印书馆 1986 年版

巫山神女庙两庑碑文皆言，神助禹开峡有功，是以庙而祝之，极诋宋玉云雨之妄。余谓与扬州后土韦郎事相似，旧塑绿衣年少于旁，明道以其亵渎，遂撤去之。不特此二事，月宫姬娥初无此说，诞妄始于《淮南子》，汉人从而传之，唐宋文人又从而诗之歌之。史先生《敩斋占毕》论之详矣。

——（元）盛如梓《庶斋老学丛谈》卷一
《丛书集成初编》第 328 册中华书局 1983 年版

而论之曰：在德不在景。山川以人而重，德与景而悠永。亳殷京洛之区，今视昔而依然。谓愚言之不信，何一盛而莫肩。如宋玉想像夫高唐，苏子亲见夫处境，虽铺张，恐涉于虚无，知初咏，未得其要领也。

——（元）陈栎《定宇集》卷十二《燕山八景赋》
影印《文渊阁四库全书》第 1205 册（台湾）商务印书馆 1986 年版

按，《御定历代赋汇》卷十六录此赋，文字同。

矧未尝登览而欲赋之，不过想像焉耳。宋玉想像而赋高唐，乃述梦境，本无实事，徒肆虚辞，如画鬼神，孰从而究诘之。今欲虚辞赋实景，识者苟摭实景以非虚辞，不待离娄子吹毛议之，而知其不可矣。

——（元）陈栎《定宇集》卷十四《燕山八景赋考评》
影印《文渊阁四库全书》第 1205 册（台湾）商务印书馆 1986 年版

宋玉《高唐》《神女》赋，寓言托兴，以讽襄王，非必实事，如唐人记后土事，以讥武后之类耳。《集仙录》乃谓巫山神女名云华，即王母之女，以太上灵宝之文授禹者。甚妄！而文士又为神女传记以实之，遍举天地百神，可笑也。

——（明）陈士元《名疑》卷四
影印《文渊阁四库全书》第 952 册（台湾）商务印书馆 1986 年版

长卿《子虚》诸赋，本从《高唐》物色诸体，而辞胜之。《长门》从《骚》来，毋论胜屈，故高于宋也。长卿以赋为文，故《难蜀》《对禅》，绵丽而少骨；贾傅以文为赋，故《吊屈》《鵩鸟》，率直而少致。

——（明）王世贞《艺苑卮言》卷二
罗仲鼎《艺苑卮言校注》齐鲁社 1992 年版

乃玉梦，非王梦也。旧作王梦，则于下"若此盛矣"处不通，且"白"字应体贴。未有君白臣之理。今改正。

——（明）张凤翼《文选纂注》卷四《神女赋》
（香港）华宝斋社 2002 年版

按，《高唐赋》始叙云气之婀娜，以至山水之嵚岩激薄，猛兽、麟虫、林木诡怪；以至观侧之底平，芳草、飞禽、神仙、祷词、讴歌、畋猎，匪不毕陈；而终之以规谏。形容迫似，宛肖丹青，盖《楚辞》之变体，汉赋之权舆也。《子虚》《上林》，实踵此而发挥畅大之耳。矧其通篇、闲雅、委婉、舒徐，令人且悲且愕，且歌且谣，是亦风人之极思而其末犹有深意，谓求神女与交会，不若用贤人以辅政，其福利为无穷也。三山颜达龙曰：宋玉《高唐》，赋之丑者，不知何所见而云然。

——（明）陈第《屈宋古音义》卷三《题高唐赋》
中华书局 2008 年版

宋玉之《高唐》《神女》，司马相如之《上林》《子虚》，扬子云之《蜀都》，此赋之始也。

——（明）曹学佺《蜀中广记》卷一百零一《诗话记第一》
《山川风情丛书》本上海古籍出版社 1993 年版

《高唐赋》注：

汪洋弘丽，遂开《上林》《羽猎》一派。后人踵事增华，不能出其范围。

——（清）马骕《绎史》卷一百三十二《屈原流放附宋玉·宋玉赋》
中华书局 2002 年版

杂笺五：

《子虚》《上林》，本一赋而分立二名。古文多有之，《书》《顾命》《康王之诰》，魏武《薤露》《蒿里》，宋玉《高唐》《美人［神女］》赋，皆是也。

——（清）毛奇龄《西河集》卷二十三《笺》
影印本《毛奇龄合集》杭州出版社 2003 年版

峡流词序：

予读盛弘之《荆州记》云，自峡七百里中，春冬之时，素湍渌潭，回清倒影，备极婍妮。而宋玉赋《高唐》更有"姣姬扬袂"之喻，以较之词，其温柔绮丽俱在也。

——（清）毛奇龄《西河集》卷二十九《序》
影印本《毛奇龄合集》杭州出版社 2003 年版

子虚、无是，讵常真有其人；暮雨朝云，要亦绝无之事。然而宋玉以寄其形容，相如以成其比兴，固知情难蹠实，事比镂尘，托隐谜以言愁，借嘲诙以写志。凡兹抹月披风之作，悉类诅神骂鬼之章，达者喻之空花，愚夫求之楮叶。

——（清）陈维崧《陈检讨四六》卷十《董舜民苍梧词序》
影印《文渊阁四库全书》第 1322 册（台湾）商务印书馆 1986 年版

《漫叟诗话》辨高唐事乃楚怀王，非襄王。《苕溪渔隐》则云楚怀王是游高唐，楚襄王是游云梦，唯《后山诗话》云："宋玉为《高唐赋》，载巫山神女遇楚两王，盖有所讽也。"余谓晁子西公遡《神女庙赋》云："世朋淫而上烝兮，尝见刺于湘累。横下臣蘩宋玉兮，揆暴厉之不可规。称先王尝与灵游兮，荐枕席而嬖私。今胡为而复遇兮，意托讽于微词。"斯得之矣。《漫叟》《渔隐》必欲分而二之，何异痴人说梦。

——（清）浦洗《复小斋赋话》下卷
何新文、路成文《历代赋话校证》附上海古籍出版社 2007 年版

宋玉《高唐赋》，苏子瞻谓，自"玉曰唯唯"以前皆赋，而此书为之序，大可笑。按，相如赋首有亡是公三人论难，岂亦赋耶？是未悉古人之体制也。刘彦和曰："既履端于唱序，亦归余于总乱。序以建言，首引情本；乱以理篇，迭致文契。"则是一赋之中，引端曰序，归余曰乱。犹人身之中有

耳目手足，各异其名。苏子则曰莫非身也？是大可笑，得乎！

——（清）何焯《义门读书记》卷四十五《文选·赋》
《学术笔记丛刊》本中华书局1987年版

"蜺旌云旃"与"朝云"一段相应。

——（清）何焯评《文选》卷十九《高唐赋》
中国国家图书馆藏抚州饶氏双峰书屋清光绪元年刻本

戒楚二事：楚北巡抚黔南王士俊云：楚中故事，有文人所宜重戒者二焉：一曰亵天，一曰侮圣。宋玉《高唐赋》所谓，巫山神女曰"朝为云，暮为雨"，此指神女之所司耳，非指楚王行幸事也，而后世以枕席当之，何其敢于亵天与？屈原《九歌》中所谓湘君、湘夫人，不知何指。而秦始皇博士以为尧之二女、舜之二妃焉。后人以屈词哀艳，遂加嫚语。……且宋玉讽其君之荒淫，而托为谬悠不稽之论，屈原冀其君之复用，而发为美人香草之词，盖有大不得已焉者，所谓寓言什九，非庄论，亦非笃论也。后人执其说而泥之，是陷古人深也；执其说而泥之，而遂入于亵天侮圣，是自陷益深也。何弗思而蹈此？

——（清）迈柱、夏力恕等《湖广通志》卷一百一十八《杂纪志》
影印《文渊阁四库全书》第531—534册（台湾）商务印书馆1986年版

宋玉《高唐赋并序》：此篇先叙山势之险，登陟之难，上至观侧，则底平而可乐。所谓为治者，始于劳，终于逸也。结言既会神女，则"思万方，开贤圣"，此岂男女淫乐之辞邪！

——（清）张惠言《七十家赋钞》卷二《赋二》
影印《续修四库全书》第1611册上海古籍出版社2002年版

赋因人异。如荀卿《云赋》，言云者如彼，而屈子《云中君》，亦云也，乃至宋玉《高唐赋》，亦云也，晋杨乂、陆机俱有《云赋》，其旨又各不同。以赋观人者，当于此着眼。

——（清）刘熙载《艺概》卷三《赋概》
王气中《艺概笺注》贵州人民出版社1986年版

《高唐赋》者，宋玉之所作也。旧以高唐为云梦之台，今案：高唐邑在齐右，云梦泽在南郢，巫山在夔，三地相去五千余里，合而一之，文意淆乱，由不知赋意故也。古今文人设词众矣，至于昼幸妇人，公荐枕席，于文不足增词彩，于理徒以为秽乱。虚作此言果何为哉？盖尝登巫山，望秭归，临夔门，泛夏水，深求秦楚强弱之故。读《离骚》《回风》之篇，得屈子之忠谋奇计，在据夔、巫以遏巴蜀，使秦舟师不下，而后夷陵可安，五渚不被暴兵，东结强齐，争衡中原，分秦兵力，楚乃得以其暇，招故民，收旧地，扼长江，专峡险。良谋不遂，顷襄弃国，秦师并下，贞臣走死。弟子宋玉之徒，崎岖从迁，假息燕幕，畜同俳优，不与国谋，然坐见危亡，追思远谟，虽势无可为，而别无奇策，乃后叹息，窃泣哀楚之自亡也。情不得已，因遂作赋，首陈齐楚婚姻之交，中述巴蜀出峡之危，末陈还都。夔、巫之本计，言不显则意不见，故直以幸女、立庙，明当昏齐，申屈子之奇谋，从彭咸之故宇。后有知者，明楚之所以削，秦之所以霸，然后服达士之远见，申沈湘之孤愤矣。

——（清）王闿运《楚辞释》附卷十一《高唐赋序》
影印《续修四库全书》第1302册上海古籍出版社2002年版

　　《史记·赵世家》："武灵王十六年，王游大陵。它日，王梦见处女，鼓琴而歌诗曰：'美人荧荧兮，颜若苕之荣。命乎命乎，曾无我嬴。'异日，王饮酒乐，数言所梦。"想见其状，与楚襄王游云梦之浦，梦与神女遇，以白宋玉事绝类。

——（清）况周颐《餐樱庑随笔》
山西古籍出版社1995年版

　　《吴船录》：阳台、高唐观，人云在来鹤峰上。《渔阳诗话》：巫峡中神女庙在箜篌山麓，茅茨三间，而神像悠闲，婐婳可观，其西即高唐观。

——（清）于悙介《文选集评》卷四《高唐赋题下注》
《重订文选集评》国家图书馆出版社2012年版

　　浦曰：《高唐》《神女》二赋一串，皆虚设之词，以云作引，以梦证之，在天唯云，在人唯梦，两具无质也，意其从"云"、"梦"二字悟来。

　　孙曰：数语精绝，即在口头，而煞有兴致。

　　邵曰：叙"朝云"处，文法极佳；"风止"二句，唤醒人梦不少。

孙曰：二语乃更奇峭。（指"风止雨霁，云无处所"二语。）

何曰：起局极宏敞，劈分山水，二大段以人事接之。

孙曰：山、水、鸟、兽、鱼、物等，莫不毕述，然只是随笔生境，更无论次。若《子虚》《上林》，则条分类别矣。要之，此是略具，长卿乃大备。

何曰：此言水上有禽兽，水族、林木之多也。有其句句接上来，是水涯光景。

孙曰：语法具是锤炼中来，然断无痕迹。

何曰：因林木声写出苍凉之概，用意入微。

邵曰：说入悲伤感慨之思，为淫乐反观，此时讽谏之妙也。

邵曰：写高唐之山，先从仰视，后及观侧，极有层次。

陆曰：深奥高旷，宛宛可会。前令人悲，后令人恐，都为结处忧思写照。此言之观侧芳草哀禽，与前自别，便不犯复。

方曰：上中阪写木，此写草；上写猛兽、鸷鸟，此写驯鸟。亦是移步换形之法，故前后不相复叠。

何曰：接入人事以讽王，此一篇之要。

陆曰：此所谓讽也。会神女只两句。

何曰："思"、"忧"二语，为一篇归结。此风人遗指，颂中有规，使人意动。

——（清）于惺介《文选集评》卷四《高唐赋眉评》
《重订文选集评》国家图书馆出版社 2012 年版

孙月峰曰：古雅精腴，是《子虚》《上林》所祖。

何义门曰：铺张扬厉，已为赋家大畅宗风。词尚风华，义归讽谏，须知赋之本意，义本于诗，而体近于骚，则有宋玉赋。其时，荀卿亦以赋著，而荀赋尽质，宋赋多文，宜赋家之独宗宋也。

——（清）于惺介《文选集评》卷四《高唐赋总评》
《重订文选集评》国家图书馆出版社 2012 年版

夫蒙庄《秋水》之篇，不谈忠义，宋玉《高唐》之赋，只说风流，犹且馨逸来今，蜚腾众目。

——（清）佚名《婉媚封》王先谦《序》
《丛书集成续编》本（台湾）新文丰出版公司 1989 年版

（六）《神女赋》

故丽辞之体凡有四对：言对为易，事对为难，反对为优，正对为劣。……宋玉《神女赋》云："毛嫱鄣袂，不足程式；西施掩面，比之无色。"此事对之类也。

——（南朝梁）刘勰《文心雕龙》卷七《丽辞》
范文澜《文心雕龙注》人民文学出版社 1958 年版

按，明董斯张《广博物志》卷二十九《艺苑》、冯惟讷《古诗纪》卷一百四十六《统论下》引此，文字同。

晁无咎云，眉山公之词，盖不更此而境也。余谓不然，宋玉初不识巫山神女而能赋之，岂待更而境也。

——（宋）陈师道《后山集》卷十七《杂著·书旧词后》
影印《文渊阁四库全书》第 1114 册（台湾）商务印书馆 1986 年版

按，宋胡仔《渔隐丛话》前集引此，作"《后山诗话》云：晁无咎言，眉山公之词短于情，盖不更此境也。余谓不然，宋玉初不识巫山神女而能赋之，岂待更而知也。"其表述比本集似更为完足。宋吴聿《观林诗话》引陈师道本集，仅于"岂待更而境也"句将"境"作"知"。

晁无咎云，眉山公之词短于情，盖不更此境耳。陈后山曰："宋玉初不识巫山神女而能赋之，岂待更而后知。"是直以公为不及于情也。呜呼！风韵如东坡而谓不及于情，可乎？彼高人逸才，正当如是。其溢为小词而间及于脂粉之间，所谓滑稽、玩戏、聊复尔尔者也。若乃纤艳淫媟入人骨髓，如田中行、柳耆卿辈，岂公之雅趣也哉！

——（金）王若虚《滹南集》卷三十九《诗话》
《滹南遗老集》辽海出版社 2006 年版

《题巫山图》：昔楚襄王梦与巫山女遇，其事甚异，宋玉想像而赋之，良工又从而想像图画之，其失益远矣。世之人往往以淫媟藉口，殊不知赋极道神女之美丽，考其中云："怀正亮之洁清兮，卒与我乎相难。颀薄怒以自持兮，曾不可乎犯干。"玉之意庶几不戾于正矣。

——（明）唐桂芳《白云集》卷七《跋》
影印《文渊阁四库全书》第1226册（台湾）商务印书馆1986年版

张凤翼曰："此乃玉梦，非王梦也。旧作王梦，则于下'若此盛矣'处不通，且'白'字应体贴，未有君白臣之理。"愚谓"白"字、"对"字，具不宜属之君，张之言是也。然此皆其小者，读此赋必明作者之意，苟得其意，则为玉梦无疑。或问作者之意，曰："讽也。"或问《好色》之赋"目欲颜而心顾义"，是之谓讽。今此无有，何以为讽？曰："彼之讽在词之中，此之讽在词之表。"或问何以？曰："楚襄闻先王之梦巫山女也，徘徊眷顾，亦冀与之遇。玉乃托梦言之，意谓佳丽而不可亲，薄怒而不可犯，亟去而不留，是真绝世之神女也。彼荐枕席而行云雨，无乃非贞亮之洁清乎？王之妄念可以解矣。是玉之所以为讽也。"嗟夫！不特梦寐神女为然，物有贞而不可觊，事有淫而不可成者，皆此类也。玉之辞诚婉，而其意诚规。愚病从来读者未察，故表出之。若夫《洛神》之赋，徒夸窈窕，而寄悲思，匪有关于世教也。君子又奚取乎！

——（明）陈第《屈宋古音义》卷三《题神女赋》
中华书局2008年版

文君以《白头吟》少许，胜《长门赋》多许，故相如心死倦游，不复走茂陵道，良以远山之黛，每与时徂，而才情丽藻，千载不化。彼宋玉、陈王之赋，摹艳质而遗修能，未为具眼矣。

——（明）贺复征《文章辨体汇选》卷三百零二《序·董其昌〈樾馆诗选序〉》
影印《文渊阁四库全书》第1402册（台湾）商务印书馆1986年版版

甚矣，人之好言色也！……巫山神女，宋玉之寓言也，而《水经注》以为天帝之季女，名曰瑶姬。雒水宓妃，陈思王之寄兴也，而如淳以为伏羲氏之女……是皆湘君、夫人之类。而《九歌》之篇，《远游》之赋，且为后世迷惑男女，渎乱神人之祖也。或曰《易》以坤为妇道，而《汉书》有媪神之文，于是山川之主，必为妇人以象之，非所以隆国典而昭民敬也已。

——（清）顾炎武《日知录》卷二十五《湘君》
黄汝成、栾保群、吕宗力等《日知录集释》上海古籍出版社2006年版

《山鬼》篇：既含睇兮又宜笑，子慕予兮善窈窕。

吴旦生曰：《庄子》："西施捧心而颦，邻人效之，皆弃而走。"宋玉《神女赋》："颒薄怒以自持兮，曾不可乎犯干。"按，颒，音疋零反。敛容，怒色也。则美人之容，不独宜笑，而又宜颦，又宜怒耶。美人之容，与文人之笔，固无所不可。

——（清）吴景旭《历代诗话》卷八《楚辞·宜笑》
中华书局 1958 年版

吴旦生曰：姚令威以"玉"、"王"两字误在一点。余取《神女赋》本再四读过，深服其言。后又得沈存中而畅明之，喜欲狂跃。《笔谈》云：《神女赋序》曰："楚襄王与宋玉游于云梦之浦，使玉赋高唐之事。其夜王寝，梦与神女遇，王异之。明日以白玉，玉曰：'其梦若何？'对曰：'晡夕之后，精神恍惚。若有所熹，见一妇人，状甚奇异。'玉曰：'状何如也？'王曰：'茂矣美矣，诸好备矣。盛矣丽矣，难测究矣。瑰姿玮态，不可胜赞。'王曰：'若此盛矣，试为寡人赋之。'以文考之，所云'茂矣'至'不可胜赞'云云，皆王之言也。宋玉称叹之可也，不当却云'王曰若此盛矣，试为寡人赋之。'又曰'明日以白玉'，人君与其臣语，不当称'白'。又其赋曰：'他人莫睹，王览其状'、'望余帷而延视兮，若流波之将澜'，若宋玉代王赋之。若王之自言者，则不当自云'他人莫睹，王览其状'；既称'王览其状'，即是宋玉之言也，又不知称"余"者，谁也？以此考之，则'其夜王寝，梦与神女遇'者，'王'乃'玉'字耳。'明日以白玉'者，以白王也。'王'与'玉'字，误书之耳。前曰梦神女者，怀王也；其夜梦神女者，宋玉也。襄王无预焉，从来枉受其名耳。"据姚与沈之言，则唐人诗"倾国倾城汉武帝，为云为雨楚襄王"、"云雨无情难管领，任他别嫁楚襄王"、"料得也应怜宋玉，只因无奈楚襄王"、"今来云雨知何处，重上襄王玳瑁筵"，皆是呓语矣。词家能正其讹，尽如古乐府作楚怀王，而以为不成佳话，我不信也。

《漫叟诗话》云：濠州西有高唐馆，俗以为楚之高唐也。阎钦爱题诗曰："借问襄王安在哉？山川此地胜阳台。"李和风亦题诗曰："若向此中求荐枕，参差笑杀楚襄王。"盖并其地而误称之，流俗真可笑。

——（清）吴景旭《历代诗话》卷十三《赋·神女》
中华书局 1958 年版

盖子建师法屈、宋，此（指《洛神赋》）直摹宋玉《神女赋》耳。

——（清）姜宸英《湛园集》卷八《题洛神赋后》
商务印书馆 1986 年版

此篇与前篇相次，合看乃见全者，亦犹相如之《子虚》《上林》，扬雄之《羽猎》《长扬》，合二篇见抑扬顿挫之妙。

——（清）何焯评《文选》卷十九《神女赋》
中国国家图书馆藏抚州饶氏双峰书屋清光绪元年刻本

"明日以白王"至"王曰状如何也"，一"白"分作两层，总避直也。

"王曰：若此盛矣，试为寡人赋之。"此既接以"王曰试为寡人赋之"，则以上"茂矣美矣"之为王曰，无可疑者。

——（清）何焯《义门读书记》卷四十五《文选·赋》
《学术笔记丛刊》本中华书局 1987 年版

何曰：此篇与前篇相次，本当合看，乃见全旨，亦犹相如之《子虚》《上林》、扬雄之《羽猎》《长扬》，合二篇以见抑扬顿挫之妙也。前篇云"开圣贤，辅不逮"，明是求贤自辅之意，亦《离骚》美人之比耳，岂得执着神女，为痴人说梦。

孙曰：还作玉梦于义顺。

何曰：一梦分作两层，总避直也。

孙曰：此所谓续残梦。

何曰：体态、服饰，此段已备，后乃赋其性情，持守之端严也。

陆曰：后来七言之祖。

孙曰："夫何"句，法亦磊落跌宕，若纵笔写来，而曰精妙，说精处，略不费力，而奇峭有韵。

孙曰：前是概说，此下乃逐件描写：貌、目、眉、唇、身、志、意、衣服、行动。

何曰：怀才欲试，而目眩为羞，其意亦复如是，可悟赋中之旨。

何曰：似近而远，有多少缠绵顿挫，谁独无情？而不至于流，此古人所以缘情制礼也。

何曰：不可犯奸。守礼不正，所以奸；守礼之正，所以抑流荡之邪心也。从来高唐神女,都在梦中错认了。

——(清)于惺介《文选集评》卷四《神女赋眉评》
《重订文选集评》国家图书馆出版社 2012 年版

孙月峰曰:深宛而溜亮,说情态入微,真是神来之文,非雕饰者所能至。

何义门曰:古赋佳处,在《离骚》《小雅》之间,《骚词》哀怨,而多比兴之思,《小雅》深沉,而具铺张之渐,此赋之所由作也。若神女一事,就属比兴一边。

——(清)于惺介《文选集评》卷四《神女赋总评》
《重订文选集评》国家图书馆出版社 2012 年版

(七)《登徒子好色赋》

谐之言皆也。辞浅会俗,皆悦笑也。昔齐威酣乐,而淳于说甘酒;楚襄谦集,而宋玉赋好色。意在微讽,有足观者。

——(南朝梁)刘勰《文心雕龙》卷三《谐隐》
范文澜《文心雕龙注》人民文学出版社 1958 年版

此赋假以为辞,讽于淫也。

——(唐)李善注《文选》卷十九《登徒子好色赋》
上海古籍出版社 1986 年版

翰曰:宋玉假设登徒子之词以为谏。

——(唐)五臣注《文选》卷十九《登徒子好色赋》
影印宋刊本浙江古籍出版社 1999 年版

又《诗说》

辨疑:宋玉《登徒子赋》用《遵大路》之语,《左传》韩起解《褰裳》之义,均为他书之引《诗》者也,皆非《诗》之本说也。

——(宋)吕祖谦《东莱集》别集卷十六《师友问答》
影印《文渊阁四库全书》第 1150 册(台湾)商务印书馆 1986 年版

小宋状元谓,相如《大人赋》全用屈原《远游》中语。仆观相如《美人赋》又出于宋玉《好色赋》。自宋玉《好色赋》，相如拟之为《美人赋》，蔡邕又拟之为《协和赋》，曹植为《静思赋》，陈琳为《止欲赋》，王粲为《闲邪赋》，应玚为《正情赋》，张华为《永怀赋》，江淹为《丽色赋》，沈约为《丽人赋》，转转规仿，以至于今。

——（宋）王楙《野客丛书》卷十六《相如大人赋》
中华书局 1987 年版

宋玉称邻女之状曰："增之一分则太长，减之一分则太短，施粉则太白，施朱则太赤。"予谓上二"太"字不可下，夫其红白适中，故施粉太白，施朱太赤，乃若长短，则相形者也，增一分既已太长，则先固长矣，而减一分乃复太短，却是元短，岂不相窒乎？是可去之可也。

——（金）王若虚《滹南集》卷三十七《文辨》
迪志文化出版公司 2003 年版

宋玉东家女，因玉见弃，誓不他适，膏沐不施，恒以帛带交结胸前，后操织作以自给。后人效之，富家至以珠玉、宝花，饰锦绣流苏带，束之以增妖冶，寖失其制矣。

——（元）陶宗仪《说郛》卷三十一下《下帷短牒》
中国书店 1986 年版

按，明董斯张《广博物志》卷二十五《闺壶》，清沈自南《艺林汇考·服饰篇》卷六《佩带类》引此，文字同。

宋玉虽不逮大夫之顾义，而不同登徒之好色，故不退也。

——（明）张凤翼《文选纂注》卷四《登徒子好色赋》
（香港）华宝斋书社 2002 年版

假辞以为谏。

——（明）陈第《屈宋古音义》卷三《登徒子好色赋题下注》
中华书局 2008 年版

夫别嫌明微，赋之文也；委婉冲融，赋之让也；阴阳顺理，赋之贞也；超脱清和，赋之雅也；发乎性情而止乎礼义，赋之本也。五者备，赋乎！赋乎！愚读宋玉《登徒子赋》曰：玉好色勿与出入后宫，何其野而不文；至所受于天、所学于师，何其夸而不让；登墙相窥，何其淫而不贞；俚及疥痔之谈，何其鄙而不雅；及至卒章，以微词相感动，精神相依凭，目欲其颜，心顾其义，扬诗守礼，终不过差，则作而叹曰：美哉，得其本乎！是不可以枝叶而弃其灵根也。于是断自"章华大夫"以下而熟诵之。

——（明）陈第《屈宋古音义》卷三《题登徒子好色赋》
中华书局2008年版

宋玉《登徒赋》，妇人之陋极矣，而不云其足之巨；陈思《甄后赋》，妇人之妍极矣，而不云其足之纤。

——（明）胡应麟《丹铅新录》卷八《双行缠》
《历代笔记丛刊》本上海书店2009年版

孟子云：说《诗》者，不以辞害志。如此诗，本思望君子，而其辞轻儇，乃似出自妇人之口。所谓郑音好滥淫志，盖风气使然，安得以其辞故，遂命为淫诗乎？朱子又引宋玉赋"遵大路兮掺子祛"之句为证，不知宋玉《好色赋》本出寓言。屈、宋骚赋，言男女之事者多矣，岂可尽以淫辞斥之乎？

——（清）朱鹤龄《诗经通义》卷三《遵大路》
影印《文渊阁四库全书》第85册（台湾）商务印书馆1986年版

余观赋家不嫌相袭，……自宋玉有《好色赋》，而司马相如之《美人》，张衡之《定情》，蔡邕之《协初》，曹植之《静思》，陈琳、阮瑀之《止欲》，王粲之《闲邪》，应场之《正情》，张华之《永怀》，江淹之《丽色》，沈约之《丽人》，诸赋出矣。

——（清）吴景旭《历代诗话》卷十九《赋·华山》
中华书局1958年版

噫！优人如鬼，村歌如哭，衣服如乞儿之破絮，科诨如泼妇之骂街，犹有人焉，冲寒久立以观之，则声色之移人，固有不关美好者矣。夫登徒子之好色也，非好色也，宋玉固已言之。若夫观郴郊之剧，吾不识声色之外复何所有也，而声色止若是焉已矣，此其故有非推测而知者也。

——（清）刘献廷《广阳杂记》卷二
《历代史料笔记丛刊》本中华书局1997年版

此赋假以为辞，讽于淫也。五臣注误入，削。何云：以《国策》参考，登徒盖以官为氏。

嘉德案：张仲雅云：《姓氏急就篇》有少施、登徒。又孙曰：此赋无序。题下"并序"二字误加，是也，削。

——（清）许巽行《文选笔记》卷三《登徒子好色赋》
（台北）广文书局1966年版

何曰：以前后两段成文，前用诙词，后多讽语，相为聊发。

孙曰：是浅语，而写得痛快，遂觉深者无以加。

孙曰：自《硕人》诗"手如柔荑"一章来。（指"眉如翠羽，肌如白雪"二句。）

陆曰：丑极。

何曰：旧读以"邪臣"为句。"耶"与"邪"本一字，古只有"耶"字，当以"耶"字绝句，便易解矣。

何曰：铺叙处参差入妙，自非排比者所及。

孙曰：宋公语，信口道来，自是清妙。

何曰：一篇归宿，在礼仪上，从诙谐中，说得极重，正所谓微词者也。

何曰：宋玉虽不逮大夫之顾义，而不同登徒之好色，故不退出。

——（清）于光华《文选集评》卷四《登徒子好色赋眉评》
《重订文选集评》国家图书馆出版社2012年版

孙月峰曰：近于戏。

陆雨侯：鄙狎无复君臣之礼，得无愧灵均乎！

何义门曰：全带议论，自成一格，分明一篇《战国策》文字，有纵横之气，无排比之迹，长卿文便得此意。

方柏海曰：此赋寓意，全在首尾，登徒子只是借他为两边陪客耳。邻女虽美，以无德，宋玉终莫之许。采桑之女虽美，以守礼，大夫终不敢犯。登徒子之妻虽不美，使有五子，自是正配，未可深非。通篇总见女不贵有色，而贵有德，是为楚王猛下针处。至于体裁，纯用散行。后来欧、苏诸家，多本于此。

——（清）于光华《文选集评》卷四《登徒子好色赋总评》
《重订文选集评》国家图书馆出版社2012年版

《登徒子好色赋》自"大夫曰唯唯"以前皆赋也。相如《美人赋》，前半脱胎于此。昭明乃谓为序，真堪喷饭。至今莫知其误，亟当正之。

——（清）浦洗《复小斋赋话》下卷
何新文、路成文《历代赋话校证》附上海古籍出版社 2007 年版

（八）《对楚王问》

宋玉含才，颇亦负俗，始造对问，以申其志，故怀寥廓，气实使之。

——（南朝梁）刘勰《文心雕龙》卷三《杂文》
范文澜《文心雕龙注》人民文学出版社 1958 年版

楚大夫宋玉对襄王云：有客于郢中歌《阳春》《白雪》，国中和者数十人。是知《白雪》琴曲，本宜合歌，以其调高，人和遂寡。自宋玉以后迄今千祀，未有能歌《白雪》曲者。臣今准勅，依于琴中旧曲，定其宫商，然后教习，并合于歌，辄以御制《雪诗》为《白雪》歌辞。又按古今乐府奏正曲之后，皆别有送声，君唱臣和，事彰前史。辄取侍臣等奉和《雪诗》，以为送声，各十六节。今悉教讫，并皆谐于音韵。上善之，乃付太常编于乐府。

——（后晋）沈昫《旧唐书》卷二十八《音乐一》
中华书局 1975 年版

按，《旧唐书》卷七十九记此言，奉和之臣有长孙无忌、于志宁、许敬宗等，宋王溥《唐会要》卷三十三《雅乐下》、李昉《太平御览》卷五百九十一《文部·御制上》皆引此，文字少异。

《文选》宋玉《对楚（王）问》云：客有歌于郢中者，其始曰《下俚》《巴人》，国中属而和者数千人；其为《阳阿》《薤露》，国中属和者数百人；次为《阳春》《白雪》，国中属而和者数十人而已；至于引商列羽，杂以流徵，国中属而和者，不过数人。是以其曲弥高、其和弥寡者也。故坡和《刘贡父、李公择见寄》诗有曲无和者，应思郢之句是也。

——（宋）吕祖谦《东莱先生分门诗律武库》前集卷十一《阳春白雪》
影印《续修四库全书》第 1216 册上海古籍出版社 2002 年版

学斋批：此篇设辞先论，曲弥高而和弥寡，后以凤凰、鲲鱼自喻其行

能，而王不能用也。

——（宋）王霆震《古文集成》卷七十五《问对·对楚王问》
《新刻诸儒批点古文集成前集》国家图书馆出版社 2005 年版

　　对问体者，载昔人一时问答之辞，或设客难以著其意者也。《文选》所录宋玉之于楚王，相如之于蜀父老，是所谓问对之辞。至若《答客难》《解嘲》《宾戏》等作，则皆设辞以自慰者焉。洪氏景卢云："东方朔《答客难》，自是文中杰出；扬雄拟为《解嘲》，尚有驰骋自得之妙；至于班固之《宾戏》张衡之《应问》，则屋下架屋，章摹句写，读之令人可厌；迨韩退之《进学解》出，则所谓青出于蓝而青于蓝矣。"景卢所云，学者亦所当知。

——（明）吴讷《文章辨体》卷首目录《对问叙说》
人民文学出版社 1962 年版

按，明唐顺之撰《稗编》卷七十五、程敏政《明文衡》卷五十六《问对》、贺复徵《文章辨体汇选》卷四百四十一《问对》引此，文字同。

　　庄子衣大布而补之，正緳系履而过魏王。魏王曰："何先生之惫邪？"庄子曰："衣敝履穿，贫也，非惫也。此所谓非遭时也。王独不见夫腾猿乎？其得枏梓豫章也，揽蔓其枝而生长其间，虽羿、蓬蒙不能眄睨也。及其得柘棘枳枸之间也，危行侧视，振动悼慄，此筋骨非有加急而不柔也，处势不便，未足以逞其能也。今处昏上乱相之间，而欲无惫，奚可得邪？"（《庄子》《新序·宋玉事楚襄王》稍同）

——（明）陈耀文《天中记》卷六十《逞能》
广陵书社 2007 年版

真西山曰：此后世设问之祖。
何燕泉曰：数千、数百、数十、数人，皆有分晓，而关锁尤佳。
董浔阳曰：总收二句下，去把鱼鸟为喻，意外生意。
康砺峰曰：含后意而未露。
沈几轩曰："瑰意琦行"，正解"遗行"；"安知臣之所为"，正解"不誉"。

——（明）归有光《诸子汇函》卷九《鹿溪子·〈对楚王（问）〉眉批》
《四库全书存目丛书》本齐鲁书社 1995 年版

邹东郭曰：此篇意思峻绝，词法高简，古文之尤妙者。起"不誉"二字，乃一篇发论张本；"郢中"以下三段，全在过接转换处用丰神。

唐荆川曰：古人观礼，每于活处看，故《诗》曰"鸢飞鱼跃"，夫子曰"逝者如斯"，夫"明道不除窗前草"，欲观其意思，与自家一般，皆是于活处看。如此篇"凤皇上击九千里"一段，都是把景物做自家生意，甚是活动。

——（明）归有光《诸子汇函》卷九《鹿溪子·〈对楚王（问）〉总批》
《四库全书存目丛书》本齐鲁书社 1995 年版

纪（昀）评曰："《卜居》《渔父》已先是对问，但未标'对问'之名耳。然宋玉此文，载于《新序》，其标曰'对问'，似亦萧统所题。"

——范文澜注《文心雕龙·卷三·杂文》引纪昀评语
范文澜《文心雕龙注》人民文学出版社 1958 年版

宋玉《对楚王问》，此文见于《新序》，气焰自非小才可及。

——（清）何焯《义门读书记》卷四十九《文选·杂文》
《学术笔记丛刊》本中华书局 1987 年版

嘉德按，何氏《读书记》曰：此文见于《新序》。

——（清）许巽行《文选笔记》卷七《对楚王问》
（台北）广文书局 1966 年版

用辞赋之骈丽以为文章者，起于宋玉《对楚王问》，后此则邹阳、枚乘、相如是也。惟此体施之必择所宜，古人自主文谲谏外，鲜或取焉。

——（清）刘熙载《艺概》卷一《文概》
王气中《艺概笺注》贵州人民出版社 1986 年版

辞赋类者，《风》《雅》之变体也。楚人最工为之，盖非独屈子而已。余尝谓《渔父》及《楚人以弋说襄王》、宋玉《对王问遗行》，皆设辞无事，实皆辞赋类耳。太史公、刘子政不辨而以事载之，盖非是。辞赋固当有韵，然古人亦有无韵者，以义在托讽，亦谓之赋耳。汉世校书有《辞赋略》，其所列者甚当。昭明太子《文选》分体碎杂，其立名多可笑者。后之编集者或不知其陋而仍之，余今编辞赋，一以"汉略"为法。

——（清）方浚师《蕉轩随录》卷六
《历代史料笔记丛刊》本中华书局 2008 年版

沈约《宋书》曰："吴歌杂曲，始皆徒歌。既而被之弦管，又有因弦管金石作歌以被之。"按前一法即虞廷依永之遗，后一法当起于周末宋玉《对楚王问》。首言客有歌于郢中者，下云其为《阳阿》《薤露》，其为《阳春》《白雪》，皆曲名。是先有曲而后有歌也。

——况周颐《蕙风词话》卷一《词非诗余》
人民文学出版社 2005 年版

宋玉《对楚王问》：楚襄王问于宋玉曰："先生有遗行欤？何士民众庶不誉之甚也。"宋玉对曰："唯，然，有之。愿大王宽其罪，使得毕其辞。客有歌于郢中者，始曰《下里》《巴人》，国中属而和者数千人；其为《阳阿》《薤露》，国中属而和者数百人；其为《阳春》《白雪》，国中属而和者数十人；引商刻羽，杂以流徵，国中属而和者不过数人而已；是其曲弥高，其和弥寡。故鸟有凤而鱼有鲲：凤凰上集九千里，绝云霓，负苍天，翱翔乎杳冥之上，夫藩篱之鷃岂能与之料天地之高哉？鲲鱼朝发昆仑之墟，暴鬐于碣石，暮宿于孟诸，夫尺泽之鲵岂能与之量江海之大哉？故非独鸟有凤而鱼有鲲也，士亦有之。夫圣人瑰意琦行，超然独处，世俗之民又安知臣之所为哉！"

按，宋大夫嗣响灵均，其忠君爱国之意，因事纳谏之诚，真有沆瀣一气者，著作几于等身。谨登其一，以觇吉光片羽。下选王叔师亦此志也。

——（清）程启安等《宜城县志》卷九《艺文志上》
2011 年宜城市政府重印同治五年重修、光绪九年续修合订本

（于惺介曰）：以上三段全在过接、转接处有丰神。

方曰：用"故"字陡接问，下二段笔法矫变。

——（清）于惺介《文选集评》卷十一《对楚王问眉评》
《重订文选集评》国家图书馆出版社 2012 年版

孙月峰曰：亦是骚家余韵，然却清彻，畦径最明白，略举而不极说，居然有余味。

何义门曰：此文见于《新序》，气焰自非小才可及。

邵子湘曰：假问答成文，亦本《卜居》《渔父》之格。其后转相仿效，

至昌黎《进学解》而大变矣。古人作文，各有源流，要以变化为贵。

——（清）于悝介《文选集评》卷十一《对楚王问总评》
《重订文选集评》国家图书馆出版社 2012 年版

（九）《笛赋》

杜子美五言《吹笛诗》云："清商欲尽奏。"宋玉《笛赋》云："吹清商，进流徵。"又云："奏苦血沾衣。"又王徽谓桓伊曰："闻君善吹笛，试为一奏。"又云："故作发声微。"向秀《思旧赋序》曰："山阳邻人有吹笛者，发声嘹亮。"

——（宋）吴曾《能改斋漫录》卷六《笛诗清商欲尽奏》
上海古籍出版社 1979 年版

《淮南子》言，荆轲西刺秦王，高渐离、宋意为击筑而歌于易水之上。宋玉《笛赋》亦以荆卿、宋意并称。（《水经注》：渐离击筑，宋如意和之。）是宋意为高渐离之侣，而《战国策》《史记》不载。

——（清）顾炎武《日知录》卷二十五《名以同事而晦》
黄汝成、栾保群、吕宗力等《日知录集释》上海古籍出版社 2006 年版
按，清周亮工《书影》卷八引此，文字同。

（十）《大、小言赋》

《大招》：《大招》不知何人所作，或曰屈原，或曰景差，自王逸时已不能明矣。其谓原作者，则曰词义高古，非原莫及；其不谓然者，则曰《汉志》定著原赋二十五篇，今自《骚经》以至《渔父》已充其目矣。其谓景差则绝无左验，是以读书者往往疑之。然今以宋玉"大、小言"赋考之，则凡差语，皆平淡淳古，意亦深靖闲退，不为词人墨客浮夸艳逸之态，然后乃知此篇决为差作，无疑也。

——（宋）朱熹《楚辞集注》卷七《大招第十》
中华书局 1963 年版
按，宋章如愚《群书考索》卷二十《文章门·赋类》、《湖广通志》卷一百一十八《杂纪志》引朱子此语，文字同。

晋梁间多戏为大小言诗赋，郭茂倩《杂体诗集》谓此体祖宋玉，而许彦周谓《乐府记》大小言作，不书始于宋玉，岂误耶？仆谓此体其源流，出于庄、列"鲲鹏"、"蟭螟"之说，非始宋玉也。《礼记》曰："语小天下莫能破，语大天下莫能载。"屈原《远游》曰："其小无内，其大无限。"

——（宋）王楙《野客丛书》卷二十四《大小言作》
中华书局1987年版

且如乐天诗句，率多优游不迫，至言穷苦无聊之状，则曰"尘埃常满甑，钱帛少盈囊。侍衣甚蓝缕，妻愁不出房"。乐天之窘，岂至是邪？则知诗人一时之言，不可便以为信，其托讽之意，盖亦有在。正与宋玉《大言》《小言》赋之意同。

——（宋）王楙《野客丛书》卷九《瓶粟氊丝》
中华书局1987年版

《中庸》曰："君子语大，天下莫能载焉；语小，天下皆能破焉。"此《大言》《小言》所由起也。楚之诸臣，当君危国削之际，不知戒惧，方且虚词以相角，恢谐以希赏，亦可悲矣。

——（宋）章樵《古文苑》卷二《大言题下注》
《丛书集成初编》第1692—1695册中华书局1983年版

七平七仄诗句："吐舌万里唾四海"（宋玉《大言赋》），"七变入白米出甲"（纬书），"一月普见一切水，一切水月一切摄"（佛经），"离袿飞绡垂纤罗"（文选），"梨花梅花参差开"（崔鲁），"有客有客字子美"（杜甫）。

——（明）杨慎《升庵诗话》卷一《七平七仄诗句》
王大厚《升庵诗话新笺证》中华书局2008年版

宋玉《大言赋》曰："并吞四夷，饮枯河海，跂越九州，无所容止。"《小言赋》曰："无内之中，微物生焉。比之无象，言之无名。视之则渺渺，望之则冥冥。离娄为之叹闷，神明不能察其情。"二赋出于《列子》，皆有托寓。梁昭明太子《大言诗》曰："观修鲲其若辙鲋，视沧海之如滥觞。经二仪而踯躅，跨六合以翱翔。"《细言诗》曰："坐卧邻空尘，凭附蟭螟翼。越咫尺而三秋，度毫厘而九息。"此祖宋玉而无谓，盖以文为戏尔。

——（明）谢榛《四溟诗话》卷二
人民文学出版社1961年版

杨用修所载七仄，如宋玉"吐舌万里唾四海"，纬书"七变入臼米出甲"，佛偈"一切水月一切摄"，七平如《文选》"离袿飞绡垂纤罗"，具不如老杜"梨花梅花参差开"、"有客有客字子美"和美易读，而杨不之及。按，傅武仲《舞赋》，家有《古文苑》《文选》皆云"华袿飞绡杂纤罗"，不言"垂纤罗"也。

——（明）王世贞《艺苑卮言》卷二
罗仲鼎《艺苑卮言校注》齐鲁书社1992年版

《大言》《小言》，枚皋滑稽之流耳。《小言》"无内之中"本骋辞耳，而若薄有所悟。

——（明）王世贞《艺苑卮言》卷二
罗仲鼎《艺苑卮言校注》齐鲁书社1992年版

"大、小言"赋辞气滑稽，或当是一时戏笔。

——（明）胡应麟《诗薮》杂编卷一《遗逸上·篇章》
上海古籍出版社1979年版

景公问晏子曰："天下有极大乎？"晏子对曰："有。足游浮云，背凌苍天，尾偃天间，跃啄北海，颈尾咳于天地乎，然而漻漻不知六翮之所在。"公曰："天下有极细乎？"晏子对曰："有。东海有蠱，巢于蟁睫，再乳再飞，而蟁不为惊。臣婴不知其名，而东海渔者命曰焦冥。"壶公曰：宋玉语本此。

——（明）江东伟《芙蓉镜寓言》一集《言语》
岳麓书社2005年版

宋玉《大言赋》："大笑至兮摧覆思。"言一笑而垣屏为之倾倒也，若摧护雀网，亦不足大也。

——（清）顾炎武《日知录》卷三十二《罘罳》
黄汝成、栾保群、吕宗力等《日知录集释》上海古籍出版社2006年版

明田艺蘅《错言赋序》：美哉，宋大夫之言乎！大出无垠，小入无间，

从横是非，淆乱真赝，极巨极微，如戏如幻。

——（清）陈元龙《历代赋汇》补遗卷二十一《讽喻》

江苏古籍出版社1987年版

至梁昭明太子、沈约、王锡、王规、王瓒、殷钧之《大言》《细言》，不过偶然游戏，实宋玉《大言赋》之流，既非古调，亦未被新声，强名之曰"乐府"。

——（清）纪昀等《四库全书总目提要·古乐苑》

中华书局1965年版

赋必合数章而后备。故《大言》《小言》两赋，俱设为数人之语。准此意，则知赋用一人之语者，亦当以参伍错综出之。

——（清）刘熙载《艺概》卷三《赋概》

王气中《艺概笺注》贵州人民出版社1986年版

（十一）《讽赋》

荆公诗"日高青女尚横陈"、"潮回洲渚得横陈"。"横陈"二字，见《首楞严经》及宋玉《风赋》。前辈以用"横陈"始于荆公，非也。陆龟蒙《蔷薇诗》"倚墙当户自横陈，致得贫家似不贫。"沈约《梦见美人诗》云："立望复横陈，忽觉非在侧。"见《玉台新咏》。

——（宋）吴开《优古堂诗话·横陈》

影印《文渊阁四库全书》第1478册（台湾）商务印书馆1986年版

宋玉《讽》《钓》二赋，靡而能谏。

——（宋）程珌《洺水集》卷五《历代文章》

影印《文渊阁四库全书》第1171册（台湾）商务印书馆1986年版

《白虎通》："谏有五：一曰讽谏。"讽也者，谓君父有阙而难言之，或托兴诗赋以见乎词，或假借他事以陈其意，冀有所悟而迁于善。楚襄好女色，宋玉以此赋之，其词丽以淫，谓之劝可也。

——（宋）章樵《古文苑》卷二《讽赋》

《丛书集成初编》第1692—1695册中华书局1983年版

宋玉《讽赋》载于《古文苑》，大略与《登徒子好色赋》相类，然二赋盖设辞以讽楚王耳。司马相如拟《讽赋》而作《美人赋》，亦谓臣不好色，则人知其为诬也。有不好色而能盗文君者乎？此可以发千载之一笑。

——（宋）吴子良《荆溪林下偶读》卷三《相如美人赋》

影印《文渊阁四库全书》第1481册（台湾）商务印书馆1986年版

按，宋佚名《木笔杂抄》卷二引此，文字同。

司马相如《美人赋》，辞与意皆祖宋玉《风（讽）赋》。赋之卒章曰："吾宁杀人之父，孤人之子，不敢爱主人之女。"《美人赋》曰："弱骨丰肌，时来亲臣，臣乃气服于内，心正于怀，信誓旦旦，秉志不回。"凛然若有鲁男子之风者，岂其见惑文君之后，悔而作此，以自表欤！悲夫莫及矣。

——（明）安磐《颐山诗话》

影印《文渊阁四库全书》第1482册（台湾）商务印书馆1986年版

宋玉《风[讽]赋》与《登徒子好色》一章词旨不甚相远，故昭明遗之。

——（明）王世贞《艺苑卮言》卷二

罗仲鼎《艺苑卮言校注》齐鲁书社1992年版

《讽赋》即《登徒好色》篇，易以唐勒。唐、景与玉同以词臣侍从，顾谓勒诨，而所赋"美人"亡一佳语，乱云："吾宁杀人之父，孤子之子，诚不忍爱主人之女。"殊鄙野不雅驯。

——（明）胡应麟《诗薮》杂篇卷一《遗逸上·篇章》

上海古籍出版社1979年版

与《登徒》篇辞旨不甚相远，而格调自异。（《讽赋》尾注。）

——（清）马骕《绎史》卷一百三十二《屈原流放附宋玉·宋玉赋》

中华书局2002年版

宋玉《讽赋》（题下注）：《讽赋》《笛赋》《钓赋》《大言赋》《小言赋》五篇，皆出《古文苑》与《文选注》《艺文类聚》《初学记》等书，所引往往参错，皆五代宋人聚敛假托为之，以宋玉之文存者绝少，故录之，以备好古者参校焉。

——（清）张惠言《七十家赋钞》卷二《赋二》

影印《续修四库全书》第1611册上海古籍出版社2002年版

（十二）《钓赋》

《诗》曰：其钓维何，维丝伊缗。《论语》曰：子钓而不网。钓者，施纶于竿，垂饵以取鱼也。

——（宋）章樵《古文苑》卷二《钓赋》题下注
《丛书集成初编》第 1692—1695 册 中华书局 1983 年版

《史记》：楚人有好以弱弓微缴加归雁之上者，襄王召而问之，对曰："小人之射，何足为大王道也。""昔者，三王弋以道德，五伯弋以战国。""王何不以圣贤为弓，以勇士为缴，时张而弋之。""其乐非特朝夕之乐也，其获非特凫雁之实也。"云云，意与此赋正相类。

——（宋）章樵《古文苑》卷二《钓赋》尾注
《丛书集成初编》第 1692—1695 册 中华书局 1983 年版

《钓赋》全仿《国策》射鸟者对。

——（明）胡应麟《诗薮》杂篇卷一《遗逸上·篇章》
上海古籍出版社 1979 年版

夫钓，泽居者之所必有事也。昔宋玉之作，大侈王伯之谋，潘尼之辞，终归嗜欲之适。夫王伯，庙廊之略也，而谈之玄洲则骇矣；嗜欲，口腹之私也，而施之渭滨则悖矣。文虽并美，心有未安，乃因挥笔别为短赋云尔。

——（清）陈元龙《历代赋汇》补遗卷十三 明田艺衡《钓赋序》
江苏古籍出版社 1987 年版

宋玉《钓赋》（题下注）：文气漫率。

——（清）张惠言《七十家赋钞》卷二《赋二》
影印《续修四库全书》第 1611 册 上海古籍出版社 2002 年版

宋玉《钓赋》，可为讽谏法，当与庄子《说剑篇》参看。

——（清）浦铣《复小斋赋话》下卷
何新文、路成文《历代赋话校证》附 上海古籍出版社 2007 年版

五　作品集与作品辑录

（一）佚本《宋玉集》与辑本《宋玉集》

宋玉赋十六篇。

——（汉）班固《汉书》卷三十《艺文志》
中华书局1962年版

楚大夫《宋玉集》三卷。

——（唐）魏征《隋书》卷三十五《经籍志》
中华书局1973年版

楚《宋玉集》二卷。

——（后晋）沈昫《旧唐书》卷四十七《经籍志》
中华书局1975年版

宋玉，楚大夫，有赋十六篇。宋玉、唐勒、景差之徒，在屈原后，皆好辞而以赋见称，然皆祖屈原之从容辞令。

——（宋）王钦若《册府元龟》卷八百三十七《总录部·文章》
中华书局1960年版

楚《宋玉集》二卷。

——（宋）欧阳修《新唐书》卷六十《艺文志》
中华书局1975年版

《宋玉子》一卷。楚大夫宋玉撰。

——（宋）郑樵《通志》卷六十八《艺文略·小说》
浙江古籍出版社2008年版

楚大夫《宋玉集》二卷。

——（宋）郑樵《通志》卷六十九《艺文略·别集一》
浙江古籍出版社 2008 年版

《志》丁部《集录》：其类有三，二曰别集类，七百三十六家，七百五十部，七千六百六十八卷。始于赵《荀况集》、楚《宋玉集》，终于《卢藏用集》。失姓名一家，玄宗以下不著录，四百六家，五千一十二卷。

——（宋）王应麟《玉海》卷五十五《艺文·唐七百三十六家别集》
江苏古籍出版社 1987 年版

《宋玉集》一卷：楚大夫宋玉撰。《史记·屈原传》言："楚人宋玉、唐勒、景差之徒，盖皆原之弟子也。"而玉之辞赋独传，至以屈、宋并称于后世，余人皆莫能及。案，《隋志》：《集》三卷。《唐志》：二卷。今书乃《文选》及《古文苑》中录出者，未必当时本也。

——（宋）陈振孙《直斋书录解题》卷十六《别集类上》
上海古籍出版社 1987 年版

《宋玉集》一卷：陈氏曰："楚大夫宋玉撰。《史记·屈原传》言：'楚人宋玉、唐勒、景差之徒，皆原之弟子也。'而玉之辞赋独传，至以屈、宋并称于后世，余人皆莫能及。按，《隋志》：《集》三卷。《唐志》：二卷。今书乃《文选》及《古文苑》中录出者，未必当时本也。"

——（元）马端临《文献通考》卷二百三十《宋玉集》
中华书局 2011 年版

按，宋玉而下五家，皆见唐以前《艺文志》，而"三朝志"俱不著录，《崇文总目》仅有董集一卷而已。盖古本多已不存，好事者于史传及类书中钞录，以备一家之作，充藏书之数而已。

——（元）马端临《文献通考》卷二百三十《扬子云集》
中华书局 2011 年版

《宋玉集》一卷。

——（明）陈第《世善堂藏书目录》卷下
中华书局 1985 年版

《宋玉集》二卷。

——（明）焦竑《国史经籍志》卷五《别集》
《丛书集成初编》第 0025—0028 册 中华书局 1983 年版

《六家诗名物疏》引用书目：……《宋玉集》。

——（明）冯复京《六家诗名物疏》卷首《引用书目》
影印《文渊阁四库全书》第 80 册（台湾）商务印书馆 1986 年版

《宋玉集》二卷：楚宋玉撰，精抄本。

——（清）丁仁《八千卷楼书目》卷十五《别集类》
国家图书馆出版社 2009 年版

《宋玉子》一卷，楚大夫宋玉撰。（郑《通志》）焘案：是书郑氏列之小说家，疑出后人伪托。明人《诸子汇函》托为归有光所编，其中以宋玉为鹿溪子，殊不足信，见《四库全书提要》，然以未见元书，未由折中，故遇而存之。《湖北通志》引《七录》有录，一卷。今一未见。

楚大夫《宋玉集》二卷。（郑《通志》《通考》作一卷）陈氏曰：《史记·屈原传》言，楚人宋玉、唐勒、景差之徒，皆原之弟子也。而玉之词赋独传，至以屈、宋并称于后世。余人皆莫能及。按，《隋志》：《集》三卷。《唐志》：二卷。今书乃《文选》及《古文苑》中录出者，未必当时本也。（《通考》节）焘按，考订诸书晚出者，弥较详镐，是隋、唐《志》卷数小异，既见于陈氏《解题》，故不录隋、唐《志》，以省繁文，后放此。《府志》据《湖北通志》引《七录》有赋十六篇，意当并列集中，兹亦不复出。

——（清）吴庆焘《襄阳艺文略》卷一《周》
中国国家图书馆藏清光绪元年刻本

（周）宋玉撰：赋十六篇（《汉书·艺文志》），《宋玉子》一卷录一卷，《宋玉集》二卷（《唐书·艺文志》）。

——（清）程启安等《宜城县志》卷九《艺文志·书目》
2011 年宜城市政府重印同治五年重修、光绪九年续修合订本

（二）今存全文著录宋玉作品的文献及目录

汉王逸《楚辞章句》：卷八：《九辩章句》第八；卷九：《招魂章句》第九。

——（汉）王逸《楚辞章句》
（宋）洪兴祖《楚辞补注》中华书局 1983 年版

梁萧统编、唐李善注《文选》：卷十三《赋庚·物色》：宋玉《风赋》；卷十九《赋癸·情》：宋玉《高唐赋》《神女赋》《登徒子好色赋》；卷三十三《骚下》：宋玉《九辩》五首，《招魂》一首；卷四十五《对问》：宋玉《对楚王问》。

——（南朝梁）萧统《文选》
（唐）李善注《文选》上海古籍出版社 1986 年版

按，唐六臣注《文选》所收宋玉作品卷次，同。

宋洪兴祖《楚辞补注目录》：《九辩》第八（本注：宋玉。《释文》第二。）；《招魂》第九（本注：《释文》第十）。

——（宋）洪兴祖《楚辞补注》
中华书局 1983 年版

宋朱熹《楚辞集注目录》：卷六：续离骚《九辩》第八（本注：宋玉。晁补之本，此篇以下乃有"传"字。）；卷七：续离骚《招魂》第九。

——（宋）朱熹《楚辞集注》
中华书局 1963 年版

《古文苑》卷二：宋玉《笛赋》《大言赋》《小言赋》《讽赋》《钓赋》《舞赋》。

——（宋）章樵《古文苑》
《丛书集成初编》第 1692—1695 册 中华书局 1983 年出版

宋王霆震《古文集成》：卷七十五《对问》：宋玉《对楚王问》。

——（宋）王霆震《古文集成》
《新刻诸儒批点古文集成前集》国家图书馆出版社 2005 年版

《古今事文类聚》：前集卷三《古今文集·杂著》：宋玉《风赋》；后集卷十二《古今文集·杂著》：宋玉《高唐赋》《神女赋》《登徒子好色赋》；后集卷二十《古今文集·杂著》：宋玉《招魂》；续集卷二十三《古今文集·杂著》：宋玉《笛赋》。

——（宋）祝穆《古今事文类聚》
书目文献出版社1991年版

按，《古今事文类聚》著录《笛赋》有"其辞曰：近世双笛从羌起，羌人伐竹未及已。龙鸣水中不见已，截竹吹之声相似。剡其上孔通洞之，裁以当簻便易持。易京君明识音律，故本四孔加以一。君明所加孔后出，是谓商声五音毕。"云云，《艺文类聚》引为汉马融《长笛赋》语。此引与宋玉《笛赋》连缀，实误。

元陈仁子《文选补遗》：卷二十九《离骚》：收《九辩》；卷三十一《赋》：宋玉《微咏赋》《笛赋》《大言赋》《小言赋》《讽赋》《钓赋》。

——（元）陈仁子《文选补遗》
上海古籍出版社1993年版

按，《文选补遗》所录《九辩》，乃补《文选》未收之部分。

元祝尧《古赋辨体》：卷二《楚辞体下》：宋玉《九辩》。

——（元）祝尧《古赋辨体》
《四库文学总集选刊》本上海古籍出版社1993年版

明刘节《广文选》：卷四：《微咏赋》；卷七：《大言赋》《小言赋》《钓赋》《笛赋》；卷十六：《九辩》四首。

——（明）刘节《广文选》
北京大学图书馆藏清刻本

按，所收《九辩》四首为《文选》未录之第六、七、八、九段。

明归有光《诸子汇函》卷九《鹿溪子》：收宋玉《九辩》《对楚王（问）》。

——（明）归有光《诸子汇函》卷九《鹿溪子》
《四库全书存目丛书》本齐鲁社1995年版

明陈第《屈宋古音义》：卷三：宋玉《九辩》《招魂》《高唐赋》《神女赋》《风赋》《登徒子好色赋》。

——（明）陈第《屈宋古音义》卷三
中华书局2008年版

明冯琦、冯瑗《经济类编》：卷五十三《设论》：宋玉《对楚王问》。

——（明）冯琦、冯瑗《经济类编》
影印《文渊阁四库全书》第960册（台湾）商务印书馆1986年版

明秦聚奎《万历汉阳志》卷六《艺文志·汉川县·赋》收录宋玉《高唐赋》《神女赋》。

——（明）秦聚奎等《万历汉阳府志》卷六《艺文志·汉川县·诗》
武汉地方志办公室《明万历汉阳府志校注》武汉出版社2007年版

明张燮辑《宋大夫集目录》：卷之一《赋》:《风赋》《高唐赋》《神女赋》《登徒子好色赋》《讽赋》《舞赋》《钓赋》《大言赋》《小言赋》《笛赋》；卷之二《骚》:《九辩》；卷之三《骚》:《招魂》《书》:《报友人书》《对问》《对楚王问》；附录《纠谬》:《微咏赋》。

——（明）张燮《七十二家集·宋大夫集》
影印《续修四库全书》第1583—1588册上海古籍出版社2002年版

明黄文焕《楚辞听直·楚辞更定目录》：卷八:《招魂》

——（明）黄文焕《楚辞听直》
影印《续修四库全书》第1301册上海古籍出版社2002年版

明陆时雍《楚辞疏·楚辞目录》：卷八:《九辩》；卷九:《招魂》。

——（明）陆时雍《楚辞疏》
影印《续修四库全书》第1301册上海古籍出版社2002年版

清王夫之《楚辞通释目录》：卷八:《九辩》九篇；卷九:《招魂》。

——（清）王夫之《楚辞通释》
上海人民出版社1975年版

清李陈玉《楚辞笺注》:《楚辞笺注下》第四卷:《九辩》《招魂》。

——（清）李陈玉《楚辞笺注》
影印《续修四库全书》第1302册上海古籍出版社2002年版

清陈元龙《御定历代赋汇》：卷七《天象》：周宋玉《风赋》；卷九十五

《音乐》：周宋玉《笛赋》；卷一百三《巧艺》：周宋玉《钓赋》；外集卷十四《美丽》：周宋玉《高唐赋》《神女赋》；外集卷十六《讽喻》：周宋玉《讽赋》《大言赋》《小言赋》《登徒子好色赋》。

——（清）陈元龙《历代赋汇》
江苏古籍出版社 1987 年版

清陈厚耀《春秋战国异辞》卷三十一：节选宋玉《高唐赋序》、宋玉《神女赋序》、宋玉《风赋》；全文著录宋玉《风（讽）赋》、宋玉《钓赋》、宋玉《登徒子好色赋》、宋玉《大言赋》、宋玉《小言赋》。

——（清）陈厚耀《春秋战国异辞》卷三十一《楚》
影印《文渊阁四库全书》第 403 册（台湾）商务印书馆 1986 年版

清蒋骥《山带阁注楚辞目录》：卷六：《招魂》。

——（清）蒋骥《山带阁注楚辞》
影印《文渊阁四库全书》第 1062 册（台湾）商务印书馆 1986 年版

《湖广通志》卷八十二《艺文志·周》：收宋玉《风赋》。

——（清）迈柱、夏力恕等《湖广通志》卷八十二《艺文志》
影印《文渊阁四库全书》第 531—534 册（台湾）商务印书馆 1986 年版

清胡文英《屈骚指掌目次》：卷之四:《招魂》。

——（清）胡文英《屈骚指掌》
影印《续修四库全书》第 1302 册上海古籍出版社 2002 年版

清屈复《楚辞新集注》:《楚辞目录》：卷六:《九辩》；卷七:《招魂》。

——（清）屈复《楚辞新集注》
影印《续修四库全书》第 1302 册上海古籍出版社 2002 年版

清四库馆臣编门应兆补绘《补绘萧云从离骚全图》卷下:《九辩传》（本注：九图，今补。);《招魂传》（本注：十三图，今补。)。

——（清）四库馆臣编门应兆补绘《补绘萧云从离骚全图》
影印《文渊阁四库全书》第 1062 册（台湾）商务印书馆 1986 年版

清陈本礼《离骚精义目录》：卷三《招魂》。

——（清）陈本礼《屈辞精义》
影印《续修四库全书》第1302册上海古籍出版社2002年版

清张惠言《七十家赋钞》：卷一：宋玉《九辩》十篇、宋玉《招魂》；卷二：宋玉《风赋》、宋玉《高唐赋》、宋玉《神女赋》、宋玉《登徒子好色赋》、宋玉《讽赋》、宋玉《笛赋》、宋玉《钓赋》、宋玉《大言赋》、宋玉《小言赋》。

——（清）张惠言《七十家赋钞》
影印《续修四库全书》第1611册上海古籍出版社2002年版

清严可均《全上古三代秦汉三国六朝文》：卷十宋玉：《风赋》《大言赋》《小言赋》《讽赋》《高唐赋》《神女赋》《登徒子好色赋》《钓赋》《笛赋》《九辩》《招魂》《对楚王问》《高唐对》。

——（清）严可均《全上古三代秦汉三国六朝文》
中华书局2009年版

清江有诰《江氏音学十书》之四《宋赋韵读》：《风赋》（本注：首段无韵不录。）《高唐赋》《神女赋》《登徒子好色赋》（本注：首段无韵不录，中节去一段。）《大言赋》《小言赋》《钓赋》（本注：无韵者不录。）《笛赋》《舞赋》。（其书题下本注：前四篇见《文选》，后五篇见《古文苑》。）

——（清）江有诰《江氏音学十书》之四《宋赋韵读》
影印《续修四库全书》第248册上海古籍出版社2002年版

王闿运《楚辞释》卷八：《九辩》；卷九：《招魂》。

——（清）王闿运《楚辞释》
影印《续修四库全书》第1302册上海古籍出版社2002年版

《宜城县志》卷九《艺文志》：收宋玉《对楚王问》

——（清）程启安等《宜城县志》卷九《艺文志上》
2011年宜城市政府重印同治五年重修、光绪九年续修合订本

《同治钟祥县志》卷十九《艺文志下》收有宋玉《风赋》。

——（清）许光曙、孙福海等《同治钟祥县志》卷三《古迹》
《中国地方志集成》湖北府县志辑第三十九册江苏古籍出版 1991 年版

马其昶《屈赋微》卷下：《招魂》。

——（清）马其昶《屈赋微》
影印《续修四库全书》第 1302 册上海古籍出版社 2002 年版

南京图书馆藏清抄本《宋玉集》：卷上《赋类》：《笛赋》《大言赋》《小言赋》《讽赋》《钓赋》《舞赋》《风赋》《高唐赋》《神女赋》《登徒子好色赋》《微咏赋》；卷下《骚类》：《九辩》《招魂》；卷下《对问》：《对楚王问》《高唐对》《郢中对》。

——（清）佚名《宋玉集》
南京图书馆藏清抄本

《钟祥县志》卷四《古迹上》：收宋玉《风赋》。

——熊道琛、李权等《钟祥县志》卷四《古迹上》
民国二十六年刻本

（三）著录宋玉作品的佚书

《汉魏文章》二卷。宋玉及汉魏人文赋凡八十八首；三国志文类六十卷，集诏书表奏评论序文等。（本注：集者不知名。）

——（宋）王应麟《玉海》卷五十四《艺文·汉魏文章》
江苏古籍出版社 1987 年版

《楚辞释文》一卷：晁氏曰：未详撰人，其篇次不与世行本同。陈氏曰：古本，无名氏，洪氏得之吴郡林虙德祖，其篇次不与今本同。今本首《骚经》，次《九歌》《天问》《九章》《远游》《卜居》《渔父》《九辩》《招魂》《大招》《惜誓》《招隐》《七谏》《哀时命》《九怀》《九叹》《九思》。《释文》亦首《骚经》，次《九辩》，而后《九歌》《天问》《九章》《远游》《卜居》《渔父》《招隐士》《招魂》《九怀》《七谏》《九叹》《哀时命》《惜誓》《大招》《九思》。洪氏按，王逸《九章注》云："皆解于《九辩》中。"则《释文》篇第盖旧本也。后人始以作者先后次序之耳。朱侍讲按，天圣十年，陈说之序，以为旧本篇第混并，乃考其人之先后，重定其篇第，然则今本说之所定也。余按，《楚辞》，刘向所集，王逸所注，而《九叹》《九思》亦列其中，盖后人所益也与？

——（元）马端临《文献通考》卷二百三十《楚辞释文》
中华书局 2011 年版

《续楚辞》二十卷：晁氏曰：族父吏部公编，择后世文赋与《楚辞》类者编之。自宋玉以下，至本朝王令，凡二十六人，计六十篇，各为小序，以冠其首。

——（元）马端临《文献通考》卷二百三十《续楚辞》
中华书局 2011 年版

《楚辞集说》八卷：陈氏曰：……屈子所著二十五篇为"离骚"，而宋玉以下则曰"续离骚"。

——（元）马端临《文献通考》卷二百三十《楚辞集说》
中华书局 2011 年版

《楚汉逸书》八十二篇：豫章洪刍编，宋玉、司马相如……，凡十九家，叙其可考而读者，共八十二篇。……又有《汉贤遗集》所载略同……。

——（元）马端临《文献通考》卷二百四十八《楚汉逸书》
中华书局 2011 年版

《杂文章》一卷：晁氏曰：孙巨源得之于秘阁，载宋玉等赋颂五十八篇。景迂生元丰甲子以李公择本校正，后有刘大经、田为、王云、李端、唐君益诸人题跋。

——（元）马端临《文献通考》卷二百四十八《杂文章》
中华书局 2011 年版

《古文章》十六卷：陈氏曰：……《馆阁书目》又有《汉魏文章》二卷，集宋玉以下文八十八首，未见。

——（元）马端临《文献通考》卷二百四十八《古文章》
中华书局 2011 年版

古之赋学，专尚音，必使宫商相宜，徵羽迭变。自宋玉而下，唯司马相如、杨雄、柳宗元能调协之，因集四家所著，名《楚汉正声》。

——（元）吴莱《渊颖集》附录宋濂《渊颖先生碑》
中华书局 1985 年版

吴渊颖立夫所著，有《乐府类编》，辨次其时代；又有《楚汉正声》，专取宋玉、司马相如、扬雄、柳宗元四家之作，惜未见其全书。

——（明）陆深《俨山外集》卷二十三《中和堂随笔下》
《四库笔记小说丛书》本上海古籍出版社 1993 年版

（晁）补之文章奇卓，出于天成，尤精楚词，集屈宋以来赋咏为《变离骚》。

——（明）董斯张《吴兴备志》卷五《官师徵第四之四》
影印《文渊阁四库全书》第 494 册（台湾）商务印书馆 1986 年版

洪刍《楚汉逸书》：按刍，豫章人，所编凡十九家，宋玉、司马相如、迁、董仲舒、贾谊、枚乘、路乔如、公孙诒、邹阳、公孙乘、羊腾、中山王胜、淮南王安、班婕妤、王褒、刘向、刘歆、扬雄、班固是也，共八十二篇。此书传于道山，又有《汉贤遗集》，所蒐略同。

——（清）周鲁《类书纂要》卷二十二《总集家》
影印《续修四库全书》第 1250—1251 册上海古籍出版社 2002 年版

（四）作品语句、语段摘引

1.《九辩》

《楚辞》曰：……又曰：悲哉！秋之为气也。萧瑟兮，草木摇落而变衰。憭慄兮，若在远行；登山临水兮，送将归。泬寥兮，天高而气清；寂漻兮，收潦而水清。

——（唐）欧阳询《艺文类聚》卷三《岁时部上·秋》
汪绍楹校《艺文类聚》上海古籍出版社 1999 年版

按，宋陈元靓《岁时广记》卷三《秋·草木衰》、明陈耀文《天中记》卷五《秋》、彭大翼《山堂肆考》卷十二《时令·秋·气萧瑟》、清张英、王士禛等编《渊鉴类函》

卷十五《岁时部四·秋》、汪灏等编《佩文斋广群芳谱》卷五《天时谱·秋》所引《九辩》文字与上引同。

《楚辞》曰：……又曰：憭栗兮，若在远行。登山临水兮，送将归。

——（唐）欧阳询《艺文类聚》卷二十九《人部·别上》
汪绍楹校《艺文类聚》上海古籍出版社1999年

《楚辞·九辩》曰：雪霰纷糅。

——（宋）李昉《太平御览》卷二十五《天部·雪》
中华书局1960年版

又曰：悲哉！秋之为气也。萧瑟兮，草木摇落而变衰。憭慄兮，若在远行；登山临水兮，送将归。泬寥兮，天高而气清；寂漻兮，收潦而水清。憯悽增欷兮，薄寒之中人；怆怳旷浪兮，去故而就新。坎壈兮，贫士失职而志不平；廓落兮，羁旅而无友生；惆怅兮，而私自怜。燕翩翩其辞归兮，蝉寂寞而无声。雁嗈嗈而南游，鹍鸡啁哳而悲鸣。独申旦而不寐兮，哀蟋蟀之宵征。

又曰：皇天平分四时兮，窃独悲此凛秋。白露既下降百草兮，奄离披此梧楸。去白日之昭昭兮，袭长夜之悠悠兮。

——（宋）李昉《太平御览》卷二十五《时序部·秋下》
中华书局1960年版

宋玉《九辩》云：倚结轸兮太息，涕潺湲兮沾轼。

——（宋）李昉《太平御览》卷七百七十六《车部·轼》
中华书局1960年版

《楚辞·九辩》曰：岂不郁陶而思君兮？君之门以九重。猛犬狺狺而迎吠兮，关梁闭而不通。

——（宋）李昉等《太平御览》卷九百零五《兽部·狗》
中华书局1960年版

然宋玉《楚词》曰："太公五十乃显荣。"

——（宋）王楙《野客丛书》卷二十八《太公之年》
中华书局1987年版

泬寥兮，天高而气清；寂寥兮，潦收而水清。

悲哉！秋之为气也。萧瑟兮，草木摇落而变衰。憭慄兮，若在远行；登山临水兮，送将归。

皇天平分四时兮，窃独悲此凛秋。白露既下降百草兮，奄离披此梧楸。秋既先戒以白露兮，冬又申之以严霜。

——（宋）祝穆《古今事文类聚》前集卷十《天时·秋》
书目文献出版社1991年版

宋玉《九辩》：雁廱廱而南游，鹍鸡啁哳而悲鸣。独申旦而不寐兮，哀蟋蟀之宵征。

——（明）彭大翼《山堂肆考》卷十二《时令·秋·蟋蟀宵征》
《四库类书丛刊》本上海古籍出版社1992年版

宋玉《九辩》：圆枘而方凿兮，吾固知其鉏铻而难入也。

——（明）顾起元《说略》卷二十三《工考下》
影印《文渊阁四库全书》第964册（台湾）商务印书馆1986年版

宋玉《九辩》：廓落兮，羁旅而无友生；惆怅兮，而私自怜。燕翩翩其辞归兮，蝉寂寞而无声。

——（明）卢之颐《本草乘雅半偈》卷九《宋嘉祐·山慈姑》
影印《文渊阁四库全书》第779册（台湾）商务印书馆1986年版

宋玉《九辩》：乘精气之抟抟兮，骛诸神之湛湛。骖白霓之习习兮，历群灵之丰丰。左朱雀之茇茇兮，右苍龙之躣躣。属雷师之阗阗兮，通飞廉之衙衙。前轻辌之锵锵兮，后辎乘之从从。载云旗之委蛇兮，扈屯骑之容容。

——（清）顾炎武《日知录》卷二十一《诗用叠字》
黄汝成、栾保群、吕宗力等《日知录集释》上海古籍出版社2006年版

《九辩》：愿自往而径游兮，路壅绝而不通。欲循途而平驱兮，又未知其所从。然中路而迷惑兮，自压鞍而学诵。性愚陋以褊浅兮，信未达乎从容。

——（清）何焯《义门读书记》卷三十《昌黎集》
《学术笔记丛刊》本中华书局1987年版

宋玉《九辩》：被荷裯之晏晏兮，然潢洋而不可带。

——（清）汪灏等《佩文斋广群芳谱》卷二十九《花谱·荷花》

影印《文渊阁四库全书》第845—847册（台湾）商务印书馆1986年版

楚宋玉《九辩》：白露既下百草兮，奄离披此梧楸。

——（清）汪灏等《佩文斋广群芳谱》卷七十三《木谱·桐》

影印《文渊阁四库全书》第845—847册（台湾）商务印书馆1986年版

2.《招魂》

《招魂》曰：十日并出，流金铄石。

——（唐）欧阳询《艺文类聚》卷一《天部上·日》

汪绍楹校《艺文类聚》上海古籍出版社1999年版

按，《渊鉴类函》卷二《天部·日》引《招魂》文字，同。

《楚词·招魂》云：魂兮归来，北方不可以止。增冰峨峨，飞雪千里。

——（唐）欧阳询《艺文类聚》卷二《天部下·雪》

汪绍楹校《艺文类聚》上海古籍出版社1999年版

按，《渊鉴类函》卷九《天部·雪》引《招魂》文字，同。

《楚辞·招魂》曰：湛湛江水兮，上有枫。

——（唐）欧阳询《艺文类聚》卷八十九《木部中·枫》

汪绍楹校《艺文类聚》上海古籍出版社1999年版

按，《渊鉴类函》卷四百一十六《木部·枫》引《招魂》文字，同。

宋玉《招魂序》曰：帝谓巫咸，有人在下，我欲辅之，魂气离散，汝筮予之。

——（唐）白居易原本、（宋）孔传续撰《白氏六帖》卷六十四《复二》

（台北）新兴书局1971年版

楚《招魂》辞曰：东方不可托些，……十日代出，流金铄石些。彼皆习之，魂往必释些。

——（宋）李昉《太平御览》卷三十四《时序部·热》

中华书局1960年版

《楚辞·招魂》曰：稻粱穱麦，挐黄粱。

——（宋）李昉《太平御览》卷八百四十三《百谷部·粱》
中华书局 1960 年版

按，《渊鉴类函》卷三百九十四《五谷部·粱》引《招魂》文字，同。

《楚辞·招魂》曰：粔籹蜜饵，有餦餭。

——（宋）李昉《太平御览》卷八百五十二《饮食部·饧》
中华书局 1960 年版

按，《渊鉴类函》卷三百九十一《食物部·饧》引《招魂》文字，同。

《楚辞·招魂》曰：大苦酸酼，辛甘发些。

——（宋）李昉《太平御览》卷八百五十五《饮食部·豉》
中华书局 1960 年版

《楚辞·招魂》曰：瑶浆蜜勺，实羽觞。

——（宋）李昉《太平御览》卷八百五十七《饮食部·蜜》
中华书局 1960 年版

《楚辞·招魂》曰：南方［西方］……赤蚁若象，玄蚁若壶。

——（宋）李昉《太平御览》卷九百四十七《虫豸部·蝎》
中华书局 1960 年版

《楚辞·招魂》曰：湛湛江水，上有枫。目极千里，伤春心。

——（宋）李昉《太平御览》卷九百五十七《木部·枫》
中华书局 1960 年版

帝告巫阳曰："有人在下，我欲辅之。魂魄离散，汝筮与之。"

——（宋）李昉《太平御览》卷八百八十六《妖异部·魂魄》
中华书局 1960 年版

《楚词·招魂》云：粔籹蜜饵，有怅惶些。

——（宋）庞元英《文昌杂集》卷一
影印《文渊阁四库全书》第 862 册（台湾）商务印书馆 1986 年版

《楚辞·招魂》云:"帝谓巫阳曰,有人在下,我欲辅之,魂魄离散,汝筮予之。""乃下招曰:魂兮归来。"

——(宋)叶廷珪《海录碎事》卷十四《医卜门·巫阳》

李之亮校点《海录碎事》中华书局 2002 年版

按,宋谢维新《古今合璧事类备要》前集卷五十五《师巫》、明彭大翼《山堂肆考》卷一百六十六《技艺下·招魂魄》,引《招魂》文字,同。

《招魂》曰:朕幼清以廉洁兮,身服义而未沬。

——(宋)王观国《学林》卷五《朕》

《学术笔记丛刊》本中华书局 1988 年版

《楚词·招魂》:高堂邃宇,槛层轩;层台累榭,临高山。网户珠缀,刻方连。

——(宋)龚颐正《芥隐笔记·古人用山字》

《丛书集成初编》第 0312 册中华书局 1983 年版

宋玉《招魂》:像设君室,静闲安些。

——(宋)魏了翁《经外杂钞》卷一

《丛书集成初编》第 0312 册中华书局 1983 年版

《招魂》曰:魂曰:粔籹蜜饵,有飵餭些。

——(宋)刘昌诗《芦浦笔记》卷一《飵字出处》

《历代史料笔记丛刊》本中华书局 1986 年版

宋玉《招魂》云:虎豹九关,啄害下人些。

——(宋)祝穆《古今事文类聚》前集卷二《天道部·帝阍九重》

书目文献出版社 1991 年版

《招魂》:篦蔽象棋,有六簙些。

——(明)张志淳《南园漫录》卷八《骰子》

云南人民出版社 1999 年版

宋玉《招魂》:娭光眇视,目曾波。

——(明)杨慎《丹铅余录·总录》卷十八《古赋形容丽情》

《四库笔记小说》本上海古籍出版社 1992 年版

《楚辞·招魂》云：朱明承夜兮，时不可掩。

——（明）陈耀文《天中记》卷一《日》

广陵书社 2007 年版

《楚词·招魂》：菎蔽象棊，有六博些。

——（明）周祈《名义考》卷八《人部·博奕》

影印《文渊阁四库全书》第 856 册（台湾）商务印书馆 1986 年版

《楚词·招魂》：晋制犀比，费白日些。

——（明）周祈《名义考》卷十一《物部·犀比犀毗》

影印《文渊阁四库全书》第 856 册（台湾）商务印书馆 1986 年版

宋玉《招魂》：兰膏明烛。

——（明）周祈《名义考》卷十二《物部·兰膏莲炬》

影印《文渊阁四库全书》第 856 册（台湾）商务印书馆 1986 年版

《楚辞》宋玉《招魂》：虎豹九关兮，啄害下人些。

——（明）彭大翼《山堂肆考》卷一《天文·九关》

《四库类书丛刊》本上海古籍出版社 1992 年版

《楚辞·招魂》：献岁发春兮，汩吾南征。

——（明）彭大翼《山堂肆考》卷二百二十九《补遗·时令·献岁》

《四库类书丛刊》本上海古籍出版社 1992 年版

《楚辞·招魂》：胹鳖炰羔，有柘浆。

——（明）彭大翼《山堂肆考》卷二百三十五《补遗·饮食·胹鳖炰羔》

《四库类书丛刊》本上海古籍出版社 1992 年版

宋玉《招魂》曰：光风转蕙汜崇兰些。

——（明）张岱《夜航船》卷九《礼乐部》

四川文艺出版社 2010 年版

《招魂》曰：离榭脩幕。

——（明）周婴《卮林》卷六《广陈·离有十六义》

《八闽文献丛刊》本福建人民出版社 2006 年版

《招魂》曰：长发曼鬋，艳陆离。

——（明）周婴《卮林》卷六《广陈·离有十六义》
《八闽文献丛刊》本福建人民出版社 2006 年版

《招魂》：娭光眇视，目曾波些。

——（明）方以智《通雅》卷十八《身体》
上海古籍出版社 1988 年版

宋玉《招魂》：菎蔽象棋，有六博些。

——（明）方以智《通雅》卷三十五《器用》
上海古籍出版社 1988 年版

《招魂》曰：冬有突夏，夏室寒些。

——（明）方以智《通雅》卷三十八《宫室》
上海古籍出版社 1988 年版

《楚辞·招魂》云：朱明承夜兮，时不可掩。

——（明）陈耀文《天中记》卷一《日》
广陵书社 2007 年版

《招魂》云：土伯九约，其角觺觺。

——（清）黄生《义府》卷下《岳岳》
影印《文渊阁四库全书》第 858 册（台湾）商务印书馆 1986 年版

《招魂》：紫茎屏风，文绿波。

——（清）张英、王士祯等《渊鉴类函》卷四百一十《草部·荇菜》
上海古籍出版社 2008 年版

宋玉《招魂》：冬有突夏，夏室寒。

——（清）陈元龙《格致镜原》卷十九《宫室类·屋》
影印《文渊阁四库全书》第 1031—1032 册（台湾）商务印书馆 1986 年版

宋玉《招魂》：仰观刻角，画龙蛇些。

——（清）陈元龙《格致镜原》卷二十《宫室类·椽》
影印《文渊阁四库全书》第 1031—1032 册（台湾）商务印书馆 1986 年版

宋玉《招魂》：网户朱缀，刻方连些。
——（清）陈元龙《格致镜原》卷二十《宫室类·户》
影印《文渊阁四库全书》第1031—1032册（台湾）商务印书馆1986年版

宋玉《招魂》：肥牛之腱，臑若芳些。
——（清）陈元龙《格致镜原》卷二十四《饮食类·肉》
影印《文渊阁四库全书》第1031—1032册（台湾）商务印书馆1986年版

《楚辞·招魂》：成枭而牟。
——（清）陈元龙《格致镜原》卷五十九《玩戏器物类·骰子》
影印《文渊阁四库全书》第1031—1032册（台湾）商务印书馆1986年版

《招魂》：坐堂伏槛，临曲池些。芙蓉始发，杂芰荷些。
——（清）汪灏等《佩文斋广群芳谱》卷二十九《花谱·荷花》
影印《文渊阁四库全书》第845—847册（台湾）商务印书馆1986年版

《招魂》曰：光风转蕙，泛崇兰些。皋兰被径兮，斯路渐。
——（清）汪灏等《佩文斋广群芳谱》卷四十四《花谱·兰蕙》
影印《文渊阁四库全书》第845—847册（台湾）商务印书馆1986年版

《招魂》所谓：胹鳖炮羔，有柘浆些。
——（清）汪灏等《佩文斋广群芳谱》卷六十六《果谱·蔗》
影印《文渊阁四库全书》第845—847册台湾商务印书馆1986年版

楚宋玉《招魂》：湛湛江水兮，上有枫。
——（清）汪灏等《佩文斋广群芳谱》卷七十五《木谱·枫》
影印《文渊阁四库全书》第845—847册（台湾）商务印书馆1986年版

宋玉《招魂》：绿蘋齐叶兮，白芷生。
——（清）汪灏等《佩文斋广群芳谱》卷八十八《卉谱·白芷》
影印《文渊阁四库全书》第845—847册（台湾）商务印书馆1986年版

楚宋玉《招魂》：紫茎屏风。
——（清）汪灏等《佩文斋广群芳谱》卷九十《卉谱·荇》
影印《文渊阁四库全书》第845—847册（台湾）商务印书馆1986年版

《招魂》曰：帝告巫阳曰，端人在下，我欲辅之，魂魄离散，汝筮予之。

——（清）徐文靖《管城硕记》卷十七《楚辞集注四》
《学术笔记丛刊》本中华书局1998年版

《招魂》：宫庭震惊，发《激楚》些。

——（清）徐文靖《管城硕记》卷十七《楚辞集注四》
《学术笔记丛刊》本中华书局1998年版

3.《风赋》

宋玉《风赋》曰：夫风起于青蘋之末，盛怒于土囊之口，缘于太山之阿，舞于松柏之下，徘徊椒桂之间，翱翔激水之上。猎蕙草，离秦蘅，北上玉堂，跻乎罗帷，经乎洞房。所谓大王之雄风也。动沙堁，吹死灰。此庶人之雌风也。

——（隋）杜公瞻《编珠》卷一《天地部·君子大王》
影印《文渊阁四库全书》第887册（台湾）商务印书馆1986年版
按，《四库全书提要》疑《编珠》出明人之手，此权以旧题隋杜公瞻编排资料次序。下仿此。

楚宋玉《风赋》曰：楚襄王游兰台之宫，宋玉、景差侍。有风飒然而至，王乃披襟而当之，曰："快哉此风，寡人与庶人共者耶！"宋玉对曰："夫风生于地，起于青蘋之末，侵淫溪谷，盛怒于土囊之口，缘于太山之阿，舞于松柏之下。故其清凉雄风，则飘举升降，乘凌高城，入于深宫。徘徊于桂椒之间，翱翔于激水之上。猎蕙草，离秦蘅，概新夷，被梯杨。北上玉堂，经于洞房。故其风清清泠泠，愈病析酲，发明耳目，宁体便人，此所谓大王之雄风也。夫塕然起于穷巷之间，动沙堁，吹死灰，此所谓庶人之雌风也。"

——（唐）欧阳询《艺文类聚》卷一《天部·风》
汪绍楹校《艺文类聚》上海古籍出版社1999年版

楚襄王游于兰台之宫，宋玉、景差侍。有风飒然而至，王乃披襟而当之，曰："快哉此风，寡人与庶人共者耶！"宋玉对曰："夫此独大王之风耳，庶人安得共之？夫风生于地，起于青蘋之末，浸淫溪谷，缘于太山之阿，舞于松柏之下，故其清凉雄风，则飘忽升降，乘凌高城，入于深宫，徘徊于桂椒之间，翱翔于激水之上。猎蕙草，离秦蘅，概新夷，披梯杨。北上玉堂，跻于罗帷，经于洞房。故其风也，清清泠泠，愈病析酲，发明耳目，宁体便俗，此谓大王之雄风也。夫塕然起于穷巷之间，动沙堁，吹死灰，此谓庶人之雌风也。"

——（唐）徐坚《初学记》卷一《风第六·赋》
中华书局 2004 年版

此独大王之风耳。

——（唐）徐坚《初学记》卷一《风第六·事对》
中华书局 2004 年版

猎蕙草。

——（唐）徐坚《初学记》卷一《风第六·事对》
中华书局 2004 年版

《风赋》曰：起于青蘋之末。

——（唐）欧阳询《艺文类聚》卷一《草部·萍》
汪绍楹校《艺文类聚》上海古籍出版社 1999 年版

《风赋》曰：有风飒然而至，王乃披襟而当之。

——（唐）李善注《文选》卷十一王粲《登楼赋》注引
上海古籍出版社 1986 年版

《风赋》曰：不择贵贱高下而加焉。

——（唐）李善注《文选》卷二十曹植《上责躬应诏诗表》注引
上海古籍出版社 1986 年版

《风赋》曰：缘太山之阿。

——（唐）李善注《文选》卷二十九《古诗十九首》注引
上海古籍出版社 1986 年版

《风赋》曰：被丽披离。

——（唐）李善注《文选》卷七扬雄《甘泉赋》注引，又《文选·卷十八》嵇康《琴赋》注引
上海古籍出版社 1986 年版

《风赋》曰：眴奂粲烂。
——（唐）李善注《文选》卷十八嵇康《琴赋》注引
上海古籍出版社 1986 年版

《风赋》曰：翱翔乎激水之上。
——（唐）李善注《文选》卷十七王褒《洞箫赋》注引
上海古籍出版社 1986 年版

《风赋》曰：憯凄怵栗。
——（唐）李善注《文选》卷十七王褒《洞箫赋》注引
上海古籍出版社 1986 年版

《风赋》曰：发明耳目。
——（唐）李善注《文选》卷三十四枚乘《七发》注引
上海古籍出版社 1986 年版

《风赋》曰：起于穷巷之间。
——（唐）李善注《文选》卷四十七王褒《圣主得贤臣颂》注引
上海古籍出版社 1986 年版

《风赋》曰：勃郁烦冤。
——（唐）李善注《文选》卷十八嵇康《琴赋》注引
上海古籍出版社 1986 年版

《风赋》曰：骇溷浊，扬腐馀。
——（唐）李善注《文选》卷十八成公绥《啸赋》注引
上海古籍出版社 1986 年版

楚宋玉《风赋》曰：楚襄王游于兰台之宫，宋玉、景差侍。有风飒然而至，王乃披襟而当之，曰："快哉此风，寡人与庶人共者耶！"宋玉对曰："此独大王之风耳，庶人安得而共之？夫风生于地，起于青蘋之末，浸淫溪谷，盛怒于土囊之口，缘于太山之阿，舞于松柏之下，故其清凉雄风，则飘忽升降，乘凌高城，入于深宫，徘徊于桂椒之间，翱翔于激水之上。猎蕙草，离秦衡，概新夷，披黄杨。徜徉中庭，北上玉堂，跻于罗帷，经于洞房。故其风也，清清泠泠，愈病析酲，发明耳目，宁体便人，此谓大王之雄风也。夫庶人之风，塕然起于穷巷之间，动沙堁，吹死灰，此所谓庶人之雌风也。"

——（宋）李昉《太平御览》卷九《天部·风》
中华书局 1960 年版

宋玉《风赋》曰：夫风，缘于太山之阿，舞于松柏之下。

——（宋）李昉《太平御览》卷九百五十二《木部·松》
中华书局 1960 年版

宋玉《风赋》曰：夫风，翱翔激水之上，将击芙蓉之精，猎蕙草，离秦蘅。

——（宋）李昉《太平御览》卷九百九十四《百卉部·草·秦蘅》
中华书局 1960 年版

宋玉《风赋》曰：跻于罗帷，经于洞房。

——（宋）李昉《太平御览》卷八百一十六《布帛·罗》
中华书局 1960 年版

《风赋》：楚襄王游兰台之宫。

——（宋）王应麟《玉海》卷一百六十二《宫室·台》
江苏古籍出版社 1987 年版

宋玉《风赋》云：楚王曰：夫风者，天地之气，溥畅而至，不择贵贱高下而加焉。

——（明）陈耀文《天中记》卷二《风》
广陵书社 2007 年版

宋玉《风赋》：楚襄王游于兰台之宫，宋玉、景差侍。有风飒然而至，王乃披襟而当之，曰："快哉此风，寡人所与庶人共者耶！"宋玉对曰："此独大王之风耳，庶人安得而共之？"

——（明）彭大翼《山堂肆考》卷四《风·大王》
《四库类书丛刊》本上海古籍出版社 1992 年版

宋玉《风赋》：清清泠泠，愈病析酲，发明耳目，宁体便人。此谓大王之雄风也。中唇为胗，得目为蔑，啗齰嗽获，死生不卒。此所谓庶人之雌风也。

——（明）彭大翼《山堂肆考》卷四《风·雌雄风》
《四库类书丛刊》本上海古籍出版社 1992 年版

宋玉《风赋》：夫风生于地，起于青蘋之末，浸淫溪谷，盛怒于土囊之口，缘于太山之阿，舞于松柏之下。

——（明）彭大翼《山堂肆考》卷四《风·起蘋》
《四库类书丛刊》本上海古籍出版社 1992 年版

楚宋玉《风赋》：夫风生于地，起于青蘋之末，浸淫溪谷，盛怒于土囊之口，缘于太山之阿，舞于松柏之下，飘忽淜滂，激飏熛怒，耾耾雷声，回穴错迕，蹶石伐木，梢杀林莽。至其将衰也，被丽披离，冲孔动楗，眴焕粲烂，离散转移。故其清凉雄风，则飘举升降，乘陵高城，入于深宫，邸华叶而振气，徘徊于桂椒之间，翱翔于激水之上。上将击芙蓉之精，猎蕙草，离秦蘅，概新夷，被荑杨。回穴冲陵，萧条众芳，然后倘徉中庭，北上玉堂，跻于罗帷，经于洞房。

——（明）王志庆《古俪府》卷一《天文部·风》
影印《文渊阁四库全书》第 979 册（台湾）商务印书馆 1986 年版

宋玉《风赋》曰：楚襄王游兰台之宫，宋玉、景差侍。有风飒然而至，王乃披襟而当之，曰："快哉此风，寡人与庶人共者耶！"宋玉对曰："夫此特大王之风耳，庶人安得而共之？夫风生于地，起于青蘋之末，侵淫溪谷，盛怒于土囊之口，缘于太山之阿，舞于松柏之下。故其清凉雄风，则飘举升降，乘凌高城，入于深宫。徘徊于桂椒之间，翱翔于激水之上。猎蕙草，离秦蘅，概辛夷，被稊杨。北上玉堂，跻于罗帷，经于洞房。故其风清清泠泠，愈病析酲，发明耳目，宁体便人，此所谓大王之雄风也。夫塕然起于穷巷之间，动沙堁，吹死灰，此所谓庶人之雌风也。

——（清）张英、王士禛等《渊鉴类函》卷六《天部·风》
上海古籍出版社 2008 年版

宋玉《风赋》曰：跻于罗帱，经于洞房。
　　　　　——（清）张英、王士祯等《渊鉴类函》卷三百六十五《布帛部·罗》
　　　　　　上海古籍出版社 2008 年版

《风赋》曰：起于青蘋之末。
　　　　　——（清）张英、王士祯等《渊鉴类函》卷四百一十《草部·蘋》
　　　　　　上海古籍出版社 2008 年版

《风赋》曰：大王之风……徘徊椒桂之间。
　　　　　——（清）张英、王士祯等《渊鉴类函》卷四百一十四《木部·椒》
　　　　　　上海古籍出版社 2008 年版

宋玉《风赋》：猎蕙草。
　　　　　——（清）何焯《义门读书记》卷五十七《李义山诗集》
　　　　　　《学术笔记丛刊》本中华书局 1987 年版

宋玉《风赋》：猎蕙草，离秦衡。
　　　　　——（清）汪灏等《佩文斋广群芳谱》卷八十八《卉谱·杜若》
　　　　　　影印《文渊阁四库全书》第 845—847 册（台湾）商务印书馆 1986 年版

楚宋玉《风赋》：起于青蘋之末。
　　　　　——（清）汪灏等《佩文斋广群芳谱》卷九十一《卉谱·萍》
　　　　　　影印《文渊阁四库全书》第 845—847 册（台湾）商务印书馆 1986 年版

4.《高唐赋》

又帝女居焉。宋玉所谓天帝之季女，名曰瑶姬，未行而亡，封于巫山之阳，精魂为草，寔为灵芝。所谓巫山之女，高唐之阻，旦为行云，暮为行雨，朝朝暮暮，阳台之下。旦早视之，果如其言。故为立庙，号朝云焉。
　　　　　——（北魏）郦道元《水经注》卷三十四《江水·又东过巫县南》
　　　　　　陈桥驿《水经注校证》中华书局 2007 年版

宋玉《高唐赋序》曰：襄王梦一妇人，曰："妾在巫山之阳，高唐之隅，朝为行云,暮为行雨。"

——(隋)杜公瞻《编珠》卷一《天地部·神女为云、姮娥托月》
影印《文渊阁四库全书》第887册(台湾)商务印书馆1986年版

宋玉《高唐赋》曰:云霓为旌,翠羽为盖。

——(隋)杜公瞻《编珠》卷二《仪卫部·羽盖蜺旌》
影印《文渊阁四库全书》第887册(台湾)商务印书馆1986年版

宋玉《高唐赋》曰:楚襄王与宋玉游于云梦之台,望高唐之观,其上独有云气,崪兮直上,忽兮改容,须臾之间,变化无穷。王问玉曰:"此何气也?"玉对曰:"所谓朝云者也。昔者,先王尝游高唐,怠而昼寝,梦妇人曰:'妾巫山之女也,为高唐之客。闻君游高唐,愿荐枕席。'王因幸之。去辞曰:'妾在巫山之阳,高丘之阻。旦为朝云,暮为行雨,朝朝暮暮,阳台之下。'朝视之,如言。故为立庙。"王曰:"朝云始出,状若何?"玉对曰:"其少进也,晰兮若姣姬,扬袂障日,而望所思。忽兮改容,偈兮若驾驷马,而建羽旗,湫兮如风,凄兮如雨,风止雨霁,云无处所。惟高唐之大体,殊无物类之可仪比。巫山赫其无畴,道互折而曾累。遇天雨之新霁,观百谷之俱集。濞汹汹其无声,溃淡淡而并入。中阪遥望,玄木冬荣,煌煌晔晔,夺人目精。烂兮若列星,曾不可殚形。绿叶紫裹,朱茎白蒂。纤条悲鸣,声似竽籁。清浊相和,五变四会。感心动耳,回肠伤气。长吏隳官,贤士失志。愁思无已,叹息垂泪。王乃乘玉舆,驷苍螭。于是乃纵猎者,基趾如星,传言羽猎,衔枚无声。蜺为旌,翠为盖。风起雨止,千里而逝。

——(唐)欧阳询《艺文类聚》卷七十九《灵异部下·神》
汪绍楹校《艺文类聚》上海古籍出版社1999年版

宋玉《高唐赋》曰:昔者,楚襄王游于云梦之台,望高唐之观。

——(唐)徐坚《初学记》卷十《王第五·事对》
中华书局2004年版

宋玉《高唐赋》曰:楚襄王与宋玉游于云梦之台,望高唐之观,上独有云气。王问:"此何气也?"玉对曰:"所谓朝云也。昔者先王尝游于高唐,怠而昼寝，见一妇人，曰：'妾巫山之女也，闻君游高唐，愿荐枕席。'王因幸之。去词曰：'妾在巫山之阳，高丘之阻，朝为行云，暮为行雨，朝朝暮暮，阳台之下。'"

——（唐）徐坚《初学记》卷二《雨第一·事对》
中华书局 2004 年版

宋玉《高唐赋》亦云：声似竽籁，五变四会。

——（唐）徐坚《初学记》卷十五《雅乐第一·事对》
中华书局 2004 年版

宋玉《高唐赋》（并序）："昔者，先王尝游高唐，怠而昼寝，梦一妇人曰：'妾巫山之女也，为高唐之客。闻君游高唐，愿荐枕席。'王因幸之。去而辞曰：'妾在巫山之阳，高丘之岨。旦为朝云，暮为行雨，朝朝暮暮，阳台之下。'"王曰："朝云始出，状若何也？"玉对曰："其始出也，晼兮松榯；其少进也，晰兮若姣姬，扬袂障日，而望所思。忽兮改容，偈兮若驾驷马，建羽旗。湫兮如风，凄兮如雨，风止雨霁，云无处所。中阪遥望，玄木冬荣，煌煌荧荧，夺人目精。烂兮若列星，曾不可殚形。"

——（唐）徐坚《初学记》卷十九《美夫人第二·赋》
中华书局 2004 年版

楚襄王与宋玉游于云梦之台，望高唐之观。王曰："试为寡人赋之。"

——（唐）李善注《文选》卷十七傅毅《舞赋》注引
上海古籍出版社 1986 年版

须臾之间。

——（唐）李善注《文选》卷十七陆机《文赋》注引
上海古籍出版社 1986 年版

昔先王游于高唐，梦见一妇人，曰：妾在巫山之阳，高丘之阻。旦为朝云，暮为行雨。

——（唐）李善注《文选》卷五十七谢希逸《宋孝武宣贵妃诔》注引
上海古籍出版社 1986 年版

我帝之季女，名曰瑶姬，未行而亡，封于巫山之台。精魂为草，寔曰灵芝。
——（唐）李善注《文选》卷十六江淹《别赋》注引
上海古籍出版社1986年版

妾旦为朝云。
——（唐）李善注《文选》卷二十三阮籍《咏怀诗》注引
上海古籍出版社1986年版

珍怪奇伟。
——（唐）李善注《文选》卷十八马融《长笛赋》注引
上海古籍出版社1986年版

珍怪奇伟，不可称论。
——（唐）李善注《文选》卷七扬雄《甘泉赋》注引
上海古籍出版社1986年版

长风至而波起。
——（唐）李善注《文选》卷二张衡《西京赋》注引，又《文选》卷十二郭璞《江赋》注引
上海古籍出版社1986年版

巨石溺溺之浼濡。
——（唐）李善注《文选》卷十六潘岳《闲居赋》注引
上海古籍出版社1986年版

水澹澹而盘纡。
——（唐）李善注《文选》卷三张衡《东京赋》注引
上海古籍出版社1986年版

奔扬踊而相击，云兴声之霈霈。
——（唐）李善注《文选》卷三十四枚乘《七发》注引
上海古籍出版社1986年版

振鳞奋翼。

——（唐）李善注《文选》卷八司马相如《上林赋》注引，又《文选》卷二十四潘尼《赠陆机出为吴王郎中令》注引

上海古籍出版社 1986 年版

玄木冬荣。

——（唐）李善注《文选》卷二十九枣据《杂诗》注引

上海古籍出版社 1986 年版

曾不可殚形也。

——（唐）李善注《文选》卷八扬雄《羽猎赋》注引

上海古籍出版社 1986 年版

绿叶紫裹。

——（唐）李善注《文选》卷十二郭璞《江赋》注引

上海古籍出版社 1986 年版

孤子寡妇，寒心酸鼻。

——（唐）李善注《文选》卷三十九江淹《诣建平王上书》注引

上海古籍出版社 1986 年版

寒心酸鼻。

——（唐）李善注《文选》卷三十五张协《七命》注引，又《文选》卷四十三孙楚《为石仲容与孙皓书》注引，又《文选》卷四十四陈琳《为袁绍檄豫州》注引

上海古籍出版社 1986 年版

长吏隳官，贤士失志。

——（唐）李善注《文选》卷二十一应璩《百一诗》注引

上海古籍出版社 1986 年版

使人心动。

——（唐）李善注《文选》卷十六司马相如《长门赋》注引

上海古籍出版社 1986 年版

状似走兽，或象飞禽。

——（唐）李善注《文选》卷十一王延寿《鲁灵光殿赋》注引
上海古籍出版社1986年版

谲诡奇伟，不可究陈。

——（唐）李善注《文选》卷十八嵇康《琴赋》注引
上海古籍出版社1986年版

薄草靡靡。

——（唐）李善注《文选》卷二十七谢朓《休沐重还道中》注引
上海古籍出版社1986年版

王雎黄鹂。

——（唐）李善注《文选》卷三十四枚乘《七发》注引
上海古籍出版社1986年版

更唱迭和。

——（唐）李善注《文选》卷十八嵇康《琴赋》注引
上海古籍出版社1986年版

乘玉舆兮驷苍螭。

——（唐）李善注《文选》卷八扬雄《甘泉赋》注引
上海古籍出版社1986年版

传言羽猎。

——（唐）李善注《文选》卷八扬雄《羽猎赋》注引，又《文选》卷三十四曹植《七启》注引
上海古籍出版社1986年版

飞鸟未及起，走兽未及发。

——（唐）李善注《文选》卷二张衡《西京赋》注引，又《文选》卷四张衡《南都赋》注引，又《文选》卷八扬雄《羽猎赋》注引，又《文选》卷三十四枚乘《七发》注引
上海古籍出版社1986年版

举功先得，获车已实。

——（唐）李善注《文选》卷一班固《东都赋》注引
上海古籍出版社 1986 年版

建云斾。

——（唐）李善注《文选》卷二张衡《西京赋》注引，又《文选》卷三十一江淹《杂体诗》注引
上海古籍出版社 1986 年版

蜺为旍。

——（唐）李善注《文选》卷八司马相如《上林赋》注引，又《文选》卷十五张衡《思玄赋》注引
上海古籍出版社 1986 年版

蜺为旍，翠为盖。

——（唐）李善注《文选》卷七扬雄《甘泉赋》注引，又《文选》卷三十四曹植《七启》注引
上海古籍出版社 1986 年版

翠为盖。

——（唐）李善注《文选》卷三张衡《东京赋》注引
上海古籍出版社 1986 年版

延年益寿千万岁。

——（唐）李善注《文选》卷十一王延寿《鲁灵光殿赋》注引
上海古籍出版社 1986 年版

宋玉《高唐赋叙》曰：楚襄王与宋玉游云梦之台，高唐之观。上有云气，须臾之间，变化无穷，问曰："此何气也？"玉曰："朝云也。昔者，先王尝游高唐，怠而昼寝，梦见妇人，曰：'妾巫山之女也，为高唐之客，闻君游高唐，愿荐枕席。'王因幸之，去而辞曰：'妾在巫山之阳，高丘之岨，朝为行云，莫为行雨，朝朝暮暮，阳台之下。'旦朝视之，如言。故为立庙，号曰朝云。"

——（宋）李昉《太平御览》卷八《天部·云》
中华书局 1960 年版

宋玉《高唐赋序》曰：昔者，楚襄王与宋玉游于云梦之台，高唐之观。
——（宋）李昉《太平御览》卷八《居处部·观》
中华书局 1960 年版

《高唐赋》曰：昔者先王尝游高唐，怠而昼寝，梦一妇人，曰："妾巫山之女也，为高唐之客。"辞曰："妾在巫山之阳，高唐之岨，朝为行云，暮为行雨，朝朝暮暮，阳台之下。"王曰："朝云始出，状若何？"玉对曰："其始出也，㬹兮若松榯；其少进也，晰兮若姣姬，扬袂障日，而望所思；忽兮改容，偈兮若驾驷马，建羽旌。湫兮如风，凄兮如雨；风止雨霁，云无处所。"
——（宋）李昉《太平御览》卷三百八十一《人事部·美妇人下》
中华书局 1960 年版

宋玉《高唐赋》曰：晰兮若妖姬，扬袂鄣日，而望所思；忽兮若驾驷马，建羽旗。
——（宋）李昉《太平御览》卷三百四十《兵部·旗》
中华书局 1960 年版

楚宋玉《高唐赋》曰：宋玉尝游高唐，怠而昼寝，梦见一妇人，曰："妾巫山之女也，愿荐枕席。"
——（宋）李昉《太平御览》卷七百零七《服用部·枕》
中华书局 1960 年版

宋玉《高唐赋》曰：鼋鼍鳣鲔，交积纵横。
——（宋）李昉《太平御览》卷九百三十二《鳞介部·鼋》
中华书局 1960 年版

宋玉《高唐赋》曰：王乃乘玉舆，驷仓螭。
——（宋）李昉《太平御览》卷七百七十四《车部·舆》
中华书局 1960 年版

宋玉《高唐赋》曰：乘玉舆兮，驷仓螭。
——（宋）李昉《太平御览》卷九百三十《鳞介部·螭》
中华书局 1960 年版

宋玉《高唐赋》曰：蜺为旌，翠为盖，风起雨霁，千里而逝。

——（宋）李昉《太平御览》卷七百零二《服用部·盖》
中华书局 1960 年版

南朝梁武帝《朝云曲》序引：宋玉《高唐赋》序曰：楚襄王与宋玉游云梦之台，望高唐之观，独有云气，变化无穷。王问玉曰："此何气也？"玉曰："所谓朝云也。"王曰："何谓朝云也？"玉曰："昔者先王尝游高唐，怠而昼寝，梦见一妇人曰：'妾巫山之女也，为高唐之客。闻君游高唐，愿荐枕席。'王因幸之。去而辞曰：'妾在巫山之阳，高丘之阻，但为朝云，莫为行雨，朝朝莫莫，阳台之下。'旦朝视之，如言，故为立庙，号曰朝云。"

——（宋）郭茂倩《乐府诗集》卷五十《清商曲辞》
《中国古典文学基本丛书》本中华书局 2007 年版

昔楚襄王与宋玉游云梦之台，望高唐之观，其上独有云气，须臾变化无穷。王曰："此何气也？"玉曰："所谓朝云也者。先王游高唐昼寝，梦一妇人曰：'妾巫山之女，旦为朝云，暮为行雨。'"（宋玉《高唐赋序》）

——（元）佚名《群书通要》甲集卷四《云类·巫山》
江苏古籍出版社 1987 年版

《高唐赋》曰：长风至而波起。

——（明）陈耀文《天中记》卷二《风》
广陵书社 2007 年版

《高唐赋》：姊归思妇。

——（明）陈耀文《天中记》卷五十九《杜鹃》
广陵书社 2007 年版

《高唐赋序》：帝之季女名瑶姬，未行而亡，封于巫山，精神化为草。故名瑶草。

——（明）彭大翼《山堂肆考》卷一百五十《仙人·瑶草》
《四库类书丛刊》本上海古籍出版社 1992 年版

宋玉《高唐赋》曰：翠为盖兮。

——（明）彭大翼《山堂肆考》卷一百七十九《器用·羽盖》
《四库类书丛刊》本上海古籍出版社1992年版

《高唐赋》（并序）曰：昔者先王尝游高唐，怠而昼寝，梦一妇人，曰："妾巫山之女也，为高唐之客。闻君游高唐，愿荐枕席。"王因幸之。去而辞曰："妾在巫山之阳，高唐之岨，朝为行云，暮为行雨，朝朝暮暮，阳台之下。"王曰："朝云始出，若何也？"玉对曰："其始出也，㬝兮若松榯；其少进也，晣兮若姣姬，扬袂障日，而望所思；忽兮改容，偈兮若驾驷马，建羽旗。湫兮如风，凄兮如雨；风止雨霁，云无处所。"

——（清）张英、王士祯等《渊鉴类函》卷二百五十五《人部十四·美妇人五》
上海古籍出版社2008年版

宋玉《高唐赋》曰：楚襄王与宋玉游于云梦之台，望高唐之观，其上独有云气，崪兮直上，忽兮改容，须臾之间，变化无穷。王问玉曰："此何气也？"玉对曰："所谓朝云者也。昔者，先王尝游高唐，怠而昼寝，梦妇人曰：'妾巫山之女也，为高唐之客。闻君游高唐，愿荐枕席。'王因幸之。去辞曰：'妾在巫山之阳，高丘之岨。旦为朝云，暮为行雨，朝朝暮暮，阳台之下。'旦朝视之，如言。故为立庙，号曰'朝云'。"王曰："朝云始出，状若何？"玉对曰："其始出也，㬝兮若松榯。其少进也，晣兮若姣姬，扬袂障日，而望所思；忽兮改容，偈兮若驾驷马，而建羽旗，湫兮如风，凄兮如雨；风止雨霁，云无处所。惟高唐之大体，殊无物类之可仪比。巫山赫其无畴，道互折而曾累。遇天雨之新霁，观百谷之俱集。濞汹汹其无声，溃淡淡而并入。中阪遥望，元木冬荣，煌煌荧荧，夺人目精。烂兮若列星，曾不可殚形。绿叶紫裹，朱茎白蒂。纤条悲鸣，声似竽籁。清浊相和，五变四会。感心动耳，回肠伤气。长吏隳官，贤士失志。愁思无已，叹息垂泪。王乃乘玉舆，驷苍螭。于是乃纵猎者，基址如星，传言羽猎，衔枚无声。蜺为旌，翠为盖。风起雨止，千里而逝。"

——（清）张英、王士祯等《渊鉴类函》卷三百二十《灵异部一·神五》
上海古籍出版社2008年版

《高唐赋》曰：乘玉舆兮驷仓螭。

——（清）张英、王士禛等《渊鉴类函》卷四百三十八《鳞介部二·螭》

上海古籍出版社 2008 年版

按，清陈元龙撰《格致镜原》卷三十一《朝制类·盖》所引与上引同。

附

《后汉书》李贤注引书目：经类（一百十三种）：……《韩诗外传》……；史类（一百八十九种）：……习凿齿《襄阳记》……《楚国先贤传》……《襄阳耆旧记》……；子类（八十二种）：……《新序》《说苑》……；集类（五十四种）：《楚辞》、王逸《楚辞注》……宋玉《高唐赋》……。

《续汉志》刘昭注引书目：……《韩诗外传》……；史类：……《荆州记》……《襄阳耆旧传》……；子类：……《说苑》……；集类：……《离骚》……。

——（清）金武祥《粟香随笔·四笔》卷八

影印《续修四库全书》第 1183—1184 册上海古籍出版社 2002 年版

5.《神女赋》

《神女赋》曰：楚襄王与宋玉游于云梦之浦，使玉赋高唐之事。其夜，王寝，梦与神女遇，其状甚丽。王异之，明日以白玉曰："其始来也，曜乎若白日初出照屋梁；其少进也，皎若明月舒其光。须臾之间，美貌横生。烨乎若华，温乎如莹，五色并施，不可殚形。振绣衣，被袿裳，襛不短，纤不长，步裔裔兮曜殿堂。忽兮改容，婉若游龙乘云翔。何神女之妖丽，含阴阳之渥饰。被华藻之可好，若翡翠之奋翼。毛嫱鄣袂，不足程式；西施掩面，比之无色。望余帷而延视，若流波之将澜。奋长袖以振衿，立踯躅以不安。意似近而既远，若将来而复旋。褰余幬而请御，顾女师，命太傅，欢情未接，将辞而去。迁延引身，不可亲附。"

——（唐）欧阳询《艺文类聚》卷七十九《灵异部·神》

汪绍楹校《艺文类聚》上海古籍出版社 1999 年版

宋玉《神女赋》曰：楚襄王与宋玉游于云梦之泽，使宋玉赋高唐之事。其夜王寝，梦与神女遇，其状甚丽。

——（唐）徐坚《初学记》卷十九《人部下·美妇人第二·事对》

中华书局 2004 年版

宋玉《神女赋》曰：动雾縠以徐步，拂珮声之珊珊。
——（唐）徐坚《初学记》卷一《天部·天第一·事对》
中华书局2004年版

瓌姿玮态。
——（唐）李善注《文选》卷十九曹植《洛神赋》注引
上海古籍出版社1986年版

袿不短，纤不长。
——（唐）李善注《文选》卷十九曹植《洛神赋》注引
上海古籍出版社1986年版

婉若游龙乘云翔。
——（唐）李善注《文选》卷十九曹植《洛神赋》注引
上海古籍出版社1986年版

沐兰泽，含若芳。
——（唐）李善注《文选》卷三十四枚乘《七发》注引
上海古籍出版社1986年版

夫何神女之妖丽。
——（唐）李善注《文选》卷七扬雄《甘泉赋》注引，又《文选》卷十六司马相如《长门赋》注引
上海古籍出版社1986年版

骨法多奇，应君之相。
——（唐）李善注《文选》卷十九曹植《洛神赋》注引
上海古籍出版社1986年版

苞温润之玉颜。
——（唐）李善注《文选》卷十九曹植《洛神赋》注引
上海古籍出版社1986年版

眸子修其精朗。

——（唐）李善注《文选》卷十九曹植《洛神赋》注引
上海古籍出版社 1986 年版

眉联娟以蛾扬。

——（唐）李善注《文选》卷十九曹植《洛神赋》注引
上海古籍出版社 1986 年版

朱唇的其若丹。

——（唐）李善注《文选》卷十五张衡《思玄赋》注引，又《文选》卷十八成公绥《啸赋》注引
上海古籍出版社 1986 年版

志解泰而体闲。

——（唐）李善注《文选》卷十九曹植《洛神赋》注引
上海古籍出版社 1986 年版

动雾縠以徐步。

——（唐）李善注《文选》卷七司马相如《子虚赋》注引，又《文选》卷十九曹植《洛神赋》注引
上海古籍出版社 1986 年版

陈嘉辞而云对，吐芬芳其若兰。

——（唐）李善注《文选》卷二十三阮籍《咏怀诗》注引
上海古籍出版社 1986 年版

吐芬芳其若兰。

——（唐）李善注《文选》卷十九曹植《洛神赋》注引，又《文选》卷二十七曹植《美女篇》注引
上海古籍出版社 1986 年版

颜薄怒以自持。

——（唐）李善注《文选》卷七司马相如《子虚赋》注引
上海古籍出版社 1986 年版

迁延引身。

——（唐）李善注《文选》卷二张衡《西京赋》注引，又《文选》卷十四鲍照《舞鹤赋》注引
上海古籍出版社 1986 年版

按，李善此两引均言是为《高唐赋》中语，误。

情独私怀，谁者可语。

——（唐）李善注《文选》卷二十三潘岳《悼亡诗》注引
上海古籍出版社 1986 年版

宋玉《神女赋》曰：楚襄王游于云梦之浦，使宋玉赋高唐之事。王梦神女，其状甚丽，王异之。明日以白玉，玉曰："其梦若何？"王曰："见一妇人，状甚奇异，抚心定气，复有所梦。其始来也，耀乎若白日初出照屋梁；其少进也，皎乎若明月舒其光。秾不短，纤不长，步裔裔兮耀殿堂。忽兮改容，婉若游龙乘云翔。"王曰："此盛矣，试为寡人赋之。"玉曰："夫何神人妖丽兮，含阴阳之渥饰。被华藻之可好兮，若翡翠之奋翼。其象无双，其极毛嫱。"

——（宋）李昉《太平御览》卷三百八十一《人事部·美妇人下》
中华书局 1960 年版

宋玉《神女赋》曰：楚襄王与宋玉游于云梦之浦，使玉赋高唐之事。其夜玉寝，与神女遇，其状甚丽，玉异之。明日以白王，王曰："其状若何？"曰："晡夕之后，精神恍惚，若有所喜，见一妇人，状甚奇异。"王曰："状如何也？"玉曰："茂矣美矣，诸好备矣；盛矣丽矣，难测究矣。不可胜赞。其始来也，耀乎若白日初出照屋梁；其少进也，皎若明月舒其光。须臾之间，美貌横生。其盛饰也，则罗纨绮缋盛文章。"王曰："若此，试为寡人赋之。"

——（宋）李昉《太平御览》卷八百八十二《神鬼部·神》
中华书局 1960 年版

宋玉《神女赋》：朱唇若丹。

——（宋）李昉《太平御览》卷三百六十八《人事部·唇吻》
中华书局 1960 年版

宋玉《神女赋》云：毛嫱障袂，不足程式；西施掩面，比之无色。

——（明）董斯张《广博物志》卷二十九《艺苑四》
广陵书社 1991 年版

宋玉《神女赋》：维纵绮缋盛文章，极服妙丝照万方。

——（清）顾炎武《日知录》卷二十一《七言之始》
黄汝成、栾保群、吕宗力等《日知录集释》上海古籍出版社 2006 年版

《神女赋》曰：楚襄王与宋玉游于云梦之浦，使玉赋高唐之事。其夜玉寝，梦与神女遇，其状甚丽。玉异之，明日以白王，曰："其始来也，曜乎若白日初出照屋梁；其少进也，皎若明月舒其光。须臾之间，美貌横生。烨乎若华，温乎如莹，五色并施，不可殚形。振绣衣，披袿裳，秾不短，纤不长，步裔裔兮耀殿堂。忽兮改容，婉若游龙乘云翔。何神女之妖丽，含阴阳之渥饰。被华藻之可好，若翡翠之奋翼。毛嫱障袂，不足程式；西施掩面，比之无色。望余帷而延视，若流波之将澜。奋长袖以振衽，立踯躅以不安。意似近而既远，若将来而复旋。褰余帱而请御，愿尽心之惓惓，顾女师，命太傅，欢情未接，将辞而去。迁延引身，不可亲附。"

——（清）张英、王士禛等《渊鉴类函》卷三百二十《灵异部·神五》
上海古籍出版社 2008 年版

6.《登徒子好色赋》

楚宋玉《登徒子好色赋》曰：登徒子侍于楚王，短宋玉曰："玉为人体貌闲丽，口多微词，又性好色，愿王勿与出入后宫。"王以登徒子之言问宋玉。玉曰："天下之佳人，莫若臣东家子。增之一分则太长，减之一分则太短；著粉太白，施朱太赤。眉如翠羽，肌如白雪，腰如束素，齿如含贝，嫣然一笑，惑阳城，迷下蔡。然此女登墙窥臣三年，至今未许也。登徒子则不然，其妻蓬头挛耳，齞唇历齿，旁行踽偻，又疥且痔。登徒子悦之，使有五子。王熟察之，谁为好色者矣。"秦章华大夫在侧，因进而称曰："臣周览九土，足历五都，从容郑、卫、溱、洧之间。是时向春之末，迎夏之阳，仓庚喈喈，群女出桑。此郊之姝，华色含光，体美容冶，不待饰妆。于是处子悦

若有望而不来，忽若有来而不见。意密体疏，俯仰异观，含喜微笑，窃视流眄，因迁延而辞避。目欲其颜，心顾其义，扬诗守礼，终不过差，故足称也。

——（唐）欧阳询《艺文类聚》卷十八《人部二·美妇人》
汪绍楹校《艺文类聚》上海古籍出版社 1999 年版

宋玉《登徒子好色赋》曰：玉为人，体貌闲丽，口多微词，性又好色，愿王勿与出入后宫。宋玉曰：臣东家之子，增之一分则太长，减之一分则太短；著粉太白，施朱太赤。然此女登墙三年窥臣，臣至今未许。

——（唐）徐坚《初学记》卷十九《美丈夫第一·事对》
中华书局 2004 年版

宋玉《登徒子好色赋》曰：臣东家之子，眉如翠羽，腰如束素。

——（唐）徐坚《初学记》卷十九《美妇人第二·事对》
中华书局 2004 年版

宋玉《登徒子好色赋》：登徒子妻，蓬头挛耳，齞唇历齿，旁行伛偻，又疥且痔。登徒子悦之，使有五子。王孰察之，谁为好色者矣？

——（唐）徐坚《初学记》卷十九《丑人第三·赋》
中华书局 2004 年版

眉如翠羽。

——（唐）李善注《文选》卷二十八乐府《日出东南隅行》注引
上海古籍出版社 1986 年版

腰如束素。

——（唐）李善注《文选》卷十一王粲《登楼赋》注引，又《文选》卷十九曹植《洛神赋》注引
上海古籍出版社 1986 年版

臣东家之子，嫣然一笑，惑阳城，迷下蔡。

——（唐）李善注《文选》卷二十三阮籍《咏怀诗》注引
上海古籍出版社 1986 年版

周览九土。

——（唐）李善注《文选》卷十六司马相如《长门赋》注引,《文选》卷二十曹植《上责躬应诏诗表》注引,《文选》卷二十二谢灵运《游赤石进帆海》注引,《文选》卷九班彪《北征赋》注引

上海古籍出版社 1986 年版

窃视盼。

——（唐）李善注《文选》卷三十谢朓《武昌登孙权故城》注引

上海古籍出版社 1986 年版

洁斋俟兮。

——（唐）李善注《文选》卷二十四陆机《赠冯文罴迁斥丘令》注引

上海古籍出版社 1986 年版

因迁延而辞避。

——（唐）李善注《文选》卷五十七颜延年《陶徵士诔》注引

上海古籍出版社 1986 年版

夫天下之佳人,莫若楚国;楚国之丽者,莫若臣里;臣里之美者,莫若臣东家之子。东家之子,增之一分则太长,减之一分则太短;著粉太白,施朱太赤。眉如翠羽,肌如白雪,腰如束素,齿如含贝。

——（宋）李昉《太平御览》卷三百八十一《人事部·美妇人下》

中华书局 1960 年版

著粉太白,施朱太赤。

——（宋）李昉《太平御览》卷七百一十九《服用部·粉》

中华书局 1960 年版

眉如翠羽。

——（宋）李昉《太平御览》卷九百二十四《羽族部·翡翠》

中华书局 1960 年版

腰如束素。

——（宋）李昉《太平御览》卷八百一十四《布帛部·素》
中华书局 1960 年版

腰如束素，齿如含贝。

——（宋）李昉《太平御览》卷三百六十八《人事部·齿》
中华书局 1960 年版

腰如约素，齿如含贝。嫣然一笑，惑阳城，迷下蔡。

——（宋）李昉《太平御览》卷三百九十一《人事部·笑》
中华书局 1960 年版

东家美女，登墙窥玉三年，玉犹未许。

——（宋）李昉《太平御览》卷一百八十七《居处部·墙壁》
中华书局 1960 年版

宋玉《登徒子好色赋》：登徒子妻，蓬头挛耳，龂唇历齿，旁行伛偻，又疥且痔。

——（宋）李昉《太平御览》卷三百八十二《人事部·丑妇人》
中华书局 1960 年版

登徒子妻，既疥且痔。

——（宋）李昉《太平御览》卷七百四十三《疾病部·痔》
中华书局 1960 年版

登徒子之妻，既疥且痔，登徒子悦之，使有五子。

——（宋）李昉《太平御览》卷七百四十二《疾病部·疥》
中华书局 1960 年版

《登徒子好色赋》曰：宋玉为人，体貌闲丽，口多微词，性又好色，愿王勿与出入后宫。宋玉曰：臣东家之子，增之一分则太长，减之一分则太短；著粉太白，施朱太赤。然此女登墙三年窥臣，臣至今未许。

——（宋）佚名《锦绣万花谷》续集卷五《美丈夫》
广陵书社 2008 年版

《登徒子好色赋》：周览九土，足历五都。

——（明）陈耀文《天中记》卷七《地·九土》
广陵书社 2007 年版

宋玉《登徒子好色赋》：大夫登徒子侍于楚襄王，短宋玉曰："玉为人，体貌闲丽，口多微词，又性好色，愿王勿与出入后宫。"王以其言问玉。玉曰："天下之佳人，莫若楚国；楚之丽者，莫若臣里；臣里之美者，莫若臣东家子。增之一分则太长，减之一分则太短；著粉太白，施朱太赤。眉如翠羽，肌如白雪，腰如束素，齿如含贝。嫣然一笑，惑阳城，迷下蔡。然此子登墙窥臣三年，至今未之许。"

——（明）彭大翼《山堂肆考》卷一百一十三《形貌》
《四库类书丛刊》本上海古籍出版社 1992 年版

楚大夫登徒子侍于王，短宋玉曰："玉为人，体貌闲丽，口多微词，又性好色，愿王勿与出入后宫。"王以登徒子之言问玉。玉因作《登徒子好色赋》。

——（明）彭大翼《山堂肆考》卷一百二十九《文学·好色赋》
《四库类书丛刊》本上海古籍出版社 1992 年版

楚宋玉《登徒子好色赋》曰：登徒子侍于楚王，短宋玉曰："玉为人，体貌闲丽，口多微词，又性好色，愿王勿与出入后宫。"王以登徒子之言问宋玉。玉曰："天下之佳人，莫若臣东家子。增之一分则太长，减之一分则太短；著粉太白，施朱太赤。眉如翠羽，肌如白雪，腰如束素，齿如含贝。嫣然一笑，惑阳城，迷下蔡。然此女登墙窥臣三年，至今未许也。"

——（清）张英、王士禛等《渊鉴类函》卷二百五十五《人部·美妇人五》
上海古籍出版社 2008 年版

宋玉《登徒子好色赋》曰：登徒子妻，蓬头挛耳，龂唇历齿，旁行踽偻，又疥且痔。

——（清）张英、王士禛等《渊鉴类函》卷二百五十六《人部·丑妇人五》
上海古籍出版社 2008 年版

宋玉《登徒子好色赋》曰：著粉太白，施朱太赤。

——（清）张英、王士禛等《渊鉴类函》卷三百八十一《服饰部·粉一》
上海古籍出版社 2008 年版

7.《对楚王问》

宋玉《对问》曰：凤皇上击九千里，绝云霓，负苍天，翱翔乎窈冥之上。藩篱之鷃，岂能与之料天地之高哉！

——（唐）欧阳询《艺文类聚》卷九十《鸟部·凤》
汪绍楹校《艺文类聚》上海古籍出版社 1999 年版

宋玉《对问》曰：楚襄王问于宋玉曰："先生有遗行欤，何士庶不誉之甚也？"玉对曰："客有歌于郢中者，曰《下里》《巴人》，属而和者数十人；为《阳春》《白雪》，国中和者不过数人。其曲弥高，其和弥寡。"

——（唐）徐坚《初学记》卷十五《歌第四·事对》
中华书局 2004 年版

宋玉《对问》曰："客有歌于郢中。其为《阳春》《白雪》，国中属而和者，不过数十人。是其曲弥高，而和弥寡。"

——（唐）徐坚《初学记》卷二《雪第二·事对》
中华书局 2004 年版

《楚国先贤传》曰：宋玉对楚王曰："神龙朝发昆仑之墟，暮宿于孟诸，超腾云汉之表，婉转四渎之里。夫尺泽之鲵，岂能道江海之大哉？"

——（唐）徐坚《初学记》卷三十《龙第九·事对》
中华书局 2004 年版

按，此引为《对楚王问》异文。

客有歌于郢中者，其始曰《下里》《巴人》。

——（唐）李善注《文选》卷十八马融《长笛赋》注引，又《文选》卷四十陈琳《答东阿王笺》注引
上海古籍出版社 1986 年版

客有歌于郢中者，其始曰《下里》。

——（唐）李善注《文选》卷十七陆机《文赋》注引
上海古籍出版社 1986 年版

客有歌于郢中者，其始曰《巴人》。

——（唐）李善注《文选》卷十八嵇康《琴赋》注引
上海古籍出版社 1986 年版

客有歌于郢中者，其为《阳春》《白雪》，国中属而和者不过数人。

——（唐）李善注《文选》卷三十鲍照《玩月城西门廨中》注引
上海古籍出版社 1986 年版

其为《阳春》《白雪》。

——（唐）李善注《文选》卷十八嵇康《琴赋》注引
上海古籍出版社 1986 年版

曲弥高者，和弥寡。

——（唐）李善注《文选》卷五十七潘岳《夏侯常侍诔》注引
上海古籍出版社 1986 年版

既而曰《陵阳》《白雪》，国中唱而和之者弥寡。

——（唐）李善注《文选》卷十八嵇康《琴赋》注引
上海古籍出版社 1986 年版

按，此引大异于今传《对楚王问》，是为异文。

宋玉《对问》曰：客有歌于郢中，始曰《下里》《巴人》，国中属而和者数千人；及为《阳春》《白雪》，国中属而和者不过数十人。是故其曲弥高，而和弥寡。

——（宋）李昉《太平御览》卷十二《天部·雪》
中华书局 1960 年版

宋玉《对问》曰：藩篱之鷃。

——（宋）李昉《太平御览》卷一百九十七《居处部·藩篱》
中华书局 1960 年版

宋玉《对问》曰：夫鸟则有凤，鱼则有鲸。鲸鱼朝发昆仑之墟，暴鬐于碣石，夕宿于孟诸。夫尺泽之鲵，岂能与量江海之大哉！

——（宋）李昉《太平御览》卷九百三十六《鳞介部·鱼下》
中华书局 1960 年版

《楚辞》……又曰：凤凰上击九千里，绝云霓，负苍天，翱翔乎窈冥之中。藩篱之鷃，岂能与之料天地之高哉！

——（宋）李昉《太平御览》卷九百一十五《羽族部·凤》
中华书局 1960 年版

宋玉对曰：夫鸟有凤而鱼有鲸。凤凰上击九千里，翱翔乎窈冥之上。夫藩篱之鷃，岂能与料天地之高哉！鲸鱼朝发昆仑之墟，暮宿于孟津。尺泽之鲵，岂能与量江汉之大哉！故非鸟有凤而鱼有鲸也，士亦有之。

——（宋）李昉《太平御览》卷九百三十八《鳞介部·鲸鲵鱼》
中华书局 1960 年版

《楚辞》云：尺泽之鲵，岂能与鲲鱼量江海之大；藩篱之鷃，岂能与凤凰料天地之高哉！

——（宋）潘自牧《记纂渊海》卷五十六《论议部·分量不同》
中华书局 1988 年版

按，元俞琰《书斋夜话》卷一引此，文字同。

宋玉对楚王曰：其曲弥高，其和弥寡。（《史记》）

——（宋）潘自牧《记纂渊海》卷六十五《名誉部·寡和》
中华书局 1988 年版

按，此引注曰语出于《史记》，误。

宋玉《对楚王问》曰：其为《阳春》《白雪》，属而和者不过数十人。

——（宋）孙奕《示儿编》卷十五《杂记·人物通称》
影印《文渊阁四库全书》第 864 册（台湾）商务印书馆 1986 年版

宋玉《对问》有云：其曲弥高，其和弥寡。

——（宋）叶大庆《考古质疑》卷六
影印《文渊阁四库全书》第 853 册（台湾）商务印书馆 1986 年版

和者数千人：楚襄王问于宋玉曰："先生有遗行欤，何士庶不誉之甚也？"玉对曰："客有歌于郢中，为《下里》《巴人》，属而和者数千人；为《阳春》《白雪》，国中和者不过数人。其曲弥高，其和弥寡。（宋玉《对问》）

——（宋）佚名《锦绣万花谷》后集卷三十二《歌》
广陵书社 2008 年版

宋玉曰：凤凰上击九千里，翱翔乎窈冥之上。藩篱之鷃，安能料其高哉！士亦然矣。

——（元）富大用《新编古今事文类聚》卷十五《县官部·占气迁丞》
书目文献出版社 1991 年版

按，明陈耀文《天中记》卷三十四《县丞》引此，文字同。

宋玉《对问》曰：客有歌于郢中，其为《阳春》《白雪》，国中属而和者不过数十人。是其曲弥高，而和弥寡。

——（清）张英、王士祯等《渊鉴类函》卷九《天部·雪一》
上海古籍出版社 2008 年版

宋玉对楚王曰：凤凰上击九千里，绝云霓，负苍天，翱翔乎杳冥之上。夫藩篱之鷃，岂能与料天地之高哉！鲲鱼朝发昆仑之墟，暴鬐于碣石，暮宿于孟诸。夫尺泽之鲵，岂能与量江海之大哉！故非鸟有凤而鱼有鲲也，士亦有之。夫圣人瑰意琦行，超然独处，世俗之民，又安知臣之所为哉！

——（清）张英、王士祯等《渊鉴类函》卷二百八十《人部·高洁》
上海古籍出版社 2008 年版

宋玉《对问》曰：凤凰上击九千里，绝云霓，负苍天，翱翔乎窈冥之中。藩篱之鷃，岂能与之料天地之高哉！

——（清）张英、王士祯等《渊鉴类函》卷四百一十八《鸟部·凤一》
上海古籍出版社 2008 年版

宋玉《对楚王问》曰：鲸鱼朝发昆仑之墟，暴鬐于碣石，夕宿于孟渚。夫尺泽之鲵，岂能与之量江海之大哉！

——（清）张英、王士祯等《渊鉴类函》卷四百四十一《鳞介部·鱼一》
上海古籍出版社 2008 年版

宋玉《对楚王问》：鲲鱼朝发昆仑之墟，暴鬐于碣石，夕宿于孟诸。

——（清）陈元龙《格致镜原》卷九十三《水族·鲲》

影印《文渊阁四库全书》第 1031—1032 册（台湾）商务印书馆 1986 年版

8.《笛赋》

宋玉《笛赋》曰：师旷将为《阳春》《北郑》之曲，假涂南国焉。

——（隋）杜公瞻《编珠》卷二《音乐部·北郑曲》

影印《文渊阁四库全书》第 887 册（台湾）商务印书馆 1986 年版

宋玉《笛赋》曰：尝观衡山之阳，奇簳异干罕节。

——（隋）杜公瞻《编珠》卷二《音乐部·衡山竹笛》

影印《文渊阁四库全书》第 887 册（台湾）商务印书馆 1986 年版

楚宋玉《笛赋》曰：余尝观于衡山之阳，见奇筱异干、罕节间枝之丛生也。其处磅磄千仞，绝溪陵阜，隆崛万丈，磐石双起；丹水涌其左，醴泉流其右。师旷将为《阳春》《北鄙》《白雪》之曲，取其雄焉。宋意将送荆卿于易水之上，得其雌焉。于是天旋少阴，白日西靡。命岩香，使午子，延长颈，奋玉手，摘朱唇，曜皓齿，赪颜臻，玉貌起，吟《清商》，追《流徵》。

——（唐）欧阳询《艺文类聚》卷四十四《乐部四·笛》

汪绍楹校《艺文类聚》上海古籍出版社 1999 年版

楚宋玉《笛赋》：余尝观于衡山之阳，见奇筱异干、罕节简枝之丛生也。其处磅磄千仞，绝溪陵阜。崇崛万丈，盘石双起；丹水涌其左，醴泉流其右。师旷将为《阳春》《北鄙》《白雪》之曲，取其雄焉。宋意将送荆卿于易水之上，得其雌焉。于是天旋少阴，白日西靡。命严春，使午子，延长颈，奋玉手，摘朱唇，曜皓齿，赪颜臻，玉貌起，吟《清商》，追《流徵》。

——（唐）徐坚《初学记》卷十六《笛第十·赋》

中华书局 2004 年版

宋玉《笛赋》：招伯奇于凉阴，追申子于晋城。夫奇曲雅乐，所以禁淫也；锦绣黼黻，所以御寒也。

——（唐）徐坚《初学记》卷十六《笛第十·事对》

中华书局 2004 年版

宋玉《笛赋》曰：芳林皓干，有奇宝兮；博人通明，乐斯道兮。

——（唐）徐坚《初学记》卷十六《笛第十·事对》
中华书局 2004 年版

宋玉《笛赋》云：八音和调，咸禀受兮。善善不衰，为时保兮。绝郑之遗，离南楚兮。美风洋洋，而畅茂兮。

——（唐）徐坚《初学记》卷十六《笛第十·事对》
中华书局 2004 年版

余尝观于衡山之阳。

——（唐）李善注《文选》卷五左思《吴都赋》注引
上海古籍出版社 1986 年版

奇筱异幹，罕节简支，敷纷茂盛，扶疏四布。

——（唐）李善注《文选》卷十七王褒《洞箫赋》注引
上海古籍出版社 1986 年版

按，此引后两句今传《笛赋》所无，疑为逸文。

奇簳、筑篁，二竹名，其形未详。

——（唐）李善注《文选》卷四张衡《南都赋》注引
上海古籍出版社 1986 年版

按，此引不见于今传《笛赋》，或为注释文字，非赋之正文。

磅唐千仞。

——（唐）李善注《文选》卷十八马融《长笛赋》注引
上海古籍出版社 1986 年版

丹水涌其左，醴泉流其右。

——（唐）李善注《文选》卷十八嵇康《琴赋》注引
上海古籍出版社 1986 年版

师旷将为《白雪》之曲也。

——（唐）李善注《文选》卷三十鲍照《玩月城西门廨中》注引
上海古籍出版社 1986 年版

师旷为《白雪》之曲。

——（唐）李善注《文选》卷十七陆机《文赋》注引
上海古籍出版社 1986 年版

于是天旋少阴，白日西靡，命严春，使叔子。

——（唐）李善注《文选》卷十七王褒《洞箫赋》注引
上海古籍出版社 1986 年版

天旋少阴，白日西靡。

——（唐）李善注《文选》卷十五张衡《思玄赋》注引
上海古籍出版社 1986 年版

頩颜臻，玉貌起。

——（唐）李善注《文选》卷十一鲍照《芜城赋》注引
上海古籍出版社 1986 年版

吟《清商》，追《流徵》。

——（唐）李善注《文选》卷二张衡《西京赋》注引，又《文选》卷十六司马相如《长门赋》注引，《文选》卷十八成公绥《啸赋》注引，《文选》卷二十九《古诗十九首》注引
上海古籍出版社 1986 年版

武毅发，沈忧结。

——（唐）李善注《文选》卷二十三潘岳《悼亡诗》注引，又《文选》卷二十九曹植《朔风诗》注引，《文选》卷三十一刘铄《拟古》注引
上海古籍出版社 1986 年版

悲猛气兮飘疾。

——（唐）李善注《文选》卷十潘岳《西征赋》注引
上海古籍出版社 1986 年版

麦秀蕲兮鸟华翼。

——（唐）李善注《文选》卷三十四枚乘《七发》注引
上海古籍出版社 1986 年版

宋玉《笛赋》云：吹清角，进流徵。又云：奏苦血沾衣。

——（宋）吴曾《能改斋漫录》卷六《事实·笛诗清商欲尽奏》
上海古籍出版社1979年版

宋玉《笛赋》云：麦秀蘄兮，鸟华翼。

——（宋）吴曾《能改斋漫录》卷七《事实·麦秀蘄兮麦秀渐渐》
上海古籍出版社1979年版

《古文苑》宋玉《笛赋》：度曲羊肠。

——（宋）王楙《野客丛书》卷九《度曲二首》
中华书局1987年版

宋玉《笛赋》：师旷将为《阳春》《白雪》之曲。

——（宋）叶大庆《考古质疑》卷六
影印《文渊阁四库全书》第853册（台湾）商务印书馆1986年版

余尝观于衡山之阳，见奇篁异干，罕节简枝之丛生也。其处傍塘千仞，绝溪陵阜。隆崛万丈，盘石双起；丹水涌其左，醴泉流其右。师旷将为《阳春》《北鄙》《白雪》之曲，取其雄焉。宋意将送荆卿于易水之上，得其雌焉。于是天旋少阴，白日西靡。命严春，使午子，延长颈，奋玉指，摘朱唇，曜皓齿，赪颜臻，玉貌起，吟《清商》，追《流徵》。

——（宋）祝穆《古今事文类聚》续集卷二十三《古今文集·杂著》
书目文献出版社1991年版

奇曲雅乐，所以禁淫。（宋玉赋）

——（宋）祝穆《古今事文类聚》续集卷二十三《古今文集·杂著》
书目文献出版社1991年版

芳林皓幹有奇宝兮。（宋玉赋）

——（元）佚名《书林事类韵会》卷九十八《笛》
影印《续修四库全书》第1218—1219册 上海古籍出版社2002年版

宋玉《笛赋》云：衡山之阳，见奇篁异干。良工至此曰，命陪乘取其雄焉，得其雌焉，遂以为笛。

——（明）陈耀文《正杨》卷二《律书注》
影印《文渊阁四库全书》第856册（台湾）商务印书馆1986年版

楚宋玉《笛赋序》：余尝观于衡山之阳，见奇篆异干、罕节简枝之丛生也。其处磅磄千仞，绝溪凌皋。隆崛万丈，盘石双起；丹水涌其左，醴泉流其右。师旷将为《阳春》《北郑》《白雪》之曲，取其雄焉。宋意将送荆卿于易水之上，得其雌焉。

——（明）彭大翼《山堂肆考》卷一百六十三《音乐·笛·衡山简枝》
《四库类书丛刊》本上海古籍出版社1992年版

楚宋玉《笛赋》：余尝观于衡山之阳，见奇篆异干、罕节间枝之丛生也。其处磅磄千仞，绝溪陵皋。隆崛万丈，盘石双起；丹水涌其左，醴泉流其右。师旷将为《阳春》《北鄙》《白雪》之曲，取其雄焉。宋意将送荆卿于易水之上，得其雌焉。于是天旋少阴，白日西靡。命严春，使午子，延长颈，奋玉指，摘朱唇，曜皓齿，赪颜臻，玉貌起，吟《清商》，追《流徵》，歌《伐檀》，号《孤子》。

——（明）王志庆《古俪府》卷八《乐部·乐器》
影印《文渊阁四库全书》第979册（台湾）商务印书馆1986年版
按，清张英、王士祯等《渊鉴类函》卷一百九十《乐部七·笛五》引同，唯间枝之"间"作"简"。

宋玉《笛赋》：衡山奇篆，师旷取其雄焉，宋意得其雌焉。亦以竹管之阴阳为雌雄耳。

——（明）周婴《卮林》卷四《述洪·岁月日风雷雄雌》
《八闽文献丛刊》本福建人民出版社2006年版

《古文苑》宋玉《笛赋》：度曲羊肠。

——（清）胡鸣玉《订讹杂录》卷一《度曲》
影印《文渊阁四库全书》第861册（台湾）商务印书馆1986年版

9.《大言赋》

楚宋玉《大言赋》曰：壮士欻兮绝天维，北斗戾兮泰山夷。

——（隋）杜公瞻《编珠》卷一《天地部》
影印《文渊阁四库全书》第887册（台湾）商务印书馆1986年版

楚宋玉《大言赋》曰：楚襄王与唐勒、景差、宋玉游于阳云之台。王曰："能为寡人大言者上座。"王因称曰："操是太阿戮一世，流血冲天，车不可以厉。"至唐勒曰："壮士愤兮绝天维，北斗戾兮太山夷。"至宋玉曰："方地为车，圆天为盖，长剑耿介倚天外。"王曰："未可也。"玉曰："并吞四夷，饮枯河海，跂越九州，无所容止。"

——（唐）欧阳询《艺文类聚》卷十九《人部·言语》
汪绍楹校《艺文类聚》上海古籍出版社 1999 年版

按，清张英、王士禎等《渊鉴类函》卷二百六十六《人部二十五·言语五》引同，唯"称"作"唏"，"未可也"作"未也"。

宋玉《大言赋》曰：楚襄王与唐勒、景差、宋玉游于阳云之台。王曰："能为大言者上坐。"

——（唐）徐坚《初学记》卷十《王第五·事对》
中华书局 2004 年版

宋玉《大言赋》曰：壮士欸兮绝天维，北斗戾兮太山夷。

——（唐）徐坚《初学记》卷一《天第一·事对》
中华书局 2004 年版

宋玉《大言赋》曰：方地为舆，圆天为盖。

——（唐）徐坚《初学记》卷五《总载地第一·事对》
中华书局 2004 年版

方地为舆，员天为盖。长剑耿介，倚天之外。

——（唐）李善注《文选》卷三十一江淹《杂体诗》注引
上海古籍出版社 1986 年版

长剑耿介，倚天之外。

——（唐）李善注《文选》卷八扬雄《羽猎赋》注引，
又《文选》卷十五张衡《思玄赋》注引
上海古籍出版社 1986 年版

宋玉《大言赋》曰：圆天为盖，方地为舆。

——（宋）李昉《太平御览》卷七百二《服用部·盖》
中华书局 1960 年版

宋玉《大言赋》曰：长剑倚天外。
　　　　　　——（宋）李昉《太平御览》卷三百四十四《兵部·剑下》
　　　　　　中华书局 1960 年版

宋玉《大言赋》：方地为车，圆天为盖，长剑倚天外。
　　　　　　——（宋）叶廷珪《海录碎事》卷十四《百工医技部·刀剑门·倚天长剑》
　　　　　　李之亮校点《海录碎事》中华书局 2002 年版

《大言赋》：楚襄王与唐勒、景差、宋玉游于阳云之台。
　　　　　　——（宋）王应麟《玉海》卷一百六十二《宫室·台》
　　　　　　江苏古籍出版社 1987 年版

唐勒《大言赋》云：壮士愤兮绝天维，北斗戾兮太山夷。
　　　　　　——（明）陈耀文《天中记》卷一《天》
　　　　　　广陵书社 2007 年版

宋玉《大言赋》曰：方地为舆，圆天为盖。
　　　　　　——（明）陈耀文《天中记》卷七《地》
　　　　　　广陵书社 2007 年版

宋玉《大言赋序》：楚襄王与诸大夫唐勒、景差、宋玉等游于阳云之台。王曰："能为大言者上坐。"勒等遂赋大言，而宋玉受赏。
　　　　　　——（明）彭大翼《山堂肆考》卷一百二十九《文学·大言赋》
　　　　　　《四库类书丛刊》本上海古籍出版社 1992 年版

宋玉《大言赋序》：楚襄王与唐勒、景差、宋玉游于阳云之台。王曰："能为大言者上座。"
　　　　　　——（清）王掞等《佩文韵府》卷六十六之三《去声七遇·赋》
　　　　　　上海古籍出版社 1983 年版

宋玉《大言赋》曰：方地为舆。
　　　　　　——（清）陈元龙《格致镜原》卷五《坤舆类·地》
　　　　　　影印《文渊阁四库全书》第 1031—1032 册（台湾）商务印书馆 1986 年版

10.《小言赋》

《小言赋》曰：楚襄王既登阳云之观，命诸大夫景差、唐勒、宋玉等并进《大言赋》，赋卒，而宋玉受赏。又曰："有能为《小言赋》者，赐之云梦之田。"景差曰："戴氛埃兮垂漂尘，体轻蚊翼，形微蚤鳞。经由针孔，出入罗巾。"唐勒曰："折飞糠以为舆，剖粃糟以为舟。凭蚋眦以顾眄，附蠛蠓而退游。"又曰："馆于蝇髯，宴于毫端，烹虮脑，切虱肝，会九族而同哜，犹委馀而不殚。"宋玉曰："无内之中，微物潜生。比之无象，言之无名。蒙蒙景灭，昧昧遗形，纤于鹭末之微，蔑陋于茸毛之方生。视之则眇眇，望之则冥冥。离朱为之叹闷，神明不能察其情。二子之言，磊磊皆不小，何如此之为精？"王曰："善，赐云梦之田。"

——（唐）欧阳询《艺文类聚》卷十九《人部·言语》
汪绍楹校《艺文类聚》上海古籍出版社 1999 年版

宋玉《小言赋》曰：楚襄王既登阳云之台，命诸大夫景差、唐勒、宋玉等并造《大言赋》，卒而宋玉受赏。又作《小言赋》。王曰："善！赐云梦之田。"

——（唐）徐坚《初学记》卷十《王第五·事对》
中华书局 2004 年版

宋玉《大言赋序》曰：楚襄王既登阳云之台，命诸大夫景差、唐勒、宋玉等并造《大言赋》，赋毕，而玉受赏。又"有能为《小言赋》者，赏云梦之田。"赋毕，遂赐玉田。

——（宋）李昉《太平御览》卷五百八十七《文部·赋》
中华书局 1960 年版

按，此引题为《大言赋序》实误，当引自《小言赋》，又为节录。

宋玉等并造集《小言赋》云：楚王既登云阳之台，乃命诸大夫景差、唐勒、宋玉等并造《大言赋》，卒而玉受赏。王曰："复能为《小言赋》者，与之云梦之田。"玉又为赋，王曰："善。"遂赐云梦之田。

——（宋）李昉《太平御览》卷六百三十三《治道部·赏赐》
中华书局 1960 年版

《小言赋》：景差曰：载雾埃，乘漂尘，体轻蚊翼，形微蚤鳞。经由针孔，出入罗巾。飘妙翩绵，乍见乍泯。

——（宋）叶廷珪《海录碎事》卷九上《圣贤人事部·比喻门·轻蚊翼》
李之亮校点《海录碎事》中华书局 2002 年版

宋玉《小言赋序》：楚襄王既登阳云之台，命诸大夫景差、唐勒、宋玉等并造《大言赋》，毕而宋玉受赏。又作《小言赋》，王曰："善，赐云梦之田。"

——（明）彭大翼《山堂肆考》卷四十《帝属·亲王·登阳云台》
《四库类书丛刊》本上海古籍出版社 1992 年版

宋玉又作《小言赋》，王曰："善，赐云梦之田。"

——（明）彭大翼《山堂肆考》卷一百二十九《文学·赋》
《四库类书丛刊》本上海古籍出版社 1992 年版

《小言赋》曰：楚襄王既登阳云之台，命诸大夫景差、唐勒、宋玉等并进《大言赋》，赋卒，而宋玉受赏。又曰："有能为《小言赋》者，赐之云梦之田。"景差曰："戴氛埃兮乘漂尘，体轻蚊翼，形微蚤鳞。经由针孔，出入罗巾。"唐勒曰："析飞糠以为舆，剖粃糟以为舟。凭蚋眦以顾盼，附蠛蠓而遐游。"又曰："馆于蝇鬓，宴于毫端，烹虱脑，切虮肝，会九族而同哜，犹委余而不殚。"宋玉曰："无内之中，微物潜生。比之无象，言之无名。蒙蒙景灭，昧昧遗形，纤于蠹末之微，蔑陋于茸毛之方生。视之则眇眇，望之则冥冥。离朱为之叹闷，神明不能察其情。二子之言，磊磊皆不小，何如此之为精？"王曰："善，赐云梦之田。"

——（清）张英、王士祯等《渊鉴类函》卷二百六十六《人部·言语五》
上海古籍出版社 2008 年版

小言赋：宋玉《小言赋序》：楚襄王曰："有能为《小言赋》者，赐之云梦之田。"

——（清）王掞等《佩文韵府》卷六十六之三《去声七遇·赋》
上海古籍出版社 1983 年版

景差《小言赋》曰：戴氛埃兮垂漂尘，体轻蚊翼，形微蚤鳞。经由针孔，出入罗巾。

——（清）徐文靖《管城硕记》卷二十二《正字通二》
《学术笔记丛刊》本中华书局1998年版

11.《讽赋》

宋玉《讽赋》曰：兰房奥室，止臣其中，中有鸣琴焉，臣援而鼓之，为《秋竹》《积雪》之曲。

——（隋）杜公瞻《编珠》卷二《音乐部》
影印《文渊阁四库全书》第887册（台湾）商务印书馆1986年版

宋玉《讽赋》曰：主人之女为臣炊彫胡之饭，烹露葵之羹，劝臣食。

——（隋）杜公瞻《编珠》卷三《酒膳部》
影印《文渊阁四库全书》第887册（台湾）商务印书馆1986年版

楚宋玉《讽赋》曰：楚襄王时，宋玉休归。唐勒谗之于王曰："玉为人身体容冶，内多微辞，出爱主人之女，入事大王，愿王疏之。"玉休还，王谓玉曰："出爱主人之女，入事寡人，不亦薄乎？"玉曰："臣尝出行，仆饥马疲。主人之女，翳承日之华，披翠云之裘，更被白縠之单衫，垂珠步摇，来排臣户。为臣炊彫胡之饭，烹露葵之羹。以其翡翠之钗，挂臣冠缨，为臣歌曰：'岁将暮兮日已寒，中心乱兮勿多言。'臣复援琴为《秋竹》《积雪》之曲。主人女又为臣歌曰：'怵惕心兮徂玉床，横自陈兮君之傍，君不御兮妾谁怨？日将至兮下黄泉。'"

——（唐）欧阳询《艺文类聚》卷二十四《人部·讽》
汪绍楹校《艺文类聚》上海古籍出版社1999年版

宋玉《讽》曰：臣尝行，仆饥马疲，正遇主人翁出，母又到市。主人女，欲置臣堂上太高，堂下太卑，乃更为兰房奥室，止臣其中。有鸣琴焉，臣援而鼓之，作《幽兰》《白雪》之曲。

——（唐）徐坚《初学记》卷二《雪第二·事对》
中华书局2004年版

宋玉《风赋》曰：主人之女，翳承日之华，被翠云之裳。

——（唐）徐坚《初学记》卷二十六《裘第八·事对》
中华书局2004年版

按，此引题为《风赋》，实为《讽赋》，古"风"与"讽"通。

宋玉《讽赋》曰：臣常（尝）行，仆饥马疲。正值主人门开，主人出，独有主人女在。欲置臣堂上太高，堂下太卑，乃为兰房奥室，止臣其中。中有鸣琴焉，臣援而鼓之，为《秋竹》《积雪》之曲。

——（唐）徐坚《初学记》卷十六《琴第一·事对》
中华书局2004年版

臣尝行至，主人独有一女，置臣兰房之中，臣援琴而鼓之，为《幽兰》《白雪》之曲。

——（唐）李善注《文选》卷十三谢惠连《雪赋》注引
上海古籍出版社1986年版

按，此引与今本《讽赋》出入颇大，且语不贯通，是为择意而引。

臣援琴而鼓之，作《幽兰》《白雪》之曲。

——（唐）李善注《文选》卷十八马融《长笛赋》注引
上海古籍出版社1986年版

臣援琴而鼓之，为《幽兰》《白雪》之曲。

——（唐）李善注《文选》卷二十八乐府《日出东南隅行》注引，又《文选》卷四十陈琳《答东阿王笺》注引
上海古籍出版社1986年版

臣援琴而鼓之。

——（唐）李善注《文选》卷二十七乐府《燕歌行》注引，又《文选》卷十六司马相如《长门赋》注引
上海古籍出版社1986年版

为《幽兰》《白雪》之曲。

——（唐）李善注《文选》卷三十五张协《七命》注引
上海古籍出版社1986年版

主人之女，垂珠步摇，来排臣户。
——（唐）李善注《文选》卷三十四曹植《七启》注引
上海古籍出版社 1986 年版

主人之女，为臣炊彫胡之饭。
——（唐）李善注《文选》卷三十四曹植《七启》注引
上海古籍出版社 1986 年版

主人之女，为臣炊彫胡之饭，露葵之羹，来劝臣食。
——（唐）李善注《文选》卷三十沈约《三月三日率尔成篇》注引
上海古籍出版社 1986 年版

为臣炊彫胡之饭。
——（唐）李善注《文选》卷三十四枚乘《七发》注引
上海古籍出版社 1986 年版

为臣煮露葵之羹。
——（唐）李善注《文选》卷三十四曹植《七启》注引
上海古籍出版社 1986 年版

主人女歌曰：岁已暮兮日已寒。
——（唐）李善注《文选》卷二十一颜延年《秋胡诗》注引
上海古籍出版社 1986 年版

宋玉《讽赋》曰：楚襄王时，宋玉休归，唐勒谗之于王。王谓玉曰："体貌容冶，口多微辞，不亦薄乎？"玉谓王曰："身体容冶，受之二亲；口多微辞，闻之圣人。"
——（宋）李昉《太平御览》卷三百八十《人事部·美丈夫下》
中华书局 1960 年版

宋玉赋曰：臣尝行，仆饥马疲，正值主人门开，主人翁出，独有主人女在。欲置臣堂上太高，堂下太卑，乃更为兰房奥室，止臣其中。其中有鸣琴焉，臣援琴而鼓之，为《秋竹》《积雪》之曲。
　　　　　　　——（宋）李昉《太平御览》卷五百七十九《乐部·琴下》
　　　　　　　中华书局 1960 年版

宋玉《讽赋》曰：主人女子，乃更有兰房奥室，止臣其中。
　　　　　　　——（宋）李昉《太平御览》卷一百八十五《居处·房》
　　　　　　　中华书局 1960 年版

宋玉《讽赋》曰：主人女翳承日之华，更被母縠之单衣。
　　　　　　　——（宋）李昉《太平御览》卷八百一十六《布帛部·縠》
　　　　　　　中华书局 1960 年版

宋玉《讽赋》曰：主人之女，被翠云之裘。
　　　　　　　——（宋）李昉《太平御览》卷六百九十四《服章部·裘》
　　　　　　　中华书局 1960 年版

宋玉《讽赋》曰：主人之女，垂珠步摇。
　　　　　　　——（宋）李昉《太平御览》卷七百一十五《服用部·步摇》
　　　　　　　中华书局 1960 年版

垂珠步摇，来排臣户。
　　　　　　　——（宋）李昉《太平御览》卷八百零三《珍宝部·珠》
　　　　　　　中华书局 1960 年版

宋玉《风赋》曰：主人之女，为臣炊彫胡之饭。
　　　　　　　——（宋）李昉《太平御览》卷八百五十《饮食部·饭》，又《太平御览》
　　　　　　　卷九百九十九《百卉部·菰》
　　　　　　　中华书局 1960 年版

《讽赋》：主人之女，翳承日之华，披翠云之裘，被白縠之单衫，垂珠步摇，来排臣户。
　　　　　　　——（宋）叶廷珪《海录碎事》卷五《衣冠服用部·衣服门·翠云裘》
　　　　　　　李之亮校点《海录碎事》中华书局 2002 年版

宋玉《讽赋》云：臣尝出行，仆饥马疲，正值主人门开，主人出，独有主人之女在。欲置臣堂上太高，堂下太卑，乃为兰房奥室，止臣其中。中有鸣琴焉，臣援而鼓之，为《秋竹》《积雪》之曲。

——（明）彭大翼《山堂肆考》卷一百六十二《音乐·琴》
《四库类书丛刊》本上海古籍出版社 1992 年版

宋玉《讽赋》云：烹露葵之羹。

——（明）顾起元《说略》卷二十八《卉牋下》
影印《文渊阁四库全书》第 964 册（台湾）商务印书馆 1986 年版

按，明陈耀文《天中记》卷七《葵》引此，文字同。

宋玉《讽赋》曰：楚襄王时，宋玉休归。唐勒谗之于王曰："玉为人身体容冶，口多微辞，出爱主人之女，入事大王，愿王疏之。"玉休还，王谓玉曰："出爱主人之女，入事寡人，不亦薄乎？"玉曰："臣尝出行，仆饥马疲。主人之女，翳承日之华，披翠云之裘，更被白縠之单衫，垂珠步摇，来排臣户。为臣炊彫胡之饭，烹露葵之羹。以其翡翠之钗，挂臣冠缨，为臣歌曰：'岁将暮兮日已寒，中心乱兮勿多言。'臣复援琴为《秋竹》《积雪》之曲。主人女又为臣歌曰：'怵惕心兮徂玉床，横自陈兮君之傍，君不御兮妾谁怨？日将至兮下黄泉。'"

——（清）张英、王士禛等《渊鉴类函》卷二百九十五《人部·讽五》
上海古籍出版社 2008 年版

宋玉《讽赋》曰：主人之女，翳承日之华，更被白縠之单衣。

——（清）张英、王士禛等《渊鉴类函》卷三百六十六《布帛部·縠一》
上海古籍出版社 2008 年版

宋玉《讽赋》曰：主人之女，垂珠步摇。

——（清）张英、王士禛等《渊鉴类函》卷三百八十一《服饰部·步摇一》
上海古籍出版社 2008 年版

12.《钓赋》

《钓赋》曰：宋玉与登徒子偕受钓于玄泉，止而并见于楚襄王。登徒子曰："夫玄泉天下之善钓者也，以三寻之竿，八丝之线，以出三尺之鱼于数仞之中，可谓无术乎？"襄王曰："善。"宋玉进曰："今玄泉钓又焉足为大王言乎？"王曰："子所谓善钓者何？"玉曰："善钓者，其竿非竹，其纶非丝，其钩非针，其饵非蚓也。"王曰："愿遂闻之。"宋玉曰："昔尧、舜、禹、汤之钓也，以圣贤为竿，道德为纶，仁义为钩，利人为饵，四海为池，万民为鱼。其钓道微也，非圣孰能察之！"王曰："钓未可见也。"宋玉曰："其钓易见。昔殷汤以七十里，兴利除害，天下归之，其饵可谓芳矣；南面以掌天下，历载数百，到今不废，其纶可谓多矣；群生浸其泽，民氓畏其罚，其钓可谓善矣；功成而不坠，名立而不改，其竿可谓强矣。夫竿折、纶绝、饵堕、钓决、鱼失，则夏桀、殷纣不通夫钓术也。"

——（唐）欧阳询《艺文类聚》卷二十四《人部·讽》
汪绍楹校《艺文类聚》上海古籍出版社 1999 年版

宋玉《钓赋》曰：左挟鱼罶，右执乔竿，立于潢污之涯，倚于杨柳之间。情不离乎鱼喙，思不出乎鲋鳊。

——（唐）徐坚《初学记》卷二十二《渔第十一·事对》
中华书局 2004 年版

宋玉《钓赋》曰：宋玉与登徒子皆受钓于玄渊，退而见于楚襄王。登徒子曰："夫玄渊之钓也，以三寻之竿，八丝之纶，饵以蛆蟟，钩以细铖，以出三尺之鱼于数仞之水中。"

——（宋）李昉《太平御览》卷八百三十四《资产部·钓》
中华书局 1960 年版

宋玉《钓赋》曰：左挟鱼罶，右执桥竿。精不离乎鱼啄，思不出乎刲鳊。

——（宋）李昉《太平御览》卷九百三十七《鳞介部·鲂鱼》
中华书局 1960 年版

宋玉《钓赋》曰：玄洲天下善钓者也。

——（宋）叶廷珪《海录碎事》卷二十二《渔钓门·玄洲》
李之亮校点《海录碎事》中华书局 2002 年版

宋玉《钓赋》：左挟鱼罶，右执乔竿，立于潢污之涯，倚于杨柳之间。
——（明）彭大翼《山堂肆考》卷一百四十四《民业·渔人·挟罶》
《四库类书丛刊》本上海古籍出版社 1992 年版

《钓赋》曰：宋玉与登徒子偕受钓于元泉，而并见于楚襄王。登徒子曰："夫元泉天下之善钓者也，以三寻之竿，八丝之线，以出三尺之鱼于数仞之水中，可谓无术乎？"襄王曰："善。"宋玉进曰："元泉钓又焉足为大王言乎？善钓者，其竿非竹，其纶非丝，其钩非针，其饵非螾也。"王曰："愿遂闻之。"宋玉曰："昔尧、舜、禹、汤之钓也，以圣贤为竿，道德为纶，仁义为钩，禄利为饵，四海为池，万民为鱼。其钓道微矣，非圣孰能察之！"王曰："钓未可见也。"宋玉曰："其钓易见。昔殷汤以七十里，兴利除害，天下归之，其饵可谓芳矣；南面以掌天下，历载数百，到今不废，其纶可谓韧矣；群生浸其泽，民氓畏其罚，其钓可谓善矣；功成而不坠，名立而不改，其竿可谓强矣。夫竿折、纶绝、饵坠、钓决、鱼失，则夏桀、殷纣不通夫钓术也。"
——（清）张英、王士祯等《渊鉴类函》卷二百九十五《人部·讽五》
上海古籍出版社 2008 年版

宋玉《钓赋》曰：夫玄渊之钩也，以三寻之竿，八丝之纶。
——（清）张英、王士祯等《渊鉴类函》卷三百六十六《布帛部·丝一》
上海古籍出版社 2008 年版

13.《舞赋》

后汉傅毅《舞赋》曰：楚襄王既游云梦，将置酒宴饮，谓宋玉曰："寡人欲觞群臣，何以娱之？"玉曰："臣闻《激楚》《结风》《阳阿》之舞，材人之穷观，天下之至妙，噫！可进乎？"王曰："试为寡人赋之。"玉曰："唯，唯。郑女出进，二八徐侍。姣服极丽，姁媮致态。貌嫽妙以妖冶，红颜烨其扬华，眉娟以增绕，目流睇而横波。珠翠之烁而照曜，华袿飞髾而杂纤罗。顾形影，自整装，顺微风，挥若芳。动朱唇，纡清扬，亢音高歌，为乐之方。其始兴也，若俯若仰，若来若往，雍容惆怅，不可为象。罗衣从风，长袖交横，骆驿飞散，飒遝合并。绰约闲靡，机迅体轻。于是合场递进，案次而俟。埒材角妙，夸容乃理，轶态横出，瑰姿谲起。回身还入，迫于急节，纡形赴远，漼以摧折。纤縠蛾飞，缤焱若绝，体如游龙，袖如素蜺。迁延微笑，退复次列。观者称丽,莫不怡悦。"

——(唐)欧阳询《艺文类聚》卷四十三《乐部·舞》
汪绍楹校《艺文类聚》上海古籍出版社 1999 年版

按,宋章樵以为《古文苑》宋玉《舞赋》当于《艺文类聚》引出,故选录以备参考。下引《初学记》,意同此。

后汉傅毅《舞赋》:楚襄王既游云梦,将置酒宴饮,谓宋玉曰:"寡人欲觞群臣,何以娱之?"玉曰:"臣闻《激楚》《结风》《阳阿》之舞,材人之穷观,天下之至妙,噫!可进乎?"王曰:"试为寡人赋之。"玉曰:"唯,唯。尔乃郑女并进,二八徐侍。姣服极丽,姁媮致态。貌嫽妙以妖冶,红颜晔其扬华,眉连娟以增绕,目流睇而回波。珠翠的烁而照曜兮,华袿飞髾而杂纤罗。顾形影,自整装,顺微风,挥若芳。动朱唇,纡清扬,抗音高歌,为乐之方。其始兴也,若俯若仰,若来若往,雍容惆怅,不可为象。罗衣从风,长袖交横,骆驿飞散,飒沓合并。绰约闲靡,机迅体轻。于是合场递进,按次而俟。埒材角妙,夸容乃理,轶态横出,瑰姿谲起。回身还入,迫于急节,纡形赴远,灌似摧折,纤縠蛾飞,缤焱若绝。迁延微笑,退复次列。观者称丽,莫不怡悦。"云云。

——(唐)徐坚《初学记》卷十五《舞第五·赋》
中华书局 2004 年版

《舞赋》:楚襄王既游云梦,将置酒宴饮,谓宋玉曰:"寡人欲觞群臣,何以娱之?"玉曰:"臣闻《激楚》《结风》《阳阿》之舞,材人之穷观,天下之至妙,噫!可进乎?"王曰:"试为寡人赋之。"玉曰:"唯,唯。尔乃郑女出进,二八徐侍。姣服极丽,姁媮致态。貌嫽妙以妖冶,红颜煜其扬华,眉连娟以增绕,目流睇而横波。珠翠灼烁而照曜,华袿飞髾而杂纤罗。顾形影,自整装,顺微风,挥若芳。动朱唇,纡清扬,而抗音高歌,为乐之方。其始兴也,若俯若仰,若来若往,雍容惆怅,不可为象。罗衣从风,长袖交横,骆驿飞散,飒沓合并。绰约闲靡,机迅体轻。合场递进,案次而俟。埒簇角妙,夸容乃理,轶态横出,瑰姿谲起。回身还入,迫于急节,纡形赴远,灌以摧折。纤縠蛾飞,缤焱若绝,体如游龙,袖如素蜺。迁延微笑,退复次列。观者称丽,莫不怡悦。

——(宋)章樵《古文苑》卷二《赋·宋玉》
《丛书集成初编》第 1692—1695 册中华书局 1983 年版

14.《微咏赋》

《微咏赋》：蔓驰年之骚思，黫徂夜之悁忧。念悦悯以沦忽，心震憯而劳流。坐生悲其何念？徒空咏以自惆。于咏之为情也，怅望兮若分江皛素厓，翔伤兮滥行云再清离。浩宕弘以广度，纷收息而淹仪。既御声以跼制，又系韵而发羁。青途郁兮春采香，秋色阴兮白露商。谨鸟翾兮山光开，长霞流布兮林气哀。于时也，深衷美绪，孤响端音。属素排满，吐致施英。嘈肆怀以鸿畅，惨辍意而相迎。冯幽图以藉怨，咀高华而寄声。体闲慆而都靡，心游任而姝明。濯陵奇而焘志，舒容绮以昭情。占风立侯，睨天发晖。精虑方荡，中置忘归。慨矣挫叹，默焉析机。钟石麠畹，琴瑟林帷。重浏怆以徐吟，若变宫而下徵。首廉丽以轻荣，终温爱而调理。历贞璇以弘观，留雅恨其谁止？尔乃承芳遗则，度律闻韶。回白云以金赞，戾秋月而玉寥。临洪流以浩汗，履薄冰而心憔。恻君子之严秀，镜淑人之灵昭。日月会兮争骛，朝夕见兮玄途。楹华兮开表，穸坛兮横芜。龙义驿兮终不昭，松延阴兮意沈虚。欢阳台兮迅飞路，闷阴槷兮空长居。去矣！回复参咤，荣身四修。匪聊乱而剽越，空含喝而动神。

乱曰：简情撰至振玄和兮，神宫妙意赏山波兮，复兮积轩非徒歌兮，致命遂志宝中阿兮。

——（元）陈仁子《文选补遗》卷三十一《赋》

影印《文渊阁四库全书》第1360册（台湾）商务印书馆1986年版

按，明刘节编《广文选》卷四、南京图书馆藏清抄本《宋玉集》卷上《赋类》均收有此赋，文字同。

15.《报友人书》

《报友人书》

玉事楚怀王，言友人于王，王以为小臣。友人让玉，玉报友人书。

薑桂因地而生，不因地而辛；女因媒而嫁，不因媒而亲也。（本注：《宋玉集》。《韩诗外传》：宋玉因其友见襄王，待之无以异。让其友，其友云。与此互异，亦不言书。）

——（明）梅鼎祚《历代文纪·皇霸文纪》卷八《宋玉》

影印《文渊阁四库全书》第1396册（台湾）商务印书馆1986年版

《宋玉集序》附：宋玉事楚怀王，友人言之王，王以为小臣。玉让友人，友曰："姜桂因地而生，不因地而辛。女因媒而嫁，不因媒而亲也。"（本注：《北堂书钞》原本三十三引《宋玉集序》，陈禹谟本改引《新序》。按，《韩诗外传》：宋玉因其友见楚相，楚相待之无以异。让其友，其友曰："夫姜桂"云云。《新序》：宋玉因其友以见于襄王，襄王待之无以异。宋玉让其友，其友曰："夫姜桂"云云。怀王、楚相、襄王互异，而"姜桂"等语属友人语，无异也。梅鼎祚《文纪》题作《报友人书》甚误，不知下文有宋玉辨语。）

——（清）严可均《全上古三代秦汉三国六朝文》卷十《宋玉》
中华书局 2009 年版

附

《淮阴戴龙质诗稿序》：

景大夫见宋玉曰：不虞复见故人，不虞复见楚山之碧。按，此景差佚文，但不知何出。

——（清）毛奇龄《西河集》卷三十二
影印本《毛奇龄合集》杭州出版社 2003 年版

16.《高唐对》

楚襄王与宋玉游于云梦之野，将使宋玉赋高唐之事。望朝云之馆，上有云气，崒乎直上，忽而改容，须臾之间，变化无穷。王问宋玉曰："此何气也？"对曰："昔者，先王游于高唐，怠而昼寐，梦一妇人，暧乎若云，焕乎若星，将行未至，如浮如停，详而视之，西施之形。王悦而问焉，曰：'我帝之季女也，名曰瑶姬，未行而亡，封巫山之台，精魄依草，实为灵芝，媚而服焉，则与梦期，所谓巫山之女，高唐之姬。闻君游于高唐，愿荐枕席。'王因而幸之。"（本注：《御览》三百九十九引《襄阳耆旧记》。）

楚襄王与宋玉游于云梦之野，望朝云之馆有气焉，须臾之间，变化无穷。王问："此是何气也？"玉对曰："昔先王游于高唐，怠而昼寝，梦见一妇人，自云：'我帝之季女，名曰瑶姬，未行而亡，封于巫山之台。闻王来游，原荐枕席。'王因幸之。去乃言：'妾在巫山之阳，高丘之阻，且为朝云，暮为行雨，朝朝暮暮，阳台之下。'旦而视之，果如其言。为之立馆，名曰朝云。"（本注：《文选·江淹杂体拟潘岳述哀诗》注引《宋玉集》。按，此与《文选·高唐赋》《御览·襄阳耆旧记》小异。）

——（清）严可均《全上古三代秦汉三国六朝文》卷十《宋玉》
中华书局 2009 年版

《高唐对》

楚襄王与宋玉游于云梦之野，望朝云之馆，有气焉。须臾之间，变化无穷。王问："此是何气也？"玉对曰："昔先王游于高唐，怠而昼寝，梦见一妇人，自云：'我帝之季女，名曰瑶姬，未行而亡，封于巫山之台。闻王来游，愿荐枕席。'王因幸之。去乃言：'妾在巫山之阳，高丘之阻，旦为朝云，暮为行雨，朝朝暮暮，阳台之下。'旦而视之，果如其言。为之立馆，名曰朝云。"

——（清）佚名《宋玉集》卷下《对问》
南京图书馆藏清抄本

17.《郢中对》

《襄阳耆旧传》曰：宋玉识音而善文，襄王好乐而爱赋，既美其才，而憎其似屈原也。乃谓之曰："子盍从楚之俗，使楚人贵子之德乎？"对曰："昔楚有善歌者，王其闻与？始而曰《下里》《巴人》，国中唱而和之者数万人；中而曰《阳阿》《采菱》，国中唱而和之者数百人；既而曰《阳菱》《白露》《朝日》《鱼丽》，含商吐角，绝节赴曲，国中唱而和之者不过数人。盖其曲弥高，其和弥寡。

——（唐）欧阳询《艺文类聚》卷四十三《乐部三》
汪绍楹校《艺文类聚》上海古籍出版社 1999 年版

按，南京图书馆藏《宋玉集》所收宋玉《郢中对》当于此引出，故选录以备参考。下引《太平御览》，意同此。

《襄阳耆旧传》曰：宋玉识音而善文，襄王好乐而爱赋，既美其才，而憎其似屈原也。乃谓之曰："子盍从楚之俗，使楚人贵子之德乎？"对曰："昔楚有善歌者，王其闻与？始而曰《下里》《巴人》，唱而和之者数万人；中而曰《阳阿》《采菱》，国中唱而和之者数百人；既而曰《阳春》《白雪》《朝日》《鱼离》，含商吐角，绝节赴曲，国中唱而和之者不过数人。盖其曲弥高，而其和者弥寡。

——（宋）李昉《太平御览》卷五百七十二《乐部》
中华书局1960年版

《郢中对》：宋玉识音而善文，襄王好乐而爱赋，既美其才，而憎其似屈原也。乃谓之曰："子盍从楚之俗，使楚人贵子之德乎？"对曰："昔楚有善歌者，王其闻与？始而曰《下里》《巴人》，唱而和之者数万人；中而曰《阳阿》《采菱》，国中唱而和之者数百人；既而曰《阳春》《白雪》《朝日》《鱼离》，含商吐角，绝节赴曲，国中唱而和之者不过数人。盖其曲弥高，而其和者弥寡。

——（清）佚名《宋玉集》卷下《对问》
南京图书馆藏清抄本

18.《唐勒赋》

（0184）唐勒与宋玉言御襄王前。唐勒先称曰：人谓造父登车揽辔，马协敛整齐，调均不挚，步趋……（0190）马心愈也安劳，轻车乐进，骋若飞龙，免若归风，反趋逆趋，夜走夕日而入日……。（0204）［若夫钳且大丙之御］月行而日动，星跃而玄运，子神奔而鬼走，进退屈伸，莫见其尘埃，均口……。（0403）袭口，缓急若意，口若飞，免若绝，反趋逆口，夜起夕日而入日蒙汜，此口……。［嗜欲形于］胸中，精神俞六马，不叱嗜，不挠指，步趋口……。（0917）……千里。今之人则不然，白笰坚，……（1628）……知之，此不如望子华大行者。（1717）……不能及。造父趋步，口御者屈……。（1739）……口口口口驾下，作千［里之遨游］。（2630）……行雷雷舆口口口口。（2790）……口不伸，发敝……。（2853）……虑发口口竟反趋……。（3005）……君丽义民……。（3141）……圣贤御……。（3150）……入日上皇，故……。（3454）竞之疾速……。（3561）……论义御……。（3588）……御有三，而王良造［父］……。（3656）去衔辔，撤［鞭策］……。（3720）复不反口……。（3828）……口女所口威滑口……。（4138）……实大虚通道。（4233）脊……。（4239）……口若口……。（4244）……反趋逆［趋］……。（4283）……笪革及马……。（4741）……自驾，车莫……。

——《唐勒赋》残篇
1972年山东临沂银雀山汉早期墓出土

按，据谭家健《〈唐勒赋〉残篇考释及其他》释文整理，《文学遗产》1990年2期。圆括号内数字表示出土竹简的编号。关于此赋的篇名，吴九龙整理时定名为《唐勒赋》，其后有些学者据文本内容定名为《御赋》；关于此赋的作者，目前学术界有两种意见，一、据简背书"唐革"二字，定为唐勒作；二、据文本结构及句式与宋玉赋相近，定为宋玉作。兹录以供参考。

19.《宋玉集序》

《宋玉集序》云：宋玉事楚怀王，友人言之宋玉，王以为小臣。玉让友人，友曰："姜桂因地而生，不因地而辛；女因媒而嫁，不因媒而亲也。"

——（唐）虞世南《北堂书钞》卷三十三"姜桂因地"条
清孔广陶校注《北堂书钞》中国书店1989年版

《宋玉集》曰：宋玉与登徒子偕受钓于玄渊。

——（唐）李善注《文选》卷三十四枚乘《七发》注引
上海古籍出版社1986年版

《宋玉集》云：楚襄王与宋玉游于云梦之野，望朝云之馆，有气焉。须臾之间，变化无穷。王问："此是何气也？"玉对曰："昔先王游于高唐，怠而昼寝，梦见一妇人，自云：'我帝之季女，名曰瑶姬，未行而亡，封于巫山之台。闻王来游，原荐枕席。'王因幸之。去乃言：'妾在巫山之阳，高丘之阻，旦为朝云，暮为行雨，朝朝暮暮，阳台之下。'旦而视之，果如其言。为之立馆，名曰朝云。"

——（唐）李善注《文选》卷三十一江淹《杂体诗·拟潘岳悼亡诗》注引
上海古籍出版社1986年版

楚襄王与宋玉游于云梦之野，望朝云之馆，有气焉，须臾之间，变化无穷。王问："此是何气？"玉对曰："昔先王游于高唐，怠而昼寝，梦见一妇人，自云：'我天帝之季女，名曰瑶姬，未行而亡，封于巫山之台，精魂为草，实为灵芝，所谓巫山之女，高唐之姬。闻王来游，愿荐枕席。'王因幸之。去乃言：'妾在巫山之阳，高丘之阻。旦为朝云，暮为行雨，朝朝暮暮，阳台之下。'旦以视之，果如其言。为之立馆，号曰'朝云'。"（本注：《宋玉集》。）

——（明）陈耀文《天中记》卷七《山》
广陵书社2007年版

《宋玉集》：宋玉事楚怀王，言友人于于王，王以为小臣。友人让玉，玉报友人书曰：薑桂因地而坐，不因地而辛；女因媒而嫁，不因媒而亲也。

——（清）马骕《绎史》卷一百三十二《屈原流放附宋玉·宋玉赋》

中华书局 2002 年版

按，清陈厚耀《春秋战国异辞》卷三十一《楚》引此，文字同。

本书《别赋》注引宋玉《高唐赋》曰："我帝之季女，名曰瑶姬，未行而亡，封于巫山之台，精魂为草，实为灵芝。"又《杂体诗·潘黄门》首注引《宋玉集》云："楚襄王与宋玉游于云梦之野，望朝云之馆，有气焉，须臾之间，变化无穷，王问：'此是何气也？'玉对曰：'昔先王游于高唐，怠而昼寝，梦见一妇人，自云我帝之季女，名曰瑶姬，未行而亡，封于巫山之台，闻王来游，愿荐枕席。'王因幸之。去乃言：'妾在巫山之阳，高邱之岨，旦为行云，暮为行雨，朝朝暮暮，阳台之下。'旦而视之，果如其言，为之馆，名曰朝云。"皆与此赋少异。按，《琴赋》注引宋玉《对问》，谓"《集》所载与《文选》不同"，即此之类也。

——（清）梁章钜《文选旁证》卷十九《高唐赋》

影印《续修四库全书》第 1581 册上海古籍出版社 2002 年版

六　作品考辨

（一）综考

　　韩退之诗曰："《离骚》二十五。"王逸序《天问》亦曰："屈原凡二十五篇。"今《楚辞》所载二十三篇而已，岂非并《九辩》《大招》而为二十五乎？《九辩》者，宋玉所作，非屈原也。今《楚辞》之目，虽以是篇并注屈原、宋玉，然《九辩》之序，止称屈原弟子宋玉所作。《大招》虽疑原文，而或者谓景差作。若以宋玉痛屈原而作《九辩》，则《招魂》亦当在屈原所著之数，当为二十六矣。不知退之、王逸之言，何所据邪？

——（宋）阮阅《诗话总龟》后集卷十八《辩疑门》
上海古籍出版社1979年版

按，宋葛立方《韵语阳秋》卷六引此，同。

　　宋玉赋十六篇：《隋志》：《宋玉集》三卷。王逸云：屈原弟子。《楚辞》：《九辩》《招魂》；《文选》：《风赋》《高唐》《神女》《登徒子好色赋》；《古文苑》：《大言》《小言》《钓》《笛》《讽赋》。朱文公谓，辞有余而理不足。

——（宋）王应麟《汉艺文志考证》卷八《道》
张三夕，杨毅点校《汉制考》本中华书局2011年版

　　《隋志》有《宋玉子》一卷，亦列小说家，并《燕丹子》皆《汉志》所无，二书必一时同出，伪无疑也。唐尚存，今不传。

——（明）胡应麟《少室山房笔丛》正集卷十六《四部正讹》下
上海书店2009年版

　　《楚词》自屈原外，宋玉、唐勒、景差并著名字。今屈原存者杂骚词

二十五篇，宋玉《九辩》《招魂》诸赋一十二篇，景差《大招》一篇，而勒赋绝无传者。据《汉·艺文志》，原赋二十五篇，与今传合；玉赋十六篇，似缺其四，按《九歌》例，析《九辩》为九，则后溢其四篇；外，仍列勒赋四篇；而差著作不录。东汉初去战国近，勒赋宜有存者，不应至王逸世并没不传。差赋既不列《艺文》，又不应《大招》一篇至逸始出。朱元晦常定《大招》差作，亦以绝无左验为疑。余以《大招》属差，诚无证据；勒赋四篇，志于《艺文》，此其左验之大者，盖《大招》即此四篇中之一篇。况逸所注《楚词》，本刘向校定，而班固《艺文志》一仿刘氏《七略》旧文，使《大招》果差作，讵容并置弗录！兼固《叙诗赋》，但举宋玉、唐勒，绝不及差，《大招》出勒审矣。

或谓《古文苑》六赋，除"大小言"外，余四篇不类玉，当是《艺文》所志勒赋四篇，而《大招》自为差作，则《艺文》之数既合，而王逸之说亦全。并识此，第其说终有可疑。

宋玉赋，《高唐》《神女》《登徒》及《风》，皆妙绝今古。《古文苑》于《选》外，更出六篇：《小言》也，《大言》也，《笛》也，《讽》也，《钓》也，《舞》也，以为皆玉赋，昭明所逸者。余始以或唐、景之徒为之，细读多有可疑。《笛赋》称宋意送荆卿易水之上。按：玉事楚襄王，去始皇年代尚远，而荆轲刺秦在六国垂亡际，不应玉及见其事。《讽赋》即《登徒好色》篇，易以唐勒。唐、景与玉同以词臣侍从，顾谓勒谗。而所赋"美人"亡一佳语，乱云："吾宁杀人之父，孤人之子，诚不忍爱主人之女。"殊鄙野不雅训。《钓赋》，全放《国策·射鸟者对》。《舞赋》，王长公固以傅毅为疑，及读宋人章樵注云："《舞赋》，《文选》已载全文，唐人欧阳询简节其词，编之《艺文类聚》，此篇是也。好事者以前有宋玉问答之词，遂指玉作。"正与《卮言》意合。然则《古文苑》所载六篇，唯"大小言"辞气滑稽，或当是一时戏笔，馀悉可疑，而《舞赋》非玉明甚。昭明裁鉴，讵可忽哉！（本注，诸篇皆当是汉魏间浅陋者拟作，唐人误收。）

今据《汉志》一十六篇之数定之，《九辩》九篇，并《神女》《高唐》《登徒》《招魂》、"大、小言"、《风》七篇，正合原数。屈赋二十五篇具完。勒赋四篇，《大招》其一，亡其三篇。景氏未有征也。

宋玉赋，昭明《选》外，《古文苑》所收六篇，已大半可疑。陈氏《文选补遗》乃有《微咏赋》一篇，题宋玉撰。余骤睹其目，惊喜，亟阅之，怪其词迥不类。又"微咏"名义殊不通，细考乃知宋王微所作《咏赋》。微有传，见《宋书》及《南史》，不载此赋，盖见于他选中，首题宋王微《咏赋》。陈氏不熟其人，遂以意加点作"玉"，而以"微"字下属于"咏"，谓为宋玉所撰，可笑也。弘、正间编《广文选》，亦以此赋为玉，杨用修大讥之，不知其误自是承籍前文。噫！一赋耳，作者、选者、考覈者，讹误纠纷乃尔，可不慎哉！

——（明）胡应麟《诗薮》杂编卷一《遗逸上·篇章》
上海古籍出版社 1979 年版

周之季也，人以道术争鸣，故诸子独著，而文苑阙焉。迨骚以屈平濬源，赋以荀卿导基，遂开万祀词人之始。顾集家诸体，犹未备也。宋玉为三闾高第，所为骚能衍其师绪，而弘播徽音，赋则钘锶益充，欲苞荀之概，而殷赈其上，虬川翡林于焉具体。然则先民有集，盖首于宋大夫，彼并世濡翰，如景差辈，竟不能片简残篇与公竞传布也。《隋书·艺文志》载《宋玉集》三卷。今考所属缀亦复散见人间，顾未有裒合以行者，余乃编次，爰成斯集。三十六甲，龟为之长；百羽所宗，其在若箫若干乎？独怪公之《招魂》《九辩》，悲悼填膺，如远刺心血，洒作红雨喷人，迨《高唐》《好色》等篇，又若破涕成欢，排愁成媚，忽而蒿目，忽而解颐，似乎彼此两截地界，岂悼其师之芳草化萧，必哺糟啜醨，别为玩世耶！慷慨热肠，风流冷眼，一身饶兼之，上世奇人，岂得傲以先鸣之道术哉？

——（明）张燮《七十二家集》本《宋大夫集》卷一《宋大夫集序》
影印《续修四库全书》第1583—1588册上海古籍出版社 2002 年版

李白诗集推挹少陵者绝少，独少陵于白不一而足，然《蜀道难》亦为少陵作。唐勒、宋玉或尚有篇什不转耳。（董其昌）

——（明）郁逢庆《书画题跋记》续题跋记卷十二《董玄宰书卷》
影印《文渊阁四库全书》第816册（台湾）商务印书馆 1986 年版

吴旦生：晁无咎谓，《大招》古奥，疑是原作。焦弱侯谓，《九辩》皆自为悲愤之言，绝无哀悼其师之意，即原自作。余殊服此二言，因考班固《汉志》曰：屈原赋二十五篇；韩愈诗曰：离骚二十五；王逸序《天问》曰：屈原凡二十五篇；洪兴祖之论《远游》曰：离骚二十五篇。今《楚辞》所载止二十三篇，是并《大招》《九辩》而为二十五也。君翁反以《卜居》为玉作何耶？

——（清）吴景旭《历代诗话》卷十《宋玉宅》

中华书局1981年版

玉，楚人。师事屈平，为顷襄王大夫。有集三卷。按，《汉·艺文志》：宋玉赋十六篇。今存者《风赋》《大言赋》《小言赋》《讽赋》《高唐赋》《神女赋》《登徒子好色赋》《钓赋》《笛赋》《九辩》《招魂》，凡十一篇。《对楚王问》《高唐对》不在此数。如《九辩》为九篇，则多出《汉志》三篇，所未审也。或云：《笛赋》有宋意送荆卿之语，非宋玉作。

——（清）严可均《全上古三代秦汉三国六朝文·全上古三代文》卷十《宋玉》

中华书局2009年版

（二）作者考

1.《九辩》

《九辩》《招魂》，皆宋玉。或曰《九辩》原作，其声浮矣。

——（宋）晁公武《郡斋读书志》卷四中《重编楚辞》

中华书局2011年版

按，元马端临《文献通考》卷二百三十《经籍考·重编楚辞》引晁氏此语，文字同。

《九辩》，从古相传皆谓宋玉所作，王逸《章句》具在，可考也。宋洪兴祖得《离骚释文》古本一卷，其篇次与今本不同。首《离骚》，次《九辩》，而后《九歌》《天问》《九章》《远游》《卜居》《渔父》《招隐士》《招魂》《九怀》《七谏》《九叹》《哀时命》《惜誓》《大招》《九思》。故王逸于《九章·哀郢》注云，"皆解于《九辩》中。"儒者因是谓《九辩》亦屈原所作，不知古本所次不依作者之先后。故置《招隐士》于《招魂》之前，又置王褒《九怀》于东方朔《七谏》之前，而置《大招》于最后。陈说之以为篇第混淆，乃考其人之先后定为今本，厥有由矣。儒者又谓，"启九辩与九歌"乃原所自序。启，开也，非指禹子。下文"夏康五子"，直以古事为今事，不敢质言，如上就重华而陈词，亦非真有重华之可就也，此最为确论。然《天问》有云："启棘宾商，九辩九歌。"王逸注谓：棘，陈也；宾，列也；九辩、九歌，启所作乐也。言启能备修明禹业，陈列宫商之音，备其礼乐也。似又指启矣。愚读《九辩》久，窃怪其过于含蓄，意谓其惧不密之祸也。近弱侯谓余曰："《九辩》非宋玉作也。反复九首之中，并无哀师之一言可见矣。夫自悲与悲人语，自迥别，不可诬也。"愚于是熟复之，内云："有美一人兮心不绎"，颇似指其师。然《离骚》《九章》中，原所自负者不少，以是而信弱侯之见卓绝于今古也。

——（明）陈第《屈宋古音义》卷三《又题九辩》
中华书局2008年版

《离骚经》"启九辩与九歌兮"，即后之《九歌》《九辩》，皆原自作无疑。王逸因"夏康娱以自纵"之句，遂解《九歌》为禹，不知时事难于显言，乃托之古人，此诗人依仿形似之语耳。不然，则上所谓"就重华而陈词"，岂真有重华可就邪！舍原所自言，不之信而别解之，不知何谓九辩？谓宋玉哀其师而作，熟读之，皆原自为悲愤之言，绝不类哀悼他人之意。盖自作与为他人作，旨趣故当霄壤！乃千百年读者无一人觉其误，何邪？

——（明）焦竑《焦氏笔乘》卷三《九辩、九歌皆屈原自作》
影印《续修四库全书》第1129册上海古籍出版社2002年版

《九辩》，余定以为屈原所自作无疑，只据《骚经》"启九辩与九歌兮"一语，并玩其词意而得之。近览《直斋书录解题》载《离骚释文》一卷，其篇次与今本不同：首《骚经》，次《九辩》，而后《九歌》《天问》《九章》《远游》《卜居》《渔父》《招隐士》《招魂》《九怀》《七谏》《九叹》《哀时命》《惜誓》《大招》《九思》。按，王逸《九章注》云："皆解于《九辩》中"，则《释文》篇第盖旧本也。以此观之，决无宋玉所作搀入原文之理。天圣十年陈说之序，反以旧本篇第混并，乃考其人之先后重定之，不知于人先后正自舛谬，而后人反沿袭之，可怪也。

——（明）焦竑《焦氏笔乘》续集卷四《九辩》
影印《续修四库全书》第1129册上海古籍出版社2002年版

按，《九辩》即前《离骚》中所云夏乐章名。宋玉，屈原弟子，痛师流放，非其罪而为逸人所害。补此《九辩》以配《九歌》，后世读者遂谓亦皆原作，不知辞气不类，原奥涩沉雄，玉轻逸俊美，同调而不同声也。

——（清）李陈玉《楚辞笺注》卷四《九辩解题》
影印《续修四库全书》第1302册上海古籍出版社2002年版

宋玉，屈原弟子，闵惜其师忠而放逐，故作《九辩》。焦氏竑曰，《九辩》非宋玉作，并无哀师之言。

——（清）梁章钜《文选旁证》卷二十八《九辩》
影印《续修四库全书》第1581册上海古籍出版社2002年版

此（指《九辩》）作于《离骚》《卜居》之后，《九歌》《渔父》之前，原被召再放，送之而作也。《九章》多采其言，是其证矣。《天问》曰："启棘宾商，九辩九歌。"商为秋，故以秋发端，亦记时也。

——（清）王闿运《楚辞释》卷八《九辩解题》
影印《续修四库全书》第1302册上海古籍出版社2002年版

2.《招魂》

二《招》之独存，而又先《大招》于《招魂》何也？王逸之论《大招》，归之"或曰屈原"，未尝以专属景差。晁氏曰："词义高古，非原莫能及。"余谓本领深厚，更非原莫能及。则存《大招》，固所以存原之自作也。《招魂》属之宋玉，而太史公曰："读《离骚》《天问》《招魂》《哀郢》，悲其志。"又似亦原之自作。则存《招魂》，亦并存原耳。即《招魂》从来属玉，《大招》未必非差，而其词专为原抚，其意与法，足与原并，则固足存矣！宜存矣！此岂他篇所可比。若唐、宋以后所增之《续骚》，赘附愈甚，置之不论可也。

——（明）黄文焕《楚辞听直·凡例》
影印《续修四库全书》第1301册上海古籍出版社2002年版

古有招魂□□，疑皆死后为之。若《楚辞》所云，则生前忧郁魂魄离散，故为文以招。古人所云，收招魂魄，复得为人之谓也。小说载，唐马周落魄将死，有异人为之收招，决其百日之内必大遇。主其说虽幻，然自古相传，当有其理。宋玉为屈子招魂，或亦戏作，以相慰于寂寥之中耳。又今江楚之俗，凡有重病，辄令巫师迎所祀鬼神，载酒肉夜出，名曰收魂，盖亦招魂之遗俗也。安知屈子得罪后，忧郁所伤不有病苦，其亲爱不有巫觋祷祀之事乎！宋子或遂为此代巫言，亦如屈子之为《九歌》，托意发愤以写其不平也。然曰《招魂》，又曰《大招》者，巫觋之事有大小故也。小如求之一方鬼神，大如合四方上下之鬼神大索之。第《招魂》韵下用"些"，些，楚人土音所以相呼也。凡鬼神之事，阴阳本隔，多以声音感之。阳声相呼，绵绵不绝，阴神既感，自将隐隐随之。阳声先入为导，阴神后随自至。此《招魂》之"些"所自来也。《大招》韵下用"只"，只，本古韵，见于《毛诗》不一。大索于四方上下鬼神，楚之方言未可概通，必用中原古韵，此《大招》之"只"所自来也。旧有谓此为原作，盖设以招隐，亦寓言之类，细看文义，殆不其然。此所谓不得其说，而别生枝节也。

——（清）李陈玉《楚辞笺注》卷四《招魂解题》
影印《续修四库全书》第 1302 册上海古籍出版社 2002 年版

洪云：李善以《招魂》为小招，以有《大招》故也。按，今止云《招魂》，不云"小招"，是洪氏所见异本。林西仲云：此屈原自作也。太史公赞曰"余读《招魂》悲其志"，是悲屈原之志，非悲宋玉之志也。

——（清）许巽行《文选笔记》卷六《招魂》
（台北）广文书局 1966 年版

此篇入修门，反故居，喻楚王召还大用也；豹饰之侍，步骑之罗，喻官属侍卫以入朝也；室家遂宗，敬而无妨，同姓之卿，君臣共乐也；女乐钟鼓，喻赏兴复楚国之功也。此帝曰"我欲辅之"意也。王叔师为宋玉所作，但看起、结之神妙，与《骚经》笔墨无异，《九辩》具在，泮然冰释矣。

——（清）屈复《楚辞新集注》卷七《招魂》
影印《续修四库全书》第 1302 册上海古籍出版社 2002 年版

《大招》之作与《招魂》同时，《招魂》劝其死，《大招》冀王之复用原。对私招而为大也。若命已，终宜有哀情，不得盛称侈靡，或以为屈原招怀王，则"魂兮、魂兮"大不敬矣。今定以为景差之作，虽知顷襄之昏，而犹冀其一悟，忠厚之至也。

——（清）王闿运《楚辞释》卷十《大招》
影印《续修四库全书》第 1302 册上海古籍出版社 2002 年版
按，此虽证《大招》作者，亦可作证《招魂》作者之借鉴。

张裕钊曰:《招魂》招怀王也。屈子盖深痛怀王之客死,而顷襄宴安淫乐,置君父仇耻于不问,其辞至为深痛。吴汝纶曰:怀王为秦所掳,魂亡魄失,屈子恋君而招之,盛言归来之乐,以深痛其在秦之愁苦。文中所陈皆人君之事。太史公明言,"读《离骚》《天问》《招魂》《哀郢》,悲其志。"其为屈赋无疑。

——(清)马其昶《屈赋微·下》
影印《续修四库全书》第 1302 册上海古籍出版社 2002 年版

3.《高唐赋》《神女赋》

且《楚辞》者,文章之大渊薮也,而屈、宋为之冠,故《离骚》独谓之经,此盖《风》《雅》之再变者,宋虽小懦,然亦其流亚,自两汉以下未有能继之者。今观《文选》二赋,比之《楚辞》陋矣。试并读之,若奏桑濮于清庙之侧,非玉所作决矣。故王逸哀类《楚辞》甚详,顾独无此二赋。自后历代博雅之士,益广《楚辞》,其稍有瓜葛者皆附属籍,惟此屡经前辈之目,每弃不录,益知其赝矣。此盖两晋之后,肤浅鲰生戏弄笔研,剽闻云雨之一语,妄谓神女行是云雨于阳台之下,殊不知云雨即神女也,乃于云雨之外,别求所谓神女者,其文疏谬可笑,大率如此。

——(明)周复俊《全蜀艺文志》卷三十七马永卿《神女庙记》
影印《文渊阁四库全书》第 1381 册(台湾)商务印书馆 1986 年版

4.《笛赋》

按史,楚襄王立三十六年卒,后又二十余年方有荆卿刺秦之事。此赋果玉所作邪?

——(宋)章樵《古文苑》卷二《笛赋》
《丛书集成初编》第 1692—1695 册中华书局 1983 年版

《笛赋》称,宋意送荆卿易水之上。按玉事楚襄王,去始皇年代尚远,而荆轲刺秦在六国垂亡际,不应玉及见其事。

——(明)胡应麟《诗薮》杂编卷一《遗逸上·篇章》
上海古籍出版社 1979 年版

5.《舞赋》

　　傅毅《舞赋》,《文选》已载全文,唐人欧阳询简节其词,编之《艺文类聚》,此篇是也。后人好事者,以前有楚襄、宋玉相唯诺之词,遂指为玉所作,其实非也。

——(宋)章樵《古文苑》卷二《舞赋》
《丛书集成初编》第 1692—1695 册中华书局 1983 年版

　　傅武仲有《舞赋》,皆托宋玉为襄王问对。及阅《古文苑》宋玉《舞赋》,所少十分之七,而中间精语,如"华袿飞髾而杂纤罗",大是丽语;至于形容舞态,如"罗衣从风,长袖交横。骆驿飞散,飒沓合并。绰约闲靡,机迅体轻。"又"回身还入,迫于急节。纡形赴远,漼以摧折。纤縠蛾飞,缤焱若绝。"此外亦不多得也。岂武仲衍玉赋以为己作耶?抑后人节约武仲之赋,因序语而误以为玉作也?

——(明)王世贞《艺苑卮言》卷二
罗仲鼎《艺苑卮言校注》齐鲁书社 1992 年版

　　《舞赋》,王长公固以傅毅为疑,及读宋人章樵注云:"《舞赋》,《文选》已载全文,唐人欧阳询简节其词,编之《艺文类聚》,此篇是也。好事者以前有宋玉问答之词,遂指玉作。"正与《卮言》意合。

——(明)胡应麟《诗薮》杂编卷一《遗逸上·篇章》
上海古籍出版社 1979 年版

　　王元美谓:"傅武仲《舞赋》托宋玉为襄王问对,及阅《古文苑》宋玉《舞赋》所少十分之七,中间精语,如'华袿飞髾而杂纤罗',大是丽语;至形容舞态,如'罗衣从风,长袖交横。骆驿飞散,飒沓合并。绰约闲靡,机迅体轻。'又'回身还入,迫于急节。纡形赴远,漼以摧折。纤縠蛾飞,缤焱若绝。'此外亦不多得也。岂武仲衍玉赋以为己作耶?抑后人节约武仲赋因序语而误为玉作也?"今姑存之。

——(明)张燮《七十二家集·宋大夫集》卷一《舞赋注》
影印《续修四库全书》第 1583—1588 册上海古籍出版社 2002 年版

6.《微咏赋》

近阅《广文选》,《阮嗣宗碑》乃东平太守嵇叔良撰,而妄改良作夜,不知叔夜之死先于阮也;中山王《文木赋》乃以"文"为中山王名,而题作《木赋》;宋王微《咏赋》乃误"王"为玉,而题云《微咏赋》,下书宋玉之名,不知王微乃南宋人,史具有姓名。而疏缪如此,殊误观者。

——(明)杨慎《丹铅余录》总录卷十四《订讹类·广文选》
《四库笔记小说》本上海古籍出版社1992年版

予阅《广文选》,中山王《文木赋》乃以"文"为中山王名,而题作《木赋》;宋王微《咏赋》,乃误"王"为玉,而题云《微咏赋》,下书宋玉之名,不知王微乃南宋人,史具有姓名;《阮步兵碑》乃东平太守嵇叔良撰,而妄作叔夜,不知叔夜之死先于阮也。其疏谬如此。

——(明)杨慎《升庵集》卷四十七《广文选》
《四库明人文集丛刊》本上海古籍出版社1993年版

近阅《广文选》,宋王微《咏赋》,乃误"王"为玉,而题云《微咏赋》,下书宋玉之名,不知王微乃南宋人,史具有姓名,而疏谬如此。《正杨》云:《微咏赋》,陈仁子《文选补遗》已载之矣。又云:王微本传不云有《咏赋》之作,岂别有见耶?麟按,此说则用修为得,晦伯失之,以陈词赋非长,故不辨六朝、战国面目耳。史传中词赋之名安能尽载!不可以本传不录为疑。惟《广文选》之误,是承袭《补遗》,用修亦未审也。

——(明)胡应麟《艺林学山》卷八《广文选》
《少室山房笔丛》本上海书店2009年版

按,此南宋时王微所为《咏赋》也,刘节《广文选》不识有王微姓名,遂以"王"字加点为"玉",读曰宋玉,而署赋为《微咏赋》,不知"微咏"二字原无所本,而赋多俳语,必非周秦以上人,其出王微笔无疑耳。按《宋书》,王微字景玄,即与江湛辞吏部郎书者,弟僧谦遇疾,微躬自处治,僧谦既以不救,微深自咎,发疾不治,裁书告灵,后四旬而终。今阅篇中有"楹华""开表""夯坛横芜""闷阴榔兮空长居"及"致命遂志宝中阿兮"等语,想亦病困自遣之辞,博古者当自得之。(本注:近世杨用修已驳宋玉之讹，第世儒守旧，尚疑赋属王微，未必有据，故为详论若此。）

——（明）张燮《七十二家集》本《宋大夫集》卷一《宋大夫集·纠谬》

影印《续修四库全书》第1583—1588册上海古籍出版社2002年版

近阅《广文选》，宋王微《咏赋》乃误"王"为玉，而题云《微咏赋》，下书宋玉之名，不知王微乃南宋人，史具有姓名，而疏谬如此，殊误观者。

《微咏赋》，陈子同俌《文选补遗》已载之矣。

王微本传不云有《咏赋》之作，岂当别有见耶！

——（明）陈耀文《正杨》卷四《广文选》

影印《文渊阁四库全书》第856册（台湾）商务印书馆1986年版

刘中丞《广文选》……《咏赋》，南宋王微撰。而误宋为姓，更"王"为玉。

——（明）邓伯羔《艺彀》卷中《樊君碑》

影印《文渊阁四库全书》第856册（台湾）商务印书馆1986年版

《笠泽丛书》载《自遣诗》云：月澹花间夜已深，宋家微咏有遗音。重思万古无人赏，露湿清香独满襟。

吴旦生曰：按：王微字景玄，南宋人，所著有《咏赋》，是宜云宋王微《咏赋》也。《广文选》误"王"为玉，题作《微咏赋》，下书宋玉之名。杨升庵驳之，而陈晦伯作《正杨》，以为王微本传不云有《咏赋》之作，岂别有见耶！余因考《宋书》《南史》，俱云：微少好学，无不通览，善属文，能书画，兼解音律、医方、阴阳、术数，为文古甚，所著文集传于世。《选》注所称亦如此，而皆不及《咏赋》，然史传中载赋，如司马长卿者亦不概见，何得援以为辞，若陆鲁望笃学精思，而亦云"宋家微咏"，直误信《文选补遗》与《广文选》等书耳。（《渔洋诗话》卷中，刑部尚书王士禛撰。）

——（清）吴景旭《历代诗话》卷五十二《庚集下之上·唐诗·王微》

中华书局1958年版

宋王微《咏赋》，乃误"王"为玉，而题云《微咏》，下书"宋玉"名，不知宋之有王微也。

——（清）王崇简《谈助》

中国国家图书馆藏文明书局民国四年版

至于宋王微《咏赋》，讹为宋玉《微咏赋》，则姓名、时代并讹。

——（清）纪昀等《四库全书总目提要·文选补遗》
中华书局1965年版

明周婴《卮林》云：胡元瑞《诗薮》曰：陈氏《文选补遗》有《微咏赋》，题宋玉撰，乃宋王微所作《咏赋》。微，《宋书》《南史》俱有传，不载此赋，盖见于他选中，首题宋王微《咏赋》。陈氏不熟其人，遂以意加点作"玉"，而以"微"字下属于咏，谓为宋玉所撰，可笑也。予后读陆龟蒙《自遣诗》云："日淡花开夜已深，宋家微咏若遗音。重思万古无人赏，露湿清香独满襟。"则此赋实三闾弟子作矣。赋盖出于《宋玉集》中，鲁望当及见之，不应有误。

按陈氏《文选补遗》，乃陈仁子所选。杨升庵亦言此赋是王微作。予初亦谓然，观周氏此论，则又爽然若失，检案头所有《笠泽丛书》，雍正间依无口元本重刻者，此诗有注云，"宋玉有《微咏赋》"。则陈选正不误也。

——（清）俞樾《茶香室丛钞》四钞卷十二《宋玉微咏赋》
《学术笔记丛刊》本中华书局1995年版

杨升庵云："《广文选》中山王《文木赋》乃以'文'为中山王名，而题作《木赋》；宋王微《咏赋》乃误'王'为玉，而题云《微咏赋》，下书宋玉之名，不知王微乃南宋人，史具有姓名；《阮步兵碑》乃东平太守嵇叔良，而妄作叔夜，不知叔夜之死先于阮也。"凡前人之著述如此类者甚多，宜加考正，不应草草看过。

——（清）周召《双桥随笔》卷四
商务印书馆1986年版

7.《卜居》

《卜居》云："宁诛锄草茅以力耕乎？"诗人皆以为宋玉事，岂《卜居》亦宋玉拟屈原作耶？庾信《哀江南赋》云："诛茅宋玉之宅。"不知何据而言。

——（宋）李君翁《诗话·〈卜居〉疑宋玉拟作》
郭绍虞《宋诗话辑佚》中华书局1980年版

李君翁《诗话》："《卜居》云：'宁诛锄草茅以力耕乎？'诗人皆以为宋玉事，岂《卜居》亦宋玉拟屈原作耶？庾信《哀江南赋》云：'诛茅宋玉之宅。'不知何据而言。"此君翁之陋也。唐余知古《渚宫故事》曰："庾信因侯景之乱，自建康遁归江陵，居宋玉故宅。宅在城北三里。"故其赋曰："诛茅宋玉之宅，穿径临江之府。"

——（宋）姚宽《西溪丛语》卷上
《历代史料笔记丛刊》本中华书局 1990 年版

按，《湖广通志》卷一百一十八《杂纪志·宋玉宅》、清吴景旭《历代诗话》卷十《宋玉宅》引姚氏此语，文字基本相同。

（三）内容考

1.《九辩》

古今之事有可资一笑者，太公八十遇文王，世所知也。然宋玉楚词云："太公九十乃显荣兮，诚未遇其匹合。"东方朔云："太公体行仁义，七十有二，乃设用于文武。"噫！太公老矣方得，东方朔减了八岁，却被宋玉展了十岁，此事真可绝倒。

——（宋）马永卿《懒真子》卷一
影印《文渊阁四库全书》第 863 册（台湾）商务印书馆 1986 年版

按，元陶宗仪《说郛》卷四十下《懒真子录》引此，文字同。

世云：太公八十遇文王。东方朔《客难》云："太公体仁行义，七十有二设用于文武。"注云："九十封齐。"则是遇文王时未八十时也。《楚词·九辩》云："太公九十乃显荣。"言封齐时也。

——（宋）朱翌《猗觉寮杂记》卷下
影印《文渊阁四库全书》第 850 册（台湾）商务印书馆 1986 年版

楚辞《九歌》乃十一篇，《九辩》亦十篇，宋人不晓古人虚用"九"字之义，强合《九辩》二章为一章，以协九数，兹又可笑。

——（明）杨慎《升庵集》卷四十三《九国》
《四库明人文集丛刊》本上海古籍出版社 1993 年版

《九辩》旧注云："九者阳之数，道之纲纪也。故天有九星，以正玑衡；地有九州，以成万邦；人有九窍，以通精明。"诸说纷纷，余独喜杨升庵之言，云："楚辞《九歌》乃十一篇，《九辩》亦十篇，宋人不晓古人虚用'九'字之义，强合《九辩》二章为一章，以协九数，兹又可笑。"

——（清）吴景旭《历代诗话》卷八《九歌》
中华书局 1958 年版

　　世传姜太公八十遇文王，而宋玉赋曰"太公九十乃显荣兮"，东方朔曰"太公七十二乃用于文武"，非八十也。

——（清）袁枚《随园笔记》卷二十五《古书所载不同》
王英志《袁枚全集》江苏古籍出版社 1993 年版

　　宋玉《九辩》（题下注）：昭明所选五篇居前。知其次不可考已。

——（清）张惠言《七十家赋钞》卷一《赋一》
影印《续修四库全书》第 1611 册上海古籍出版社 2002 年版

2.《招魂》

　　丧礼有"复"说者，以为招魂复魄。荆楚之俗，乃以是施之生人，宋玉《招魂》、景差《大招》是也。予按，《韩诗》云：郑国之俗，三月上巳，之溱、洧两水之上招魂续魄，秉兰草拂不祥。则非特楚俗然矣。

——（明）郑瑗《井观琐言》卷三
影印《文渊阁四库全书》第 867 册（台湾）商务印书馆 1986 年版

　　曰："《招魂》之篇见诸《楚辞》，何也？"曰："非是之谓也。古者，人死则使人以其上服升屋而号曰'皋！某复'，遂以其衣三招之乃下，以覆尸，盖犹冀其复生也。荆楚之俗或以是施之生人，故宋玉悯其师屈原无罪放逐，恐其魂散而不复还，乃托帝命、假巫语以招之，欲以复其精神，延其年寿，而尽哀以致祷耳，岂谓招魂而葬之耶？"

——（清）黄宗羲《明文海》卷一百三十六李濂《招魂葬答问》
中华书局 1987 年版

　　起手"朕幼清以廉洁"六句，代原自叙魂离之由。"帝告巫阳"五句，设为帝命巫阳招其魂以归之。言外有忠良自是天生，人所弃而天所辅，人亦何乐乎害忠良也。巫阳者，巫名阳，神巫也。古有掌梦之官，卜人之梦，口切生死休咎，知其所归，毫发不爽，既为上帝掌梦，又何用筮命为？若从筮命，必妨延时刻，离魂一谢，欲后用巫阳之技不可得矣，不如即招之为便。此巫阳一段寓言，言外有屈子今日之事，惟有主上一招，便可起其沈痼，若待谋于人，无复望矣。设言四方上下俱不可往，表屈子之魂魄只惟楚国为安也。题，额也。南方之夷有雕文其额，如今之黑刺其面者。雷渊，日落处。其声如雷，土人恐惊小儿，每摇鼓以溷其声。奊，古幸字。蘩菅是食，言五谷不生，所食惟白茅根也。豺狼从目，直目也。娭，与嬉同。悬人以娭，投之深渊，求死不得，致命于帝，然后得瞑。言其恶状可惧也。土伯，下土之伯。九约，八方中央相联属也。其角觺觺，与下参目虎首、其身若牛，即释氏所言罗刹之状也。敦脄，言其腹大，食人饱也。血拇，拇，大指。言其惯扣人眼舌，擢人筋髓，故血在拇也。甘人，以人为甘美而食之也。以上皆备写世间谋害忠良恶状，皆寓言也。

修门，城门也。男巫曰祝。背行，以背向归路，而以面向魂，引导也。招魂之具，秦人用篝似，以竹作魂龛。齐人用缕，缕，线也。后世五色系命之线，仿此。郑人用绵络，以绵为络，取其温暖，为鬼所依。后世属绩，仿此。像设君室，言其容像在私室，魂当认容知归。凡人五脏神极爱房舍精丽，故高堂邃宇以下，备言宫室之美。网户，格眼，窗户如罗网之状，以朱饰其交缀之处，使其所刻之方相连属而不断也。突，灶也。隆冬严寒，置灶于室外，火气自下而入，所谓温室也。夏室，则盛寒，引水成川，树木成谷，蕙转兰泛，其风有光，冬夏如此，四时宜人可知。尘，承尘，即今之顶格望板，以朱涂之，使鲜明也。筵，竹席，使洁净也。经堂及奥皆如此，则魂归之乐可知。

砥，砺石。天子之梲，斫之砻之，加密石焉。砥室，室之至精，卧起于此者。翠翘，翠鸟长尾也。曲琼，赤玉钩，所以钩帘挂帱之具也。被用翡翠珍珠为面，珠翠齐光，烂然焣人。蒻阿，蒻之美者，用以拂壁，使无尘垢。罗帱，以罗为帐也。纂组，丝线也。绮缟，五色织文也。琦璜，玉石也。以丝线五色织文结束珠玉，以为帐缘也。室中之观，又多珍怪玩具，此言卧室之美也。

兰膏，以兰香炼膏为烛，然之则香射满堂。二八，二行分列，共十六人。女子年十六，亦曰二八。射，厌射，左右立侍既久，倦态生也。射则递代，倦又换班，而侍室中诸美，不止二八也。九侯淑女，各国之贵女也。迅众者，聪明警颖出众也。髢，鬘也。盛髢，发多也。不同制者，各国有各国之装饰也。女子有容无态，亦不足美。好比者，相好无尤也。顺弥代者，自始来至代去，柔顺如一也。弱颜固植者，其貌则柔，其志甚坚，不可犯也。謇者，言词不出口也。謇其有意者，言虽不多，而意则相怜甚也。有好比者，又有固植者，众美之趣不一也。洞房，深房也。绲洞房者，言如长绳不断也。蛾眉，长眉也。曼睩，目小而慧也。遗视矉者，靡颜腻理，仔细视之，不得其文理也。离榭，榭非一处，各尽其欢也。修幕，长幕，可合众美一处也。

帷，帷屏也。帐，大帐，可设客座，及可设女乐者。红壁沙板，以丹沙涂之也。玄玉之梁，籨玉于梁也。屏风，水葵，即荇菜，其茎紫色。风起水动，文缘博生，与芙蓉、芰荷交发并茂。坐堂伏槛者揽此曲池之胜，能无乐乎！侍从之人，皆衣虎豹异文，侍卫陂陀之间，其仪孔威。轩，曲辀藩车；轺，卧车。皆轻车也。低之为言，行于园林果树之下也。步骑四面相罗，又游观之适也。兰薄户树，琼木篱些，犹言满路皆香也。

宗，尊也。魂既来归室家，相与尊之，当有酒肴之设，多方食品不一也。古人食稻为生人之乐。稻麦，麦之先熟而至高者。黄粱香美愈于诸粟，古人往往以膏粱并拟。挐，揉也。此数种，饭之至精者。咸酸辛甘，今时皆有。大苦，今时无之。盖以胆和酱，古法不传。此调和之至精者。牛筋头为腱，熟烂为臑，去骨为胹，合毛囊物而烧为炮。柘，诸蔗。取诸蔗之汁为浆饮也。鹄酸，以酢浆烹之为羹也。臇凫，凫羹也。鸿，大雁。鸧，鸹鸹。煎食为美，即今烧鹅之类。露栖之鸡属阳，味最胜。蠵，大龟之属。有菜曰羹，无菜曰臛。厉，味浓辣也。楚人名羹败为爽。以上皆言肴馔之精也。粔籹，以蜜和米面煎熬作。饵，捣黍为之。怅餭，饧也，以蘖熬米为之，亦谓之糖。勺，挹酒器。以蜜涂之，故曰蜜勺。瑶浆，泉水之至洁者，以玉器盛之，故曰瑶浆。羽觞，饮酒之器，二边有羽，乃劝酒速行之义。言以瑶浆洗蜜勺，而后以蜜勺实酒于觞，取其精洁也。酒醴酿烈，久而其糟自化，不须出之，故曰挫糟。醇酒为酎。盛夏可以冷饮，谓之冻饮，取其清凉也。琼浆，冰水也。敬而无妨，不妨痛饮也。此饼饵酒品之至精者也。

未入席时，女乐罗列，钟鼓所以起乐也。凡伎乐至精熟时，喜造新歌，盖旧谱习惯则厌也。《涉江》《采菱》《扬阿》皆楚歌名。娱光眇视，目层波，美人醉态也。长发曼鬋，醉后舞态也。衽若交竿，舞时回转，衣襟相交如竿之直也。抚案下者，当其曲时，腰过于案下，言其曲直，如意不测也。《激楚》，楚歌舞之名。声细为歙，声高为讴，吴人、蔡人，各工其极，故曰吴歙蔡讴。大吕之音与黄钟并奏，大吕言其亮也。竽瑟狂会，填鸣鼓，宫庭震惊，言其歌舞之闹；吴歙蔡讴，奏大吕，言其歌舞之静。杂坐，乱而不分，歌舞后，彼此潦倒。放陈组缨，即楚庄王绝缨故事。《激楚》之结，独秀先，盖歌舞此曲者之结束，独秀异而先入席，言其举止便捷也。篦，竹名。簿，箸也。投六箸，行六棋，故为六簿。分曹并进，转相遒迫，使不得择行。倍胜为牟。五白，簿齿也。言己棋已枭，当成牟胜，故呼五白以助投也。晋制犀比，晋国工作簿棋箸比，集犀角以为雕饰。费白日，言博者争胜，耽箸不已，耗损光阴也。簨，钟架。铿钟则簨摇。梓瑟，长瑟。搜，切弦也。此言六簿方已，又鸣钟以起乐也。乐作而酒又行，兰膏明烛依然相续，乃又人各作赋，结撰至思，以文字为乐，文字之味，如兰芳之假人。先故，先代之故事也。如今人曰掌故，曰典故。陈婴母曰"汝家先故未曾贵"，史臣所引出于此。

凡乱，俱概括一篇之意而结收之。此篇之乱，又另一体，于铺张宫室、姬侍、游观、饮食、声色、技艺诸美外，又以献岁归郢、随君射猎一事单举而畅发之，续前作结，其立格奇矣。古者，元日庆君谓之献岁。发春，春事方兴也。南征，归郢也。菉蘋白芷，记时也。庐江长薄，皆近郢地。贯，穿过也。左，行出其右也。自屈原迁逐，家乡田园荒芜，平地俱化为沼，沼化为瀛。瀛者，水中高洲也。今若归来，则荒芜者复修治，沼可倚而立，瀛可畦为圃，遥望何其广博哉！当复有田园之乐也。且不但此也，楚射猎之盛，冠于南国旧矣。青骊结驷，有千乘之多，则四千马皆齐色也。夜猎悬火，当使玄天之颜皆成赤色，则灯火之盛也。步行及于马骤，诱驰骋而当先，则步卒之强也。凡御车之法，驰骛者遏抑之，使不得过。若，顺也。通者，顺之使范。我驰驱引车向左，以射兽之左膊为合法，则射御之善也。梦，云梦泽也。云在江北，梦在江南。与王趋梦，课后先，则君臣当复合也。射以得兕为隽，以青兕让君亲发，惮而避之，臣道之善也。屈子《九章》所最苦者，夜长愁多。今朱明将夏，夜短不能淹人，而皋兰被径，拔茅连汇，扫径而出，此其时也。湛湛江水，上有枫，此秋色之最悲人者，从江水上远望归魂，极目千里，安能不伤春心而哀江南哉！可哀如此，岂宜久淹不归？魂若归来，则春亦归矣。此深于招魂者也。

——（清）李陈玉《楚辞笺注》卷四《招魂注》
影印《续修四库全书》第1302册上海古籍出版社2002年版

《礼·杂记》曰："诸侯行死于馆，则复如于其国。"注曰："复，招魂复魄也。"《檀弓》疏曰："招魂者，是六国以来之言。故《楚辞》有《招魂》之篇。"此盖言魂魄离散，久则徂落衰谢，不能如始死之时，以衣招魂而复之，至是始用巫阳焉则无及矣。意或然也。

——（清）徐文靖《管城硕记》卷十七《楚辞集注四》
《学术笔记丛刊》本中华书局1998年版

黄石牧太公史云：屈子未必沉水死也，其文曰"吾将从彭咸之所居"，又曰"愿依彭咸之遗则"，又曰"宁赴湘流葬于江鱼之腹中"，皆愤怒之寓言，非实事也。太史公因贾生一吊，遂信为真，不知宋玉亲受业其门，而《招魂》之作，上天下地，东西南北，无所不招，而独不及于水，何耶？惟乱曰："湛湛江水兮上有枫，魂兮归来哀江南"，则其善终于汨罗可知也。若《楚词注》谓《招魂》作于屈子生时，则豫凶非礼，宋玉不应诅其师矣。

——（清）袁枚《随园随笔》卷十九《屈原沉湘之疑》
王英志《袁枚全集》江苏古籍出版社1993年版

此当楚去郢之后，原自沉暂归，忽悔悟而南行，君臣相绝，流亡无所。宋玉时从东徙，闻原志行，知必自死，力不能留之，因陈顷襄奢惰之状，托以招原，实劝其死自洁以遗世，不得以之行。

——（清）王闿运《楚辞释》卷九《招魂》
影印《续修四库全书》第1302册上海古籍出版社2002年版

3.《高唐赋》《神女赋》

《云华夫人》

云华夫人，王母第二十三女，太真王夫人之妹也，名瑶姬，受回风混合万景炼神飞化之道。当东海游还，过江上。有巫山焉，峰岩挺拔，林壑幽丽，巨石如坛，流连久之。时大禹理水，驻山下，大风卒至，崖振谷陨，不可制，因与夫人相值，拜而求助。即敕侍女授禹策召鬼神之书，因命其神狂章、虞余、黄魔、大翳、庚辰、童律等助禹，斫石疏波，决塞导陁，以循其流，禹拜而谢焉。禹尝诣之崇巘之巅，顾盼之际，化而为石。或攸然飞腾，散为轻云，油然而止，聚为夕雨；或化游龙；或为翔鹤；千态万状，不可亲也。禹疑其狡狯怪诞，非真仙也，问童律，律曰："天地之本者，道也；运道之用者，圣也；圣之品次，真人仙人也；其有禀气成真，不修而得道者，木公金母是也。盖二气之祖，宗阴阳之原，本仙真之主宰，造化之元光。云华夫人，金母之女也。昔师三元道君，受上清宝经，受书于紫霄阙下，为云华上宫夫人，主领教童真之士，理在玉英之台，隐见变化，盖其常也。亦由凝气成贞，与道合体，非寓胎禀化之形，是西华少阴之气也。且气之弥纶天地，经营动植，大包造化，细入毫发，在人为人，在物为物，岂止云雨、龙鹤、飞鸿、腾凤哉！"禹然之，后往诣焉。忽见云楼、玉台、瑶宫、琼阙森然，既灵官侍卫，不可名识，狮子抱关，天马启途，毒龙电兽，八威备轩，夫人宴坐于瑶台之上。禹稽首问道，召禹使坐，而言曰："夫圣匠肇兴，剖大混之一朴，发为亿万之体，发大蕴之一苞，散为无穷之物。故步三光而立乎晷景；封九域而制乎邦国；刻漏以分昼夜寒暑，以成岁纪；兑离以正方位山川，以分阴阳；城郭以聚民，器械以卫众，舆服以表贵贱，禾黍以备凶歉。凡此之制，上禀乎星辰，而取法乎神真，以养有形之物也，故日月有幽明，生杀有寒暑，雷震有出入之期，风雨有动静之常。清气浮乎上，而浊众散乎下，兴废之数，治乱之运，贤愚之质，善恶之性，刚柔之气，寿夭之命，贵贱之位，尊卑之叙，吉凶之感，穷达之期，此皆禀之于道，悬之于天，而圣人为纪也。性发乎天而命成乎人，立之者天，行之者道。道存则有道，去则无道。非物不可存也，非修不可致也。玄老有言，致虚极，守静笃，万物将自复，复谓归于道，而常存也。道之用也，变化万端，而不足其一，天参玄玄，地参混黄，人参道德。去此之外，非道也哉！长久之要者，天保其玄，地守其物，人养其气，所以全也，则我命在我，非天地杀之，鬼神害之，失道而自逝也。至乎哉，勤乎哉，子之功及于物矣，勤逮于民矣，善格于天矣，而未闻至道之要也。吾昔于紫清之阙，受书宝而勤之。我师三元道君曰上真，内经天真所宝，封之金台，佩入太微，则云轮上往，神武抱关，振衣瑶房，遨宴希林，左招仙公，右栖白山，而下眄太空，汎乎天津，则乘云骋龙，游此名山，则真人诣房，万人奉卫，山精伺迎，动有八景玉轮，静则宴处金堂，亦谓之太上。玉佩金珰之妙，文也。汝将欲越巨海，而无飚轮；渡飞沙，而无云轩；陟陕途，而无所攀；涉泥波，而无所乘；陆则困于远绝，水则惧于漂沦。将欲以导百谷而濬万川也，危乎悠哉！太上愍汝之至，亦将授以灵宝真文，陆策虎豹，水制蛟龙，断㪍千邪，检驭群凶，以成汝之功也，其在乎阳明之天也。吾所授宝书，亦可以出入水火，啸呼幽冥，收束虎豹，呼召六丁，隐沦八地，颠倒五星，久视存身，与天相倾也。"因命侍女陵容华，出丹玉之笈，开上清宝文以授。禹拜受而去，又得庚辰、虞余之助，遂能导波决川，以成其功。奠五岳，别九州，而天锡玄珪以为紫庭真人。其后楚大夫宋玉，以其事言于襄王，王不能访道，要以求长生，筑台于高唐之馆，作阳台之宫以祀之。宋玉作《神仙赋》，以寓情荒淫秽芜，高真上仙岂可诬而降之也。有祠在山下，世谓之大仙。隔岸有神女之石，即所化也。复有石天尊。神女坛侧有竹，垂之若箒，有槁叶飞物着坛上者，竹则因风扫之，终莹洁不为所污。楚人世祀焉。（出《集仙录》。）

——（宋）李昉《太平广记》卷五十六《女仙一》
中华书局 2012 年版

按，明曹学佺《蜀中广记》卷七十五《神仙记·川北道》记此与之同，又明董斯张《广博物志》卷十引《真仙通鉴》记此与之稍异。

自古言楚襄王梦与神女遇，以《楚辞》考之，似未然。《高唐赋序》云："昔者先王尝游高唐，怠而昼寝，梦见一妇人，曰：'妾巫山之女也，为高唐之客，朝为行云，暮为行雨。'故立庙，号为朝云。"其曰"先王尝游高唐"，则梦神女者，怀王也，非襄王也。又《神女赋序》曰："楚襄王与宋玉游于云梦之浦，使玉赋高唐之事。其夜，王寝，梦与神女遇。王异之，明日以白玉，玉曰：'其梦若何？'对曰：'晡夕之后，精神恍惚，若有所喜，见一妇人，状甚奇异。'玉曰：'状如何也？'王曰：'茂矣美矣，诸好备矣，盛矣丽矣，难测究矣，瑰姿玮态，不可胜赞。'王曰：'若此盛矣，试为寡人赋之。'"以文考之，所云"茂矣"至"不可胜赞"云云，皆王之言也，宋玉称叹之可也，不当却云："王曰：'若此盛矣，试为寡人赋之。'"又曰："明日以白玉"，人君与其臣语，不当称白。又其赋曰："他人莫睹，王览其状，望余帷而延视兮，若流波之将澜。"若宋玉代王赋之。如王之自言者，则不当自云"他人莫睹，王览其状"，既称"王览其状"，即是宋玉之言也，又不知称"余"者，谁也？以此考之，则"其夜王寝，梦与神女遇"者，王字乃玉字耳。"明日以白玉"者,"以白王"也。王与玉字误书之耳。前曰梦神女者,怀王也;其夜梦神女者,宋玉也。襄王无预焉,从来枉受其名耳。

——(宋)沈括《梦溪笔谈》补笔谈卷一
胡道静《新校正梦溪笔谈》中华书局1957年版

按,宋祝穆《古今事文类聚》后集卷十二《神女赋》注引此。

五臣既陋甚,至于萧统亦其流尔。宋玉《高唐》《神女》赋,自"玉曰唯唯"以前皆赋也,而统谓之序,大可笑也。相如又首有子虚、乌有、亡是三人论难,岂亦序耶?其余缪陋不一,亦聊举其一耳。

——(宋)苏轼《东坡志林》卷五
《历代史料笔记丛刊》本中华书局1981年版

按,又《东坡全集》卷九十二《评文选·五臣注文选》所论,与之同。又宋胡仔《渔隐丛话》前集卷一《国风汉魏六朝上》所引亦同。

识真者少,盖从古所病。梁萧统集《文选》,世以为工。以轼观之,拙于文而陋于识者,莫统若也。宋玉赋《高唐》《神女》,其初略陈所梦之因,如子虚、亡是公相与问答,皆赋矣。而统谓之叙,此与儿童之见何异。

——(宋)苏轼《苏轼文集·答刘沔都曹书》
《中国古典文学基本丛书》本孔凡礼点校《苏轼文集》中华书局1986年版

按,宋王正德《馀师录》卷四《答刘沔都曹书》、元马端临《文献通考》卷二百四十八《李善注文选》、明唐顺之《文编》卷四十八《答刘沔书》、明茅坤《唐宋八大家文钞》卷一百二十六《答刘沔书》、明贺复徵《文章辨体汇选》卷二百二十七《答刘沔书》等均录有苏轼此说。

昔楚襄王与宋玉游高唐之上,见云气之异,问宋玉,玉曰:昔先王梦游高唐,与神女遇,玉为《高唐》之赋。先王谓怀王也。宋玉是夜梦见神女,寤而白王,王令玉言其状,使为《神女赋》。后人遂云襄王梦神女,非也。古乐府诗有之:"本自巫山来,无人睹容色。惟有楚襄王,曾言梦相识。"李义山亦云:"襄王枕上元无梦,莫枉阳台一片云。"今《文选》本"玉"、"王"字差误。

——(宋)姚宽《西溪丛语》卷上
《历代史料笔记丛刊》本中华书局1990年版

朕抚四海之封,秩百神之祀,倘介惠民之福,宜膺锡命之荣。以尔道格两仪，神周八表，聪明正直，有嘉肸蠁之通，祈禳祷祠，屡协丰登之应，爰颁懿号，以侈仙游，其大庇于吾民，庶克承于朕命。

——（宋）葛立方《侍郎葛公归愚集》卷十一《巫山神封妙用真人》
国家图书馆出版社 2004 年版

余旧尝用韩无咎韵，题陈季陵《巫山图》，考宋玉赋意，辨高唐之事，甚详。今过阳台之下，复赋乐府一首。世传瑶姬为西王母女，尝佐禹治水，庙中石刻在焉。

——（宋）范成大《石湖诗集》卷十六《巫山高（并序）》
上海古籍出版社 2006 年版

按，明周复俊《全蜀艺文志》卷九、曹学佺《石仓历代诗选》卷一百七十四、清吴之振《宋诗钞》卷六十二、陈焯《宋元诗会》卷三十八等均录有此诗序。

傅武仲《舞赋》，宋玉《高唐赋》《神女赋》《登徒子好色赋》，本皆无序。梁昭明太子编《文选》，各析其赋首一段为序。此四赋皆托楚襄王答问之语，盖借意也，故皆有"唯唯"之文，昭明误认"唯唯"之文以为赋序，遂析其辞。观国按：司马长卿《子虚赋》托乌有先生、亡是公为言，扬子云《长杨赋》托翰林主人、子墨客卿为言，二赋皆有"唯唯"之文，是以知傅武仲、宋玉四赋，本皆无序，昭明太子因其赋皆有"唯唯"之文，遂误析为序也。

——（宋）王观国《学林》卷七《古赋序》
《学术笔记丛刊》本中华书局 1988 年版

萧统去取未为尽善，有李善之见而后可以辨《文选》之惑，有康国安之识而后可以驳《文选》之异。……宋玉《高唐赋》之首者，盖亦司马相如子虚、亡是公相答问之体，统不曰赋而曰序，何意也！

——（宋）章如愚《群书考索》续集卷十八《文章门·文选》
广陵书社 2008 年版

宋玉《高唐》《神女》之赋，以一篇分而为序，而亦录之耶，此统去取不能逃后世之议也。

——（宋）林駧《古今源流至论》前集卷二《〈文选〉〈文粹〉〈文鉴〉》
上海古籍出版社 1992 年版

《高唐》《神女》赋，自"玉曰唯唯"以前皆赋也，而萧统为之序，东坡尝笑其陋。

——（元）陶宗仪《说郛》卷二十二上陈善《扪虱新话》
中国书店 1986 年版

永卿自少时读《文选·高唐》等三赋，辄痛愤不平曰，"宁有是哉！且高真去人远矣，清浊净秽万万不侔，必亡是理。"思有以辟之，病未能也。后得二异书参较之，然后详其本末。今按，《禹穴纪异》及杜先生《墉城集仙录》载，禹导岷江，至于瞿塘，实为上古鬼神龙莽之宅，及禹之至，护惜巢穴，作为妖怪，风沙昼暝，迷失道路。禹乃仰空而叹，俄见神人，状类天女，授禹《太上先天呼召万灵玉篆》之书，且使其臣狂章、虞余、黄魔、大医、庚辰、童律，为禹之助。禹于是能呼吸风雷，役使鬼神，开山疏水，无不如志。禹询于童律，对曰："西王母之女也，受回风混合万景炼形飞化之道，馆治巫山。"禹至山下，躬往谒谢，亲见神人，倏忽之间，变化不测，或为轻云，或为霏雨，或为游龙，或为翔鹤，既化为石，又化为人，千状葱葱，不可殚述。禹疑之而问，童律对曰："上圣凝气为真，与道合体，非寓胎禀化之形，乃西华少阴之气也。且气之为用，弥纶天地，经营动植，大满天地，细入毫发，在人为人，在物为物，不独化为云雨。"王母之女者，则有合于坤为母、兑为少女之说，所谓变化不测者，则有合于阴阳不测妙万物之义，岂不灼灼明甚哉。《易》之为书，与《庄子》多有合。《易》者阴阳之书，以九六为数。而《南华》开卷已有南鹏北鲲九万六月之说，概可见矣。又《庄子》所载藐姑射之神人，大似今之神女，是其言曰"肌肤若冰雪"，则有合乎金行之色；"绰约若处子"，则有合乎少阴之气；"游乎四海之外"，则可见乎神之无方；"使物不疵疠而年谷熟"，则又见乎秋之成物。故郭象注云："夫神人者，即今所谓圣人也。"斯得之矣。仆因悟《易》之少女，《庄子》之神人，郭象之圣人，今之神女，其实一也。仆然后知，神女者有其名而无其形，有其形而无其质，不堕于数，不囿于形，无男女相，出生灭法，故能出有入无，乍隐乍显。举要言之，乃西方皓灵七气之中少阴之灵耳，岂世俗所可窥哉。且《楚辞》者，文章之大渊薮也，而屈宋为之冠，故《离骚》独谓之经，此盖《风》《雅》之再变者，宋虽小懦，然亦其流亚，自两汉以下未有能继之者。今观《文选》二赋,比之《楚辞》陋矣。试并读之,若奏桑濮于清庙之侧,非玉所作决矣。故王逸哀类《楚辞》甚详,顾独无此二赋。自后历代博雅之士,益广《楚辞》,其稍有瓜葛者皆附属籍,惟此屡经前辈之目,每弃不录,益知其赝矣。此盖两晋之后,肤浅鲰生戏弄笔研,剽闻云雨之一语,妄谓神女行是云雨于阳台之下,殊不知云雨即神女也,乃于云雨之外,别求所谓神女者,其文疏谬可笑,大率如此。仆今更以信史质之,怀、襄孱主也,与强秦为邻,是时大为所困,破汉中,轹上庸,猎巫黔,拔郢都,烧夷陵,势益骎骎不已,于是襄王乃东徙于陈,其去巫峡远甚,此亦可以为验也。且《文选》杂伪多矣,昔齐梁小儿有伪为西汉文者,东坡先生止用数语破之,何况战国之文章杰然出西汉之上,岂可伪为哉! 噫,峡之为江,其异矣乎! 远在中州之外,而行于两山之间,其流湍驶而幽深,故无灌溉之利。若求之古人,是盖远遁深居之士,介然自守,利不交物,若鲍焦务光之徒。今吾侪小人,乃敢浮家泛宅,没世穷年,播弃秽浊,日夜喧哄,其罪大矣。神不汝杀,亦云幸也。且峡既介洁清闳,如此乃陆海之三神山也,是宜阆苑,真仙指以为离宫别馆,诞降尔众之厚福,故凡往来者,既济矣,当于此致谢,未济矣,当于此致祷,以无忘神之大德云。绍兴十有七年二月,永卿赴官期,道出祠下,既以祗谒,若有神物以郁发,仆之夙心者,因备述之,以大阐扬神之威命明辟,且为迎飨送神之诗,用相祀事,系之碑末曰:

夔子之国山曰巫,考验异事闻古初。

有龙十二腾大虚,仙官适见严诃呼。

霹雳一声龙下俎,化为奇峰相与俱。

至今逸气不尽除,夭矫尚欲升天衢。

壮哉绝境天下无,宜为仙圣之攸居。

仰惟高真握珍符,镇治名山奠坤舆。

昔禹治水何勤劬,按行粤至万鬼区。

妖怪护惜纷恣睢,风沙昼晦迷道途。

神人亲御八景舆,授禹丹篆之灵书。

文命稽首受宝图,手握造化幽明枢。

驱役鬼神才斯须,万灵恐惧听指呼。

巨凿振响轰雷车,回禄烈火山骨殂。

垦辟顽狠如泥途，岷江东去无停潴。
倘非神人协禹谟，襄陵正怒民其鱼。
大功造成反清都，朝游阆苑暮逢壶。
呼吸日月饮云腴，瀕视浊世嗟卑洿。
江皋古庙象储胥，神兮幸此留踟蹰。
自古膏泽常霑濡，逮今疲瘵蒙昭苏。
巴峡对人貌瘠臞，愿降丰岁朝夕铺。
出入樵採无於菟，客舟性命寄须臾。
愿赐神庥保厥躯，往来上下无忧虞。
日则居兮月则诸，絜严奉兮永不渝。

——（明）周复俊《全蜀艺文志》卷三十七马永卿《神女庙记》

影印《文渊阁四库全书》第1381册（台湾）商务印书馆1986年版

按，《四川通志》卷四十一《艺文》亦载全文。

《楚襄王》

自古言，楚襄王梦与神女遇。以《楚词》考之，似未然。《高唐赋》序云："昔者先王尝游高唐，怠而昼寝，梦见一妇人曰：'妾巫山之女也，为高唐之客，朝为行云，暮为行雨。'故为立庙，号曰朝云。"其曰"先王尝游高唐"，则梦神女者，怀王也。又《神女赋》序曰："楚襄（王）与宋玉游于云梦之浦，使玉赋高唐之事，其夜王寝，梦与神女遇，王异之，明日以白玉，玉曰：'其梦若何？'王对曰：'晡夕之后，精神恍惚，若有所喜，见一妇人，状甚奇异。'玉曰：'状何如也？'王曰：'茂矣美矣，诸好备矣，盛矣丽矣，难测究矣，瑰姿玮态，不可胜赞。'王曰：'若此盛矣，为寡人赋之。'"夫曰"明日以白玉"，人君与其臣语，不当称白。又其赋曰"他人莫睹，王览其状"、"望余帷而延视兮，若流波之将澜"，若宋玉代王赋之。如王之自言者，则不当自云"他人莫睹，王览其状"，既称"王览其状"，即是宋玉之言，又不知称"余"者，谁也？以此考之，则"其夜王寝，梦与神女遇"者，王字乃玉字耳。"明日以白玉"者，以"白王"也。王与玉，互书之耳。前曰梦神女者，怀王也；其夜梦神女者，宋玉也。襄王无与焉，从来枉受其名耳。（沈存中《笔谈》）。按《神女赋》，如旧本甚不顺，以王、玉二字互易之，便了然无疑。且如"王对曰"亦非伦，作

"玉对"乃是耳。东吴张伯起刻《文选纂注》，遂依此更之，行于世。

——（明）李贽《雅笑》卷三《楚襄王》
影印《续修四库全书》第1272册上海古籍出版社2002年版

其后，楚大夫宋玉以其事言于襄王，王不能访道，要以求长生，筑台于高唐之馆，曰阳台之宫，以祀之。宋玉作《神女赋》以寓情荒淫，托词荒秽，高真上仙岂可诬而降之耶。有祠在山下，世谓之大仙，隔岸有神女之石，即所化也。

——（明）曹学佺《蜀中广记》卷七十五《神仙记·川北道》
《山川风情丛书》本上海古籍出版社1993年版

昔楚襄王与宋玉游高唐之上，见云气之异，问宋玉，玉曰：昔先王梦游高唐，与神女遇，玉为《高唐》之赋。先王谓怀王也。宋玉是夜梦见神女，寤而白王，王令玉言其状，使为《神女赋》。《文选》玉、王二字各误，后人遂云，襄王梦神女，其实非也。古乐府诗有之："本是巫山来，无人睹容色。惟有楚怀王，曾言梦相识。"李义山亦云："襄王枕上原无梦，莫柱阳台一片云。"足以互证。（《西溪丛语》）

——（明）胡震亨《唐音癸签》卷二十三《诂笺八》
上海古籍出版社1984年版

《神女赋》中，王、玉二字互书。盖"其夜王寝，楚与神女遇者"，王字乃玉字耳。"明日以白玉"者，以"白王"也。"王对"应作"玉对"才是，不应"王对曰"之后又有一"王曰"也。此说千古不刊。余记得科举时事，尝命书佣缮写诸赋数卷，自楚迄唐，合为一帙，命其名曰《列绣编》，是时业已如此正之。后见李上饶家刻出《赋苑》，板虽不佳，却合余意，不知何人所校。据凌初成《核札》云：张伯起纂《文选注》时，已改定矣。初成又谓，宋人沈存中《笔谈》，先有此说。余考《笔谈》，未之有也。然《核札》既已详哉其辩之矣，不知古玉字元无一点，后隶书始加点以别帝王字耳。玉字象形，本从王省文，徐氏所谓王中画近上，玉三画匀也。李阳冰曰：三画正均如贯玉，盖字义如此。今世传璧字、碧字与璠、玙、环、瑷之居，诸"王"或在上下，或在半边，亦初未尝有点，可以反矣。去古既远，文字脱误,讹以传讹,往往而是。在有唐诸公,含毫赋诗,无不舍怀王而归美于楚襄,何怪乎今之读《骚》《选》者耶?想其时,便已乌焉成马矣。第阅《高唐》《神女》《登徒子好色》三赋,莫不以楚襄为首。一则曰楚襄王与宋玉游于云梦之台;一则曰楚襄王与宋玉游于云梦之浦,使玉赋高唐之事;一则曰大夫登徒子,侍于楚襄王而短宋玉。又玉所赋《高唐》末有"风起雨止,千里而逝,盖发蒙,往自会",注云:"言如风雨之疾,王至庙,如发其蒙,自时与神会也。"而下遂结以"九窍通郁,精神察滞,延年益寿千万岁",注又云:"言今与神会,九窍通畅,精神得以自察,故延年益寿耳。"然则梦与巫山神女遇者,直谓楚襄王事可也。纵令枉受其名,政亦何害?存中辩证,实未及此。

——(明)钱希言《戏瑕》卷三《神女赋》
《丛书集成初编》本第2945册中华书局1983年版

《西溪丛语》曰:昔楚襄王与宋玉游高唐之上,见云气之异,问宋玉,玉曰:昔先王梦游高唐,与神女遇,玉为《高唐》之赋。先王谓怀王也。宋玉是夜梦见神女,寤而白王,王令玉言其状,使为《神女赋》。后人遂云襄王梦神女,非也。古乐府有之:"本自巫山来,无人睹容色。惟有楚怀王,曾言梦相识。"李义山亦云:"襄王枕上元无梦,莫枉阳台一片云。"今《文选》本,玉、王字差误。

吴旦生曰:姚令威以玉、王两字误在一点,余取《神女赋》本再四读过,深服其言。后又得沈存中而畅明之,喜跃欲狂。《笔谈》云:《神女赋》序曰:"楚襄王与宋玉游于云梦之浦,使玉赋高唐之事,其夜王寝,梦与神女遇,王异之,明日以白玉,玉曰:'其梦若何?'对曰:'晡夕之后,精神恍惚,若有所熹,见一妇人,状甚奇异。'玉曰:'状何如也?'王曰:'茂矣美矣,诸好备矣,盛矣丽矣,难测究矣,瑰姿玮态,不可胜赞。'王曰:'若此盛矣,试为寡人赋之。'以文考之,所云'茂矣'至'不可胜赞'云云,皆王之言也,宋玉称叹之可也,不当却云'王曰若此盛矣,试为寡人赋之'。又曰'明日以白玉',人君与其臣语,不当称白;又其赋曰:'他人莫睹,王览其状','望余帷而延视兮,若流波之将澜',若宋玉代王赋之。若王之自言者,则不当自云,'他人莫睹,王览其状',既称'王览其状',即是宋玉之言也,又不知称'余'者,谁也?以此考之,则'其夜王寝,梦与神女遇'者,王字乃玉字耳,'明日以白玉'者,以白王也,王与玉字误书之耳。

前曰梦神女者，怀王也；其夜梦神女者，宋玉也。襄王无预焉，从来枉受其名耳。"据姚与沈之言，则唐人诗"倾国倾城汉武帝，为云为雨楚襄王"，"云雨无情难管领，任他别嫁楚襄王"，"料得也应怜宋玉，只因无奈楚襄王"，"今来云雨知何处，重上襄王玳瑁筵"，皆是呓语矣。词家能正其讹，尽如古乐府作楚怀王，而以为不成佳话，我不信也。

——（清）吴景旭《历代诗话》卷十三《赋·神女》
中华书局1958年版

古事，人多相沿误用，高唐之梦，楚襄王也，而曰宋玉。

——（清）姜宸英《湛园札记》卷一
《四库笔记小说丛书》本上海古籍出版社1992年版

《神女赋》，张凤翼改定为玉梦，于文义自当不可，因其寡学而并非之。姚宽《西溪丛语》云："楚襄王与宋玉游高唐之上，见云气之异，问宋玉，玉曰：昔先王梦游高唐，与神女遇，玉为《高唐》之赋。先王谓怀王也。宋玉是夜梦见神女，寤而白王，王令玉言其状，使为《神女赋》。后人遂谓襄王梦神女，非也。今《文选》本，玉、王字差误。"然则张氏特攘令威昔言，矜为独得耳。令威语又本沈存中《补笔谈》。

"其夜王寝"至"其梦若何王曰"，王字俱当作玉，玉字俱当作王。张凤翼云："明日以白王"至"王曰状如何也"，一"白"分作两层，总避直也。

"王曰若此盛矣，试为寡人之赋之"，此既接以"王曰试为寡人赋之"，则上"茂矣，美矣"之为玉曰，无可疑者。

——（清）何焯《义门读书记》卷四十五《文选·赋》
《学术笔记丛刊》本中华书局1987年版

宋玉《高唐赋》：苏子瞻谓，自"玉曰唯唯"以前皆赋，而此谓之序，大可笑。按：相如赋首有亡是公三人论难，岂亦赋耶，是未悉古人之体制也。刘彦和云："既履端于唱序，亦归馀于总乱。序以建言，首引情本；乱以理篇，迭致文契。"则是一篇之中，引端曰序，归馀曰乱。犹人身中耳目手足，各异其名。苏子则曰莫非身也，是大可笑，得乎？

——（清）何焯《义门读书记》卷四十五《文选·赋》
《学术笔记丛刊》本中华书局1987年版

古今词人多以巫山云雨之梦属之楚襄王，其实非也。宋玉《高唐赋》所谓，"昔者先王尝游高唐，怠而昼寝，梦见一妇人，曰：妾巫山之女，愿荐枕席。旦为行云，暮为行雨，朝朝暮暮，阳台之下"云云，则始之梦神女者为怀王。《神女赋》所谓"楚襄王与宋玉游云梦，使玉赋高唐之事，其夜玉寝，梦与神女遇，其状甚丽，玉异之，明日以白王，王曰：其梦若何"云云，则继之梦神女者为宋玉，襄王元未尝梦也。《文选》刻本，旧于《神女赋》"其夜玉寝"及"玉异之"、"玉对曰晡夕之后"、"玉曰茂矣美矣"诸处，玉字皆讹作王；于"明日以白王"、"王曰其梦若何"、"王曰状如何也"诸处，王字皆讹作玉。所以谓之襄王梦耳。"明日以白王"作白玉，既无以君白臣之理，且于下文"王曰若此盛矣，试为寡人赋之"处，文理不通。检阅元本应自知之。《容斋随笔》亦谓："襄王既使玉赋高唐之事，其夜王寝，梦与神女遇，则是王父子皆与此女荒淫，近于聚麀之丑矣。"后人讥其失言。盖神女之梦，寓言讽主，不特不得误属襄王，即怀王、宋玉之梦，亦本子虚乌有。杜少陵诗"云雨荒台岂梦思"，李义山诗"襄王枕上元无梦，莫枉阳台一片云"是也。

——（清）胡鸣玉《订讹杂录》卷六《高唐神女梦》影印《文渊阁四库全书》第861册（台湾）商务印书馆1986年版

沈括《补笔谈》云：《高唐赋》序云："先王尝游高唐"，则梦神女者怀王也，非襄王也。又《神女赋》曰："楚襄王与宋玉游于云梦之浦，使玉赋高唐之事。"以文考之，所云"茂矣美矣"至"不可胜赞"，若皆玉之言也。宋玉称叹之可也，不当却云"王曰若此盛矣，试为寡人赋之"；又曰"明日以白玉"，人君与其臣语，不当称白；又其赋曰"他人莫睹，王览其状"、"望余帷而延视兮，若流波之将澜"，若宋玉代王赋之。若王之自言者，则不当自云"他人莫睹，王览其状"，既称"王览其状"，即是宋玉之言也，又不知称"余"者，谁也？以此考之，则"其夜王寝，梦与神女遇"者，王字乃玉字耳；"明日以白玉"者，以白王也；王与玉字误书之耳。前曰梦神女者，怀王也；其夜梦神女者，宋玉也；襄王无预焉，从来枉受其名耳。

赵曦明云：二赋《高唐》之末曰"王将欲见之"云云，《神女》之起曰"其夜王寝，果梦与神女遇"，上下紧相承接，岂得欲见者是襄王，入梦者反不是襄王，而是宋玉。《容斋五笔》所载其谬，固有不待辨而可明者。"调心肠"以下复加"王曰"者，既答而复言，《语》《孟》中皆有之，乃张凤翼不悟其非，攘为己说，改第二、第三、第五、第六，四"王"字为玉字，第三、第四、第五，三"玉"字为王字，义门老眼亦极口称之，不管二赋文理承接云何，其可怪也。白以告语为义，上下可通，即如"锡"为上锡下之词，而"师锡帝曰"下亦用之于上矣，梦是王梦，赋是王使宋赋，所以少陵诗曰："侍臣书王梦，赋有冠古才。"

——（清）孙志祖《文选考异》卷一《神女赋》
影印《续修四库全书》第 1581 册上海古籍出版社 2002 年版

何云："姚宽《西溪丛语》云：宋玉梦神女而白王，王令玉言其状，使为《神女赋》。后人遂云襄王梦女神，非也。今《文选》本，玉、王字差误。令威语又本沈存中《补笔谈》。"按，古字一贯三为王，玉字像三之连，丨其管也。其体不殊，其读则异。学者临文，施用当得之。《文选》古本当是并作"王"字，若如今本之误，李氏岂有不加详辨，待后人之指摘耶！古文玉字作禹，王字作玊，今之玉字从古文省，故经典多做此玉。李阳冰乃谓："中画近上，王者则天之义，则为雨方切之王。三画正均如贯，王则为鱼欲切之玉。"此阳冰之曲说也。

嘉德按，王梦、玉梦各本不同。沈存中《笔谈》云：《高唐赋》序云："先王尝游高唐。"则梦神女者，怀王也，非襄王也。《神女赋》曰："楚襄王与宋玉游于云梦之浦，使玉赋高唐之事。"以文义考之，所云"茂矣美矣"至"不可胜赞"云云，若皆王之言也，宋玉称叹之，可也，不当云："王曰若此盛矣，试为寡人赋之。"又曰"明日以白玉"，人君于其臣不当称"白"。又其赋曰"他人莫睹，王览其状"、"望余帷而延视兮，若流波之将澜"，若宋玉代王赋之。若王之自言者，则不当云"他人莫睹，王览其状"，既称"王览其状"，即是宋玉之言，又不知称"余"者为谁也。以此考之，则"其夜王寝，梦与神女遇"者，"王"字乃"玉"字耳；"明日以白玉"者，以"白王"也。"王"与"玉"误书之耳。前曰梦神女者，怀王也；其夜梦神女者，宋玉也。襄王无预焉，从来枉受其名耳。又《西溪丛语》云：宋玉是夜梦见神女，白王，王令玉言其状，使为《神女赋》，后人遂谓襄王梦神女，非。

今《文选》本"王"、"玉"字差误。又陈氏云:"王寝"、"白玉"诸字,当如沈存中、姚令威之说。《何氏读书记》云:张凤翼改定为玉梦,于文义自当不可,因其寡学而非之,后之读是赋者,乃皆知为玉梦矣。盖"王"、"玉"二字,古皆作"王",后人加点做"玉",因而淆误,此最确论。胡氏《考异》云:"王"、"玉"互讹,始于五臣。然则《神女赋》之定为玉梦,与襄王无涉,无疑也。又见孙氏志祖《考异》。赵曦明云:二赋《高唐》之末曰"王将欲见之"云云,《神女赋》起曰"其夜王寝,果梦与神女遇",上下紧相承接,岂得欲见者是襄王,入梦者反不是襄王而是宋玉?"调心肠"以下,复加"王曰"者,既答而复言,《语》《孟》中皆有之,乃张凤翼互改"王"、"玉",义门老眼亦极口称之,不管二赋文理承接云,何其可怪也。"白"以告语为义,上下可通,即如"锡"为上锡下之词,而"师锡帝曰"下亦用之于上矣。梦是王梦,赋是王使宋赋,所以少陵诗曰:"侍臣书王梦,赋有冠古才。"赵说与诸家独异。又按,茶袁本无"果"字。

——(清)许巽行《文选笔记》卷三《神女赋》
(台湾)广文书局 1966 年版

沈括《补笔谈》云:人君与其臣语,不当称白。又赋既称"王览其状",即是宋玉之言,"不知望予帷而延视"者,称"予"者为谁。以此考之,则"其夜王寝,梦与神女遇"者,宋玉也;"明日以白玉"者,以白王也,王与玉互书之耳。又《西溪丛语》云:楚襄王与宋玉游高唐之上,见云气之异,问宋玉,玉曰:昔先王梦游高唐,与神女遇,玉为《高唐》之赋。先王谓怀王也。宋玉是夜梦见神女,寤而白王,王令玉言其状,使为《神女赋》。后人遂云,襄王梦神女,非也。今《文选》本王、玉互误。按,六臣本无"果"字,第一"王曰"作"王对曰",此处存"对"字,已可寻王与玉互误之迹矣。第二"王曰",六臣本校云,"善作玉。"然则李与五臣王、玉互换,此又其明验也。今尤本"王曰状何如也","玉曰茂矣美矣",二处尚不误。

——(清)梁章钜《文选旁证》卷十九《神女赋》
影印《续修四库全书》第 1581 册上海古籍出版社 2002 年版

楚襄王游云梦,妇人名瑶姬曰:"我为夏王之季女,封于巫山之阳台,精魂为芝,稰而食之,遂与梦期。"宋玉曰:"昔先王梦游高唐,与神女遇。玉为《高唐》之赋。"先王谓怀王也。宋玉是夜,梦见神女,寤而白诸王。王令玉言其状，使为《神女赋》。后人遂曰襄王梦神女，非也。

——（清）德廉、尹洪熙等《同治汉川县志》卷二十二《杂记》
《中国地方志集成》湖北府县志辑第九册江苏古籍出版社1991年版

梦神女非襄王事

词赋家多以巫山神女之梦属之楚襄王，其实非也。按宋玉《高唐赋》云：昔者先王尝游高唐，怠而昼寝，梦见一妇人曰："妾巫山之女，愿荐枕席。"所谓先王者，怀王也。《神女赋》云：楚襄王与宋玉游云梦，使玉赋高唐之事。其夜王寝，梦与神女遇。所谓"王寝"者，"玉寝"也。《文选》刻本于"玉寝"二字，既讹为"王寝"。以下"玉异之"、"玉对曰晡夕之后"、"玉曰茂矣美矣"诸"玉"字，则不得不承讹作"王"字。"明日以白王"、"王曰其梦若何"、"王曰状如何也"诸"王"字，又不得不率易作"玉"字，以顺其势。此襄王梦遇神女之谰言所由本欤？宋洪迈著《容斋随笔》，讥襄王既使宋玉赋高唐之事，其夜王寝，梦与神女遇，父子皆与此女结识，近于聚麀之丑，则未尝深考之过也。盖"明日以白玉"，既无以君白臣之理。且于下文"王曰若此盛矣，试为寡人赋之"之句难通。唐人沈佺期云"为问阳台客，应知入梦人"，王无竞云"徘徊作行雨，婉娈逐荆王"，皇甫冉云"云藏神女馆，雨到楚王宫"，李端云"悲向高唐去，千秋见楚宫"，四诗皆不指襄王言，诚为有见。宜白傅过巫山神女祠，读之且为搁笔也。（本注：前半本青浦胡鸣玉说。）

——（清）邱炜萲《菽园赘谈》
《丛书集成续编》本（台北）新文丰出版公司1989年版

张氏《纂注》：此赋当作玉梦为是。何曰：张凤翼改定为玉梦，于文义甚当，不可因其寡学而并非之。按，姚宽《西溪丛语》云："楚襄王与宋玉游高唐之上，见云气之异，问宋玉，玉曰：昔先王梦游高唐，与神女遇，玉为《高唐赋》。先王谓怀王也。宋玉是夜梦见神女，寤而白王，王令玉言其状，使为《神女赋》。后人遂云襄王梦神女，非也。今《文选》本'王'、'玉'字错误。然则张氏特攘令威昔言为独得耳，令威语又本沈存中《补笔谈》。"据此，则王寝、王异、王曰晡夕之后，王曰茂矣，诸"王"字，当作"玉"。白玉，玉曰其梦若何，玉曰状何如也，诸"玉"字，当作"王"。

——（清）于惺介《文选集评》卷四《神女赋题下》
《重订文选集评》国家图书馆出版社2012年版

4.《对楚王问》

宋玉含才，颇亦负俗，始造对问，以申其志。

——（南朝梁）刘勰《文心雕龙》卷三《杂文》
范文澜《文心雕龙注》人民文学出版社1958年版

对问：宋玉《对楚王问》。（本注）：《诗》云"对扬王休"，《书》曰"好问则裕"。盖对问者，载主客之辞以著其意者也。（补注）按：问对者，文人假托之辞，其名既殊，其实复异，故名实皆问者，屈平《天问》、江淹《邃古篇》之类是也。其它曰难、曰谕、曰答、曰应，又有不同，皆问对之类也。古者，君臣朋友口相问对，其词可考，后人仿之设词以见志，于是有应对之文，而反复纵横，可以舒愤郁而通意虑。

——（南朝梁）任昉《文章缘起·对问》
《丛书集成初编》第2625册中华书局1983年版

世称善歌者皆曰"郢人"，郢州至今有白雪楼，此乃因宋玉《问》曰：客有歌于郢中者，其始曰《下里》《巴人》，次为《阳阿》《薤露》，又为《阳春》《白雪》，引商刻羽，杂以流徵。遂谓郢人善歌，殊不考其义。其曰"客有歌于郢中者"，则歌者非郢人也。其曰："《下里》《巴人》，国中属而和者数千人；《阳阿》《薤露》，和者数百人；《阳春》《白雪》，和者不过数十人；引商刻羽，杂以流徵，则和者不过数人而已。"以楚之故都，人物猥盛，而和者止于数人，则为不知歌甚矣。故玉以此自况，《阳春》《白雪》郢人所不能也。以其所不能者名其俗，岂非大误也？

——（宋）沈括《梦溪笔谈》卷五《乐律一》
胡道静《新校正梦溪笔谈》中华书局1957年版

宋玉文：岂能与之料天地之高哉！天言高可也，地言高不可也。

——（宋）孔平仲《珩璜新论》上
影印《文渊阁四库全书》第863册（台湾）商务印书馆1986年版

"问对"体者，载昔人一时问答之辞，或设客难以著其意者也。《文选》所录宋玉之于楚王、相如之于蜀父老，是所谓问对之辞。至若《答客难》

《解嘲》《宾戏》等作，则皆设辞以自慰者焉。

——（明）唐顺之《荆州稗编》卷七十五《文艺·吴讷〈文章辩体序题〉》
影印《文渊阁四库全书》第953—955册（台湾）商务印书馆1986年版

谓挽歌始于田横宾客，恐亦不然。《纂文》云："《薤露》，今之挽歌也。"宋玉《对问》，已有《阳阿》《薤露》矣。

——（清）何焯《义门读书记》卷四十七《文选·诗》
《学术笔记丛刊》本中华书局1987年版

刘彦和以宋玉《对问》、枚叔《七发》、杨雄《连珠》为杂文之祖。

——（清）何焯《义门读书记》卷四十九《文选·杂文》
《学术笔记丛刊》本中华书局1987年版

今人称曲之高者曰郢曲，此误也！宋玉曰"客有歌于郢中者"，则歌者非郢人也。又曰：《下里》《巴人》，国中属和者数千人；《阳春》《白雪》，和者不过数十人；引商刻羽，杂以流徵，则和者不过数人。是郢之人能和下曲，而不能和妙曲也。以其所不能者名其俗，不亦讹乎！

——（清）袁枚《随园随笔》卷十八《郢曲之讹》
王英志《袁枚全集》江苏古籍出版社1993年版

对问：纪文远公曰：《卜居》《渔父》已先是对问，但未标对问之名耳。宋玉此文载于《新序》，其标曰"对问"，似亦昭明所题也。

——（清）梁章钜《文选旁证》卷三十七《对楚王问》
影印《续修四库全书》第1581册上海古籍出版社2002年版

5.《笛赋》

《艺文类聚》有宋玉《笛赋》，前于丘仲远矣。《隋书·音乐志》曰：笛，汉武帝时丘仲所作者也，京房备五音有七孔，以应七声。《太平御览》曰：黄帝使伶伦伐竹于昆溪，斩而作笛，吹之作凤鸣。《笔谈》曰：有雅笛，有羌笛，其形制所始，旧说皆不同。

——（宋）高承《事物纪原》卷二《笛》
中华书局1989年版

宜黄李郢子经，博洽之士也。缀《纬文琐语》，其间云：马融作长笛赋云"近世双笛从羌起"，而《风俗通》以为汉武帝时丘仲所作，则非出于羌人矣。然《西京杂记》，高帝初入咸阳宫，笛长二尺三寸六孔；又宋玉在汉前而有《笛赋》，不始于武帝时丘仲所作。此李子经之辨足以破世俗之疑矣。以余观之，马融之妄固可嗤，李子经亦为未详。余考之《史记》云：黄帝使伶伦伐竹于昆谿而作笛，吹之作凤鸣。是起于帝世矣。藉曰：太史公之言未足以深据，盍不观《周礼》，笙师掌教竽、笙、埙、籥、箫、篪、篴、管，以教祴乐。郑司农注谓：篪，七孔，音池。而杜子春谓：读篴为荡涤之涤，六孔，即笛之古字也。经言可证如此，后世不深考而为说纷纷，可胜叹哉！

——（宋）史绳祖《学斋佔毕》卷一《笛见于经》
《四库笔记小说丛书》本上海古籍出版社1992年版

宋玉赋：玉在汉前作《笛赋》，或云汉武时丘仲作，此记似非也。马融又有《长笛赋》云，近代长笛从羌起。

衡阳之螇：笛之所出也。见宋玉赋。

——（元）佚名《书林事类韵会》卷九十八《笛》
影印《续修四库全书》第1218—1219册上海古籍出版社2002年版

笛始，《风俗通》曰：笛，汉武帝时邱仲所作也。按，宋玉有《笛赋》，玉在汉前。

——（明）陈耀文《天中记》卷四十三《笛》
广陵书社2007年版

南岳衡山，衡州衡山县是也，以霍山为储副。东方朔《神异经》云：姓崇讳覃。南岳主于世界星辰分野之地，兼鳞甲水族龙鱼之事。大中祥符四年五月二十五日追尊帝号——司天昭圣帝景明皇后。圣朝加封"大化"二字，余封如故。

——（明）佚名《新刻出像增补搜神记》卷一《南岳》
影印《续修四库全书》第1264册上海古籍出版社2002年版

按，宋玉有《笛赋》，玉在汉前，恐武帝时所造之说，非也。

——（清）陈元龙《格致镜原》卷四十七《笛》
影印《文渊阁四库全书》第1031—1032册（台湾）商务印书馆1986年版

6.《大言赋》《小言赋》

《乐府记》,《大言》《小言》诗,录昭明辞,而不书始于宋玉,何也?岂误邪?有说邪?

——(宋)许顗《彦周诗话》
中华书局 1985 年版

按,元陶宗仪《说郛》卷八十二下辑《许彦周诗话》、明冯惟讷《古诗纪》卷一百五十《昭明太子》引之,文字同。

梁晋间多戏为大、小言诗赋。郭茂倩《杂体诗集》谓,此体祖于宋玉;而许彦周谓,《乐府记》"大、小言"作,不书始于宋玉。岂误耶!仆谓此体其源流出于庄、列鲲鹏、蟭螟之说,非始宋玉也。《礼记》曰:"语小天下莫能破,语大天下莫能载。"屈原《远游》曰:"其小无内,其大无限。"

——(宋)王楙《野客丛书》卷二十四《大小言作》
中华书局 1987 年版

景公问晏子:"天下有极大乎?"对曰:"有,足游浮云,背凌苍天,尾偃天门,跃啄北海,颈尾咳于天池乎,然而瀏瀏不知六翮之所在。"公曰:"天下有极细乎?"对曰:"有,东海有虫,巢于蠛睫,再乳再飞,而蠛不为惊。臣婴不知其名,而东海渔者,命为焦冥。"按此,则"大言"、"小言",不始宋玉。

——(清)周亮工《书影》卷四
《明清笔记丛书》本上海古籍出版社 1981 年版

夫岂宋玉、景差之徒,好辞而不敢直谏者,所能仿佛其万一哉!且"大、小言"赋本皆玉所著,意在假人以炫己长,固未必果出于诸人之口。即所谓差语亦徒以谩词相竞,未见所谓平淡闲退也,又可以是而决此篇为差作乎!

——(清)蒋骥《山带阁注楚辞·楚辞余论》卷下《大招》
影印《文渊阁四库全书》第 1062 册(台湾)商务印书馆 1986 年版

(四)《宋玉集》考

宋玉《对问》曰:既而曰《陵阳》《白雪》,国中唱而和之者弥寡。然

《集》所载与《文选》不同，各随所用而引之。

——（唐）李善注《文选》卷十八嵇康《琴赋》注
上海古籍出版社 1986 年版

古今别集当自《离骚》为首，荀卿、宋玉，以及汉世董、贾、马、扬诸集，存于宋世者，仅仅数卷。诸藏书家，率谓后世好事钞合类书成帙，非其本书。然班史《艺文》原不著录，《隋史》始见篇名，其卷帙已与后世无异，则其亡逸固不始于宋、唐矣。

——（明）胡应麟《诗薮》杂编卷二《遗逸中·载籍》
上海古籍出版社 1979 年版

汉魏六朝文集，靖康间悉为金虏辇去。今按《通考》所载，自宋玉至颜之推，仅三十种耳。今所见惟董仲舒、蔡中郎、陈思王、嵇康、陆机、陆云、陶靖节、鲍参军、谢宣城、江淹、庾开府十余集，其他如固安郑锦衣所缉《扬子云集》，吾郡沈沂川先生所缉谢灵运、沈休文集，吾友刘少彝所缉《徐陵集》，皆近出也。

——（明）姚士麟《见只编》卷上
《丛书集成初编》第 3964 册中华书局 1983 年版

《文选·琴赋》注，两引宋玉《对问》，于"扬《白雪》"句，则作"《阳春》《白雪》"；于"绍《陵阳》"句，则作"《陵阳》《白雪》"。李善自云："《集》所载与《文选》不同，各随所用而引之。"

——（清）翁元圻《困学纪闻注》卷十七《评文》
影印《续修四库全书》第 1142—1143 册上海古籍出版社 2002 年版

七 词语释读

（一）词语考释

1.《九辩》

宋玉《九辩》："车既驾兮朅而归，不得见兮心悲。"诗话谓："车既驾矣，盍而归乎？以不得见而心悲也。"……

吴旦生曰：《文选》注，朅，去也。初疑"去"字当是"盍"字传写之讹脱耳，后见《字学集要》云：朅，去也，健也，却也。朅来，犹聿来也；又朅来，言归去来也。则"朅"训"去"亦得。颜延年《秋胡诗》"朅来空复辞"，补注云："朅，去也。"陈子昂《感遇诗》"朅来豪游子"、"朅来高堂观"，注亦云："朅，去也。"

——（清）吴景旭《历代诗话》卷十一《楚辞·朅》
中华书局1958年版

宋玉《九辩》云："收恢台之孟夏兮。"

吴旦生曰：旧注，恢台，广大貌。王逸《章句》本，"台"字作"怠"，徒来切。黄鲁直云：恢，大；台，即胎也，言夏气大而育物也。

——（清）吴景旭《历代诗话》卷十一《楚辞·恢台》
中华书局1958年版

宋玉《九辩》："属雷师之阗阗兮，通飞廉之衙衙。"

吴旦生曰：升庵言，衙，音鱼。韩退之《元和圣德诗》："鱼鱼雅雅。"鱼鱼亦衙衙也。按，《说文》：衙，行貌。从行、吾，鱼举切。笺云：本训惟。姚合诗："纵出多携枕，因衙始裹头。"又"可曾衙小吏，恐谓踏青苔。"北人谓街巷为衚巷，为衚衕，读若互字，平声，改作衚。

——（清）吴景旭《历代诗话》卷十一《楚辞·衕衚》
中华书局 1958 年版

"何时俗之工巧"首"故驹跳而远去"：驹跳，《楚词》俱作踋跳。据朱子云：作"驹跳"者非。

——（清）何焯《义门读书记》卷四十八《文选·骚》
《学术笔记丛刊》本中华书局 1987 年版

按，衚字，已见《说文》，解云：通街也。李氏（李贽）引《山海经》，而不及《说文》，何耶？䘘字，当依杨氏（杨慎）作衕。《说文》，衕衕，行貌。宋玉《九辩》，道飞廉之衕衕。与躍韵叶，得读吾音。盖衕同者，犹言行旅通街耳。《日下旧闻》"衚衕"二字，元人有以入诗者。

——（清）翟灏《通俗编》卷二《地理》
《丛书集成初编》第 1222—1223 册中华书局 1983 年版

2.《招魂》

《楚词·招魂》云：粔籹蜜饵，有餦餭些。粔籹，以蜜和米面煎熬。餦餭，饧也。中书赵舍人云，《方言》"饵糕也"。今口糕是。

——（宋）庞元英《文昌杂集》卷一
影印《文渊阁四库全书》第 862 册（台湾）商务印书馆 1986 年版

《楚辞·招魂》云："帝谓巫阳，曰有人在下，我欲辅之，魂魄离散，汝筮予之。……乃下招曰：魂兮归来……"阳，巫名。

——（宋）叶廷珪《海录碎事》卷十四《医卜门·巫阳》
李之亮校点《海录碎事》中华书局 2002 年版
按，宋谢维新《古今合璧事类备要》前集卷五十五《师巫》、明彭大翼《山堂肆考》卷一百六十六《技艺·下招魂魄》引此，文字同。

糖霜之名，唐以前无所见，自古食蔗者始为蔗浆，宋玉《招魂》所谓"胹鳖炰羔有柘浆"是也。其后为蔗饧，孙亮使黄门，就中藏吏取交州献甘蔗饧，是也。

——（宋）洪迈《容斋随笔·五笔》卷六《糖霜谱》
中华书局 2007 年版

按，宋陶宗仪辑《说郛》卷九十五下《糖霜谱》、明曹学佺《蜀中广记》卷六十四《食馔》、清汪灏等编《佩文斋广群芳谱》卷六十六《蔗》、沈自南《艺林汇考》饮食篇卷二《羹胾类》、吴景旭《历代诗话》卷五十九《糖霜》等引此文字，略同。

王观国《学林新编》云："《史记》《前汉》：'羹颉侯刘信。'颍川地名不羹者，羹音郎。《春秋·昭公十二年》《左传》：'今我大城陈蔡不羹。'陆德明《音义》曰：'羹，音郎。'《前汉·地理志》：'颍川郡定陵县有东不羹，襄城有西不羹。'颜师古曰：'羹音郎。'羹音郎者，自古所呼如此。宋玉《招魂》曰：'肥牛之腱，臑若芳，和酸若苦，陈吴羹。'以音韵协之，亦读羹为郎。"已上皆王说。予按，右者羹、臐之字音皆为郎，不止宋玉《招魂》也。故《鲁颂·閟宫》与史游《急就章》，羹与房、浆、糠为韵。至于不以羹为郎者，孔颖达云："近世以来方如此。不知又何也？"

——（宋）吴曾《能改斋漫录》卷一《羹音郎》
上海古籍出版社1979年版

宋玉《招魂》每句下有"些"字。些，音苏箇切，楚人语言之助声也。宋玉于《招魂》之辞用之，从其类也。

——（宋）王观国《学林》卷四《方俗声语》
《学术笔记丛刊》本中华书局1988年版

宋玉之语曰："高堂邃宇，槛层轩；层台累榭，临高山；网户朱缀，刻方连。"此谓之"网户"者，时虽未以罘罳名之，而实罘罳之制也。释者曰，织网于户上，以朱色缀之，又刻镂横木为文章连于上，使之方好。此误也。"网户朱缀，刻方连"者，以木为户，其上刻为方文，互相连缀。朱，其色也；网，其状也。若真谓此户，以网不以木，则其下文之谓刻者施之何地，而亦何义也？以"网户"、"缀刻"之语，而想像其制，则罘罳形状如在目前矣。宋玉之谓"网缀"，汉人以为"罘罳"，其义一也。

——（宋）程大昌《演繁露》卷十《罘罳》
影印《文渊阁四库全书》第852册台湾商务印书馆1986年版

按，明唐顺之《稗编》卷三十五《罘罳考》、程敏政《新安文献志》卷三十二《罘罳考》、清沈自南《艺林汇考》卷四《门屏类》引此，文字同。

宋玉《招魂》："像设君室，静问安些。"按，此则人死而设形貌于室以事之，乃楚俗也。

——（宋）魏了翁《鹤山笔录》
《丛书集成初编》本中华书局1991年版

《招魂》曰：粔籹蜜饵，有餦餭些。注云：餦餭，饧也。

——（宋）刘昌诗《芦浦笔记》卷一《饧字出处》
《历代史料笔记丛刊》本中华书局1986年版

宋玉曰："网户朱缀，刻方连些"，以木为户，上刻为方文，互相连缀。朱，其色也；网，其状也。想其制，则罘罳如在目前矣。宋玉之称网缀，汉人以罘罳，其义一也。（崔）豹谓合板为之，则可以刻缀，而应罘罳之义；谓筑土所成，绘象其上，安得有轻疏罘罳之象乎！况文帝时，东阙罘罳尝灾矣，若画实土之上，火安得而灾也。

——（宋）叶寘《爱日斋丛钞》卷一
《丛书集成初编》第0325册中华书局1983年版

按，明顾起元《说略》卷二十《居室》引此，文字稍异。

修门：宋玉《招魂》曰："魂兮归来，入修门些。"修门，故楚都郢城门也。（《文选》）

——（宋）佚名《锦绣万花谷》前集卷八《宫殿禁苑》
广陵书社2008年版

《离骚经》宋玉《招魂》云："娱酒不废，沈耽日夜些。兰膏明烛，华镫错些。"王逸注："镫，锭。尽雕琢错饰，设以禽兽，有英华也。"案，《玉篇》镫，都滕切。《说文》云：锭也。《广韵》曰：灯也。又都邓切，鞍镫也。锭，徒径切，锡属。《说文》锭：镫也。《广韵》又丁定切。豆有足曰镫，无足曰镫（去声）。锭又堂练切，灯有足也。然则灯、锭二字，各自有三义也。

——（元）李治《敬斋古今黈》卷二
《学术笔记丛刊》本中华书局1995年版

《招魂》：箟蔽象棋，有六簙些。朱子注云：箟，竹名。蔽、簙，箸也。

投六箸，行六棋，故为六簿也。言设六簿，以筐篆作箸，象牙为棋也。
——（明）张志淳《南园漫录》卷八《骰子》
云南人民出版社 1999 年版

《楚词·招魂》：菎蔽象棋，有六博些。菎蔽，以竹为簽。象棋，以象齿饰博局。今犹然以骨代簽。以两簽代五木，自陈思王始也。
——（明）周祈《名义考》卷八《人部·博奕》
影印《文渊阁四库全书》第 856 册（台湾）商务印书馆 1986 年版

《楚词·招魂》：晋制犀比，费白日些。王逸注：犀比，博著比集，犀角以为饰也。《前匈奴传》"黄金犀毗一"，颜师古注：犀毗，胡带钩。
——（明）周祈《名义考》卷十一《物部·犀比犀毗》
影印《文渊阁四库全书》第 856 册（台湾）商务印书馆 1986 年版

宋玉《招魂》：兰膏明烛。注：以兰渍膏，取其香也。
——（明）周祈《名义考》卷十二《物部·兰膏莲炬》
影印《文渊阁四库全书》第 856 册（台湾）商务印书馆 1986 年版

《楚辞》宋玉《招魂》：虎豹九关兮，啄害下人些。注云：虎豹九关，言天门九重，皆有虎豹司其关闭，下人有欲上者，则啮杀之也。道书天有九霄，曰：赤霄、碧霄、青霄、玄霄、绛霄、黔霄、紫霄、练霄、缙霄也。
——（明）彭大翼《山堂肆考》卷一《天文·九关》
《四库类书丛刊》本上海古籍出版社 1992 年版

《楚辞·招魂》：献岁发春兮，汩吾南征。注：献，进也。言岁始来进也。
——（明）彭大翼《山堂肆考》卷二百二十九《补遗·时令·献岁》
《四库类书丛刊》本上海古籍出版社 1992 年版

《楚辞·招魂》：胹鳖炰羔，有柘浆。胹，熟烂也。炰，烧也。
——（明）彭大翼《山堂肆考》卷二百三十五《补遗·饮食·胹鳖炰羔》
《四库类书丛刊》本上海古籍出版社 1992 年版

修门：宋玉《招魂》："魂兮归来，入修门些。"王逸注：修门，郢城门也。

——（明）董说《七国考》卷四《楚宫室》
中华书局 1956 年版

楚些：《丹铅录》：齐歌曰讴，吴歌曰歈，楚歌曰些，巴歌曰嫚。又梁元帝《纂要》云：楚歌曰艳。宋玉《招魂》皆以"些"字为尾。

——（明）董说《七国考》卷七《楚音乐》
中华书局 1956 年版

《招魂》曰：离榭脩幕。王逸注：离，列也。《方言》曰：罗为之离，离谓之罗。郭璞注曰：皆行列物也。

——（明）周婴《卮林》卷六《广陈·离有十六义》
《八闽文献丛刊》本福建人民出版社 2006 年版

《招魂》曰：长髪曼鬋，艳陆离。刘良注：美色貌。

——（明）周婴《卮林》卷六《广陈·离有十六义》
《八闽文献丛刊》本福建人民出版社 2006 年版

羹音郎之原

《左传》"楚城陈蔡不羹"注，羹音郎。《汉书》作更。盖古"八庚"多通"七阳"，更字读如冈，冈又讹转为郎耳。诸公但知《楚词》皆读羹为郎，而不知其为更，古人韵粗，更、郎相近则直音为郎，或此之故。

——（明）方以智《通雅》卷一《疑始》
上海古籍出版社 1988 年版

"些"之助辞犹斯也：《楚辞》注，音苏箇切。《韵会》又入麻、哿、霁韵。存中曰：夔峡湖湘人，凡禁咒语末皆云"娑婆诃"，三合而为"些"也。《岩下放言》非之，《博物志》有止些山，杜诗"和亲逻些城"，则因罗娑川而借用也。其实"些"字音本于"斯"字，张氏曰：《诗》"恩斯"、"勤思"、"彼何人斯"之类，并与"些"同。方子谦曰："斯"字亦在先韵，音鲜。《诗》有"兔斯首"，笺云：斯，白也。今俗语鲜白之字作鲜，齐鲁之间声近斯。孔颖达曰："鲜"而变为"斯"者，齐鲁之间，其语鲜、斯声相近。《歌韵》叶韵梭。孔子

《临河歌》"狄之水兮风扬波，舟楫颠倒更相加，归来归来斯为斯"，"斯"合韵，音莎，如《楚辞》之"些"。此知些、梭、斯、鲜为一音也。

——（明）方以智《通雅》卷四《释诂》
上海古籍出版社 1988 年版

《招魂》：娭光眇视，目曾波些。曾，重也。摹写娭笑轻眇回波层折之态，已极致矣。

——（明）方以智《通雅》卷十八《身体》
上海古籍出版社 1988 年版

宋玉《招魂》：菎蔽象棋，有六博些。注：象牙为棋也。

——（明）方以智《通雅》卷三十五《器用》
上海古籍出版社 1988 年版

《招魂》曰：冬有穾夏，夏室寒些。注谓，复室也。《史记·上林赋》"岩窔洞房"，《汉书》作"岩突"，师古曰：如灶突也。

——（明）方以智《通雅》卷三十八《宫室》
上海古籍出版社 1988 年版

宋玉《招魂》曰："光风转蕙氾崇兰些。"些，语词。宋玉《招魂》语末皆云"些"，故挽歌亦曰"哀些"。

——（明）张岱《夜航船》卷九《礼乐部》
四川文艺出版社 2010 年版

古之于丧也，有重于祔也，有主以依神于祭也，有尸以象神，而无所谓像也。《左传》言，尝于太公之庙，麻婴为尸；《孟子》亦曰弟为尸；而春秋以后不闻有尸之事。宋玉《招魂》始有"像设君室"之文。尸礼废而像事兴，盖在战国之时矣。

——（清）顾炎武《日知录》卷十四《像设》
黄汝成、栾保群、吕宗力等《日知录集释》上海古籍出版社 2006 年版

《梦溪笔谈》曰：《招魂》尾句皆曰"些"，夔峡湖湘及南北江獠人，凡

禁咒句尾皆曰▢，此乃楚人旧俗，即梵语"萨诃"也，三字合言之即"些"字也。

吴旦生曰：《古隽考略》云，些，音梭，去声。误作些小之些啸。《馀谱》云，些、些二字，形体不甚相远，而音声、意义悬殊。上苏箇切，下乃些小之些耳。余观《中州集》载密公诗云"始露雄文陵楚些，又登长陌佩吴钩"，《元音补遗》载宋衙诗"今日悲秋哦楚些，他年著论辨吴亡"，则其从去声可证。李周卿诗"长溪霜练静，修岭苍龙卧。魂梦吾已安，不劳歌楚些"，高季迪诗"归来又辱寄新诗，锦水湔肠珠落唾。豪吟自欲寄燕歌，悲调岂将同楚些"，此真得苏箇切音韵也。

——（清）吴景旭《历代诗话》卷十一《楚辞·些》
中华书局1958年版

宋玉《招魂》："稻粢穱麦，挐黄粱些。"《词林海错》曰：穱，麦也。韩愈诗"纳凉吸冷渍香穱"，《南都赋》"夏穱冬秱"。

吴旦生曰：王逸注："穱，音捉，训择也，择麦中先熟者。"言饭则以秔稻粢稷，择新麦，糅以黄粱，和而柔嫩，且香滑也。若竟训作麦，则《楚辞》不当说"麦"复说"穱"矣。如赋所云"夏穱"与左思《吴都赋》"穱秀菰穗"，当训作麦。

——（清）吴景旭《历代诗话》卷十一《楚辞·穱》
中华书局1958年版

宋玉《招魂》："露鸡臛蠵，厉而不爽些。"

吴旦生曰：臛，羹也。有菜曰羹，无菜曰臛。《说文》：臛，肉羹。《释名》：臛者，高也。香气嵩高也。蠵，大龟也。李贺诗："臛蠵臛熊何足云。"王逸注：楚人名羹败曰爽，言其清烈不败也。

——（清）吴景旭《历代诗话》卷十一《楚辞·臛蠵》
中华书局1958年版

然曰《招魂》，又曰《大招》者，巫觋之事有大小故也。小，如求之一方鬼神；大，如合四方上下之鬼神，大索之第。《招魂》韵下用"些"，些，楚人土音所以相呼也。凡鬼神之事，阴阳本隔，多以声音感之，阳声相呼，绵绵不绝，阴神既感，自将隐隐随之；阳声先入为导，阴神后随自至。此《招魂》之"些"所自来也。《大招》韵下用"只"，只，本古韵，见于《毛诗》不一，大索于四方上下鬼神，楚之方言未可概通，必用中原古（韵）。此《大招》之"只"所自来也。

——（清）李陈玉《楚辞笺注》卷四《招魂题解》
影印《续修四库全书》第1302册上海古籍出版社2002年版

宋玉《招魂》：冬有突夏，夏室寒。注：突夏，重屋也。

——（清）陈元龙《格致镜原》卷十九《宫室类·屋》
影印《文渊阁四库全书》第1031—1032册（台湾）商务印书馆1986年版

宋玉《招魂》：网户朱缀，刻方连些。王逸注：网户，绮文镂也。横木关柱为连。言门户之楣皆刻镂绮文，朱丹其缘，雕镂其木，使方好也。

——（清）陈元龙《格致镜原》卷二十《宫室类·户》
影印《文渊阁四库全书》第1031—1032册（台湾）商务印书馆1986年版

宋玉《招魂》：肥牛之腱，臑若芳些。注：肘之上肉，熟而切之，筋肉相间成文。

——（清）陈元龙《格致镜原》卷二十四《饮食类·肉》
影印《文渊阁四库全书》第1031—1032册（台湾）商务印书馆1986年版

《楚辞·招魂》：成枭而牟。牟即卢也。唐李翱撰《五木经》，元革注云：雉为二，枭为六，卢为四。

——（清）陈元龙《格致镜原》卷五十九《玩戏器物类·骰子》
影印《文渊阁四库全书》第1031—1032册（台湾）商务印书馆1986年版

《招魂》曰：帝告巫阳曰，端人在下，我欲辅之，魂魄离散，汝筮予之。《集注》曰：帝，天帝也。女曰巫。阳，其字也。端人，屈原也。魂魄离散，身将颠沛，故使巫阳筮问所在，求而与之，使反其身也。

——（清）徐文靖《管城硕记》卷十七《楚辞集注四》
《学术笔记丛刊》本中华书局1998年版

《招魂》：宫庭震惊，发《激楚》些。《后汉·边让传》"扬《激楚》之清宫"，注："激楚"，曲名。楚劳商，谓《激楚》之含商者，劳谓属和而助之也，与《大雅》"神所劳矣"，义同。

——（清）徐文靖《管城硕记》卷十七《楚辞集注四》
《学术笔记丛刊》本中华书局1998年版

"像设"说：相传"像设"之说谓始于《离骚》。（注：《楚辞章句》宋玉《招魂》云："像设君室。"王逸注："为君造设第室法像。"）此不然也，孔子观明堂，见尧、舜、桀、纣之象，或谓出于《家语》之附会；越勾践以金铸范蠡，则实出于宋玉之前也。诸家入主出奴，各是其是之说，祇可以理度之，而不可以奇信之，若夫国学。

——（清）乾隆《御制文集》三集卷四《说》
影印《文渊阁四库全书》第1301册（台湾）商务印书馆1986年版

《后汉书·显宗纪》注：以糖作狻猊，号为糖猊。东坡过金山寺，作诗《送遂宁僧圆宝》云："涪江与中泠，共作一味水。冰盘荐琥珀，何似糖霜美。"唐太宗遣使至摩揭陀国，取熬糖法，诏扬州取蔗作沈，如其剂，色味逾西域远甚。此中国用糖之始，其法始于佛氏。然《吴志》孙休已有甘蔗饧矣。《学斋佔毕》"宋玉《大招》已有蔗浆字"，是取蔗汁已始于先秦也。《前汉·郊祀歌》"柘浆析朝酲"注："谓取蔗以为饴也。"又孙亮取交州所献甘蔗饧，而《三礼》注"饧"字，俱云："煎米蘖也，一名饴。"则是煎蔗为糖已见于汉时亦明矣。

——（清）阮葵生《茶馀客话》卷二十《糖》
《明清笔记丛刊》本中华书局1960年版

然《楚辞·涉江篇》"曾不知夏之为丘"，《招魂篇》"各有突夏"，又《大招》"夏屋广大，沙棠秀只"，则屈原、宋玉已皆以夏屋为大屋。而必以犬俎释《诗》之夏屋，毋亦泥古注而好奇之过矣。况屈原、宋玉既施之于词赋，则以夏屋为大屋，亦不自扬子云始也。

——（清）赵翼《陔馀丛考》卷二十二《诗文以集名》
《学术笔记丛刊》本中华书局2012年版

古者祭必有尸,《孟子》弟为尸。是战国时尚有此制。然宋玉《招魂》已有"像设君室"之文,则塐像实自战国始。顾宁人谓"尸礼废而像事兴",亦风会使然也。

——（清）赵翼《陔馀丛考》卷三十二《宗祠、塐像》
《学术笔记丛刊》本中华书局 2012 年版

自佛法盛而塑像遍天下,然塑像实不自佛家始。《史记》:"帝乙为偶人以象天神,与之博。"则殷时已开其端。《国语》:"范蠡去越,越王以金写其形而祀之。"《国策》:"宋王偃铸诸侯之像,使侍于屏厕。"则并有铸金者。《孟子》有"作俑"之语,宋玉《招魂》亦云"像设"。魏文侯曰:"吾所学者,乃土梗耳。"又《国策》:"秦王曰:宋王无道,为木人以象寡人而射其面。"又孟尝君将入秦,苏代止之,曰:"土偶与桃梗相遇,桃梗曰:'子西岸之土也,挺子以为人,岁八月雨降,则汝残矣。'土偶曰:'吾西岸之土,土残则复西耳。今子东国之桃梗也,削子以为人,雨下水至,漂子而流,吾不知所税驾也。'"则泥塑木刻,战国时皆已有之矣。又《韩非子》记桓赫削之道:"鼻莫如大,目莫如小。鼻大可小,小不可大也;目小可大,大不可更小也。"此又塑像之秘诀。然则佛像本用金铸,其后有用土木者,则转从入中国后,以中国之法为之耳。《宋史·方伎传》:"僧志言盛夏死身不坏,仁宗命以其真身塑像寺中。"此又后世真身塑像之始。

——（清）赵翼《陔馀丛考》卷三十二《塑像》
《学术笔记丛刊》本中华书局 2012 年版

《诗·鸤鸠》"其子在榛",《释文》:"榛,木名也。"《字林》:"木丛生也。"《说文》"榛,木也,一曰蓂也。"徐锴《系传》"楷"字云:"《说文》无'榛'字,此即'榛'字也。"《一切经音义》云:"《说文》:'榛,丛木也。'"是唐本有"榛"字矣。群书言"榛丛"者,并记于此:《广雅》:"木丛生曰榛。"服虔注《汉书》:"榛,木丛也。"高诱注《淮南》:"丛木曰榛。"《高唐赋》"榛林郁盛",李善注:"榛林,栗林也。"此误以为"夬栗"之"夬"。《七启》:"于是溪填谷塞,榛薮平夷。"《说苑》:"其入榛丛刺虎豹者,吴是以知其勇也。"扬雄拟《易》"羝羊触藩,其男童乌曰:'大人何不言荷戈入榛。'"王粲《从军诗》"城郭生榛棘",左思《招隐诗》"果下自成榛",谢灵运《山居赋》"除榛伐竹"，潘岳《关中诗》"荆棘成榛"，《天台山赋》"披荒榛之蒙茏"，《芜城赋》"崩榛塞路"。五臣注："榛，丛木也。"赵景真《与嵇茂齐书》"披榛觅路"，刘氏《新论·均任篇》"榛棘之柱，不可负于广厦"，《宋书·长沙景王道怜传》"有旧沟引浔水如陂，不治积久，树木榛塞，伐木开榛，水得通注"，《旧唐书》"刘赞为歙州刺史，有老妇人捃拾榛丛间，猛兽将噬之，搏兽救之"。《说文》："藂即丛字。"《集韵》："苁，或作藂。"《谷梁传》"骒木"，《释文》作"藂木"。《檀弓》"藂涂龙车盾以椁"，《释文》云："藂，才官反。"正义云："藂，聚也。"宋玉《招魂》"薋菅是食"，王逸注："柴棘为薋。"

——（清）桂馥《札朴》卷五《榛》
《学术笔记丛刊》本中华书局 1992 年版

设像：宋玉《招魂》"像设君室"，说者谓，后世影堂始此。《论衡》：休屠王子金翁叔与父母俱降汉，母死，武帝图其母于甘泉殿，翁叔从上上甘泉，拜谒起立，向之泣涕沾襟，久乃去。《世说》：钟会兄弟，以千万起一宅，始成，未得移住，荀勖潜往，画钟门堂作太傅形象如平生，二钟入门，便大感恸，宅遂空废。据二事，似汉魏时影堂之制，尚未通行，故偶见感伤如此。宋玉所云，止是他人为之，非人子所自设也。公温《书仪》曰：世俗皆画影置于魂帛之后。男子生进有像，用之犹无所谓；至于妇人生进，深居闺闼，出则科辐轩，拥蔽其面，既死，岂可使画工直入深室，揭掩面之帛，执笔相望，画其容貌。此王乐泉为非礼。伊川亦不取影堂，言若多一茎须，便是别人。然就金翁叔、钟会二事观之，见人子触目感心，每有因之油然自发孝思者，则事虽不本礼经，而于人教孝之意，颇有裨益，且古之祭皆有尸，汉后废尸不行，因时起义，别具影堂，似于礼亦宜之。

——（清）翟灏《通俗编》卷九《仪节》
《丛书集成初编》第 1222—1223 册中华书局 1983 年版

3.《风赋》

虞喜《天文论》：汉《太初历》十一月甲子夜半冬至，云："岁雄在阏逢，雌在摄提格，月雄在毕，雌在觜，日雄在子。"又云："甲岁雄也，毕月雄也，陬月雌也。"大抵以十干为岁阳，故谓之雄，十二支为阴，故谓之雌，但毕、觜为月雄雌不可晓。今之言阴阳者,未尝用雄雌二字也。《郎颛传》引《易雌雄秘历》,今亡此书。宋玉《风赋》有雄风雌风之说;沈约有"雌霓连蜷"之句。《春秋元命包》曰:"阴阳合而为雷。"师旷占曰:"春雷始起,其音格格,其霹雳者,所谓雄雷,旱气也。其鸣依音,音不大霹雳者,所谓雌雷,水气也。"(见《法苑珠林》。)予家有故书一种曰《孝经雌雄图》,云出京房《易传》,亦曰星占相书也。

——(宋)洪迈《容斋随笔》三笔卷十一《岁月日风雷雄雌》
中华书局 2007 年版

按,明周婴《卮林》卷四《岁月日风雷雄雌》引此,个别文字稍异。

宋玉《风赋》:"臣闻于师:枳句来巢,空穴来风。"其所托者然,则风气殊焉。

吴旦生曰:《庄子》"空阅来风,桐乳致巢。"司马彪注云:门户孔空,风善从之。桐子似乳,著其叶而生,其叶似箕,鸟喜巢其中也。一作空门,又作空阁,谓风自空生,今之危阁类然也。余以此皆由于"穴"通为"阅",而"阁"又阅之讹,书当从空穴,谓门户之穴也。枳木句曲,不若桐乳为工。

——(清)吴景旭《历代诗话》卷十三《赋·空穴》
中华书局 1958 年版

宋玉《风赋》:"夫风生于地,起于青蘋之末。浸淫溪谷,盛怒于土囊之口。"

吴旦生曰:《博物志》:风山之首,方高三百里,风穴如电突,深三十里,春风从此而出。《荆州记》云:宜都佷山县,山有风穴口,大数尺,名风井。夏则出风,冬则风入,暑月经之,凛然有衣裘想。则是土囊大穴也,当类此。杜子美诗:"曾宫凭风迴,岌嶪土囊口。"

——(清)吴景旭《历代诗话》卷十三《赋·土囊》
中华书局 1958 年版

今人动称翰林为金马、玉堂。按,汉武帝命文学之士待诏金马门,金马与文臣微有干涉。至于"玉堂"二字,宋玉《风赋》"徜徉中庭,比上玉堂",早有玉堂之名。古乐府"黄金为君门,白玉为君堂",泛称富贵之家也。按,汉谷永对成帝曰:"抑损椒房玉堂之盛宠。"颜师古注:"椒房,皇后所居;玉堂,嬖幸之舍也。"《三辅皇图》曰:"未央宫有殿阁三十二,椒房玉堂在其中。"是玉堂乃宫闱妃嫔之所，与翰林无涉。或云汉有玉堂殿，为天上神仙壁记之所；又文翁讲授之地，亦名玉堂。宋太宗淳化中，赐翰林"玉堂之署"四字，从此遂专属翰林矣。

——（清）袁枚《随园随笔》卷十六《玉堂称翰林之讹》
《丛书集成三编》本（台湾）新文丰出版公司1997年版

"象之搋也"，《广韵》从木作"棣"，云："棣枝，整发钗也。"《释名》："簪枝也，因形名之也。"《晋书·舆服志》"皮弁象玉邸"，注云："邸，冠下抵也，象骨为之。音帝。"按，邸、抵通。宋玉《风赋》"邸鄂叶而振气"，《史记·河渠书》"西邸瓠口"，皆以邸为抵。邸即《广韵》之棣。《诗》从"手"。《广韵》云："搋，佩饰。"或因《诗》为义。但搋、棣俱不见于《说文》。

——（清）桂馥《札朴》卷一《搋》
《学术笔记丛刊》本中华书局1992年版

空阅：《庄子》"空阅来风"，司马云："门户孔空，风善从之。"又云："瞻彼阅者，虚室生白。"司马云："阅，空也。盖指室之牖。"宋玉《风赋》："空穴来风。"

——（清）桂馥《札朴》卷四《空阅》
《学术笔记丛刊》本中华书局1992年版

玉堂：肇见宋玉《风赋》。至汉，则有殿名玉堂。《翼奉传》"久污玉堂之署"是也。世人专称翰林苑，则以宋太宗赐苏易简诗"翰林承旨贵，清静玉堂中"为始。

——（清）翟灏《通俗编》卷二十四《居处》
《丛书集成初编》第1222—1223册中华书局1983年版

溯漭：宋玉《风赋》："飘忽溯漭。"注：风击水声。疋冰、普朗二切。相如《上林赋》"砰磅訇磕"，砰为溯音转也；梅尧臣诗"夜雷砰䨻"，䨻，薄江切，又属砰磅转音。

——（清）翟灏《通俗编》卷三十五《声音》
《丛书集成初编》第1222—1223册中华书局1983年版

飒飒：宋玉《风赋》"有风飒然而至"，《楚辞·九歌》"风飒飒兮木萧萧",《文心雕龙》"春日迟迟,秋风飒飒",李商隐诗"飒飒东风细雨来"。

——(清)翟灏《通俗编》卷三十五《声音》
《丛书集成初编》第 1222—1223 册中华书局 1983 年版

少见多怪,人情然也。见文字中,用"雄风",皆谓有本。见"雌风",则怪之。而不知其在宋玉《风赋》也。

——(清)徐时栋《烟屿楼笔记》卷七
中国国家图书馆藏鄞县徐氏蘧学斋民国十七年版

皮日休云:"《毛诗》'鸳鸯在梁',又曰'蟏蛸在东',即后人叠韵之始。"杨升庵谓:"此乃偶合之妙,诗人初无意也。若《文选》宋玉《风赋》'炫焕灿烂',张衡《西京赋》之'睢盱蚃芥',《上林赋》之'玢豳文鳞',左思《吴都赋》之'檀栾婵娟',则词人好奇之始耳。"余谓杨说固然。

——(清)徐时栋《烟屿楼笔记》卷七
中国国家图书馆藏鄞县徐氏蘧学斋民国十七年版

虞喜《天文论》:汉《太初历》十一月甲子夜半冬至,云:"岁雄在阏逢,雌在摄提格;月雄在毕,雌在觜;日雄在子。"又曰:"甲岁雄也,毕月雄也,陬月雌也。"大抵以十干为岁阳,故谓之雄,十二支为岁阴,故谓之雌。宋玉《风赋》有雄雌风之说。沈约有"雌霓连蜷"之说。《春秋元命包》曰:"阴阳合而为雷。"师旷占曰:"春雷始起,其音格格,其霹雳者,所谓雄雷,旱气也;其鸣音音,不大霹雳者,雌雷,水气也。"《孝经雌雄图》出京房《易传》,亦曰星占相之书也。是干支、日月、风云、星雷,皆具有雌雄。而今之言阴阳占候者,皆无雄雌二字,询以雄雌之理,亦复不知,盖久失其传矣。

——(清)陈其元《庸闲斋笔记》卷九《干支日月风云星雷皆有雌雄》
中华书局 1989 年版

4.《高唐赋》

颊,音疋零反,敛容,怒色也。柳子厚《谪龙说》有"奇女颊尔怒"之语,正用此也。

——(宋)洪迈《容斋随笔·三笔》卷三《高唐神女赋》
中华书局 2007 年版

《疑耀》谓姬者周姓，后世字学不明，以姬字为女人通称耳。其似不然，姬，故黄帝氏姓，周人寻之，故《春秋》称王姬，诸姑伯姊，并得称焉。鲁为同姓，称叔姬、季姬、共姬，犹齐之称姜，宋之称子，陈之称妫，秦之称女怀嬴之类是也。盖古者妇人称名，率从其国姓，而女之适人者，明有所从，则又系诸国，若郯伯姬、杞叔姬、宋荡姬、郑季姬、卫穆嬴、宋穆姜之谓矣。至周穆王娶盛伯之女，《传》曰同姓之亲，故称盛姬，固一说也。然《水经注》载，巫山之上，帝女居焉。宋玉所谓天帝之季女，名曰瑶姬。《襄阳耆旧传》则称，赤帝女姚姬，未行而卒，葬于巫山之阳。是不在周以前乎？而楚非周姓。文王得丹之姬淫，期年不听朝；魏安釐王如姬最幸，为公子盗晋鄙兵符；楚庄王立钟鼓之间，左仗郑姬，右拥越姬。又《左传》有秦姬、燕姬、胡姬、陈夏姬，彼何以故？至汉魏而后，相沿为嫔嫱戚畹之通称矣。然则称姬者，自是美名之意，在赤帝时已有之，何关后人谬戾哉！张氏力诋其非，重出而两见之。窃谓今之称姬者，独吴人为近古，盖吴之先，故姬姓也。六朝三唐诗中，往往称吴姬，至燕赵佳人亦并称姬，罪不在字学之不明矣。

——（明）钱希言《戏瑕》卷一《称姬》
《丛书集成初编》本第2945册中华书局1983年版

瀺，水落地声。灂，水小声。瀺灂，见《考工记》。而宋玉《高唐赋》中"巨石溺溺之瀺灂兮"，李善注曰：溺溺，没也。瀺灂，石在水上出没之貌。乃唐人仲子陵《五色琴弦赋》，遂讹为"泉鱼瀺灂以跃鳞"。"泉鱼"二字出《吴志》，有本。若言瀺灂是鱼，直作濡沫之类解矣。然头责子羽，已误瀺灂为渔父事，何怪后代相承也。

——（明）钱希言《戏瑕》卷二《瀺灂》
《丛书集成初编》本第2945册中华书局1983年版

宋玉《高唐赋》曰：翠为盖兮。注云：以翠羽为盖也。

——（明）彭大翼《山堂肆考》卷一百七十九《器用·羽盖》
《四库类书丛刊》本上海古籍出版社1992年版

桐新吴俗，男子呼妇人为女客，盖有自来。宋玉《高唐赋》，昔者先王游高唐，怠而昼寝，梦见一妇人曰："妾巫山之女也，为高唐之客。"

——（清）沈自南《艺林汇考》称号篇卷八《仆妾类》
《中国历代风俗史料丛书》本东方出版社2012年版

喙训为息，故病而短气，亦谓之喙。《晋语》"余病喙矣"。韦注曰："喙，短气貌"，是也。惧而短气，亦谓之喙。宋玉《高唐赋》曰"虎豹豺兕，失气恐喙"是也。

——（清）王念孙《读书杂志·汉书》第十四《跋行喙蠕》
《高邮王氏四种》凤凰出版社 2000 年版

念孙按，辛酸，皆味也，非臭也。宋玉《高唐赋》："孤子寡妇，寒心酸鼻。"阮籍《咏怀》诗："感慨怀辛酸，怨毒常苦多。"皆非辣气触鼻之谓。

——（清）王念孙《读书杂志·荀子》第七《酸》
《高邮王氏四种》凤凰出版社 2000 年版

按萧、肴、豪三韵，今人皆独用，惟作古体可以通用，而独与十一尤韵不能相通，奈吾闽人尤韵与萧、肴、豪往往相混，即语音亦然，最为可笑。其实则古人已有相通者，如：……宋玉《高唐赋》"正冥楚鸠"与"垂鸡高巢"为韵。

——（清）梁章钜《浪迹三谈》卷三《豪歌协韵》
《楹联丛话全编》本北京出版社 1996 年版

女客：《周礼·内宰》，致后宾客之礼。注云：女宾之宾客。《文选》宋玉赋："妾巫山之女也，为高唐之客。"《元怪录》，蜀师章仇谓其妻曰："何不盛设盘筵，邀召女客。"

——（清）翟灏《通俗编》卷二十二《妇女》
《丛书集成初编》第 1222—1223 册中华书局 1983 年版

5.《神女赋》

云梦浦：楚襄王与宋玉游于云梦之浦。

——（宋）叶廷珪《海录碎事》卷三下《河海门》
李之亮校点《海录碎事》中华书局 2002 年版

亭林云：乾父坤母，山川之神，多装以女神，《汉书·郊祀歌》有媪之神是也，而好事者遂指为某之女、某之妻，则诞矣。楚祠湘君、湘夫人。《山海经》：洞庭之山，帝儿女居之。郭璞注曰：天帝之二女，处江为神。

即《列女传》江沱二女。或曰尧之女也。苍梧九疑间,有尧女祠焉。禹庙在会稽,《水经注》言,庙有圣姑。《礼记纬》云:禹治水毕,天赐神女圣姑。河伯水神夫人,姓冯名夷。巫山神女,宋玉之寓言也,《水经注》以天帝之季女,名瑶姬。洛水宓妃,陈思之托兴,而如淳以为伏羲之女,见《汉书音义》。……渎乱甚矣!

——(清)阮葵生《茶馀客话》卷四《女神》
《明清笔记丛刊》本中华书局1960年版

娟,本作嬽。《广雅》:"嬽,娥眉貌。"宋玉《神女赋》:"眉联娟以蛾扬。"《洛神赋》:"修眉联娟。"

——(清)桂馥《札朴》卷四《娟》
《学术笔记丛刊》本中华书局1992年版

神交:……按,杜诗云"神交作赋客",谓宋玉也。依此则虽于古人,亦可言神交。

——(清)翟灏《通俗编》卷十三《交际》
《丛书集成初编》第1222—1223册中华书局1983年版

宋玉《神女赋》"复见所梦"(梦,古音莫登反,说见《唐韵正》。),与喜、意、记、异、识、志为韵。

——(清)王念孙《读书杂志·逸周书》第三《身貌》
《高邮王氏四种》凤凰出版社2000年版

原者,量也,度也。言其丽与盛不可胜量也。《广雅》曰:"量,纲,度也。"纲与原,古字通。宋玉《神女赋》曰:"志未可乎得原。"《韩子·主道篇》曰:"掩其迹,匿其端,下不能原。"《列女传·颂义小序》曰:"原度天道,祸福所移。"皆其证也。

——(清)王念孙《读书杂志·汉书》第八《不可胜原、功无原》
《高邮王氏四种》凤凰出版社2000年版

《广雅》:"量、谅,度也。"谅,与原通。宋玉《神女赋》"志未可乎得原",《韩子·主道篇》曰:"掩其迹,匿其端,下不能原。"皆谓不可量原也。

——（清）王念孙《读书杂志·淮南内篇》第八《无原》
《高邮王氏四种》凤凰出版社2000年版

宋玉《神女赋》注，《韩诗》曰："嫕，悦也。"亦未知是诗何句，盖古书不可见矣。

——（清）俞正燮《癸巳存稿》卷十二《文选注引书字识语》
商务印书馆1957年版

6.《登徒子好色赋》

《登徒子好色赋》，以《战国策》参考，登徒盖以官为氏。

——（清）何焯《义门读书记》卷四十五《文选·赋》
《学术笔记丛刊》本中华书局1987年版

"视其身貌形状。"念孙按，古书无以"身貌"二字连文者。身，当为体。俗书作軆，因脱其右半耳。《艺文类聚·人部》《初学记·中宫部》《太平御览·皇亲部》《人事部》引此，并作"体貌"。（宋玉《登徒子好色赋》曰："体貌闲丽。"《汉书·五行志》曰："体貌不恭。"）

——（清）王念孙《读书杂志·史记》第三《身貌》
《高邮王氏四种》凤凰出版社2000年版

登徒，姓也。何曰：以《国策》参考，登徒盖以官为氏。

——（清）于悝介《文选集评》卷四《登徒子好色赋题下》
《重订文选集评》国家图书馆出版社2012年版

7.《对楚王问》

《说文》，"朋"及"鹏"，皆古文凤字。宋玉曰："鸟有凤而鱼有鲲。"《庄子音义》崔譔云："鹏音凤。"

——（宋）王应麟《困学纪闻》卷二十《杂识》
上海古籍出版社2008年版

宋玉《对问》"《阳春》《白雪》"，《集》云"《陵阳》《白雪》"，见《文选·琴赋》注。

——（宋）王应麟《困学纪闻》卷十七《评文》
上海古籍出版社 2008 年版

鲲化为鹏，《庄子》寓言耳。鹏即古凤字也。宋玉对楚王："鸟有凤而鱼有鲲。"其言凤皇上击九千里，负青天而上，正祖述《庄子》之言也。

——（明）谢肇淛《五杂俎》卷九《物部一》
上海书店 2009 年版

今人动称《阳春》《白雪》为寡和，盖自唐人已误用之矣。宋玉本文："《阳春》《白雪》，国中属而和之者数十人；引商刻羽，杂以流徵，属而和者不过数人而已。"则寡和者，流徵之曲，非《阳春》之曲也。且云"客有歌于郢中"者，亦非郢人自歌也。

——（明）谢肇淛《五杂俎》卷十三《事部一》
上海书店 2009 年版

按，宋玉曰："鸟有凤而鱼有鲲。"《庄子》："北冥有鱼，其名为鲲，化而为鸟，其名为鹏。"崔譔云："鹏音凤。"又按，《说文》云："古文凤，象形。凤飞群鸟从以万数，故以为朋党字。"宋莒公云："朋字象凤羽之形，两月也。"余观古字朋作𣰛，凤作𩾐、𪀔，朋及鹏皆古文凤字。张舜民不知此义，漫谓《白氏六帖》录禽，遗"大鹏"。盖白既录"凤"，不复录"鹏"尔。

——（清）吴景旭《历代诗话》卷十七《鶺䴏、大鹏》
中华书局 1958 年版

高击，谓上击也。宋玉《对楚王问》曰"凤皇上击九千里"，是也。李训增为益，颜训为重，皆失之。

——（清）王念孙《读书杂志·汉书》第九《遥增击而去之》
《高邮王氏四种》凤凰出版社 2000 年版

又谓宋玉"曲弥高，和弥寡"向来误解，此"歌曲"非"作曲"也，岂若后世诗人酬唱，论词意佳否者？《阳春》《白雪》必是高调之曲，而又有高字，歌喉峻者始触及之，和之所以益寡也。

——（清）陆烜《梅榖偶笔》
中国国家图书馆藏《梅榖十种书》本平湖陆氏易简堂清乾隆三十四年刻本

凤即朋字。《说文》朋、鹏皆古文凤字。朋象形，凤飞群鸟从以万数，故以为朋党字。《字林》：鹏，朋党也。古以为凤字。《庄子·逍遥游篇》："其名为鹏。"《释文》："崔音凤。"云"鹏即古凤字，非来仪之凤也"。宋玉《对楚王问》云："鸟有凤而鱼有鲲，凤皇上击九千里，绝云霓，负苍天，足乱浮云，翱翔乎杳冥之上。夫藩篱之鷃，岂能与之料天地之高哉？"与庄子说正同，可知凤即鹏也。

——（清）翟灏《通俗编》卷二《地理》
《丛书集成初编》第1222—1223册中华书局1983年版

8.《笛赋》

李善注枚乘《七发》曰："麦秀蕲兮雉朝飞。"引宋玉《笛赋》云："麦秀蕲兮鸟华翼。"非也。余按，《尚书大传》曰："微子将朝周，过殷之故墟，见麦秀之蕲蕲，禾黍之蝇蝇也。曰：'此故父母之国'云云，谓之《麦秀歌》，歌云：'麦秀渐渐兮，禾黍油油。彼狡童兮，不我好仇。'"盖宋玉《笛赋》亦本此耳。蕲，《埤苍》曰："麦芒也。"而《大传序》与《歌》，蕲、渐二字不同，何也？蕲，五臣音"子兼切"，李善音"慈敛切"。蝇、油，《序》《歌》二字亦不同。

——（宋）吴曾《能改斋漫录》卷七《事实·麦秀蕲兮麦秀渐渐》
上海古籍出版社1979年版

《汉元帝赞》："自度曲，被歌声。"应劭注："自隐度，作新曲。"瓒注谓："歌终更授其次。"引张平子《西京赋》"度曲未终"之语为证。师古曰："应说是也，大各切。"仆观《西京赋》复引元帝"自度曲"为证，正如瓒之失，是不深考耳。二者各有意义，岂一律哉！元帝"度曲"乃隐度之度，音铎，如应劭所注，师古所音，是也。《西京赋》乃度次之度耳，音杜，岂《元赞》之意哉！注但见《元赞》有此二字，故引为证，而不知其意自别。《古文苑》宋玉《笛赋》"度曲羊肠"，此语却可以为证，而又在《汉赞》之先，注者不知之。近观《艺苑雌黄》辨此二音，颇与仆意合，然亦不推原宋玉之语，夫岂未之考乎？今人词中用"度曲"二字，类谓祖《元赞》，非也。

——（宋）王楙《野客丛书》卷九《度曲二音》
中华书局 1987 年版

度曲之度，有去、入二声。《汉书·元帝赞》："鼓琴瑟，吹洞箫。自度曲，被歌声。"如淳曰："自隐度，作新曲，因持新曲以为歌诗声也。"师古曰："度音大各反。"案，此与《古文苑》宋玉《笛赋》"度曲羊肠"并音铎。张平子《西京赋》"度曲未终"，杜去声，乃度次之度，谓曲终更授其次也。二者音义迥别。臣瓒引《西京赋》以证；《汉书·西京注》亦引元帝自度曲为证，皆非也。今人但知为度次之义，而不复知有"隐度"之说。

——（清）胡鸣玉《订讹杂录》卷一《度曲》
影印《文渊阁四库全书》第 861 册（台湾）商务印书馆 1986 年版

9.《大言赋》《小言赋》

赐田：宋玉《小言赋》云，楚襄王既登阳云之台，命诸大夫景差、唐勒、宋玉等并作《大言赋》，卒而宋玉受赏。又作《小言赋》，王曰善，赐云梦田。《国策》云："昭王反郢，蒙榖不受，遂自弃于磨山之中，至今无冒。"注曰：谓子孙虽有罪不冒法也。又楚有赏田，见《左传》。

——（明）董说《七国考》卷六《楚群礼·赏赐》
中华书局 1956 年版

吃虱留大腿：宋玉《小言赋》："烹虱胫，切虮肝，会九族而同啑，犹委馀而不殚。"按，俗诮细小者，曰"吃虱留大腿"，谓此。

——（清）翟灏《通俗编》卷二十九《禽鱼》
《丛书集成初编》第 1222—1223 册 中华书局 1983 年版

10.《讽赋》

介甫云"日高青女尚横陈"，又云"水归洲渚得横陈"，用《楞严》于横陈时味如嚼蜡事。唐李义山"小怜玉体横陈夜，已报周师入晋阳"；唐张荐《灵怪集》东蔡女鬼《与裴绍祖诗》云："横陈君不御，惟知思不绝。"《汉魏文章》宋玉《讽赋》:"主人之女歌曰:内怵惕兮徂玉床,横自陈兮君之旁。"横陈,盖出于此。

——(宋)朱翌《猗觉寮杂记》卷上
影印《文渊阁四库全书》第850册(台湾)商务印书馆1986年版

荆公诗云:"日高青女尚横陈。"横陈二字,见宋玉《风赋》"横自陈兮君之前"及《楞严经》。夫青女者,主霜雪之神也。故《淮南子》云:"至秋三月,青女乃出。降霜雪。"高诱注云:"青女乃天神,青腰玉女,主天霜雪。"荆公以青女为霜,于理未当。杜子美《秋野诗》云:"飞霜任青女。"梁昭明《博山香炉赋》曰:"青女司寒,红光翳景。"亦皆指为霜雪之神。然荆公之诗,不害为佳句也。

——(宋)吴曾《能改斋漫录》卷三《青女横陈》
上海古籍出版社1979年版

荆公诗:"日高青女尚横陈"、"潮回洲渚得横陈",横陈二字,首见《楞严经》及宋玉《讽赋》。前辈以用"横陈"始于荆公,非也。陆龟蒙《蔷薇》诗云:"倚墙当户自横陈,致得贫家似不贫。"沈约《梦见美人》诗云:"立望复横陈,忽觉非在侧。"见《玉台新咏》。

——(宋)吴曾《能改斋漫录》卷八《横陈》
上海古籍出版社1979年版

《说文》:"苽苽,一名蒋。"徐铉曰:"苽苽,《西京杂记》及古诗多作彫胡。《内则》注作雕胡,亦作安胡。"枚乘《七发》"安胡之饭"注:"今所食菰米也。"宋玉赋:"主人之女炊雕胡之饭。"《尔雅》:"啮雕蓬。"孙炎云:"米菰也。可作饭,古人以为五饭之一。"《周礼》:"鱼宜苽。"干宝云:"苽米饭,膳以鱼,同水物也。其米色黑。"《管子》谓之"雁膳"。杜诗"波漂菰米沉云黑",言人不收取,而雁亦不啄,但为波漂、云沉而已。见长安兵火之惨极矣。

——(明)杨慎《丹铅余录》总录卷二十《彫苽》
上海古籍出版社1992年版

宋玉《讽赋》:"烹露葵之羹。"

吴旦生曰:《尔雅翼》云:"古者,葵称露葵,又终葵,一名繁露。"今摘葵必待露,解语曰:"触露不掐葵,日中不剪韭。"各有宜也。曹植《七起》"霜蓄露葵",潘岳《闲居赋》"绿葵含露",皆指此。《颜氏家训》云:"梁世有葵朗,父讳纯,遂呼蓴菜为露葵。"此真不涉学之故也。如王维诗"松下清斋折露葵",亦谓是带露之葵,若指蓴菜,则岂辋川所有哉!

——(清)吴景旭《历代诗话》卷十三《赋·露葵》
中华书局 1958 年版

义山诗:"小怜玉体横陈夜,已报周师入晋阳。""横陈"二字见宋玉赋,古今以为艳语。

——(清)马位《秋窗随笔》卷九十三
《昭代丛书·辛集·别编》上海古籍出版社 1990 年版

11.《钓赋》

玄洲:宋玉《钓赋》云:玄洲,天下善钓者也。

——(宋)叶廷珪《海录碎事》卷二十二下《渔钓门》
李之亮校点《海录碎事》中华书局 2002 年版

宋玉《钓赋》:"宋玉与登徒子偕受钓于玄渊。"(本注:《淮南子》作蜎蠉;《七略》,蜎子名渊,楚人。)唐人避讳改渊为泉,《古文苑》又误作洲。

——(宋)王应麟《困学纪闻》卷十七《评文》
上海古籍出版社 2008 年版

《史记》,環渊,楚人,学黄老道德之术,著上下篇。《索引》《正义》皆无注释。今按《文选》枚乘《七发》"便蜎詹何之伦"注云:"《淮南子》,虽有钩针芳饵,加以詹何、蜎蠉之数,犹不能与网罟争得也。""宋玉与登徒子偕受钓于玄渊。"《七略》"蜎子名渊。"三文虽殊,其人一也。

——(宋)王应麟《汉艺文志考证》卷六《蜎子十三篇》
中华书局 2011 年版

宋玉《钓赋》:宋玉与登徒子皆受钓于元(玄)渊。唐人避讳,改"渊"

为"泉"。《古文苑》又误为"洲"。

元圻按,《文选·琴赋》注引《列仙传》,蜎子者,齐人,好饵术。著《天地人经》三十八篇。钓于泽,得符鲤鱼中,隐于宕山,能致风雨。

——(清)翁元圻《困学纪闻注》卷十七《评文》

影印《续修四库全书》第1142—1143册上海古籍出版社2002年版

(二)语汇传播

1.《九辩》

怀人至不食曰忘食事。(本注:宋玉《九辩》。)

——(宋)任广《书叙指南》卷七《怀思怅恨》

影印《文渊阁四库全书》第920册(台湾)商务印书馆1986年版

按,任广又有一书题名《新刻吕泾野先生校正中秘元本》二十卷,见《续修四库全书》1214册,所辑录内容与此书基本相同,据书序言,刊刻者得此书而失其书名,"因人录自中秘,遂曰中秘元本",实为《书叙指南》之另一版本。因而其中所存宋玉资料与《书叙指南》同,故不重复引录,下仿此。

日晚……又曰晼晚。(本注:《楚词》宋玉。)

——(宋)任广《书叙指南》卷十三《岁月日时上》

影印《文渊阁四库全书》第920册(台湾)商务印书馆1986年版

端正月、沆瀣天

昌黎诗曰:"三秋端正月,今夜出东溟。"宋玉《九辩》曰:"沆瀣兮天高而气清。"

——(清)高士奇《续编珠》卷一《岁时部》

影印《文渊阁四库全书》第887册(台湾)商务印书馆1986年版

方柄圆凿:宋玉《九辩》:"圆凿而方柄兮,吾固知龃而难入。"《史记·孟子传》:"持方柄欲内圆凿,其能入乎!"

——(清)翟灏《通俗编》卷二十六《器用》

《丛书集成初编》第1222—1223册中华书局1983年版

2.《招魂》

玉梁、金柱

《楚词》曰:"红壁沙坂,玄玉之梁。"《邺中记》曰:"太武殿以金为柱。"

——(隋)杜公瞻《编珠》卷二《居处部》

影印《文渊阁四库全书》第887册(台湾)商务印书馆1986年版

采菱、折柳

《楚词》曰:"陈钟按鼓,造新歌。涉江采菱,发阳阿。"注:"阳阿,楚人歌曲名。"《古今注》曰:"横吹有《折柳曲》。"

——(隋)杜公瞻《编珠》卷二《音乐部》

影印《文渊阁四库全书》第887册(台湾)商务印书馆1986年版

宫殿制作……又曰红壁沙版。(本注:宋玉《招魂》。)

——(宋)任广《书叙指南》卷一《殿宇庭阙》

影印《文渊阁四库全书》第920册(台湾)商务印书馆1986年版

旋绫亭幄曰离榭修幕。(本注:宋玉《招魂》。)

——(宋)任广《书叙指南》卷八《图画屏障》

影印《文渊阁四库全书》第920册(台湾)商务印书馆1986年版

旋绫亭幄……又曰翡帷翠帱。(本注:宋玉《招魂》。)

——(宋)任广《书叙指南》卷八《图画屏障》

影印《文渊阁四库全书》第920册(台湾)商务印书馆1986年版

以蜜和米作食曰粗粆,又曰蜜饵。(本注:宋玉。)

——(宋)任广《书叙指南》卷九《庖厨食馔》

影印《文渊阁四库全书》第920册(台湾)商务印书馆1986年版

称讴唱曰吴歈蔡讴。(本注:《楚辞》宋玉。)

——(宋)任广《书叙指南》卷九《歌乐名器》

影印《文渊阁四库全书》第920册(台湾)商务印书馆1986年版

称舞吹曰郑舞赵箫。(本注:《楚辞》宋玉。)

——(宋)任广《书叙指南》卷九《歌乐名器》

影印《文渊阁四库全书》第920册(台湾)商务印书馆1986年版

台榭曰层台累榭。(本注:《楚辞》宋玉。)

——(宋)任广《书叙指南》卷九《楼台池园》

影印《文渊阁四库全书》第920册(台湾)商务印书馆1986年版

园宇曰邃宇层槛。(本注:宋玉《招魂》。)

——(宋)任广《书叙指南》卷九《楼台池园》

影印《文渊阁四库全书》第920册(台湾)商务印书馆1986年版

年曰……又曰献岁发春。(本注：宋玉。)

——(宋)任广《书叙指南》卷十三《节令气候上》

影印《文渊阁四库全书》第920册(台湾)商务印书馆1986年版

蜂壶、蚁宫

《楚辞》曰:"玄蜂若壶。"《西京杂录》曰:"西京化度废寺有礓石,径二尺余,孔穴通连,若栏楯楼台之状,号曰蚁宫。昔有人见金色蚁万计群聚,因掘地,得此石。"

——(清)高士奇《续编珠》卷二《鱼虫部》

影印《文渊阁四库全书》第887册(台湾)商务印书馆1986年版

3.《风赋》

君子、大王

《风角》曰:"风不及地二三尺者,此仁人君子之风。"宋玉《风赋》曰:"夫风起青蘋之末,盛怒于土囊之口;缘于太山之阿,舞于松柏之下;徘徊椒桂之间,翱翔激水之上;猎蕙草,离秦蘅;北上玉堂,跻乎罗帷,经乎洞房,所谓大王之雄风也。动沙堁,吹死灰,此庶人之雌风也。"

——(隋)杜公瞻《编珠》卷一《天地部》

影印《文渊阁四库全书》第887册(台湾)商务印书馆1986年版

穷巷扬尘之风曰雌风。(本注:《选·宋玉赋》。)

——(宋)任广《书叙指南》卷十三《天地日月下》
影印《文渊阁四库全书》第920册(台湾)商务印书馆1986年版

帝所清泠之风曰雄风。(本注:《选·宋玉赋》。)

——(宋)任广《书叙指南》卷十三《天地日月下》
影印《文渊阁四库全书》第920册(台湾)商务印书馆1986年版

夏凉风功曰愈病析酲。(本注:宋玉。)

——(宋)任广《书叙指南》卷十三《天地日月下》
影印《文渊阁四库全书》第920册(台湾)商务印书馆1986年版

大王风

楚襄王游兰台,宋玉从焉,忽有风袭王之衣襟,曰:"快哉此风也,愿与民共之。"玉曰:"此乃王之雄风也,百姓安得而共之。百姓乃雌风也。"王曰:"何以?"曰:"臣有说焉。"乃作《雄风赋》以进。(本注:《史记》。)

——(宋)佚名《锦绣万花谷》前集卷二《风》
广陵书社2008年版

按,此本注谓出于《史记》,今本《史记》无此语。

4.《高唐赋》《神女赋》

神女为云、姮娥托月

宋玉《高唐赋》序曰:"襄王梦一妇人,曰:妾在巫山之阳,高唐之隅,朝为行云,暮为行雨。"张衡《灵宪》曰:"羿请不死药于王母,姮娥窃之奔月宫。"

——(隋)杜公瞻《编珠》卷一《天地部》
影印《文渊阁四库全书》第887册台湾商务印书馆1986年版

羽盖、蜺旌

宋玉《高唐赋》曰:"云霓为旌,翠羽为盖。"张衡《西京赋》曰:"弧旌枉矢,虹旃蜺旄。"

——(隋)杜公瞻《编珠》卷二《仪卫部》
影印《文渊阁四库全书》第887册(台湾)商务印书馆1986年版

妇人华服曰绣衣袿裳。（本注:《神女赋》）

——（宋）任广《书叙指南》卷八《严饰结裹》

影印《文渊阁四库全书》第 920 册（台湾）商务印书馆 1986 年版

极爱之曰乐之无量。（本注:《神女赋》）

——（宋）任广《书叙指南》卷十《喜慰快乐》

影印《文渊阁四库全书》第 920 册（台湾）商务印书馆 1986 年版

谨庄敬曰薄怒以自持。（本注:《神女赋》）

——（宋）任广《书叙指南》卷十一《恐惧畏服》

影印《文渊阁四库全书》第 920 册（台湾）商务印书馆 1986 年版

拣吉日曰差时择日。（本注:《高唐赋》）

——（宋）任广《书叙指南》卷十三《星历卜择》

影印《文渊阁四库全书》第 920 册（台湾）商务印书馆 1986 年版

开晴……又曰风止雨霁。（本注:《高唐赋》）

——（宋）任广《书叙指南》卷十三《阴晴尘淖》

影印《文渊阁四库全书》第 920 册（台湾）商务印书馆 1986 年版

别久……又曰成阔基年。（本注：宋玉《神女赋》）

——（宋）任广《书叙指南》卷十五《辞离送饯》

影印《文渊阁四库全书》第 920 册（台湾）商务印书馆 1986 年版

相回视而别曰相看。（本注：宋玉《神女赋》）

——（宋）任广《书叙指南》卷十五《辞离送饯》

影印《文渊阁四库全书》第 920 册（台湾）商务印书馆 1986 年版

伤之曰使人心悴。（本注:《高唐赋》）

——（宋）任广《书叙指南》卷二十《哭泣追伤》

影印《文渊阁四库全书》第 920 册（台湾）商务印书馆 1986 年版

云雨

"朝为行云，暮为行雨"二语，宋玉赋中不载释之者，亦无明文，而后世以为男女交欢之字，然皆不求甚解也。盖天之降雨，必待阴阳既和，有云斯有雨，此时天气下降，地气上腾，故曰天地絪缊，男女构精。《易传》以此二语联络成文，正取象于天地之交媾也。或曰：然则云雨时亦有妻在上，而夫在下者，此何说也？余曰：此则所谓翻云覆雨者矣。客大笑。

——（清）朱翊清《埋忧集》卷三《云雨》
重庆出版社 2005 年版

云雨

大禹治水，至瞿塘，帝女瑶姬助之，以告成功。瑶姬即云华夫人，封于巫山，其神或为轻云，或为霡雨，或为游龙，或为翔鹤，既为石，复为人，是云雨者，变化无方之谓。宋玉作赋："朝为行云，暮为行雨。"后人袭讹，竟作男女交媾解，谡入淫词秽史，其百劫不起升者也。

——（清）王有光《吴下谚联》卷一《云雨》
影印《续修四库全书》第 1272 册上海古籍出版社 2002 年版

5.《登徒子好色赋》

笑……又曰嫣然一笑。（本注：《好色赋》）

——（宋）任广《书叙指南》卷八《笑谑嘲玩》
影印《文渊阁四库全书》第 920 册（台湾）商务印书馆 1986 年版

称美人腰……又曰腰如束素。（本注：《好色赋》）

——（宋）任广《书叙指南》卷十二《妇人美恶》
影印《文渊阁四库全书》第 920 册（台湾）商务印书馆 1986 年版

称美人齿曰齿如含贝。（本注：《好色赋》）

——（宋）任广《书叙指南》卷十二《妇人美恶》
影印《文渊阁四库全书》第 920 册（台湾）商务印书馆 1986 年版

称美人眉曰眉如翠羽。（本注：《好色赋》）

——（宋）任广《书叙指南》卷十二《妇人美恶》
影印《文渊阁四库全书》第 920 册（台湾）商务印书馆 1986 年版

丑妇人曰蓬头挛耳。(本注:《好色赋》)

——(宋)任广《书叙指南》卷十二《妇人美恶》

影印《文渊阁四库全书》第920册(台湾)商务印书馆1986年版

丑妇人……又曰龁唇历齿。(本注:《好色赋》)

——(宋)任广《书叙指南》卷十二《妇人美恶》

影印《文渊阁四库全书》第920册(台湾)商务印书馆1986年版

春将尽曰向春之末。(本注:《好色赋》)

——(宋)任广《书叙指南》卷十三《节令气候上》

影印《文渊阁四库全书》第920册(台湾)商务印书馆1986年版

将夏曰迎夏之阳。(本注:《好色赋》)

——(宋)任广《书叙指南》卷十三《节令气候上》

影印《文渊阁四库全书》第920册(台湾)商务印书馆1986年版

墙窥:《登徒子好色赋》曰:宋玉为人体貌闲丽,口多微词,又性好色,愿王勿与出入后宫。宋玉曰:"臣东家之子,增之一分则太长,减之一分则太短;著粉太白,施朱太赤。然此女登墙三年窥臣,臣至今未许。"

——(宋)佚名《锦绣万花谷》续集卷五《美丈夫》

广陵书社2008年版

6.《对楚王问》

曲高寡和

宋玉对楚襄王曰:《阳菱》《白露》,《朝日》《鱼丽》,含商吐角,绝节赴曲,国中唱而和之者,不过数人。盖曲弥高,而和弥寡。(《襄阳耆旧传》)

——(宋)叶廷珪《海录碎事》卷十六《音乐部·歌曲名门》

李之亮校点《海录碎事》中华书局2002年版

颂人德……又曰瑰意琦行。(本注:宋玉)

——(宋)任广《书叙指南》卷十《称颂庆贺》

影印《文渊阁四库全书》第920册(台湾)商务印书馆1986年版

小鸟曰蕃篱之鷃。(本注：宋玉)

——(宋)任广《书叙指南》卷十四《羽族众鸟》
影印《文渊阁四库全书》第920册(台湾)商务印书馆1986年版

小鱼曰尺泽之鲵。(本注：宋玉)

——(宋)任广《书叙指南》卷十四《鱼龙昆虫》
影印《文渊阁四库全书》第920册(台湾)商务印书馆1986年版

阳春白雪

《文选》宋玉《对楚(王)问》云："客有歌于郢中者，其始曰《下俚》《巴人》，国中属和者数千人；其为《阳阿》《薤露》，国中属而和者数百人；次为《阳春》《白雪》，国中属而和者数十人而已；至引商列羽，杂以流徵，国中属而和者不过数人。是以其曲弥高，其和弥寡者也。"故坡《和刘贡父李公择见寄诗》有"曲无和者应思郢"之句是也。

——(宋)吕祖谦《东莱先生分门诗律武库》前集卷十一《文章门》
影印《续修四库全书》第1216册上海古籍出版社2002年版

阳春白雪

客有歌于郢中者，始曰《下里》《巴人》，国中属和者数千人；为《向阳》《薤露》，和者数百人；为《阳春》《白雪》，和者数十人；引商列羽，杂以流徵，和者不过数人。其曲弥高，其和弥寡。(《文选》)

——(元)佚名《群书通要》己集卷三《词曲(附)·阳春白雪》
江苏古籍出版社1987年版

7.《笛赋》

北郑曲、西秦歌

宋玉《笛赋》曰："师旷将为《阳春》《北郑》之曲，假途南国焉。"张华乐府诗曰："妙舞起齐赵，悲歌出西秦。"

——(隋)杜公瞻《编珠》卷二《音乐部》
影印《文渊阁四库全书》第887册(台湾)商务印书馆1986年版

衡山竹笛、汶阳篆笙

宋玉《笛赋》曰:"尝观衡山之阳,见奇篌异干罕节。"潘岳《笙赋》曰:"河汾之宝,有曲沃之悬匏;邹鲁之珍,有汶阳之孤篆。"

——(隋)杜公瞻《编珠》卷二《音乐部》

影印《文渊阁四库全书》第887册(台湾)商务印书馆1986年版

8.《大言赋》《小言赋》

倚天长剑

宋玉《大言赋》:"方地为车,圆天为盖,长剑倚天外。"

——(宋)叶廷珪《海录碎事》卷十四《百工医技部·刀剑门》

李之亮校点《海录碎事》中华书局2002年版

天维地脉

宋玉《大言赋》曰:"壮士歘兮绝天维,北斗戾兮泰山夷。"《山海经》曰:"洞庭穴,在长沙巴陵,今吴县南太湖内有山,山有洞庭穴,地道潜形,名曰地脉。"

——(隋)杜公瞻《编珠》卷一《天地部》

影印《文渊阁四库全书》第887册(台湾)商务印书馆1986年版

鄙其饮食微曰虮脑蚁肝。(本注:宋玉《小言》。)

——(宋)任广《书叙指南》卷九《庖厨食馔》

影印《文渊阁四库全书》第920册(台湾)商务印书馆1986年版

鄙人所处……又曰蝇馆。(本注:宋玉《小言赋》。)

——(宋)任广《书叙指南》卷十八《愚暗眇鄙》

影印《文渊阁四库全书》第920册(台湾)商务印书馆1986年版

倚天剑

《荆楚故事》曰:襄王与唐勒、景差、宋玉等游于云阳之台,王谓左右曰:"能为大言乎?"唐勒曰:"壮士怒兮绝天柱,北斗戾兮泰山夷。"宋玉曰:"方地为车,圆天为盖,弯弓挂扶桑,长剑倚天外。"

——(宋)佚名《锦绣万花谷》前集卷三十三《剑》

广陵书社2008年版

9.《讽赋》

苦寒行、积雪曲

古乐府有《苦寒行》。宋玉《讽赋》曰:"兰房奥室,止臣其中,中有鸣琴焉,臣援而鼓之,为《秋竹》《积雪》之曲。"

——(隋)杜公瞻《编珠》卷二《音乐部》
影印《文渊阁四库全书》第887册(台湾)商务印书馆1986年版

胡麻饭、露葵羹

《列仙传》曰:"汉明帝永平中,剡县有刘晨、阮肇入天台山采药,迷失道路,见二女唤刘、阮姓名,因邀过家,供胡麻饭及羊脯,噉之。"宋玉《讽赋》曰:"主人之女为臣炊彫胡之饭,烹露葵之羹,劝臣食。"

——(隋)杜公瞻《编珠》卷三《酒膳部》
影印《文渊阁四库全书》第887册(台湾)商务印书馆1986年版

好饭……又曰炊彫胡之饭。(本注:宋玉《讽赋》)

——(宋)任广《书叙指南》卷九《庖厨食馔》
影印《文渊阁四库全书》第920册(台湾)商务印书馆1986年版

奇羹曰烹露葵之羹。(本注:《讽赋》)

——(宋)任广《书叙指南》卷九《庖厨食馔》
影印《文渊阁四库全书》第920册(台湾)商务印书馆1986年版

苍玉佩、翠云裘

《礼记》曰:"天子佩白玉,公侯佩山元玉,大夫佩水苍玉,世子佩瑜玉,士佩瓀玟。"又宋玉《风赋》曰:"主人之女,翳承日之华,被翠云之裘。"故杜子美《更题》诗云:"群公苍玉佩,天子翠云裘。"

——(宋)吴曾《能改斋漫录》卷六《苍玉佩翠云裘》
上海古籍出版社1979年版

"横陈"字本宋玉《风赋》"横自陈兮君之前"。古诗:"回眸百万横自陈。"《楞严经》："与横陈时，味如嚼蜡。"后人引用，多失本指。

——（清）阮葵生《茶馀客话》卷十一《横陈》
《明清笔记丛刊》本中华书局 1960 年版

10.《舞赋》

俟曲而舞曰案次而俟。（本注：傅毅《舞赋》）

——（宋）任广《书叙指南》卷九《歌乐名器》
影印《文渊阁四库全书》第 920 册（台湾）商务印书馆 1986 年版

舞态曰轶态瑰姿。（本注：傅毅《舞赋》）

——（宋）任广《书叙指南》卷九《歌乐名器》
影印《文渊阁四库全书》第 920 册（台湾）商务印书馆 1986 年版

骏马后先至曰逐末。（本注：傅毅《舞赋》）

——（宋）任广《书叙指南》卷十五《鞍马辔枊》
影印《文渊阁四库全书》第 920 册（台湾）商务印书馆 1986 年版

11. 其他

（杜审言）尝谓人曰："吾之文章合得屈、宋作衙官，吾之书迹合得王羲之北面。"其矜诞如此，累转洛阳丞，坐事贬授吉州司户参军，又与州僚不叶，司马周季重与员外司户郭若讷共构审言罪状，系狱。

——（后晋）沈昫《旧唐书》卷一百九十上《文苑上·杜审言传》
中华书局 1975 年版

衙官屈宋

唐杜审言恃才蹇傲，尝曰："吾文章合得屈、宋作衙官，书迹羲之当北面。"故坡诗有"衙官屈宋甘趋夫"之句。

——（宋）吕祖谦《东莱先生分门诗律武库》前集卷十一《文章门》
影印《续修四库全书》第 1216 册上海古籍出版社 2002 年版

衙官屈宋

杜审言云：吾之文可使屈、宋作衙官。（《本传》）

——（元）佚名《群书通要》己集卷二《衙官屈宋》
江苏古籍出版社 1987 年版

诗人之赋

或问:"景差、唐勒、宋玉、枚乘之赋也益乎?"曰:"必也淫。""淫则奈何?"曰:"诗人之赋丽以则,辞人之赋丽以淫,如孔氏之门用赋也,则贾谊升堂,相如入室矣,如其不可何?"(扬[雄]《吾子》)

——(元)佚名《群书通要》己集卷三《诗人之赋》
江苏古籍出版社 1987 年版

巧说少信

《史记·货殖传》:"南楚好辞,巧说少信。"诸家不解此句,余谓,"有为神农之言者许行,自楚之滕","庄周与惠子俱濠人","宋玉作大、小言赋,又作《神女》《高唐》赋","《韩诗外传》载,孔子与子贡交辞于漂女",皆南楚巧说少信之明证也。

——(明)杨慎《升庵集》卷四十七《巧说少信》
上海古籍出版社《四库明人文集丛刊》本 1993 年版

不因而亲

宋玉因其友以见于楚襄王,襄王待之无以异。宋玉让其友,其友曰:夫姜桂因地而生,不因地而辛;妇人因媒而嫁,不因媒而亲。子之事王未耳,何怨于我乎。(《国策》)

——(明)陈耀文《天中记》卷四十二《媒》
广陵书社 2007 年版

按,今本《国策》无此语。

辛不因地

宋玉因其友以见于楚相,待之无以异。让其友,其友曰:夫姜桂因地而生,不因地而辛;妇人因媒而嫁,不因媒而亲。(《韩诗外传》)

——(明)陈耀文《天中记》卷四十六《姜》
广陵书社 2007 年版

申椒、辛桂

《离骚》曰:"杂申椒与菌桂。"《韩诗外传》曰:"姜桂因地而生,不因地而辛；女因媒而嫁，不因媒而亲。"

——（清）高士奇《续编珠》卷二《花木部》
影印《文渊阁四库全书》第 887 册（台湾）商务印书馆 1986 年版

古典有两解皆通者，……如"衙官屈宋"四字，谓才之大，虽屈宋亦祇堪为其衙官，一说也；如谓才如屈宋，而竟沈沦于衙官，为之惋惜，亦通。

——（清）采蘅子《虫鸣漫录》卷一
《笔记小说大观》本江苏广陵古籍刻印社 1995 年版

八　托拟宋玉及其作品的文学创作

（一）托宋玉口吻

《小语赋》（晋）傅咸

楚襄王登阳云之台，景差、唐勒、宋玉侍。王曰："能为小语者处上位。"景差曰："幺蔑之子，形难为象，晨登蚁垤，薄暮不上；朝炊半粒，昼复得酿；烹一小虱，饱于乡党。"唐勒曰："攀蚊髯，附蚋翼，我自谓重彼不极，邂逅有急相切逼，窜于针孔以自匿。"宋玉曰："折薛足以为櫂，舫粒糠而为舟。将远游以遐览，越蝉溺以横浮。若涉海之无涯，惧淹没于洪流。弥数旬而氾济，陟虮蚁之崇丘。未升半而九息，何时达乎杪头。"

——（明）张溥《汉魏六朝百三家集》卷四十六《晋傅咸集》
上海古籍出版社1994年版

按，唐欧阳询《艺文类聚》卷十九《言语》、清陈元龙编《御定历代赋汇》外集卷十六、《渊鉴类函》卷三百六十六《言语五》亦录此篇，皆以"薛"作"薛"，"薛"当通"蠅"，"薛"乃"薛"之讹。

《羽扇赋》（晋）陆机

昔楚襄王会于章台之上，山西与河右诸侯在焉。大夫宋玉、唐勒侍，皆操白鹤之羽以为扇，诸侯掩麈尾而笑，襄王不悦。宋玉趋而进曰："敢问诸侯何笑？""昔者武王玄览造扇于前，而五明安众庶繁于后，各有托于方圆，盖受则于箅甫，舍兹器而不用，顾奚取于鸟羽。"宋玉曰："夫创始者恒朴，而饰终者必妍，是故烹饪起于热石，玉辂基于椎轮。安众方而气散，五明圆而风烦，未若兹羽之为丽，固体后而用鲜。彼凌霄之伟鸟，播鲜辉之轻翯。隐九皋以凤鸣，游芳田而龙见。丑灵龟而远期，超长年而久眄。累怀璧于美羽，挫千载乎一箭。委曲体以受制，奏双翅而为扇。则其布翻也，差洪细，秩长短。稠不逼,稀不简。于是镂巨兽之齿,裁奇木之干。宪灵朴于造化,审贞则妙观。移圆根于正体,因天秩乎旧贯。鸟不能别其是非,人莫敢分其真赝。翩姗姗以微振,风飂飂以垂婉。妙自然以为言,故不积而能散。其执手也安,其应物也诚,其招风也利,其播气也平。混贵贱而一节,风无往而不清。"诸侯曰:"善。"宋玉遂言曰:"伊兹羽之骏敏,似南箕之启扉。垂皓曜之奕奕,含鲜风之微微。"襄王仰而拊节,诸侯伏而引非。皆委扇于楚庭,执鸟羽而言归。属唐勒而为之辞曰:

伊鲜禽之令羽,夫何翩翩与眇眇。反寒暑于一掌之末,回八风乎六翮之杪。

——(明)张溥《汉魏六朝百三家集》卷四十八《晋陆机集》
上海古籍出版社1994年版

按,清陈元龙《御定历代赋汇》卷八十七、张英、王士禛、王惔等撰《渊鉴类函》卷三百七十九亦录此篇。另,唐欧阳询《艺文类聚》卷六十九《服饰部》,徐坚《初学记》卷二十五《器用部》,《渊鉴类函》卷三百七十九《扇》等亦有所引。

《春寒赋》(唐)陆龟蒙

宋玉云梦侍从,赋成酒阑,君王惨憯,顾曰:"春寒。"玉少进曰:"大王之国三分,水居其一。大王之宫,后庭女充。溢波浮其空,幽怨积其中。不得不雨,不得不风。风横雨斜,天地溟濛。寒之中人,有异于严冬。其来也低迷,其状也惆怅。理难辨而词作,色难庄而意荡。朋比薰炉,留连辅帐。相逢置酒,则少避酡颜;独自登楼,则偏凌远望。临窗户,绕池塘。丝轻畏逼,花怯愁当。掩抑兮幽襟更远,连牵兮别绪弥长。齐纨失色,越絮腾光。芳神失职,阴御争强。朝畎犊战,暮箔蚕僵。民病如此,君何弗伤?"襄王于是下席,称谢彻燕,少省嫔嫱。以黄金为玉寿,然后返驾于高唐。

——(唐)陆龟蒙《笠泽丛书》卷一
影印《文渊阁四库全书》第1083册(台湾)商务印书馆1986年版

按,《全唐文》卷八百著录此篇,与之有三处不同:1. "大王之宫,后庭女充。溢波浮其空,幽怨积其中"句作"大王之宫庭,女子充溢。洪波浮其空,幽怨积其中"。2. "连牵兮别绪弥长"句后多"游蜂为之绝迹,好鸟为之深藏"二句。3. "襄王于是下席,称谢彻燕,少省嫔嫱"句作"襄王于是下席称谢,彻燕戏,省嫔嫱。"

《歌赋》(唐)徐寅

楚襄王以魂梦初惊,《高唐赋》成,因命酒以将饮,遂听歌而适情。于时《白雪》音厉,《阳春》调清。命宋玉之雄藻,赋贯珠之妙声。玉避席而起,请陈其志,曰:"臣闻乐以象其声,歌以陈其事。乐也者,六律不得不正;歌也者,五音不得不备。是宫不乱而为君,商不乱而为臣,徵不乱以为事,角不乱以为民,羽不乱以为物,五音备以为真。如此则天地同和,阴阳代顺。一讴而王道淳化,再唱而民心端信。逆气亡象,奸声匿韵。三光普照而不昧,万物以类而相振。然后君臣序而父子亲,五音隆而四渎潜。斯为治世之音,可同休于尧舜。至如宫之乱兮君荒,商之乱兮臣亡,徵之乱兮事失,角之乱兮民伤,羽之乱兮物匮,五音轻而改常。如此则寒暑失时,邦家自咎。唱予而毒惨诸夏,和汝则灾生九有;鬼神不享,社稷非久。乾坤之纪纲潜紊,麟凤之祯祥莫偶。然后孛彗皎而夷狄骄,兵革飞而戎车走。斯为亡国之音,可同风于桀纣。其为音也,不在乎玉管朱丝;其为歌也,不在乎燕娥赵姬。隔巴濮,采声诗。乐府陶匏,自本黄钟之律;姑苏麋鹿,谁听《白苎》之辞。"王曰:"斯赋之盛,珠辉玉映。可以发昏蒙,佐圣明。为前古之楷式,作后来之龟镜。非寡人之所知,敢不承天之命。"

——(清)董诰等《全唐文》卷八百三十
中华书局 1983 年版

《秋赋》(宋)徽宗赵佶

楚襄王以云梦新秋,章华遥瞩,顾谓侍者,言于宋玉:"吾闻白帝令行,金乌景促,凄凉兮天地之内,摇落兮山川之曲。昔恨何已,今悲不足。"玉曰:"臣闻沈寥兮空高水清,寂寞兮伤心轸情,况溽暑方退,凉飚乍生,楚岫添碧,吴江更明。或当别浦,或在边城,莫不对景魂断,嗟时骨惊。至如晃曜天区,萧条帝里,有柳色初减,有蝉声自起,会牛女于银汉,别昏明于漏水,金盛难测,火流河已,漠漠凄凄,乃孟秋之节矣。又若律建南吕,风惊北边,气分琴怨,时当月圆,燕将蝶以朝别,萤照蛩而夕翻,叶黄兮露洒秦地,草白兮云愁朔天。凛然肃尔,乃仲秋之节候焉。洎乎始涨湘波,初骄代马,木落江上,霜飞天下,衣可授于中土,菊方开于四野,既混川岳,宁殊夷夏,憀慄飕飗,乃季秋之气也。古往今来,悲乎信哉!爽彻谁运,昏沉洞开,汉宫之扇咏垂诫,郑国之兰香亦摧,自然夕景方寒,晨光不炽,雨洗高而更碧,烟凝远而逾翠,千门之绨绤无彩,五夜之星河有次。此时群雁飞来绝寒之声，何处孤砧捣出幽闺之思。斯则天道推移，人事盛衰，鹰祭鸟以当候，雷收声而应期。"楚王乃悄尔凝睇，端然益悲，察荣枯之至理，戒骄奢于是时。

——（宋）岳珂《宝真斋法书赞》卷二《历代帝王帖·徽宗皇帝秋赋御书》

《丛书集成初编》本中华书局 1985 年版

《梅花赋》（并序）（宋）朱熹

楚襄王游乎云梦之野，观梅之始花者，爱之徘徊而不能舍焉。骖乘宋玉进曰："美则美矣，臣恨其生寂寞之滨，而荣此岁寒之时也。大王诚有意好之，则何若移之渚宫之囿，而终观其实哉？"宋玉之意，盖以屈原之放，微悟王，而王不能用。于是退而献赋曰：夫何嘉卉而信奇兮，历岁寒而方华；洁清姱而不淫兮，专精皎其无暇。既笑兰蕙而易诛兮，复易乎松柏之不华；屏山谷以自娱兮，命冰雪而为家。谓后皇赋予命兮，生南国而不迁；虽瘴疠非所托兮，尚幽独之可愿。岁序徂以峥嵘兮，物皆舍故而就新。披宿莽而横出兮，廓独立而增妍。玄雾瀚而四起兮，川谷冱而冰坚。澹容与而不衒兮，象姑射而无邻。夕同云之缤纷兮，林莽杂其葳蕤。曾予质之无加兮，专皎洁而未衰；方酷烈而阗阗兮，信横发而不可推；纷旖旎亦何好兮，静窈窕而自持。徂清夜之湛湛兮，玉绳耿而未低；方娉婷而自喜兮，友明月以为仪；歘浮云之来蔽兮，四顾莽而无人；怅寂寞其凄凉兮，泣回风之无辞；立何久乎山阿兮，步何踌躇于水滨；忽举目而有见兮，恍顾盼之足疑；谓彼汉之广兮，羌何为乎人间；既奇服之曜耀兮，又绰约而可观。欲一听白云之歌兮，叹扬音之不可闻；将结轸乎瑶池兮，惧佳期之非真；愿借阳春之白日兮，及芳菲之未亏；与迟暮而零落兮，曷若充夫佩帏；渚宫矧未有此兮，纵草棘之纵横；椒兰后乎霜雪兮，亦何有乎芳馨；俟桃李于载阳兮，仓庚寂而未鸣；私顾影而自怜兮，澹愁思之不可更；君性好而不取兮，亦吾命其何伤。辞曰：

后皇贞树，艳以姱兮。洁诚谅清，有嘉宾兮。江南之人，羌无以异兮；茕独处廓，岂不可召兮？层台累榭，静而可乐兮；王孙兮归来，无使哀江南兮！

——（清）张英、王士祯等《渊鉴类函》卷四百《果部·梅》

上海古籍出版社 1992 年版

按，明程敏政《新安文献志》卷四十八、清陈元龙《御定历代赋汇》卷一百二十四、汪灏等著《佩文斋广群芳谱》卷二十二《花谱·梅花》亦录其全文。

《宋玉说第七》（宋）佚名

屈原仕楚，为三闾大夫。楚襄王无德，佞臣靳尚有宠，楚国不治，屈原忧之，谏襄王请斥靳尚，王不听。原极谏其非，宋玉止之曰："夫君子之心也，修乎己，不病乎人；晦其用，不曜于众；时来则应，物来则济；应时而不谋己，济物而不立功。是以直无所归，怨无所集。今王方眩于佞口，酣于乱政；楚国之人皆贪靳尚之贵，而响随之。大夫乃孑孑然挈其忠信，而叫噪其中，言不从，国不治，徒彰乎彼非我是，此贾仇而钓祸也。"原曰："吾闻君子处必孝弟，仕必忠信，得其志，虽死犹生，不得其志，虽生犹死。"谏不止。靳尚怨之，谮于王而逐之。原彷徨湘滨，歌吟悲伤。宋玉复喻之曰："始大夫孑孑然挈忠信而叫噪于群佞之中，玉为大夫危之而言之旧矣。大夫不能从，今胡悲邪？岂爵禄是思，国壤是念邪？"原曰："非也。悲夫忠信不用，楚国不治也。"玉曰："始大夫以为死孝弟忠信也，又何悲乎！且大夫貌容形骸，非大夫之有也。美不能丑之，丑不能美之；长不能短，短不能长；强壮不能尪弱之，尪弱不能强壮之；病不能排，死不能留。形骸似乎我者也，而我非可专一。一身尚若此，乃欲使楚人之国由我理，大夫之惑亦甚矣。夫君子寄形以处世，虚心以应物，无邪无正，无是无非，无善无恶，无功无罪。虚乎心，虽桀纣跖蹻非罪也；存乎心，虽尧舜夔契非功也。则大夫之忠信，靳尚之邪佞，孰分其是非邪！无所分别，则忠信、邪佞一也；有所分，则分者自妄也。而大夫离真以袭妄，恃己以点人，不待王之弃逐，而大夫自弃矣。今求乎忠信，而得乎忠信，而又悲之，而不能自止，所谓兼失其妄心者也。玉闻，上达节，中守节，下失节。夫虚其心而远于有为者，达节也；存其心而分是非者，守节也；不得其所分又悲之者，失节也。"原不达，竟沉汨罗而死。

——（宋）佚名《无能子》卷中
《道教典籍选刊》本中华书局 1997 年版

《妒妇赋》（明）陈士龙

楚襄王时，下令国中，有不好色者，予千金，封以百里之县。令尹愿以燕见，因自称曰："臣幼生贵族，长秉国政，田宅具备，广有姬媵，中选丽都，恣态璀靓，妆首明逸，心气和令，纤秾应图，疏密无定，善媚极妍，宜人情性。然臣外尚方严，内守贞正，诵习师承，徽绳前圣，冶容莫睇，清歌不听，恶其妖蛊，一旦驱屏。又尝奉使，道经江皋，宛有淑女，缓步山椒，色采奇艳，芬芳飘飖，玉辉始濯，兰风乍交，知臣贵客，解珮相邀，陈诗微笑，令人荡摇，是日薄暮，轻飔萧萧，空馆岑寂，庭遗翠翘，臣凛高洁，厉声以谯，驱车遄发，晨抵郢郊。臣相三主，何求不得，遣斥幸孺，峻拒邪色，以此坊民，请封臣国。"时宋玉在侧，进谓王曰："胡令尹之面欺大王也! 夫嗜悦美好，憎厌颓丑，凡人之情也。捐靡曼而不御，弃窈窕而不录，此有所制也。臣与令尹，里闬同处，微闻闺阃，厥妇奇妒：年及衰耄，既疥且瞽，面若槁叶，体若败瓠，手若蛇腹，足若肿树，不解弦管，惟淫是务；耽耽主君，无间朝暮，防闲密致，恐有他遇，封识窗牖，发纵姥妪，伺主出入，察主言语，小有燕私，飙发愤怒，恶声嘈嘈，哗呶达曙，道逢少俊，不得回顾，歌筵绮席，没齿难与；淫刑御下，颜状甚倨，呵笑秽杂，鞭挞无度，酷用炮烙，轻逞刀锯，截发劓面，亟毁修娪；窥囊启箧，雅善搜捕，奴仆噤口，阃室恐怖；群巫纷若，性好呪诅，祝鬼厌胜，求宠之固；威摄主君，愧汗僵仆，红颜流离，蛾眉永锢，终身奉禁，不敢一忤。夫邪佞入而贤才摈，嫉媚昌而婉娈饥。令尹所遇，诚为可悲。政当请于大王，绝弃嫫母，召还南威，赐帝休之木，咏葛藟之诗，而顾隐情矫饰，诪张诡辞，拂逆好恶，挠乱是非。愿大王之弗信也。"楚王曰："善哉! 讽矣。"于是视朝出令，黜陟有司，爰命公卿，各举所知，蔽贤者罚，遗逸者归。赐玉良璧，官至执珪。

——（清）陈元龙《历代赋汇》外集卷十九
江苏古籍出版社 1987 年版

《空同子瞽说二十八首》（其五）（明）苏伯衡

楚王入于云泽，若虎兕，若雌貜，若鹿豕，若鸿雁，若鹡鸰，若鸳鸯，若鹡鹞，见王无不恂然决起，翔者奋飞，走者遁窜，高者入云霄，下者伏灌莽。有锦鸡焉，方吐其绶，而王适至，收绶而后作。王见其绶，五彩竞明，悦焉。左右关弓再欲射之，王再止之，命虞人曰："其生致之。"虞人得之。已乃纵猎者，凡鸟兽之属，或殪于鹰犬，或陨于锋刃，或伤于网罗，而鸡独免焉。明日，王谓宋玉曰："之鸡也，得全其生，以绶；见樊于笼，亦以绶。然则士将奚处？"宋玉对曰："此鸡有绶，藉使深藏，矫乎其飞冥冥，大王何见焉，彼虞人且乌乎取哉! 故其无逃于樊笼之间，非绶，寔为之吐则使之也。嗟乎，士无以才自炫哉！"

———（明）苏伯衡《苏平仲文集》卷十六

影印《文渊阁四库全书》第 1228 册（台湾）商务印书馆 1986 年版

按，明程敏政《明文衡》卷五十三《杂著》亦载此篇。

《老妇赋》（明）王世贞

楚王有好老之癖，久弗令谢，数赐汤沐，延及姻裔。宋玉请以隐见王，王曰："若能隐乎，敢以一日之燕。唯子言之，寡人得解颜焉。"玉曰："唯唯，臣居下里，有一耄老。谷量六畜，海积珍宝。膏畎鳞带，母钱突奥。臧获百辈，颐指顺好。晚娶败媼，厥字媒母，五逐长鳏，三鬻不售。曷鼻魋肩，挛膝昂肘，额若蒙箕，颊若丛玑，耳若张蝠，齿若焦犀，指若蛴螬，踵若蹲鸱，舌若枭蚕，目若含弹，发若刺猬，眉若结蔓，顶若峨皋，尻若承案；捬心若呕，学步若跛，齲笑若哭，振袖若裸，咳唾犹发，津汗潦堕；高春乍起，沐不及栉，剽攘中厨，嘈杂织室，百艺莫解，小善淫洪；夜媚主父，肩胁肤战，捐辅属体，披靡婉娈，甘辞泉涌，投主之宴；媢言焱出，乘主之间，捶搒炮烙，淫刑百端，侧目摇手，噤曷敢言，嫡孽流离，淑美弃捐。乃发主藏胠积资，黄金为介，白金为媒，珊瑚为矢，明珠为罘；招要轻薄，挑媚游冶，昏旦无间，妍恶莫舍，畤不掩鼻，唯贿是藉，淫目耽耽，揄袂以嬉，淫声喷喷，溢臣之居。牝鸡司晨，枯杨生稊，婴视若主，顾而调之。曰：日昃之离，鼓缶而歌，并志兮徇欢，齐心兮久要，中藏兮耗溃，宗祀兮萧条，立槁兮秋风，曾不悔兮自招。"楚王怃然动容，曰："善矣，隐矣。"循日视朝，有所屏损。官玉上卿，锡田百畛。

———（明）王世贞《弇州四部稿》卷一《赋部》

上海古籍出版社 1993 年版

按，清陈元龙《御定历代赋汇》补遗卷二十一《讽喻》亦载此篇。

《秋赋》（明）卢柟

楚襄王与宋玉游于云梦之台，舍兰台之馆，浮汉沔，略江潭，射杨林，眺蒙山。游旌蜿蟺，法象纬婳，辉荫三湘，气弥七泽。猗兰幽以承珮，芳桂远而延轭，辇瑶华之缤纷，翔翠羽之鹔［鹴］。于时凉月悬珪，白露凝辉，寒风鸣条，微霜霑衣，宵雾霭兮远山岌，暮烟横兮长河湄。王乃抽腏揄翰以命宋玉，曰："畴昔云梦之游，子大夫为寡人赋《高唐》；末及兰台之驾，子大夫为寡人赋《雄风》；方今日驰虞渊，鹖鸠先鸣，汗漫凄渶，无以摅情，子大夫未有说乎，愿为寡人赋之？"宋玉于是逡巡改容，释位离次，跪而称赋曰：

臣闻天地无闳，乾坤斥衍，刚柔沓分，时序交禅，春华发荣，秋实振晏。其为体也，博确鸿固，专翕廉凝，收敛象类，参伍元英，乾健不息，弼成罔极，上备天道，下全王德，秋之时义大矣哉！夫其朱明既退，招拒斯昂，蓐收弭盖，少皋弛装；阖白门，肃金方，韬炎飑，激清商，焦溪涸而不流，沸潭潜而弗扬。尔其为气也，氤氲胶戾，濛翻颓陨，翕翳纶菌，掣踬礴霈，噏噏忽忽，撞搪礚碌。若乃触土囊汙污之口，嗷大水圈枅之窍，熛厉叱嚆，回戏突啸，眈勃砀骇，蹯蹴攒号，倏拂改节。和喁稍嘈崒兮，若促弦柱；而摘筝鸰簴迤兮，若逸挤攃；而鸣垠器，绑绲窳圈，横酸郁陶。尔其为容也，澹淡晻暧，皓昴晓，斥块□漫，廓落鸿敞，荒裔凌厉，上下寘食，黳霭转薄，游氛轶荡，纷态横出，蕰怀振惘，萧瑟寂寥，恫恨憯凄。孤臣孽子，迁客弃妇，莫不感心伤气，流涕增欷。尔其童濯岖崛，分披岩疏，疏离案衍，宣回熬壑，泐岸峥嵘，群山肃索，刘厉弥平，寂寥空曒。于是清玄海落，长江抑乌，泽荧扶桑，潜渫浡濎，密鳞湖濛，霜凝龙窟，霰落鼍房，鲛人泣珠，海童灭光，阳侯冯夷，天吴□像，魂销魄扬，率悉怆悦。若乃芰縻森蔚，沈寥林塘，隮葩楂樑，伐萌沙樸，系精于松桧之林，猎芳于桂椒之圃，被杜若，委庭兰，蒙江蓠，夷射干，翠叶紫茎，朱萼秀华，随风振绮，应日倾葩。于是雁游江浦，雀流海滨，燕归玄穴，蝉寂穷林，蟋蟀宵征，鹍鸡夜吟，阴凝气溃，万物凋瘁。倘有后敫，后时削迹，未逮披零雹冲，冻□拆跂，裂吻而死者，不可称计。若夫志士坎壈，中人薄寒，骞产淹留，感时增叹，恻扩迕节，岔督湎恩，憭憟于邑，绐结弗变。此夫闭藏万有，搏节造化，忌盛忧满，唯秋之谢。王乃乘戎辂，载素旂，服白玉，驷云螭，居明堂，命将帅，诛暴慢，明好恶，严断刑，修法制，缮图圄，决讼狱，感气顺化，应时承治，所以张弛乎仁义之道，弥缝乎礼乐之文。于是东渐西被，恩殚无垠，修臂凿齿之邦，结胸骥头之民，蠓凤凰，箱麒麟，絷猛兽，笼文禽，荐上国，充珍肆，于昭圭皇万万岁。

——（明）卢柟《蟻蠓集》卷三《赋》
《四库明人文集丛刊》上海古籍出版社1993年版
按，清黄宗羲《明文海》卷七《赋·时令》亦载此文，上引赋文个别文字据《明文海》校补。

《高唐记》（明）汪道昆

《如梦令》（末上。开场白：）

岁事悠悠转毂，世路纷纷覆鹿。人醉我何醒？莫待黄粱先熟。明烛，明烛，梦断巫山六六。（酒阑人倦，厌听繁音。昔贤曾赋《高唐》，今日翻成《下里》。正是梦里寻真非是幻，曲中雅奏不须多。道犹未了，宋大夫早上。）

《高唐台引》（生，宋大夫。唱：）

载笔摛词当筵，授简叨陪昼日。三接泽畔招魂，累臣何处悲咽。江风初动青蘋末，断肠处洞庭飞叶。且随他下里巴人品题风月。（君不行兮夷犹，蹇谁留兮中洲。美要眇兮宜修，沛吾乘兮桂舟。令湘沅兮无渡，使江水兮安流。小臣宋玉，官楚大夫，先师屈原以忠愤死，玉虽在文学侍从，不免比周取容。如今楚王出游云梦，将至高唐，已闻警跸传声，不免在此伺候。）

《出队子》（小生，楚王。小旦，二人，昭仪。净、丑，二人，内使。小外，二人，力士。末，章华大夫。同上。唱：）

长扬游猎，长扬游猎。肃肃中林起兔罝，纷纷扈从竞豪奢，宝马雕弓意气赊。云物宜人，白日未斜。（小外：此间已是行宫，请大王驻驾。小旦：近侍官行礼。末：臣章华大夫朝见。小生：客卿就坐。生：臣宋玉朝见。小生：大夫免礼。此间是何处？生跪：此间是高唐山，上是高唐观。小生：大夫你看，观上云气甚奇，是何气也？生：此名朝云。小生：何谓朝云？生：昔者，先王尝游高唐，怠而昼寝，梦一美人，其状甚丽。自云："巫山之女，闻君游高唐，愿荐枕席。"王因幸之。既而辞去，自云："妾在巫山之阳，高丘之阴，朝为行云，暮为行雨，朝朝暮暮，阳台之下。"旦日，王起视之，果见朝云，因为立庙，故名朝云。小生：大夫，那朝云景状若何？净：有个紧状，当杯已入手，歌妓莫停声。却不是紧状！丑：我要个慢状。净：落尽高天日，幽人未遣回。却不是慢状！丑：我要个不紧不慢。净：归去来山中，山中酒初熟。却不是不紧不慢！丑：我也有个紧状。净：还我紧状。丑：一骑红尘妃子笑，无人知是荔枝来。却不是紧状！净：还我个慢状。丑：西施醉舞娇无力，笑倚东窗白玉床。却不是慢状！净：我要一个紧又紧、慢又慢。丑：殿上传声觅念奴，念奴潜伴诸郎宿。却不是紧又紧、慢又慢。小生：你休饶舌，且听大夫道来。）

《高阳台》（生唱：）

飞观,岧峣流云,缥缈朝来,几度明灭。日上扶桑,峰头一片晴雪。凄切翛然,忽送风和雨。一霎地风回雨歇,似湘娥明眸怅望,所思长别。(小生:那巫山神女容貌若何?)

前腔(生唱:)

高洁,婉若游龙,皦如初日,那更羞花闭月。巧笑工颦,玉质天然奇绝。红颊嫣然,一笑倾人国。说甚么目挑心悦,便教他毛嫱西子,总非同列。(小生:曾闻庄生孟浪之谈,不意今日果然有此。)

前腔

姑射,山色狱茏,神人绰约,云是肌肤冰雪。(这神女果如大夫所言呵!)绝代无双,不数庄生陈说。(先王既有此奇遇,岂今独无?)停辙!倘然得遇春风面,又何用轻身巾栉,最关情荒台云雨,楚宫湮灭。(末:雅闻大夫读书好古,今日之言似涉不经。)

前腔

胠箧,诗刺鹑奔,礼闲渔色,汗简光垂往哲。(大夫独不闻祸水灭火之言乎?)祸水无端,何用鲰生缓颊。(臣启大王:昔周王南征不复,只为乐而忘返。)周折艅艎,直下浮云梦,汉水滨,中流失楫。(臣愿大王及早还宫。)莫教他留连光景,寒生离玦。(净、丑张灯介:天色已暮,请大王就寝。小生:是如此。生:曜灵匿景。末:继以兰膏。小旦:大夫速退,勿使君劳。同下。小生:适闻宋大夫谈朝云神女之事,令人神思飞动,如在恍惚,不免隐几而卧,知他是谁入梦里来。睡介。)

《鹊桥仙》(旦,神女。小旦,二人,师太傅。上,唱:)

乘风轻捷,凌波飞涉,早到银宫贝阙。你看霓旌千骑拥龙蛇,正碧海青天良夜。(旦:沅有芷兮澧有兰,思公子兮未敢言。妾乃巫山神女,本名瑶姬,未行而死,栖神高唐之上,先年曾侍楚怀王,遂得庙食于此。今日楚襄王来游高唐,一闻宋大夫之言,好生注意,不免令睡魔入梦,与襄王相会去来呀!此间已是寝殿门,保母你快入去通报。小旦报介:告大王,巫山神女朝见!小生起介:请升帐殿。旦:大王千岁。小生:神女安重,不劳行礼。旦介。小生:神女请坐。闻神女栖神高唐之上,那高唐风景若何?)

《香罗带》(旦唱:)

空山人境绝,松枢桂阙。归来珮声空夜月,东风无主自伤嗟也。可惜春花后,送鹈鸼,举首平临河汉接。待学他织锦天孙也,月照流黄心百结。(小生:曾闻神女得侍先王,如今犹记忆否?)

前腔(旦:)

当年来绛节,神交宠渫,苍梧望中云已灭,愁人花木几重遮也。泪滴湘江水,几时彻,望帝春心啼未歇。待学他鼓瑟湘灵也,风动朱弦心寸折。(小生:今夕复何夕,共此灯烛光。既蒙神女幸过寡人,且命庖人治具,歌人升歌,与神女少坐如何?旦:妾身猥以陈人,幸逢令主,宠分一晌,报矢百身,深愿淹留,亲承燕好,无奈箭催五夜,户隐三星,神人异途,就此辞别。起介。小生:神女少留,何太匆遽?旦:君王安重。曲终人不见,江上数峰青。回顾下。生复位,起介:呀!适才神女何处去了。呀!却原来是一梦。独宿累长夜,梦想见容辉。愿得常巧笑,携手同车归。既来不须臾,又不处重闱。亮无晨风翼,安能凌风飞?适才梦见神女,真个是晔兮如华,温兮如莹。须臾之间,美貌横生。五色并驰,不可殚形;详而视之,夺人目精。近之既妖,远之有望。骨法多奇,孰者克尚。私心独悦,乐之无量。交希恩疏,不可尽畅。神女,你飘然而去,却怎生发付我也!)

《醉罗袍》

玉貌,玉貌,多妖怯。象服,象服,称秾织。蛾眉侵入鬓云斜,一曲初生月。迟回少进,非邪是邪?迁延辞去,非邪是邪?回头一顾神飞越。(那神女临去之时,亦有恋恋之意。)

前腔

敛衽,敛衽,心如结。举袂,举袂,面频遮。玉奴拥入七香车,兰气余芳烈。神游何处,空歌楚些。魂招未得,空歌楚些。(落月满屋梁,犹疑见颜色。)梦回犹见梁间月。(本是一场春梦,惹起百种离愁。想庄生物化之言,非孟浪也。)

《香柳娘》

梦翩翩化蝶,梦翩翩化蝶,游魂清夜,翻从觉后悲生别。望阳台路赊,望阳台路赊,鸟道度云车,猿声下霜叶。总千金莫邪,总千金莫邪,蛟龙可歼,恩情难绝。(寡人明到巫山,便当物色踪迹,但恐凤去台空,徒增感慨耳。)

前腔

盻巫山万叠，盻巫山万叠，云标高揭，天霞彩凤归丹穴。笑长安狭邪，笑长安狭邪，刻画自无盐，笙歌罢精列。慢临风自嗟，慢临风自嗟，遗荣去奢，同归澋穴。（内侍何在？净、丑上：昼漏希闻高阁报，天颜有喜近臣知。启大王，有何令旨？小生：你便传令与宋大夫道，是夜来，果梦神女，真个国色天人，教他作赋一篇，以纪奇遇。当赠千金为大夫取酒。净、丑：谨奉旨。）

《尾声》（生：）

佳人百媚生眉睫，都付与词臣齿颊，绝胜郢中歌《白雪》：

乐莫乐兮新相知，悲莫悲兮生别离。

一自高唐赋成后，楚天云雨尽堪疑。

——（明）汪道昆《大雅堂杂剧》卷四《高唐记》
国家图书馆藏明洪武元年刻本

《七夕赋》（明）陈山毓

楚襄王与宋玉游云梦之浦，舍层台，俯深坻，略江湄，涉汉湄，浮三湘之浩森，溯七泽之潾漪，蒹葭苍苍以拂珮，白露涂涂而渐帡。于时炎精弛故，金帝乘新，临朏月，追萧辰，商风权舆，凉云烟煴，白门遵肃，元穹就旻。尔乃东沼匿辉，西冥扶魄，宵兔翔而一足，幽蛾扬而半额，微光乘几，繁象衣天，浮清质之澹淡，散澄晖之婵娟。玉浆冰凝，绮筵霜洁，轻桂摇采，微波扬冽，镜凉辉兮长河明，天孙嫔兮施兰旍。时则唐勒、景差，便姗徐来，王乃揄毫选牍，爰命宋玉。宋玉于是称曰：

尔其长嬴送夏，白藏迎秋，熛燿停骖，凉飔塞幬。于是天媛嫠屑，驾言于归，纤纤之素手静，札札之轻机结，霓裳曳云，褵被白玉，翳玄芝，脂雾毂，弭霞辀，竚婉晚之落景，际沉寥之升规。于是桥成汉曲，驾肃河阴，倭迟星道，纡余烟浔，越修渚而释辔，集长幕而褫衿，遡滂沲以遥鸯，究徂旷之退心。尔乃跨北汜兮佇南阳，舒頳颜兮逞清扬，展朱唇，扬青蛾，履会筵，叙离歌。歌曰："竚凉年兮从奔韶，并云幄兮乱清箫，宵珮解兮抽无聊，独婵媛兮今夕，时既遒兮不可朝。"于是离宫丽妾，别馆佳人，靓妆晚罢，妖饰夕新，哀湛湛之玄露，惊肃肃之森风。遂蹀足周除，瞬目层穹，瞩灵汉之好仇，经四气而相从，抽彩缕，弄玄针，映柔晖之黤霭，引纤指而幽寻，怨轻丝之多乱，伤弦月之易零，归闲房而含态，袭长夜之愔愔。复有中朝逐臣，江皋怨士，汨春日兮永离，怅秋风兮乍起，望皎皎之空襄，排云旗而旖旎。乃睇倾河，邀灵驾，晒乌鹊之既梁，羌超摇而先迈，愿愆违以屈体，甘柔嬺而善化，替博謇之常度，背时俗之笞侮。

于是玉避席蹴蹜，襄王怊乎若失，惝乎若有遗也。玉复称曰：

尔其欢谦未申，晨晖欲曦，新知不故，生别何冤，恫夕漏之不永，抚晓骖而断魂，怨今欢之易没，数来爱之难原。复歌曰：“凌天津兮心忧，纤御忽兮不可留，歇双情兮何期，哀四候之悠悠，悼往欢而来愁兮，永还路而自惆。"于是明星耀辉，若华收曦，汉汜惝慌，河梁漾渺，睇灵会其何在，睠天庭而逾杳。

——（清）陈元龙《历代赋汇》卷十二《岁时》
江苏古籍出版社 1987 年版

《错言赋》（明）田艺衡

楚有阳云之台，襄王与唐勒、景差、宋玉诸大夫游焉。始为《大言赋》，惟玉上座；又为赋《小言》，则玉赐云梦之田。于时雄风披，庆云见，奏广县，御嘉燕，和以雅歌，杂以鄙谚。王乃快然抵掌曰："美哉，宋大夫之言乎！大出无垠，小入无间，从横是非，淆乱真赝，极巨极微，如戏如幻。然窃闻之，言者，心之声也；口者，祸之门也。仓皇应酬，忽略斟酌，日出万言，岂无一错！再有能为寡人为《错言赋》者，便当共乘。舆分卤簿，鼓吹前驱，宫嫔后舞，耀圣佐于国都，铭彝训于策府。"

勒曰："奇哉！彼有人焉，躬修玄默，法语谆谆，百世可式。名地为天，讹十作亿，或指东而道西，或向南而称北，见兽呼禽，对白数黑，不辨短长，互判曲直，曾妄谈之无稽，俾聪听之皆惑。"

差曰："异哉！有人于此，括囊无咎，笃论便便，前不顾后。谓己为人，谓父为母，以面为臀，以足为手，渴欲饭而饥求浆，冠纳趾而履加首，心匪由衷，舌不在口，信者既乖，断者难剖。"

玉曰："怪哉！其人可表，其说可师。四海治安而云乱危，百姓饱暖乃云冻饥，颂主尧舜而桀纣致祠，祝寿耋耄而夭折是期。聆之深骇，叩之罔知。"

王曰："错哉！唐大夫错之于外，景大夫错之于内，倒倒颠颠，昏昏昧昧。惟宋大夫之言，错而不错者，在谀而有规，犯而能爱，于跡似暧，于理弗背，假药石为粱肉，寓骨鲠为媚态。愿书诸绅，朝夕瞻佩。"于是导以旌旗，载以辇辂，逍遥于云梦之间，颁之为错言之赋。

——（清）陈元龙《历代赋汇》补遗卷二十一《讽喻》
江苏古籍出版社 1987 年版

（二）拟宋玉作品

《招隐士》（汉）淮南小山

桂树丛生兮山之幽，偃蹇连蜷兮枝相缭。山气茏葱兮石嵯峨，溪谷崭岩兮水曾波。猿狖群啸兮虎豹嗥，攀援桂枝兮聊淹留。王孙游兮不归，春草生兮凄凄。岁暮兮不自聊，蟪蛄鸣兮啾啾。坱兮轧，山曲岪，心淹留兮恫慌忽。罔兮沕，憭兮栗，虎豹穴。丛薄深林兮，人上栗。嵚岑碕礒兮碅磳魂礚，树轮相纠兮林木茷骫。青莎杂树兮薠草靃靡，白鹿麏麚兮或腾或倚。状貌崯崯兮峨峨，凄凄兮漇漇。猕猴兮熊罴，慕类兮以悲。攀援桂枝兮聊淹留。虎豹斗兮熊罴咆，禽兽骇兮亡其曹。王孙兮归来，山中兮不可以久留。

——（宋）洪兴祖《楚辞补注》卷十二
中华书局 1983 年版

《代四公大言》（汉）东方朔

汉武帝置酒玉台，与群臣为大言、小言者饮一杯。

公孙丞相曰：“臣弘骄而猛，又刚毅。交牙出吻声又大，号呼万里嗷一代。”

东方朔前曰：“臣请代四公。一曰：'臣坐不得起，俯不得仰。迫于天地之间，愁不得长。'二曰：'臣月越九州，间不容止。并包天下，余于四海。'三曰：'欲为大衣，恐不能起。用天为表，用地为里，装以浮云，缘以四海。以日月明，往往而在。'四曰：'天下不足以受臣坐，四海不足以受臣唾。臣府噎不得食，出若天外沃。'”

上曰：“大哉！”赐朔牛一头，酒一石。

——（明）《永乐大典》卷一万二千零四十三《古今事通·启颜录·赐方朔牛酒》
中国戏剧出版社 2008 年版

按，《旧唐书》卷四十七《经籍下·小说家》记有《启颜录》十卷，言侯白撰。宋陈振孙《直斋书录解题》记有《启颜录》八卷，谓不知作者，然以为"多有侯白语"。侯白，《隋书》《北史》有传。此引题目为编者拟定。其文是否为东方朔作，有待深考。

《洛神赋》并序（魏）曹植

黄初三年，余朝京师，还济洛川。古人有言，斯水之神名曰宓妃。感宋玉对楚王神女之事，遂作斯赋。其词曰：

余从京域，言归东藩。背伊阙，越轘辕，经通谷，陵景山。日既西倾，车殆马烦。尔乃税驾乎衡皋，秣驷乎芝田，容与乎阳林，流眄乎洛川。于是情移神骇，忽焉思散，俯则未察，仰以殊观。睹一丽人于岩之畔，乃援御者而告之曰："尔有觌于彼者乎？彼何人斯若此之艳也？"御者而告之曰："臣闻河洛之神名曰宓妃，然则君王之所见也，无奈是乎！其状若何？臣愿闻之。"余告之曰：

其形也，翩若惊鸿，婉若游龙；荣曜秋菊，华茂春松；仿佛兮若轻云之蔽月，飘飖兮若流风之回雪。远而望之，皎若太阳升朝霞；迫而察之，灼若芙蓉出绿波。秾纤得衷，修短合度。肩若削成，腰如约素；延颈秀项，皓质呈露；芳泽无加，铅华弗御；云髻峨峨，修眉联娟；丹唇外朗，皓齿内鲜；明眸善睐，靥辅承权。瑰姿艳逸，仪静体闲；柔情绰态，媚于寓言；奇服旷世，骨像应图。披罗衣之璀璨兮，珥瑶碧之华琚；戴金翠之首饰，缀明珠以耀躯。践远游之文履，曳雾绡之轻裾；微幽兰之芳蔼兮，步踟蹰于山隅。于是忽焉纵体，以遨以嬉；左倚采旄，右荫桂旗；攘皓腕于神浒兮，采湍濑之玄芝。余情悦其淑美兮，心振荡而不怡；无良媒以接欢兮，托微波而通辞；愿诚素之先达兮，解玉佩以要之；嗟佳人之信修兮，羌习礼而明诗；抗琼珶以和予兮，指潜渊而为期；执眷眷之款实兮，惧斯灵之我欺；感交甫之弃言兮，怅犹豫而狐疑；收和颜而静志兮，申礼防以自持。于是洛灵感焉，徙倚徬徨，神光离合，乍阴乍阳。竦轻躯以鹤立，若将飞而未翔；践椒途之郁烈，步蘅薄而流芳。超长吟以永慕兮，声哀厉而弥长。尔乃众灵杂遝，命俦啸侣；或戏清流，或翔神渚；或采明珠，或拾翠羽。从南湘之二妃，携汉滨之游女；叹匏瓜之无匹兮，咏牵牛之独处；扬轻袿之绮靡兮，翳修袖以延伫。体迅飞凫，飘忽若神；凌波微步，罗袜生尘；动无常则，若危若安；进止难期，若往若还；转盼流精，光润玉颜；含辞未吐，气若幽兰；华容婀娜，令我忘餐。于是屏翳收风，川后静波；冯夷鸣鼓，女娲清歌。腾文鱼以警乘，鸣玉銮以偕逝；六龙俨其齐首，载云车之容裔；鲸鲵踊而夹毂，水禽翔而为卫。于是越北沚，过南冈，纡素领，回清扬。动朱唇以徐言，陈交接之大纲。恨人神之道殊兮，怨盛年之莫当；抗罗袂以掩涕兮，泪流襟之浪浪；悼良会之永绝兮，哀一逝而异乡；无微情以效爱兮，献江南之明珰。虽潜处于太阴，长寄心于君王。忽不悟其所舍，怅神宵而蔽光。于是背下陵高，足往神留，遗情想像，顾望怀愁。冀灵体之复形，御轻舟而上泝；浮长川而忘反，思绵绵而增慕；夜耿耿而不寐，沾繁霜而至曙；命仆夫而就驾，吾将归乎东路；揽骓辔以抗策，怅盘桓而不能去。

——（魏）曹植《曹子建集》卷三
赵幼文《曹植集校注》人民文学出版社1998年版

《大言赋》（晋）傅玄

腰佩六气，首戴天文。

——（宋）李昉《太平御览》卷六百九十二
中华书局1960年版

按，此赋唯存残句。

《拟宋玉〈风赋〉》（奉司徒教作）（南朝齐）谢朓

起日域而摇落，集桂宫而送清；开翠帐之影蔼，响行珮之轻鸣；扬淮南之妙舞，发齐后之妍声；下鸿池而莲散，上雀台而云生。至于新虹明岁，高月照秋，晬仪乃豫，冲想云浮。邹马之宾咸至，申穆之醴已酬；朝役登楼之咏，夕引小山之讴；厌朱邸之沉邃，思轻举而远游，骈骊之马鱼跃，飘鉴车而水流。此乃大王之盛风也。若夫子云寂寞，叔夜高张；烟霞润色，荃荑结芳；出硐幽而泉洌，入山户而松凉；眇神王于丘壑，独起远于孤舫。斯则幽人之风也。

——（南朝齐）谢朓《谢宣城集》卷一《赋》
曹融南《谢宣城集校注》上海古籍出版社1991年版

按，清陈元龙编《御定历代赋汇》卷七《天象》亦录此篇。

《君臣赓和〈大言〉〈细言〉诗》（南朝梁）萧统等

梁昭明太子《大言诗》曰："观修鲲其若辙鲋，视沧海之如滥觞。经二仪而踢跨，跨六合以翱翔。"又《细言诗》曰："坐卧邻空尘，凭附蟭螟翼。越咫尺而三秋，度毫厘而九息。"

梁殷钧《大言应令诗》曰："噫气为风，挥汗成雨。聊灼戴山龟，欲持探邃古。"又《细言应令诗》曰："泛舟毛滴海，为政蜗牛国。逍遥轻尘上，指辰问南北。"

梁王规《大言应令诗》曰："俯身望日入，下视见星罗。嘘八风而为气，吹四海而扬波。"又《细言应令诗》曰："针锋于焉止息，发杪可以翱翔。蚁眉深而易阻，蚁目旷而难航。"

梁王锡《大言应令诗》曰："欲游五岳，迫不得伸。杖千里之木，鲙横海之鳞。"又《细言应令诗》曰："冥冥蔼蔼，离朱不辨其实。步蜗角而三伏，经鍼孔而千日。"

梁张缵《大言应令诗》曰："河流既竭，日月俱腾。罝罗微物，动落云鹏。"又《细言应令诗》曰："遨游蚁目辨轻尘，蚊睫成宇虮如轮。"

梁沈约《大言应令诗》曰："隘此大泛庭，方知九陔局。穷天岂弥指，尽地不容足。"又《细言应令诗》曰："开馆尺棰余，筑榭微尘里。蜗角列州县，毫端建朝市。"

——（唐）欧阳询《艺文类聚》卷十九《言语》
汪绍楹校《艺文类聚》上海古籍出版社 1999 年版

《大言诗》（唐）郏峭

线大长江扇大天，履鞋抛在海东边。世间多少闲虫豸，尽在郏生柱杖前。

——（宋）洪迈《万首唐人绝句》卷六十九
文学古籍出版社 1955 年版

按，又见清曹寅等编《全唐诗》卷八百六十一。

《反招魂》并序（唐）皮日休

屈原作《大招魂》（本注：或曰景差作，疑不能明。），宋玉作《招魂》，皮子以为忠放不如守介而死，奚招魂为？故作《反招魂》一篇以辨之。辞曰：

承溟涬之命兮，付余才而辅君。君既不得乎志兮，余飘飘而播迁。余将荡太空而就灭兮，君又招余俾复身。余诣帝以请诀兮，帝俾巫阳以筮云。巫阳语余以不可归兮，故作词以招君。乃下招曰：

君兮归来，故都慎不可留些。其君雄虺兮，其民封狐些。食民之肝鬲以为其肉兮，摘民之发肤以为其衣些。朝刀锯而暮鼎镬兮，上暧昧而下墨尿些。

君兮归来，故都慎不可留些。余昔为比干之魂兮，干僇而余去些。未闻干贪生以自招兮,余竟洁其所处些。

君兮归来,故都慎不可留些。余昔为伍胥之魂兮,胥僇而余逝些。未闻胥贪位以惜生兮,执属镂而不滞些。

君兮归来,故都慎不可留些。余昔为弘演之魂兮,演自残而余行些。未闻演惜命以不死兮,俾其义而益明些。

君兮归来,故都慎不可留些。帝命余以辅君兮,亦以君之忠介些。今以忠而见闻兮,尚盘桓而有待些。将自富贵而入羁旅兮,其志乃悔些。将恋骨肉而惜家族兮,何不自裁些。枭食母而獍食父兮,见禽兽之为生。苟凶残者眉寿兮,实枭獍而同名些。

君乎!慎勿怀故都之恋;归来乎!余为君存千古忠烈之荣枯。

——(唐)皮日休《文薮》卷二
萧涤非、郑庆笃整理《皮子文薮》上海古籍出版社1981年版

《拟大言赋》有序 (宋) 苏易简

淳化四年,上皇帝书白龙笺,草书宋玉《大言赋》,赐玉堂臣苏易简。御笔煌煌,雄辞洋洋,瑰玮博达,不可备详。召易简升殿,躬指其理,且叹宋玉奇怪也,因伏而奏曰:"恨宋玉不与陛下同时。"帝曰:"噫!何代无人焉,卿为朕言之。"易简因拟宋玉,作《大言赋》以献。其辞曰:

圣人兴兮告成功,登昆仑兮展升中。芳席地兮飨祖宗,天籁起兮调笙镛。日乌月兔耀文明也,参旗井钺严武卫也。执北斗兮奠玄酒也,削西华兮为石也,飞云涌霞腾燔燎也,刳鲸腊鹏代鹔鹩也,迅雷三变山神呼也,流电三激爝火举也。四时一同兮万八千年,泰山融兮溟海干,圆盖偃兮方舆穿,君王寿兮无穷焉。

——(清)陈元龙《历代赋汇》外集卷十六
江苏古籍出版社1987年版

《后招魂赋》(宋) 晁补之

屈原作《大招魂》,宋玉作《招魂》,夫士以忠放,濒于死,故招其魂而复之。予交之长者王安仁,贤且孝,适未仕,病以夭,予伤焉。不敢以非吾上也,借不知命之辞,以愬于帝,作《后招魂》。

窃悲夫天,何为生此硕人兮,蹇幼清而宜修!既服义以时可兮,又何为

委厥美而改求？天固复诸其初兮，则如勿俾此昭质。帝命巫阳曰："有憩于下，汝往听之，精神将离，筮而复之。"巫阳曰："物死与生，司命有职。自废自起，朕何能识？"帝强之，乃下招曰：

魂兮归来！去君七尺之躯，胡为乎大阴些？舍君之灵龟，而糟荸沈些。人固怀慈而抱爱兮，一言欲诀而怦怦些。君胡乐诱于异物兮，从之蹑跂而远行些。

魂兮归来！上天不可以游些。有神当关，其视畏人些；其下百鬼，伺人往来，执而杀之些。徜徉无所倚，叹息不可些；幸而得还，无所求阶些。归来归来，不可以久放些。

魂兮归来！地下不可伏些。土怪坟羊，狠戾突触些。蛇身鬼首，蓬发髾鬖，当前摇毒些。九幽之府，恶厉牛首，得人以械狱些。归来归来，不可以久屈些。

魂兮归来！无止乎山中些。山木萧萧，猨狄所居些。藜藋柱迳，枭祥鼯怪，杜鹃号呼些。夔魖罔两，笑风涕雨，见人揶揄些。虓虎封狼，磨牙吮血，佌佌穴居些。魂往颠阶，狂惑失途些。归来归来，久幽恐不得出些。

魂兮归来！君无下海些。大海荡灡，日月回周些。白波连天，五山狂浮些。巨神操蛇，唯魂是囚些。淫氛涒雾，八方错阳，魂往安投些。百怪欢舞，群出类没，更邀迭游些。霹雳掣电，蛟龙直起，江潮逆流些。有鸟九首，载鬼盈车，擢筋以縻其骱些。归来归来，久淫恐不得还些。

魂兮归来！君无乐兮八蛮九夷些。遐方异类，其人似禽些。烈阳惨阴，构袤裸裎，凉温不时些。蔽林夜祠，被发徒跣，妖魅丛嬉些。魂往非族，抵冒凌欺些。归来归来，恐自遗羞些。

魂兮归来！君无以髑髅为南面之乐些。毛枯骨化，精离识落些。蝼蚁所寄，乌鸢所搏些。蚊蚋姑嘬，狐狸啮嚼些。骷然七孔，撺掷畴觉些。棘薪葛蔓，交错绵络些。锄耰野火，侵凌甚虐些。归来归来，无自遗贼些。

魂兮归来！八纮六合，无一可以翱翔。魂孤迁迁，消耗沦亡些。归来归来，反故乡些。工祝前君，无迷方些。崇城两沟，夹高杨些。车轸马骈，交康庄些。日中为市，集工商些。高门悬箔，袭庆祥些。选阅甘旨，荐北堂些。金昆玉季，美雁行些。斑衣竹马，儿嬉傍些。曲栏横牖，窈洞房些。长蛾曼绿，含若芳些。齐纨阿锡，曳明珰些。夏瑟鼓簧，封豕羊些。食前方丈，酾椒浆些。嘉宾杂坐，纷贤良些。朱颜欣欣，君乐康些。魂兮归来！反故乡些。

乱曰：龙火颓坤兮虚正宵，万物酋勅兮伤秋郊。汩君徂往兮默谁曹，天地为炉兮物流以销。一受成形兮巧专莫，逃斯弥颐辂兮一体所交。鼠肝虫臂兮忽何遭，魂知复吉兮改而超。与君除被兮三下招，张君之衣兮升屋号。魂兮归来居匪遥，无哀我心使余劳。

——（宋）晁补之《鸡肋集》卷二《古赋五首》
王中柱校注《鸡肋集》中山大学 1995 年版

按，清陈元龙编《御定历代赋汇》补遗卷二十二《人事》亦录此篇。

《后招魂》并引（宋）李复

士有忠放以死，宋玉作《招魂》。予之友明善笃行，以退为进，相继大丧，伤而不已，昧命上愬，以极其情，作《后招魂》。其辞曰：

惟降命之在天兮，昧厥聪而人无考。纷恣淫之无度兮，中悔而弗造。何硕人之生兮，蹇幼清而服义。连奄忽以去兮，羌不知夫所息。天厌善善而啬终兮，则如勿相以先初。既内美以外修兮，反弗酬而萎绝。帝告巫阳："闻下有诉，汝为筮之，起为我辅。"巫阳曰："轻清沉墨，升降浮离，魂逝魄散。"强下招之。招曰：

魂兮归来！君何梦梦，舍常干而远游些。离高堂之爱兮，竞驰逐而沉幽些。昔择地以蹈兮，恐辱前修些。何罹彼不祥，诱于异类，胥乐而迟留些。

魂兮归来！君为大空之广漠兮，而魂可以逸些。淫风嗸气，飘荡无息些。电光挥掣，雷鼓訇割些。浮神游军，交击横行些。归来归来，魂往少释些。

魂兮归来！君为大地之深兮，魂可以安些。凝阴无阳，重冰苦寒些。土羱怪狠，摇角奋鬣，奔触来前些。幽都群鬼，虐人以淫戏，争膏饮血些。归来归来，魂往必残些。

魂兮归来！君无滞乎山幽些。烟荒雨苦，阴谷飚飀些。封狐蝮蛇，嘬肉啗骨，众尾多头些。怪夔特足，逐人驶驱驱，挪揄钩觟些。穷崖绝壑，跻攀骇汗，捉足畏忧些。魂恐徨惑，失途噢咻些。归来归来，不可以久留些。

魂兮归来！君无滞乎水滨些。长江巨海，荡沃乾坤些。怪兽怒戏，惊风驾浪，吹湿星辰些。击波飞火，泆雾泄雨，忽冬春些。朱冠铁衣，持戟操蛇，敦脄巨神些。万怪血食，磨牙鼓鬣，雄吞喜争些。归来归来，不可以久淫些。

魂兮归来！君无滞乎林薄些。狐玃猩狒，群号旅驳些。饥鸢衔人肠，树颠争剥啄些。鸢豕鼓胁，发镞中人，众多如雹些。豺狼优优，奋掷腾趋，害不可脱些。九首飞呼，鬼车縻辀，唯筋是擢些。魂孤夐夐，奚往为乐些。归来归来，恐自遗贼些。

魂兮归来！君无滞乎旷野些。惊沙扬埃，千里泛洒些。燐飞萤游，霜凄露下些。茫茫无倚庇，徜徉无穷极，风摇日射些。赤蚁若壶，玄蜂如翠，螫胪嚼胠些。魂往不返，将随物化些。归来归来，久远恐不得还些。

魂兮归来！君无滞乎异方些。石烁金流，雕题长吭些。流沙烂人，烧冰熬霜些。晦明差爽，颠倒夙夕，沍阴固阳些。毡裘被发，椎结文身，声豺喙狼些。侏离诡异，号呼跟跄些。气殊类别，魂往罹伤些。归来归来，恐自贻灾些。

魂兮归来！君厌生之多故兮，将蹀跂而远行些。迁异观之淫惑兮，去旧而就新些。人固怀慈含爱，智达识明些。胡为舍君之灵龟兮，伥伥而宵征些。谓髑髅有乐兮，寒销铄而无形些。以长夜之幽阒兮，其摘而冥行些。美目芳口，和气秀骨，将萎灭而凌乱些。羁栖旷浪兮，羌惆怅自怜而悲生些。归来归来，慎不可久留些。

魂兮！魂兮！君来归。巫阳致告君无非，工祝行先仆御随。迎君轻车牡骍骍，高城峨峨敞双扉。修杨夹路临清涯，朱毂羽盖耀通逵。丹楼碧阁丽朝曦，故居闲静多光辉。层楣广覆如翚飞，北堂亲严望彩衣。幽房淑女扬蛾眉，岐嶷竹马儿游嬉。阶庭兰玉纷连枝，启筵设席荐甘肥。金罍玉斝烂陆离，明珰镂翠饰轻帏。沉燎熏膏烟霏霏，哀弦戛弄和清吹。宝炬华烛焰文榱，芳宾促坐停金觯。朱颜半酡君心夷，魂兮魂兮君来归。

乱曰：谷风习习兮献岁发春，羲和缓车兮万物向荣。气凝质聚兮来更生，飘佚悠扬兮何冥，行促君御兮孰主评。藏舟夜壑兮嘿负以奔，巨冶不息兮小大纷纭。杂司命兮受于成形，合浑融结兮究一体之所营，特短仆兮忽何膺。魂知悔兮遄复临，秦篝齐缕巧络絷。前瞻中屋升东荣，长呼大啸皋维名。与君祓除门户清，魂兮归来居攸宁。无极郁陶伤予心！

——（宋）李复《潏水集》卷七《赋》

影印《文渊阁四库全书》第 1121 册（台湾）商务印书馆 1986 年版

《太白招魂》（宋）崔敦礼

《太白招魂》者，崔敦礼所作也。敦礼既作《远游》，又念太白自知不容于时，益傲放不羁，以自昏秽，时无宋玉不能作《招魂》之辞，以复其精神,而风其上。徒于咏歌之际,外陈四方之恶,内述长安之盛,忧时爱主,有屈原《大招》之遗风。吁其悲夫,因集其言,櫽括为"些"语,谓之《太白招魂》云:

子为谪仙兮,薄游人间。傲岸不谐兮,世路艰难。折芳洲之瑶华兮,采琼蕊入乎昆山。愁长安之不见兮,坐拂剑而长叹。魂一去而欲断兮,与春风而飘扬。飘扬其竟何托兮,造化为之悲伤。于是帝命巫阳:"若有一人,神气黯然,精魂飞散,迟尔归旋。"乃下招曰:

魂兮归来!无东无西无南无北些。碧海之东,长鲸渍涌,不可以涉些。扬波喷云,蔽天髻鬣些。齿若雪山,挂骨于其间些。归来,去无还些!魂兮无南,南山白额,穷奇犴猖些。牙若剑错,鬣如丛竿些。口吞殳铤,目极枪橹些。归来,饲豺虎些!魂兮无西,西当太白,横绝峨嵋些。地崩山摧,天梯钩连些。峥嵘崔嵬,朝虎夕蛇些。磨牙吮血,杀人如麻些。归来,行路难些!魂兮无北,北缘太行,嶝道峻盘些。马足蹶侧,车轮摧冈些。气毒剑戟,严风裂裳些。归来,北上苦些!魂兮归来,君无上天些。天鼓硑訇,雷震帝旁些。投壶玉女,笑开电光些。风雨之起,倏烁晦冥些。犬吠九关,杀人以愤,其精魂些。归来,天路何因些。魂兮归来,君无下此幽都些。闭影潜魂,遗迹九泉些。剑轮汤镬,猛火炽然些。疑山炎崐,苦海滔天些。归来,保吾生些。

魂兮归来,还故乡些。高楼甲第,连青山些。飞楹磊砢,栱桷缘些。云楣横绮,桷攒栾些。皓壁昼朗,朱甍鲜些。金窗秀户,朱箔悬些。魂兮归来,列珍羞些。月光素盘,饭彫胡些。鲁酒琥珀,紫锦鱼些。白酒新熟,黄鸡肥些。山盘秋蔬,荐霜梨些。吴盐如花,皎白雪些。玉盘杨梅,为君设些。魂兮归来,恣欢谑些。南国美人,芙蓉灼灼些。洛浦宓妃,飘飘飞雪些。长干吴儿,艳星月些。西施东邻,秀蛾眉些。一笑双璧,歌千金些。琅玕绮食,鸳鸯衾些。博山炉中,香火沉些。魂兮归来,醉壶觞些。青娥对烛,俨成行些。玉童两两,吹紫笙些。佳人当窗,弹鸣琴些。玉壶美酒,清若空些。看朱成碧,颜始红些。连呼五白,行六博些。赤鸡白狗,赌梨栗些。半酣呼鹰,挥鸣鞲些。金鞍龙马,花雪毛些。霜剑切玉,明珠袍些。魂兮归来,入长安些。清都玉树,瑶台春些。万姓聚舞,歌太平些。伐鼓槌钟,启重城些。日照万户,簪裾明些。骑吹飒沓,引公卿些。白日紫晖,运权衡些。倒海凌山,索月采苏些。文质炳焕,罗星旻些。魂兮归来,乐不可言些。

乱曰:长相思兮在长安,络纬秋啼兮金井栏。望夫君兮安极,我沉吟兮叹息。怀洞庭兮悲潇湘，把瑶草兮思何堪。念佳期兮莫展，每长恨兮不浅。荷花落兮江色秋，秋风袅袅夜悠悠。魂兮归来，谢远游。

——（宋）崔敦礼《宫教集》卷三
影印《文渊阁四库全书》第 1151 册（台湾）商务印书馆 1986 年版

按，此篇集李白诗赋及《招魂》《大招》成句，句中或句尾加楚语"兮""些"而作。原文标有出处，未录。

《广招》（元）袁桷

深宁先生，乘虬上征江海，殄瘁湘累，遗痛千载，犹一日也。柳车爰行，瞻望永隔，门人袁桷，窃取宋玉《招魂》，述《广招》以反其义。其词曰：

窃独悲此瞽浊兮，身鞠愆而莫明。服三后之贞则兮，秉忠纯以内兢。绳古义以自抗兮，懔微躬之莫胜。惧天命之不吾与兮，晚更号以深宁。委灵魄于玄宅兮，挟清神以上征。重华惨其无容兮，瞩下矩之险隘。佇九夷之旷邈兮，申前圣之遗戒。一去而莫返兮，八灵孰能以震骇。乃命小臣戴继秉旐，注精高冥而下招曰：

茫茫封丘，麕豕萃只。炳灵奔飞，杳交会只。婵嫣清芬，孰返箷只。纵横幽房，杂庞怪只。魂兮归来！其益以骇只。东门荧煌，平芜层阴只。灵宫紫芝，萎以泯只。流铃摇空，诉夸淫只。玄蛇苍鼠，若扰驯只。魂兮归来！激越吟只。题躩踩蹢，白蟬飞只。灭方凿迕，传致以肥只。斗青缀白，眩绁奇只。折杨黄华，司体仪只。魂兮归来！彼相疑只。沃隰修畛，鞠荠茂只。狂夫冶游，明憯后只。南山白石，曷以永年只。式撷其微，帐周原只。归来归来，其孰能庥魂只。愁云旋宇，籁振幕只。素空霏尘，清昼激霤只。虎雕黄目，屏陈设只。精凿后置，爝蠱施张只。伊鸣仰天，杂猖狂只。甘腥恣睢，礼不可防只。魂兮归来！悉无以当只。魂兮乘桴，登瀛堧只。海观日浴，烂红殷只。晳容长裾，袭古先只。漆书竹简，遂研钻只。昆仑穹隆，疑有至人只。妙颜紫蕤，休德日新只。吐珍纳和，与道为邻只。雕题祝发，礼让兴仁只。桂蠹咀吞，味芳辛只。幽蘅嘉芷，佩孔文只。相羊湘累，盼若存只。承挹清尘，徘徊翩翻只。天光淳耀，会弁森扈只。肃容展威，受多祜只。斩几破觚，斯皇辅只。龙图昭回，布高矩只。开阴闭阳，庶类蕃嘉只。扪历箕尾，建崇牙只。翦理奸巫，静无哗只。照示下土，循羲娲只。河公海神,瑰以迅只。贝宫鲛室,秘怪杂孕只。琼英琪柯,错缤纷只。鞭龙诛蛟,需择湛润只。魂兮远游,戢凌紊只。扬歌舒啸,化幽愤只。

重曰:嗟所思之不得见兮,俨冰雪之遗容。緊迟迟而容与兮,松柏日其葱茏。怅幢帷之咫近兮,长虹脱焉以追风。蜕尘居之险艰兮,舍崇兰之新封。埙篪迭其和奏兮,联云车以陪乘。粲琳琅之遗编兮,俾泯绝之足证。匪离群以自絜兮,诚不忍夫骛骋。超整驾以言从兮,惧见讥乎后圣。捐虚漠而言旋兮,耕书曰以振厉。谅神明不吾欺兮,庶终承乎嘉惠。千秋兮靡长,白云兮相望。魂兮归来!其毋我忘也。

——(元)袁桷《清容居士集》卷二《骚》
中华书局1985年版

《大言》佚名

诗曰:登梯到碧空,对坐问天公。无马常骑虎,观鱼每钓龙。补衣针贯月,劈竹篾穿风。为截犀牛角,推平五老峰。

——(明)乐天大笑生《解愠编》卷八《尚气》
《中华传世奇书》本中国戏剧出版社1999年版

九　涉及宋玉与其作品的文学创作

（一）诗

《赠嵇康诗三首》（其二）（魏）郭遐周

风人重离别，行道犹迟迟。宋玉哀登山，临水送将归。伊此往昔事，言之以增悲。叹我与嵇生，倏忽将永离。（节）

——（魏）嵇康《嵇中散集》卷一《附》
戴明扬《嵇康集校注》人民文学出版社1962年版

《拟乐府四首》（其二）（南朝宋）吴迈远

百里望咸阳，知是帝京域。绿树摇云光，春城起风色。佳人爱景华，流靡园塘侧。妍姿艳月映，罗衣飘蝉翼。宋玉歌《阳春》，巴人长叹息。雅郑不同赏，那令君怆恻。生平重爱惠，私自怜何极。（《阳春曲》）

——（南朝陈）徐陵《玉台新咏》卷四
（清）吴兆宜注　穆克宏点校《玉台新咏笺注》中华书局1985年版

《巫山高》（南朝齐）虞羲

南国多奇山，荆巫独灵异。云雨丽以佳，阳台千里思。勿言可再得，特美君王意。高唐一断绝，光阴不可迟。

——（宋）郭茂倩《乐府诗集》卷十七《鼓吹曲辞》
《中国古典文学基本丛书》本中华书局2007年版

《巫山高》（南朝齐）王融

想像巫山高，薄暮阳台曲。烟云乍舒卷，猨鸟时断续。彼美如可期，寤言纷在瞩。怃然坐相望，秋风下庭绿。

——（宋）郭茂倩《乐府诗集》卷十七《鼓吹曲辞》
《中国古典文学基本丛书》本中华书局 2007 年版

《巫山高》（南朝齐）刘绘

高唐与巫山，参差郁相望。灼烁在云间，氤氲出霞上。散雨收夕台，行云卷晨障。出没不易期，婵娟似惆怅。

——（宋）郭茂倩《乐府诗集》卷十七《鼓吹曲辞》
《中国古典文学基本丛书》本中华书局 2007 年版

《朝云曲》（南朝梁）梁武帝

《古今乐录》曰："《朝云曲》和云，徙倚折耀华。"宋玉《高唐赋》序曰：楚襄王与宋玉游云梦之台，望高唐之观独有云气，变化无穷。王问玉曰："此何气也？"玉曰："所谓朝云也。"王曰："何谓朝云也？"玉曰："昔者先王尝游高唐，殆而昼寝，梦见一妇人曰：'妾巫山之女也，为高唐之客。闻君游高唐，愿荐枕席。'王因幸之。去而辞曰：'妾在巫山之阳，高丘之阻，但为朝云，莫为行雨，朝朝莫莫，阳台之下。'旦朝视之，如言，故为立庙，号曰朝云。"郦道元《水经注》曰："巫山者，帝女居焉。宋玉谓帝之季女，名曰瑶姬。未行而亡，封于巫山之台，精魂为草，实为灵芝。所谓巫山之女，高唐之姬也。"《朝云曲》盖取于此。

张乐阳台歌上谒，如寝如兴芳掩暧，容光既艳复还没。复还没，望不来。巫山高，心徘徊。

——（宋）郭茂倩《乐府诗集》卷五十《清商曲辞中》
《中国古典文学基本丛书》本中华书局 2007 年版

《巫山高》（南朝梁）范云

巫山高不极，白日隐光晖。霭霭朝云去，溟溟暮雨归。岩悬兽无迹，林暗鸟疑飞。枕席竟谁荐，相望空依依。

——（宋）郭茂倩《乐府诗集》卷十七《鼓吹曲辞》
《中国古典文学基本丛书》本中华书局 2007 年版

《阳春曲》（南朝梁）沈约

刘向《新序》：宋玉对楚威王问曰：客有歌于郢中者，其始曰《下里》

《巴人》，国中属而和者千人；其为《阳陵》《采薇》，国中属而和者数百人；其为《阳春》《白雪》，国中属而和者数十人而已也；引商刻角，杂以流徵，国中属而和者不过数人。是以其曲弥高，其和弥寡。然则《阳春》所从来亦远矣。《乐府题解》曰：《阳春》，伤也。

　　杨柳垂地燕差池，缄情忍思落容仪，弦伤曲怨心自知。心自知，人不见，动罗裙，拂珠殿。

——（宋）郭茂倩《乐府诗集》卷五十《清商曲辞中》
《中国古典文学基本丛书》本中华书局 2007 年版

《朝云曲》（南朝梁）沈约

　　阳台氤氲多异色，巫山高高上无极，云来云去长不息。长不息，梦来游，极万世，度千秋。

——（宋）郭茂倩《乐府诗集》卷五十《清商曲辞中》
《中国古典文学基本丛书》本中华书局 2007 年版

《和晋安王薄晚逐凉北楼回望应教》（南朝梁）庾肩吾

　　向夕纷喧屏，追凉飞观中。树影临城日，窗含度水风。遥天如接岸，远帆似凌空。陪文惭宋玉，徒等侍兰宫。

——（明）冯惟讷《古诗纪》卷九十《梁第十七》
影印《文渊阁四库全书》第 1379 册（台湾）商务印书馆 1986 年版

《巫山高》（南朝梁）梁元帝

　　巫山高不穷，迥出荆门中。滩声下溅石，猿鸣上逐风。树杂山如画，林暗涧疑空。无因谢神女，一为出房栊。

——（宋）郭茂倩《乐府诗集》卷十七《鼓吹曲辞》
《中国古典文学基本丛书》本中华书局 2007 年版

《巫山高》（南朝梁）费昶

　　巫山光欲晚，阳台色依依。彼美岩之曲，宁知心是非。朝云触石起，暮雨润罗衣。愿解千金珮，请逐大王归。

——（宋）郭茂倩《乐府诗集》卷十七《鼓吹曲辞》
《中国古典文学基本丛书》本中华书局 2007 年版

《巫山高》（南朝梁）王泰

迢递巫山竦，远天新霁时。树交凉去远，草合影开迟。谷深流响咽，峡近猿声悲。只言云雨状，自有神仙期。

——（宋）郭茂倩《乐府诗集》卷十七《鼓吹曲辞》
《中国古典文学基本丛书》本中华书局 2007 年版

《奉和冬至应教》（北齐）萧悫

天宫初动磬，缇室已飞灰。暮风吹竹起，阳云覆石来。拆冰开荔色，除雪出兰栽。惭无宋玉辨，滥吹楚王台。

——（明）冯惟讷《古诗纪》卷一百二十《北齐第一》
影印《文渊阁四库全书》第 1379 册（台湾）商务印书馆 1986 年版

《巫山高》（南朝陈）陈后主

巫山巫峡深，峭壁耸春林。风岩朝蕊落，霜岭晚猿吟。云来足荐枕，雨过非感琴。仙姬将夜月，度影自浮沉。

——（宋）郭茂倩《乐府诗集》卷十七《鼓吹曲辞》
《中国古典文学基本丛书》本中华书局 2007 年版

《巫山高》（南朝陈）萧诠

巫山映巫峡，高高殊未穷。猿声不辨处，雨色讵分空。悬崖下桂月，深涧响松风。别有仙云起，时向楚王宫。

——（宋）郭茂倩《乐府诗集》卷十七《鼓吹曲辞》
《中国古典文学基本丛书》本中华书局 2007 年版

《还彭泽山中早发诗》（南朝陈）张正见

摇落山中曙，秋气满林限。萤光映草头，鸟影出枝来。残暑避日尽，断霞逐风开。空返陶潜县，终无宋玉才。

——逯钦立《先秦汉魏南北朝诗》陈诗卷三
中华书局 1983 年版

《黄花鱼儿歌》（六朝）无名氏

年年四月菜花黄，黄花鱼儿朝宋王。花开鱼儿来，花谢鱼儿去。只道朝宋王，谁知朝宋玉。

——（清）褚维恒、尹龙澍等《安福县志》卷三十三《艺文四》
同治己巳重修、安福县本衙藏板

《巫山高》（唐）郑世翼

巫山凌太清，岩峣类削成。霏霏暮雨何，霭霭朝云生。危峰入鸟道，深谷泻猿声。别有幽栖客，淹留攀桂情。

——（宋）郭茂倩《乐府诗集》卷十七《鼓吹曲辞》
《中国古典文学基本丛书》本中华书局2007年版

《巫山高》（二首）（唐）沈佺期

巫山峰十二，环合影昭回。俯眺琵琶峡，平看云雨台。古槎天外倚，瀑水日边来。何忽啼猿夜，荆王枕席开。

神女向高唐，巫山下夕阳。徘徊作行雨，婉娈逐荆王。电影江前落，雷声峡外长。霁云无处所，台馆晓苍苍。

——（宋）郭茂倩《乐府诗集》卷十七《鼓吹曲辞》
《中国古典文学基本丛书》本中华书局2007年版

《巫山高》（唐）卢照邻

巫山望不极，望望下朝雾。莫辨猿啼树，徒看神女云。惊涛乱水脉，骤雨暗峰文。沾衣即此地，况复远思君。

——（宋）郭茂倩《乐府诗集》卷十七《鼓吹曲辞》
《中国古典文学基本丛书》本中华书局2007年版

《巫山高》（唐）张循之

巫山高不极，沓沓奇状新。暗合疑风雨，幽岩若鬼神。月明山峡曙，潮满而江春。为问阳台夕，应知入梦人。

——（宋）郭茂倩《乐府诗集》卷十七《鼓吹曲辞》
《中国古典文学基本丛书》本中华书局2007年版

《赠溧阳宋少府陟》（唐）李白

李斯未相秦，且逐东门兔。宋玉事襄王，能为《高唐赋》。常闻《绿水曲》，忽此相逢遇。扫洒青天开，豁然披云雾。葳蕤紫鸾鸟，巢在昆山树。惊风西北吹，飞落南溟去。早怀经济策，特受龙颜顾。白玉栖青蝇，君臣忽行路。人生感分义，贵欲呈丹素。何日清中原，相期廓天步。

——（唐）李白《李太白文集》卷八
巴蜀书社 1986 年版

《赠易秀才》（唐）李白

少年解长剑，投赠即分离。何不断犀象，精光暗往时。蹉跎君自惜，窜逐我因谁。地远虞翻老，秋深宋玉悲。空摧芳桂色，不屈古松姿。感激平生意，劳歌寄此辞。

——（唐）李白《李太白文集》卷九
巴蜀书社 1986 年版

《寄上吴王三首》（其三）（唐）李白

英明庐江守，声誉广平籍。扫洒黄金台，招邀青云客。客曾与天通，出入清禁中。襄王怜宋玉，愿入兰台宫。

——（唐）李白《李太白文集》卷十一
巴蜀书社 1986 年版

《安州应城玉女汤作》（唐）李白

神女殁幽境，汤池流大川。阴阳结炎炭，造化开灵泉。地底烁朱火，沙傍歊素烟。沸珠跃晴月，皎镜涵空天。气浮兰芳满，色涨桃花然。精览万殊入，潜行七泽连。愈疾功莫尚，变盈道乃全。濯缨掬清泚，晞发弄潺湲。散下楚王国，分浇宋玉田。可以奉巡幸，奈何隔穷偏。独随朝宗水，赴海输微涓。

——（唐）李白《李太白文集》卷十九
巴蜀书社 1986 年版

《宿巫山下》（唐）李白

昨夜巫山下，猿声梦里长。桃花飞绿水，三月下瞿塘。雨色风吹去，南行拂楚王。高丘怀宋玉，访古一沾裳。

——（唐）李白《李太白文集》卷十九
巴蜀书社 1986 年版

《感兴八首》（其一）（唐）李白

瑶姬天帝女，精彩化朝云。宛转入梦宵，无心向楚君。锦衾抱秋月，绮席空兰芬。茫昧竟谁测，虚传宋玉文。

——（唐）李白《李太白文集》卷二十一
巴蜀书社 1986 年版

《感遇四首》（其四）（唐）李白

宋玉事楚王，立身本高洁。巫山赋彩云，郢路歌《白雪》。举国莫能和，巴人皆卷舌。一惑登徒言，恩情遂中绝。

——（唐）李白《李太白文集》卷二十一
巴蜀书社 1986 年版

《送江陵泉少府赴任便呈卫荆州》（唐）岑参

神仙吏姓梅，人吏待君来。渭北草新出，江南花已开。城边宋玉宅，峡口楚王台。不畏无知己，荆州甚爱才。

——（清）彭定求等《全唐诗》卷二百《岑参》
中华书局 2003 年版

《观王美人海图障子》（唐）梁锽

宋玉东家女，常怀物外多。自从图渤海，谁为觅湘娥。白鹭栖脂粉，赪鲂跃绮罗。仍怜转娇眼，别恨一横波。

——（清）汤漱玉《玉台画史·名媛上》
《中国艺术文献丛刊》本浙江人民美术出版社 2012 年版

《戏为六绝句》（其五）（唐）杜甫

不薄今人爱古人，清词丽句必为邻。窃攀屈宋宜方驾，恐与齐梁作后尘。

——（清）仇兆鳌《杜诗详注》卷十一
中华书局 1979 年版

《雨》（唐）杜甫

冥冥甲子雨，已度立春时。轻箑烦相向，纤绨恐自疑。烟添才有色，风引更如丝。直觉巫山暮，兼催宋玉悲。

——（清）仇兆鳌《杜诗详注》卷十四
中华书局 1979 年版

九 涉及宋玉与其作品的文学创作

《雨》（唐）杜甫

峡云行清晓，烟雾相徘徊。风吹苍江树，雨洒石壁来。凄凉生语寒，殷殷兼出雷。白谷变气候，朱炎安在哉。高鸟湿不下，居人门未开。楚宫久已灭，幽佩为谁哀。侍臣书王梦，赋有冠古才。冥冥翠龙驾，多自巫山台。

——（清）仇兆鳌《杜诗详注》卷十五
中华书局 1979 年版

《垂白》（唐）杜甫

垂白冯唐老，清秋宋玉悲。江喧长少睡，楼迥独移时。多难身何补，无家病不辞。甘从千日醉，未赋《七哀诗》。

——（清）仇兆鳌《杜诗详注》卷十七
中华书局 1979 年版

《咏怀古迹五首》（其二）（唐）杜甫

摇落深知宋玉悲，风流儒雅亦吾师。怅望千秋一洒泪，萧条异代不同时。江山故宅空文藻，云雨荒台岂梦思。最是楚宫俱泯灭，舟人指点到今疑。

——（清）仇兆鳌《杜诗详注》卷十七
中华书局 1979 年版

《送李功曹之荆州充郑侍御判官重赠》（唐）杜甫

曾闻宋玉宅，每欲到荆州。此地生涯晚，遥悲水国秋。孤城一柱观，落日九江流。使者虽光彩，青枫远自愁。

——（清）仇兆鳌《杜诗详注》卷十八
中华书局 1979 年版

《入宅三首》（其三）（唐）杜甫

宋玉归州宅，云通白帝城。吾人淹老病，旅食岂才名。峡口风常急，江流气不平。只应与儿子，飘转任浮生。

——（清）仇兆鳌《杜诗详注》卷十八
中华书局 1979 年版

《秋日荆南送石首薛明府辞满告别奉寄薛尚书颂德叙怀斐然之作三十韵》（唐）杜甫

　　南征为客久，西候别君初。岁满归凫舄，秋来把雁书。荆门留美化，姜被就离居。闻道和亲入，垂名报国馀。连枝不日并，八座几时除。往者胡星孛，恭惟汉纲疏。风尘相顼洞，天地一丘墟。殿瓦鸳鸯坼，宫帘翡翠虚。钩陈摧徼道，枪累失储胥。文物陪巡狩，亲贤病拮据。公时呵猰貐，首唱却鲸鱼。势愜宗萧相，材非一范雎。尸填太行道，血走浚仪渠。滏口师仍会，函关愤已攄。紫微临大角，皇极正乘舆。赏从频峨冕，殊私再直庐。岂惟高卫霍，曾是接应徐。降集翻翔凤，追攀绝众狙。侍臣双宋玉，战策两穰苴。鉴澈劳县镜，荒芜已荷锄。向来披述作，重此忆吹嘘。白发甘凋丧，青云亦卷舒。经纶功不朽，跋涉体何如。应讶耽湖桔，常餐占野蔬。十年婴药饵，万里狎樵渔。扬子淹投阁，邹生惜曳裾。但惊飞熠燿，不记改蟾蜍。烟雨封巫峡，江淮略孟诸。汤池虽险固，辽海尚填淤。努力输肝胆，休烦独起予。

　　　　　　　　　　　　——（清）仇兆鳌《杜诗详注》卷二十一
　　　　　　　　　　　　　　　　　　中华书局1979年版

《巫山高》（唐）皇甫冉

　　巫峡见巴东，迢迢半出空。云藏神女馆，雨到楚王宫。朝暮泉声落，寒暄树色同。清猿不可听，偏在九秋中。

　　　　　　　——（宋）郭茂倩《乐府诗集》卷十七《鼓吹曲辞》
　　　　　　　《中国古典文学基本丛书》本中华书局2007年版

《巫山高》（唐）刘方平

　　楚国巫山秀，清猿日夜啼。万重春树合，十二碧峰齐。峡出朝云下，江来暮雨西。阳台归路直，不畏向家迷。

　　　　　　　——（宋）郭茂倩《乐府诗集》卷十七《鼓吹曲辞》
　　　　　　　《中国古典文学基本丛书》本中华书局2007年版

《送衡阳归客》（唐）钱起

　　归客爱鸣榔，南征忆旧乡。江山追宋玉，云雨忆荆王。醉里宜城近，歌中郢路长。怜君从此去，日夕望三湘。

——（唐）钱起《钱仲文集》卷六《五言四韵三十九首》
文学古籍出版社 1955 年版

《巫山高》（唐）李端

巫山十二峰，高在碧虚中。回合云藏日，霏微雨带风。猿声寒过水，树色暮连空。愁向高唐望，清秋见楚宫。

——（宋）郭茂倩《乐府诗集》卷十七《鼓吹曲辞》
《中国古典文学基本丛书》本中华书局 2007 年版

《题阳台山女郎石》（唐）刘禹锡

巫山十二郁苍苍，片石亭亭号女郎。晚雾乍开疑卷幕，山桃欲谢似残妆。星河静夜开清佩，云雨归时带异香。何事神仙九天上，人间来就楚襄王。

——（明）秦聚奎等《万历汉阳府志》卷二《疆域志·汉川县·山》
武汉地方志办公室《明万历汉阳府志校注》武汉出版社 2007 年版

《巫山高》（唐）孟郊

见尽数万里，不闻三声猿。但飞萧萧雨，中有亭亭魂。千载楚襄恨，遗文宋玉言。至今青冥里，云结深闺门。

——（宋）郭茂倩《乐府诗集》卷十七《鼓吹曲辞》
中华书局 1979 年版

《巫山高》（唐）孟郊

巴山上峡重复重，阳台碧峭十二峰。荆王猎时逢暮雨，夜卧高丘梦神女。轻红流烟湿艳姿，行云飞去明星稀。目极魂断望不见，猿啼三声泪沾衣。

——（宋）郭茂倩《乐府诗集》卷十七《鼓吹曲辞》
《中国古典文学基本丛书》本中华书局 2007 年版

《巫山高》（唐）李贺

碧丛丛，高插天，大江翻澜神曳烟。楚魂寻梦风飔然，晓风飞雨生苔钱。瑶姬一去一千年，丁香筇竹啼老猿。古祠近月蟾桂寒，椒花坠江湿云间。

——（宋）郭茂倩《乐府诗集》卷十七《鼓吹曲辞》
《中国古典文学基本丛书》本中华书局 2007 年版

《酬孝甫见赠十首》（其一）（唐）元稹

宋玉秋来续楚词，阴铿官漫足闲诗。亲情书札相安慰，多道萧何作判司。

——（唐）元稹《元氏长庆集》卷十八《律诗》
《中国古典文学基本丛书》本中华书局 2010 年版

《楚歌十首》（其四）（唐）元稹

惧盈因邓曼，罢猎为樊姬。盛德留金石，清风鉴薄帷。襄王忽妖梦，宋玉复淫词。万事捐宫馆，空山云雨期。

——（唐）元稹《元氏长庆集》卷四《古诗》
《中国古典文学基本丛书》本中华书局 2010 年版

《卢侍御小妓乞诗座上留赠》（唐）白居易

郁金香汗裛歌巾，山石榴花染舞裙。好似文君还对酒，胜于神女不归云。梦中那及觉时见，宋玉荆王应羡君。

——（唐）白居易《白氏长庆集》卷十五《律诗》
上海书店 1989 年版

《登郢州白雪楼》（唐）白居易

白雪楼中一望乡，青山簇簇水茫茫。朝来渡口逢京使，说道烟尘近洛阳。

——（唐）白居易《白氏长庆集》卷十五《律诗》
上海书店 1989 年版

《遇湖州妓宋态宜二首》（其一）（唐）李涉

曾识云仙至小时，芙蓉头上绾青丝。当时惊觉高唐梦，唯有如今宋玉知。

——（清）彭定求等《全唐诗》卷四百七十七
中华书局 2003 年版

《巫山怀古》（唐）鲍溶

十二峰峦斗翠微，石烟花雾犯容辉。青春楚女妒云老，白日神人入梦稀。银箭暗凋歌夜烛，珠泉频点舞时衣。谁伤宋玉千年后，留得青山辨是非。

——（唐）鲍溶《鲍溶诗集》卷四
文学古籍出版社 1955 年版

九 涉及宋玉与其作品的文学创作

《柳》（唐）杜牧

日落水流西复东，春光不尽柳何穷。巫娥庙里低含雨，宋玉宅前斜带风。不将榆荚共争翠，深与杏花相映红。灞上汉南千万树，几人游宦别离中。

——（后蜀）韦縠《才调集》卷四《杜牧》

影印《文渊阁四库全书》第1332册（台湾）商务印书馆1986年版

按，清彭定求等编《全唐诗》卷五百二十二录此诗，题目作《柳长句》，"不将"作"不嫌"，"杏花"作"桃花"。

《哭刘蕡》（唐）李商隐

上帝深宫闭九阍，巫咸不下问衔冤。广陵别后春涛隔，湓浦书来秋雨翻。只有安仁能作诔，何曾宋玉解《招魂》。平生风义兼师友，不敢同君哭寝门。

——（清）朱鹤龄《李义山诗集注》卷一上

《四库唐人文集丛刊》本上海古籍出版社1994年版

《席上作》（唐）李商隐

淡云轻雨拂高唐，玉殿秋来夜正长。料得也应怜宋玉，一生惟事楚襄王。

——（清）朱鹤龄《李义山诗集注》卷一下

《四库唐人文集丛刊》本上海古籍出版社1994年版

《过郑广文旧居》（唐）李商隐

宋玉平生恨有余，远循三楚吊三闾。可怜留著临江宅，异代应教庾信居。

——（清）朱鹤龄《李义山诗集注》卷一下

《四库唐人文集丛刊》本上海古籍出版社1994年版

《楚吟》（唐）李商隐

山上离宫宫上楼，楼前宫畔暮江流。楚天长短黄昏雨，宋玉无愁亦自愁。

——（清）朱鹤龄《李义山诗集》卷二上

《四库唐人文集丛刊》本上海古籍出版社1994年版

《宋玉》（唐）李商隐

何事荆台百万家，惟教宋玉擅才华。楚辞已不饶唐勒，《风赋》何曾让景差。落日渚宫供观阁，开年云梦送烟花。可怜庾信寻荒径，犹得三朝托后车。

——（清）朱鹤龄《李义山诗集注》卷二下

《四库唐人文集丛刊》本上海古籍出版社1994年版

《有感》（唐）李商隐

非关宋玉有微辞，却是襄王梦觉迟。一自高唐赋成后，楚天云雨尽堪疑。

——（宋）洪迈《万首唐人绝句》卷四十一《七言》
文学古籍出版社 1955 年版

《赠人》（唐）李群玉

曾留宋玉旧衣裳，惹得巫山梦里香。云雨无情难管领，任他别嫁楚襄王。

——（唐）李群玉《李群玉诗集》后集卷四
影印《文渊阁四库全书》第 1083 册（台湾）商务印书馆 1986 年版

《九日》（唐）李群玉

年年羞见菊花开，十度悲秋上楚台。半岭残阳衔树落，一行斜雁向人来。行云永绝襄王梦，野水偏伤宋玉才。丝管阑珊归客尽，黄昏独自咏诗回。

——（唐）李群玉《李群玉诗集》后集卷三
影印《文渊阁四库全书》第 1083 册（台湾）商务印书馆 1986 年版

按，清彭定求等编《全唐诗》卷五百六十九录此诗，"宋玉才"作"宋玉怀"。

《河中陪帅游亭》（唐）温庭筠

倚阑愁立独徘徊，欲赋惭非宋玉才。满座山光摇剑戟，绕城波色动楼台。鸟飞天外斜阳尽，人过桥心倒影来。添得五湖多少恨，柳花飘荡似寒梅。

——（清）彭定求等《全唐诗》卷五百八十二
中华书局 2003 年版

《巫山高》（唐）于濆

何山无朝云，彼云亦悠扬。何山无暮雨，彼雨亦苍茫。宋玉恃才者，凭云构高唐。自重文赋名，荒淫归楚襄。峨峨十二峰，永作妖鬼乡。

——（宋）郭茂倩《乐府诗集》卷十七《鼓吹曲辞》
中华书局 1979 年版

《郢中》（唐）汪遵

莫言白雪少人听，高调都难称俗情。不是楚词询宋玉，巴歌犹掩绕梁声。

——（清）彭定求等《全唐诗》卷六百零二
中华书局 2003 年版

九　涉及宋玉与其作品的文学创作

《陪郢州张员外宴白雪楼》（唐）许棠

高情日日闲，多宴雪楼间。洒榻江干雨，当筵天际山。带帆分浪色，驻乐话前班。岂料羁浮者，尊前得解颜。

——（清）彭定求等《全唐诗》卷六百零四
中华书局 2003 年版

《兰台宫》（唐）胡曾

迟迟春日满长空，亡国离宫蔓草中。宋玉不忧人事变，从游那赋大王风。

——（唐）胡曾《咏史诗》卷上
影印《文渊阁四库全书》第 1083 册（台湾）商务印书馆 1986 年版

《经耒阳杜工部墓》（唐）罗隐

紫菊馨香覆楚醪，奠君江畔雨萧骚。旅魂自是才相累，闲骨何妨冢更高。骑骥丧来空蹇蹶，芝兰衰后长蓬蒿。屈原宋玉邻君处，几驾青螭缓郁陶。

——（清）彭定求等《全唐诗》卷六百六十二
中华书局 2003 年版

《比红儿一百首》（其七）（唐）罗虬

笔度如风思涌泉，赋中闲漫说婵娟。红儿若在东家住，不得登墙尔许年。（沈注：宋玉《好色赋》：天下佳人，莫如臣东家之子。增之一分则太长，减之一分则太短；著粉太白，施朱太赤。嫣然一笑，惑阳城，迷下蔡。然此女登墙窥臣三年，至今未许也。）

（清）沈可培《比红儿诗注》
《香艳丛书·第三集》人民文学出版社 1992 年版

《楚天》（唐）唐彦谦

楚天遥望每长嚬，宋玉襄王尽作尘。不会瑶姬朝与暮，更为云雨待何人。

——（清）彭定求等《全唐诗》卷六百七十二
中华书局 2003 年版

按，宋岳珂《宝真斋法书赞》卷十录此诗题作《苏舜钦草书四诗帖》，"朝与暮"作"歌入梦"。

《巫山高》（唐）僧齐已

巫山高，巫女妖。雨为暮兮云为朝，楚王憔悴魂欲销。秋猿嗥嗥日将夕，红霞紫烟凝老壁。千岩万壑花皆坼，但恐芳菲无正色。不知古今行人行，几人经此无秋情。云深庙远不可觅，十二峰头插天碧。

——（宋）郭茂倩《乐府诗集》卷十七《鼓吹曲辞》
《中国古典文学基本丛书》本中华书局 2007 年版

《题天门山》（唐）僧齐已

可怜宋玉多才思，不见天门十六峰。（见《舆地纪胜》卷七十《澧州》）

——陈尚君《全唐诗补编·全唐诗续拾》卷五十
中华书局 1992 年版

《席上有赠》（唐）韩偓

矜严标格绝嫌猜，嗔怒难逢笑靥开。小雁斜侵眉柳去，媚霞横接眼波来。鬟垂香颈云遮藕，粉著兰胸雪压梅。莫道风流无宋玉，好将心力事妆台。（本注：五、六虽亵然，止形容其貌，如"巧笑"、"美目"之诗，不及乎淫也。）

——（元）方回《瀛奎律髓》卷七
上海古籍出版社 2005 年版

《宋玉宅》（唐）吴融

草白烟寒半野陂，临江旧宅指遗基。已怀湘浦招魂事，更忆高唐说梦时。穿径早曾闻客住，登墙岂复见人窥。今朝送别还经此，吟断当年云梦悲。

——（唐）吴融《唐英歌诗》卷下
影印《文渊阁四库全书》第 1084 册（台湾）商务印书馆 1986 年版

按，清彭定求等编《全唐诗》卷六百八十六录此诗"云梦悲"作"几许悲"，又注曰"一作楚客悲"。

《谒巫山庙》（唐）韦庄

乱猿啼处访高唐，路入烟霞草木香。山色未能忘宋玉，水声犹似哭襄王。朝朝暮暮阳台下，为雨为云楚国亡。惆怅庙前无限柳，春来空斗画眉长。

——（清）彭定求等《全唐诗》卷六百九十八
中华书局 2003 年版

按，《全唐诗》卷八百零三录此作薛涛诗，"朝朝暮暮"作"朝朝夜夜"。

《奉和左司郎中春物暗度感而成章》（唐）韦庄

才喜新春已暮春，夕阳吟杀倚楼人。锦江风散霏霏雨，花市香飘漠漠尘。今日尚追巫峡梦，少年应遇洛川神。有时自患多情病，莫是生前宋玉身。

——（唐）韦庄《浣花集》补遗
影印《文渊阁四库全书》第1084册（台湾）商务印书馆1986年版

《同鹿门少年马绍隆冥游诗》（唐）庞德公

高名宋玉遗闲丽，作赋兰成绝盛才。谁似辽东千岁鹤，倚天华表却归来。

——（清）彭定求等《全唐诗》卷八百六十六
中华书局2003年版

按，宋洪迈编《万首唐人绝句》卷六十六录此以为马绍隆诗，题目作《忆荆南》。

《寄裴澜》（唐）赵嘏

绮云初堕亭亭月，锦席惟横滟滟波。宋玉逢秋正高卧，一篇吟尽奈情何。

——（宋）洪迈《万首唐人绝句》卷三十七《七言》
文学古籍出版社1955年版

《和若耶溪女子题三乡驿》（唐）王硕

无姓无名越水滨，芳词空怨路傍人。莫教才子偏惆怅，宋玉东家是旧邻。

——（宋）洪迈《万首唐人绝句》卷六十八《七言》
文学古籍出版社1955年版

《题巫山神女庙》（宋）吴简言

惆怅巫娥事不平，当时一梦是虚成。只因宋玉闲唇吻，流尽巴江洗不清。

——（清）厉鹗《宋诗纪事》卷五《吴简言》
中华书局2008年版

《宋玉》（宋）杨亿

兰台清吹拂冠绫，蕙草新居对渺湎。丽赋朝云无处所，羁怀秋气动斋咨。三年送目愁邻媛，七泽迷魂怨楚辞。独有江南哀句在，更传余恨到黄旗。

——（宋）杨亿《西昆酬唱集》卷下
中华书局1980年版

《赤日》(宋)钱惟演

漏浅风微夜未胜,雨云无迹火云凝。簟铺寒水频移枕,帐卷轻烟更背灯。沃顶几思金掌露,涤烦谁借玉壶冰。兰台知有披襟处,宋玉多才独自登。

——(宋)杨亿《西昆酬唱集》卷上
中华书局 1980 年版

《宋玉》(宋)钱惟演

章华清宴重游陪,已有微词更有才。神女梦灵因赋感,屈平魂怨待招回。悲秋终古情难尽,障袂何时望可来。祗用大言君自许,景差无计上兰台。

——(宋)杨亿《西昆酬唱集》卷下
中华书局 1980 年版

《清风十韵》(宋)钱惟演

溽曙迎秋尽,凉飔逗晓回。起萍初渐沥,猎桂更徘徊。欲引长烟素,微飘画烛煤。坠桐侵玉井,拂柳度章台。已觉云翘动,还惊月幌开。鲛帘移乱影,瑶琴泛余哀。扇掩藏鸾羽,荷倾侧露杯。正当河左界,不待雨东来。好自抟垂翼,宁劳起死灰。楚宫谁第赋,宋玉最多才。

——(宋)杨亿《西昆酬唱集》卷下
中华书局 1980 年版

按,宋晁说之《景迂生集》卷十六《清风轩记》引此诗,"云翘"作"云幡"。

《宋玉》(宋)刘筠

楚国骄荒日已深,山川朝暮剧登临。曾伤积毁亡师道,祗托微词荡主心。江草东西多恨色,峡云高下结层阴。潘郎千载闻遗韵,又说经秋思不任。

——(宋)杨亿《西昆酬唱集》卷下
中华书局 1980 年版

《白雪楼》(宋)滕宗谅

白雪楼危压晴霓,楼下波光数毛发。雕甍刻桷出烟霞,万瓦参差鹏翼截。兰汀蕙浦入平芜,天远孤帆望中灭。屈平宋玉情不尽,千古依然在风月。飘零坐想十年旧,岁月飞驰争列缺。青云交友梦魂断,白首渔樵诚契结。安居环堵袁安老，泣抱荆珍卞和刖。《折杨》虽俚亦知名，犹欲楼中赓《白雪》。

——熊道琛、李权等《钟祥县志》卷四《古迹上》

民国二十六年刻本

《寄题郢州白雪楼》（宋）王安石

《折杨》《黄花》笑者多，《阳春》《白雪》和者少。知音四海无几人，况乃区区郢中小。千载相传始欲慕，一时独唱谁能晓。古心以此分冥冥，俚耳至今徒扰扰。朱楼碧瓦何年有，榱桷连空欲惊矫。郢人烂漫醉浮云，郢女参差蹑飞鸟。丘墟余响难再得，栏槛兹名复谁表。我来欲歌声更吞，石城寒江暮云绕。

——（宋）王安石《临川文集》卷十一《古诗》

《临川先生文集》中华书局 1959 年版

《白雪楼》（宋）刘攽

汉江东流不复回，郢人唱和安在哉。巴词下曲满天下，刻商流徵成尘埃。但见苍山插霄汉，石城古木高崔巍。城头层楼又清绝，尚有遗音名《白雪》。三楚矜夸传至今，忽令栋梁有摧折。使君好古情不薄，五马雍容照城郭。指挥能事出余力，整顿景象疑初凿。千岁一修固有期，耆旧几人能赋诗。曲高和寡又何信，瑰意琦行令人悲。

——熊道琛、李权等《钟祥县志》卷四《古迹上》

民国二十六年刻本

《宋玉》（宋）李觏

世间佳丽每专房，一顾多应万事荒。梦里若无真实处，不妨频为赋《高唐》。

——（宋）李觏《盱江集》卷三十六《近体》

影印《文渊阁四库全书》第 1095 册（台湾）商务印书馆 1986 年版

《寄题郢州白雪楼》（宋）梅尧臣

楚之襄王问于宋玉，玉时对以郢中歌，歌为《白雪》《阳春》曲。始唱千人和，再唱百人逐。至此和者才数人，乃知高调难随俗。后来感慨起危楼，足接浮云声出屋。中古客应无，怊怅鲲鱼孟诸宿。楼倾复构春又春，酒泻琉璃烹锦鳞。青山绕栏看不尽，眼穿荡桨石城人。去知何在，寒花雨敛自生嚬。今闻太守新梁栋，试选清喉可动尘。

——（宋）梅尧臣《宛陵集》卷五十
影印《文渊阁四库全书》第1099册（台湾）商务印书馆1986年版

按，民国二十六年刻本《钟祥县志》卷四《古迹上》引此诗，首句"楚之襄王问于宋玉"无"于"字，"去知何在"前有"昔人一"三字，"知何在"作"不知处"。

《渚宫》（宋）苏轼

渚宫寂寞依古郢，楚地荒茫非故基。二王台阁已卤莽，何况远问纵横时。楚王猎罢击灵鼓，猛士操舟张水嬉。钓鱼不复数鱼鳖，大鼎千石烹蛟螭。当时郢人架宫殿，意思绝妙般与倕。飞楼百尺照湖水，上有燕赵千蛾眉。临风扬扬意自得，长使宋玉作楚词。秦兵西来取钟虡，故宫禾黍秋离离。千年壮观不可复，今之存者盖已卑。池空野迥楼阁小，惟有深竹藏狐狸。台中绛帐谁复见，台下野水浮清漪。绿窗朱户春昼闭，想见深屋弹朱丝。腐儒亦解爱声色，何用白首谈孔姬。沙泉半涸草堂在，破窗无纸风飔飔。陈公踪迹最未远，七瑞寥落今何之。百年人事知几变，直恐荒废成空陂。谁能为我访遗迹，草中应有湘东碑。

——（宋）王十朋《东坡诗集注》卷四
影印《文渊阁四库全书》第1109册（台湾）商务印书馆1986年版

《戏足柳公权联句》（并引）（宋）苏轼

宋玉《对楚王》"此独大王之雄风也，庶人安得而共之"，讥楚王知己，而不知人也。柳公权小子与文宗联句，有美而无箴，故为足成其篇云：

人皆苦炎热，我爱夏日长。薰风自南来，殿阁生微凉。一为居所移，苦乐永相忘。愿言均此施，清阴分四方。

——（宋）王十朋《东坡诗集注》卷二十一
影印《文渊阁四库全书》第1109册（台湾）商务印书馆1986年版

《琼花歌》（节）（宋）徐积

麻姑睡起蓬莱岛，风吹玉面秋天晓。洛川女子能长生，水中肌骨成瑶琼。褒姒不见诸侯兵，尽日不笑如无情。宋玉移家安在哉，东邻不画胭脂腮。卓文君去成都速，锦衣金翠幨装束。吹箫容貌果何如，见说其人名弄玉。若比此花具不足，淫妖怪艳文之累。一如妇人有贤德，不为邪色辞正色。

——（宋）徐积《节孝集》卷二《古诗十四首》
影印《文渊阁四库全书》第1101册（台湾）商务印书馆1986年版

《白雪楼》（宋）张舜民

千里寒江绕槛流，登临能起古今愁。山连巫峡多云雨，路入荆门几去留。千载浪名金马客，一宵沉醉石城楼。郢人休唱《阳春》曲，白尽湖南刺史头。

——熊道琛、李权等《钟祥县志》卷四《古迹上》
民国二十六年刻本

《宋玉》（宋）张耒

云雨朝朝峡里兴，可能无复梦中情。巫娥若问谁为赋，敢乞君王道宋生。

——（宋）张耒《张耒集》卷二十一《七言绝句》
《中国古典文学基本丛书》本中华书局1990年版

《回王秀才二赋》（宋）郭祥正

郭璞长江宋玉风，君才可与角豪雄。织成故典文之巧，琢就新辞学者工。昔日貌观轻子羽，今朝颖出喜毛公。频烦投我勤多矣，疏决蒙泉使向东。

——（宋）郭祥正《青山续集》卷五《律诗》
影印《文渊阁四库全书》第1116册（台湾）商务印书馆1986年版

《寄献荆州郑毅夫》（节）（宋）郭祥正

李白不爱万户侯，但愿一识韩荆州。荆州太守古来好，至今文采传风流。郑公词赋天下绝，殿前落笔铿琳球。相如严谨反枯涩，宋玉烂漫邻倡优。卓然风格出天造，冰盘洗露银蟾秋。麻衣脱去未十载，宝犀饰带鱼悬钩。

——（宋）陈思编、（元）陈世隆补《两宋名贤小集》卷八十一《青山集》
影印《文渊阁四库全书》第1362册（台湾）商务印书馆1986年版

《澄虚堂》（宋）李之仪

公子高明悟劫灰，鼎开轩语致幽怀。紫云叠嶂镜天去，极目沧波入坐来。千首诗成谈笑里，百分酒尽筦弦催。自怜曾是高堂客，欲赋惭无宋玉才。

——（宋）李之仪《姑溪居士集》前集卷五《律诗》
影印《文渊阁四库全书》第1120册（台湾）商务印书馆1986年版

《次韵邓州范仲成秘校见寄》（宋）邹浩

落笔文章真宋玉，八面纵横欺炙毂。潜藏头角卧南阳，刖足岂是王骀辱。每嗟愚贾谩操金，他日辛勤只画鹿。丈夫事业会惊人，谁知范叔成张禄。相逢怜我再齑盐，不羡高门厌粱肉。追惟吴国旧时踪，山澹晴烟水输渌。几年嵇阮作参商，漠漠茂林空自竹。欢然一笑换凄凉，端遇牛公容杜牧。尔来日月更中天，未应寂寞餐秋菊。

——（宋）邹浩《道乡集》卷二《古诗》
影印《文渊阁四库全书》第1121册（台湾）商务印书馆1986年版

《郢州白雪楼》（宋）刘宾

江上楼高十二梯，梯梯登尽与云齐。人从别浦经年去，天向平芜尽眼低。寒色不堪长黯黯，秋光无奈更凄凄。栏干曲尽愁难尽，水正东流日正西。

——熊道琛、李权等《钟祥县志》卷四《古迹上》
民国二十六年刻本

按，《山堂肆考》卷一百七十一以为唐刘禹锡作，《全唐诗》卷五百八十五于刘禹锡名下收此诗前四句；而《宋诗纪事》卷三十定为宋刘宾作。

《答盈盈长歌》（节）（宋）王山

阿盈阿盈听我语，劝君休向阳台住。一生纵得楚王怜，宋玉才多谁解赋。洛阳无限青楼女，袖笼红牙金凤缕。春衫粉面谁家郎，只把黄金买歌舞。就中薄幸五陵儿，一日怜新弃如土。

——（清）厉鹗《宋诗纪事》卷三十《王山》
中华书局2008年版

《梦中作》（宋）张塈

楚峡云娇宋玉愁，月明溪净印银钩。襄王定是思前梦，又抱霞衿上玉楼。

——（清）厉鹗《宋诗纪事》卷三十二《张塈》
中华书局2008年版

《以峡州酒遗益修复继前韵》（宋）黄庭坚

令节不把酒，新诗徒拜嘉。颇忆宋玉赋，登高气成霞。渚宫但衰柳，朝云为谁夸。吾宗怀古恨，流涎过麴车。一壶浇往事，聊送解愁嗟。

——（宋）黄庭坚《山谷集》卷七《古诗》
中国书店1993年版

《赠石敏若》(宋)黄庭坚
才似谪仙惟欠酒,情如宋玉更逢秋。相看领会一谈胜,注目长江天际流。
——(宋)黄庭坚《山谷集》卷十一《律诗》
中国书店1993年版

《题阳台山》(宋)范致虚
伤心独立阳台望,暮雨凄凉宋玉情。极目草深云梦泽,连天水阔汉阳城。当年楚国山犹在,千古襄王梦不成。往事悠悠魂已断,高唐今日有虚名,
——(明)秦聚奎等《万历汉阳府志》卷六《艺文志·汉川县·诗》
武汉地方志办公室《明万历汉阳府志校注》武汉出版社2007年版

《玉女峰》(宋)洪炎
玉女何时见,兹峰独挺群。古容余佛座,虚室但炉熏。林隐投壶电,山藏出岫云。自惭非屈宋,欲赋不成文。
——(宋)洪炎《西渡集》卷下
影印《文渊阁四库全书》第1127册(台湾)商务印书馆1986年版

《李希中祉故门下侍郎邦直次子有文章器业尝任淮南两浙转运使及江淮发运使靖康元年三月仆寓维扬游开元寺见公题名感慨成诗》(宋)吕颐浩
当年对策大明宫,曾见挥毫气吐虹。楚客才华推宋玉,汉儒文赋许扬雄。漳滨墓木皆成拱,洛汭池台半已空。经济才高英概尽,感恩垂泪向东风。
——(宋)吕颐浩《忠穆集》卷七《记》
影印《文渊阁四库全书》第1131册(台湾)商务印书馆1986年版

《寄谢任伯察院》(宋)晁以道
终日小园何所为,忘言不读国风诗。闲来却觉呻吟好,老去仍知疾病宜。月在鄜州能到此,人游梁苑误行期。徒怜宋玉无秋思,既识清高又可悲。
——(宋)晁说之《景迂生集》卷七《律诗》
影印《文渊阁四库全书》第1118册(台湾)商务印书馆1986年版

《枕上和圆机绝句梅花十有四首》(其九)(宋)晁以道
天马锦帆谁得开,月儿罗薄挂香台。屈平宋玉浑无语,后辈何人敢咏梅。
——(宋)晁说之《景迂生集》卷八《律诗》
影印《文渊阁四库全书》第1118册(台湾)商务印书馆1986年版

《次韵周教授秋怀》（宋）陈与义

一官不办作生涯，几见秋风卷岸沙。宋玉有文悲落木，陶潜无酒对黄花。天机衮衮山新瘦，世事悠悠日自斜。误矣载书三十乘，东门何地不宜瓜。

——（宋）胡穉《增广笺注简斋诗集》卷一
影印《续修四库全书》第1317册上海古籍出版社2002年版

《夜雨》（宋）陈与义

经岁柴门百事乖，此身只合卧苍苔。蝉声未足秋风起，木叶具鸣夜雨来。棋局可观浮世理，灯花应为好诗开。独无宋玉悲歌念，但喜新凉入酒杯。

——（宋）胡穉《增广笺注简斋诗集》卷四
影印《续修四库全书》第1317册上海古籍出版社2002年版

《渡江》（宋）陈与义

江南非不好，楚客自生哀。摇楫天平渡，迎人树欲来。雨余吴岫立，日照海门开。虽异中原险，方隅亦壮哉。（胡注：屈原放江潭，宋玉为作《招魂赋》，末云"魂兮归来哀江南"。）

——（宋）胡穉《增广笺注简斋诗集》卷二十九
影印《续修四库全书》第1317册上海古籍出版社2002年版

《巫山高》并序（宋）范成大

余旧尝用韩无咎韵《题陈季陵〈巫山图〉》，考宋玉赋意，辨高堂之事，甚详。今过阳台之下，复赋乐府一首。世传瑶姬为西王母女，尝佐禹治水，庙中石刻在焉。

湿云不收烟雨霏，峡船作滩梢庙矶。杜鹃无声猿叫断，惟有饥鸦迎客飞。西真功高佐禹迹，斧凿鳞皴倚天壁。上有瑶簪十二尖，下有黄湍三百尺。蔓花虬木风烟昏，藓珮翠帷香火寒。灵斿飘忽定何许，时有行人开庙门。楚客词章元是讽，纷纷馀子空嘲弄。玉色頳颜不可干，人间错说高唐梦。

——（明）周复俊《全蜀艺文志》卷九《诗》
影印《文渊阁四库全书》第1381册（台湾）商务印书馆1986年版

《过秭归》（宋）王十朋

晓日寒天过秭归，江山点点上愁眉。况经宋玉悲秋处，不独秋悲冬亦悲。(本注：宋玉宅，今为秭归县治。)

——(宋)王十朋《梅溪集》后集卷十一《诗》
影印《文渊阁四库全书》第1151册(台湾)商务印书馆1986年版

《读玉局集》(宋)喻良能

晓读《苏仙集》，披翻未觉劳。衙官视宋玉，奴仆命《离骚》。《赤壁》清风远，《黄楼》逸兴高。独嗟生苦晚，不得侍挥毫。

——(宋)喻良能《香山集》卷五《五言律诗》
影印《文渊阁四库全书》第1151册(台湾)商务印书馆1986年版

《枕上有感》(宋)陆游

五更揽辔山路长，老大诵书声琅琅。古人已死心则在，度越秦汉窥虞唐。三更投枕窗月白，老夫哦诗声啧啧。渊源《雅》《颂》吾岂敢，屈宋藩篱或能测。一代文章谁汝数，老不能闲真自苦。君王虽赏于蔿于，无奈宫中须羯鼓。

——(宋)陆游《剑南诗稿》卷十一
钱仲联《剑南诗稿校注》上海古籍出版社2005年版

《客有自成都来者传制帅华学尚书年丈巫山诗辄次韵奉寄》(节)(宋)许及之

有客传诵《巫山高》，长安那复纸价低。襄王胡为爱文赋，宋玉大以供戏嬉。山川本以灵雨祀，神明何及亵渎为。

——(明)周复俊《全蜀艺文志》卷九《诗》
影印《文渊阁四库全书》第1381册(台湾)商务印书馆1986年版

《次王尚书韵呈石湖》(节)(宋)陈造

圣经三百篇，凛凛诗鼻祖。日月悬太空，不作雕虫语。可学不可议，仲尼亲去取。变为屈宋骚，刻画已愧古。

——(宋)陈造《江湖长翁集》卷二《五言古诗》
影印《文渊阁四库全书》第1166册(台湾)商务印书馆1986年版

《秋居寄西里居》(宋)翁卷

每日看山山上立，满山风日又秋来。贫家岁计惟收菊，幽径时常不扫苔。新得酒方思欲试，旧存吟轴见还开。凉天在处清如水，能赋惭无宋玉才。

——（宋）翁卷《西岩集》

影印《文渊阁四库全书》第1171册（台湾）商务印书馆1986年版

《陪徐渊子使君登白雪楼约各赋一诗必以宋玉石对莫愁村》（宋）戴复古

楼名白雪因词胜，千古江山春雨余。宋玉遗踪两苍石，莫愁居处一荒墟。风横烟艇客呼渡，水落沙洲人网鱼。借问风流贤太守，孟亭添得野夫无。

（自注：附徐使君诗）

水落方成放牧坡，水生还作浴鸥波。春风自共桃花笑，秀色偏于麦陇多。村号莫愁劳想像，石名宋玉谩摩挲。试将有袴无襦曲，翻作《阳春》《白雪》歌。

——（宋）戴复古《石屏诗集》卷五《七言律》

影印《文渊阁四库全书》第1165册（台湾）商务印书馆1986年版

《偶成》（其一）（宋）黄大受

高唐作梦时，宋玉乃得见。那知赋说梦，梦外云雨怨。此赋苟不作，应无《列女传》。

——（宋）陈起《江湖小集》卷六十四《黄大受露香拾稿》

影印《文渊阁四库全书》第1357册（台湾）商务印书馆1986年版

《秋林》（宋）罗与之

秋晏玄云瞀积阴，平芜气象极萧森。细看摇落风霜意，已见发生天地心。毕竟栽倾非外致，岂伊培覆自相寻。若教宋玉曾闻道，《九辩》悲思未邃深。

——（宋）陈起《江湖小集》卷六十二《罗与之雪坡小稿》

影印《文渊阁四库全书》第1357册（台湾）商务印书馆1986年版

《用赵南塘赠黄希声韵呈南塘》（宋）利登

凤凰一翥千里论，营营燕蝠争朝昏。黄河波清纵可待，失计已落千秋浑。蹇予生居百代后，上究笙典穷珠坟。绿图丹书竟杳寞，嗷嗷宋玉徒招魂。

——（宋）陈起《江湖小集》卷八十二《利登骸稿》

影印《文渊阁四库全书》第1357册（台湾）商务印书馆1986年版

九 涉及宋玉与其作品的文学创作 411

《秋怀》(其二)(宋)孙嵩
　　从来感秋人,一例皆楚声。吾闻古燕赵,慷慨多不平。惜哉宋玉辞,不使荆轲听。
　　　　　　　　　　　　　　——(清)厉鹗《宋诗纪事》卷八十《孙嵩》
　　　　　　　　　　　　　　　　　　　　　　　　中华书局 2008 年版

《落花》(宋)洋州侯(赵世昌)
　　先伯父洋州侯,有文学名。于祐、治平间,有《落花》诗云:"绿珠楼下堪惆怅,宋玉墙头又别离。"
　　　　　　　　　　　　　　　　　　　——(宋)赵令畤《侯鲭录》卷七
　　　　　　　　　　　　　　　《历代史料笔记丛刊》中华书局 2002 年版

《宋玉宅》(金)李俊民
　　(题下注:在宜城县。)
　　《离骚经》里见文章,水绿山青是楚乡。往事一场巫峡梦,秋风摇落在东墙。
　　　　　　　　　　　　　——(金)李俊民《庄靖集》卷六《七言绝句》
　　　　　　影印《文渊阁四库全书》第 1190 册(台湾)商务印书馆 1986 年版

《芳洲先生挽词》(节)(元)徐瑞
　　凄凉留笔冢,零落付诗瓢。戏墨人争购,遗编手自标。神交惟宋玉,哀意寓三招。
　　　　　　　　　　　——(清)史简《鄱阳五家集》卷八《元徐瑞松巢漫稿》
　　　　　　影印《文渊阁四库全书》第 1476 册(台湾)商务印书馆 1986 年版

《次韵受益题荆浩大行山洪谷图五言》(节)(元)方回
　　画闻与画见,巧拙不同科。譬如未入蜀,想像图岷峨。可以欺他人,不可欺东坡。又如写神女,瞥然巫山阿。宋玉一点笔,眸子横清波。
　　　　　　　　　　　　　　　　　　——(元)方回《桐江续集》卷二十四
　　　　　　影印《文渊阁四库全书》第 1193 册(台湾)商务印书馆 1986 年版

《和姚子敬秋怀五首》(其四)(元)赵孟𫖯
　　吴宫烟冷水空流,惨澹风云暗九秋。禾黍故基曾驻跸,芙蓉高阁迥添愁。绣楹锦柱蛟龙泣，金沓瑶阶鹿逐游。宋玉平生最萧索，欲将《九辩》赋离忧。

——（元）赵孟𫖯《松雪斋集》卷四《七言律诗》
西泠印社出版社 2010 年版

《偶成二首》（其一）（元）马祖常

自爱屋南芳树林，十朝暑雨翠沉沉。地清讵知无栖凤，烟合时复有鸣禽。读书草堂生曙彩，望野古城留夕阴。莫道楚乡风物陋，文章屈宋到如今。

——（元）马祖常《石田文集》卷三
影印《文渊阁四库全书》第 1206 册（台湾）商务印书馆 1986 年版

《题著色山图》（元）虞集

巫山空翠湿人衣，玉笛凌虚韵转微。宋玉多情今老矣，闲云闲雨是耶非。

——（元）虞集《道园学古录》卷四《七言绝句》
影印《文渊阁四库全书》第 1207 册（台湾）商务印书馆 1986 年版

《木芙蓉》（元）虞集

九月襄王燕渚宫，霓旌翠羽度云中。满汀山雨衣裳湿，宋玉愁多赋未工。

——（元）苏天爵《元文类》卷八《七言绝句》
影印《文渊阁四库全书》第 1367 册（台湾）商务印书馆 1986 年版

《十台怀古》其三《朝阳台》（元）吴师道

神娥缥缈高唐上，楚宫楼阁森相向。丹枫苍桂涌孤阙，锦石清江簇连嶂。行云冥冥飞雨寒，孤猿咽咽千花间。翠旂龙驾杳何处，断魂残梦愁空山。微臣宋玉夸此赋，当日襄王岂真遇。千古秋风恨未平，高泉飞落三巴怒。

——（元）孙存吾《元风雅》后集卷十二
影印《皇元风雅》上海古籍出版社 1995 年版

《题小景便面》（元）柯九思

渚宫正在绿杨西，凤管龙笙法曲齐。宋玉赋成争讽咏，荷花深处起凫鹥。

——（清）顾嗣立《元诗选》三集卷五《柯九思丹丘生稿》
影印《文渊阁四库全书》第 1468 册（台湾）商务印书馆 1986 年版

九 涉及宋玉与其作品的文学创作 413

《题宋好古绿竹图》（元）柯九思

仙子相邀驾彩鸾，瑶池玄圃拾琅玕。却怜宋玉多才思，貌得森森翠羽寒。

——（清）顾嗣立《元诗选》三集卷五《柯九思丹丘生稿》
影印《文渊阁四库全书》第 1468 册（台湾）商务印书馆 1986 年版

《乙未岁过归州拟谒宋玉祠不果》（元）李士瞻

闻子愁秋老更悲，近来华髪也相催。斯文一去无今古，过客千年许往来。大雅遗音虚夜瑟，故山乔木尽尘埃。一杯不到荒祠下，肠断江流几百回。

——（元）李士瞻《经济文集》卷六《诗》
影印《文渊阁四库全书》第 1214 册（台湾）商务印书馆 1986 年版

《池亭雅集得回字》（元）吕诚

池阁清泠晓四开，风泉满院殷轻雷。谢家草色侵衣上，司马琴声到幕回。琼树亚枝飞鹤子，红粱蘸甲腻蠡杯。诸郎醉墨淋漓甚，未绝风流宋玉才。

——（元）吕诚《来鹤亭集》卷一
影印《文渊阁四库全书》第 1220 册（台湾）商务印书馆 1986 年版

《写怀寄吴下一二知己》（节）（元）周砥

我若不得志，岩居非本义。宝匣剑空鸣，金尊日长醉。吐气如长虹，古人敢追踪。子云天禄阁，宋玉兰台宫。奈何出门去，荆棘满中路。

——（清）顾嗣立《元诗选》三集卷十三《匊溜生周砥》
影印《文渊阁四库全书》第 1468 册（台湾）商务印书馆 1986 年版

《暮春三绝句》（其三）（元）李瓒

屈宋文章冠天下，才华名誉本源流。后人曷足能窥测，权变经常乃不求。

——（元）顾瑛《草堂雅集》卷七《李瓒》
影印《文渊阁四库全书》第 1369 册（台湾）商务印书馆 1986 年版

《与诸友论诗次朋南韵》（元）谢应芳

每见古人诗不俗，恨不移家与连屋。人生有诗可传世，万事无成心亦足。嗟哉风雅绝遗音，断弦未有麟胶续。三经三纬机轴在，文士畴非赖私淑。屈原吐词兰蕙香，能袭余馨惟宋玉。两京豪华六朝靡，声律由唐转覆束。草堂先生独冠佩，进退委蛇气容肃。孔明庙柏一品题，俨然篆竹生淇澳。要之炼诗如炼丹，九转成功龙虎伏。秋高当约许玄度，妙法参诸老尊宿。

——（元）谢应芳《龟巢稿》卷四《诗》

影印《文渊阁四库全书》第1218册（台湾）商务印书馆1986年版

《十台怀古》之四《朝阳台》（元）叶懋

仙人乍拂朝阳台，碧波浸月芙蓉开。晓日肌肤湛冰雪，秋云罗袜生尘埃。荆王好色轻楚国，飞观玲珑起千尺。乾坤大梦一浮沤，父子垂情两昏惑。楚江日落啼清猿，楚宫城阙空云烟。微臣宋玉骨已朽，何人为赋《招魂》篇。

——（清）史简《鄱阳五家集》卷十一《元叶懋仅存诗》

影印《文渊阁四库全书》第1476册（台湾）商务印书馆1986年版

《题仙女山》（二首）（明）曾朝节

何处觅圆象，当空一柱孤。天涯连旷野，地轴尽平芜。宅胜来仙女，登高属大夫。襄王与宋玉，今古说江湖。

阳台自朝暮，云雨竟何如。今年春雨细，入夏火云多。古迹留川渚，幽祠护薜萝。仙灵应可叩，吾欲挽天河。

——（明）秦聚奎等《万历汉阳府志》卷六《艺文志·汉川县·诗》

武汉地方志办公室《明万历汉阳府志校注》武汉出版社2007年版

《题仙女山》（明）黄巩

宋玉阳台赋，分明假乱真。如何千载下，说梦与痴人。

——（明）秦聚奎等《万历汉阳府志》卷六《艺文志·汉川县·诗》

武汉地方志办公室《明万历汉阳府志校注》武汉出版社2007年版

《题仙女山》（明）韩阳

巫山神女在冥冥，岂似尘凡有欲情。汉水近通江夏郡，阳台遥对复州城。邪思漫自襄王起，异事皆因宋玉成。暮雨朝云人不见，往来犹说旧时名。

——（明）秦聚奎等《万历汉阳府志》卷六《艺文志·汉川县·诗》

武汉地方志办公室《明万历汉阳府志校注》武汉出版社2007年版

《阳台渡》（明）赵弼

赋就高唐万古留，君臣此处乐绸缪。阳台寄寓成虚事，渡口烟波空自流。

——（明）秦聚奎等《万历汉阳府志》卷六《艺文志·汉川县·诗》
武汉地方志办公室《明万历汉阳府志校注》武汉出版社 2007 年版

《阳台寺》（明）冯时雍

门前车马西又东，桑麻满畦云作丛。高地卑地乃教沃，早禾晚禾终是丰。清人诗怀杨柳月，香泛酒杯荷芰风。坐看菰蒲双凫鸟，雌雄侧目送飞鸿。

——（明）秦聚奎等《万历汉阳府志》卷六《艺文志·汉川县·诗》
武汉地方志办公室《明万历汉阳府志校注》武汉出版社 2007 年版

《阳台庙》（明）冯时雍

偶陟阳台上，当年意若何。江阑荐晚佩，文驷丽云坡。梳晓芬脂黛，留春倩女萝。驾言结永好，天地与山河。

——（明）秦聚奎等《万历汉阳府志》卷六《艺文志·汉川县·诗》
武汉地方志办公室《明万历汉阳府志校注》武汉出版社 2007 年版

《题仙女山》（明）朱衣

长夜襄王梦，浮云宋玉才。渔樵墟野里，豺虎窟阳台。八俊悲何及，三旬去不回。岂应追覆辙，江汉至今哀。

——（明）秦聚奎等《万历汉阳府志》卷六《艺文志·汉川县·诗》
武汉地方志办公室《明万历汉阳府志校注》武汉出版社 2007 年版

《题便面》（明）郑真

落木秋风万壑哀，林扃不为俗尘开。明廷正欲招贤士，奏赋谁如宋玉才。

——（明）郑真《荥阳外史集》卷八十九《七言绝句》
《四库明人文集丛刊》本上海古籍出版社 1991 年版

《巫山高》（明）释宗泐

巫山高，望不极。十二危峰倚天碧。阳台神女徒盈盈，艳质妖容果谁识。襄王荒怪不足征，宋玉微辞岂堪惜。至今云雨自朝昏，山鬼哀猿叫苍壁。

——（明）释宗泐《全室外集》卷二《乐府》
影印《文渊阁四库全书》第 1234 册（台湾）商务印书馆 1986 年版

《感旧游二首》（其一）（明）李昌祺

深户长廊对面开，东风杨柳旧章台。芳心暗托秋波诉，幽梦空成暮雨来。燕婉莺娇徒有态，花飞蝶骇只堪哀。风流想像《高唐赋》，千载人怜宋玉才。

——（明）李昌祺《运甓漫稿》卷五《七言律诗》
影印《文渊阁四库全书》第1242册（台湾）商务印书馆1986年版

《月下弹琴记集句诗二十首》（其九）（明）李昌祺

处处斜阳草似苔，野塘晴暖独徘徊。侍臣最有相如渴，欲赋惭非宋玉才。弦管变成山鸟弄，屠廊空信野花埋。情知到处身如寄，莫遣黄金漫作堆。

——（清）张豫章等《御定宋金元明四朝诗》明诗卷一百二十《杂体》
影印《文渊阁四库全书》第1437册（台湾）商务印书馆1986年版

按，清佚名《香艳丛书·月夜弹琴记》附有《谭节妇对咏三十首》其第十七首与上诗同，且记有集句出处，附记如下：

处处斜阳草似苔（韩偓），野塘晴暖独徘徊（韩偓）。侍臣最有相如渴（李义山），欲赋惭非宋玉才（温飞卿）。弦管变成山鸟弄（李远），屠廊空言野花埋（皮日休）。情知到处身如寄（高士谈），莫遣黄金漫作堆（张祐）。

《和王廷器检讨夕谦李挥使东轩诗三十首》（其二十八）（明）倪谦

良宵踏月远相寻，翠壁疏篁助细吟。度曲不须敲象板，赏音惟许操瑶琴。佳人惯索缠头锦，公子闲抛买笑金。宋玉高唐曾有赋，丽辞传诵到如今。

——（明）倪谦《倪文僖集》卷七《律诗七言》
影印《文渊阁四库全书》第1245册（台湾）商务印书馆1986年版

《宋玉宅》（明）何乔新

（题下本注：即安陆州学。）

旧宅萧条泮水隅，骚人曾此托幽居。荒台日暮无行雨，废圃春深有揭车。茂树槮槮摇落后，侉辞晓朗变风余。巫阳歌罢秋天迥，应有遗魂返故墟。

——（明）何乔新《椒邱文集》卷二十四《七言律诗》
影印《文渊阁四库全书》第1249册（台湾）商务印书馆1986年版

《巫山天下奇》（明）周洪谟

灵鳌一动海水翻，三山飘流无定根。岱舆忽失十二峰，万里飞堕夔之门。

仰挹银汉洗青翠，俯瞰长江似衣带。地森玉笋青云端，天开罨画彩虹外。山间神女栖阳台，芙蓉为貌玉为腮。如何朝暮弄云雨，却使怀襄相继来。无乃宋玉善蛊惑，托为怪诞荒淫说。只今高崖紫蔓间，惟有猿哀声不绝。

——（明）周复俊《全蜀艺文志》卷八《诗》
影印《文渊阁四库全书》第1381册（台湾）商务印书馆1986年版

《巫山高》（明）程敏政

自古言楚襄王梦与神女遇，以楚词考之，则有甚不然者。《高唐赋》序云，先王尝游高唐，梦一妇人曰："妾巫山之女，朝为行云，暮为行雨。"则梦神女者，怀王也。《神女赋》序曰，楚襄王与宋玉游于云梦之浦，使玉赋高唐之事，其夜梦与神女遇，异之，明日以白玉，玉曰："其梦若何？"王对曰："晡夕之后，精神恍惚，若有所喜，见一妇人，状甚奇异。"玉曰："状何如也？"王曰："茂矣美矣，诸好备矣，瑰姿玮态，不可胜赞。"王曰："若此盛矣，试为寡人赋之"。夫既云"王曰茂矣美矣"，又云"王曰若此盛矣"，何其前后之复哉？况人君语臣，不当曰"白"，答臣，不当曰"对"，且其赋曰"他人莫睹，王览其状"，"望予帷而延视兮，若流波之将澜"。以为宋玉代王赋之，如王之自言，则不当云"王览其状"，既云"王览其状"，则是宋玉之言矣，又不知称予者，谁也？以此考之，其夜王寝梦与神女遇者，王字乃玉字；明日以白玉者，白王也。王与玉字先后互书之误耳。前曰梦神女者，怀王；其夜梦神女者，宋玉；襄王无与焉，从来枉受其名耳。

十二峰头云似絮，十二峰下翻盆雨。朝朝暮暮雨复晴，不知谁是阴晴主。中有美人高髻鬟，神宫杳杳居深山。人间有路不可往，云屏雾障愁跻攀。怀王夜宿无人共，忽有山灵入幽梦。醒来不见意中人，但觉阳台曙光动。侍臣宋玉多才名，高唐一赋深有情。自言亲到巫山里，美人再会如平生。云雨当年只如此，襄王却是无名子。后人不解真是非，误把遗迹著诗史。巫山高，高嶙峋，楚宫花木今几春。何时倚櫂危峰下，一吊襄王父与臣。

——（明）程敏政《篁墩文集》卷六十一《古乐府》
《四库明人文集丛刊》本上海古籍出版社1991年版

《刘阮遇仙图为提督河道杨克敏通政赋》（节）（明）程敏政

锦衣郎君内供奉，一纸风流百金重。鹅溪新绢写此图，把玩精神欲飞动。银台敕使偶得之，坐见丹青照梁栋。欸予频挽木兰舟，催诗旋发蒲萄瓮。安得人如宋玉才，为君一赋桃源洞。

——（明）程敏政《篁墩文集》卷七十三《诗》
影印《文渊阁四库全书》第1252册（台湾）商务印书馆1986年版

《巫山女》（明）朱朴

夙昔钟情拟荐君，片时衾枕托殷勤。早知宋玉能词赋，谁向襄王说雨云。巫峡晓峰鬟短髻，楚江秋水练长裙。断魂忽逐春风散，惆怅阳台几夕曛。

——（明）朱朴《西村诗集》卷上《赋咏》
影印《文渊阁四库全书》第1273册（台湾）商务印书馆1986年版

《秋水鸂𪃏图》（节）（明）朱谏

年华易谢秋易残，伤心不独凋朱颜。宋玉如今已尘土，空有辞赋留人间。

——（清）陈邦彦等《御定历代题画诗类》卷九十七《禽类》
影印《文渊阁四库全书》第1435册（台湾）商务印书馆1986年版

《秋兴三首》（其一）（明）陆深

茂苑长洲东复东，江天森森夜含风。谁家吹笛关山里，几处征衣捣练中。雁字未成云又合，鱼书欲寄路难通。不知宋玉才多少，只赋悲秋已自工。

——（明）陆深《俨山集》卷十一《七言律诗》
《四库明人文集丛刊》本上海古籍出版社1993年版

《过宋玉墓》（明）陆深

楚国余文藻，当春过故丘。为君悲不已，安敢向高秋。

——（明）陆深《俨山集》续集卷六《五言绝句》
影印《文渊阁四库全书》第1268册（台湾）商务印书馆1986年版

《星回之夕梦一美丈夫自称宋玉谓余曰公独无诗赠我乎梦中作一首四句觉后续之》（明）杨慎

文藻三闾并，幽怀《九辩》知。云为巫峡赋，雪作郢中词。茅屋还遗址，兰台异昔时。鸿裁谁猎艳，空自拾江蓠。

——（明）杨慎《升庵集》卷十八《五言律诗》
《四库明人文集丛刊》本上海古籍出版社1993年版

九 涉及宋玉与其作品的文学创作

《蓬莱宫人》（其五）（明）刘天民
百雉斜连一道开，为君翻作雨云台。高情仿佛襄王事，宋玉如何不赋来。

——（清）沈季友《槜李诗系》卷三十六《明》
影印《文渊阁四库全书》第 1475 册（台湾）商务印书馆 1986 年版

《宋玉墓》（明）徐学谟
岭度千盘下鄀都，孤坟寥落古城隅。阳台神女无消息，残碣犹书楚大夫。

——（清）程启安等《宜城县志》卷九《艺文志下》
2011 年宜城市政府重印同治五年重修、光绪九年续修合订本

《辱襄王殿下有精镠轻笺之赐敬成五律为谢》（明）王世贞
襄王爱秋气，命驾陟兰台。偶听巴童曲，遥怜宋玉才。凉风纨扇发，明月烛银开。莫谓恩波浅，穷鱼正曝腮。

——（明）王世贞《弇州四部稿》续稿卷十二《五言律》
上海古籍出版社 1993 年版

《襄国王飞教千里岁一慰存野人无以仰酬惟祝麟趾之庆而已敬成四绝情见乎词》（其二）（明）王世贞
渚宫春雪一登坛，宋玉文成最耐看。十二巫峰尽盘石，莫容云雨梦中残。

——（明）王世贞《弇州四部稿》续稿卷二十三《七言绝句》
上海古籍出版社 1993 年版

《宋玉墓》（明）王世贞
此地真埋玉，何人为续招。秋风吊师罢，暮雨逐王骄。万事才情损，千秋意气消。仍闻封禅草，遗恨右文朝。

——（明）王世贞《弇州四部稿》卷三十《诗部》
上海古籍出版社 1993 年版

《宋德完转海南方伯诗以寄怀》（明）谢榛
君才今宋玉，绝代有清标。官自西江转，名同南斗遥。扬旌天欲尽，度岭瘴全消。象郡通山势，羊城压海潮。春前花竞发，霜后叶迟凋。无复悲秋意，登台望赤宵。

——（明）谢榛《四溟集》卷七《五言排律》
《四库明人文集丛刊》本上海古籍出版社 1993 年版

《送吴而待守归州》（其二）（明）黎民表

衰草寒烟过楚宫，荒台犹起大王风。风流宋玉应同调，《白雪》高吟郢国中。

——（明）黎民表《瑶石山人稿》卷十六《七言绝句》
影印《文渊阁四库全书》第 1277 册（台湾）商务印书馆 1986 年版

《登黄鹤楼次李西涯相国韵》（节）（明）龚三益

仙人到处堪栖泊，幻出白云与黄鹤。鹤去楼空事若何，江天一望成寥廓。蛇盘龟锁谁开凿，凤凰鹦鹉相缠络。戛羽回翔仙枣亭，振衣俯视晴川阁。隔江大别起孤峰，蛟龙跂浪冯夷宫。帆樯远自五湖至，烟霞暗与三湘通。襟带高深浩无极，凭澜飒飒生雄风。屈原宋玉久不作，独有崔颢称诗翁。

——（清）迈柱、夏力恕等《湖广通志》卷八十五《艺文志·七言古诗》
影印《文渊阁四库全书》第 531—534 册（台湾）商务印书馆 1986 年版

《送臧晋叔国博还吴兴》（明）李宗城

宦自潘安拙，才应宋玉偏。还家千障雨，挂席五湖烟。以我多愁日，逢君失意年。江干一尊酒，宁不倍凄然。

——（清）朱彝尊《明诗综》卷六十九《李宗城》
中华书局 2007 年版

《〈集情〉集句》（明）陆绍珩

胡天胡帝，登徒于焉怡目；为云为雨，宋玉因而荡心。

——（明）陆绍珩《醉古堂剑扫》卷二《集情》
岳麓书社 2003 年版

《题仙女山》（其二）（明）陈所学

仄径盘纡蹑屐通，登临直欲挽天风。仙人口节竟何在，玉女箫声恨未逢。坐久昙花云里坠，望来烟景江南空。凭君莫话阳台事，作赋那如宋玉工。

——（明）秦聚奎等《万历汉阳府志》卷六《艺文志·汉川县·诗》
武汉地方志办公室《明万历汉阳府志校注》武汉出版社 2007 年版

《宋玉墓》（明）方尚赟

大夫遗墓水边村，无数垂杨带雨痕。一代文章谁继作，千秋陵谷此空存。

楚云易识荆王梦，湘水难招屈子魂。《九辩》余音悲不尽，高天摇落正黄昏。

——（清）程启安等《宜城县志》卷九《艺文志下》
2011年宜城市政府重印同治五年重修、光绪九年续修合订本

《兰台》（明）吕隆

古人卜筑得山情，汉水当轩日日生。宝塔插云仙掌持，渔舟弄月蓼花轻。尊开北海乘秋兴，曲纵清讴任斗横。最是雄风饶胜概，红尘未许落檐楹。

——熊道琛、李权等《钟祥县志》卷四《古迹上》
民国二十六年刻本

《兰台》（明）曾发祥

雄风振古敞兰台，上有孤亭抱户开。怪石封窗供韵笔，天花堆径佐浮杯。楠山欲补墙头缺，汉水知随槛膝回。一笑放开双眼孔，俯收蜩蚁望中猜。

——熊道琛、李权等《钟祥县志》卷四《古迹上》
民国二十六年刻本

《阳春台》（明）唐志淳

晚登阳春台，骋望极千里。长风六月寒，落日众山紫。上有白衣苍狗之浮云，下有蒲桃泼醅之汉水。水流为我驶，云浮为我旋。楚曲一去三千年，秦丝羌管鸣秋蝉。我有小梅唱，时时操越音。调短不及古，岂堪郢人心。安得招谪仙，挥手凌紫烟。大呼江水变春酒，醉引明月来青天。颇怀鹿门隐，欲耕云梦田。便从此地作农夫，登台为奏《豳风》篇。

——熊道琛、李权等《钟祥县志》卷四《古迹上》
民国二十六年刻本

《宋玉井》（二首）（明）孙文龙

大夫遗井尚幽深，迢递悲伤国士心。泮池清波相映曜，不知何处有兼金。
汉江纤目怅秋空，何事垂情一故宫。泗水涓涓流欲断，令人犹自忆雄风。

——熊道琛、李权等《钟祥县志》卷四《古迹上》
民国二十六年刻本

《巫山高》（清）谈迁

巫山西，蜀道难。巫山东，淮水寒。羁栖东还远且艰。降神女，御飞

鸾。入窈冥，凌巘岘。更云雨，忧万端。不如瞿塘水安流，木兰之楫乘轻舟。宋玉不能赋，襄王不能邮。巫山高，抑河口，毋我西土久淹留。

——（清）谈迁《北游录》卷五《记咏上》
《清代史料笔记丛刊》中华书局2006年版

《宋玉宅诗》（清）孔自来

秦陇亦戎狄，何独无楚风。谁知江汉篇，已在二南中。屈子奋飞兰江浒，《骚经》不复数邹鲁。景差唐勒续后座，楚词遂作文章祖。史有宋玉称高足，郢中独唱《阳春》曲。《招魂》《九辩》忧愁多，客与口君及其屋。短墙逢映东邻花，梦绕阳台谁是家。过客怎看秋草白，风流何处空咨嗟。

——（清）孔自来《顺治江陵志馀·志古迹·宋玉宅》
《中国地方志集成》湖北府县志辑第三十册江苏古籍出版社1991年版

《东莱行》（节）（清）吴伟业

汉皇策士天人毕，二月东巡临碣石。献赋凌云鲁两生，家近蓬莱看日出。仲孺召入明光宫，补过拾遗称侍中。叔子轺轩四方使，一门二妙倾山东。同时里人官侍从，左徒宋玉君王重。就中最数司空贤，三十孤卿需大用。君家兄弟俱承恩，感时危涕长安门。

——（清）吴伟业《梅村集》卷五《七言古诗》
《吴梅村全集》上海古籍出版社1990年版

《登高唐观》（清）王士禛

西上高唐观，阳云对旧台。瑶姬何处所，望远独徘徊。悦忽荆王梦，芳华宋玉才。细腰宫畔柳，并作楚人哀。

——（清）王士禛《精华录》卷七《今体诗》
李毓芙、牟通、李茂肃整理《渔洋精华录集释》上海古籍出版社1999年版

《神女庙》（清）王士禛

箜篌山下路，遗庙问朝云。冠古才难并，流波日易曛。玉颜空寂寞，山翠自氤氲。东望章华晚，含情尚为君。

——（清）王士禛《精华录》卷七《今体诗》
李毓芙、牟通、李茂肃整理《渔洋精华录集释》上海古籍出版社1999年版

九 涉及宋玉与其作品的文学创作

《巫峡中望十二峰》（清）王士禛

十二峰娟妙，轻舟望是非。青天半云雨，夕日乱烟霏。瀑水临江合，神鸦出洞飞。朝云无处所，应待楚王归。

——（清）王士禛《精华录》卷七《今体诗》
李毓芙、牟通、李茂肃整理《渔洋精华录集释》上海古籍出版社 1999 年版

《抵归州》（清）王士禛

乱石归州郭，危樯蜀客舟。江山悲屈宋，战伐忆孙刘。西道连鱼复，东门望夏丘。兴亡纷在眼，衮衮大江流。

——（清）王士禛《精华录》卷七《今体诗》
李毓芙、牟通、李茂肃整理《渔洋精华录集释》上海古籍出版社 1999 年版

《题三闾大夫庙四首》（其三）（清）王士禛

久客怀往路，还登江上祠。美人惜珍髢，众女妒娥眉。楚泽凋兰叶，巴巫唱《竹枝》。《九歌》何处续，宋玉有微词。

——（清）王士禛《精华录》卷七《今体诗》
李毓芙、牟通、李茂肃整理《渔洋精华录集释》上海古籍出版社 1999 年版

《忆昔行寄宋荔裳陇西》（节）（清）施闰章

雕虫满眼何纷纷，安得麟凤开其群。骚之苗裔今宋玉，风流儒雅扬清芬。

——（清）施闰章《学余堂文集》诗集卷十五《七言古》
影印《文渊阁四库全书》第 1313 册（台湾）商务印书馆 1986 年版

《金粟闺词百首》（其一）（清）彭孙遹

一洗人间粉黛空，娥眉淡扫竞言工。铅华芳泽都无色，宋玉陈思两赋中。

——（清）彭孙遹《松桂堂全集》卷三十一
影印《文渊阁四库全书》第 1317 册（台湾）商务印书馆 1986 年版

《洪州送人入楚》（清）彭孙遹

垂老休官去，离居送客情。夕阳樊口渡，秋草大堤平。宋玉居犹在，宜城酒正清。莫嫌妻子累，负载足逃名。

——（清）彭孙遹《松桂堂全集》卷四十三《南往集》
影印《文渊阁四库全书》第 1317 册（台湾）商务印书馆 1986 年版

《为史淑时悼亡》（清）吴绮

奔月还星岂易知，百年欢爱一年时。好难都记翻成恨，情不堪怜并作痴。彩帖绣余抛断线，青编读后印残脂。巫山宋玉何能赋，云雨荒唐自可疑。

——（清）吴绮《林蕙堂全集》卷十九《亭皋诗集》

影印《文渊阁四库全书》第1314册（台湾）商务印书馆1986年版

《襄阳绝句十二首》（其十）（清）田雯

六月炎天我欲愁，刺桐花下住行舟。才经宋玉坟边路，风雨刁骚便似秋。

——（清）田雯《古欢堂集》卷十四《七言绝句》

影印《文渊阁四库全书》第1324册（台湾）商务印书馆1986年版

《柬宋牧仲先生》（清）吴雯

相国风流尚未遥，翩翩公子复中朝。无诗堪寄忘忧馆，有梦常寻海雁桥。此日谁能追宋玉，临风我欲酹燕昭。紫芝一接尘心尽，重向终南劚药苗。

——（清）吴雯《莲洋诗钞》卷四《七律》

影印《文渊阁四库全书》第1322册（台湾）商务印书馆1986年版

《南宁清风馆》（节）（清）郑豫夫

幺麽文章吏，谬织天孙章。惭匪宋玉赋，几度结诗囊。

——（清）汪森《粤西诗载》卷五《五言古》

影印《文渊阁四库全书》第1465册（台湾）商务印书馆1986年版

《无题代寄》（其二）（清）黄之隽

水精帘箔绣芙蓉，斜掩朱门花外钟。遥夜独栖还有梦，当时一笑也难逢。横垂宝幄同心结，解寄缭绫小字封。为报高唐神女道，阳台云雨过无踪。

——（清）黄之隽《香屑集》卷十

影印《文渊阁四库全书》第1327册（台湾）商务印书馆1986年版

《无题代寄》（其十二）（清）黄之隽

博山犹自对氤氲，气味浓香幸见分。莫道风流无宋玉，枉抛心力画朝云。当时丛畔唯思我，忽到窗前疑是君。曾向楚台和雨看，窄罗衫子薄罗裙。

——（清）黄之隽《香屑集》卷十

影印《文渊阁四库全书》第1327册（台湾）商务印书馆1986年版

《古意下》（其六）（清）黄之隽

东邻美女实名倡，风月三年宋玉墙。见欲栏边安枕席，偷来花下解珠珰。当时可爱人如画，自后相逢眼更狂。因想阳台无限事，也曾愁杀楚襄王。

——（清）黄之隽《香屑集》卷十三

影印《文渊阁四库全书》第1327册（台湾）商务印书馆1986年版

《讨源书屋新秋》（其二）（清）乾隆

书屋轩窗足静幽，四时皆好最宜秋。畴咨已罢余清兴，宋玉佳词在案头。

——（清）乾隆《御制诗集》二集卷十

影印《文渊阁四库全书》第1302册（台湾）商务印书馆1986年版

《秋林书圃》（清）乾隆

茅屋寒林下，芸编伴客清。不须重著赋，宋玉占先声。

——（清）乾隆《御制诗集》二集卷七十五

影印《文渊阁四库全书》第1302册（台湾）商务印书馆1986年版

《钱縠秋林读书图》（清）乾隆

气爽云间今古情，匡床拥膝有书横。揣称更待赋成日，宋玉应教畏后生。

——（清）乾隆《御制诗集》二集卷八十九

影印《文渊阁四库全书》第1302册（台湾）商务印书馆1986年版

《披襟楼》（清）乾隆

几架书楼傍碧池，远观近俯总相宜。飒然风至披襟处，宋玉微言有所思。

——（清）乾隆《御制诗集》三集卷八十七

影印《文渊阁四库全书》第1302册（台湾）商务印书馆1986年版

《披襟楼》（清）乾隆

拾级披薰天籁翻，飒然清听意为轩。雄雌蹇尔相衡处，讽谏敢忘宋玉言。

——（清）乾隆《御制诗集》四集卷三十七

影印《文渊阁四库全书》第1302册（台湾）商务印书馆1986年版

《韵松斋有会》（清）乾隆

松之韵以受清风，人韵松斯致不同。我自先忧后乐者，虑惟宋玉讽其雄。

——（清）乾隆《御制诗集》五集卷十三
影印《文渊阁四库全书》第1302册（台湾）商务印书馆1986年版

《对瀑四首》（其一）（清）乾隆

观水曾闻观在澜，平流飞落顿殊看。恰如风有雄雌喻，宋玉应云此一般。

——（清）乾隆《御制诗集》五集卷十四
影印《文渊阁四库全书》第1302册（台湾）商务印书馆1986年版

《写音书屋对泉作歌》（清）乾隆

我来书屋称写音，未来此音向谁写。可知音自太古俱，时有雌雄无停者。夏音为雄冬音雌，最喜春音和而雅。东坡拟琴实佳哉，宋玉喻风含刺也。曰法曰戒关为君，闻音资益亦弗寡。

——（清）乾隆《御制诗集》五集卷四十六
影印《文渊阁四库全书》第1302册台湾商务印书馆1986年版

《披襟楼》（清）乾隆

高楼拾级一披襟，嫩暖薄寒实称心。却忆雌雄讽宋玉，庶人难共惕犹深。

——（清）乾隆《御制诗集》五集卷七十
影印《文渊阁四库全书》第1302册台湾商务印书馆1986年版

《畅风楼》（清）乾隆

人殊高与卑，风岂有雌雄。宋玉诚能辩，楚王真是痴。雨旸幸逢若，作息可随宜。遥望麦田畅，三农与共之。

——（清）乾隆《御制诗集》五集卷九十七
影印《文渊阁四库全书》第1302册（台湾）商务印书馆1986年版

《墙头》（清）鲍皋

空琐楼台不锁春，粉垣青荔绾红巾。东家蝴蝶攀花女，深院秋千过路人。一笑恰逢妆半面，千金难得画全身。王昌宋玉春肠断，可奈儿家住比邻。

——（清）鲍皋《十美词》
《香艳丛书·第一集》人民文学出版社1992年版

《惆怅词一百八首》（其一百一）（清）悔庵居士

月楼谁与伴黄昏，风露凄凄秋景繁。湘竹千条为一束，何曾宋玉解招魂。

——（清）悔庵居士《清溪惆怅集》
《香艳丛书·第十五集》人民文学出版社1992年版

《和吴县事八首》（其七）（清）唐仲冕

嘉庆六年，善化唐观察仲冕和吴县事，因拓庵东别室，移祀唐、祝、文三君像，颜其室曰"桃花仙馆"。且访得六如居士墓在胥门外横唐王家村，封植而题识焉。并赋七律八首，一时和者如云，不可胜记。记其原唱云：

菱芡重重鼎俎奇，横阡设祭暮鸦知。唐风剩有毛苌传，楚些曾无宋玉词。地以沧桑沈断础，人于伏腊走丛祠。秋来燕税从新占，凭仗村翁社媪司。

——（清）徐锡龄、钱泳《熙朝新语》卷十六
上海书店2008年版

《杨宝珠》（清）龙桧子

环肥燕瘦岂能同，各有灵犀各自通。多事一编《新柳记》，白门处处刮酸风。出塞明妃等逝波，清凉仙子奈愁何。断无合浦珠还日，且唱宏农得宝歌。宋玉微词易失欢，有人怒发欲冲冠。劝君满酌蒲桃酒，信史原难责稗官。

——（清）杨晓岚《白门新柳记》补记《杨宝珠》
《香艳丛书·第十八集》人民文学出版社1992年版

《送梁药亭佩兰长椿寺联句》（节）（清）朱彝尊等

魏禹平句曰：且诛宋玉茅，草缚不借履。

——（清）戴璐《藤阴杂记》卷八《西城下》
上海古籍出版社1985年版

《移寓》（清）孙松坪等

孙松坪致弥《移寓》诗云："一枝许寄即吾庐，莫笑生涯琐蛣蚷。堂驻翠华传太傅，楣留银榜忆尚书。"时与王云冈同寓。管青村柽诗："王猷与共孙登啸，宋玉堂为庾信居。"时为康熙庚辰以后，寓公侯考。

——（清）戴璐《藤阴杂记》卷九《北城上》
上海古籍出版社1985年版

《移寓寄宋牧仲》（清）施愚山

施愚山《移寓寄宋牧仲》诗："书声不敌市声喧，恨少蓬蒿且闭门。此地栖迟曾宋玉，薜墙零落旧题痕。"

——（清）戴璐《藤阴杂记》卷十《北城下》
上海古籍出版社1985年版

《启征诗》（节）（清）徐倍轩

杭州太守徐倍轩先生敬为作《启征诗》，词气雄壮，结段尤佳，云：

当夫神祠月黑，山阿雨来，远闻鹤笙自天而下。明府披上清之法服，驾逍遥之云车。陟降在庭，摩挲片石，灵旗东指。茫茫怒涛，戍鼓无声，妖烽绝焰。叹葬身之得所，吾从冯夷。听招魂于异乡，谁非宋玉。邈彼英爽，庶几乐胥。呜呼！颜鲁公握拳透爪之气，早知在争座位间。岳鄂王怒发冲冠之词，宜对峙栖霞岭上。

——（清）陆以湉《冷庐杂识》卷七《姚明府》
《历代史料笔记丛刊》中华书局1997年版

《题徐芬若从军沙漠路经青冢嘱虞山黄遵古绘图赋诗咏之》（节）（清）黄遵古

非无要路与捷径，丈夫致身羞以赀。正如明妃恃其貌，倔强不肯赂画师。人生遭遇有不一，佗傺岂即非良时。假使明妃这中死，安得香名流天涯。披图知君心独苦，别有块垒非蛾眉。君不见杜陵咏怀生长明妃村，乃与庾信宋玉蜀主诸葛同伤悲。（《莲坡诗话》）

——（清）胡凤丹《青冢志》卷十
《香艳丛书·第十八集》人民文学出版社1992年版

《秋雁诗二首》（其一）（清）李纫兰

昔人以诗得名，如崔鹦鹉、郑鹧鸪之类，载籍多有，唯闺秀殊未见。长洲李纫兰著有《生香馆集》，其《秋雁》诗最佳，名李秋雁，见钱塘陈云伯《颐道堂》诗自注。《秋雁诗》首云：

无端燕市起悲歌，带得商声又渡河。千里归心随月远，一年愁思入秋多。水边就梦云无影，天际惊寒夜有波。屈宋风流零落尽，那堪重向洞庭过。

——况周颐《续眉庐丛话》
郭长保点校《眉庐丛话》山西古籍出版社1995年版

《完镜歌》(节)(清)曹学诗

那知间里有登徒，目送眉挑过酒垆。花影东墙窥宋玉，桑阴南陌拒罗敷。

——李伯元《庄谐诗话》卷二
中国国家图书馆藏大东书局民国十四年版

《宋玉墓》(清)颜鲸

曾于骚赋见高才，秋本无心人自哀。江树不知词客意，年年霜叶下荒台。

——(清)程启安等《宜城县志》卷九《艺文志下》
2011年宜城市政府重印同治五年重修、光绪九年续修合订本

《题宋玉墓》(清)赵宏思

慨古乘风夜泊舟，高唐托讽写绸缪。襄王心有巫云梦，神女情无暮雨秋。《小雅》诗人余派别，《大招》弟子亦风流。一抔古墓荒烟老，声冷松涛满驿楼。

——(清)程启安等《宜城县志》卷九《艺文志下》
2011年宜城市政府重印同治五年重修、光绪九年续修合订本

《宋玉墓》(清)郑家禹

千古文章伯，渊源自楚滨。风流师杜甫，骚雅祖灵均。志以悲秋苦，诗传白雪神。凤衰鲲已化，遗躅寿贞珉。

——(清)程启安等《宜城县志》卷九《艺文志下》
2011年宜城市政府重印同治五年重修、光绪九年续修合订本

《修宋玉墓垣》(三首)(清)方策

三年邻女独窥墙，谁托微词讽楚王。一自雨云工谲谏，至今梦寐总荒唐。

《九辩》辞成彻九阍，巫阳何处更招魂。年来愁作悲秋客，泪向西风洒墓门。

表阡种得树团栾，怀古情深发咏叹。千载《阳春》歌绝调，瓣香侬愿拜衙官。

——(清)程启安等《宜城县志》卷九《艺文志下》
2011年宜城市政府重印同治五年重修、光绪九年续修合订本

《修宋玉墓垣》（清）陈廷桂

儒雅风流妙一时，左徒弟子少陵师。《阳春》《白雪》千人废，暮雨朝云万古疑。《九辩》至今歌绝调，一抔何处听微辞。断肠我亦悲秋客，落日招魂为涕洟。

——（清）程启安等《宜城县志》卷九《艺文志下》
2011年宜城市政府重印同治五年重修、光绪九年续修合订本

《修宋玉墓垣》（清）徐夔生

孤坟楚国大夫尊，久阙《离骚》读墓门。凭吊汨罗哀已尽，长眠巫峡梦无痕。一生口过微词在，三载心香古道存。封树今烦贤令尹，更胜九地乱招魂。

——（清）程启安等《宜城县志》卷九《艺文志下》
2011年宜城市政府重印同治五年重修、光绪九年续修合订本

《宋玉宅怀古》（二首）（清）苏士甲

招魂曾拟续新词，楚国先贤撮系思。一赋荒唐神女梦，千秋儒雅少陵师。白杨风撼凄危垅，碧苏霜侵读断碑。此日云霓翔凤杳，何来雏鹦笑藩篱。

——（清）程启安等《宜城县志》卷九《艺文志下》
2011年宜城市政府重印同治五年重修、光绪九年续修合订本

《宋玉墓》（清）程大中

寂寞兰台宅，荒凉托旧墟。朝云端有属，宿草已无余。秋气词臣老，山神谲谏疏。拟骚吾特懒，空复读遗书。

——（清）程启安等《宜城县续志》卷下《艺文志》
2011年宜城市政府重印同治五年重修、光绪九年续修合订本

《外八景·看花芳岭》（清）张范

人去岭自芳，春来花可玩。有如东邻女，频将宋玉看。

——（清）褚维恒、尹龙澍等《安福县志》卷三十三《艺文四》
同治己巳重修、安福县本衙藏板

按，看花芳岭，指湖南临澧县之看花山。《安福县志》载："看花山，即宋玉看花处。邑八景之一。"下咏同此。

《外八景·楚城夕照》（清）张范

落日下荒城，残霞散文绮。行人访遗踪，独立斜阳里。

——（清）褚维恒、尹龙澍等《安福县志》卷三十三《艺文四》
同治己巳重修、安福县本衙藏板

按，楚城，指湖南临澧县战国古城遗址，人称楚城，亦称宋玉城。下咏同此。

《外八景·看花芳岭》（清）蒋仲

深山访遗踪，策杖香扑鼻。幽迳寂无人，野花开满地。

——（清）褚维恒、尹龙澍等《安福县志》卷三十三《艺文四》
同治己巳重修、安福县本衙藏板

《外八景·楚城夕照》（清）蒋仲

孤城寻胜迹，春近芷兰香。寂寞村头树，寒鸦吊夕阳。

——（清）褚维恒、尹龙澍等《安福县志》卷三十三《艺文四》
同治己巳重修、安福县本衙藏板

《宋玉墓怀古》（二首）（清）蒋仲

大夫埋骨楚江边，字误碑讹不计年。古岭萧条花寂寂，孤城零落草芊芊。荒郊日暮啼山鬼，夜月林深哭杜鹃。遗冢几经遭野火，断肠白雪续遗篇。

泽畔徘徊日夕曛，愁人啼鸟隔花闻。香残花国骚中草，地阻高台梦里云。词赋千秋悲过客，江山万古剩孤坟。行吟独洒临风泪，复把《招魂》一吊君。

——（清）褚维恒、尹龙澍等《安福县志》卷三十三《艺文四》
同治己巳重修、安福县本衙藏板

《外八景·看花芳岭》（清）蒋健

昔人归何处，岭上有余芳。我来花正发，踏遍马蹄香。

——（清）褚维恒、尹龙澍等《安福县志》卷三十三《艺文四》
同治己巳重修、安福县本衙藏板

《游宋玉城》（清）蒋健

泛月看花楚水东，大夫韵事散清风。不堪吊古荒城外，衰柳寒鸦落照红。

——（清）褚维恒、尹龙澍等《安福县志》卷三十三《艺文四》
同治己巳重修、安福县本衙藏板

《外八景·看花芳岭》（清）蒋定诏

看花人去矣，花落自成蹊。我来寻芳躅，香风送马蹄。

——（清）褚维恒、尹龙澍等《安福县志》卷三十三《艺文四》
同治己巳重修、安福县本衙藏板

《外八景·看花芳岭》（清）张琬

峻岭恣遐瞩，清芳四面收。不闻香草句，只见白雪留。雀唤平林友，花迎逸客游。悲秋人已邈，怅望感前休。

——（清）褚维恒、尹龙澍等《安福县志》卷三十三《艺文四》
同治己巳重修、安福县本衙藏板

《外八景·楚城夕照》（清）张琬

雉堞高原回，繁华过眼空。祇今余夕照，振古烁荒丛。暮霭兼天翠，残霞掠地红。旷观评晚趣，一曲渺难穷。

——（清）褚维恒、尹龙澍等《安福县志》卷三十三《艺文四》
同治己巳重修、安福县本衙藏板

《外八景·看花芳岭》（清）蕴山

不见看花人，惟余看花岭。寻花得得来，马足踏秋影。

——（清）褚维恒、尹龙澍等《安福县志》卷三十三《艺文四》
同治己巳重修、安福县本衙藏板

《楚城吊宋玉》（清）薛湘

古墓郁嵯峨，珠光腾地底。前有庙貌新，钦崇遍澧水。后代缅遗型，人人深仰止。公乃大完人，德行俱粹美。谏讽本精诚，微词关要旨。爱国与忠君，出于不自己。风义笃渊深，铭感入骨髓。沆瀣一气传，无惭高弟子。万丈玉虹霓，蟠胸长不死。吐作五色花，篇篇何旖旎。公魂不待招，招公须公比。屈后幸有公，公后谁继轨。即论好才华，岂易摩公垒。可惜宣尼亡，删诗不见此。未必骚人骚，不胜郑卫靡。大雅难再得，元音渺正始。我欲放悲歌，回音西风起。

——（清）褚维恒、尹龙澍等《安福县志》卷三十三《艺文四》
同治己巳重修、安福县本衙藏板

《吊宋玉墓》（清）李秉礼

千古风骚擅澧乡，大夫埋骨墓田荒。长楸剪伐供樵客，断碣模糊误宋王。赖有邑人寻故址，惭无奇句发幽光。萧条我亦悲秋者，一读遗文泪数行。

——（清）褚维恒、尹龙澍等《安福县志》卷三十三《艺文四》
同治己巳重修、安福县本衙藏板

《吊宋玉墓》（二首）（清）李宗瀚

一杯遥酹大夫坟，吊罢灵均又吊君。断碣犹讹宋王字，荒台已没楚天云。花残芳岭蘼芜长，日落空城蟋蟀闻。拟问浴溪河畔路，晚枫如雨正纷纷。

风骚异代与谁论，欲把遗篇问九原。楚国悲秋人已渺，花山作赋迹空存。荒丘近接车公冢，湘水同招屈子魂。错认宋王堪一笑，长楸萧飒断碣昏。

——（清）褚维恒、尹龙澍等《安福县志》卷三十三《艺文四》
同治己巳重修、安福县本衙藏板

《吊宋玉墓》（四首）（清）陈遂

作赋登高忆此乡，山城祠庙剧荒凉。荆台凤擅才华艳，澧水今余翰墨香。辨伪校书诗可证，诛茅庾信宅皆荒。藤萝满目披文藻，却笑居人误宋王。

儒雅风流异代尊，杜陵高咏为招魂。微词何意来谗口，琦行还宜发大言。洒落君臣征问答，朴忠师弟见渊源。汨罗渺渺遥相接，灵爽凭应在墓门。

百年胜迹泯无闻，剔石重镌大雅坟。乍辟荆榛占地运，博搜纪述赖人文。霸才南国雄犹昔，臣里东家态不群。想得风流余韵在，一溪兰芷助清芬。

珥笔曾陪侍从游，景差唐勒孰能俦。高怀毕竟难谐俗，名士从来易感秋。云雨荒台恣梦幻，江关词客怅淹留。而今指点传疑处，下里都工《白雪》讴。

——（清）褚维恒、尹龙澍等《安福县志》卷三十三《艺文四》
同治己巳重修、安福县本衙藏板

《宋玉墓》（清）蒋世恩

望汨瞻罗泪洒巾，予生亦只哭灵均。秋坟古木啼山鬼，香草荒江配美人。寂寞东墙谁处子，飘零南国有词臣。萝衣手剪招魂纸，飒飒如来湘上神。

——（清）褚维恒、尹龙澍等《安福县志》卷三十三《艺文四》
同治己巳重修、安福县本衙藏板

《吊宋玉墓》（清）蒋徵弼

荒烟黯淡锁长楸，把酒酹君寄陇头。屈子薪传归大墓，襄王事业咽寒流。湖山剩有生前迹，草木空悲死后秋。读罢残碑无限恨，斜阳影里字沉浮。（本注：世传泛舟湖、看花山皆宋玉游赏处。）

——（清）褚维恒、尹龙澍等《安福县志》卷三十三《艺文四》
同治己巳重修、安福县本衙藏板

《谒宋玉庙》（清）蒋徵陶

雄才自昔擅骚坛，痛我迟来兴欲阑。驻马频瞻新庙貌，入门犹见古衣冠。巫山幻梦空云雨，楚国香魂剩芷兰。俎豆从今无废祀，高吟《白雪》祝平安。

——（清）褚维恒、尹龙澍等《安福县志》卷三十三《艺文四》
同治己巳重修、安福县本衙藏板

《阳台山》（清）熊兰

高唐梦本虚，兹更幻中幻。宋玉一寓言，千秋成实案。神女来何方，雨云亦汗漫。巫峰远在川，胡传自江汉。我来正新秋，突兀涌层观。庄严匪莲台，翠羽明珰璨。士女杂沓来，乞灵兹山惯。山花自幽香，山鸟自零乱。流传几经年，无庸辨真赝。长啸遄归舟，含情忍回看。

——（清）德廉、尹洪熙等《同治汉川县志》卷七《山川志·山》
《中国地方志集成》湖北府县志辑第九册江苏古籍出版社1991年版

《仙女山》（清）黄巩

宋玉阳台赋，分明假乱真。如何千载下，说梦与痴人。

——（清）德廉、尹洪熙等《同治汉川县志》卷二十一《艺文下·五绝》
《中国地方志集成》湖北府县志辑第九册江苏古籍出版社1991年版

《蒲骚故城》（清）程大中

初日照寒溪，远风落深树。漠漠故城阴，隐隐苍苔路。郧人昔军此，州蓼纷相聚。抗楚亦何愚，要盟毋乃误。群鸟散惊弦，安能复回顾。空闻宋玉悲，讵解莫敖怒。往迹已苍凉，游人自来去。举盏对秋天，黯然立风露。

——（清）赓音布等《光绪德安府志》卷三《地理志·古迹》
《中国地方志集成》湖北府县志辑第十二册江苏古籍出版1991年版

《白雪楼》（清）向兆麟

《白雪》传遗曲，国中和者寡。危楼冠斯名，畴是问津者。俯看惟长江，一带寒烟泻。留题迥寥寥，高吟振骚雅。

——熊道琛、李权等《钟祥县志》卷四《古迹上》
民国二十六年刻本

《白雪楼》（清）刘维桢

寂寂朱楼对碧湍，倦游孤客一凭栏。青山自绕名流宅，白雪犹悬异代看。万井炊烟浮槛外，重城雉堞隔林端。登高亦有怀人思，词赋于今和独难。

——熊道琛、李权等《钟祥县志》卷四《古迹上》
民国二十六年刻本

《白雪楼》（清）杜世英

白雪传高调，城西觅旧楼。古今留夕照，天地入清秋。此地须倾耳，何人竟掉头。江湖空满眼，指点一渔舟。

——熊道琛、李权等《钟祥县志》卷四《古迹上》
民国二十六年刻本

《兰台》（清）毛会建

百尺兰台气象雄，披襟况有大王风。诗人亦自分余劲，《白雪》歌声遍国中。

——熊道琛、李权等《钟祥县志》卷四《古迹上》
民国二十六年刻本

《兰台》（清）卫良佐

炎天惯上古兰台，天外雄风动地来。雪浪千条掀汉水，火云万点落城隈。襄王无复披襟日，宋玉犹传作赋才。遥指高唐真是梦，空山朝暮费人猜。

——熊道琛、李权等《钟祥县志》卷四《古迹上》
民国二十六年刻本

《兰台》（清）向兆麟

遗宫不复见，岿然余此台。天风有时噫，飒飒吹寒灰。放眼看寥廓，披襟怀抱开。谁许辨雄雌，应待宋玉来。

——熊道琛、李权等《钟祥县志》卷四《古迹上》
民国二十六年刻本

《兰台》（清）魏继宗

风来蘋末动罗帏，善也冷然信可怡。只是虞弦成响日，薰风原不辨雄雌。

——熊道琛、李权等《钟祥县志》卷四《古迹上》

民国二十六年刻本

《兰台》（清）李苏

居人蔽压古离宫，每欲登临路未通。宋大夫真骚后霸，楚君王是梦中雄。当年一赋余文藻，谁是多金买快风。莫更披襟伤往迹，后来桑海复何穷。

——熊道琛、李权等《钟祥县志》卷四《古迹上》

民国二十六年刻本

《兰台》（清）吴省钦

南纪雄风霸业开，如何郊郢有兰台。武关西去怀骚怨，巫峡东来起赋才。文藻可师悲未解，庙堂不竞听难回。分明伍举章华感，赢得游人说快哉。

——熊道琛、李权等《钟祥县志》卷四《古迹上》

民国二十六年刻本

《兰台》（二首）（清）张开东

召公游卷阿，宋玉登兰台。临风一讽咏，婉妙何多才。秋色从天下，群籁生悲哀。城郭今如昔，楚王安在哉！披襟独惆怅，悠悠千里来。

橘山迤东南，汉水经西北。楚野云漭漭，高天望无极。美人隔秋波，采兰荡桂楫。惜兹时不遇，含愁泪沾臆。伫立一流盼，怆然念故国。

——熊道琛、李权等《钟祥县志》卷四《古迹上》

民国二十六年刻本

《兰台》（清）李兆钰

楚王台上阳春树，楚王台下汉江渡。郢里争传歌《白雪》，汉皋孰为解佩处。飒飒西风吼北窗，层层白浪排寒江。梦断高唐云已散，冤沉汨水士无双。今日登临破冷眼，伊谁凭吊焚热腔。热腔冷眼交愁思，残山剩水俱堪悲。绝塞鸿来万里疾，荒台月上三竿迟。昔人风流属儒雅，响逸调高和亦寡。且尽一尊助狂吟，兴来投笔望空写。胡为飘举玉堂前，胡为勃郁穷巷边。

雌雄徒劳大夫辨，兴废都付劫火烟。阳春树晚叶尽脱，汉江东去空潺湲。

——熊道琛、李权等《钟祥县志》卷四《古迹上》

民国二十六年刻本

《兰台》（清）李治运

落落高台俯大荒，登临正好际重阳。何妨野客披襟立，况有疏花插帽香。远近秋光浮澹沱，古今人事吊苍茫。凭谁与结持螯会，尚欲临风舞一场。

——熊道琛、李权等《钟祥县志》卷四《古迹上》

民国二十六年刻本

《兰台》（清）黄本敏

楚王台畔几经秋，此日登临景最幽。野色芊眠凭目送，岚光窈窕逗心游。耸身直上青云路，瞥眼回看白雪楼。湘水孤帆悬屋角，樠山老木接墙头。花花草草随荣落，古古今今任去留。也向三闾寻故址，还从《九辩》溯前修。霸才只想当风赋，王气都教梦雨收。欲效《阳春》歌一曲，惜无屈宋导源流。

——熊道琛、李权等《钟祥县志》卷四《古迹上》

民国二十六年刻本

《兰台》（清）樊昌运

高台卓立郢城中，霸业千秋孰与同。竟日两臣偕宋景，当风一赋辨雌雄。歌传《白雪》知难和，梦绕巫山兴未穷。往事不堪频瞩目，读骚拟欲问天公。

——熊道琛、李权等《钟祥县志》卷四《古迹上》

民国二十六年刻本

《阳春台》（清）金德嘉

阳春台上气氤氲，极目苍苍七泽云。蔓草已芳钩盾路，斜阳曾照羽林军。千山积翠城头拥，万壑飞涛树杪分。有客登临询往事，歌残《白雪》几人闻。

——熊道琛、李权等《钟祥县志》卷四《古迹上》

民国二十六年刻本

《阳春台》（清）魏继宗

绝爱谯楼近，岿然卓一亭。槛前觇学圃，天际见扬舲。有景皆呈座，无风不响棂。钽发城外起，侧耳正堪听。旧宫何处是，弥望草菲菲。丰石存余址,颓垣散落辉。瓦稜霜正滑,蔬甲雨添肥。想像龙旂色,千官护跸归。

——熊道琛、李权等《钟祥县志》卷四《古迹上》

民国二十六年刻本

《阳春台》(清)卫良佐

山临北郭最茏崧,补树平分造物功。嫩柳千条初过雨,粒松三尺已含风。人弹古调春城上,官筑闲亭碧草中。绿字摩碑留父老,前朝此地是新丰。

——熊道琛、李权等《钟祥县志》卷四《古迹上》

民国二十六年刻本

《阳春台》(清)高云路

石城不复旧氤氲,荒草空台只断云。小院俱堆禋殿瓦,两山曾驻羽林军。细询野老松杉暗,尽见清江鸥鹭群。竹里晚炊烟雾起,人家砧杵最相闻。

——熊道琛、李权等《钟祥县志》卷四《古迹上》

民国二十六年刻本

《阳春台晚眺》(用"斜阳映水红"作五绝句)(清)蒋伫昌

薄醉发游兴,依城山路斜。深林含返景,不尽是残霞。
冬阳易夕阳,及此晚晴光。风过不知冷,披襟不可当。
西窗高可凭,须眉相掩映。久之淡忘归,同具此情性。
柱杖光在山,隔城光在水。飞禽入其中,艳艳长空绮。
景气如奔赴,诗人玩爱中。朱轮无可疑,野烧欲争红。

——熊道琛、李权等《钟祥县志》卷四《古迹上》

民国二十六年刻本

《阳春台晚眺》(同蒋作五绝句)(清)李峦

醉眼登亭末,寒城一径斜。残阳明水面,错认泛桃花。
好景怜日暮,狂吟爱夕阳。漫言双鬓白,差觉一身强。
林木何萧疏,残霞长掩映。山窗高且敞,飞鸟悦心性。
城隅道路长,车马何时止。游子日纷纷,东流叹汉水。
辇路全无禁,石碑今尚丰。细看前代记,落日照颜红。

——熊道琛、李权等《钟祥县志》卷四《古迹上》

民国二十六年刻本

《阳春台》（清）杜世英

怀古一登眺，阳春意豁然。荒城连野色，老屋动晴烟。天外三山出，云中一水还。曲高人不见，惆怅楚台边。

——熊道琛、李权等《钟祥县志》卷四《古迹上》
民国二十六年刻本

《阳春台》（清）王建

登临何处不留情，望入高台恨转生。一片野花荒辇路，几家蔬圃占王城。莫愁村冷夕阳色，解佩亭空江水声。多少凄凉归未得，遥遥牧笛晚风横。

——熊道琛、李权等《钟祥县志》卷四《古迹上》
民国二十六年刻本

《阳春台》（清）胡之泰

携侣登台眺郢城，江天烟柳与云平。迷离草色环宫碧，剥蚀碑文映日明。议礼诸臣徒聚讼，招魂弟子自多情。风流儒雅遗词藻，仿佛高歌感慨生。

——熊道琛、李权等《钟祥县志》卷四《古迹上》
民国二十六年刻本

《阳春台》（清）张开东

朝望郢城郭，暮上阳春台。《阳春》曲已散，台下空草莱。楚山互绵渺，汉水自潆洄。晚日耀林麓，秋色伤我怀。

——熊道琛、李权等《钟祥县志》卷四《古迹上》
民国二十六年刻本

《阳春台》（清）张开东

大雅不复作，众响争繁丝。岂不倾人听，古调空尔为。所操欣独得，与物翻成悲。天长入远岫，江清澹夕晖。好风从西来，飘飘吹我衣。飕飕翠柏树，余韵何希微。

——熊道琛、李权等《钟祥县志》卷四《古迹上》
民国二十六年刻本

《阳春台》（二首）（清）聂联开

一望高台百感倾，山自悠悠水自清。大王去也风安在，神女来兮雨未成。汉上谁为原弟子，江头尽是宋先生。销魂每到无声处，几费骚人索品评。

多年曲调冷江城，漠漠荒台尚寄名。一向才人推寡和，何妨鸟有索遗行。诙谐端不比方朔，忠欸依然是屈平。试问巫山云雨后，伊谁还继楚歌声。

——熊道琛、李权等《钟祥县志》卷四《古迹上》
民国二十六年刻本

《阳春台》（清）黄如柏

俯仰冬情见，荒台坐籍裾。夕阳留淡薄，松色动吹嘘。

——熊道琛、李权等《钟祥县志》卷四《古迹上》
民国二十六年刻本

《阳春台》（清）樊昌运

高台西傍石城斜，信步乘春览物华。白石碑镌天子赋，黄金朵铸地丁花。风帆上下长江接，烟树迷离古殿遮。剩有当年弦诵处，闲庭昼掩静无哗。

——熊道琛、李权等《钟祥县志》卷四《古迹上》
民国二十六年刻本

《白雪亭寻梅诗》（清）许琪标

零乱寒宵树，来游觅故丛。神清偏耐月，致渺独临风。空碧堆春苑，浮香散蕊宫。椒兰如何语，湘瑟思何穷。

——熊道琛、李权等《钟祥县志》卷四《古迹上》
民国二十六年刻本

《白雪亭诗》（六首）（清）郑润中

逶迤高阜自城东，列峙兰台护梵宫。亭榭易名宾主美，山川大势古今同。六龙驻处枌榆在，五马来时杼柚空。幸有仙郎歌《白雪》，频邀佳客挹清风。

词赋登坛宋大夫，当年唐景共歌呼。阳台不记何方是，郊郢曾标此地无。只为风雅推绝调，故令鹥鸟倚云孤。经营自运陶公甓，还拟东坡觅酒徒。

微官落拓滞他乡，欲访鹿门鬓已苍。壁上犹摩知己像，床头那得荐贤章。《三都》赋就惊伧父，百里心劳愧漫郎。调月吟风惟凤好，偷闲源自不因忙。

焉能俯仰每随人，独立高亭倍爽神。帝阙星辰瞻自近，公门桃李植方新。山连璠冢津通汉，地接商于岭入秦。控制由来鄢郢重，胼胝老我逐江滨。

荆山叠嶂在眉端，缭绕烟霞秀可餐。丹井自通温峡暖，绿梅堪伴老松寒。晴窗阁上多飞翚，神武门前少挂冠。浣得肝肠能似雪，便将轩冕等闲看。

　　读罢《离骚》欲问天，灵氛司命总茫然。江篱历历犹香露，岸柳萧萧只暮烟。追迹古初人已朽，远名身后酒当前。空疏谬续残碑句，易代春秋重纪年。

——熊道琛、李权等《钟祥县志》卷四《古迹上》
民国二十六年刻本

《白雪亭和郑司马润中韵》（六首）（清）涂始

　　寻梅一老骨清癯，画向山亭势可呼。妙墨能如摩诘否，奇情得似浩然无。见从花里人烟静，来自云边客路孤。烂醉空亭扶再拜，先生莫漫笑狂徒。

　　兰台独峙大江东，极目何曾见楚宫。鱼鸟升沉天地迥，帝朝兴废古今同。歌推《白雪》羞巴下，赋就巫山岂梦中。凭吊最伤登望处，大王风是落花风。

　　王气消沉叹楚乡，残山剩水色苍凉。冤魂夜哭潇湘雨，战骨朝屯赤壁霜。飞尽劫灰存皓月，挽回春梦问黄粱。淫狐窟宅仙人墓，百岁浮生有底忙。

　　水绕吴天原自楚，山蟠巴蜀本从秦。（《县志》编者注：句余不录）

——熊道琛、李权等《钟祥县志》卷四《古迹上》
民国二十六年刻本

《赠郑司马重修白雪亭》（清）曾明

　　白雪亭踞山之麓，纷纷和者逞月露。贰守风流作主人，日对亭雪抒情愫。忆昔孟老号狂客，□□□□不肯顾。疲驴呵冻冲寒风，鹤氅宽衣踏世路。汉上父老犹能言，齿颊今挂寻梅句。梅花雪花共徜徉，郢客襄老俱可作。我家门巷常萧然，趾距梅亭三百步。廿年饥虎饲高塵，健儿趋厮走如弩。茂草残烟断碣中，遗响至今弃欲吐。维公五马来山斗，揽胜披榛为涂垩。层轩晴卷三湘云，高栋阴垂七泽雨。司马才名三十年，灞桥诗癖已成痼。挥毫赠我锦绣函，词源倾倒如东注。空中玉屑霏霏落，兰台歌声复四布。前贤后贤道岂殊，予亦立雪沾异数。愿植梅花十万株，香绕阳春满庭树。

——熊道琛、李权等《钟祥县志》卷四《古迹上》
民国二十六年刻本

《阳春亭》（清）胡作相

　　胜地萧然迹已陈，荒亭犹忆旧阳春。吐吞柳信和风袅，历乱莺翻丽曲

新。海内至今倾绝调,梁间何处觅清尘。岂知吾郢当年客,赓唱由来什伯人。

——熊道琛、李权等《钟祥县志》卷四《古迹上》

民国二十六年刻本

《阳春亭》(和前韵)(清)李莲

遏云雅曲向谁陈,残鸟残花空复春。亭榭经年兴更废,江山到眼故犹新。相传胜地缘佳客,纵袭前芳亦后尘。君起作歌予属和,只愁笑杀郢中人。

——熊道琛、李权等《钟祥县志》卷四《古迹上》

民国二十六年刻本

《宋玉井》(清)石凤台

大雅擅鄢郢,文心喷紫渊。小天升润气,高月映寒泉。用汲源头活,观澜风味鲜。澄襟歌楚曲,相对意悠然。

——熊道琛、李权等《钟祥县志》卷四《古迹上》

民国二十六年刻本

《宋玉井》(清)陈瑚

宋玉空遗井,清泉万古饶。谁为《白雪》调,和者正寥寥。

——熊道琛、李权等《钟祥县志》卷四《古迹上》

民国二十六年刻本

《宋玉井》(清)郑直

言寻宋玉井,因上楚王台。雪入《阳春》调,云随暮雨回。韵人今邈矣,遗址尚幽哉。一览寒光碧,孤怀若为开。

——熊道琛、李权等《钟祥县志》卷四《古迹上》

民国二十六年刻本

《宋玉井》(清)向兆麟

吾楚不列风,屈宋扬遐武。后起多词人,斯为不祧祖。《九辩》续《九歌》,复哉迈千古。缅然想琦行,一泓清如许。

——熊道琛、李权等《钟祥县志》卷四《古迹上》

民国二十六年刻本

《宋玉井》(清)高云路

惟闻宋玉荆州宅,甃井谁开郢上泉。曾共雄风吹飒飒,自应白雪注涓涓。

哀些《九辩》灵均后，儒雅千秋泮水边。用汲不须行道恻，绮栏空禁亦荒烟。
——熊道琛、李权等《钟祥县志》卷四《古迹上》
民国二十六年刻本

《宋玉井》（清）张开东

爱仙不在山，怀人因及境。我行郡学宫，中有宋玉井。流风驱俗尘，寒光鉴云影。芹藻媚华滋，庭阶生寂静。昔贤亦有言，汲古得修绠。寥寥乎多士，同来吸清泠。
——熊道琛、李权等《钟祥县志》卷四《古迹上》
民国二十六年刻本

《宋玉井》（清）杜官德

忆余发未束，戏钓临泮池。日上袅竿影，蘋末生涟漪。旁有宋玉井，汲饮或迟迟。青草被砌石，莹莹露方滋。童子亦慕古，低回吟楚词。吾祖郡博士，弦诵习在兹。忽忽三十载，宦海飘西陲。古井空注想，渴口亦奚为。今幸家再徙，颇近兰台基。泽宫旧游地，咫尺应不移。掘泉仍甘冽，受福若雨施。因之怀祖德，培润及当时。
——熊道琛、李权等《钟祥县志》卷四《古迹上》
民国二十六年刻本

《郢中八景古歌》无名氏

龙山松柏翠光浮，利涉桥边水倒流。玄妙观中仙乐奏，石城高压汉江楼。《阳春》曲调人难和，白雪楼前月一钩。姨娘井阙流泉滴，龟鹤池清去复留。古墓叔敖云绕绕，坛台境步漫悠悠。烟索莫愁村外草，舟横涮马伴眠鸥。朱门谁识寥天月，楠木山头守节侯。鞭尸滩际鸳鸯戏，恸父含冤子报仇。梅福炼丹升仙去，青泥池旁仙子游。云雨未来因宋玉，楚王余恨几千秋。
——熊道琛、李权等《钟祥县志》卷四《古迹上》
民国二十六年刻本

（二）词

《天仙子》（唐）韦庄

怅望前回梦里期，看花不语苦寻思，露桃宫里小腰肢。眉眼细，鬓云垂，唯有多情宋玉知。

——（后蜀）赵崇祚《花间集》卷三
上海古籍出版社 2005 年版

《赞浦子》（后蜀）毛文锡

锦帐添香睡，金炉换夕薰。懒结芙蓉带，慵拖翡翠裙。　　正是柳夭桃媚，那堪莫雨朝云。宋玉高唐意，裁琼欲赠君。

——（后蜀）赵崇祚《花间集》卷五
上海古籍出版社 2005 年版

《清平乐》（宋）晏几道

莺来燕去，宋玉墙东路。草草幽欢能几度，便有系人心处。　　碧天秋月无端，别来长照关山。一点厌厌谁会，依前凭暖阑干。

——（宋）晏几道《小山词》
《书韵楼丛刊》本上海古籍出版社 2005 年版

《玉楼春》（宋）晏几道

鞦韆院落重帘莫，彩笔闲来题绣户。墙头丹杏雨余花，门外绿杨风后絮。朝云信断知何处，应作襄王春梦去。紫骝认得旧游踪，嘶过画桥东畔路。

——（宋）晏几道《小山词》
《书韵楼丛刊》本上海古籍出版社 2005 年版

《击梧桐》（宋）柳永

香靥深深，姿姿媚媚，雅格奇容天与。自识来来，便好看伊。会得妖娆心素，临期再约同欢，定是都把平生相许。又恐恩情，易破难成，未免千般思虑。　　近日书来，寒暄而已，苦没忉忉言语。便忍得，听人教当，拟把前言轻负。见说兰台宋玉，多才多艺善词赋。试与问，朝朝暮暮，行云何处去。

——（宋）柳永《乐章集》
薛瑞生《乐章集校注》中华书局 2012 年版

《满庭芳》（佳人）（宋）苏轼

香靉雕盘，寒生冰筯，画堂别是风光。主人情重，开宴出红妆。腻玉圆搓素颈,藕丝嫩,新织仙裳。双歌罢,虚檐转月,余韵尚悠飏。　　人间何处有,司空见惯,应谓寻常。坐中有狂客,恼乱愁肠。报道金钗坠也,十指露,春笋纤长。亲曾见,全胜宋玉,想像赋高唐。

——（宋）苏轼《东坡词》

《东坡乐府笺》上海古籍出版社2009年版

《减字木兰花》（登巫山县楼作）（宋）黄庭坚

襄王梦里,草绿烟深,何处是宋玉台头。暮雨朝云几许愁。　　飞花漫漫,不管羁人肠欲断。春水茫茫,要度南陵更断肠。

——（宋）黄庭坚《山谷集·山谷词》

中国书店1993年版

《西江月》（宋）黄庭坚

宋玉短墙东畔,桃源落日西斜。浓妆下著绣帘遮。鼓笛相催清夜。　　转盼惊翻长袖,低徊细踏红靴。舞余犹颤满头花,娇学男儿拜谢。

——（宋）黄庭坚《山谷集·山谷词》

中国书店1993年版

《浣溪沙》（宋）秦观

脚上鞋儿四寸罗,唇边朱粉一樱多,见人无语但回波。　　料得有心怜宋玉,只应无奈楚襄何,今生有分共伊么。

——（宋）秦观《淮海集》

徐培均《淮海集笺注》上海古籍出版社1994年版

《南乡子》（宋）秦观

妙手写徽真。水剪双眸点绛唇。疑是昔年窥宋玉,东邻,只露墙头一半身。　　往事已酸辛,谁记当年翠黛颦。尽道有些堪恨处,无情,任是无情也动人。

——（宋）秦观《淮海集》

徐培均《淮海集笺注》上海古籍出版社1994年版

《调笑》（宋玉）（宋）晁补之

楚人宋玉多微词,出游白马黄金羁。殷勤扣户主人女,上客日高无乃饥。琴弹秋思明心素,女为客歌客无语。冠缨定挂翡翠钗,心乱谁知岁将暮。

将暮乱心素，上客风流名重楚。临街下马当窗户，饭煮彫胡。留住瑶瑟促，轸传深语，万曲梁尘不顾。

——（宋）曾慥《乐府雅词》卷上
《万有文库》本辽宁教育出版社 1997 年版

《青玉案》（宋）晁补之

三年宋玉墙东畔，怪相见，常低面。一曲文君芳心乱，忽忽依旧吹散，月淡梨花馆。　秋娘苦妒浮金盏，漏些子堪猜是娇盼。归去相思肠应断。五更无寐，一怀好事，依旧蓝桥远。

——（宋）晁补之《晁无咎词》卷五
迪志文化出版公司 2003 年版

《蝶恋花》（宋）周邦彦

美盼低迷情宛转，爱雨怜云，渐觉宽金钏。桃李香苞秋不展，深心黯黯谁能见。　宋玉墙高才一觇，絮乱丝繁，苦隔春风面。歌板未终风色便，梦为蝴蝶留芳甸。

——（宋）周邦彦《片玉词》卷上
李永宁校点《片玉词》辽宁教育出版社 2001 年版

《南乡子》（秋怀）（宋）周邦彦

夜阔梦难收，宋玉多情我结俦。千点漏声万点泪，悠悠，霜月鸡声几段愁。难展皱眉头，怨句哀吟送客秋。蟋蟀床头调夜曲，啾啾，又听惊人雁过楼。

——（宋）周邦彦《片玉词》补遗
李永宁校点《片玉词》辽宁教育出版社 2001 年版

《红罗袄》（宋）周邦彦

画烛寻欢去，羸马载愁归。念取酒东垆，鳟罍虽近，采花南圃，蜂蝶须知。自分袂，天阔鸿稀。空怀乖梦约心期。楚客忆江篱。算宋玉，未必为秋悲。

——（宋）周邦彦《片玉词》卷上
李永宁校点《片玉词》辽宁教育出版社 2001 年版

《浪淘沙》（宋）吕渭老

凉露洗秋空。菊径鸣蛩，水晶帘外月玲珑。烛蕊双悬人似玉，簌簌啼红。宋玉在墙东。醉袖摇风，心随月影入帘栊。戏著锦茵天样远，一段愁浓。

——（宋）吕渭老《圣求词》

影印《文渊阁四库全书》第1487册（台湾）商务印书馆1986年版

《浣溪沙》（宋）向子諲

绿绕红围宋玉墙，幽兰林下正芬芳。桃花气暖玉生香。　　谁道广平心似铁，艳妆高韵两难忘，苏州老矣不能狂。

——（宋）向子諲《酒边词》卷上

王沛霖、杨钟贤《酒边词笺注》江西人民出版社1994年版

《减字木兰花》（梅花盛开走笔戏呈韩叔夏）（宋）向子諲

腊前雪里，几处梅梢初破蕊。年晚江边，是处花开晚更妍。　　绝知春意，不耐愁何心与醉。更有难忘，宋玉墙头婉婉香。

——（宋）向子諲《酒边词》卷上

王沛霖、杨钟贤《酒边词笺注》江西人民出版社1994年版

《虞美人》（宋）徐师川

梅花元自江南得，还醉江南客。云中雨里为谁香，闻道数枝，清笑出东墙。多情宋玉还知否，梁苑无寻处。胭脂为萼玉为肌，却恨恼人，桃杏不同时。

——（宋）曾慥《乐府雅词》卷中

《万有文库》本辽宁教育出版社1997年版

《踏莎行》（庚戌中秋后二夕带湖篆冈小酌）（宋）辛弃疾

夜月楼台，秋香院宇，笑吟吟地人来去。是谁秋到便凄凉，当年宋玉悲如许。　　随分杯盘，等闲歌舞，问他有甚堪悲处。思量却也有悲时，重阳节近多风雨。

——（宋）辛弃疾《稼轩词》

徐培均《稼轩词编年笺注》上海古籍出版社2007年版

《秋宵吟》（宋）姜夔

古帘空，坠月皎。坐久西窗人悄。蛩吟苦，渐漏水丁丁，箭壶催晓。引

凉飔，动翠葆，露脚斜飞云表。因嗟念，似去国情怀，暮帆烟草。　带眼销磨，为近日，愁多顿老。卫娘何在，宋玉归来，两地暗萦绕。摇落江枫早，嫩约无凭，幽梦又杳。但盈盈，泪洒单衣，今夕何夕恨未了。

——（宋）姜夔《白石道人歌曲》卷四《自制曲》
四川人民出版社 1987 年版

《玉蝴蝶》（王忠州家席上作）（宋）陆游

倦客平生行处，坠鞭京洛，解佩潇湘。此夕何年，来赋宋玉高唐。绣帘开，香尘乍起，莲步稳，银烛分行。暗端相，燕羞莺妒，蝶扰蜂忙。　难忘，芳樽频劝，峭寒新退，玉漏犹长。几许幽情，只愁歌罢月侵廊。欲归时，司空笑闷，微近处，丞相嗔狂。断人肠，假饶相送，上马何妨。

——（宋）陆游《放翁词》
夏承焘、吴熊和《放翁词编年笺注》上海古籍出版社 2012 年版

《商调蝶恋花》（宋）赵令畤

丽质仙娥生玉殿，谪向人间，未免凡情乱。宋玉墙东流美盼，乱花深处曾相见。　密意浓欢云有便，不奈浮名，旋遣轻分散。最恨多才情太浅，等闲不念离人怨。

——（宋）赵令畤《侯鲭录》卷五《元微之崔莺莺》
《历代史料笔记丛刊》中华书局 2002 年版

《新雁过妆楼》（秋感）（宋）吴文英

梦醒芙蓉，风檐近，浑疑佩玉丁东。翠微流水，都是惜别行踪。宋玉秋花相比瘦，赋情更苦似秋浓。小黄昏，绀云暮合，不见征鸿。　宜城当时放客，认燕泥旧迹，返照楼空。夜阑心事，灯外败壁寒蛩。江寒夜枫怨落，怕流作题情肠断红。行云远，料澹蛾人在，秋香月中。

——（宋）吴文英《梦窗稿》乙稿卷二
影印《文渊阁四库全书》第 1488 册（台湾）商务印书馆 1986 年版

《东风第一枝》（宋）吴文英

倾国倾城，非花非雾，春风十里独步。胜如西子妖娆，更比太真淡伫。铅华不御。漫道有，巫山洛浦。似恁地，标格无双，镇锁画楼深处。　曾被风，容易送去。曾被月，等闲留住。似花翻使花羞，似柳任从柳妒。不教

歌舞，恐化作彩云轻举。信下蔡阳城俱迷，看取宋玉词赋。

——（宋）吴文英《梦窗稿》乙稿卷二

影印《文渊阁四库全书》第1488册（台湾）商务印书馆1986年版

《丁香结》（宋）陈允平

尘拥妆台，翠闲歌扇，金井碧梧风阒。听荁虫声小，伴寂寞，冷逼莓墙苍润。料凄凉宋玉，悲秋恨，此际怎忍。莲塘风露，渐入粉艳，红衣落尽。　　勾引，记舞歇弓弯，几度柳围花阵。酒薄愁浓，霞腮泪渍，月眉香晕。空对秦镜尚缺，暗结回肠寸。念纤腰柔弱，都为相如瘦损。

——（清）沈辰垣等《御选历代诗余》卷六十六

影印《文渊阁四库全书》第1491册（台湾）商务印书馆1986年版

《阳台梦》（宋）解昉

仙姿本寓，十二峰前住。千里行云行雨。偶因鹤驭过巫阳。邂逅他，楚襄王。无端宋玉夸才赋，诬诞人心素。至今狂客到阳台。也有痴心，望妾人，梦中来。

——（明）陈耀文《花草稡编》卷十二《小令》

影印《文渊阁四库全书》第1490册（台湾）商务印书馆1986年版

《忆王孙》（宋）史远道

墙头梅蕊一枝新。宋玉东邻算未真。折与冰姿绰约人。怯霜晨，桃李纷纷不当春。

——（宋）黄大舆《梅苑》卷八

影印《文渊阁四库全书》第1489册（台湾）商务印书馆1986年版

《六州歌头》（题万里江山图）（元）卢挚

诗成雪岭，画里见岷峨。浮锦水，历滟滪，灭陂陀，汇江沱。唤醒高唐残梦，动奇思，闻巴唱，观楚舞，邀宋玉，访巫娥。拟赋《招魂》《九辩》，空目断，云树烟萝。渺湘灵不见，木落洞庭波。抚卷长哦，重摩挲。　　问南楼月，痴老子，兴不浅，夜如何。千载后，多少恨，付渔蓑。醉时歌，日暮天远，愁欲滴，两青蛾。曾一舸，奇绝处，半经过。万古金焦伟观，鲸鳌背，尽意婆娑。更乘槎欲就，织女看飞梭。直到银河。

——（元）周南瑞《天下同文集》卷四十八《词》

影印《文渊阁四库全书》第1366册（台湾）商务印书馆1986年版

《朝云峰》（元）赵孟𬱖

绝顶朝云散，寒江暮雨频。楚王宫殿已成尘。过客转伤神。　月是巫娥伴，花为宋玉邻。一听歌调一含嚬，哀怨竹枝春。

——（明）陈耀文《花草稡编》卷四《小令》
影印《文渊阁四库全书》第1490册（台湾）商务印书馆1986年版

《桂枝香》（明）王廷相

一林红叶，无力撼惊风，雨朝霞散。摇落年华，宋玉又生幽怨。小楼悄悄栏干倚，最浮云，不堪情恋。玉书难寄，海天空阔，梦迷人远。　叹霜鬓，年来较短。旅中秋不禁，登玩只见青山，谁见古时人面。乡心渺渺，随流水，更不待，商歌魂断。新愁顿起，半窗暝雨，一声归雁。

——（清）沈辰垣等《御选历代诗余》卷六十六
影印《文渊阁四库全书》第1491册（台湾）商务印书馆1986年版

《昼夜乐》（节）（清）嵇天眉、马云题联句

红粉齐围愁未扫（云），喜窥宋玉人娇好（天），特地倩蜂邀，见把胜常道（云），花开姊妹成双笑（天）。　脸霞流，歌云裊（云）。就中各有商量。燕约莺期颠倒（天）。送客留髡同听雨，那醉也不容春闹（云）。

——（清）佚名《吴门画舫续录》个中生手编《纪事》
《香艳丛书·第十七集》人民文学出版社1992年版

（三）曲

[商角调]《黄莺儿》（别况）（元）郑庭玉

[应天长]愁成阵，更压着宋玉。便是铁石人，也今宵耽不去。早是恓惶能对付。难禁处，凄凉景，窗儿外眼撮聚。

——隋树森《全元散曲》
上海古籍出版社1984年版

[小石调]《恼煞人》（咏雪）（元）白朴

[幺篇]宋玉悲秋愁闷，江淹梦笔寂寞。人间岂无成与破，想别离情绪，

世界里只有俺一个。

——隋树森《全元散曲》
上海古籍出版社1984年版

[双调]《蟾宫曲》（江陵怀古·古荆州）（元）卢挚

慨星槎两度南游，想神女朝云，宋玉清秋。汉魏名流，临风吹笛，作赋登楼。谁学下宫腰种柳，又添些眉黛新愁。渔父回舟，应笑湘累，不近糟丘。

——隋树森《全元散曲》
上海古籍出版社1984年版

[大石调]《青杏子》（姻缘）（元）马致远

天赋两风流，须知是福惠双修。骖鸾仙子骑鲸友，琼姬子高，巫娥宋玉，织女牵牛。

——隋树森《全元散曲》
上海古籍出版社1984年版

[正宫]《鹦鹉曲》（城南秋思）（元）冯子振

新凉时节城南住，灯火诵鲁国尼父。到秋来宋玉生悲，不赋高唐云雨。

——隋树森《全元散曲》
上海古籍出版社1984年版

[双调]《清江引》（咏秋日海棠）（元）张养浩

前日彩云飞上天，又向深愁见。翠淡遥山眉，红惨春风面，恨燕莺期天样远。霜重物华摇落秋，惊见春如旧。一笑疏篱边，更比黄花瘦，划地滞西风犹带酒。宋玉每逢秋叹嗟，见此应欢悦。恰被风只开，莫遣霜摧谢，有他那惜花人来到也。

——隋树森《全元散曲》
上海古籍出版社1984年版

[双调]《折桂令》（宴支园桂轩）（元）乔吉

碧云窗户推开，便敲竹催茶，扫叶供柴。如此风流，许多标致，无点尘埃。堆金粟西方世界，散天香夜月亭台。酒令诗牌，烂醉高秋，宋玉多才。

——隋树森《全元散曲》
上海古籍出版社1984年版

[南吕]《骂玉郎过感皇恩采茶歌》(四时·风)(元)钟嗣成

薰风起自青蘋外,应时候自南来,此身如在清凉界。尘虑绝,天地宽,胸襟快。

柳谢花台,杏脸桃腮。手相携,心厮爱,意同谐。偏宜出格,付与多才。捧银荷,沉玉李,列金钗。簟舒开,枕相挨,吹将爽气透吟怀。雪体冰肌消盛暑,也胜宋玉在兰台。

——隋树森《全元散曲》
上海古籍出版社 1984 年版

[南吕]《一枝花》(自序丑斋)(元)钟嗣成

[哭皇天]饶你有拿雾艺冲天计,诛龙局段打凤机。近来论世态,世态有高低。有钱的高贵,无钱的低微。哪里问风流子弟。折末颜如灌口,貌赛神仙,洞宾出世,宋玉重生,设答了镘的,梦撒了寮丁,他采你也不见得。枉自论黄数黑,谈说是非。

——隋树森《全元散曲》
上海古籍出版社 1984 年版

[中吕]《满庭芳》(闺怨三首)(元)张可久

烧好香,告穹苍,行行步步只念想。泪眼汪汪,烟水茫茫,芳草带夕阳。雕鞍去了才郎,画堂别是风光。八的顿开金凤凰,嗤的扯破锦鸳鸯,吉丁的掂损玉螳螂。

锦绣围,翠红堆,当初有心直到底。双宿双飞,无是无非,不许外人知。眼睁睁指甚为题,意悬悬为你著迷。有情窥宋玉,没兴撞王魁。呸!骂你个负心贼。

相爱怜,恶姻缘,云迷武陵仙路远。尘暗朱弦,墨淡银笺,青草曲江边。俏元和花了闲钱,病相如潮过顽涎。梅窗宜静坐,纸帐称孤眠。天!休放月团圆。

——隋树森《全元散曲》
上海古籍出版社 1984 年版

[中吕]《快活三过朝天子四边静》(秋)(元)马谦斋

芰荷衰,翠影稀。豆花凉,雨声催。谁家砧杵捣寒衣,万物皆秋意。燕归，雁飞，霜染芙蓉醉。长江万里鲈正肥，谩忆家乡味。啸月吟情，凌云豪气，岂当怀宋玉悲。赏风光帝里，贺恩波凤池，喜生在唐虞世。香山叠翠，红叶西风衬马蹄。重阳佳致，千金曾费。黄橙绿醅，烂醉登高会。

——隋树森《全元散曲》
上海古籍出版社 1984 年版

[南吕]《一枝花》(丽情)(元) 贯云石
[黄钟尾声] 雁儿，你写西风曲似苍颉字，对南浦愁如宋玉词。恰春归，早秋至，多寒温，少传示。恼人肠，聒人耳，碎人心，堕人志。雁儿，直被你撺掇出无限相思，偏怎生不寄俺有情分故人书半纸。

——隋树森《全元散曲》
上海古籍出版社 1984 年版

[商调]《二郎神》(秋怀)(元) 高明
[猫儿坠] 绿荷萧索无可盖眠鸥，碧粼粼露远州。羁人无力冷飕飕，合愁，早知道宋玉当时顿觉伤秋。

——隋树森《全元散曲》
上海古籍出版社 1984 年版

[中吕]《普天乐》(送友回陕)(元) 汤舜民
书剑不求官，萍水常为客。嫌的是骑驴灞桥，喜的是老马章台。生来解佩心，捏尽看花怪。短帽轻衫春风外，等档间袖得香来。青门绮陌，花营锦寨，谁不知宋玉多才。

——隋树森《全元散曲》
上海古籍出版社 1984 年版

[南吕]《一枝花》(赠美人)(元) 汤舜民
[尾声] 赋佳人的宋玉堪题咏，图仕女的崔徽枉费工。常记席上樽前那些陪奉：喜孜孜捧着玉钟，娇滴滴擎着笑容，端的是压尽人间丽情种。

——隋树森《全元散曲》
上海古籍出版社 1984 年版

［南吕］《一枝花》（赠玉马杓）（元）汤舜民

［梁州］龙脑香生瑞霭，虾须帘笼卷斜阳。动芳情多为凭栏望。翠柳黄鹂个个，青天白鹭行行。锦缆牙樯簇簇，金沙流水茫茫。但凝眸渐觉彷徨，忽萦怀又索包藏。销魂桥芳草地几度离别，折柳亭拂尘会几场宴赏，落花天残灯夜几样思量。话长，意长。止不过弱红娇黛相偎傍，酝酿出雨云况。可知道宋玉当年为发扬，赋作《高唐》。

——隋树森《全元散曲》
上海古籍出版社1984年版

［中吕］《粉蝶儿》（元）邓玉宾

［满庭芳］三闾枉了，众人都醉倒，你也铺啜些醨糟。朝中待独自要个醒醒号，怎当他众口嗷嗷。一个阳台上襄王睡着，一个巫山下宋玉神交。休道你向渔夫行告，遮莫论天写地，谁肯向《离骚》。

——隋树森《全元散曲》
上海古籍出版社1984年版

［双调］《夜行船》（悔悟）（元）朱庭玉

无限莺花慵管领，恐似沈郎多病。宋玉伤哉，安仁老矣，衰鬓怕临明镜。

——隋树森《全元散曲》
上海古籍出版社1984年版

［南吕］《一枝花》（孤闷）（元）李致远

［梁州］东墙女空窥宋玉，西厢月却就崔姝。便休题月下老姻缘薄。风流偏阻，好事多辜。蓝田隐璧，沧海遗珠。桃源洞山谷崎岖，阳台路云雨模糊。书斋中勉强韩香，兰房中生疏郑五，泾河边不寄龙书。怨苦，自取。世间情知他是甚娘般物，自嗟叹静思虑。直教柳下惠开门不秉烛，薄命寒儒。

——隋树森《全元散曲》
上海古籍出版社1984年版

［双调］《新水令》（闺情）（元）赵君祥

［离亭宴歇指煞］多情较远天涯近，东皇易老芳菲尽。无言自忖，难改悔志诚心，怎消磨生死誓，强打捱凄凉运。留连宋玉才，迷恋潘安俊。行思

坐盹，免不得侍儿嘲，遵不得严母训，顾不得傍人论。荣华自有时，恩爱终无分，枉了把形骸病损。他谎话儿赚韩香，我痴心儿忆何粉。

——隋树森《全元散曲》
上海古籍出版社1984年版

［正宫］《汲沙尾南》（四景）（元）佚名

［脱布衫带过小梁州北］歌《白雪》余韵悠扬，红牙撒尽按宫商。品玉箫鸾鸣凤叶，舞《霓裳》翠盘宫样。解语知音所事强，端的是世上无双。冰弦慢拨趁奇腔，声嘹亮，口喷麝兰香。轻清韵美低低唱，启朱唇皓齿如霜。穿一套缟素衣，尽都是依宫样。又不是悲秋宋玉，可着我想像赋《高唐》。

——隋树森《全元散曲》
上海古籍出版社1984年版

［商调］《集贤宾》（怀秋）（元）佚名

战芭蕉数声秋夜雨，正珊枕梦回初。盼望杀多情宋玉，打熬成渴病相如。恰伤春媚杏繁桃，早悲愁败柳凋梧。一灯儿强将花穗吐，似笑人形影孤独。又被这露凉蛩韵巧，云冷雁声疏。

——隋树森《全元散曲》
上海古籍出版社1984年版

（四）赋

《灯赋》（节）（南朝梁）江淹

王遂赞善，澄意敛神。屈原才华，宋玉英人。恨不得与之同时，结佩共绅。今子凝章挺秀，近出嘉宾。吐蘅吐蕙，含琼含珉。推骖雕辇，以爱国之有臣焉。

——（南朝梁）江淹《江淹集》
胡之骥《江文通集汇注》中华书局《中国古典文学基本丛书》本1984年版

《吊屈原辞三章序》（唐）刘蜕

呼！三闾大夫之事，司马相如、班孟坚各有言，蜕不载故也。噫！大夫之贤怀王之事，蜕得之涕泗下衣，濡毫沥辞。噫！大夫之为臣，千万年其谁肖？宋玉、淮南王、刘向、东方朔、王褒，继有悼语。蜕一小儒也，思贤人之作，悲骛人之佞，著《吊屈原辞》三章，吊公之志也。雨濛湘波，浮楫摇歌。既而悲伸纸波，辞祈公兮来之。

——（唐）刘蜕《文泉子》卷一
《丛书集成初编》第 2358 册中华书局 1983 年版

《太清宫观紫极舞赋》（节）（唐）张复元

观乎俯仰回旋，乍离乍联。轻风飒然杳兮，俯虹霓而观列仙。飘飘迁延，或却或前。清宫肃然俨兮，若披云雾而睹青天。惟紫也，取紫宫之清；惟极也，明太极之先。用之，则邦国之光备；施之，则中和之气宣。徐而匪浊，比上帝《钧天》之乐；静而不过，小圜丘《云门》之和。亦何必持彼羽旌，方闻乎得礼；执其干戚，然后必止戈。彼延陵空，叹于《象箭》。宋玉徒美其《阳阿》，讵能合天地之大德，调阴阳之大讹者乎。

——（宋）李昉《文苑英华》卷一百二十五《道释》
中华书局 1966 年版

《江西道远院赋》（节）（宋）黄庭坚

勾吴之区，维斗所直。半入于楚，终蚀于越。有泰伯虞仲季子之风，故处士有岩穴之雍容；有屈原宋玉枚乘之笔，故文章有江山之秀发。虽越之君多好勇，故其民乐斗而轻死；江汉之俗多礼鬼，故民尊巫而淫祀。虽郡异而县不同，其大略不外是矣。

——（宋）黄庭坚《山谷集》卷一《赋》
中国书店 1993 年版

《神女庙赋》（宋）晁公遡

汉武帝既封泰山之五年，临朝而叹曰："朕念元元之民，未蒙休德，周览中土，以施惠泽，而南方以远，故独弗及也。朕甚悯焉。"是冬诏发欤飞羽林之士，简车骑之众，盛清道之仪，天子御雕玉之舆，服龙文而驾鱼目，击蒲梢而骖躞云。至于盛唐，望九疑，登天柱，薄枞阳，而出休于琅琊。天子大悦，作盛唐枞阳之诗，命协律都尉延年歌之，以觞群臣。酒未半，天子戚然不怿。时东方朔、枚皋侍，因进曰："陛下不怿，臣敢请罪。"帝曰："朕适琅琊之上，忽然云兴，其气甚异，因感高唐之事。闻楚阳台之山，下有神女，旦为朝云，暮为行雨。朕心慕之。异时诸方士尝言，仙者非求人主，人主求之乃可致。今巡游天下，冀一睹列仙之属，而莫获焉。殆朕之德，不如楚王能有所遇也，是以不怪。"朔跪曰："楚王诸侯耳，有臣宋玉善为微词，感动神女，见梦于王。臣尝笑之，玉安知神女，若臣者乃知之。"上意乃解，命谒者给朔札，使为之赋。朔即献辞曰：

径西那之绵邈兮，积阆风之崇基。缭玉墉以千里兮，右翠水而左瑶池。昆仑层峙以崟峩兮，弱渊周流而逶迤。中龟台之清都兮，垲洪敞而甚治。粲丹房与玄室兮，罨浮云而上齐。谅丰隆列缺之矜工兮，斧雷霆而斲之。疏悬黎以代础兮，莹结绿而饰墀。虞渊倒景而下射兮，光反激以交驰。萃飞仙之游遨兮，饵若英而咀琼枝。戛丛霄之灵璈兮，歌《白雪》而忘归。状愉乐而不可殚兮，非羽轮其莫窥。帝九灵之少女兮，其名曰瑶姬。受素书于紫清兮，含洞阴之华滋。习玉瑛而厌处兮，乘回飙以长辞。狂章大翳为之奉辔兮，乘苍虬而驾白蜺。驭八景之玉辖兮，曳纷纶之云旗。载灵气而轻举兮，竭鸾庡而鸿飞。涉巨溟之层波兮，将摄乎南箕。聆梦泽之雄爽兮，潒天水之相围。介青丘而澶漫兮，奄高唐以冥迷。忽意乐而延伫兮，弭绛节以徘徊。肵丹笈授夫神禹兮，靖九土而安柔。祇下民怀斯遗烈兮，即石化而为祠。象琼光之华阙兮，骞辛夷以为楣。翔藻棟以乘虹兮，列药房而张薜帷。群峰连卷而十二兮，烂云屏而扬辉。俨玉立而正中兮，貌渥饰而具宜。沐兰泽而含芳若兮，被桂裳而绣衣。烂黼妆之丰丽兮，澹联娟之修眉。肃容华之拱侍兮，纷环珮之陆离。神武蹲而抱关兮，夕夹陛以文貍。玄媛悲吟以度曲兮，女娲待歌而舞冯夷。三足乌往来为之使兮，讯东华之灵妃。迹逍遥乎中区兮，亮素节之靡移。鼻祖祝融之裔子兮，窃息妫以荆尸。蛊文夫人于前兮，后又夺郧阳子之妻。豹舄毳淹而攘内兮，蜂目暴芊而蒙眥。黑要挟夏而与居兮，于菟盗郧而遂挚。世朋淫而上蒸兮，尝见刺于湘累。横下臣緊宋玉兮，揆暴厉之不可规。称先王常与灵游兮，荐枕席而壁私。今胡为而复遇兮，意托讽于微词。启后世之蓍惑兮，诳魄化而为之。曰媚而服焉兮，则与梦期。宜圣鉴之孔昭兮，独超悟于昨非。厉皇荒德而慢神兮，祸源起乎龙蓼。悼卫蒯之失国兮，艾狶实发其乱机。屏宓妃而却玉女兮，幸后王之三思。

——（宋）晁公遡《嵩山集》卷一《古赋》
影印《文渊阁四库全书》第1139册（台湾）商务印书馆1986年版

《贺徐司封兼直院》（宋）刘过

始宰西昌之邑，旋分南岳之州。歌《阳春》《白雪》之诗，相为宋玉之表里；和落木澄江之句，孰知山谷之主宾。

——（宋）刘过《龙洲集》卷十三《启事》
上海古籍出版社 1978 年版

《阳春台赋》并序（明）兴献帝

序曰：宋大儒朱晦庵先生疏《毛诗·葛覃》云：赋者，敷陈其事而直言之者也。夫事寓乎情，情溢于言，事之直而情之婉，虽不求其赋之工而自工矣。屈宋《离骚》千百年无有讥之者，直以事与情之兼至。尔下逮相如、子云之伦《上林》《甘泉》等篇，非不宏且丽，然多斫于词、踬于事，而不足于情焉，虽然亦岂易及哉。予荷皇上恩封安陆，距国之西数十步许而有山屼然，乃旧阳春台址，尝率官僚登之，见其山川献秀，云物纡青，诚可乐也。而或乐从心侈，恶乎殿治，以图报哉，因赋其事以自儆，而情之婉否，虽予亦不之知焉。赋曰：

赫皇祖之贻谋兮，树磐石之长策。雷大造之地基兮，蕃螽斯之蛰蛰。咸明显以康乂兮，递世王之相袭。匪轨度之式遵兮，曷山川之国邑。予仰皇考之丕烈兮，膺金册其辉煌。受赤社之介封兮，宅楚壤以恢疆。聿司空之告成兮，秉玉节而辞天王。浮大江以戾止兮，抚形势而镇定乎一方。复贤哲之多遗址兮，伟阳春台之佳丽。嗟郢客之歌《阳春》兮，曲窈渺其谁继。虽伊人之不作兮，岂无来者之风致。睹斯台之凌跨宇内兮，萃群秀其无际。近日月之耿光兮，延照临以开霁。焕云霞之精彩兮，灿锦绮之相缀。献峰峦于天外兮，翠盘叠如群髻。朝汉水于沃间兮，奏万里而迢递。卉木林林而翁蔚兮，排筼筜与松桂。驯鸟兽以翔鸣兮，曷禁弋人之媒翳。慨崇台物色之舒变兮，振古初以迄今。纷智愚之异趋兮，杳不知其何心。或遭谗贼而弗已兮，欲回君意而自沉。或赋神女而匪诞兮，款规君于荒淫。或奔吴报楚而惨及黄垆兮，宁忠贞之不卒。或倚秦墙乞师兮，竟免宗国于倾覆。或强谏惧兵兮，柔从君而自刖。或指方城而盟绥德兮，挫齐威之矜伐。要之霸不足以恃兮，纯王道斯无阙。混王霸之莫辨兮，间诚伪之不容髪。并是非以烟消兮，惟兹台之存。控古今奇胜兮，何人事之足云。惟国之有台兮，观察灾祲。而兹台之遗兮，恐盘游而莫之禁。噫！非朝廷之所封兮，予亦何得而有之。凛皇训之可畏兮，寅夙夜以守之。侈姑苏之殚力兮，荒糜鹿之可悲。美章华之集怨兮，攘众心之悉离。止九层之危殆兮，喜晋灵之纳谏。贮铜雀之歌舞兮，僭曹瞒之倾患。窃谨独以自鉴兮，懔惴惴其匪康。慎刑德以协中兮，敢违汩乎天常。氓怨悱之不作兮，惠人心于矫揉。屏宵人而弗迩兮，亲方正之贤良。惩台榭之荡心兮，息广夏而讲虞唐。鼓南风之弦兮，赓阳春以超轶。歌湛露之章兮，感旷泽以怡悦。思对扬之莫既兮，罄予心之惓惓。勉保障之无怠兮，庶几慰九重之恩。怜巩皇图于不拔兮，屹然如山之不震焉。流天潢之滚滚兮，光玉牒之绵绵。匹皇麻于亿千万载兮，岂直一台之可传。讯曰：皇恩霮享封国兮，台观奇丽乐无极兮，盘游弗制基祸慝兮，居今鉴古勉辅翼兮，恪度殚心酬圣德兮。

——熊道琛、李权等《钟祥县志》卷四《古迹上》
民国二十六年刻本

《巫山十二峰赋》（节）（明）郭棐

洵瑶姬之瑰玮兮，讵尘寰之可攀。何宋玉之狡狡兮，恣唇吻而谑谈。混神仙于世上兮，辱怀襄于笔端。词人袭其荒唐兮，竞藻绘而腾喧。非沈洪之博辩兮，孰究测其真诠。

——（清）黄宗羲《明文海》卷十三《赋》
中华书局1987年版

《故宫赋》（节）（清）谈迁

忽忽今古，追恨何深。仪不司隶，歌不《黍离》。台游麋鹿，苑茂蒺藜。月落空沼，霜侵彤帷。华鲸闭响，羽林罢围。止辇思谏，垂堂虑危。煌煌庙廊，杳不可追。寒螀社燕，惘然无知。仍续芳泥于旧垒，发馀韵雅于遗墀。增悲加悼，情何能持。勉缀其事，少忏疚思。屈宋过慨，班张靡口。嗟哉故宫，天或鉴之。

——（清）谈迁《北游录》卷七《纪文》
《清代史料笔记丛刊》中华书局2006年版

《自序》（节）（清）悔庵居士

仆文非绮组，学乏缣缃，时阅瑶签，常持缥帙。思齐宋玉，庶几申骚客之情；犹赋陈思，仿佛入神化之境。

——（清）悔庵居士《清溪惆怅集》
《香艳丛书·第十五集》人民文学出版社1992年版

《惆怅词序》（节）（清）悔庵居士

访蜀郡之卜人，得蹇修为媒氏。章台柳动，画舫徐牵。曲水冰开，玳筵高敞。窥西家之宋玉，琼树一枝；恨东舍之王昌，金钗二等。自通仙路，不接人寰。

——（清）悔庵居士《清溪惆怅集》
《香艳丛书·第十五集》人民文学出版社 1992 年版

《红楼梦赋序》（节）（清）沈谦

除是虫鱼，不解相思红豆；倘非木石，都知写恨乌丝。诵王建之《宫词》，未必终为情死；效徐陵之艳体，何尝遽作浪游。李学士之清狂，犹咏名花倾国；屈大夫之孤愤，亦云香草美人。而况假假真真，唤醒红楼噩梦；空空色色，幻成碧落奇缘。何妨借题以发挥，藉吐才人之块垒。于是描来仙境，此宋玉之寓言；话到闺游，写韩凭之变相。花魂葬送，红雨春归，诗社联吟，白棠秋老。

——（清）沈谦《红楼梦赋》
《香艳丛书·第十四集》人民文学出版社 1992 年版

《秋夜制风雨词赋》（节）（清）施瘦琴

尔乃墨染金花，砚调青石，银管毫抽，锦笺手劈。何余绪之缠绵，写离情之睽隔。张衡之怨难消，宋玉之悲莫释。

——（清）沈谦《红楼梦赋》
《香艳丛书·第十四集》人民文学出版社 1992 年版

《彤琯冰蚕阁赋》（节）（清）蒋剑人

于是郑君薄怒，坐诗婢以泥中。宋玉微词，斥神女于峡外。惹杜郎之春恨，黯然魂销。作《子夜》之变歌，闻者发指。不为已甚，尚何可言。

——（清）玉魫生《海陬冶游录》卷下
《香艳丛书·第二十集》人民文学出版社 1992 年版

《秀华续咏序》（清）黄金石

仆长诵美人之赋，爱读《国风》之诗。十五王昌，薄殊崔灏。三年宋玉，淫异登徒。凡夫十索裁笺，双声读曲。商隐烧香之句，冬郎扑粉之诗，往往帖写深情，文称慧业。

——（清）黄金石《秀华续咏》
《香艳丛书·第二十集》人民文学出版社1992年版

《吊楚大夫宋玉墓文》（清）曾燠

何南土之萧瑟兮，气无时而不秋。山林杳以冥冥兮，郁终古之离忧。采芳馨于澧浦兮，徒榛莽之一丘。与汨罗遥相望兮，魂上下而孰招。昒高堂之云气兮，身怳悦其难求。呜呼夫子兮学于灵均，鸾皇铩羽兮孤鹤叫群。桂直而伐兮膏明而焚，玉固可折兮兰曷为薰。昔仲尼之殂落兮，微言绝而有述。七十二子继亡兮，斯大义之乖失。夫子之于灵均兮，如唱和之应节。自歌停于郢中兮，世讵闻夫《白雪》。嗟重昏兮楚襄，曾不鉴兮前王。见六双之大鸟兮，弃宝弓而不张。若野麋之在泽兮，蒙虎皮而欲狂。彼齐侯之复雠兮，隔九世而义明。何阖庐之交越兮，杀尔父而可忘。日康娱以淫游兮，但嫉娭其笑语。侈大王之雄风兮，慕神女之灵雨。闻谟言而啧兮，谀不工而亦拒。匿重痼而避翳兮，虽俞缓其何处。唯夫子察其故兮，叹昌言之风微。批逆鳞其诚难兮，犯菹醢而奚裨。羌文王而谲谏兮，词多风以善入。驱诡怪而夸丽兮，夫诚有所不恤。因大言以蒙赏兮，非夫子怀也。或劝百而讽一兮，亦夫子之哀也。古即重此修辞兮，何所遭之多忌。相灵均已肇端兮，宜夫子之陨涕。乱曰：有神物兮鲲鱼，朝发于崑墟兮，暮宿于孟诸。吾知尺泽之鲵兮，固未足于江湖。

——（清）褚维恒、尹龙澍等《安福县志》卷三十三《艺文四》
同治己巳重修、安福县本衙藏板

（五）小说

许元长者，江陵术士，为客淮南。御史陆俊之从事广陵也，有贤妻，待之情分倍愈于常。俄而妻亡，俊之伤悼，情又过之。……他日元长来，陆生知有奇术也，试以汉武帝李夫人之事诱之，……元长曰："夫人之来，非元长在此不可。元长若去，夫人隐矣。侍御夫人久丧，枕席单然，魂劳晦明，恨入肌骨，精诚上达，恳意天从。良会难逢，已是愈年之思，必不可以元长在此，遂阻佳期。阳台一归，楚君望绝，纵使高唐积恨，宋玉兴辞，终无及也。"陆深感之。……俄而窸窣若有人行阶下者，元长揖曰："请入。"其妻遂入,二青衣不识,徐而思之,乃冥器女子也。

——(唐)牛僧儒《玄怪录》卷一《许元长》
中华书局 2006 年版

秭归县繁知一,闻白乐天将过巫山,先于神女祠粉壁大署之曰:"苏州刺史今才子,行到巫山必有诗。为报高唐神女道,速排云雨候清词。"白公睹题处,怅然。邀知一至,曰:"历阳刘郎中禹锡,三年理白帝,欲作一诗于此,怯而不为。罢郡经过,悉去千余首诗,但留四章而已。此四章者,乃古今之绝唱也,而人造次,不合为之。"沈佺期诗曰:"巫山高不极,合沓奇状新。暗谷疑风雨,幽崖若鬼神。月明三峡曙,潮满九江春。为问阳台客,应知入梦人。"王无竞诗曰:"神女向高唐,巫山下夕阳。徘徊作行雨,婉娈逐荆王。电影江前落,雷声峡外长。霁云无处所,台馆晓苍苍。"李端诗曰:"巫山十二重,皆在碧虚中。回合云藏日,霏微雨带风。猿声寒渡水,树色暮连空。愁向高唐去,千秋见楚宫。"皇甫冉诗曰:"巫峡见巴东,迢迢出半空。云藏神女馆,雨到楚王宫。朝暮泉声落,寒暄树色同。清猿不可听,偏在九秋中。"白公但吟四篇,与繁生同济,竟而不为。故太尉李德裕镇渚宫,尝谓宾侣曰:"余偶欲遥赋《巫山神女》一诗,下句云:'自从一梦高唐后,可是无人胜楚王。'昼梦宵征巫山,似欲降者,如何?"段记室成式曰:"屈平流放湘沅,椒兰友而不争,卒葬江鱼之腹,为旷代之悲。宋玉则招屈之魂,明君之失,恐祸及身,遂假高唐之梦,以惑襄王,非真梦也。我公作神女之诗,思神女之会,唯虑成梦,亦恐非真。"李公退惭,其文不编集于卷也。

——(唐)范摅《云溪友议》卷上《巫咏难》
中华书局 1959 年版

云溪子素闻三乡之咏,怅然未明其所自也。洎得吴郡陆君贞洞,仅纪其年代而不知其人,奚用序乎!……(无名)又赋诗曰"昔逐良人西入关,良人身殁妾空还。谢娘卫女不相待,为雨为云过此山"和诗十一首。……(其五)王硕:"无姓无名越水滨,芳词空怨路旁人。莫教才子偏惆怅,宋玉东家是旧邻。"……

——(唐)范摅《云溪友议》卷中《三方略》
中华书局 1959 年版

李君及至扬州，遍历诸寺，遇一女子拜泣，自谓宋态也。宋态者，故吴兴刘员外爱姬也。刘、李有昔年之分，因有诗赠曰："长忆云仙至小时，芙蓉头上绾青丝。当时惊觉高唐梦，唯有如今宋玉知。"又曰："陵阳夜醮使君筵，解语花枝在眼前。自从明月西沉海，不见姮娥二十年。"李君叹曰："不见豪首而逢宋态，成终身之喜，恨无言于知旧欤。"

——（唐）范摅《云溪友议》卷下《江客仁》
中华书局1959年版

按，明蒋一葵《尧山堂外纪》卷三十《唐·李涉》引此，文字略异。

云溪子曰：汉署有《艳歌行》，匪为桑间濮上之音也。偕以雪月松竹，杂咏《杨柳枝词》，作者虽多，鲜睹其妙。杜牧舍人云："巫娥庙里低含雨，宋玉堂前斜带风。"滕郎中又云："陶令门前冒接离，亚夫营里拂朱旗。"但不言"杨柳"二字，最为妙也。

——（唐）范摅《云溪友议》下卷《温裴黜》
中华书局1959年版

其后宋玉以其事言于襄王。王不能访以要道，以求长生，筑台于高唐之馆。作阳台之宫，以祀之，宋玉作《神女赋》以寓情荒淫，托词秽芜，高真上仙岂可诬而降之。有祠在山下，世谓之大仙，隔峰有神女石，即所化之身也。复有石天尊神女坛，坛侧有竹，垂之若箒，有槁叶飞物著坛上者，竹则因风而扫之，终岁莹洁，不为之污。楚世世祀焉。

——（前蜀）杜光庭《墉城集仙录》卷三《云华夫人》
影印涵芬楼本《道藏》第18册文物出版社1988年版

洛川宓妃，宓牺氏之女也。得道为水仙，以主于洛川矣。常游洛水之上，以众女仙为宾友，自以游宴为适，或祥化多端，亦犹朝云暮雨之状耳。魏雍丘王曹植感宋玉对楚王之事，作《洛神赋》以叙之。言其状也："翩若惊鸿，婉若游龙，荣耀秋菊，华茂春松，仿佛兮若轻云之蔽日，飘摇兮若流风之回云，皎若太阳升朝霞，灼若芙蕖出绿波，体迅飞凫，飘忽若神，凌波微步，罗袜生尘。"此盖文士妖饰之词。若夫得道登真，体位高貌，仙凡复隔，感降良难，宜可仿宋玉淫冶之音，所致上仙之一遇也。

——（前蜀）杜光庭《墉城集仙录》卷五《洛川宓妃》
影印涵芬楼本《道藏》第18册文物出版社1988年版

东海宫声应中有一砚，尉氏孙宗鉴少魏舍人为作铭："襄城愁，京兆妩。北窗散黛，东家翠羽。棱棱笔锋，与此等伍，胡不类子，英气妙语。"又曰："夕锋既去，碧落方暮。澹疏星之微明，横青霞之数缕。想像沉寥，夷犹毫楮。俾子之文，万丈轩翥。"梁冀妻孙寿，封襄城君，作《愁眉啼妆》诗云："北窗朝向镜，锦帐复斜紫。娇羞不肯出，犹言妆未成。散黛随眉广，胭脂遂脸生。试将持出众，定得可怜名。"宋玉《好色赋》："东家之子，眉如翠羽。"用斯事也。

——（宋）张邦基《墨庄漫录》卷五
《历代史料笔记丛刊》本中华书局 2011 年版

政和三年春，子勉客京师，会王性之问山谷诗中本意，因道其详，且为赋诗云："南溪太史还朝晚，息驾江陵颇从款。彩毫曾咏水仙花，可惜国香天不管。将花托意为罗敷，十七未有十五余。宋玉门墙迂贵从，蓝桥庭户怪平居。十年目色遥成处，公更不来天上去。已嫁邻姬窈窕姿，空传墨客殷勤句。……"

——（宋）吴曾《能改斋漫录》卷十一《国香》
上海古籍出版社 1979 年版

今言中酒之"中"，多以为平声，祖《三国志》"中圣人"、"中贤人"之语。然齐己《柳诗》曰："秾低似中陶潜酒，软极如伤宋玉风。"乃作仄声。或者谓平、仄一意。仆谓中酒之中，从仄声，自有出处。按《前汉·樊哙传》"军士中酒"注：竹仲反。齐己祖此。

——（宋）王楙《野客丛书》卷二十五《齐己诗》
中华书局 1987 年版

齐己《折杨柳词》："秾低似中陶潜酒，软极如伤宋玉风。"以"中酒"之"中"为去声，于义为长。徐邈中圣人《三国志》既无音，未可悬断为平声也。

——（宋）赵与时《宾退录》卷四
影印《文渊阁四库全书》第 853 册（台湾）商务印书馆 1986 年版

柳耆卿尝在江淮，倦一官妓，临别，以杜门为期。既来京师，日久未还，妓有异图，耆卿闻之怏怏。会朱儒林往江淮。柳因作《击梧桐》以寄之，曰："香靥深深，孜孜媚媚，雅格奇容天与。自识伊来，便有怜才心素。临歧再约同欢，定是都把身心相许。又恐恩情易破难成，未免千般思虑。近日书来，寒暄而已，苦没刀刀言语。便恁得听人教当，拟把前言轻负。见说兰台宋玉，多才多艺善词赋。试与问朝朝暮暮，行云何处去？"妓得此词，遂负媿，竭产泛舟来辇下，遂终身从耆卿焉。（出《古今词话》）

——（宋）皇都风月主人《绿窗新话》卷上《柳耆卿因词得妓》
周楞伽笺注《绿窗新话》上海古籍出版社1991年版

颜令宾居南曲角，举止风流，好尚甚雅，亦颇见称于时。喜与笔砚相亲，善草书。见诗书者必尽礼祗奉，多乞诗词于士大夫，常满箱箧。后以疾且甚，……寻卒。……其三挽章：奄忽那如此，夭桃正吐春。捧心还动我，掩面托何人。湿露谁歌《薤》，逝川宁问津。临丧应有主，宋玉在西邻。

——（宋）金盈之《醉翁谈录》卷八《令宾能诗笔》
古典文学出版社1958年版

且休说天子与师师欢乐，却说贾奕这痴呆汉，自七月初八日别了师师，近两个月不曾相见。这贾奕昼忘飧，夜忘寝，禁不得这般愁闷，直瘦得肌肤如削。遂歌曰：

愁愁复又愁，意气难留。情脉思悠悠。江淹足恨，宋玉悲秋。西风穿破牖，明月照南楼。易得两眉旧恨，难忘满眼新愁。算来天下人烦恼，都来最在我心头。

——（宋）佚名《大宋宣和遗事》亨集
古典文学出版社1954年版

西山张倅芸窗有绣养娘者，命苍头递一罗帕与馆人刘启之童，偶遗之于地。芸窗责刘，即遣去。刘作诗谢张云："夜深挝鼓醉红裙，半世侯门熟稔闻。自是东邻窥宋玉，非关司马挑文君。苍头误送香罗帕，簧舌翻成贝锦文。幸赖老成持定力，一帆安稳过溪云。"

——（元）蒋正子《山房随笔》
中华书局1991年版

其邻有喜羌竹刘驼驼，聪爽能为曲词。或云尝私于令宾，因取哀词数篇，教挽柩前同唱之，声甚悲怆，是日瘗于青门外。或有措大逢之，他日召驼驼使唱，驼驼尚记其四章。……四曰："奄忽那如此，夭桃色正春。捧心还动我，掩面复何人。岱岳谁为道，逝川宁问津。临丧应有主，宋玉在西邻。"自是盛传于长安，挽者多唱之。或询驼驼曰："宋玉在西，莫是你否？"驼驼哂曰："大有宋玉在。"诸子皆知私于乐工。及邻里之人，极以为耻，递相掩覆。

——（元）陶宗仪《说郛》卷七十八上唐李榮《北里志·颜令宾》
中国书店 1986 年版

林冲回到房中，端的是心内好闷！有《临江仙》词一篇云：

闷似蛟龙离海岛，愁如猛虎困荒田。悲秋宋玉泪涟涟。江淹初去笔，霸王恨无船。　　高祖荥阳遭困厄，昭关伍相受忧煎。曹公赤壁火连天。李陵台上望，苏武陷居延。

——（明）施耐庵、罗贯中《水浒传》第十一回
人民文学出版社 1997 年版

怎见得徐宁纳闷？正是：

凤落荒坡，尽脱浑身羽翼。龙居浅水，失却颔下明珠。蜀王春恨啼红，宋玉悲秋怨绿。吕虔亡所佩之刀，雷焕失丰城之剑。好似蛟龙缺云雨，犹如舟楫少波涛。奇谋勾引来山寨，大展擒王铁马蹄。

——（明）施耐庵、罗贯中《水浒传》第五十六回
人民文学出版社 1997 年版

（文招讨）独自骑着匹马，好生慌张愁闷。正似：

凤落荒坡，尽脱浑身羽翼。龙居浅水，失却颔下明珠。蜀王春恨啼红，宋玉悲秋怨绿。吕虔亡所佩之刀，雷焕失丰城之剑。好似蛟龙缺云雨，犹如舟楫少波涛。

——（明）罗贯中《三遂平妖传》第十九回《文彦博偶遇诸葛遂 李鱼羹献计擒王则》
中华书局 2004 年版

海邑士有杨学礼者，别号东滨，少负文学，竟落魄不第，与家君学士为忘形交。予童时尝忆其《春兴咏》一绝云："菖蒲枸杞满庭栽，书阁垂帘半掩开。蛱蝶不嫌春色澹，隔墙飞去又飞来。"颇有天趣。又晚年和家君《秋兴》

一律云:"风物萧疏两鬓丝,感怀常在夜深时。心灰未冷金狨热,首级无功铁马悲。杜宇敢言游子怨,芙蓉空带美人姿。山家自有《阳春》调,不与多才宋玉知。"亦可谓写出心事矣。

——(明)陆楫《蒹葭堂杂著摘抄》
《丛书集成初编》第2920册中华书局1983年出版

近有箕笔降云:是巫山神女。即大书曰:"我是巫山正直神,襄王与我有何因。自从宋玉悲秋后,万古湘流洗不清。"则古人装点词赋,而后人以假伪真者,岂但此哉!

——(明)陈全之《蓬窗日录》卷七《谈诗一》
《历代笔记丛刊》本上海书店2009年版

涪翁过泸南,泸帅留府,会有官妓盼盼,帅尝宠之。涪翁赠《浣溪沙》词,曰:"脚上靴儿四寸罗,唇边朱麝一樱多,见人无语但回波。料得有心怜宋玉,只应无奈楚襄何。今生有分向伊么。"盼盼拜谢涪翁,泸帅令唱词侑觞。盼盼唱《惜春容》,涪翁大喜,醉饮而别。按:涪翁,黄山谷号也。黄尝为涪州别驾,故云。

——(明)彭大翼《山堂肆考》卷一百一十一《人品·娼妓》
《四库类书丛刊》本上海古籍出版社1992年版

按,曹学佺《蜀中广记》卷一百零三《诗话记第三》、清徐釚《词苑丛谈》卷七《记事》引此,文字略异。

刘长卿,字文房,终随州刺史。每题诗不言其姓,但长卿而已。皇甫湜云:"诗未有刘长卿一句,已呼宋玉为老兵矣;语未有骆宾王一字,已骂宋玉为罪人矣。"其名重如此。

——(明)蒋一葵《尧山堂外纪》卷二十八《唐·刘长卿》
齐鲁书社1997年版

太宗尝草书宋玉《大言赋》赐苏易简,易简因拟作以献,其词曰:"皇帝书白龙笺,作《大言赋》赐玉堂臣苏易简。御笔煌煌,雄词洋洋,瑰玮博达,不可备详。易简曰:圣人兴兮告成功,登昆仑兮展升中。芳席地兮飨祖宗,天籁起兮调笙镛。日乌月兔,耀文明也;参旗井钺,严武卫也;执北斗兮尊元酒也；削西华兮为石也；飞云涌霞，膰膳膫也；刳鲸腊鹏，代鹣鲽也；迅雷三发，山神呼也；流电三激，爟火举也。四时一同兮万八千年。泰山融兮溟海干，图盖偃兮方舆穿。"

————（明）蒋一葵《尧山堂外纪》卷四十三《宋·苏易简》
齐鲁书社 1997 年版

张子厚少有异才，多异梦，尝作《梦录》。记梦中诗曰："楚峡云娇宋玉愁，月明溪净印银钩。襄王定是思前梦，又抱霞衾上玉楼。"殆不类人间人也。

————（明）蒋一葵《尧山堂外纪》卷五十六《宋·张槃》
齐鲁书社 1997 年版

宾王《扬州看竞渡序》："临波笑脸，艳出浦之轻莲；映渚蛾眉，丽穿波之半月。能使洛川回雪，犹赋陈思；巫岭行云，专称宋玉。"锦心绣口，落笔自是不凡，然而比于淫矣。

————（明）蒋一葵《尧山堂偶隽》卷二《唐》
齐鲁书社 2001 年版

泉滨海，飓风时作。客因曰："此非雄风乎？然不闻有谓雌风者。"余同僚山阴俞君善谑，曰："今内孺威作，非雌风乎？"余笑曰："虽然，风亦有相偶者。宋玉赋有'大王风'，刘孝威诗有'少女风'，《风俗通》有'君子风'，《北史》有'小人风'。"

————（明）陈懋仁《泉南杂志》卷下
商务印书馆 1935 年版

你道他（吴朝奉）怎生打扮？但见：
头戴一顶前一片后一片的竹简巾儿，旁缝一对左一块右一块的蜜蜡金儿，身穿一件细领大袖青绒道袍儿，脚下着一双低跟浅面红绫僧鞋儿。若非宋玉墙边过，定是潘安车上来。

————（明）凌濛初《初刻拍案惊奇》卷二《姚滴珠避羞惹羞 郑月娥将错就错》
人民文学出版社 1991 版

幼谦当堂提笔，一挥而就，供云：

窃惟情之所钟，正在吾辈；义之不歉，何恤人言！罗女生同月日，曾与共塾而非书生；幼谦契合金兰，匪仅逾墙而搂处子。长卿之说，不为挑琴；宋玉之招，宁关好色！

——（明）凌濛初《初刻拍案惊奇》卷二十《王大使威行部下 李参军冤报生前》

人民文学出版社 1991 版

月光之中，露出身面，正是孺人独自个在那里。使君忙忙跳过船来，这里孺人也不躲闪。两下相偎相抱，竟到房舱中床上，干那活儿去了。一个新寡的文君，正要相如补空；一个独居的宋玉，专待邻女成双。一个是不系之舟，随人牵挽；一个如中流之楫，惟我荡摇。沙边鸂鶒好同眠，水底鸳鸯堪比乐。

——（明）凌濛初《二刻拍案惊奇》卷七《吕使君情媾宦家妻 吴太守义配儒门女》

人民文学出版社 1992 版

吴宣教急拣时样济楚衣服，打扮得整齐。真个赛过潘安，强如宋玉。眼巴巴只等小童到来，即去行事。正是：罗绮层层称体裁，一心指望赴阳台。巫山神女虽相待，云雨宁知到底谐。

——（明）凌濛初《二刻拍案惊奇》卷十四《赵县君乔送黄柑 吴宣教干偿白镪》

人民文学出版社 1992 版

（小姐）遂也回他一首，和其末韵。诗云："宋玉墙东思不禁，愿为比翼止同林。知音已有新裁句，何用重挑焦尾琴。"

——（明）凌濛初《二刻拍案惊奇》卷十七《同窗友认假作真 女秀才移花接木》

人民文学出版社 1992 版

宋玉东家女因玉见弃，誓不他适，膏沐不施，恒以帛带交结胸前后，掺织作以自给。后人效之，富家至以珠玉、宝花、饰锦、绣流苏带束之，以增妖冶，浸失其制矣。（《缉柳编》）

——（明）董斯张《广博物志》卷二十四《闺壸二》

广陵书社 1991 年版

濠州西有高塘馆，附近淮水，御史阎敬爱宿此馆，题诗曰："借问襄王安在哉，山川此地胜阳台。今朝寓宿高唐馆，神女何曾入梦来。"辂轩来往，莫不吟讽,以佳。有李和风者至此,又题诗曰:"高唐不是这高塘,淮畔江南各一方。若向此中求荐枕,参差笑杀楚襄王。"读者莫不解颜。

——(明)冯梦龙《古今谭概》卷五《高塘》
中华书局 2007 年版

按,明许自昌辑《捧腹编》卷八《高塘馆》言引自《南部新书》(续修四库全书 1273 册),文字小异。"以佳"作"以为警绝"。

(赵旭)在下处闷闷不悦,漫题四句于壁上。诗曰:
宋玉悲秋,江淹是恨。韩愈投荒,苏秦守困。

——(明)冯梦龙《喻世明言》卷十一《赵伯升茶肆遇仁宗》
人民文学出版社 1958 年版

(柳)耆卿到,不遇。知玉英负约,怏怏不乐,乃取花笺一幅制词,名《击梧桐》。词云:

香靥深深,姿姿媚媚,雅格奇容天与。自识伊来便好看承,会得妖娆心素。临岐再约同欢,定是都把平生相许。又恐恩情易破难成,未免千般思虑。　近日重来,空房而已,苦没忉忉言语。便忍得听人教当,拟把前言轻负。见说兰台宋玉,多才多艺善词赋。试与问,朝朝暮暮,行云何处去。

——(明)冯梦龙《喻世明言》卷十二《众名姬春风吊柳七》
人民文学出版社 1958 年版

这巫峡上就是巫山,有十二个山峰,山上有一座高唐观。相传楚襄王曾在观中夜寝,梦见一个美人愿荐枕席。临别之时,自称是伏羲皇帝的爱女,小字瑶姬,未行而死,今为巫山之神,朝为行云,暮为行雨,朝朝暮暮,阳台之下。那襄王醒后,还想着神女,教大夫宋玉做《高唐赋》一篇,单形容神女十分的艳色。因此后人立庙山上,叫做巫山神女庙。遐叔在江中遥望庙宇,掬水为浆,暗暗的祷告道:"神女既有精灵,能通梦寐,乞为我特托一梦与家中白氏妻子,说我客途无恙,免其思念。当赋一言相谢,决不敢学宋大夫作此淫亵之语,有污神女香名。乞赐仙鉴。"

——(明)冯梦龙《醒世恒言》卷二十五《独孤生归途闹梦》
人民文学出版社 1956 版

行到天师船上,只见:

万里茫然烟水劳,狂风偏自撼征艘。愁添舟楫颠危甚,怕看鱼龙出没高。树叶飘飘归朔塞,家山渺渺极波涛。多君宋玉悲秋泪,雁下芦花猿正号。

——(明)罗懋登《三宝太监西洋记通俗演义》第十九回
《白鳝精闹红江口 白龙精吵白龙江》
上海古籍出版社1986年版

萧总字彦先,自建业归江陵。值宋废帝元徽中,四方多乱。因游明月峡,爱其风景,遂盘桓累岁。常于峡下枕石漱口,时春向晚,忽闻林下有人呼萧郎者数声,惊顾,去坐石四十余步,有一女把花招总。总忽异之,又常知此有神女□之,视其容貌,当可笄年,所衣之服,非世所有,所佩之香,非世所闻。谓总曰:"萧郎过此,未曾见邀,今幸良辰,有明□□。"总恍然行十余里,乃见溪上有宫关台殿甚严,宫门左右,有侍女二十人,皆十四五,并神仙之质,其寝卧服玩之物,俱非世有,心亦喜幸。一夕绸缪,以至天晓。忽闻山鸟晨叫,岩泉韵清,出户临轩,将窥旧路,见烟云正重,残月在西,神女执总手,谓曰:"人间之人,神中之女,此夕欢会,万年一时也。"总曰:"神中之女,岂人间常所望也。"女曰:"妾实此山之神,上帝三百年一易,不似人间之官。来岁方终,一易之后,遂生他处。今与郎契合,亦有因由,不可陈也。"言讫乃别,神女手执一玉指环,谓曰:"此妾常服玩,未曾离手,今永别宁不相遗?愿郎穿指,慎勿忘心。"总曰:"幸见顾录,感恨徒深,执此怀中,终身是宝。"天渐明,总乃拜辞,掩涕而别。携手出户,已见路分明,总下数步,回顾宿处,宛见巫山神女之祠也。他日持玉环至建业,因话于张景山。景山惊曰:"吾尝游巫峡,见神女指上有此玉环。世人相传云,是晋简文帝李后,曾梦游巫峡见神女,神女乞后玉环,觉后乃告帝,帝遣使赐神女。吾亲见在神女指上。今卿得之,是世世异人矣。"总□太祖建元末方征召,未行,帝崩,世祖即位,累为中书舍人。初,总为制书御史,江陵舟中偶而忽思神女事,悄然不乐,乃赋诗曰:"昔年岩下客,宛似成今古。徒思明月人,愿慕巫山雨。"

——(明)吴大震《广艳异编》卷一《神部一·巫山神女》
影印《续修四库全书》第1267册上海古籍出版社2002年版

香径留烟,蹀廊笼雾。个是苏台春暮。翠袖红妆,销得人亡国故。开笑魇夷光何在，泣秦望夫差谁诉。叹古来、倾国倾城，最是蛾眉把人误。　　丈夫峻嶒侠骨。肯靡靡绕指，醉红酣素。剑扫情魔，任笑儒生酸腐。媸相如绿绮闲挑，陋宋玉彩笺偷赋。须信是、子女柔肠，不向英雄谱。右调《绮罗香》

——（明）陆人龙《型世言》第十一回《毁新诗少年矢志 诉旧恨淫女还乡》

上海古籍出版社 2001 年版

则见暮秋光景：

凄然心动者，惟秋之暮焉，树始叶黄，人将白头。云飞日淡，天高气清。蝉千声而一鸣，木万叶而具下。登山临水，还同宋玉之悲；追昔抚今，不减杜陵之兴。

——（明）西湖渔隐主人《续欢喜冤家》第十九回《木知日真托妻寄子》

青海人民出版社 1999 年版

（迎春）但见：灯光影里，鲛绡帐内，一来一往，一撞一冲。这一个玉臂忙摇，那一个金莲高举。这一个莺声呖呖，那一个燕语喃喃。好似君瑞遇莺莺，犹若宋玉偷神女。山盟海誓依稀耳中，蝶恋蜂恣未肯即罢。

——（明）笑笑生《金瓶梅词话》第十三回《李瓶儿隔墙密约 迎春女窥隙偷光》

人民文学出版社 2008 年版

金莲接在手中，展开观看，有词为证：

内府衢花绫表，牙签锦带妆成。大青大绿细描金，镶嵌斗方干净。女赛巫山神女，男如宋玉郎君。双双帐中惯交锋，解名二十四，春意动关情。

——（明）笑笑生《金瓶梅词话》第十三回《李瓶儿隔墙密约 迎春女窥隙偷光》

人民文学出版社 2008 年版

日落水流西复东，春风不尽折何穷。巫娥庙里低含雨，宋玉门前斜带风。莫将榆荚共争翠，深感杏花相映红。灞上汉南千万树，几人游宦别离中。

——（明）笑笑生《金瓶梅词话》第五十九回《西门庆摔死雪狮子 李瓶儿痛哭官哥儿》

人民文学出版社 2008 年版

正是：纵横惯使风流阵，那管床头坠玉钗。有诗为证：

兰房几曲深悄悄，香胜宝鸭晴烟袅。梦回夜月淡溶溶，展转牙床春色少。无心今遇少年郎，但知敲打须富商。媵情欲共娇无力，须教宋玉赴高唐。打开重门无锁钥，露浸一枝红芍药。

——（明）笑笑生《金瓶梅词话》第六十九回《文嫂通情林太太　王三官中诈求奸》
人民文学出版社 2008 年版

这正是：从来黄雀与螳螂，得失机关苦暗藏。漫喜窃他云雨赋，已将宋玉到高唐。

——（明）荑秋散人《玉娇梨》第八回《悄窥郎侍儿识货》
人民文学出版社 2006 版

苏友白道："宋玉有言：'天下之美，无如臣里，臣里之美，无如臣东邻之女。'仁兄兄妹之美何异于是？"

——（明）荑秋散人《玉娇梨》第十四回《卢小姐后园赠金》
人民文学出版社 2006 版

怎见得，那风：

风来穿陋巷，透玉宫。喜则吹花谢柳，怒则折木摧松。春来解冻，秋谢梧桐。睢河逃汉主，赤壁走曹公。解得南华天意满，何劳宋玉辩雌雄。

——（明）洪楩《清平山堂话本》话本卷二《洛阳三怪记》
程毅中《清平山堂话本校注》中华书局 2012 年版

有只同名《满庭芳》，单道着女人娇态。其词曰：

香瑷雕盘，寒生冰筯，画堂别是风光。主人情重，开宴出红妆。腻玉圆搓素颈，藕丝嫩、新织仙裳。双歌罢，虚栏转目，余韵尚悠扬。　人间何处有，司空见惯，应谓寻常。坐中有狂客，恼乱愁肠。报道金钗坠也，十指露、春笋纤长。亲曾见，全胜宋玉，想像赋高唐。

——（明）洪楩《清平山堂话本》雨窗集上《戒指儿记》
程毅中《清平山堂话本校注》中华书局 2012 年版

狎侮之态不及于小人，谑浪之辞不加于妃妾。自世尚通方，人安媟慢，宋玉登墙之见，淳于灭烛之欢，遂乃告知君王，传之文字，忘其秽论，叙为美谈。

——（清）顾炎武《日知录》卷三《莠言自口》
黄汝成、栾保群、吕宗力等《日知录集释》上海古籍出版社 2006 年版乔、王二姬，生前无名，皆呼曰"姊"。乔，晋人，即名晋姊；王，兰州人，即名兰姊。既曰无名，则何以有"复生"、"再来"之号？曰死后追忆，不忍叱其小字，故为是称。一则冀其复生，一则喜其再来，皆不忍死之之词。犹宋玉之作《招魂》，明知魂不可招，招以自鸣其哀耳。

——（清）李渔《乔复生、王再来二姬合传》
《香艳丛书》第九集人民文学出版社 1992 年版

若是色心太重的妇人，眼睛又能远视，看见标致男子，岂能保得不动私情？生平的节操就不能完了。所以造化赋形也有一种妙处，把这近视眼赋予他，使他除了丈夫之外，随你潘安、宋玉都看不分明，就省了许多孽障。

——（清）李渔《肉蒲团》第八回《三月苦藏修良朋刮目　一番乔卖弄美妇倾心》
《李渔全集》浙江古籍出版社 1991 年版

钱塘毛先舒有《阅俞琼英集》诗云："宋玉真愁容，江淹本恨人。何当诵遗稿，霜鬓又添新。"

——（清）陈维崧《妇人集》
《香艳丛书》第一集人民文学出版社 1992 年版

陌上之金，尚不能乱桑中之妇，而谓红闺流叶，乃自媒于东墙宋玉哉？侲非敢断绝雅恩，然久安于此，实败令名，请从此辞。

——（清）钮琇《觚賸》卷三《吴觚下·睐娘》
上海古籍出版社 1986 年版

隆庆时，嘉兴府治东石狮巷有朱生者。一日道经南城，遇雨路迷。正惊疑，忽有二女童曰："奉主母命来迎。"朱与行，入一洞门，遥望殿陛玲珑，两度石桥，乃抵其处。一仙娥自称蓬莱宫人，邀君了凤愿。与朱促席畅饮。逮晨，朱辞归。娥愀然，乃设宴正殿，铺陈饮馔，较昨愈奇，出一锦轴，写诗以赠，挥泪而别。既别，朱忽堕山下，若梦焉，轴犹在手。后，事觉，轴亦失去。（见《名媛诗纬》）。

……

（其七：）百雉斜连一道开，为君翻作雨云台。高情仿佛襄王事，宋玉如何不赋来。

……

——（清）沈季友《槜李诗系》卷三十六《蓬莱宫人》

影印《文渊阁四库全书》第 1475 册（台湾）商务印书馆 1986 年版

按，明钓鸳湖客《鸳渚志馀·雪窗谈异》卷下《朱氏遇仙传》亦记此事，文字略异。

巫山神女

宋长汀吴若讷（简言），过巫山神女庙，题诗云："惆怅巫娥事不平，当时一梦是空成。只因宋玉闲唇吻，流尽巴江洗不清。"是夜梦神女来谢。

蜀有请仙者，书巫山神女降。或戏问曰："闻仙娥与楚襄王有情，是否？"仙书曰："妾与襄王岂有情，襄王春兴梦魂轻。祇缘宋玉多诪谤，流尽巫江洗不清。"

——（清）褚人获《坚瓠集》七集卷一《巫山神女》

浙江古籍出版社 1986 年版

高唐云雨

《戏瑕》：高唐云雨是先王楚怀事，楚襄虽梦神女，而赋中不言云雨也。乃唐人诗如："倾国倾城汉武帝，为云为雨楚襄王"；"云雨无情难管领，任他别嫁楚襄王"；"料得也应怜宋玉，只应无奈楚襄王"；"今来云雨知何处，重上襄王璚瑶筵"。此类甚多，相沿不改，遂为填词家借资，然使正讹而作怀王，恐不成佳话矣。

——（清）褚人获《坚瓠集》九集卷一《高唐云雨》

浙江古籍出版社 1986 年版

高塘馆·高堂生

濠州西有高塘馆，附近淮水，御史阎敬爱宿此馆，题诗于壁曰："借问襄王安在哉，山川此地胜阳台。今朝寓宿高塘馆，神女何曾入梦来。"轺轩往来，莫不吟讽，言佳。有李和风者至，题于旁曰："高唐不是这高唐，淮畔川南各一方。若向此中求荐枕，参差笑杀楚襄王。"见者鼓掌。

康熙丁卯南场，第二道策问经学中，引高堂生事，题纸误刊高唐生。一士改前诗于席舍曰："高堂不是这高唐，旅馆人名两不当。若向此中穷讨论，定应急杀楚襄王。"遂哄传日下。

——(清)褚人获《坚瓠集》十集卷四《高唐馆·高唐生》
浙江古籍出版社 1986 年版

昌吉遣犯彭杞,一女年十七,与其妻皆病瘵。妻先殁,女亦垂尽。……葬后,夜夜梦女来,狎昵欢好,一若生人,醒则无所睹。……此丁亥春事,至辛卯春四年矣。余归之后,不知其究竟如何。夫卢充金碗,于古尝闻;宋玉瑶姬,偶然一见。至于日日相觌,皆在梦中,则载籍之所希睹也。

——(清)纪昀《阅微草堂笔记》卷八《如是我闻二》
上海古籍出版社 2005 年版

闻诸海大司农曰:有世家子,读书坟园,园外居民数十家,皆巨室之守墓者也。一日,于墙缺见丽女露半面,方欲注视,已避去。越数日,见于墙外采野花,时时凝眸望墙内,或竟登半墙,露其半身,以为东家之窥宋玉也,颇萦梦想。

——(清)纪昀《阅微草堂笔记》卷十一《槐西杂志一》
上海古籍出版社 2005 年版

《高唐赋》楚襄王与宋玉游巫山云梦之台,高唐之观,怠而昼寝,见一美人曰:"闻王游此,愿荐枕席。"因幸之。将去,曰:"妾乃巫山之神女也,名曰宓妃,常在巫山之阳,高丘之北,朝为行云,暮为行雨,朝朝暮暮,阳台之下。"

——(清)张贵胜《遣愁集》卷十二《巧遇》
上海古籍出版社 1995 年影印版

宋牧仲抚吴日,郡中吴荆山大宗伯时为诸生,游其幕。康熙乙酉乡荐,与冢宰季子筠公车北上,赠资甚丰。有友戏集唐句送行云:"料得也能怜宋玉,可能全是为荆山。"时人称其工。

——(清)张紫琳《红兰逸乘》
《吴中小志丛刊》本广陵书社 2004 年版

(马颠)于是乩,寂寞久之,复书曰:"可笑痴儿,惯逃文债。且代贾余勇,以应柳君之请。"题曰:"……非是俺破工夫寻烦觅恼,则缘俺半世英豪。

酒债诗逋，湖海游遨。只落得宋玉多愁，文园善病，两鬓萧萧。……"题竟，柳顿首称谢。

——（清）沈起凤《谐铎》卷三《穷士扶乩》
人民文学出版社 2006 年版

线娘，夏邑士族女也。……年十七，父母相继逝，线娘块然独处。隔院为某生别业，庭中玉兰一本，斜倚东垣。线娘晓起，摘在其上，某望见之，长揖墙下。线娘赪颜欲避。某曰："仆非宋玉，岂敢妄意登墙？只因独学无师，愿作王逸少，执贽簪在座下耳。"随出窗课一卷，嘱其点定。

——（清）沈起凤《谐铎》卷六《奇女雪怨》
人民文学出版社 2006 年版

十姨庙，在杜曲西，未知建于何代。芝楣桂栋，椒壁兰帷，中塑十女子，翠羽明珰，并皆殊色。上舍生某过其地，入庙瞻像，归而感梦，忽忽身在廊下。……

二姨题曰：梦来何处更为云，把酒堂前日又曛。料得也应怜宋玉，肯教容易见文君。抛残翠羽乘鸾扇，惆怅金泥簌蝶裙。取次花丛懒回顾，淡红香白一群群。

——（清）沈起凤《谐铎》卷八《十姨庙》
人民文学出版社 2006 年版

（张灵）一日昼眠，推枕而起曰："怪哉梦也！"予询之，曰：适至一处，仿佛世所传森罗殿者，旁一暗室，榜曰"泥犁狱"。见荷枷带锁者，分蹲两廊下。虽鸠形鹄面，而尽带秀色。左曰：文字案鬼犯四名：《感甄赋》曹植，《好色赋》宋玉，《美人赋》司马相如，《会真记》元稹。右曰：词曲案鬼犯四名：《玉炉香》温庭筠，《江南柳》欧阳修，《郁轮袍》张伯起，《牡丹亭》汤义仍。亡何，两廊聚语。已而叹曰："我辈生前幸不驽钝，持三寸管，左涂右抹，不意获罪至此！"

——（清）沈起凤《谐铎》卷十二《天府贤书》
人民文学出版社 2006 年版

自隐新从梦里来，岭云微步下阳台。含情一向东风笑，羞杀凡花尽不开。

宋玉《高唐赋》：昔者先王尝游高唐，怠而昼寝，梦一妇人曰："妾在巫山之阳，高唐之岨，旦为朝云，暮为行雨，朝朝暮暮，阳台之下。"五代刘郡侍儿王氏，有艳色，人号花见羞。（见《五代史》）

——（清）沈可培《比红儿诗注》
《香艳丛书·第三集》人民文学出版社1992年版

案头铺一笺。题一七律云："画帘不启旧朱门，谁像春衫问泪痕。自是冯元生命薄，何劳宋玉赋招魂。森森暮雨花犹落，草草西风日易昏。多感跫音相过赏，此身虽死性常存。"款书"延陵花史吴慕娥"。

——（清）曾衍东《小豆棚》卷五《艺文部·梦花记摘略》
齐鲁书社2004年版

即墨宋海月于雷震之处，拾龙鳞二片，金色坚厚，大如蛤壳。底面有肉丝如条筋，周如锦缛。宋试济南，有诗云："里选先居第一人，解名应缀榜头频。山东弟子终童妙，世上文章宋玉真。骆路槐花联桂萼，崿湖秋水接天津。君行知作龙门客，昨日攀龙得二鳞。"是秋果捷。

——（清）曾衍东《小豆棚》卷十五《物类》
齐鲁书社2004年版

一夕，镜月初悬，遥见人影徘徊桃花下。促视之，乃一丽人，云鬟霞脸，衣浅绛衣。见生，欲避去，生引其裾曰："天风吹来，复任其吹去耶？"绛衣曰："妾西邻某氏之女也。爱此夜景弥佳，故来游赏。"生求与俱。至室中，绛衣曰："妾非能无意宋玉者，然此时羞颜所不能及，且恐家人见迹，当俟诸他日。"生不得已，与之盟而纵之去。自是日扫榻整裯，以待佳期矣。

——（清）乐钧《耳食录》卷二《吴士冠》
齐鲁书社2004年版

"朝为行云，暮为行雨"二语，宋玉赋中不载，释之者亦无明文，而后世以为男女交欢之字，然皆不求甚解也。盖天之降雨，必待阴阳既和，有云斯有雨。此时天气下降，地气上腾，故曰："天地絪缊，男女媾精。"《易传》以此二语联络成文，正取象于天地之交媾也。或曰："然则云雨时，亦有妻在上，而夫在下者，此何说也？"余曰："此则所谓翻云覆雨者矣！"客大笑。

——（清）朱翊清《埋忧集》卷三《云雨》
重庆出版社 2005 年版

才娘眉目如画，能学内人装束。樵风居士赠诗云："百结云鬟七宝钗，晓妆才试镜奁开。不知宋玉伤秋甚，镇日墙东盼楚才。"其邻舟有福来、青姑，色艺与才娘颉颃，而谈吐流利，应酬圆转，则过之。有无名子赠福来云："石槽一曲奏新声，弹向江天月正明。泪湿青衫缘底事，儿家前岁学初成。"又赠青姑云："素馨百朵缀钗梁，蝉鬓轻盈灿雪光。匀罢晚妆人倚槛，好风吹去隔江香。"

——（清）俞蛟《潮嘉风月记·丽品》
《香艳丛书·第一集》人民文学出版社 1992 年版

徐花农太史示予《集句楹联》，为丹徒邹宝傅镜堂作。虽为楹联，而集古句，一如已出，自可入巧对也。……俞楼《西爽亭》联，云"白首卧松雪，先生有才过屈宋"，对以"茅亭宿花影，故乡无此好湖山"。

——（清）梁章钜《巧对续录》卷上《邹宝傅集句楹联》
《楹联丛话全编》北京出版社 1996 年版

慈溪姚梅伯孝廉燮，生秉异资，于学无所不窥，尤精于倚声。著有《疏影楼词》，自题《疏影》调云："天门海峤。倚绿梅抚笛，清响如啸。夕隼云盘，秋鹤风嘶，高寒或是同调。江淹宋玉凭千古，总一样、愁深欢眇。尽半生、锈铁蟫徽，托与美人香草。　依自狂歌自赏，当前任赢得，流俗评笑。两宋三唐，换羽移宫，落寞词仙多少。江篷荻雨花帘月，且畅写、随时怀抱。算拂笺、香北荼南，但欠红儿娇小。"此可想见其寄托矣。

——（清）陆以湉《冷庐杂识》卷八《姚梅伯词》
《历代史料笔记丛刊》中华书局 1997 年版

乃我友怜香情重，破璧情伤，缠绵则玉藕牵丝，惆怅而金荃赋什。顾或者谓终宵角枕，空生秋士之悲；一集香奁，终伤冬郎之德。既蜂腰之中断，何雀脑之思深。岂知钗挂臣冠，宋玉原非好色；酒黏郎袖，欧公亦自多情。

——（清）梁绍壬《韵兰序（并引）》
《香艳丛书·第六集》人民文学出版社 1992 年版

昔人论文谓单词只字，自足以传，信知贵精不贵多矣。其人肉与骨称，态与体称，神湛湛如秋水，气温温若春兰，使宋玉、陈思见之，当恨不为作赋。

——（清）杨掌生《京尘杂录》卷二《辛壬癸甲录》
《京剧历史文献汇编·清代卷》凤凰出版社 2011 年版

按，清蕊珠旧史掌生氏《帝城花样》之《长安看花记·韵香传》亦记此事，文字同。

司空表圣《诗品》曰："坐中佳士，左右修竹。""落花无言，人淡如菊。"每咏老杜《咏怀古迹》诗曰"摇落空知宋玉悲，风流儒雅亦吾师"，辄令人想其标格不置。

——（清）杨掌生《京尘杂录》卷二《辛壬癸甲录》
《京剧历史文献汇编·清代卷》凤凰出版社 2011 年版

天禄有女曰芙蓉，明慧艳冶，有长安丽人之目。都人士闻声倾想，红襟小燕入幕窥帘，思窃比西家宋玉者，以千万百计得玉香为快婿。

——（清）杨掌生《京尘杂录》卷二《辛壬癸甲录》
《京剧历史文献汇编·清代卷》凤凰出版社 2011 年版

宋牧仲（荦）抚吴时，为唐六如修墓。韩文懿公题云："在昔唐衢常恸哭，祗今宋玉与招魂。"眼前之语，信手拈来，便成绝对。

——（清）梁恭辰《楹联四话》卷二《名胜·庙祀》
白化文、李鼎霞点校《楹联丛话全编》北京出版社 1996 年版

按，清徐锡龄、钱泳《熙朝新语》卷五引此，文字同。

如：天下何曾有山水；老夫不出长蓬蒿。此南海陈子壮（秋涛）所集也。

如：兰亭旧路虽曾识；子夜新歌遂不传。自叹马卿长带病；何曾宋玉解招魂。追思往事咨嗟久；始觉空门气味长。瑶台绛节游俱遍；粉壁红妆画不成。碧落有情应怅望；白云何处更相期。……此秀水沈德符（景倩）所集也。

——（清）梁恭辰《巧对录》卷七《静志居诗话所载集句》
白化文、李鼎霞点校《楹联丛话全编》北京出版社 1996 年版

予叔父苕园先生亦雅好集句，客至觞行，恒举敷联，坐客服其工致。予所记忆者，如：……料得也应怜宋玉；不知何处吊湘君。……以上皆极自然，

陆务观所云"火龙黼黻手",非"补缀百家衣"者比之。
——(清)梁恭辰《巧对录》卷七《苕园集句》
白化文、李鼎霞点校《楹联丛话全编》北京出版社1996年版

曲文多有对者,亦摘录于左:
……"无宋玉般容、子建般才、潘安般貌"对"怅钓鱼人去、射虎人遥、屠狗人无",上为《酬柬》,下为《郭楼》也。
——(清)梁恭辰《巧对续录》卷上《曲文巧对》
白化文、李鼎霞点校《楹联丛话全编》北京出版社1996年版

宋牧仲尚书抚苏时,为唐六如修墓,建亭其旁,题曰"才子亭"。韩慕庐宗伯作楹联云:"在昔唐衢常痛哭,祇今宋玉与招魂。"余尝过桃花坞访之,其亭久圮矣。
——(清)梁章钜《楹联丛话》卷六《胜迹上》
白化文、李鼎霞点校《楹联丛话全编》北京出版社1996年版

忽一夕,梦一青衣来招,曰:"主人传语,奉迓玉趾。"随之行,入一朱门。殿宇伟丽。主人出,揖而就坐。视其状,貌如王者,绿袍珠履,须髯飘飘,谓公曰:"吾血食于此,庙中签诗俚俗鄙恶,真牧竖子语。敬知先生一代人才,衙官屈宋,敢乞赐以珠玉,为冥冥增辉。"公诺,再拜退。
——(清)宣鼎《夜雨秋灯录续集》卷一《稽耷殁为文信国公冥幕》
齐鲁社2004年版

或者谓九流杂技,固不足道;甚至科甲遍宇内,何者为班、马、屈、宋之词华,何者为周、程、张、朱之理学,叩之茫然者居多,不过以八股时文骗功名耳。
——(清)宣鼎《夜雨秋灯录续集》卷一《补骗子十二则·评语》
齐鲁书社2004年版

古今之事,有可资一笑者。太公八十遇文王,时所知者。乃宋玉《楚词》云:"太公九十乃显荣兮,诚未遇其匹合。"东方朔云:"太公体行仁义,七十有二,乃见于文、武。"噫!太公老矣,方得东方朔减了八岁,却被宋

玉展了十岁。此事真可绝倒。(《懒真子录》)

——(清)独逸窝退士《笑笑录》卷三《太公之年》
岳麓书社1985年版

媪曰:"已为远近遍觅小家女子,非无碧玉,奈索要殊昂。红桥有李素媛者,小字星娥,今年只十五岁,意志丰神,一时罕俪。夫人见之,不忧不合意。惟位置自高,玉镜台下娉之后,尚须千金助妆,闻有数家好因缘均经折拗,却以大腹贾年已衰迈,自顶至踵,无雅骨也,若如官人年少科第,容貌又如潘安、宋玉,彼姝妹不忧不首肯。"

——(清)王韬等《淞滨琐话》琐话二《卢双月》
《历代笔记小说丛书》本齐鲁书社2004年版

乃相将至一肆,珊柯瑶树,自所未经。甫入室,酒香已溢户外。蹑级登楼,境界顿辟,锦幔香帘,碧窗红槛,倍极幽雅,书画鼎彝,率皆入古。坐定呼酒共酌,觉入口芳冽,直入丹田。自当垆以至执壶觞,供匕箸,奔走趋承者,皆女子也。一少年指一垂髫者曰:"此杜兰香之妹,蕙香也。以宋玉一日朝参,倒持手板,蕙香顾之一笑,王母谓其情动于中,故罚至此,俾执贱役,今来甫三日耳。"

——(清)王韬等《淞滨琐话》琐话二《煨芋梦》
《历代笔记小说丛书》本齐鲁书社2004年版

史部、翰林院、礼部、国子监土地俱祀韩昌黎,未知所自。赵瓯北翼入翰林,诗以解嘲云:"……抗疏几碎佛氏骨,从祀不惭宣圣庑。岂宜罚作土地神,坐使淮阴哙为伍。屈宋讵称卑官职,乐却翻充皂隶户。生前磨蝎坐命官,曾谪岭南鲛鳄浦。……"

——(清)戴璐《藤阴杂记》卷一
上海古籍出版社1985年版

铁门宣城馆,施愚山故宅。王渔洋《过感》诗:"暮天黄叶落,一过西州门。无复高人迹,空闻鸟雀喧。新阡思挂剑,旧馆忆开樽。南望澄江水,谁招屈宋魂。"

——(清)戴璐《藤阴杂记》卷十
上海古籍出版社1985年版

田山姜雯以工部郎分司大通桥，九日泛通惠河，绘图，歌云："……日暮入城寒燕来，软尘扑面同一梦。郁生为写秋泛图，我欲作歌招屈宋。"

——（清）戴璐《藤阴杂记》卷十一
上海古籍出版社 1985 年版

姑时一号几绝，五内皆崩。董相车前，甘心惨死；宋玉台畔，绝意贪生。但祈泉下完名，何惜阶前碎首。

——（清）陈球《燕山外史》卷三
褚家伟校点《明末清初小说选刊》本春风文艺出版社 1987 年版

高文通漂麦之时，见嗤喋喋；朱翁子采薪之日，受詈申申。牝鸡岂有好音，鸺鸟更多怪语。……莫顾墙连宋玉，任意叫嚣；罔知市近晏婴，恣意噪聒。……。

——（清）陈球《燕山外史》卷五
褚家伟校点《明末清初小说选刊》本春风文艺出版社 1987 年版

满洲延桂山（誉）赠句云："人思虞夏黄农而上；文在屈宋班马之间。"

——（清）林庆铨《楹联述录》卷十二《杂志·玉虬生》
《楹话丛编》江西人民出版社 2000 年版

吴简言经巫山神女庙，题绝句云："惆怅巫娥事不平，当时一梦是虚成。只因宋玉闲唇吻，流尽巴江洗不清。"是夜梦神女来见，曰："君诗雅正，当以顺风为谢。"明日解缆，一瞬数十里。（黄仲昭《旧志》）

——（清）郝玉麟、谢道承等《福建通志》卷六十七《杂记·丛谈三》
影印《文渊阁四库全书》第 527 册（台湾）商务印书馆 1986 年版

按，清郑方坤《全闽诗话》卷二《兖州知府》引此，"一瞬数十里"作"数百里"。

有女曰芙蓉，明慧艳冶，有长安丽人之目，都人士闻声倾想。红襟小燕，入幕窥帘，思窃比西家宋玉者，以千百计既得玉香为快婿。

——（清）蕊珠旧史掌生氏《帝城花样》之《长安看花后记·檀兰卿传》
《香艳丛书·第十四集》人民文学出版社 1992 年版

杏花：不施朱粉自东邻。（王禹偁）碎锦坊文杏，不独宜阮文姬插鬓也。

午倦未起，卯醉初消，窥见一枝，应妒煞墙东宋玉。为娇品。

——（清）二石生《十洲春语》卷上《品艳·第十五品花之娟》
《香艳丛书·第十五集》人民文学出版社 1992 年版

丁香：素面含情宋玉愁。（王十朋）百结花也，西溪以为情客，绿衫裹露，紫蓓含烟，颇得杜少陵"香体柔弱"诗意。为妍品。

——（清）二石生《十洲春语》卷上《品艳·第十六品花之俪》
《香艳丛书·第十五集》人民文学出版社 1992 年版

康熙中，阊门内居民，于唐六如读书之准提庵西，掘得一碑，大书"唐解元墓"，郡守胡钻宗书也。时商丘宋漫堂抚吴，亟临祭之，为构"才子亭"于其旁，韩慕庐宗伯记之以诗，曰："鲤仙赠墨妙江东，怅怅词成千载空。埋玉如闻禅榻畔，衔杯不语雨声中。荒丘翁媪秋前税，才子牛羊笛里风。花草不知身后妒，年年抚土衬残红。中丞当代振词源，吊古凭将风雅论。谁昔唐衢惟解哭，只今宋玉与招魂。人归黄土三生石，时过清明一酒尊。更辟桃花旧兰若，钟声鼓月伴黄昏。"然唐墓实在横塘，当时未详考尔。

——（清）戴延年《吴语》
《苏州文献丛钞初编》本古吴轩出版社 2005 年版

无何妖暮入月，河魁在房。未授陈思之枕，先解醇于之襦。别院银釭，张星不照。一枝玉笛，梅花乱飞。于是郑君薄怒，坐诗婢以泥中；宋玉微词，斥神女于峡外。

——（清）玉魫生《海陬冶游录》卷下
《香艳丛书·第二十集》人民文学出版社 1992 年版

重阳节。砚农动身赴江北，接太夫人还沪。刘仁三与同去。借给洋十六元。子璠、西农来，留之持螯。酒间联句，得《金缕曲》一阕。子璠至初更去，西农宿楼中。

赤日骄人，且觅湖山，往从之游。喜瓜皮艇小，载来旧雨，芦花水浅，漾出芳州。入画楼台，亲人鸟鱼，胜地良朋恣唱酬。湘帘卷，看花都绮丽，水亦温柔。　　菲留枨触心头。宋玉登临易感秋。甚午桥庄畔，前朝汤沐，郁金堂下，往日风流。气短英雄心，儿女不及卢家有莫愁。凭栏听，只前村

牧笛，渔浦渔讴。(姚西翁《游莫愁湖》旧作)

——(清)孙文川《淞南随笔》之《同治二年癸亥·初九日》

人民文学出版社2006年版

按，此词调寄《沁园春》。

见其身轻似燕，喉啭如莺，眼有怒睛，口饶长舌，轻丢羊藿，居然自豪，有甚龙鏊，践之必败。盖女善描心字，错读毛诗；忆怪事于空桑，及身欲试；动闲情于香草，错脚难翻。翠袖轻笼，果掷潘安之袂；碧油斜睇，杏窥宋玉之墙。不堪月照罗帏，遂致风吹裙带。择来面首，选才于猎艳之场；诚何心肝，寄迹于平康之巷；船湾广惠，不图再见羚羊。

——(清)陆伯周《恨冢铭》

《香艳丛书·第七集》人民文学出版社1992年版

余有卷云："宋玉招魂遥望博，湘灵鼓瑟数峰青。"不及书衡卷之"韦后宫中双陆博，湘灵江上数峰青"矣。

——(清)易顺鼎《诗钟说梦》(五)

《楹话丛编》江西人民出版社2000年版

姮儿笑曰：据《春秋三传》《国语》，先施本不知所终，以有裹鸱夷沉江之说，后人便附会偕鸱夷泛五湖矣。即《洛神赋》而论，不过陈思脱胎宋玉《神女》《好色》等赋，偶而遣兴。留枕之说，荒谬不经，考阿甄与陈思，年齿悬殊，况魏文猜忌异常，陈思避嫌不暇，敢赋感甄乎！才人信口雌黄，可恨可畏。

——(清)许奉恩《里乘》卷四《姮儿》

齐鲁书社1988年版

挽潘槐史郎中云：

斯人未免有情，叹文山声伎，逸少管弦，同谁细语谈心，欲为王郎歌斫地；到死何能不疾，任宋玉微辞，东坡绮语，此后莫须犁舌，定知灵运早生天。

——(清)李伯元《庄谐联话》卷一《李仲约联》

《南亭四话》凤凰出版社2000年版

一人应雏妓之求，作一楹联，集宋玉《高唐赋》及《史记·陈涉世家》

曰:"朝行云,暮行雨;雌者霸,雄者王。"

——(清)李伯元《庄谐联话》卷三《雄妓对》
《南亭四话》凤凰出版社 2000 年版

  或读宋玉赋,"此大王之雄风也"句,疑曰:"风是无形无影之物,何有雌雄?"或笑曰:"自古已有雌雄风之说,汝特不知考据耳。"问有何考据?曰:"凡挟雷雨而至者,谓之雄风;月明星稀,轻云薄雾之时之风,谓之雌风。"曰:"此亦臆说耳,究不得引以为据。"曰:"恶得无据?凡与雷雨同来者,有雨师风伯之说,既称为伯,自是雄的;若月白风清时之风,则又有风姨月姊之称,既曰阿姨,自是雌的。"

——(清)吴趼人《俏皮话·雌雄风》
广东人民出版社 1958 年版

  于是有美而醋者:搜金钗于枕畔,轻骂梅瘍;碎玉钏于灯前,娇啼梨泣。有丑而醋者:强宋玉以登徒之好,独霸卿呼;嫌西施之先我而颦,转防郎看。有情而亦醋者:蝶帐销王昌之梦,仍愁别有高唐;骈车随高适之游,不使久居洛下。

——(清)佚名《醋说》
《香艳丛书·第六集》人民文学出版社 1992 年版

  才逾二九年华,抱愁绪以萦心。独异三千佳丽,虽缘迟婚媾。原非南陌罗敷,讵祸起狂且。自道东邻宋玉,何来恶谑。本失雅观,旁人之幻说无凭。莺簧舌鼓,当局则真持有定。

——(清)佚名《忏船娘张润金疏》
《香艳丛书·第六集》人民文学出版社 1992 年版

  (张船山)先生戏成二律以谢,云:"……名流争现女郎身,一笑残冬四座春。击壁此时无妒妇,倾城他日尽诗人。只愁隔世红裙小,未免先生白发新。宋玉年来伤积毁,登墙何事苦窥臣。"亦词坛雅话也。

——(清)佚名《清代名人趣史》之《张船山之艳福》
山东画报出版社 2004 年版

按,清葛虚存《清代名人轶事》之《文艺类·愿为人妇》亦记此事,文字基本相同。

寒更三逗，明月一方，中庭有人，独步彷徨，旋绕回廊而西，而敲门，而入室。此时若有人从旁觇之，得毋曰："彼其之子，必东墙宋玉，夜行多露，赴幽会于阳台者也。"

——徐枕亚《玉梨魂》第十八《对泣》
江西人民出版社 1986 年版

筠倩与梦霞，固曾有半面之识者。梦霞之诗若文，固又尝为梨娘所称道者。虽非宋玉、潘安，要亦翩翩浊世之佳公子也。

——徐枕亚《玉梨魂》第二十二《琴心》
江西人民出版社 1986 年版

（六）戏剧

有宋玉十分美貌，怀子建七步才能，如潘岳掷果之容，似邴鹜心刚独正。

——（金）董解元《西厢记诸宫调》卷一
凌景埏校注《董解元西厢记》人民文学出版社 1978 年版

[黄钟宫]《快活尔缠令》
年纪二十余，身品五尺大，疏眉更目秀，鼻直齿能粗，唇若涂朱，脸似银盘，清秀的容仪，比得潘安、宋玉丑恶。

——（金）董解元《西厢记诸宫调》卷二
凌景埏校注《董解元西厢记》人民文学出版社 1978 年版

大师笑曰："以一女子，弃其功名远业乎？"生曰："仆非不达。潘郎多病，宋玉多愁，触物感情，所不免矣。"

——（金）董解元《西厢记诸宫调》卷五
凌景埏校注《董解元西厢记》人民文学出版社 1978 年版

[仙吕调]《临江仙》
燕尔新婚方美满，愁闻萧寺疏钟。红娘催起笑芙蓉，巫姬云雨散，宋玉枕衾空。

——（金）董解元《西厢记诸宫调》卷五
凌景埏校注《董解元西厢记》人民文学出版社 1978 年版

[般涉调]《哨遍》

二仪初分天地,也有聚散别离底。料想也不似这夫妻,今宵难舍难弃。谩更说钱塘小卿双生,两个相送邮亭驿。徐都尉隋兵所逼,与乐昌公主分镜在荒坡。霸王垓下别虞姬,织女牵牛过七夕。云雨轻分,感恨巫娥,宋玉惨凄。　大花绫袄货卖,你且为盘费。恩义重如山,恰来解开云髻。用爷截青丝一缕,付与刘郎,此夜恩常记。欲去时临行情绪,想世间烦恼无可比堪,痛极时复泪珠滴。地惨天愁日无辉,当阳佛见也攒眉。

——(金)佚名《刘知远诸宫调》之《知远别三娘太原投事第二》
蓝立蓂《刘知远诸宫调校注》巴蜀书社1989年版

[幺篇]我这里端祥他那模样:花也腮庞,花不成妆。玉比肌肪,玉不生光。宋玉襄王,想像高唐,止不过魂梦悠扬,朝朝暮暮阳台上。害的他病在膏肓。若还来此相关傍,怕不就形消骨化,命丧身亡。

——(元)关汉卿《温太真玉镜台》第一折
蓝立蓂《汇校详注关汉卿集》中华书局2007年版

[鸳鸯煞]从今后姻缘注定姻缘薄,相思还彻相思苦。剩道连理欢浓,于飞愿足。可怜你窈窕巫娥,不负了多情宋玉。则这琴曲诗篇吟和处,风流句。须不是我故意亏图,成就了那朝云和暮雨。

——(元)关汉卿《温太真玉镜台》第四折
蓝立蓂《汇校详注关汉卿集》中华书局2007年版

[牧羊关]板筑的商傅说,钓鱼儿姜吕望。这两个梦善感动历代帝王。这梦先应先知,臣则是误打误撞。蝴蝶迷庄子,宋玉赴高唐。世事云千变,浮生梦一场。

——(元)关汉卿《关张双赴西蜀梦》第二折
蓝立蓂《汇校详注关汉卿集》中华书局2007年版

[煞尾]沈约病多般,宋玉愁无二,清减了相思样子。则你那眉眼传情未了时,我中心日夜藏之。怎敢因而"有美玉于斯",我须教有发落归著这张纸。凭著我舌尖儿上说词,更和这简帖儿里心事,管教那人儿来探你一遭儿。(下)

（末云）小娘子将简帖儿去了，不是小生说口，则是一道会亲的符录。他明日回话，必有个次第。且放下心，须索好音来也。且将宋玉风流策，寄与蒲东窈窕娘。

——（元）王实甫《西厢记》第三本《张君瑞害相思·第一折》
张燕瑾校注《西厢记》人民文学出版社 1994 年版

［村里迓鼓］猛见他可憎模样，小生那里病来？早医可九分不快。先前见责，谁承望今宵欢爱！著小姐这般用心，不才张珙，合当跪拜。小生无宋玉般容，潘安般貌，子建般才。姐姐，你则是可怜见为人在客。

——（元）王实甫《西厢记》第四本《草桥店梦莺莺·第一折》
张燕瑾校注《西厢记》人民文学出版社 1994 年版

［梁州第七］我虽是见宰相，似文王施礼；一头地离明妃，早宋玉悲秋。怎禁他带天香着莫定龙衣袖！（节）

——（元）马致远《破幽梦孤雁汉宫秋》第二折
徐征等《全元曲》河北教育出版社 1998 年版

（东坡云）吾兄污耳了。（词云）"香霭雕盘，寒生冰箸，画堂别是风光。主人情重，开宴出红妆。腻玉圆搓素颈，藕丝嫩、新织仙裳。双歌罢，虚檐转月，余韵尚悠飏。　　人间何处有，司空见惯，应谓寻常。坐中有狂客，恼乱愁肠。报道金钗坠也，十指露、春笋纤长。亲曾见，全胜宋玉，想像赋高唐。"（正末云）高才高才。

——（元）吴昌龄《花间四友东坡梦》第一折
徐征等《全元曲》河北教育出版社 1998 年版

［梅花酒］呀，你从来有些技痒，你从来有些技痒。正夜静更长，对月貌花庞，饮玉液琼浆。一个个逗歌喉歌婉转，一个个垂舞袖舞郎当。只教你似刘伶怎惜的酒量？似李白怎爱的诗篇？似周郎待按着宫商？似宋玉待赴着高唐。

——（元）吴昌龄《花间四友东坡梦》第四折
徐征等《全元曲》河北教育出版社 1998 年版

[油葫芦]……（封姨云）仙子，可再有何人思凡哩？（正旦唱）和宋玉曾做阳台梦。（封姨云）姐姐，你此一去报恩，可是如何？（正旦唱）他若肯早近傍，我也肯紧过从。拼着个赚刘晨笑入桃园洞。（节）

——（元）吴昌龄《张天师断风花雪月》第一折
徐征等《全元曲》河北教育出版社 1998 年版

[倘秀才]谢你个贺知章举贤的这荐贤，便是这韩飞卿荣迁也那骤迁。你着我在桃源洞收拾些学课钱。着宋玉为师范，巫娥女做生员，小生也乐然。

——（元）乔吉《李太白匹配金钱记》第二折
徐征等《全元曲》河北教育出版社 1998 年版

[鹧鸪天]宋玉多才未足称，子云识字浪传名。奎光已透三千丈，风力行看九万程。（节）

——（元）高明《琵琶记》第二出
钱箕校注《琵琶记》中华书局 1960 年版

[风云会四朝元]……丈夫，你便做腰金衣紫，须记得荆钗与裙布。苦，一场愁绪，堆堆积积宋玉难赋。（节）

——（元）高明《琵琶记》第九出
钱箕校注《琵琶记》中华书局 1960 年版

[红衲袄]……不是，我本是伤愁宋玉无聊赖，有甚心情去恋着闲楚台？（节）

——（元）高明《琵琶记》第三十出
钱箕校注《琵琶记》中华书局 1960 年版

[十二月]这声响似春雷降临，火炮相侵，惊得冰肌凛凛，冷汗浸浸。不见了宋玉多才的翰林，撇下这巫娥美貌难禁。

——（元）杨景贤《西游记杂剧》第四本
徐征等《全元曲》河北教育出版社 1998 年版

[水仙子]酒斟着鹦鹉杯，光映着玛瑙盘。茶烹着丹凤髓，香浮着碧玉碗。开银屏金孔雀绿嫩红娇，隐锦褥绣芙蓉枝繁叶乱。嵌玲珑香球挂金缕，

团梅红罗鲛绡帐舞凤飞鸾。是、是、是，东邻女曾窥宋玉垣。喜、喜、喜，果相逢翡翠银花幔。早、早、早，同心带扣双挽结交欢。

——（元）贾仲名《萧淑兰情寄菩萨蛮》第四折
徐征等《全元曲》河北教育出版社 1998 年版

［隔尾］我则道他喜居苦志颜回巷，却元来爱近多情宋玉墙。这搭儿厮叙的言词那停当。想昨日在坐上，那些儿势况，苦眼铺眉尽都是谎。

——（元）戴善夫《陶学士醉写风光好》第二折
徐征等《全元曲》河北教育出版社 1998 年版

［二煞］一杯未尽笙歌送，两意初谐语话同。效文君私奔相如，比巫娥愿从宋玉，似莺莺暗约张生，学孟光自许梁鸿。他年不骑鹤，何日可登鳌？今夜恰乘龙。说甚的只鸾单凤，天与配雌雄。

——（元）王子一《刘晨阮肇误入桃源》第二折
徐征等《全元曲》河北教育出版社 1998 年版

［倘秀才］风啊！你略停止呼号怒容咱告覆，暂定息那颠狂性听咱嘱咐，休信他刚道雌雄楚宋玉。敢劳你吹嘘力，相寻他飘荡的那儿夫，是必与离人做主。

——（元）佚名《李云英风送梧桐叶》第二折
徐征等《全元曲》河北教育出版社 1998 年版

［胜葫芦］呀，早露出十指纤纤春笋长，他生的颜色非常，恰便似因倚东风睡海棠。司空见惯，全胜宋玉，想像赋高唐。

——（元）佚名《苏子瞻醉写赤壁赋》第一折
徐征等《全元曲》河北教育出版社 1998 年版

［正末云］词寄《满庭芳》，词曰："香霭雕盘，寒生冰筯，画堂别是风光。主人情重，开宴出红妆。腻玉圆搓素颈，藕丝嫩、新织仙裳。双歌罢，虚檐转月，余韵尚悠飏。　　人间何处有，司空见惯，应谓寻常。坐中有狂客，恼乱愁肠。报道金钗坠也，十指露、春笋纤长。亲曾见全胜宋玉，想像

赋高唐。"(贺云)学士好高才也。

——（元）佚名《苏子瞻醉写赤壁赋》第一折
徐征等《全元曲》河北教育出版社 1998 年版

［二煞］你个谢安把我携出东山隐。我怎肯教宋玉空闲了楚岫云。你则待酒酽花浓，月圆人静，便休想瓶坠簪折，镜破钗分。玉箫对品，彩鸾同乘，鸳枕相亲。一锅水正深，怎教灶夜去了柴薪。

——（元）佚名《郑月莲秋夜云窗梦》第三折
徐征等《全元曲》河北教育出版社 1998 年版

［混江龙］猛然观望，见宾鸿摆列两三行。枯荷减翠，衰柳添黄。我则红叶满目滴溜枝上舞，可这黄菊可都喷鼻香。端的是堪写在围屏上。看了这秋天景致，怎不教宋玉悲伤。

——（元）佚名《鲁智深喜赏蕙花峪》第一折
徐征等《全元曲》河北教育出版社 1998 年版

［小桃红］蓦忽地心思忖，悔落了尘嚣境。既然宋玉居相近，剪刀牙尺声难隐。倘若是一枝露出墙头杏，可不道惹起情氛。

——（清）李渔《怜香伴》第三出
杜书瀛《笠翁传奇十种校注》天津古籍出版社 2009 年版

（小旦背介）你看他这等装扮起来，分明是车上的潘安，墙边的宋玉，世上那有这等标致男子？我若嫁得这样一个丈夫，就死也甘心。

——（清）李渔《怜香伴》第十出
杜书瀛《笠翁传奇十种校注》天津古籍出版社 2009 年版

（小旦）姐姐，我前日在书本上面，看见那潘安掷果、宋玉窥墙的故事，甚是疑心，难道人间世上，就有这样标致男子？我和你生了这双眼睛，为甚么不曾看见一个？（旦）潘安宋玉是岸上生的，不是水里生的。就有这样的人，我和你怎得见面？

——（清）李渔《蜃中楼》第六出
杜书瀛《笠翁传奇十种校注》天津古籍出版社 2009 年版

小生韩世勋，字琦仲，茂陵人也。囊饥学饱，体瘦才肥。人推今世安仁，自拟当年张绪。虽然好色，心还耻作登徒；亦自多情，缘独悭于宋玉。不幸二亲早背，家道凌夷，四壁萧然，未图婚媾。

——（清）李渔《风筝误》第二出
杜书瀛《笠翁传奇十种校注》天津古籍出版社 2009 年版

　　近来幸遇吕哉生，是当今第一个名士。若是单论才学，或者还有并驱之人；若论才貌相兼，莫说当今没有敌手，就与潘安、宋玉比并起来，只怕也还是后来居上。

——（清）李渔《凰求凤》第四出
杜书瀛《笠翁传奇十种校注》天津古籍出版社 2009 年版

　　又曰：市井儿着新鞋袜，临风顾影，便自谓宋玉、卫玠。扭捏出许多轻薄，何如左太冲乱石一车。世间美男子又具才情，千古所无；若使有之，三女奔焉可也！读《凰求凤》者，当作如是观。

——（清）李渔《凰求凤》总评
杜书瀛《笠翁传奇十种校注》天津古籍出版社 2009 年版

　　我阙里侯今晚的佳期，与世上人的好事，有一半相同，也有一半相反。喜的是洞房，恼的是花烛；怕近的是容颜，喜沾的是皮肉。所最爱者是倩兮巧笑，所最恶的是盼兮美目。好美人之所同，知丑我之所独。世人尽有人才貌也似区区，自己道是潘安、宋玉，成亲不肯遮藏，惹得新人痛哭；还要凌辱阿娇，逼他死于金屋。怎似区区不昧良心，或者将来还有些厚福。

——（清）李渔《奈何天》第四出
杜书瀛《笠翁传奇十种校注》天津古籍出版社 2009 年版

　　（生）我闻女寇入境以来，遍掠美貌的男子，日赞机谋，夜同枕席。本院心上要选个俊雅少年，投入他军中做个内应。足下既有张巡、许远之心，又有宋玉、潘安之貌，何不做了这桩美事，使下官早立边功？

——（清）李渔《奈何天》第二十五出
杜书瀛《笠翁传奇十种校注》天津古籍出版社 2009 年版

那里知道冥冥中，有我这个变形使者，能把蓬蒢、戚施变做潘安、宋玉；又能把潘安、宋玉变做蓬蒢、戚施。

——（清）李渔《奈何天》第二十八出
杜书瀛《笠翁传奇十种校注》天津古籍出版社 2009 年版

（旦）爹妈去了，待我装扮起来。（作巴豆涂面介）把了铅脂尽洗，铅脂尽洗，立将形蜕，变成魑魅！遇颠危，难使登徒见，何妨宋玉窥！

——（清）李渔《巧团圆》第十三出
杜书瀛《笠翁传奇十种校注》天津古籍出版社 2009 年版

附 录 一

（一）《史记·楚世家》

楚之先祖出自帝颛顼高阳。高阳者，黄帝之孙，昌意之子也。高阳生称，称生卷章，卷章生重黎。重黎为帝喾高辛居火正，甚有功，能光融天下，帝喾命曰祝融。共工氏作乱，帝喾使重黎诛之而不尽。帝乃以庚寅日诛重黎，而以其弟吴回为重黎后，复居火正，为祝融。

吴回生陆终。陆终生子六人，坼剖而产焉。其长一曰昆吾；二曰参胡；三曰彭祖；四曰会人；五曰曹姓；六曰季连，芈姓，楚其后也。昆吾氏，夏之时尝为侯伯，桀之时汤灭之。彭祖氏，殷之时尝为侯伯，殷之末世灭彭祖氏。季连生附沮，附沮生穴熊。其后中微，或在中国，或在蛮夷，弗能纪其世。

周文王之时，季连之苗裔曰鬻熊。鬻熊子事文王，蚤卒。其子曰熊丽。熊丽生熊狂，熊狂生熊绎。

熊绎当周成王之时，举文、武勤劳之后嗣，而封熊绎于楚蛮，封以子男之田，姓芈氏，居丹阳。楚子熊绎与鲁公伯禽、卫康叔子牟、晋侯燮、齐太公子吕伋俱事成王。

熊绎生熊艾，熊艾生熊䵣，熊䵣生熊胜。熊胜以弟熊杨为后。熊杨生熊渠。熊渠生子三人。当周夷王之时，王室微，诸侯或不朝，相伐。熊渠甚得江汉间民和，乃兴兵伐庸、杨粤，至于鄂。熊渠曰："我蛮夷也，不与中国之号谥。"乃立其长子康为句亶王，中子红为鄂王，少子执疵为越章王，皆在江上楚蛮之地。及周厉王之时，暴虐，熊渠畏其伐楚，亦去其王。

后为熊毋康，毋康蚤死。熊渠卒，子熊挚红立。挚红卒，其弟弑而代立，曰熊延。熊延生熊勇。

熊勇六年，而周人作乱，攻厉王，厉王出奔彘。熊勇十年，卒，弟熊严为后。

熊严十年，卒。有子四人，长子伯霜，中子仲雪，次子叔堪，少子季徇。熊严卒，长子伯霜代立，是为熊霜。

熊霜元年，周宣王初立。熊霜六年，卒，三弟争立。仲雪死；叔堪亡，避难于濮；而少弟季徇立，是为熊徇。熊徇十六年，郑桓公初封于郑。二十二年，熊徇卒，子熊咢立。熊咢九年，卒，子熊仪立，是为若敖。

若敖二十年，周幽王为犬戎所弑，周东徙，而秦襄公始列为诸侯。二十七年，若敖卒，子熊坎立，是为霄敖。霄敖六年，卒，子熊眴立，是为蚡冒。蚡冒十三年，晋始乱，以曲沃之故。蚡冒十七年，卒，蚡冒弟熊通弑蚡冒子而代立，是为楚武王。

武王十七年，晋之曲沃庄伯弑主国晋孝侯。十九年，郑伯弟段作乱。二十一年，郑侵天子之田。二十三年，卫弑其君桓公。二十九年，鲁弑其君隐公。三十一年，宋太宰华督弑其君殇公。

三十五年，楚伐随。随曰："我无罪。"楚曰："我蛮夷也。今诸侯皆为叛相侵，或相杀。我有敝甲，欲以观中国之政，请王室尊吾号。"随人为之周，请尊楚，王室不听，还报。三十七年，楚熊通怒曰："吾先鬻熊，文王之师也，蚤终。成王举我先公，乃以子男田令居楚，蛮夷皆率服，而王不加位，我自尊耳。"乃自立为武王，与随人盟而去。于是始开濮地而有之。五十一年，周召随侯，数以立楚为王。楚怒，以随背己，伐随。武王卒师中而兵罢。子文王熊赀立，始都郢。

文王二年，伐申过邓，邓人曰"楚王易取"，邓侯不许也。六年，伐蔡，虏蔡哀侯以归，已而释之。楚强陵江汉间小国，小国皆畏之。十一年，齐桓公始霸，楚亦始大。

十二年，伐邓，灭之。十三年，卒，子熊囏立，是为庄敖。庄敖五年，欲杀其弟熊恽，恽奔随，与随袭弑庄敖代立，是为成王。

成王恽元年，初即位，布德施惠，结旧好于诸侯。使人献天子，天子赐胙，曰："镇尔南方夷越之乱，无侵中国。"于是楚地千里。

十六年，齐桓公以兵侵楚，至陉山。楚成王使将军屈完以兵御之，与桓公盟。桓公数以周之赋不入王室，楚许之，乃去。

十八年，成王以兵北伐许，许君肉袒谢，乃释之。二十二年，伐黄。

二十六年，灭英。

三十三年，宋襄公欲为盟会，召楚。楚王怒曰："召我，我将好往袭辱之。"遂行，至盂，遂执辱宋公，已而归之。三十四年，郑文公南朝楚。楚成王北伐宋，败之泓，射伤宋襄公，襄公遂病创死。

三十五年，晋公子重耳过楚，成王以诸侯客礼飨，而厚送之于秦。三十九年，鲁僖公来请兵以伐齐，楚使申侯将兵伐齐，取穀，置齐桓公子雍焉。齐桓公七子皆奔楚，楚尽以为上大夫。灭夔，夔不祀祝融、鬻熊故也。夏，伐宋，宋告急于晋，晋救宋，成王罢归。将军子玉请战，成王曰："重耳亡居外久，卒得反国，天之所开，不可当。"子玉固请，乃与之少师而去。晋果败子玉于城濮。成王怒，诛子玉。

四十六年，初，成王将以商臣为太子，语令尹子上。子上曰："君之齿未也，而又多内宠，绌乃乱也。楚国之举常在少者。且商臣蜂目而豺声，忍人也，不可立也。"王不听，立之。后又欲立子职而绌太子商臣。商臣闻而未审也，告其傅潘崇曰："何以得其实？"崇曰："飨王之宠姬江芈而勿敬也。"商臣从之。江芈怒曰："宜乎，王之欲杀若而立职也。"商臣告潘崇曰："信矣。"崇曰："能事之乎？"曰："不能。""能亡去乎？"曰："不能。""能行大事乎？"曰："能。"冬十月，商臣以宫卫兵围成王。成王请食熊蹯而死，不听。丁未，成王自绞杀。商臣代立，是为穆王。

穆王立，以其太子宫予潘崇，使为太师，掌国事。穆王三年，灭江。四年，灭六、蓼。六、蓼，皋陶之后。八年，伐陈。十二年，卒，子庄王侣立。

庄王即位三年，不出号令，日夜为乐，令国中曰："有敢谏者死无赦！"伍举入谏。庄王左抱郑姬，右抱越女，坐钟鼓之间。伍举曰："愿有进隐。"曰："有鸟在于阜，三年不蜚不鸣，是何鸟也？"庄王曰："三年不蜚，蜚将冲天；三年不鸣，鸣将惊人。举退矣，吾知之矣。"居数月，淫益甚。大夫苏从乃入谏。王曰："若不闻令乎？"对曰："杀身以明君，臣之愿也。"于是乃罢淫乐，听政，所诛者数百人，所进者数百人，任伍举、苏从以政，国人大说。是岁灭庸。六年，伐宋，获五百乘。

八年，伐陆浑戎，遂至洛，观兵于周郊。周定王使王孙满劳楚王。楚王问鼎小大轻重，对曰："在德不在鼎。"庄王曰："子无阻九鼎！楚国折钩之喙，足以为九鼎。"王孙满曰："呜呼！君王其忘之乎？昔虞夏之盛，远方皆至，贡金九牧，铸鼎象物，百物而为之备，使民知神奸。桀有乱德，鼎迁于殷，载祀六百。殷纣暴虐，鼎迁于周。德之休明，虽小必重；其奸回昏乱，虽大必轻。昔成王定鼎于郏鄏，卜世三十，卜年七百，天所命也。周德虽衰，天命未改。鼎之轻重，未可问也。"楚王乃归。

九年，相若敖氏。人或谗之王，恐诛，反攻王，王击灭若敖氏之族。十三年，灭舒。

十六年，伐陈，杀夏徵舒。徵舒弑其君，故诛之也。已破陈，即县之。群臣皆贺，申叔时使齐来，不贺。王问，对曰："鄙语曰，牵牛径人田，田主取其牛。径者则不直矣，取之牛不亦甚乎？且王以陈之乱而率诸侯伐之，以义伐之而贪其县，亦何以复令于天下！"庄王乃复国陈后。

十七年春，楚庄王围郑，三月克之。入自皇门，郑伯肉袒牵羊以逆，曰："孤不天，不能事君，君用怀怒，以及敝邑，孤之罪也。敢不唯命是听！宾之南海，若以臣妾赐诸侯，亦唯命是听。若君不忘厉、宣、桓、武，不绝其社稷，使改事君，孤之愿也，非所敢望也。敢布腹心。"楚群臣曰："王勿许。"庄王曰："其君能下人，必能信用其民，庸可绝乎！"庄王自手旗，左右麾军，引兵去三十里而舍，遂许之平。潘尫入盟，子良出质。夏六月，晋救郑，与楚战，大败晋师河上，遂至衡雍而归。

二十年，围宋，以杀楚使也。围宋五月，城中食尽，易子而食，析骨而炊。宋华元出告以情。庄王曰："君子哉！"遂罢兵去。

二十三年，庄王卒，子共王审立。

共王十六年，晋伐郑。郑告急，共王救郑。与晋兵战鄢陵，晋败楚，射中共王目。共王召将军子反。子反嗜酒，从者竖阳榖进酒醉。王怒，射杀子反，遂罢兵归。

三十一年，共王卒，子康王招立。康王立十五年卒，子员立，是为郏敖。康王宠弟公子围、子比、子皙、弃疾。郏敖三年，以其季父康王弟公子围为令尹，主兵事。四年，围使郑，道闻王疾而还。十二月己酉，围入问王疾，绞而弑之，遂杀其子莫及平夏。使使赴于郑。伍举问曰："谁为后？"对曰："寡大夫围。"伍举更曰："共王之子围为长。"子比奔晋，而围立，是为灵王。

灵王三年六月，楚使使告晋，欲会诸侯。诸侯皆会楚于申。伍举曰："昔夏启有钧台之飨，商汤有景亳之命，周武王有盟津之誓，成王有岐阳之蒐，康王有丰宫之朝，穆王有涂山之会，齐桓有召陵之师，晋文有践土之盟，君其何用？"灵王曰："用桓公。"时郑子产在焉。于是晋、宋、鲁、卫不往。灵王已盟，有骄色。伍举曰："桀为有仍之会，有缗叛之。纣为黎山之会，东夷叛之。幽王为太室之盟，戎、翟叛之。君其慎终！"七月，楚以诸侯兵伐吴，围朱方。八月，克之，囚庆封，灭其族。以封徇，曰："无效齐庆封弑其君而弱其孤，以盟诸大夫！"封反曰："莫如楚共王庶子围弑其君兄之子员而代之立！"于是灵王使弃疾杀之。

七年，就章华台，下令内亡人实之。

八年，使公子弃疾将兵灭陈。十年，召蔡侯，醉而杀之。使弃疾定蔡，因为陈蔡公。

十一年，伐徐以恐吴。灵王次于乾溪以待之。王曰："齐、晋、鲁、卫，其封皆受宝器，我独不。今吾使使周求鼎以为分，其予我乎？"析父对曰："其予君王哉！昔我先王熊绎辟在荆山，荜露蓝蒌，以处草莽，跋涉山林，以事天子，唯是桃弧棘矢以共王事。齐，王舅也；晋及鲁、卫，王母弟也；楚是以无分而彼皆有。周今与四国服事君王，将唯命是从，岂敢爱鼎？"灵王曰："昔我皇祖伯父昆吾旧许是宅，今郑人贪其田，不我予，今我求之，其予我乎？"对曰："周不爱鼎，郑安敢爱田？"灵王曰："昔诸侯远我而畏晋，今吾大城陈、蔡、不羹，赋皆千乘，诸侯畏我乎？"对曰："畏哉！"灵王喜曰："析父善言古事焉。"

十二年春，楚灵王乐乾溪，不能去也。国人苦役。初，灵王会兵于申，僇越大夫常寿过，杀蔡大夫观起。起子从亡在吴，乃劝吴王伐楚，为间越大夫常寿过而作乱，为吴间。使矫公子弃疾命召公子比于晋，至蔡，与吴、越兵欲袭蔡。令公子比见弃疾，与盟于邓。遂入杀灵王太子禄，立子比为王，公子子晳为令尹，弃疾为司马。先除王宫，观从从师于乾溪，令楚众曰："国有王矣。先归复爵邑田室，后者迁之。"楚众皆溃，去灵王而归。

灵王闻太子禄之死也，自投车下，而曰："人之爱子亦如是乎？"侍者曰："甚是。"王曰："余杀人之子多矣，能无及此乎！"右尹曰："请待于郊以听国人。"王曰："众怒不可犯。"曰："且入大县而乞师于诸侯。"王曰："皆叛矣。"又曰："且奔诸侯以听大国之虑。"王曰："大福不再，祇取辱耳。"于是王乘舟将欲入鄢。右尹度王不用其计，惧俱死，亦去王亡。

灵王于是独傍徨山中，野人莫敢入王。王行遇其故铙人，谓曰："为我求食，我已不食三日矣。"铙人曰："新王下法，有敢饷王从王者，罪及三族，且又无所得食。"王因枕其股而卧。铙人又以土自代，逃去。王觉而弗见，遂饥弗能起。芋尹申无宇之子申亥曰："吾父再犯王命，王弗诛，恩孰大焉！"乃求王，遇王饥于釐泽，奉之以归。夏五月癸丑，王死申亥家，申亥以二女从死，并葬之。

是时楚国虽已立比为王，畏灵王复来，又不闻灵王死，故观从谓初王比曰："不杀弃疾，虽得国犹受祸。"王曰："余不忍。"从曰："人将忍王。"王不听，乃去。弃疾归。国人每夜惊，曰："灵王入矣！"乙卯夜，弃疾使船人从江上走呼曰："灵王至矣！"国人愈惊。又使曼成然告初王比及令尹子皙曰："王至矣！国人将杀君，司马将至矣！君蚤自图，无取辱焉。众怒如水火，不可救也。"初王及子皙遂自杀。丙辰，弃疾即位为王，改名熊居，是为平王。

平王以诈弑两王而自立，恐国人及诸侯叛之，乃施惠百姓，复陈蔡之地而立其后如故，归郑之侵地，存恤国中，修政教。吴以楚乱故，获五率以归。

平王谓观从："恣尔所欲。"欲为卜尹，王许之。

初，共王有宠子五人，无适立，乃望祭群神，请神决之，使主社稷，而阴与巴姬埋璧于室内，召五公子斋而入。康王跨之，灵王肘加之，子比、子皙皆远之。平王幼，抱而入，再拜压纽。故康王以长立，至其子失之；围为灵王，及身而弑；子比为王十馀日，子皙不得立，又俱诛。四子皆绝无後。唯独弃疾後立，为平王，竟续楚祀，如其神符。

初，子比自晋归，韩宣子问叔向曰："子比其济乎？"对曰："不就。"宣子曰："同恶相求，如市贾焉，何为不就？"对曰："无与同好，谁与同恶？取国有五难：有宠无人，一也；有人无主，二也；有主无谋，三也；有谋而无民，四也；有民而无德，五也。子比在晋十三年矣，晋、楚之从不闻通者，可谓无人矣；族尽亲叛，可谓无主矣；无衅而动，可谓无谋矣；为羁终世，可谓无民矣；亡无爱征，可谓无德矣。王虐而不忌，子比涉五难以弑君，谁能济之！有楚国者，其弃疾乎？君陈、蔡，方城外属焉。苛慝不作，盗贼伏隐，私欲不违，民无怨心。先神命之，国民信之。芈姓有乱，必季实立，楚之常也。子比之官，则右尹也；数其贵宠，则庶子也；以神所命，则又远之；民无怀焉，将何以立？"宣子曰："齐桓、晋文不亦是乎？"对曰：

"齐桓，卫姬之子也。有宠于釐公，有鲍叔牙、宾须无、隰朋以为辅，有莒、卫以为外主，有高、国以为内主。从善如流，施惠不倦。有国，不亦宜乎？昔我文公，狐季姬之子也。有宠于献公，好学不倦；生十七年，有士五人；有先大夫子馀、子犯以为腹心，有魏犫、贾佗以为股肱，有齐、宋、秦、楚以为外主，有栾、郤、狐、先以为内主。亡十九年，守志弥笃。惠、怀弃民，民从而与之。故文公有国，不亦宜乎？子比无施于民，无援于外，去晋，晋不送；归楚，楚不迎。何以有国！"子比果不终焉，卒立者弃疾，如叔向言也。

平王二年，使费无忌如秦为太子建取妇。妇好，来未至，无忌先归，说平王曰："秦女好，可自娶，为太子更求。"平王听之，卒自娶秦女，生熊珍。更为太子娶。是时伍奢为太子太傅，无忌为少傅。无忌无宠于太子，常谗恶太子建。建时年十五矣，其母蔡女也，无宠于王，王稍益疏外建也。

六年，使太子建居城父，守边。无忌又日夜谗太子建于王曰："自无忌入秦女，太子怨，亦不能无望于王，王少自备焉。且太子居城父，擅兵，外交诸侯，且欲入矣。"平王召其傅伍奢责之。伍奢知无忌谗，乃曰："王奈何以小臣疏骨肉？"无忌曰："今不制，后悔也。"于是王遂囚伍奢，而召其二子，而告以免父死。乃令司马奋扬召太子建，欲诛之。太子闻之，亡奔宋。无忌曰："伍奢有二子，不杀者为楚国患。盍以免其父召之，必至。"于是王使使谓奢："能致二子则生，不能将死。"奢曰："尚至，胥不至。"王曰："何也？"奢曰："尚之为人，廉，死节，慈孝而仁，闻召而免父，必至，不顾其死；胥之为人，智而好谋，勇而矜功，知来必死，必不来。然为楚国忧者必此子。"于是王使人召之，曰："来，吾免尔父。"伍尚谓伍胥曰："闻父免而莫奔，不孝也；父戮莫报，无谋也；度能任事，知也。子其行矣，我其归死。"伍尚遂归。伍胥弯弓属矢，出见使者，曰："父有何罪，以召其子为？"将射，使者还走，遂出奔吴。伍奢闻之，曰："胥亡，楚国危哉。"楚人遂杀伍奢及尚。

十年，楚太子建母在居巢，开吴。吴使公子光伐楚，遂败陈、蔡，取太子建母而去。楚恐，城郢。初，吴之边邑卑梁与楚边邑钟离小童争桑，两家交怒相攻，灭卑梁人。卑梁大夫怒，发邑兵攻钟离。楚王闻之怒，发国兵灭卑梁。吴王闻之大怒，亦发兵，使公子光因建母家攻楚，遂灭钟离、居巢。楚乃恐而城郢。

十三年，平王卒。将军子常曰："太子珍少，且其母乃前太子建所当娶也。"欲立令尹子西。子西，平王之庶弟也，有义。子西曰："国有常法，更立则乱，言之则致诛。"乃立太子珍，是为昭王。

昭王元年，楚众不说费无忌，以其谗亡太子建，杀伍奢子尚与郤宛。宛之宗姓伯氏子嚭及子胥皆奔吴，吴兵数侵楚，楚人怨无忌甚。楚令尹子常诛无忌以说众，众乃喜。

四年，吴三公子奔楚，楚封之以扞吴。五年，吴伐取楚之六、潜。七年，楚使子常伐吴，吴大败楚于豫章。

十年冬，吴王阖闾、伍子胥、伯嚭与唐、蔡俱伐楚，楚大败，吴兵遂入郢，辱平王之墓，以伍子胥故也。吴兵之来，楚使子常以兵迎之，夹汉水阵。吴伐败子常，子常亡奔郑。楚兵奔，吴乘胜逐之，五战及郢。己卯，昭王出奔。庚辰，吴人入郢。

昭王亡也至云梦。云梦不知其王也，射伤王。王走郧。郧公之弟怀曰："平王杀吾父，今我杀其子，不亦可乎？"郧公止之，然恐其弑昭王，乃与王出奔随。吴王闻昭王往，即进击随，谓随人曰："周之子孙封于江汉之间者，楚尽灭之。"欲杀昭王。王从臣子綦乃深匿王，自以为王，谓随人曰："以我予吴。"随人卜予吴，不吉，乃谢吴王曰："昭王亡，不在随。"吴请入自索之，随不听，吴亦罢去。

昭王之出郢也，使申鲍胥请救于秦。秦以车五百乘救楚，楚亦收馀散兵，与秦击吴。十一年六月，败吴于稷。会吴王弟夫概见吴王兵伤败，乃亡归，自立为王。阖闾闻之，引兵去楚，归击夫概。夫概败，奔楚，楚封之堂谿，号为堂谿氏。

楚昭王灭唐，九月归入郢。十二年，吴复伐楚，取番。楚恐，去郢，北徙都鄀。

十六年，孔子相鲁。二十年，楚灭顿，灭胡。二十一年，吴王阖闾伐越。越王句践射伤吴王，遂死。吴由此怨越而不西伐楚。

二十七年春，吴伐陈，楚昭王救之，军城父。十月，昭王病于军中，有赤云如鸟，夹日而蜚。昭王问周太史，太史曰："是害于楚王，然可移于将相。"将相闻是言，乃请自以身祷于神。昭王曰："将相，孤之股肱也，今移祸，庸去是身乎！"弗听。卜而河为祟，大夫请祷河。昭王曰："自吾先王受封，望不过江、汉，而河非所获罪也。"止不许。孔子在陈，闻是言，曰：

"楚昭王通大道矣。其不失国，宜哉！"昭王病甚，乃召诸公子大夫曰："孤不佞，再辱楚国之师，今乃得以天寿终，孤之幸也。"让其弟公子申为王，不可；又让次弟公子结，亦不可；乃又让次弟公子闾，五让，乃后许为王。将战，庚寅，昭王卒于军中。子闾曰："王病甚，舍其子让群臣，臣所以许王，以广王意也。今君王卒，臣岂敢忘君王之意乎！"乃与子西、子綦谋，伏师闭涂，迎越女之子章立之，是为惠王。然後罢兵归，葬昭王。

惠王二年，子西召故平王太子建之子胜于吴，以为巢大夫，号曰白公。白公好兵而下士，欲报仇。六年，白公请兵令尹子西伐郑。初，白公父建亡在郑，郑杀之，白公亡走吴，子西复召之，故以此怨郑，欲伐之。子西许而未为发兵。八年，晋伐郑，郑告急楚，楚使子西救郑，受赂而去。白公胜怒，乃遂与勇力死士石乞等袭杀令尹子西、子綦于朝，因劫惠王，置之高府，欲弑之。惠王从者屈固负王亡走昭王夫人宫。白公自立为王。月馀，会叶公来救楚，楚惠王之徒与共攻白公，杀之。惠王乃复位。是岁也，灭陈而县之。

十三年，吴王夫差强，陵齐、晋，来伐楚。十六年，越灭吴。四十二年，楚灭蔡。四十四年，楚灭杞。与秦平。是时越已灭吴而不能正江、淮北；楚东侵，广地至泗上。

五十七年，惠王卒，子简王中立。

简王元年，北伐灭莒。八年，魏文侯、韩武子、赵桓子始列为诸侯。

二十四年，简王卒，子声王当立。声王六年，盗杀声王，子悼王熊疑立。悼王二年，三晋来伐楚，至乘丘而还。四年，楚伐周。郑杀子阳。九年，伐韩，取负黍。十一年，三晋伐楚，败我大梁、榆关。楚厚赂秦，与之平。二十一年，悼王卒，子肃王臧立。

肃王四年，蜀伐楚，取兹方。于是楚为扞关以距之。十年，魏取我鲁阳。十一年，肃王卒，无子，立其弟熊良夫，是为宣王。

宣王六年，周天子贺秦献公。秦始复强，而三晋益大，魏惠王、齐威王尤强。三十年，秦封卫鞅于商，南侵楚。是年，宣王卒，子威王熊商立。

威王六年，周显王致文武胙于秦惠王。

七年，齐孟尝君父田婴欺楚，楚威王伐齐，败之于徐州，而令齐必逐田婴。田婴恐，张丑伪谓楚王曰："王所以战胜于徐州者，田盼子不用也。盼子者，有功于国，而百姓为之用。婴子弗善而用申纪。申纪者，大臣不附，百姓不为用，故王胜之也。今王逐婴子，婴子逐，盼子必用矣。复抟其士卒以与王遇，必不便于王矣。"楚王因弗逐也。

十一年，威王卒，子怀王熊槐立。魏闻楚丧，伐楚，取我陉山。

怀王元年，张仪始相秦惠王。四年，秦惠王初称王。

六年，楚使柱国昭阳将兵而攻魏，破之于襄陵，得八邑。又移兵而攻齐，齐王患之。陈轸适为秦使齐，齐王曰："为之奈何？"陈轸曰："王勿忧，请令罢之。"即往见昭阳军中，曰："愿闻楚国之法，破军杀将者何以贵之？"昭阳曰："其官为上柱国，封上爵执珪。"陈轸曰："其有贵于此者乎？"昭阳曰："令尹。"陈轸曰："今君已为令尹矣，此国冠之上。臣请得譬之。人有遗其舍人一卮酒者，舍人相谓曰：'数人饮此，不足以遍，请遂画地为蛇，蛇先成者独饮之。'一人曰：'吾蛇先成。'举酒而起，曰：'吾能为之足。'及其为之足，而后成。人夺之酒而饮之，曰：'蛇固无足，今为之足，是非蛇也。'今君相楚而攻魏，破军杀将，功莫大焉，冠之上不可以加矣。今又移兵而攻齐，攻齐胜之，官爵不加于此；攻之不胜，身死爵夺，有毁于楚。此为蛇为足之说也。不若引兵而去以德齐，此持满之术也。"昭阳曰："善。"引兵而去。

燕、韩君初称王。秦使张仪与楚、齐、魏相会，盟啮桑。

十一年，苏秦约从山东六国兵攻秦，楚怀王为从长。至函谷关，秦出兵击六国，六国兵皆引而归，齐独後。十二年，齐湣王伐败赵、魏军，秦亦伐败韩，与齐争长。

十六年，秦欲伐齐，而楚与齐从亲，秦惠王患之，乃宣言张仪免相，使张仪南见楚王，谓楚王曰："敝邑之王所甚说者无先大王，虽仪之所甚愿为门阑之厮者亦无先大王。敝邑之王所甚憎者无先齐王，虽仪之所甚憎者亦无先齐王。而大王和之，是以敝邑之王不得事王，而令仪亦不得为门阑之厮也。王为仪闭关而绝齐，今使使者从仪西取故秦所分楚商於之地方六百里，如是则齐弱矣。是北弱齐，西德于秦，私商於以为富，此一计而三利俱至也。"怀王大悦，乃置相玺于张仪，日与置酒，宣言"吾复得吾商於之地"。群臣皆贺，而陈轸独吊。怀王曰："何故？"陈轸对曰："秦之所为重王者，以王之有齐也。今地未可得而齐交先绝，是楚孤也。夫秦又何重孤国哉，必轻楚矣。且先出地而後绝齐，则秦计不为。先绝齐而後责地，则必见欺于张仪。见欺于张仪，则王必怨之。怨之，是西起秦患，北绝齐交。西起秦患，北绝齐交，则两国之兵必至。臣故吊。"楚王弗听，因使一将军西受封地。

张仪至秦，详醉坠车，称病不出三月，地不可得。楚王曰："仪以吾绝齐为尚薄邪？"乃使勇士宋遗北辱齐王。齐王大怒，折楚符而合于秦。秦齐交合，张仪乃起朝，谓楚将军曰："子何不受地？从某至某，广袤六里。"楚将军曰："臣之所以见命者六百里，不闻六里。"即以归报怀王。怀王大怒，兴师将伐秦。陈轸又曰："伐秦非计也。不如因赂之一名都，与之伐齐，是我亡于秦，取偿于齐也，吾国尚可全。今王已绝于齐而责欺于秦，是吾合秦齐之交而来天下之兵也，国必大伤矣。"楚王不听，遂绝和于秦，发兵西攻秦。秦亦发兵击之。

十七年春，与秦战丹阳，秦大败我军，斩甲士八万，虏我大将军屈匄、裨将军逢侯丑等七十馀人，遂取汉中之郡。楚怀王大怒，乃悉国兵复袭秦，战于蓝田，大败楚军。韩、魏闻楚之困，乃南袭楚，至于邓。楚闻，乃引兵归。

十八年，秦使约复与楚亲，分汉中之半以和楚。楚王曰："愿得张仪，不愿得地。"张仪闻之，请之楚。秦王曰："楚且甘心于子，奈何？"张仪曰："臣善其左右靳尚，靳尚又能得事于楚王幸姬郑袖，袖所言无不从者。且仪以前使负楚以商於之约，今秦楚大战，有恶，臣非面自谢楚不解。且大王在，楚不宜敢取仪。诚杀仪以便国，臣之愿也。"仪遂使楚。

至，怀王不见，因而囚张仪，欲杀之。仪私于靳尚，靳尚为请怀王曰："拘张仪，秦王必怒。天下见楚无秦，必轻王矣。"又谓夫人郑袖曰："秦王甚爱张仪，而王欲杀之，今将以上庸之地六县赂楚，以美人聘楚王，以宫中善歌者为之媵。楚王重地，秦女必贵，而夫人必斥矣。夫人不若言而出之。"郑袖卒言张仪于王而出之。仪出，怀王因善遇仪，仪因说楚王以叛从约而与秦合亲，约婚姻。张仪已去，屈原使从齐来，谏王曰："何不诛张仪？"怀王悔，使人追仪，弗及。是岁，秦惠王卒。

二十年，齐湣王欲为从长，恶楚之与秦合，乃使使遗楚王书曰："寡人患楚之不察于尊名也。今秦惠王死，武王立，张仪走魏，樗里疾、公孙衍用，而楚事秦。夫樗里疾善乎韩，而公孙衍善乎魏；楚必事秦，韩、魏恐，必因二人求合于秦，则燕、赵亦宜事秦。四国争事秦，则楚为郡县矣。王何不与寡人并力收韩、魏、燕、赵，与为从而尊周室，以案兵息民，令于天下？莫敢不乐听，则王名成矣。王率诸侯并伐，破秦必矣。王取武关、蜀、汉之地，私吴、越之富而擅江海之利，韩、魏割上党，西薄函谷，则楚之彊百万也。且王欺于张仪，亡地汉中，兵锉蓝田，天下莫不代王怀怒。今乃欲先事秦！愿大王孰计之。"

楚王业已欲和于秦，见齐王书，犹豫不决，下其议群臣。群臣或言和秦，或曰听齐。昭雎曰："王虽东取地于越，不足以刷耻；必且取地于秦，而后足以刷耻于诸侯。王不如深善齐、韩以重樗里疾，如是则王得韩、齐之重以求地矣。秦破韩宜阳，而韩犹复事秦者，以先王墓在平阳，而秦之武遂去之七十里，以故尤畏秦。不然，秦攻三川，赵攻上党，楚攻河外，韩必亡。楚之救韩，不能使韩不亡，然存韩者楚也。韩已得武遂于秦，以河山为塞，所报德莫如楚厚，臣以为其事王必疾。齐之所信于韩者，以韩公子昧为齐相也。韩已得武遂于秦，王甚善之，使之以齐、韩重樗里疾，疾得齐、韩之重，其主弗敢弃疾也。今又益之以楚之重，樗里子必言秦，复与楚之侵地矣。"于是怀王许之，竟不合秦，而合齐以善韩。

二十四年，倍齐而合秦。秦昭王初立，乃厚赂于楚。楚往迎妇。二十五年，怀王入与秦昭王盟，约于黄棘。秦复与楚上庸。二十六年，齐、韩、魏为楚负其从亲而合于秦，三国共伐楚。楚使太子入质于秦而请救。秦乃遣客卿通将兵救楚，三国引兵去。

二十七年，秦大夫有私与楚太子斗，楚太子杀之而亡归。二十八年，秦乃与齐、韩、魏共攻楚，杀楚将唐昧，取我重丘而去。二十九年，秦复攻楚，大破楚，楚军死者二万，杀我将军景缺。怀王恐，乃使太子为质于齐以求平。三十年，秦复伐楚，取八城。秦昭王遗楚王书曰："始寡人与王约为弟兄，盟于黄棘，太子为质，至驩也。太子陵杀寡人之重臣，不谢而亡去，寡人诚不胜怒，使兵侵君王之边。今闻君王乃令太子质于以求平。寡人与楚接境壤界，故为婚姻，所从相亲久矣。而今秦楚不驩，则无以令诸侯。寡人愿与君王会武关，面相约，结盟而去，寡人之愿也。敢以闻下执事。"楚怀王见秦王书，患之。欲往，恐见欺；无往，恐秦怒。昭雎曰："王毋行，而发兵自守耳。秦虎狼，不可信，有并诸侯之心。"怀王子子兰劝王行，曰："奈何绝秦之驩心！"于是往会秦昭王。昭王诈令一将军伏兵武关，号为秦王。楚王至，则闭武关，遂与西至咸阳，朝章台，如蕃臣，不与亢礼。楚怀王大怒，悔不用昭子言。秦因留楚王，要以割巫、黔中之郡。楚王欲盟，秦欲先得地。楚王怒曰："秦诈我而又强要我以地！"不复许秦。秦因留之。

楚大臣患之，乃相与谋曰："吾王在秦不得还，要以割地，而太子为质于齐，齐、秦合谋，则楚无国矣。"乃欲立怀王子在国者。昭雎曰："王与太子俱困于诸侯，而今又倍王命而立其庶子，不宜。"乃诈赴于齐，齐湣王谓其相曰："不若留太子以求楚之淮北。"相曰："不可，郢中立王，是吾抱空质而行不义于天下也。"或曰："不然。郢中立王，因与其新王市曰'予我下东国，吾为王杀太子，不然，将与三国共立之'，然则东国必可得矣。"齐王卒用其相计而归楚太子。太子横至，立为王，是为顷襄王。乃告于秦曰："赖社稷神灵，国有王矣。"

顷襄王横元年，秦要怀王不可得地，楚立王以应秦，秦昭王怒，发兵出武关攻楚，大败楚军，斩首五万，取析十五城而去。二年，楚怀王亡逃归，秦觉之，遮楚道，怀王恐，乃从间道走赵以求归。赵主父在代，其子惠王初立，行王事，恐，不敢入楚王。楚王欲走魏，秦追至，遂与秦使复之秦。怀王遂发病。顷襄王三年，怀王卒于秦，秦归其丧于楚。楚人皆怜之，如悲亲戚。诸侯由是不直秦。秦楚绝。

六年，秦使白起伐韩于伊阙，大胜，斩首二十四万。秦乃遗楚王书曰："楚倍秦，秦且率诸侯伐楚，争一旦之命。愿王之饬士卒，得一乐战。"楚顷襄王患之，乃谋复与秦平。七年，楚迎妇于秦，秦楚复平。

十一年，齐、秦各自称为帝；月馀，复归帝为王。

十四年，楚顷襄王与秦昭王好会于宛，结和亲。十五年，楚王与秦、三晋、燕共伐齐，取淮北。十六年，与秦昭王好会于鄢。其秋，复与秦王会穰。

十八年，楚人有好以弱弓微缴加归雁之上者，顷襄王闻，召而问之。对曰："小臣之好射鶀雁、罗鸧，小矢之发也，何足为大王道也。且称楚之大，因大王之贤，所弋非直此也。昔者三王以弋道德，五霸以弋战国。故秦、魏、燕、赵者，鶀雁也；齐、鲁、韩、卫者，青首也；驺、费、郯、邳者，罗鸧也。外其馀则不足射者。见鸟六双，以王何取？王何不以圣人为弓，以勇士为缴，时张而射之？此六双者，可得而囊载也。其乐非特朝昔之乐也，其获非特凫雁之实也。王朝张弓而射魏之大梁之南，加其右臂而径属之于韩，则中国之路绝而上蔡之郡坏矣。还射圉之东，解魏左肘而外击定陶，则魏之东外弃而大宋、方与二郡者举矣。且魏断二臂，颠越矣；膺击郯国，大梁可得而有也。王绪缴兰台，饮马西河，定魏大梁，此一发之乐也。若王之于弋诚好而不厌，则出宝弓，碆新缴，射嗜鸟于东海，还盖长城以为防，朝射东莒，夕发溴丘，夜加即墨，顾据午道，则长城之东收而太山之北举矣。西结境于赵而北达于燕，三国布鹾，则从不待约而可成也。北游目于燕之辽东而南登望于越之会稽，此再发之乐也。若夫泗上十二诸侯，左萦而右拂之，可一旦而尽也。今秦破韩以为长忧，得列城而不敢守也；伐魏而无功，击赵而顾病，则秦魏之勇力屈矣，楚之故地汉中、析、郦可得而复有也。王出宝弓，碆新缴，涉鄳塞，而待秦之倦也，山东、河内可得而一也。劳民休众，南面称王矣。故曰秦为大鸟，负海内而处，东面而立，左臂据赵之西南，右臂傅楚鄢郢，膺击韩魏，垂头中国，处既形便，势有地利，奋翼鼓鹾，方三千里，则秦未可得独招而夜射也。"欲以激怒襄王，故对以此言。襄王因召与语，遂言曰："夫先王为秦所欺而客死于外，怨莫大焉。今以匹夫有怨，尚有报万乘，白公、子胥是也。今楚之地方五千里，带甲百万，犹足以踊跃中野也，而坐受困，臣窃为大王弗取也。"于是顷襄王遣使于诸侯，复为从，欲以伐秦。秦闻之，发兵来伐楚。

楚欲与齐、韩连和伐秦，因欲图周。周王赧使武公谓楚相昭子曰："三国以兵割周郊地以便输，而南器以尊楚，臣以为不然。夫弑共主，臣世君，大国不亲；以众胁寡，小国不附。大国不亲，小国不附，不可以致名实。名实不得，不足以伤民。夫有图周之声，非所以为号也。"昭子曰："乃图周则无之。虽然，周何故不可图也？"对曰："军不五不攻，城不十不围。夫一周为二十晋，公之所知也。韩尝以二十万之众辱于晋之城下，锐士死，中士伤，而晋不拔。公之无百韩以图周，此天下之所知也。夫怨结两周以塞邹鲁之心，交绝于齐，声失天下，其为事危矣。夫危两周以厚三川，方城之外必为韩弱矣。何以知其然也？西周之地，绝长补短，不过百里。名为天下共主，裂其地不足以肥国，得其众不足以劲兵。虽无攻之，名为弑君。然而好事之君，喜攻之臣，发号用兵，未尝不以周为终始。是何也？见祭器在焉，欲器之至而忘弑君之乱。今韩以器之在楚，臣恐天下以器雠楚也。臣请譬之。夫虎肉臊，其兵利身，人犹攻之也。若使泽中之麋蒙虎之皮，人之攻之必万于虎。裂楚之地，足以肥国；诎楚之名，足以尊主。今子将以欲诛残天下之共主，居三代之传器，吞三翮六翼，以高世主，非贪而何？《周书》曰'欲起无先'，故器南则兵至矣。"于是楚计辍不行。

十九年，秦伐楚，楚军败，割上庸、汉北地予秦。二十年，秦将白起拔我西陵。二十一年，秦将白起遂拔我郢，烧先王墓夷陵。楚襄王兵散，遂不复战，东北保于陈城。二十二年，秦复拔我巫、黔中郡。

二十三年，襄王乃收东地兵，得十馀万，复西取秦所拔我江旁十五邑以为郡，距秦。二十七年，使三万人助三晋伐燕。复与秦平，而入太子为质于秦。楚使左徒侍太子于秦。

三十六年，顷襄王病，太子亡归。秋，顷襄王卒，太子熊元代立，是为考烈王。考烈王以左徒为令尹，封以吴，号春申君。

考烈王元年，纳州于秦以平。是时楚益弱。

六年，秦围邯郸，赵告急楚，楚遣将军景阳救赵。七年，至新中。秦兵去。十二年，秦昭王卒，楚王使春申君吊祠于秦。十六年，秦庄襄王卒，秦王赵政立。二十二年，与诸侯共伐秦，不利而去。楚东徙都寿春，命曰郢。

二十五年，考烈王卒，子幽王悍立。李园杀春申君。幽王三年，秦、魏伐楚。秦相吕不韦卒。九年，秦灭韩。十年，幽王卒，同母弟犹代立，是为哀王。哀王立二月馀，哀王庶兄负刍之徒袭杀哀王，而立负刍为王。是岁，秦虏赵王迁。

王负刍元年，燕太子丹使荆轲刺秦王。二年，秦使将军伐楚，大破楚军，亡十馀城。三年，秦灭魏。四年，秦将王翦破我军于蕲，而杀将军项燕。

五年，秦将王翦、蒙武遂破楚国，虏楚王负刍，灭楚名为郡云。

太史公曰：楚灵王方会诸侯于申，诛齐庆封，作章华台，求周九鼎之时，志小天下，及饿死于申亥之家，为天下笑。操行之不得，悲夫！势之于人也，可不慎与？弃疾以乱立，嬖淫秦女，甚乎哉，几再亡国！

《索引》述赞：鬻熊之嗣，周封于楚。僻在荆蛮，荜路蓝缕。及通而霸，僭号曰武。文既伐申，成亦赦许。子围篡嫡，商臣杀父。天祸未悔，凭奸自怙。昭困奔亡，怀迫囚虏。顷襄、考烈，祚衰南土。

——（汉）司马迁《史记》卷四十《楚世家》
三家注本《史记》中华书局1959年版

（二）楚怀、襄二王在位事迹考

怀王（威王太子，名熊槐。在位三十年。）

[癸巳]元年，魏闻楚丧，伐楚，取陉山。（张仪初相秦。四年，秦惠王

始称王。)

〔戊戌〕六年，楚使昭阳攻魏破之襄陵，取八邑。(所谓南辱于楚者也。)

〔癸卯〕十一年，楚为从约长，与赵、魏、韩、燕伐秦，攻函谷关。秦出兵逆之，五国皆引兵归。(时屈子为左徒，王甚任之，国内无事。《昔往日》篇所谓"奉先功以照下，明法度之嫌疑，国富强而法立"是也。屈子有功在此，其招谗妒亦在此。)

〔戊申〕十六年(齐湣王元年)，秦使张仪约楚绝齐，许以商於之地六百里。楚绝齐，秦不予地，遂攻秦。(见本传。洪兴祖谓屈子被疏在此年。按《史记》，被疏尚在前，疏者止是不与议国事耳，未尝夺其左徒之位也。绝齐时，疑必谏，《离骚》云"反信谗而齌怒"，《惜诵》篇云"反离群而贽肬"，当具指此，则夺其位者在此年耳。)

〔己酉〕十七年春，秦败楚于丹阳，斩首八万，虏大将屈匄，裨将逢侯丑等七十余人，取汉中郡。楚悉起国中兵袭秦，大败于蓝田，割两城以和。韩、魏闻楚困，袭楚至邓，楚引兵归。(见本传。屈子虽废，犹在朝，忿兵必败，当无不谏。《离骚》云："既替余以蕙纕，又申之以揽茝。"申者，言既废又切责之也。则合前两次见拒。可知《惜诵》当作于此年。)

〔庚戌〕十八年，秦约分汉中之半，与楚和亲。怀王愿得张仪，不愿得地。仪至厚币靳尚，说郑袖使言之，王释之。(见本传。屈子使齐而反，谏已不及。愚按，使齐必以见欺于秦为谢，再修前好。独使屈子者，以绝齐时，群臣皆贺得地，陈轸独吊，而轸又往仕秦，别无可使，故不以既绌而不用，则前此之谏绝齐益可知矣。屈子未反，举朝又无一人谏王释张仪之非，则其党于靳尚亦可知，所以谓之党人。)

〔己未〕二十七年，秦大夫有与楚太子斗，太子杀之亡归。(按，敌国质子，大夫岂敢与私斗！当是秦昭王知怀王之愚，实阴遣之，使酿成兵端耳。)

〔庚申〕二十八年，秦与齐、韩、魏共攻楚，杀楚将唐昧，取重丘而去。(按，怀王此时当思屈子之言而召回，但未复其位。此事本与屈子无涉，太史公特叙入传者，作后来谏会武关来历耳。洪兴祖以为十八年召用，疑字之误。)

〔辛酉〕二十九年，秦复攻楚，大破楚军，死者二万人，杀将军景缺，乃使太子为质于齐，以求平。(仅求齐不见伐以支秦。)

[壬戌]三十年（周赧王十六年，秦昭襄八年），秦复伐楚，取八城。遗书与楚，会武关结盟。昭雎谏无往，王稚子子兰劝王行。秦诈令一将军号为秦王，伏兵武关，候怀王至闭之，遂与西至咸阳，朝章台如藩臣，不与亢礼，要其割巫、黔中郡，怀王怒不许，因留秦。昭雎谋诈计于齐，齐归太子，遂立为王。秦不得割地，怒攻楚，大败楚军，斩首五万，取析十五城而去。（见本传。屈子先谏勿入武关，与昭雎所见相同，无奈不听。按，怀王为人，贪而且愚，又好矜篡。贪则可以利诱，愚则可以计取，好矜篡则喜谀而恶直。齐、秦兵好反覆，屈子疏放，皆坐此三病。武关受欺，只悔不用昭雎之言，而不及屈子，则好矜篡积怒，犹未乎可知。）

顷襄王（怀王太子，名横，在位三十六年。）

[癸亥]二年，怀王亡逃归，被秦遮楚道，从间道走赵，不纳，又欲走魏而秦兵追至，遂同使者入秦，发病。（见本传。屈子又被谗放于江南之野，以取怒于令尹子兰故也。《涉江》篇当作于此年，《招魂》亦当作于此年。）

[甲子]三年（周赧王十九年，秦昭襄十一年），怀王卒于秦，秦归其丧，诸侯自是不直秦，秦楚绝。（《大招》当作于此时，《卜居》当作于四年。）

[丁卯]六年，秦遗书，约决战。楚患之，谋复与秦平。（以无可敌秦故。）

[戊辰]七年，楚迎妇于秦。（忘不共之雠而结好，总因国中无人，不能为美政，故为威势所劫。《悲回风》当作于此时，《哀郢》当作于十年，《渔父》《怀沙》当作于十一年，以汨罗自沈，当在此年也。）

[乙亥]十四年，与秦昭王会于宛，结和亲。（自此至末，皆屈子身后事。）

[丁丑]十六年，与秦昭王好会于鄢，秋复与秦会穰。

[己卯]十八年，用楚人匹夫报仇之说，遣使于诸侯复为从。秦伐楚，楚欲与齐、韩连和伐秦，因欲图周，周使说楚相昭子而止。（不能自强，已失报仇之具，况又图共主乎！诚谗谀虚惑之见也。）

[庚辰]十九年，秦伐楚，楚军败，割上庸、汉北地予秦。

[辛巳]二十年，秦将白起拔楚西陵。

[壬午]二十一年，秦将白起拔郢，烧先王墓夷陵。楚兵散，不复战，东北保于陈城。（屈子《哀郢》篇云，夏之为丘，两东门之芜，不过十年而即验。《天问》篇云，吴光争国，久余是胜，以吴光入郢，掘平王墓而鞭尸

也。夷陵之烧，何先见之明乃尔。）

［癸未］二十二年，秦复拔巫、黔中郡。（前武关所要不予者，又拔去矣。）

［甲申］二十三年，襄王收东地兵，得十余万，复取秦所拔江旁十五邑以为郡，距秦。（已不成其为国。《天问》篇告堵敖不长之说，验矣。）

［戊子］二十七年，复与秦平，入太子为质于秦。（按，怀、襄两世，屡结秦好，皆卒困于秦，总以谗谀用事，除迎妇质子之外，别无伎俩。《天问》所谓"荆勋作师，夫何长"，早已道破。）

［丁酉］三十六年，襄王病，太子亡归。秋，襄王卒。（太子熊元立。）

屈子所著之文，无先后次序考据，兹将二君在位事迹，按年编辑，参之《史记》本传，凡有明文者，即系于各年之下，如无明文，亦可以各篇语意指之，以备读者之参考，即以为屈子之年谱可也。

——（清）屈复《楚辞新集注》
影印《续修四库全书》第1302册上海古籍出版社2002年版

附 录 二

（一）人名索引

汉

（汉）韩婴，21
（汉）东方朔，375
（汉）淮南小山，375
（汉）司马迁，1, 172, 509
（汉）刘向，12, 13
（汉）扬雄，70
（汉）王充，94
（汉）班固，1, 70, 94, 218
（汉）王逸，21, 94, 162, 172, 221

魏晋南北朝

（魏）曹植，117, 376, 377
（魏）嵇康，386
（魏）郭遐周，386
（晋）傅玄，377
（晋）傅咸，362
（晋）陆机，362
（晋）习凿齿，13, 17, 35
（北魏）郦道元，1, 28, 242
（北齐）萧悫，389
（北齐）颜之推，97, 141
（北周）庾信，118
（南朝宋）吴迈远，386
（南朝齐）王融，386
（南朝齐）刘绘，387
（南朝齐）谢朓，377
（南朝齐）虞羲，386
（南朝梁）王泰，389
（南朝梁）任昉，95, 96, 320
（南朝梁）刘勰，71, 84, 96, 97, 118, 156, 190, 200, 204, 208, 320
（南朝梁）江淹，455
（南朝梁）沈约，95, 120, 387, 388
（南朝梁）范云，387
（南朝梁）费昶，388
（南朝梁）庾肩吾，388
（南朝梁）梁元帝（萧绎），97, 388
（南朝梁）梁武帝（萧衍），387
（南朝梁）萧统，97, 221, 377
（南朝梁）释僧祐，118
（南朝陈）张正见，389
（南朝陈）陈后主（陈叔宝），389
（南朝陈）徐陵，386
（南朝陈）萧诠，389

隋唐五代

（隋）杜公瞻，237, 243, 265, 269, 274, 350, 351, 352, 356, 357, 358
（唐）欧阳询，22, 172, 228, 229, 231, 237, 238, 243, 252, 257, 261, 265, 270, 272, 274, 279, 281, 284, 378
（唐）魏征，218
（唐）令狐德棻，71, 98
（唐）虞世南，22, 286
（唐）郑世翼，390
（唐）卢照邻，71, 118, 390
（唐）李百药，98
（唐）王勃，71
（唐）沈佺期，390
（唐）李善，21, 74, 84, 97, 162, 191, 204, 221, 238, 239, 244, 245, 246, 247, 248, 253, 254, 255, 257, 258, 261, 262, 266, 267, 270, 275, 276, 286, 324
（唐）张循之，390

（唐）李华, 72, 85, 137
（唐）李白, 72, 149, 390, 391, 392
（唐）岑参, 392
（唐）徐坚, 238, 243, 244, 252, 253, 257, 261, 265, 266, 270, 272, 274, 275, 279, 281
（唐）李周翰, 172
（唐）吕向, 186
（唐）刘知几, 118, 119, 141, 190
（唐）梁锽, 392
（唐）杜甫, 392, 393, 394
（唐）钱起, 394, 395
（唐）独孤及, 73
（唐）皇甫冉, 394
（唐）刘方平, 394
（唐）卢纶, 41
（唐）李端, 395
（唐）李吉甫, 65
（唐）刘禹锡, 129, 395
（唐）李翱, 98, 119
（唐）孟郊, 395
（唐）李贺, 395
（唐）元稹, 41, 396
（唐）白居易, 98, 231, 396
（唐）李涉, 396
（唐）鲍溶, 396
（唐）牛僧孺, 462
（唐）杜牧, 41, 397
（唐）李商隐, 99, 397, 398
（唐）李群玉, 398
（唐）温庭筠, 398
（唐）于濆, 398
（唐）汪遵, 398
（唐）许棠, 399
（唐）皮日休, 378, 379
（唐）陆龟蒙, 363
（唐）胡曾, 399
（唐）罗隐, 399
（唐）罗虬, 399
（唐）唐彦谦, 399
（唐）韩偓, 400
（唐）僧齐已, 400
（唐）吴融, 400
（唐）韦庄, 400, 401, 443
（唐）徐寅, 363
（唐）庞德公, 401
（唐）梁肃, 74
（唐）皇甫湜, 73, 119, 120

（唐）王硕, 401
（唐）刘蜕, 455, 456
（唐）余知古, 13, 14, 16, 99
（唐）张复元, 456
（唐）范摅, 462, 463
（唐）赵蝦, 401
（唐）郑崤, 378
（唐）张复元, 456
（前蜀）杜光庭, 463
（后晋）沈昫, 208, 218, 359
（后蜀）毛文锡, 444
（后蜀）赵崇祚, 444

宋金

（宋）李昉, 23, 24, 74, 85, 119, 120, 173, 229, 231, 232, 240, 208, 249, 250, 255, 258, 259, 262, 263, 270, 271, 272, 276, 277, 279, 285, 307, 377, 456
（宋）乐史, 5, 35, 45, 51, 65
（宋）刘筠, 402
（宋）苏易简, 379
（宋）钱惟演, 402
（宋）杨亿, 401, 402
（宋）柳永, 444
（宋）宋祁, 99
（宋）梅尧臣, 403, 404
（宋）欧阳修, 218
（宋）王钦若, 24, 218
（宋）解昉, 449
（宋）姚铉, 72, 73, 74, 85
（宋）吴简言, 401
（宋）李觏, 403
（宋）刘攽, 403
（宋）洋州侯赵世昌, 411
（宋）王开祖, 75
（宋）曾巩, 120
（宋）华镇, 100
（宋）李复, 381, 382
（宋）王安石, 403
（宋）徐积, 404
（宋）沈括, 61, 308, 320
（宋）晏几道, 444
（宋）张舜民, 405
（宋）苏轼, 120, 121, 186, 308, 404, 444, 445
（宋）李之仪, 99, 405
（宋）苏辙, 186
（宋）苏籀, 76, 123

（宋）孔平仲，320
（宋）郭祥正，405
（宋）黄庭坚，121, 406, 407, 445, 456
（宋）秦观，75, 445
（宋）赵令畤，411, 448
（宋）晁补之，99, 122, 156, 163, 379, 381, 445, 446
（宋）晁说之，122, 407
（宋）陈师道，191, 200
（宋）张耒，122, 405
（宋）周邦彦，446
（宋）邹浩，405, 406
（宋）郭茂倩，250, 386, 387, 388, 389, 390, 394, 395, 398, 400
（宋）高承，99, 321
（宋）马永卿，106, 295, 300, 312
（宋）阮阅，288
（宋）范致虚，407
（宋）吕颐浩，407
（宋）叶梦得，123
（宋）徽宗赵佶，364
（宋）李纲，75
（宋）叶廷珪，35, 233, 271, 273, 277, 279, 326, 341, 348, 355, 357
（宋）张元干，76
（宋）徐师川，447
（宋）晁以道，407
（宋）朱弁，100
（宋）计敏夫，125
（宋）曾慥，24, 101, 446, 447
（宋）金盈之，465
（宋）黄彻，187
（宋）王铚，101, 123
（宋）吕本中，123
（宋）王观国，233, 309, 327
（宋）许顗，100, 323
（宋）江少虞，124
（宋）晁公遡，456, 457
（宋）邵博，123, 124
（宋）吴曾，127, 212, 268, 327, 345, 347, 358, 464
（宋）任广，349, 350, 351, 352, 353, 354, 355, 356, 357, 358, 359
（宋）郭知达，98, 119
（宋）史尧弼，101
（宋）向子諲，447
（宋）史远道，449
（宋）陈与义，408
（宋）胡仔，86, 124, 191, 192

（宋）吕渭老，447
（宋）朱翌，300, 347
（宋）张表臣，86
（宋）王十朋，404, 408, 409
（宋）葛立方，309
（宋）韩元吉，86
（宋）姚宽，28, 300, 308
（宋）洪迈，41, 46, 125, 193, 326, 337, 339, 378, 398
（宋）林亦之，101
（宋）吕祖谦，173, 204, 208, 356, 359
（宋）吴箕，187
（宋）刘克庄，174
（宋）黄晞，129
（宋）黄震，29
（宋）龚颐正，233
（宋）喻良能，409
（宋）楼钥，102
（宋）林光朝，125
（宋）慕容彦逢，75
（宋）蔡启，85
（宋）滕宗谅，402
（宋）袁燮，102
（宋）翁卷，409, 410
（宋）潘自牧，78, 263
（宋）魏齐贤、叶棻，76
（宋）王正德，157
（宋）刘昌诗，233, 328
（宋）章如愚，78, 79, 102, 103, 157, 158, 163, 309
（宋）魏庆之，87, 128
（宋）黄大受，410
（宋）章定，16, 128
（宋）章樵，21, 213, 215, 217, 221, 281, 295, 296
（宋）叶大庆，263, 268
（宋）晁公武，291
（宋）程大昌，327
（宋）王霆震，209, 221
（宋）赵与时，464
（宋）罗与之，410
（宋）史绳祖，322
（宋）陆游，29, 51, 409, 448
（宋）周必大，125, 163
（宋）范成大，28, 29, 42, 51, 192, 193, 309, 408
（宋）杨万里，101
（宋）朱熹，76, 77, 163, 173, 212, 221, 365
（宋）崔敦礼，382, 384
（宋）陈造，101, 157, 409
（宋）许及之，409

（宋）辛弃疾，447
（宋）王楙，102, 127, 128, 205, 213, 229, 268, 323, 346, 464
（宋）刘过，458
（宋）姜夔，87, 447, 448
（宋）高似孙，86
（宋）程珌，215
（宋）戴复古，410
（宋）魏了翁，78, 126, 173, 233, 328
（宋）叶寘，328
（宋）真德秀，78
（宋）岳珂，365
（宋）苏洞，126
（宋）严羽，126, 173
（宋）祝穆，5, 6, 24, 25, 29, 42, 46, 52, 59, 62, 65, 187, 222, 230, 233, 268
（宋）吴文英，448, 449
（宋）利登，410
（宋）陈允平，449
（宋）周密，127, 174
（宋）范晞文，193
（宋）王应麟，58, 65, 87, 103, 128, 219, 226, 240, 271, 288, 343, 344, 348
（宋）舒岳祥，126
（宋）王山，406
（宋）黎靖德，125
（宋）刘宾，406
（宋）吕乔年，187
（宋）孙奕，263
（宋）孙嵩，411
（宋）何谿汶，129
（宋）吴子良，216
（宋）吴开，215
（宋）张邦基，124, 464
（宋）张垒，406, 408
（宋）李君翁，299
（宋）汪藻，100
（宋）沈作喆，76
（宋）邵思，16
（宋）陈振孙，219
（宋）陈起，410
（宋）陈骙，127
（宋）周应合，129
（宋）庞元英，232, 326
（宋）林駧，128, 309
（宋）欧阳忞，56
（宋）郑樵，218, 219

（宋）洪兴祖，21, 94, 162, 172, 221, 375
（宋）洪炎，407
（宋）皇都风月主人，17, 465
（宋）胡穉，408
（宋）项安世，127
（金）王若虚，130, 200, 205
（金）李俊民，411
（金）赵秉文，194
（金）董解元，487

元

（元）蒋正子，465
（元）郝经，79, 103, 130, 131
（元）关汉卿，488
（元）白朴，450
（元）王实甫，489
（元）戴善夫，491
（元）戴表元，131
（元）白珽，131
（元）方回，103, 163, 400, 411
（元）卢挚，146, 449, 451
（元）马致远，451, 489
（元）马祖常，412
（元）陈栎，194
（元）马端临，79, 87, 132, 158, 219, 227
（元）赵孟頫，411, 412, 450
（元）张之翰，134
（元）周南瑞，449
（元）陈仁子，222, 282
（元）袁桷，103, 132, 384, 385
（元）贡奎，103
（元）吴昌龄，489, 490
（元）冯子振，451
（元）张养浩，451
（元）乔吉，451, 490
（元）虞集，412
（元）钟嗣成，452
（元）张可久，452
（元）马谦斋，452
（元）贯云石，453
（元）杨维桢，134
（元）高明，453, 490
（元）汤舜民，453, 454
（元）杨景贤，490
（元）王子一，491
（元）富大用，264
（元）邓玉宾，454

（元）朱庭玉，454
（元）李致远，454
（元）谢应芳，104，413，414
（元）赵君祥，454
（元）叶懋，414
（元）吕诚，413
（元）孙存吾，412
（元）苏天爵，412
（元）脱脱，132
（元）吴师道，412
（元）李士瞻，413
（元）李孝光，159
（元）李治，328
（元）李继本，79
（元）李翀，135
（元）周砥，413
（元）郑庭玉，450
（元）柯九思，412，413
（元）柳贯，132
（元）祝尧，104，133，158，164，222
（元）徐瑞，411
（元）吴莱，133，228
（元）郭翼，134，187
（元）陶宗仪，17，42，86，164，205，310，466
（元）顾瑛，413
（元）盛如梓，52，194
（元）傅若金，104
（元）陈绎曾，134
（元）贾仲名，491
（元）李瓒，413

明

（明）宋濂，135，228
（明）释宗泐，415
（明）唐桂芳，201
（明）朱右，79，80
（明）王祎，174
（明）郑真，87，415
（明）苏伯衡，367，368
（明）施耐庵，466
（明）罗贯中，466
（明）杨士奇，88
（明）李昌祺，416
（明）宋公传，105
（明）吴讷，105，209
（明）徐有贞，175
（明）倪谦，416

（明）周洪谟，416
（明）叶盛，80
（明）李贤，6，29，35，36，39，52
（明）何乔新，105，416
（明）周瑛，88
（明）林俊，80
（明）郑瑗，301
（明）张志淳，233，329
（明）朱谏，418
（明）孙绪，135
（明）何景明，136
（明）康海，80，136
（明）郑善夫，105
（明）冯时雍，415
（明）刘节，222
（明）陆深，105，228，418
（明）安磐，216
（明）王廷相，450
（明）黄巩，414，434
（明）谢榛，139，214，419
（明）杨慎，80，136，137，159，175，213，233，297，300，347，360，418
（明）刘天民，419
（明）薛蕙，81
（明）王廷陈，81，135
（明）朱朴，418
（明）兴献帝，83，458
（明）陆楫，467
（明）陆时雍，110，111，143，160，168，179，180，223
（明）陆粲，88
（明）乐天大笑生，385
（明）洪楩，473
（明）皇甫汸，88，89
（明）廖道南，2，137，159
（明）唐顺之，81，138，321
（明）王三聘，106
（明）彭大翼，18，29，62，230，234，240，241，250，251，260，269，271，273，278，280，329，340，467
（明）黎民表，420
（明）冯惟讷，388，389
（明）茅坤，106
（明）归有光，17，165，166，209，210
（明）卢柟，368
（明）陈士元，194
（明）陈全之，175，467
（明）王世贞，82，88，107，108，138，139，159，160，176，195，214，216，296，368，419

（明）邓伯羔, 298
（明）汪道昆, 370
（明）方尚赟, 420
（明）宗臣, 139
（明）徐学谟, 419
（明）李贽, 17, 177, 313
（明）徐师曾, 106
（明）张萱, 178
（明）郭棐, 459
（明）张凤翼, 166, 176, 188, 195, 205
（明）徐元太, 89
（明）焦竑, 109, 220, 292
（明）朱衣, 415
（明）陈第, 108, 166, 177, 188, 195, 201, 205, 206, 219, 222, 292
（明）胡应麟, 82, 108, 109, 139, 140, 160, 177, 206, 214, 216, 217, 288, 290, 295, 296, 297, 324
（明）曾朝节, 414
（明）冯琦, 223
（明）冯瑗, 223
（明）周祈, 234, 329
（明）蒋克谦, 26
（明）董其昌, 167
（明）谢肇淛, 344
（明）徐炬, 110
（明）蒋一葵, 19, 29, 63, 467, 468
（明）徐勃, 89
（明）曹学佺, 46, 53, 141, 167, 178, 195, 313
（明）胡震亨, 313
（明）陈所学, 420
（明）顾起元, 230, 278
（明）江东伟, 214
（明）王志坚, 141
（明）周圣楷, 20, 30, 62, 91
（明）冯复京, 220
（明）何宇度, 19, 52
（明）何良俊, 107
（明）吴大震, 471
（明）钱希言, 142, 314, 340
（明）梅鼎祚, 71, 89, 282
（明）范景文, 89
（明）张丑, 142
（明）罗懋登, 471
（明）张尚儒, 30
（明）张燮, 110, 160, 223, 290, 296, 298
（明）沈德符, 142
（明）李宗城, 420

（明）龚三益, 420
（明）秦聚奎, 47, 223, 395, 407, 414, 415, 420
（明）笑笑生, 472, 473
（明）陈耀文, 46, 60, 209, 234, 235, 240, 250, 260, 269, 271, 286, 298, 322, 360, 449, 450
（明）倪元璐, 90
（明）陆绍珩, 420
（明）贺复征, 90, 111, 201
（明）黄文焕, 167, 178, 179, 223, 293
（明）王志庆, 241, 269
（明）张岱, 234, 331
（明）冯梦龙, 470
（明）凌濛初, 468, 469
（明）郁逢庆, 290
（明）方以智, 22, 235, 330, 331
（明）周婴, 234, 235, 269, 330
（明）张溥, 362, 363
（明）田艺蘅, 374
（明）姚士麟, 324
（明）施绍莘, 188
（明）赵弼, 415
（明）唐志淳, 421
（明）吕隆, 421
（明）孙文龙, 421
（明）卢之颐, 230
（明）西湖渔隐主人, 472
（明）陆人龙, 472
（明）董说, 47, 57, 58, 59, 60, 61, 66, 330, 346
（明）董斯张, 110, 228, 256, 469
（明）黄秋散人, 473
（明）韩阳, 414
（明）镏绩, 143
（明）曾发祥, 421
（明）陈懋仁, 468
（明）张纶言, 168
（明）陈士龙, 366

清

（清）谈迁, 421, 459
（清）朱鹤龄, 22, 91, 143, 160, 206, 397
（清）顾炎武, 143, 168, 180, 201, 212, 214, 230, 256, 331, 473
（清）冯班, 111, 112, 144
（清）黄宗羲, 82, 91, 112, 139, 178, 301, 459
（清）王夫之, 169, 181, 223
（清）屈大均, 66
（清）孙承泽, 144

（清）吴景旭, 31, 169, 202, 206, 291, 298, 301, 315, 325, 326, 332, 337, 344, 348
（清）毛先舒, 181
（清）黄生, 235
（清）李陈玉, 161, 169, 181, 223, 293, 294, 305, 333
（清）贺贻孙, 82, 144
（清）吴伟业, 422
（清）宋征璧, 112
（清）周亮工, 323
（清）王士禛, 31, 42, 47, 53, 235, 241, 242, 251, 252, 256, 260, 261, 264, 273, 278, 280, 365, 422, 423
（清）郎廷槐, 113
（清）王崇简, 298
（清）施闰章, 92, 423
（清）汤斌, 92
（清）李渔, 474, 492, 493, 494
（清）彭孙遹, 423
（清）陈廷敬, 145
（清）马骕, 195, 216, 287
（清）董含, 54
（清）吴绮, 424
（清）吴乔, 112
（清）沈自南, 340
（清）倪涛, 83, 145
（清）沈谦, 460
（清）孔自来, 31, 48, 59, 67, 422
（清）康熙, 114
（清）田雯, 113, 145, 424
（清）张英, 31, 42, 235, 241, 242, 251, 252, 256, 260, 261, 264, 273, 278, 280, 365
（清）王掞, 271, 273
（清）陈元龙, 83, 215, 217, 224, 235, 236, 265, 271, 322, 333, 367, 374, 375, 379
（清）彭定求, 41, 392, 396, 398, 399, 401
（清）徐倬, 145
（清）吴雯, 424
（清）毛奇龄, 145, 146, 196, 283
（清）纳兰性德, 83
（清）陈维崧, 146, 196, 474
（清）朱彝尊, 92, 93, 113, 142, 420
（清）顾嗣立, 146, 412, 413
（清）仇兆鳌, 392, 393, 394
（清）陈厚耀, 3, 4, 224
（清）陈邦彦, 418
（清）姜宸英, 113, 203, 315
（清）何焯, 146, 161, 169, 182, 188, 197, 203, 210, 230, 242, 315, 321, 326, 343
（清）汪森, 424

（清）钮琇, 474
（清）高士奇, 349, 351, 361
（清）黄之隽, 36, 424, 425
（清）赵弘恩, 36
（清）厉鹗, 401, 406, 411
（清）吴之振, 193
（清）沈季友, 146, 419, 475
（清）费锡璜, 147
（清）刘献廷, 206
（清）贺裳, 147, 182
（清）张豫章, 416
（清）惠栋, 93
（清）汪灏, 231, 236, 242
（清）叶矫然, 147
（清）褚人获, 475, 476
（清）徐文靖, 237, 274, 305, 333, 334
（清）姚培谦, 32, 39, 48, 57, 59, 60, 63, 67
（清）张云卿, 32, 39, 48, 57, 59, 60, 63, 67
（清）张隆孙, 32, 39, 48, 57, 59, 60, 63, 67
（清）田文镜, 36
（清）孙灏, 36
（清）张尊德, 42, 60, 63
（清）蒋骥, 224, 323
（清）史简, 411, 414
（清）鄂尔泰, 148
（清）张廷玉, 148
（清）迈柱, 6, 32, 33, 36, 39, 41, 43, 48, 60, 62, 63, 67, 68, 148, 197, 224, 420
（清）夏力恕, 6, 32, 33, 36, 39, 41, 43, 48, 60, 62, 63, 67, 68, 148, 197, 224, 420
（清）郝玉麟, 55, 483
（清）谢道承, 55, 483
（清）黄廷桂, 6, 55
（清）张晋生, 6, 55
（清）李重华, 114, 148
（清）陈宏谋, 36
（清）谢旻, 149
（清）汤漱玉, 392
（清）李可宗, 44
（清）乾隆, 149, 152, 425, 426
（清）胡鸣玉, 269, 316, 346
（清）李锴, 5
（清）鲍皋, 426
（清）程廷祚, 93, 114, 149, 161
（清）屈复, 170, 183, 224, 294, 512
（清）袁枚, 301, 305, 321, 338
（清）纪昀, 36, 114, 149, 183, 215, 299, 476
（清）阮葵生, 183, 334, 342, 359

（清）钱大昕，150
（清）姜炳璋，115
（清）赵翼，115, 183, 334, 335
（清）陈球，483
（清）陶士偰，49
（清）吴泰来，37
（清）孙志祖，317
（清）王念孙，341, 342, 343, 344
（清）戴震，115
（清）章学诚，93, 150
（清）洪亮吉，115
（清）翁元圻，324, 349
（清）桂馥，150, 336, 338, 342
（清）董诰，364
（清）李调元，150, 151
（清）鲁九皋，116
（清）沈起凤，477
（清）戴延年，484
（清）沈可培，399, 478
（清）曾衍东，478
（清）陆烜，345
（清）沈复，33
（清）悔庵居士，427, 459, 460
（清）徐锡龄、钱泳，427
（清）陈本礼，225
（清）张惠言，183, 189, 197, 216, 217, 225, 301
（清）宋翔凤，116
（清）严可均，225, 283, 284, 291
（清）乐钧，478
（清）穆彰阿，8, 33, 37, 39, 43, 49, 56
（清）潘锡恩，8, 33, 37, 39, 43, 49, 56
（清）朱翊清，354, 479
（清）刘开，151
（清）许巽行，207, 210, 294, 318
（清）梁章钜，116, 151, 287, 293, 318, 321, 341, 479, 481
（清）余成教，152
（清）俞正燮，152, 343
（清）赵绍祖，152
（清）潘德舆，152
（清）陆以湉，428, 479
（清）魏源，83
（清）蒋坦，153
（清）梁绍壬，21, 479
（清）陈澧，116, 153
（清）杨掌生，480
（清）林庆铨，483
（清）徐时栋，339

（清）俞樾，68, 299
（清）梁恭辰，480, 481
（清）刘熙载，83, 117, 153, 161, 170, 183, 184, 197, 210, 215
（清）江有诰，225
（清）陈其元，339
（清）王履谦，68
（清）张岳崧，44, 69
（清）方浚师，210
（清）王闿运，184, 198, 225, 293, 294, 305
（清）宣鼎，481
（清）孙文川，485
（清）胡凤丹，34, 428
（清）陈启源，153
（清）况周颐，198, 211, 428
（清）独逸窝退士，57, 482
（清）王韬，482
（清）玉魫生，460
（清）邱炜萲，319
（清）马其昶，226, 295
（清）易顺鼎，485
（清）金武祥，34, 252
（清）吴庆焘，220
（清）李伯元，429, 485, 486
（清）吴趼人，486
（清）丁仁，220
（清）朱泰，154
（清）张贵胜，476
（清）张紫琳，476
（清）杨晓岚，427
（清）张尚瑷，154
（清）周鲁，26, 27, 161, 228
（清）周召，299
（清）戴璐，427, 428, 482, 483
（清）王有光，354
（清）翟灏，155, 326, 336, 338, 339, 341, 342, 345, 346, 349
（清）采蘅子，361
（清）胡式钰，117
（清）黄金石，460
（清）蕊珠旧史掌生氏，480
（清）二石生，484
（清）于悫介，171, 184, 185, 189, 190, 198, 199, 204, 207, 211, 212, 319, 343
（清）马位，171, 348
（清）陆伯周，485
（清）卫良佐，435, 438
（清）方策，429

（清）毛会建, 435
（清）王建, 439
（清）甘鹏云, 11
（清）石凤台, 442
（清）龙桧子, 427
（清）刘声木, 154
（清）刘笃庆, 56
（清）白德廉, 56
（清）刘维桢, 435
（清）向兆麟, 435, 442
（清）孙松坪, 427
（清）许光曙, 9, 43, 63, 64, 226
（清）孙福海, 9, 43, 63, 64, 226
（清）许奉恩, 485
（清）许琪标, 440
（清）吴省钦, 436
（清）张开东, 436, 439, 443
（清）张范, 430, 431
（清）张尊德, 42, 60, 63
（清）张琬, 432
（清）李兆钰, 436
（清）李纫兰, 428
（清）李苏, 436
（清）李宗羲, 37
（清）聂光銮, 35
（清）觉罗桂茂, 35
（清）德廉, 50, 51, 319, 434
（清）尹洪熙, 50, 51, 319, 434
（清）李宗瀚, 433
（清）李治运, 437
（清）李炘, 34
（清）李秉礼, 433
（清）李峦, 438
（清）李莲, 442
（清）杜世英, 435, 439
（清）杜官德, 443
（清）沈辰垣, 449, 450
（清）苏士甲, 430
（清）陈廷桂, 430
（清）陈诗, 7, 11, 12, 44
（清）陈遂, 433
（清）陈瑚, 442
（清）罗细, 9
（清）陈豪, 9
（清）郑直, 442
（清）郑家禹, 429
（清）郑润中, 440
（清）郑豫夫, 424

（清）金德嘉, 437
（清）俞蛟, 479
（清）施愚山, 428
（清）施瘦琴, 460
（清）胡之泰, 439
（清）胡文英, 224
（清）胡作相, 441
（清）赵宏思, 429
（清）倪文蔚, 35
（清）蒋铭勋, 35
（清）唐仲冕, 427
（清）徐倍轩, 428
（清）徐夔生, 430
（清）恩联, 35
（清）王万芳, 35
（清）浦洗, 150, 155, 162, 196, 208, 217
（清）涂始, 441
（清）聂联开, 439
（清）高云路, 438, 442
（清）黄本敏, 437
（清）黄如柏, 440
（清）黄遵古, 428
（清）嵇天眉, 450
（清）马云题, 450
（清）曾明, 441
（清）曾燠, 461
（清）程大中, 430, 434
（清）程启安, 8, 34, 37, 38, 39, 94, 211, 220, 225, 419, 421, 429, 430
（清）蒋世恩, 433
（清）蒋仲, 431
（清）蒋仡昌, 438
（清）蒋定诏, 432
（清）蒋剑人, 460
（清）蒋健, 431
（清）蒋徵陶, 434
（清）蒋徵粥, 434
（清）樊昌运, 437, 440
（清）蕴山, 432
（清）颜鲸, 429
（清）薛湘, 432
（清）魏继宗, 436, 437

近现代

章太炎, 117, 155
王国维, 94
刘师培, 117
徐枕亚, 487

（二）书名索引

汉

（汉）韩婴《韩诗外传》, 21
（汉）司马迁《史记》, 1, 172, 509
（汉）刘向《新序》, 12, 13
（汉）扬雄《法言》, 70
（汉）王充《论衡》, 94
（汉）班固《汉书》, 1, 94, 218, 341
（汉）王逸《楚辞章句》, 21, 94, 162, 172, 221
佚名《北京大学藏〈汉简·反淫〉》, 70
1972年山东临沂银雀山汉早期墓出土《唐勒赋》残篇, 285

魏晋南北朝

（魏）曹植《曹子建集》, 377
（魏）嵇康《嵇中散集》, 386
（晋）习凿齿《襄阳耆旧记》, 13, 35
（北魏）郦道元《水经注》, 1, 28, 242
（北齐）颜之推《颜氏家训》, 97
（北周）庾信《庾子山集》, 118
（南朝齐）谢朓《谢宣城集》, 377
（南朝梁）任昉《文章缘起》, 95, 96
（南朝梁）刘勰《文心雕龙》, 71, 84, 96, 97, 118, 156, 190, 200, 204, 208, 320
（南朝梁）沈约《宋书》, 95
（南朝梁）萧绎《金楼子》, 97
（南朝梁）萧统《文选》, 97, 221
（南朝梁）释僧祐《弘明集》, 118
（南朝陈）徐陵《玉台新咏》, 386

隋唐五代

（隋）杜公瞻《编珠》, 237, 243, 265, 269, 274, 350, 351, 352, 356, 357, 358
（唐）欧阳询《艺文类聚》, 22, 172, 228, 229, 231, 237, 238, 243, 252, 257, 261, 265, 270, 272, 274, 279, 281, 284, 362, 363, 378
（唐）魏征《隋书》, 21
（唐）令狐德棻《周书》, 71, 98
（唐）虞世南《北堂书钞》, 22, 286
（唐）卢照邻《卢升之集》, 71, 118
（唐）李百药《北齐书》, 98
（唐）王勃《王子安集》, 71
（唐）李善注《文选》, 21, 74, 84, 97, 162, 191, 204, 221, 238, 239, 244, 245, 246, 247, 248, 253, 254, 255, 257, 258, 261, 262, 266, 267, 270, 275, 276, 286, 324
（唐）李华《李遐叔文集》, 72
（唐）李白《李太白文集》, 72, 391, 392
（唐）徐坚《初学记》, 238, 243, 244, 252, 253, 257, 261, 265, 266, 270, 272, 274, 275, 279, 281, 363
（唐）五臣注《文选》, 204
（唐）李周翰注《文选》, 172
（唐）吕向注《文选》, 186
（唐）六臣注《文选》, 162, 221
（唐）刘知几《史通》, 118, 119, 190
（唐）钱起《钱仲文集》, 395
（唐）独孤及《毗陵集》, 73
（唐）李吉甫《元和郡县志》, 65
（唐）李翱《李文公集》, 98
（唐）元稹《元氏长庆集》, 396
（唐）白居易原本、（宋）孔传续撰《白氏六帖》, 231
（唐）白居易《白氏长庆集》, 98, 396
（唐）鲍溶《鲍溶诗集》, 396
（唐）牛僧孺《玄怪录》, 462
（唐）李商隐《李义山诗集》, 99
（唐）李群玉《李群玉诗集》, 398
（唐）皮日休《文薮》, 379
（唐）陆龟蒙《笠泽丛书》, 363
（唐）胡曾《咏史诗》, 399
（唐）吴融《唐英歌诗》, 400
（唐）韦庄《浣花集》, 401
（唐）梁肃《毗陵集》, 74
（唐）皇甫湜《皇甫持正集》, 119, 120
（唐）刘蜕《文泉子》, 456
（唐）余知古《渚宫旧事》, 13, 14, 16, 99
（唐）范摅《云溪友议》, 462, 463
（唐）佚名《赋谱》中国国家图书馆藏张伯伟校考本, 120
（前蜀）杜光庭《墉城集仙录》, 463
（南汉）王定保《唐摭言》, 73
（后晋）沈昫《旧唐书》, 208, 218, 359

（后蜀）韦縠《才调集》，397
（后蜀）赵崇祚《花间集》，444

宋金

（宋）李昉《太平广记》，307
（宋）李昉《太平御览》，23, 24, 74, 120, 173, 208, 229, 231, 232, 240, 248, 249, 250, 255, 258, 259, 262, 263, 270, 271, 272, 276, 277, 279, 285, 377
（宋）李昉《文苑英华》，72, 85, 119, 456
（宋）乐史《太平寰宇记》，5, 35, 45, 51, 65
（宋）杨亿《西昆酬唱集》，401, 402
（宋）柳永《乐章集》，444
（宋）宋祁《宋景文笔记》，99
（宋）梅尧臣《宛陵集》，404
（宋）欧阳修《新唐书》，218
（宋）王钦若《册府元龟》，24, 218
（宋）姚铉《唐文粹》，72, 73, 74, 85
（宋）李觏《盱江集》，403
（宋）王开祖《儒志编》，75
（宋）曾巩《隆平集》，120
（宋）华镇《云溪居士集》，100
（宋）李复《潏水集》，382
（宋）王安石《临川文集》，403
（宋）徐积《节孝集》，404
（宋）沈括《梦溪笔谈》，61, 308, 320
（宋）晏几道《小山词》，444
（宋）苏轼《东坡文集》，121
（宋）苏轼《东坡志林》，186, 308
（宋）苏轼《东坡词》，445
（宋）苏轼《苏轼文集》，121, 308
（宋）苏轼《苏轼诗集》，120
（宋）李之仪《姑溪居士集》，99, 405
（宋）苏辙《栾城集》，186
（宋）苏籀《栾城先生遗言》，76, 123
（宋）孔平仲《珩璜新论》，320
（宋）郭祥正《青山续集》，405
（宋）黄庭坚《山谷集》，121, 406, 407, 456
（宋）秦观《淮海集》，75, 445
（宋）赵令畤《侯鲭录》，411, 448
（宋）晁补之《鸡肋集》，99, 122, 156, 163, 381
（宋）晁补之《晁无咎词》，446
（宋）晁说之《景迂生集》，122, 402, 407
（宋）陈师道《后山集》，191, 200
（宋）张耒《张耒集》，405
（宋）周邦彦《片玉词》，446
（宋）邹浩《道乡集》，406

（宋）郭茂倩《乐府诗集》，250, 386, 387, 388, 389, 390, 394, 395, 398, 400
（宋）高承《事物纪原》，99, 321
（宋）马永卿《嬾真子》，300
（宋）阮阅《诗话总龟》，121, 186, 187, 288
（宋）吕颐浩《忠穆集》，407
（宋）叶梦得《石林诗话》，123
（宋）李纲《梁谿集》，75
（宋）叶廷珪《海录碎事》，35, 233, 271, 273, 277, 279, 326, 341, 348, 355, 357
（宋）张元干《芦川归来集》，76
（宋）朱弁《曲洧旧闻》，100
（宋）计敏夫《唐诗纪事》，72, 125
（宋）曾慥《乐府雅词》，446, 447
（宋）曾慥《类说》，24, 101
（宋）金盈之《醉翁谈录》，465
（宋）黄彻《䂬溪诗话》，187
（宋）王铚《雪溪集》，101, 123
（宋）吕本中《紫微诗话》，123
（宋）王观国《学林》，233, 309, 327
（宋）许顗《彦周诗话》，100, 323
（宋）江少虞《事实类苑》，124
（宋）晁公遡《嵩山集》，457
（宋）邵博《闻见后录》，123, 124
（宋）吴曾《能改斋漫录》，127, 212, 268, 327, 345, 347, 358, 464
（宋）任广《书叙指南》，349, 350, 351, 352, 353, 354, 355, 356, 357, 358, 359
（宋）郭知达《九家集注杜诗》，98, 119
（宋）史尧弼《莲峰集》，101
（宋）向子諲《酒边词》，447
（宋）黄大舆《梅苑》，449
（宋）胡仔《渔隐丛话》，86, 121, 124, 191, 192, 200, 308
（宋）吕渭老《圣求词》，447
（宋）朱翌《猗觉寮杂记》，300, 347
（宋）张表臣《珊瑚钩诗话》，86
（宋）王十朋《东坡诗集注》，404
（宋）王十朋《梅溪集》，409
（宋）葛立方《侍郎葛公归愚集》，309
（宋）韩元吉《南涧甲乙稿》，86
（宋）姚宽《西溪丛语》，28, 300, 308
（宋）洪迈《万首唐人绝句》，41, 378, 398, 401
（宋）洪迈《夷坚志》，46
（宋）洪迈《容斋随笔》，125, 337
（宋）林亦之《纲山集》，101
（宋）吕祖谦《东莱先生分门诗律武库》，173,

208, 356, 359
（宋）吕祖谦《东莱集》，204
（宋）吴箕《常谈》，187
（宋）刘克庄《后村诗话》，174
（宋）黄《山谷年谱》，129
（宋）黄震《黄氏日抄》，29
（宋）龚颐正《芥隐笔记》，233
（宋）喻良能《香山集》，409
（宋）楼鑰《攻媿集》，102
（宋）林光朝《艾轩集》，125
（宋）慕容彦逢《摛文堂集》，75
（宋）蔡启《蔡宽夫诗话》，85
（宋）袁燮《絜斋集》，102
（宋）翁卷《西岩集》，410
（宋）潘自牧《记纂渊海》，78, 263
（宋）魏齐贤、叶棻《五百家播芳大全文粹》，76
（宋）王正德《余师录》，76
（宋）刘昌诗《芦浦笔记》，233, 328
（宋）章如愚《群书考索》，77, 78, 79, 102, 103, 157, 158, 163, 212, 309
（宋）魏庆之《诗人玉屑》，87, 128
（宋）章定《名贤氏族言行类稿》，16, 25, 128
（宋）章樵《古文苑》，21, 213, 215, 217, 221, 281, 295, 296
（宋）叶大庆《考古质疑》，263, 268
（宋）晁公武《郡斋读书志》，163, 291
（宋）程大昌《演繁露》，327
（宋）王霆震《古文集成》，209, 221
（宋）赵与时《宾退录》，464
（宋）史绳祖《学斋佔毕》，322
（宋）陆游《放翁词》，448
（宋）陆游《剑南诗稿》，51, 409
（宋）陆游《渭南文集》，29
（宋）周必大《文忠集》，125, 163
（宋）范成大《石湖诗集》，28, 192, 309
（宋）范成大《吴船录》，29, 51
（宋）杨万里《诚斋集》，101
（宋）朱熹《晦庵集》，77
（宋）朱熹《楚辞后语》，76
（宋）朱熹《楚辞集注》，163, 173, 212, 221
（宋）朱熹《楚辞辩证》，77
（宋）崔敦礼《宫教集》，384
（宋）陈造《江湖长翁集》，101, 127, 409
（宋）辛弃疾《稼轩词》，447
（宋）王楙《野客丛书》，102, 127, 128, 205, 213, 229, 268, 323, 346, 464,
（宋）刘过《龙洲集》，458

（宋）姜夔《白石道人歌曲》，448
（宋）高似孙《纬略》，86
（宋）程珌《洺水集》，215
（宋）戴复古《石屏诗集》，410
（宋）魏了翁《经外杂钞》，173, 233
（宋）魏了翁《鹤山笔录》，126, 328
（宋）魏了翁《鹤山集》，78
（宋）叶寘《爱日斋丛钞》，328
（宋）真德秀《西山文集》，78
（宋）岳珂《宝真斋法书赞》，365, 399
（宋）苏泂《泠然斋诗集》，126
（宋）严羽《沧浪诗话》，126, 173
（宋）祝穆《方舆览胜》，5, 6, 29, 42, 46, 52, 59, 62, 65
（宋）吴文英《梦窗稿》，448, 449
（宋）周密《齐东野语》，127
（宋）周密《浩然斋雅谈》，174
（宋）范晞文《对床夜语》，193
（宋）王应麟《汉艺文志考证》，288, 348
（宋）王应麟《玉海》58, 103, 128, 219, 226, 240, 271
（宋）王应麟《困学纪闻》，343, 344, 348
（宋）王应麟《诗地理考》，87
（宋）王应麟《通鑑地理通释》，65
（宋）舒岳祥《阆风集》，126
（宋）黎靖德《朱子语类》，125
（宋）吕乔年《丽泽论说集录》，187
（宋）孙奕《示儿编》，263
（宋）何谿汶《竹庄诗话》，129
（宋）吴子良《荆溪林下偶读》，216
（宋）吴开《优古堂诗话》，215
（宋）张邦基《墨庄漫录》，124, 464
（宋）汪藻《浮溪集》，100
（宋）沈作喆《寓简》，76
（宋）邵思《姓解》，16
（宋）陈思编、（元）陈世隆补《两宋名贤小集》，405
（宋）陈振孙《直斋书录解题》，219, 375
（宋）陈起《江湖小集》，410
（宋）陈骙《南宋馆阁录》，127
（宋）周应合《景定建康志》，129
（宋）庞元英《文昌杂集》，232, 326
（宋）林駉《古今源流至论》，128, 309
（宋）欧阳忞《舆地广记》，56
（宋）郑樵《通志》，218, 219
（宋）洪兴祖《楚辞补注》，21, 94, 162, 172, 221, 375

（宋）洪炎《西渡集》,407
（宋）皇都风月主人《绿窗新话》,17,465
（宋）胡穉《增广笺注简斋诗集》,408
（宋）项安世《项氏家说》,127
（宋）佚名《大宋宣和遗事》,465
（宋）佚名《无能子》,366
（宋）佚名《东雅堂昌黎集注》,130
（宋）佚名《苏门六君子文粹》,129
（宋）佚名《宣和画谱》,130
（宋）佚名《锦绣万花谷》,25,259,264,328,352,355,357
（金）王若虚《滹南集》,130,200,205
（金）李俊民《庄靖集》,411
（金）赵秉文《滏水集》,194
（金）董解元《西厢记诸宫调》,487
（金）佚名《刘知远诸宫调》,488

元

（元）蒋正子《山房随笔》,465
（元）郝经《郝氏续后汉书》,103
（元）郝经《陵川集》,79,130,131
（元）关汉卿《关张双赴西蜀梦》,488
（元）关汉卿《温太真玉镜台》,488
（元）王实甫《西厢记》,489
（元）戴善夫《陶学士醉写风光好》,491
（元）刘壎《隐居通议》,42
（元）戴表元《剡源文集》,131
（元）白珽《湛渊静语》,131
（元）方回《桐江续集》,103,411
（元）方回《瀛奎律髓》,163,400
（元）马致远《破幽梦孤雁汉宫秋》,489
（元）马祖常《石田文集》,412
（元）陈栎《定宇集》,194
（元）马端临《文献通考》,79,87,132,158,163,219,227,291,308
（元）赵孟頫《松雪斋集》,412
（元）张之翰《西岩集》,134
（元）周南瑞《天下同文集》,449
（元）陈仁子《文选补遗》,222,282
（元）袁桷《清容居士集》,103,132,385
（元）贡奎《云林集》,103
（元）吴昌龄《张天师断风花雪月》,490
（元）吴昌龄《花间四友东坡梦》,489
（元）乔吉《李太白匹配金钱记》,490
（元）虞集《道园学古录》,412
（元）杨维桢《丽则遗音》,134
（元）高明《琵琶记》,490
（元）杨景贤《西游记杂剧》,490
（元）王子一《刘晨阮肇误入桃源》,491
（元）富大用《新编古今事文类聚》,264
（元）谢应芳《龟巢稿》,104,414
（元）吕诚《来鹤亭集》,413
（元）孙存吾《元风雅》,412
（元）苏天爵《元文类》,412
（元）脱脱等《宋史》,132
（元）李士瞻《经济文集》,413
（元）李孝光《五峰集》,159
（元）李治《敬斋古今黈》,328
（元）李继本《一山文集》,79
（元）李翀《日闻录》,135
（元）柳贯《待制集》,132
（元）祝尧《古赋辨体》,104,133,158,164,222
（元）吴莱《渊颖集》,133,135,228
（元）郭翼《雪履斋笔记》,134,187
（元）陶宗仪《说郛》,17,42,86,123,126,164,191,205,300,323,466
（元）顾瑛《草堂雅集》,413
（元）盛如梓《庶斋老学丛谈》,52,194
（元）傅若金《傅与砺诗文集》,104
（元）陈绎曾《文说》,134
（元）贾仲名《萧淑兰情寄菩萨蛮》,491
（元）佚名《书林事类韵会》,268,322
（元）佚名《氏族大全》,25,159
（元）佚名《李云英风送梧桐叶》,491
（元）佚名《苏子瞻醉写赤壁赋》,491,492
（元）佚名《郑月莲秋夜云窗梦》,492
（元）佚名《鲁智深喜赏蕙花峪》,492（元）佚名《群书通要》,25,250,356,359,360

明

（明）宋濂《文宪集》,135
（明）释宗泐《全室外集》,415
（明）唐桂芳《白云集》,201
（明）朱右《白云稿》,79,80
（明）王祎《王忠文集》,174
（明）郑真《荥阳外史集》,87,415
（明）苏伯衡《苏平仲文集》,368
（明）施耐庵、罗贯中《水浒传》,466
（明）杨士奇《东里集》,88
（明）李昌祺《运甓漫稿》,416
（明）宋公传《元诗体要》,105
（明）吴讷《文章辨体》,209
（明）吴讷《文章辨体序说》,105
（明）徐有贞《武功集》,175

（明）倪谦《倪文僖集》,416
（明）叶盛《水东日记》,80
（明）李贤等《明一统志》,6,29,35,36,39,52
（明）何乔新《椒邱文集》,105,416
（明）周瑛《翠渠摘稿》,88
（明）林俊《见素集》,80
（明）郑瑗《井观琐言》,301
（明）张志淳《南园漫录》,233,329
（明）孙绪《沙溪集》,135
（明）何景明《大复集》,136
（明）康海《对山集》,80,136
（明）郑善夫《少谷集》,105
（明）刘节《广文选》,222
（明）陆深《俨山外集》,105,136,228
（明）安磐《颐山诗话》,216
（明）谢榛《四溟诗话》,214
（明）谢榛《四溟集》,419
（明）杨慎《丹铅余录》,80,159,175,297,347
（明）杨慎《升庵诗话》,213
（明）杨慎《升庵集》,136,137,297,300,360,418
（明）薛蕙《考功集》,81
（明）王廷陈《梦泽集》,81,135
（明）朱朴《西村诗集》,418
（明）陆楫《蒹葭堂杂著摘抄》,467
（明）陆时雍《楚辞疏》,110,111,143,160,168,179,180,223
（明）陆粲《陆子余集》,88
（明）乐天大笑生《解愠编》,385
（明）洪楩《清平山堂话本》,473
（明）皇甫汸《皇甫司勋集》,88,89
（明）廖道南《楚纪》,2,137,159
（明）唐顺之《荆州稗编》,81,138,321
（明）周复俊《全蜀艺文志》,106,138,167,295,309,312,408,409,417
（明）王三聘《事物考》,106
（明）彭大翼《山堂肆考》,18,29,62,228,230,233,234,240,241,250,251,260,269,271,273,278,280,326,329,340,467
（明）黎民表《瑶石山人稿》,420
（明）冯惟讷《古诗纪》,200,323,388,389
（明）茅坤《唐宋八大家文钞》,106,308
（明）归有光《诸子汇函》,17,165,166,209,210,222
（明）卢柟《蠛蠓集》,369
（明）陈士元《名疑》,194
（明）陈全之《蓬窗日录》,175,467
（明）王世贞《艺苑卮言》,82,108,138,139,159,160,176,195,214,216,296
（明）王世贞《弇州四部稿》,82,88,107,108,138,368,419
（明）邓伯羔《艺彀》,298
（明）汪道昆《大雅堂杂剧》,373
（明）宗臣《宗子相集》,139
（明）李贽《山中一夕话》,17
（明）李贽《焚书》,177
（明）李贽《雅笑》,313
（明）徐师曾《文体明辨序说》,106
（明）张萱《疑耀》,178
（明）张凤翼《文选纂注》,166,176,188,195,205
（明）徐元太《喻林》,89,118
（明）焦竑《国史经籍志》,109,220
（明）焦竑《焦氏笔乘》,292
（明）陈第《世善堂藏书目录》,219
（明）陈第《屈宋古音义》,108,166,177,188,195,201,205,206,222,292
（明）胡应麟《丹铅新录》,206
（明）胡应麟《少室山房笔丛》,109,139,140,288
（明）胡应麟《艺林学山》,297
（明）胡应麟《诗薮》,82,108,109,140,160,177,214,216,217,290,295,296,324
（明）冯琦，冯瑗《经济类编》,119,223
（明）周祈《名义考》,234,329
（明）蒋克谦《琴书大全》,26
（明）董其昌《画禅室随笔》,167
（明）谢肇淛《五杂俎》,344
（明）徐炬《新镌古今事物原始全书》,110
（明）蒋一葵《尧山堂外纪》,19,29,63,463,467,468
（明）蒋一葵《尧山堂偶隽》,468
（明）徐勃《徐氏笔精》,89
（明）曹学佺《蜀中广记》,46,53,141,167,178,195,307,313,467
（明）胡震亨《唐音癸签》,313
（明）顾起元《说略》,230,278,328
（明）江东伟《芙蓉镜寓言》,214
（明）王志坚《四六法海》,141
（明）周圣楷《楚宝》,20,30,62,91
（明）冯复京《六家诗名物疏》,220
（明）何宇度《益部谈资》,19,52
（明）何良俊《四友斋丛说》,72,107
（明）吴大震《广艳异编》,471
（明）钱希言《戏瑕》,142,314,340
（明）梅鼎祚《历代文纪》,282
（明）梅鼎祚《西晋文纪》,71

（明）梅鼎祚《隋文纪》，89
（明）范景文《文忠集》，89
（明）张丑《清河书画舫》，142
（明）罗懋登《三宝太监西洋记通俗演义》，471
（明）张尚儒《归州志》，30
（明）张燮《七十二家集》，110，160，290，298
（明）沈德符《万历野获编》，142
（明）秦聚奎等《万历汉阳府志》，47，223，395，407，414，415，420
（明）笑笑生《金瓶梅词话》，472，473
（明）陈耀文《天中记》，46，60，74，209，228，234，235，240，250，260，264，271，278，286，322，360
（明）倪元璐《倪文贞集》，90
（明）陆绍珩《醉古堂剑扫》，420
（明）贺复征《文章辨体汇选》，90，111，186，201
（明）黄文焕《楚辞听直》，167，178，179，223
（明）王志庆《古俪府》，241，269
（明）张岱《夜航船》，234，331
（明）冯梦龙《古今谭概》，470
（明）冯梦龙《喻世明言》，470
（明）冯梦龙《醒世恒言》，470
（明）凌濛初《二刻拍案惊奇》，469
（明）凌濛初《初刻拍案惊奇》，468，469
（明）郁逢庆《书画题跋记》，290
（明）方以智《通雅》，22，330，331，235
（明）周婴《卮林》，234，235，269，330，337
（明）张溥《汉魏六朝百三家集》，362，363
（明）姚士麟《见只编》，324
（明）施绍莘《瑶台片玉》，188
（明）卢之颐《本草乘雅半偈》，230
（明）西湖渔隐主人《续欢喜冤家》，472
（明）陆人龙《型世言》，472
（明）董说《七国考》，47，57，58，59，60，61，66，330，346
（明）董斯张《广博物志》，110，200，205，256，307，469
（明）董斯张《吴兴备志》，228
（明）黄秋散人《玉娇梨》，473
（明）镏绩《霏雪录》，143
（明）陈懋仁《泉南杂志》，468
（明）张纶言《林泉随笔》，168
（明）佚名《新刻出像增补搜神记》，322

清

（清）谈迁《北游录》，422，459
（清）朱鹤龄《李义山诗集注》，22，143，397

（清）朱鹤龄《诗经通义》，206
（清）朱鹤龄《愚庵小集》，91，143，160
（清）顾炎武《日知录》，143，168，180，201，212，214，230，256，331，473
（清）冯班《钝吟杂录》，111，112，144
（清）黄宗羲《明文海》，82，91，112，139，178，301，369，459
（清）王夫之《楚辞通释》，169，181，223
（清）屈大均《广东新语》，66
（清）孙承泽《春明梦余录》，144
（清）吴景旭《历代诗话》，31，169，202，206，291，298，300，301，315，325，326，332，337，344，348
（清）毛先舒《诗辩坻》，181
（清）黄生《义府》，235
（清）李陈玉《楚辞笺注》，161，169，181，223，293，294，305，333
（清）贺贻孙《诗筏》，82，144
（清）吴伟业《梅村集》，422
（清）宋征璧《抱真堂诗话》，112
（清）周亮工《书影》，212，323
（清）王士禛《带经堂诗话》，31，47，53
（清）王士禛《渔洋诗话》，53
（清）王士禛《精华录》，422，423
（清）郎廷槐《师友诗传录》，113
（清）王崇简《谈助》，298
（清）施闰章《学余堂文集》，92，423
（清）汤斌《汤子遗书》，92
（清）李渔《风筝误》，493
（清）李渔《巧团圆》，494
（清）李渔《乔复生、王再来二姬合传》，474
（清）李渔《肉布团》，474
（清）李渔《奈何天》，493，494
（清）李渔《怜香伴》，492
（清）李渔《凰求凤》，493
（清）李渔《蜃中楼》，492
（清）彭孙遹《松桂堂全集》，423
（清）陈廷敬《午亭文编》，145
（清）马骕《绎史》，195，216，287
（清）董含《三冈识略》，54
（清）吴绮《林蕙堂全集》，424
（清）吴乔《围炉诗话》，112
（清）沈自南《艺林汇考》，327，340
（清）倪涛《六艺之一录》，83，145
（清）沈谦《红楼梦赋》，460
（清）孔自来《顺治江陵志馀》，31，48，59，67，422
（清）康熙《圣祖仁皇帝御制文集》，114

（清）田雯《古欢堂集》，113，145，424
（清）张英、王士禛等《渊鉴类函》，31，42，235，241，242，251，252，256，260，261，264，269，270，273，278，280，365
（清）王掞等《佩文韵府》，271，273
（清）陈元龙《历代赋汇》，83，167，215，217，224，367，374，375，379
（清）陈元龙《格致镜原》，235，236，265，271，322，333
（清）彭定求等《全唐诗》，41，392，396，398，399，400，401
（清）徐倬《全唐诗录》，145
（清）吴雯《莲洋诗钞》，424
（清）毛奇龄《西河集》，145，146，196，283
（清）纳兰性德《通志堂集》，83
（清）陈维崧《妇人集》，474
（清）陈维崧《陈检讨四六》，146，196
（清）朱彝尊《明诗综》，142，420
（清）朱彝尊《曝书亭集》，92，93，113
（清）顾嗣立《元诗选》，146，412，413
（清）仇兆鳌《杜诗详注》，392，393，394
（清）陈厚耀《春秋战国异辞》，3，4，12，13，224，287
（清）陈邦彦等《御定历代题画诗类》，418
（清）姜宸英《湛西札记》，315
（清）姜宸英《湛园集》，113，203
（清）何焯《义门读书记》，146，161，169，182，197，203，210，230，242，315，321，326，343
（清）何焯评《文选》，188，197，203
（清）汪森《粤西诗载》，424
（清）钮琇《觚賸》，474
（清）高士奇《续编珠》，349，351，361
（清）黄之隽《香屑集》，424，425
（清）赵弘恩、黄之隽等《江南通志》，36
（清）厉鹗《宋诗纪事》，401，406，411
（清）吴之振等《宋诗钞》，193
（清）沈季友《檇李诗系》，419，475，
（清）费锡璜《汉诗总说》，147
（清）刘献廷《广阳杂记》，206
（清）贺裳《载酒园诗话》，147，182
（清）张豫章等《御定宋金元明四朝诗》，416
（清）惠栋《春秋左传补注》，93
（清）汪灏等《佩文斋广群芳谱》，231，236，242
（清）叶矫然《龙性堂诗话初集》，147
（清）褚人获《坚瓠集》，475，476
（清）徐文靖《管城硕记》，237，274，305，333，334
（清）姚培谦、张云卿、张隆孙《类腋》，32，39，48，57，59，60，63，67
（清）田文镜、孙灏等《河南通志》，36
（清）张尊德等《康熙安陆府志》，42，60，63
（清）蒋骥《山带阁注楚辞》，224，323
（清）史简《鄱阳五家集》，411，414
（清）鄂尔泰、张廷玉等《国朝宫史》，148
（清）迈柱、夏力恕等《湖广通志》，6，32，33，36，39，41，43，48，60，62，63，67，68，148，197，224，420
（清）郝玉麟、谢道承等《福建通志》，55，483
（清）黄廷桂、张晋生等《四川通志》，6，55
（清）李重华《贞一斋诗话》，114
（清）陈宏谋等《湖南通志》，36
（清）谢旻、陶成等《江西通志》，149
（清）汤漱玉《玉台画史》，392
（清）李可寀等《雍正应城县志》，44
（清）佚名《雍正巫山县志》，6，48
（清）佚名《雍正巫山县志》，6，48，54，55，57，67
（清）胡鸣玉《订讹杂录》，269，316，346
（清）李锴《尚史》，5
（清）鲍皋《十美词》，426
（清）程廷祚《青溪文集》93，114，149，161
（清）屈复《楚辞新集注》，170，183，224，294，512
（清）袁枚《随园笔记》，301
（清）袁枚《随园随笔》，305，321，338
（清）纪昀《阅微草堂笔记》，476
（清）纪昀等《四库全书总目提要》，114，149，183，215，299
（清）纪昀等《钦定续通志》，36
（清）阮葵生《茶馀客话》，183，334，342，359
（清）钱大昕《十驾斋养新录》，150
（清）姜炳璋《诗序补义》，115
（清）赵翼《陔馀丛考》，115，183，334，335
（清）陈球《燕山外史》，483
（清）陶士偰等《乾隆汉阳府志》，49
（清）吴泰来等《乾隆五十二年刊唐县志》，37
（清）孙志祖《文选考异》，317
（清）王念孙《读书杂志》，341，342，343，344
（清）戴震《屈原赋戴氏注》，115
（清）章学诚《文史通义》，93，150
（清）洪亮吉《北江诗话》，115
（清）翁元圻《困学纪闻注》，324，349
（清）桂馥《札朴》，150，336，338，342
（清）董诰等《全唐文》，364
（清）李调元《尾蔗丛谈》，151
（清）李调元《雨村诗话》，150
（清）李调元《南越笔记》，151

（清）鲁九皋《诗学源流考》，116
（清）沈起凤《谐铎》，477
（清）戴延年《吴语》，484
（清）沈可培《比红儿诗注》，399, 478
（清）曾衍东《小豆棚》，478
（清）陆烜《梅穀偶笔》，345
（清）沈复《浮生六记》，33
（清）悔庵居士《清溪惆怅集》，427, 459, 460
（清）徐锡龄、钱泳《熙朝新语》，427, 480
（清）陈本礼《屈辞精义》，225
（清）张惠言《七十家赋钞》，183, 189, 197, 216, 217, 225, 301
（清）宋翔凤《过庭录》，116
（清）严可均《全上古三代秦汉三国六朝文》，225, 283, 284
（清）乐钧《耳食录》，478
（清）穆彰阿、潘锡恩等《大清一统志》，8, 33, 37, 39, 43, 49, 56
（清）朱翊清《埋忧集》354, 479
（清）刘开《刘孟涂集》，151
（清）许巽行《文选笔记》，207, 210, 294, 318
（清）梁章钜《文选旁证》，287, 293, 318, 321
（清）梁章钜《巧对续录》，479
（清）梁章钜《退庵随笔》，116
（清）梁章钜《浪迹三谈》，341
（清）梁章钜《楹联三话》，151
（清）梁章钜《楹联丛话》，481
（清）余成教《石园诗话》，152
（清）俞正燮《癸巳类稿》，152
（清）赵绍祖《读书偶记》，152
（清）潘德舆《养一斋诗话》，152
（清）陆以湉《冷庐杂识》，428, 479
（清）魏源《魏源集》，83
（清）蒋坦《秋灯琐忆》，153
（清）梁绍壬《两般秋雨盦随笔》，21
（清）梁绍壬《韵兰序》，479
（清）陈澧《东塾读书记》，116, 153
（清）杨掌生《京尘杂录》480
（清）林庆铨《楹联述录》，483
（清）徐时栋《烟屿楼笔记》，339
（清）俞樾《茶香室丛钞》，68, 299
（清）梁恭辰《巧对录》，480, 481
（清）梁恭辰《巧对续录》，481
（清）梁恭辰《楹联四话》，480
（清）刘熙载《艺概》，83, 117, 153, 161, 170, 183, 184, 197, 210, 215
（清）陈其元《庸闲斋笔记》，339

（清）王履谦等《道光安陆县志》，68
（清）张岳崧等《道光云梦县志略》，44, 69
（清）方浚师《蕉轩随录》，210
（清）王闿运《楚辞释》，184, 198, 225, 293, 294, 305
（清）宣鼎《夜雨秋灯录续集》，481
（清）孙文川《淞南随笔》，485
（清）胡凤丹《青冢志》，34, 428
（清）陈启源《毛诗稽古编》，153
（清）况周颐《餐樱庑随笔》，198
（清）况周颐《续眉庐丛话》，428
（清）况周颐《蕙风词话》，211
（清）独逸窝退士《笑笑录》，57, 482
（清）王韬等《淞滨琐话》，482
（清）玉魫生《海陬冶游录》，460
（清）邱炜萲《菽园赘谈》，319
（清）马其昶《屈赋微》，226
（清）易顺鼎《诗钟说梦》，485
（清）金武祥《粟香随笔》，34, 252
（清）吴庆焘《襄阳艺文略》，220
（清）李伯元《庄谐诗话》，429
（清）李伯元《庄谐联话》，485, 486
（清）吴趼人《俏皮话》，486
（清）丁仁《八千卷楼书目》，220
（清）朱焘《北窗呓语》，154
（清）张贵胜《遣愁集》，476
（清）张紫琳《红兰逸乘》，476
（清）杨晓岚《白门新柳记》，427
（清）张尚瑗《石里杂识》，154
（清）周鲁《类书纂要》，26, 27, 161, 228
（清）周召《双桥随笔》，299
（清）戴璐《藤阴杂记》，427, 428, 482, 483
（清）王有光《吴下谚联》，354
（清）翟灏《通俗编》，155, 326, 336, 338, 339, 341, 342, 345, 346, 349
（清）胡式钰《窦存》，117
（清）黄金石《秀华续咏》，461
（清）蕊珠旧史掌生氏《帝城花样》，480
（清）二石生《十洲春语》，484
（清）于悝介《文选集评》，171, 184, 185, 189, 190, 198, 199, 204, 207, 211, 212, 204, 319, 343
（清）马位《秋窗随笔》，171, 348
（清）陆伯周《恨冢铭》，485
（清）甘鹏云《楚师儒传》，11
（清）刘声木《苌楚斋五笔》，154
（清）刘声木《苌楚斋四笔》，154
（清）刘声木《苌楚斋续笔》，154
（清）刘笃庆、白德廉等《同治汉川县志》，56

（清）许光曙、孙福海等《同治钟祥县志》，9, 43, 63, 64, 226
（清）程启安等《同治宜城县志》，8, 34, 37, 38, 39, 94, 211, 220, 225, 419, 421, 429, 430
（清）许奉恩《里乘》，485
（清）李宗羲等《同治徐州府志》，37
（清）聂光銮、觉罗桂茂等《同治宜昌府志》，35
（清）德廉、尹洪熙等《同治汉川县志》50, 51, 319, 434
（清）李炘等《光绪八年刊归州志》，34
（清）沈辰垣等《御选历代诗余》，449, 450
（清）陈诗《湖北旧闻录》，7, 11, 12, 44
（清）罗缃、陈豪等《光绪应城县志》，9
（清）俞蛟《潮嘉风月记》，479
（清）胡文英《屈骚指掌》，224
（清）倪文蔚、蒋铭勋等《光绪荆州府志》，35
（清）恩联、王万芳等《光绪襄阳府志》，35
（清）浦洗《复小斋赋话》，150, 155, 162, 196, 208, 217
（清）赓音布等《光绪德安府志》，45, 434
（清）褚维恒、尹龙澍等《安福县志》，8, 39, 40, 41, 44, 45, 390, 430, 431, 432, 433, 434, 461
（清）佚名《忏船娘张润金疏》，486
（清）佚名《吴门画舫续录》，450
（清）佚名《宋玉集》南京图书馆藏清抄本，226
（清）佚名《媱嬗封》，199
（清）佚名《清代名人趣史》，486
（清）佚名《醋说》，486

近现代

章太炎《国故论衡》，155
王国维《静庵文集》，94
刘师培《刘申叔先生遗书》，117
徐枕亚《玉梨魂》，487
熊道琛、李权等《钟祥县志》，44, 64, 65, 226, 403, 405, 406, 421, 435, 436, 437, 438, 439, 440, 441, 442, 443, 459
范文澜《文心雕龙注》，71, 84, 96, 97, 118, 156, 190, 200, 204, 208, 210, 320
隋树森《全元散曲》，450, 451, 452, 453, 454, 455
逯钦立《先秦汉魏南北朝诗》，389
陈尚君《全唐诗补编》，400

后　　记

　　这本《宋玉研究资料类编》，是在我十余年来积累的研究资料基础上编纂的。大约在三四年前，为了给学生们撰写有关宋玉的学位论文提供研究资料，我委托单良博士、金鑫教授组织我的学生梁大伟、毕红刚、孙海龙、范义财等，将我收集的宋玉研究资料手稿输录成电子文本，并转发给学生以供他们检索与参考。于是便有了这部书的雏形。大约在两年前，我受聘到湖北文理学院宋玉研究中心工作，学院领导鼓励我申报湖北省社会科学基金项目，于是我便在先前"宋玉研究资料电子文本"的基础上，做了进一步的编排、整理，定名为《宋玉研究资料类编》，作为申报的立项。项目由我主持，成员有单良博士、金鑫教授、胡小林博士和李鹜博士。项目申报成功后，又有幸被纳入湖北文理学院省级重点学科建设立项学科——"中国语言文学"的项目，因之我与项目组成员又对《宋玉研究资料类编》进行了体例编排的调整、资料文字的校对、资料出处的核准与新见资料的补充等大量的深入细致的工作，力求使这部书更完整、更全面地反映古代宋玉研究的历史面貌，以资料丰富、内容翔实、体例科学、检索方便的特色成为宋玉研究中不可或缺的资料性工具书。

　　如今这本资料性工具书终于定稿了。我感谢前期为此书做出贡献的学生们，感谢项目组同仁们的精诚合作，感谢文学院领导、学校领导对这个项目的支持，更感谢出版社金寒芽女士的悉心指导和她为本书出版付出的辛勤工作。

　　我希望这本《宋玉研究资料类编》能够得到宋玉研究界甚或学术界的欢迎，在当下与未来的宋玉研究中发挥其应有的作用。同时，由于学术水平与史料学、文献学视野的局限，《宋玉研究资料类编》也难免存在着这样或那样的不足与疏漏，希望专家、学者及学界朋友们批评指正。学术研究总是在学术批评与研讨中发展进步的，这也是我和我们项目组全体成员的期待。

刘刚

2013 年 8 月

于湖北文理学院寓所